À PROPOS DE L'AUTRICE

C'est après une courte carrière en tant que présentatrice de télévision que Shirley Jump s'est orientée vers l'écriture. Et c'est tout naturellement qu'elle a fait le choix de la romance, son genre littéraire préféré depuis son plus jeune âge !

Grisantes retrouvailles

*

Père de famille ou séducteur ?

*

Un intraitable homme d'affaires

SHIRLEY JUMP

Grisantes retrouvailles

INTÉGRALE

LES FRÈRES BARLOW

Traduction française de

MARION BOCLET

SAGAS

HARLEQUIN

Collection : SAGAS

Titre original :
THE HOMECOMING QUEEN GETS HER MAN

Ce roman a déjà été publié en 2016

HARPERCOLLINS FRANCE
83-85, boulevard Vincent-Auriol, 75646 PARIS CEDEX 13
Service Lectrices — Tél. : 01 45 82 47 47 - www.harlequin.fr
ISBN 978-2-2804-5040-9 — ISSN 2426-993X

Composé et édité par HarperCollins France. Achevé d'imprimer en août 2021.
par CPI Black Print - Barcelone - Espagne
Dépôt légal : septembre 2021.

FSC
www.fsc.org
MIXTE
Papier issu de sources responsables
FSC® C159065

Pour limiter l'empreinte environnementale de ses livres, HarperCollins France s'engage à n'utiliser que du papier fabriqué à partir de bois provenant de forêts gérées durablement et de manière responsable.

1

Cinq ans plus tôt, Meri Prescott avait quitté Stone Gap, en Caroline du Nord, pleine d'ambition et d'espoir, se promettant de revenir en grande pompe si elle revenait un jour. Elle s'était imaginée remontant Main Street à l'arrière d'une limousine, tandis que les dames aux permanentes aux reflets bleutés du Sadie's Clip 'n' Curl, le salon de coiffure, la regarderaient passer bouche bée, et que les pêcheurs assis sur le banc devant le Comeback Bar secoueraient la tête en grommelant qu'au bon vieux temps, une Chevrolet était assez chic pour parader en ville.

Elle avait imaginé un retour au pays pour montrer à tout le monde, dans cette petite ville isolée de tout, qu'elle avait réussi, qu'elle était devenue quelqu'un, qu'elle ne se résumait pas à un joli minois et ne s'inquiétait pas davantage de sa manucure que de sa culture. Elle avait cru que New York serait la solution à tous ses problèmes, et que dans cette grande ville, elle découvrirait enfin la personne qu'elle était censée devenir. Ses espoirs pleins de naïveté l'avaient aveuglée.

La Meri Prescott qui avait quitté Stone Gap avec une tiare et une foule de projets n'était pas celle qui revenait, loin de là, et elle n'était pas sûre que Stone Gap soit prête à accepter la femme qu'elle était devenue.

Quoi qu'il en soit, elle s'en moquait éperdument. Elle était là pour son grand-père Ray, et resterait aussi longtemps qu'il aurait besoin d'elle. Elle l'aiderait et en profiterait pour s'aider elle-même.

Elle toucha du bout des doigts la longue cicatrice qui ne s'était pas encore décolorée sur sa joue, souvenir perpétuel de la séparation entre son passé et son présent. Parfois, la nuit, elle se réveillait en sursaut, revivant l'agression qui avait eu lieu non loin de son appartement minable, dans la grande banlieue new-yorkaise.

Elle avait fait tout son possible pour rester à New York, pour conserver son travail de photographe, mais à la suite de cet événement, elle avait commencé à voir la ville différemment, et les bâtiments qu'elle aimait tant auparavant étaient devenus semblables à des murs.

Avec un peu d'air, d'espace, la chaleur du soleil sur son visage, elle parviendrait peut-être à affronter les démons qui hantaient ses nuits et assombrissaient ses jours. Peut-être serait-elle bientôt de nouveau capable de prendre son appareil-photo et de voir autre chose que le visage de son agresseur.

Peut-être.

Au stop du carrefour où Main Street croisait Honeysuckle Lane, sa vieille Toyota toussota. La climatisation de la voiture avait cessé de fonctionner aux environs de Baltimore, et les gaz d'échappement qui entraient dans l'habitacle par les fenêtres ouvertes lui donnaient l'impression de ne pas être bien loin des rues embouteillées de Brooklyn.

Pour prendre conscience qu'elle était de retour dans la petite ville du Sud, il lui suffit de jeter un coup d'œil aux larges vérandas aux tons pastel des maisons de style XVIIIe siècle de Main Street et, après Honeysuckle Lane, aux boutiques pittoresques, avec leurs drapeaux et leurs stores de couleurs vives et leurs noms évoquant leurs propriétaires : Chez Joe, coiffeur pour hommes, Chez Ernie, quincaillerie et articles divers, Chez Betty, boulangerie.

En arrivant à la hauteur du Gator's Garage, elle ralentit considérablement, s'arrêtant presque. Un seul coup d'œil au bâtiment bleu, avec son enseigne peinte à la main sur un vieux pneu, suffit à lui rappeler l'année de ses quinze ans et son premier baiser maladroit avec Jack Barlow. Un an plus tard, elle vivait sa première rupture, maladroite elle aussi. Elle se rappelait encore l'odeur d'huile de graissage qui flottait dans le garage, la tache sombre sur le sol, et surtout, les yeux bleus de Jack, tristes et sérieux, quand il lui avait annoncé qu'il mettait un terme à leur relation. Il lui avait dit qu'il ne voulait pas d'une reine de beauté comme petite amie, qu'il voulait quelqu'un d'authentique. Ses mots l'avaient profondément blessée et accompagnée longtemps après qu'il embarqua pour le Moyen-Orient, une semaine plus tard. Elle avait pris la direction opposée, celle du concours de beauté de Miss America, et s'était juré d'oublier jusqu'à l'existence de Jack Barlow.

Un coup de klaxon l'arracha à ses pensées. Elle reporta son attention sur la route et accéléra, laissant derrière elle le Gator's Garage. Elle tourna à droite sur Maple Street, puis sur Elm Street et, enfin, s'engagea dans Cherrystone Avenue pour se retrouver face à la maison qu'elle avait vue pour la dernière fois cinq ans plus tôt, dans le rétroviseur de sa voiture.

Au bout de l'impasse, la maison de deux étages se dressait comme une reine, avec sa façade de bardeaux de bois blanc, sa véranda au rez-de-chaussée et sa galerie au premier étage. L'allée de brique, posée avant la guerre civile, était encore flanquée de deux rangées de saules couverts de mousse espagnole. On aurait pu se croire en 1840 plutôt qu'au XXIe siècle, et cette maison était tenue comme si Abraham Lincoln était encore président des Etats-Unis.

La Toyota crachota de nouveau et s'arrêta dans une secousse juste devant la maison.

Parfait ! Elle prit une profonde inspiration et expira lentement, mais cela ne l'aida pas à soulager la tension de sa nuque et de ses épaules. La chaleur de la Caroline du Nord l'étouffait.

Elle éprouva soudain une forte envie de faire demi-tour, de s'enfuir, d'éviter ce qui allait arriver, mais elle retira les clés du contact et les serra dans sa main. Le métal s'enfonçant dans sa paume la rappela à la réalité. Elle ne retournerait pas à New York avant un bon moment.

Elle avait une très bonne raison d'être là : son grand-père, âgé de quatre-vingt-quatre ans, passait avant tout le reste.

Sa mère apparut sous le porche et croisa les bras sur sa poitrine. Meri remarqua tout de suite l'air désapprobateur et déçu d'Anna Lee Prescott. Elle ne connaissait que trop bien cette expression.

L'espace d'un instant, elle avait eu l'espoir fou que les choses seraient différentes, mais à en juger par son expression, sa mère n'avait pas changé au cours des cinq dernières années. Espérant seulement qu'elle avait un peu plus de bon sens, Meri passa une main dans ses cheveux emmêlés par le vent, descendit de voiture et remonta l'allée en direction de la maison. Autour d'elle, la pelouse parfaitement entretenue formait un épais tapis vert, orné de rosiers soigneusement taillés et de plantes annuelles placées à des endroits stratégiques. Une balancelle de bois, suspendue à la branche la plus solide d'un chêne, oscillait doucement dans la brise.

Le tout aurait pu figurer dans un magazine. C'était d'ailleurs déjà arrivé deux fois, la première dans *Southern Living* et la seconde dans *Architectural Digest*.

L'un de ses talons de sept centimètres se coinça entre les briques de l'allée, et elle regretta aussitôt d'avoir choisi ces chaussures. Tout au long du trajet, elle s'était répété qu'elle ne se souciait plus de ce que sa mère pensait. Si c'était vrai, pourquoi avait-elle troqué ses tongs contre des chaussures à talons qui lui compressaient les orteils et lui faisaient mal aux mollets. Pourquoi avait-elle passé vingt minutes à se lisser les cheveux dans les toilettes d'une station-service ?

Avait-elle vraiment cru que porter des talons et se raidir les cheveux lui faciliterait les choses ?

Oui, c'était bel et bien ce qu'elle s'était imaginé. Quelle naïveté !

Quand elle atteignit la première marche du perron, elle esquissa un sourire forcé, comme si elle montait sur scène, et non sur le perron de la maison de son enfance. De toute évidence, ses années d'entraînement lui avaient servi : elle arrivait encore à déambuler en talons hauts et à paraître plus heureuse qu'un oiseau dans le ciel.

— Bonjour, maman.

— Eh bien, ça alors ! s'exclama Anna Lee en s'approchant pour prendre sa main entre les siennes. Ma fille prodigue est de retour…

Meri se pencha pour lui déposer un baiser sur la joue. Elle perçut son parfum léger et fleuri, mêlé au parfum suave de la laque qu'elle mettait sur ses cheveux et à celui, plus discret, de sa poudre. Tout chez Anna Lee était impeccable : son maquillage, ses cheveux couleur fauve, coupés au carré, son chemisier de coton blanc et son short bleu marine méticuleusement repassé.

Sa mère s'écarta un peu pour lui poser une main sur la joue avec douceur.

— Tu as l'air épuisée, ma chérie. Tu dors bien ? Tu manges bien ?

Son pouce passa sur la cicatrice, qu'elle évita soigneusement de regarder, comme si cela la ferait disparaître.

— Entre ! Tu devrais te mettre un peu d'eau fraîche sur le visage et te maquiller… Tu te sentirais tout de suite mieux !

Agacée par la remarque, Meri sourit encore plus largement et se retint de dire quelque chose qu'elle pourrait regretter.

— J'ai eu une longue route, maman, c'est tout.

Sa mère finit par toucher, du bout du doigt, la cicatrice sur sa joue.

— Est-ce que c'est… ?

Meri lui prit la main et l'abaissa.

— Je vais bien, maman. Je t'assure.

Sa mère sembla sur le point de la contredire, mais elle dut se raviser, car elle hocha la tête et afficha un sourire semblable au sien.

— Entrons ! Cette chaleur est épouvantable… J'ai l'impression de me liquéfier.

Véritable incarnation de la Belle du Sud, Anna Lee étirait les syllabes et terminait ses consonnes dans un murmure. Meri avait toujours aimé la façon de parler de sa mère, la douceur de sa voix, qui attirait et fascinait tout le monde.

Elle avait notamment fasciné deux maris, maintenant décédés, qui l'avaient laissée très riche. Elle avait maintenant repris le nom très respecté de son premier mari, Prescott, comme si son second mari n'avait jamais existé.

Jeremy Prescott était issu d'un milieu défavorisé, mais il avait réussi à s'élever à la force du poignet, à financer ses études et à gagner des millions, avant de mourir d'une crise cardiaque à l'âge de cinquante ans. Meri n'avait jamais compris pourquoi son père n'avait pas voulu ressembler davantage aux gens simples de sa famille, les gens qu'elle aimait le plus au monde. Son grand-père Ray était l'une des personnes les plus authentiques qu'il lui avait été donné de connaître. Il avait toujours vécu dans une cabane au bord du lac, à des années-lumière de son fils et de sa belle-fille.

Elle laissa sa mère l'entraîner dans la maison et la suivit dans le couloir au parquet ciré, parce que c'était plus simple que d'essayer de contenir le raz-de-marée qu'était Anna Lee. Elles entrèrent dans une pièce sur leur gauche, le salon rarement utilisé en dehors des grandes occasions, où les coussins du canapé et des fauteuils conservaient leur forme et ou la poussière ne se posait jamais.

Il lui fallut à peine cinq secondes pour comprendre pourquoi sa mère l'avait emmenée là. La pièce regorgeait d'or et d'argent, les étagères vitrées arborant fièrement un arc-en-ciel de cocardes et de diadèmes scintillant de mille feux.

Elle s'assit sur la causeuse blanche aux pieds à pattes de lion, tandis que sa mère prenait place dans un fauteuil rose, en face d'elle, de l'autre côté de la table basse en acajou et du tapis d'Aubusson qui avait coûté une fortune. Dans un coin de la pièce, l'horloge comtoise antique égrenait les heures au rythme pesant des attentes inexprimées.

Un peu mal à l'aise, elle changea légèrement de place sur le canapé. Elle avait l'impression d'être dans un mausolée.

— Tu ne crois pas que nous serions mieux dans la véranda, maman ?

Sa mère écarta la question d'un geste de la main.

— Il y a des ouvriers dehors…

Elle avait prononcé le mot « ouvriers » comme si elle faisait allusion à une invasion de sauterelles. Anna Lee n'avait jamais aimé être à proximité de travailleurs manuels, craignant peut-être qu'ils ne lui mettent entre les mains un balai ou un marteau.

— Ils construisent un kiosque, expliqua-t-elle. Tu me connais, il faut toujours que je change ceci, que j'améliore cela…

— Que tu perfectionnes tout, en particulier ta fille.

Les mots échappèrent à Meri sans qu'elle n'ait rien pu faire pour les retenir. Elle avait fait de son mieux pour être polie, mais n'avait pas tenu bien longtemps.

Sa mère fronça les sourcils.

— Tout ce que j'ai toujours voulu, c'est que tu sois la meilleure. Tu as toujours été si belle, tu aurais pu…

— Je ne suis pas ici pour parler de ce qui aurait pu être, maman. Je ne suis plus une reine de beauté.

— Tu seras toujours une reine de beauté. C'est quelque chose que personne ne peut t'enlever. Regarde tous ces trophées ! dit Anna Lee en indiquant d'un geste ample les diadèmes étincelants, tous ces souvenirs d'une époque révolue, d'une autre Meri. Ils prouvent que tu es la plus belle fille du monde.

Meri soupira.

— Je ne suis plus cette personne, maman.

Sa mère continua comme si elle ne l'avait pas entendue.

— Tu aurais pu être Miss America, si tu avais…

Elle ne termina pas sa phrase.

Au fil des ans, elles avaient eu cette conversation un nombre incalculable de fois. Meri avait parfois l'impression de parler toute seule, car sa mère ne l'écoutait absolument pas.

— Maman, je t'en prie… Ne recommençons pas.

Anna Lee leva une main vers son visage, vers la cicatrice qui lui balafrait la joue.

— Si seulement tu me laissais t'emmener chez le Dr Archer, il pourrait t'arranger ça et te rendre de nouveau parfaite !

— Ne commence pas, maman. S'il te plaît.

Anna Lee poussa un profond soupir.

— Réfléchis-y.

Meri y avait réfléchi presque tous les jours au cours des trois derniers mois, depuis l'agression qui l'avait profondément changée. Hélas, sa mère voyait encore en elle la jeune fille qui avait gagné des dizaines de concours de beauté, destinée à devenir Miss America, la jeune fille qu'elle était avant de s'enfuir en laissant tout et tout le monde derrière elle.

Elle aurait dû rester dans la voiture, continuer à conduire, éviter cette conversation insensée. Quand allait-elle accepter le fait que sa mère ne changerait jamais ?

Elle se leva et s'intima à la patience. Si elle avait pu éviter de revenir, elle l'aurait fait, mais depuis qu'elle avait eu son grand-père au téléphone deux jours plus tôt, elle voulait à tout prix le voir. Cela signifiait qu'elle devait supporter sa mère pour le moment.

— Je peux avoir la clé du chalet pour m'installer ?

— Elle est au même endroit que d'habitude, répondit sa mère en agitant la main. Je ne comprends pas pourquoi tu tiens à rester dans cette cabane, alors que Geraldine a fait le lit dans ton ancienne chambre.

Meri ne répondit pas. Elle se dirigea vers le bureau à cylindre, ouvrit l'un de ses petits tiroirs et en sortit une vieille clé. Quand elle était enfant, son père allait parfois passer le week-end dans leur chalet pour pêcher, et probablement aussi pour échapper à la liste interminable de choses à faire préparée par sa femme. Il lui était arrivé de l'emmener avec lui. Elle avait adoré ces journées, avait pris grand plaisir à se salir et à se négliger, sans que personne ne la recoiffe ou ne lui reproche ses choix vestimentaires.

Dès qu'elle eut refermé la main sur la lourde clé, il lui sembla avoir de nouveau seize ans et se trouver par une nuit étoilée au bord du lac de Stone Gap. Jack et elle s'étaient retrouvés au chalet en secret. Nerveuse, surexcitée et complètement enamourée, elle avait été trop empressée pour lui prouver qu'elle était assez mûre pour lui apporter ce qu'il voulait. En fin de compte, elle avait fini seule sur la rive du lac, le cœur brisé, et plongée dans la plus grande confusion.

Son cousin Eli l'avait retrouvée, raccompagnée chez elle et aidée à grimper au treillis pour regagner sa chambre avant que sa mère s'aperçoive de son absence.

Eli.

Seigneur ! Comment pouvait-il être mort.

Le simple fait d'être de retour à Stone Gap lui donnait l'impression que son cousin, avec sa forte personnalité, était encore en vie, qu'elle le verrait à la messe le dimanche ou le croiserait au drive-in du Quickie Burger.

Eli était son meilleur ami, l'une des rares personnes capables de lui redonner le sourire ou de l'arracher à sa mauvaise humeur à force de taquineries, et elle l'avait toujours considéré comme un frère plutôt que comme un cousin. Dans sa tête résonnaient encore les paroles déchirantes de sa tante, un an plus tôt, quand elle l'avait appelée pour lui annoncer la mort d'Eli. A ce souvenir, une vague de chagrin la submergea de nouveau.

Elle inspira profondément et, glissant la clé dans sa poche, se retourna vers sa mère. Elle n'avait qu'une envie : aller voir son grand-père paternel.

— Tu as vu grand-père Ray récemment ?

— J'ai été très prise, j'ai des responsabilités… Je ne suis pas sûre que tu te souviennes de ce que c'est, Meredith Lee.

Le fait que sa mère utilise son prénom complet indiquait deux choses : premièrement, elle essayait de prendre le contrôle de la situation, et deuxièmement, elle s'apprêtait à dissimuler une critique sous un compliment.

— Je ne suis pas ici pour évoquer le passé ou discuter de ce que je fais de ma vie aujourd'hui, maman. Je suis ici pour voir mon grand-père, et je resterai pour être avec lui aussi longtemps qu'il…

La gorge serrée par l'émotion, elle ne termina pas sa phrase.

Elle avait perdu trop d'êtres chers, elle ne pouvait pas supporter d'en perdre un de plus, pas maintenant.

Sa mère fit la moue, puis elle hocha la tête et agita une main parfaitement manucurée avec délicatesse.

— Dans ce cas, vas-y…, mais reviens à l'heure pour le dîner. Geraldine fait du poulet rôti. Elle a fait ton lit avec les draps à fleurs que tu aimes, si jamais tu changes d'avis et que tu choisis de dormir ici.

Meri soupira.

— Tu savais très bien que je ne dormirais pas ici, maman. grand-père a besoin de moi, et je vais m'installer au chalet. Il est juste à côté de chez lui, et personne ne l'occupe.

— Voyons, Meredith Lee ! Tu ferais aussi bien de dormir dans les bois… Ton grand-père vit comme un sauvage, et son chalet est en aussi piteux état que sa cabane. Dieu sait quand il l'a fait nettoyer pour la dernière fois ! L'endroit est peut-être horriblement infesté. Personne n'a dû y dormir depuis que ton père allait y passer ses week-ends pour pêcher.

— Ce n'est pas parce que grand-père vit dans une maison modeste et qu'il se fiche de ce que les gens pensent de sa façon de vivre que c'est un sauvage.

— Geraldine va être terriblement déçue.

Geraldine, la femme de chambre, travaillait là depuis trente ans, et connaissait donc Meri depuis toujours. L'espace d'un instant, Meri songea qu'elle serait bel et bien déçue et elle se sentit un peu coupable, puis elle s'aperçut que sa mère s'était bien gardée de dire qu'*elle* serait déçue.

Rien n'avait changé. Rien du tout.

— Je dois y aller, maman.

Oppressée, elle se hâta de sortir de la maison et regagna sa voiture, espérant de tout cœur qu'elle démarrerait. Elle tourna la clé dans le contact et, par chance, le moteur de la Toyota vrombit aussitôt.

Dès qu'elle eut quitté l'allée, l'air lui sembla plus doux, et elle sentit sa gorge se dénouer.

Traversant la ville, elle passa devant les vieilles maisons

imposantes et les boutiques aux devantures désuètes, puis elle quitta le quartier riche de Stone Gap et se dirigea vers le sud-ouest de la ville, où se trouvait le quartier abandonné dans lequel elle se sentait chez elle. C'était là que les jardins étaient envahis par la végétation, que les gens laissaient leurs vélos dans l'allée de leur maison, et que personne ne s'inquiétait pour un verre oublié sur une table basse.

Elle se gara dans l'allée de pierre de la maison de son grand-père, retira ses chaussures à talons et enfila les tongs qu'elle avait cachées sous le siège côté passager, puis elle descendit de voiture. Tout en marchant, elle attacha ses cheveux en queue-de-cheval, et quand elle atteignit la véranda, elle se sentait de nouveau elle-même.

Pendant un bref instant, elle s'attendit à voir apparaître Eli au bout de la rue, avec sa démarche alerte, son sourire chaleureux. Hélas, presque aussitôt, la réalité s'abattit sur elle avec violence.

Eli ne reviendrait plus jamais. Il était mort. Il était mort à la guerre, sur une route poussiéreuse, quelque part en Afghanistan.

Cependant, son esprit était encore là, dans les maisons à bardeaux de bois, dans le gazouillis joyeux des oiseaux sur leurs perchoirs, dans les arbres qu'il avait plantés des années plus tôt, dans les fenêtres qu'il avait installées avec leur grand-père, dans le kiosque qu'il avait passé un hiver entier à construire.

Eli aurait voulu qu'elle soit heureuse, qu'elle profite de la vie, et qu'elle ne s'abandonne jamais à son chagrin.

C'était donc ce qu'elle allait s'efforcer de faire.

Elle monta les marches du perron à la peinture écaillée et frappa au chambranle de la moustiquaire.

— Grand-père ? appela-t-elle. C'est Meri !

Il n'y eut pas de réponse. Elle appela de nouveau, mais le silence se prolongea.

Son ventre se noua. Son grand-père était-il malade ? S'était-il évanoui ? Ou… ?

Il y eut soudain un bruit derrière la maison. Rassurée, elle redescendit les marches, contourna la véranda, se baissant pour passer sous les branches d'un vieux chêne au tronc couvert de mousse, le sourire aux lèvres.

— Grand-père ! s'écria-t-elle en riant, ne me dis pas que tu ignores déjà les recommandations du doc…

Elle s'interrompit brusquement et s'arrêta net en voyant, derrière son grand-père endormi dans un Adirondack, le seul homme de Stone Gap qu'elle espérait ne jamais revoir.

Jack Barlow.

Il se tenait là, à quelques mètres de son grand-père, une hache à la main et un tas de bûches à ses pieds. Il portait une vieille casquette dont le bord cachait ses cheveux bruns et courts, un short kaki déchiré par endroits, et un T-shirt avec une inscription, tellement délavé qu'on ne voyait plus que les lettres R et H.

Malgré cette tenue, il était beau et terriblement séduisant. Elle n'aimait pas du tout le voir aussi adulte, aussi fort et débordant d'assurance. Le Jack dont elle se souvenait était un adolescent empoté, dont la croissance n'était pas terminée. Il était parti en camp d'entraînement, puis au Moyen-Orient, et était revenu avec le corps d'un dieu grec.

Il haussa un sourcil, et elle s'empressa de détourner les yeux. Il l'avait surprise en train de le regarder fixement.

Il posa sa hache, essuya ses mains couvertes de sciure, et s'avança vers elle. Il était plus grand, plus mince et plus musclé à la fois et, malgré elle, elle se troubla en le voyant approcher.

— Je me doutais bien que les ennuis finiraient par arriver, dit-il.

— Bonjour à toi aussi, Jack.

Il eut le sourire en coin qui la faisait fondre, autrefois. Il n'eut pourtant aucun effet sur elle aujourd'hui.

— Content de voir que tu n'as pas changé…

Elle leva le menton d'un air de défi.

— J'ai changé, Jack Barlow. Plus que tu ne peux l'imaginer.

Ses yeux se posèrent sur la cicatrice qui lui fendait la joue. Le cœur serré, elle retint son souffle. Il y avait quelque chose dans le regard de Jack qu'elle n'y avait encore jamais vu, quelque chose de hagard, de sombre. L'espace d'un instant, elle sentit un lien invisible se tisser entre eux, puis il détourna les yeux et le charme fut rompu.

— Je crois que nous avons changé tous les deux, Meri, dit-il à voix basse.

— Certaines choses ne seront plus jamais les mêmes, n'est-ce pas ?

Elle pensa à son cousin qui était parti en Afghanistan peu de temps après Jack, suivant son meilleur ami comme il l'avait suivi, enfant, au ruisseau ou au lac, pour faire les quatre cents coups.

Tous deux étaient partis, mais un seul était revenu.

Cette terrible réalité brisait-elle le cœur de Jack comme elle brisait le sien ? Plus jeunes, ils étaient inséparables. Sa grand-mère les appelait affectueusement « les triplés ». L'absence d'Eli provoquait en elle une douleur atroce.

— J'ai du travail, dit Jack, retournant vers le tas de bois et reprenant sa hache.

Il recommença à fendre des bûches, avec un air d'intense concentration qu'elle connaissait bien. Le message était clair : la conversation était terminée.

Une chose était sûre, le Jack Barlow charmant qu'elle avait fréquenté au lycée n'existait plus. Il y avait maintenant chez lui une part sombre qu'elle ne reconnaissait pas. Etait-ce dû à ce qu'il avait vécu dans l'armée ? A la perte d'Eli, qui avait été leur meilleur ami à tous les deux pendant tant d'années ?

Quoi qu'il en soit, son attitude et sa voix tendue visaient manifestement à tenir les gens à distance, et elle avait bien l'intention de respecter son désir évident de solitude. Elle était là pour son grand-père, pas pour élucider de vieux mystères, et certainement pas non plus pour s'intéresser de nouveau à celui qui n'avait vu en elle qu'une jeune fille mièvre ayant seulement un joli minois.

Elle se dirigea vers le fauteuil de son grand-père, s'accroupit à côté de lui et lui déposa un baiser sur la joue. Lui qui était autrefois si robuste et qui la portait sur ses épaules quand elle était enfant lui paraissait maintenant terriblement frêle et pâle, mais elle se garda bien de laisser son expression trahir son inquiétude.

Il ouvrit les paupières, sourit et lui prit la main. La joie donna à ses yeux verts une lueur intense et colora ses joues. Derrière lui, l'eau du lac scintillait, et le soleil dansait sur son visage.

— Ma petite Meri, dit-il en caressant sa joue balafrée d'un geste plein de tendresse. Te voilà ! Comment va ma petite-fille préférée ?

— Toujours aussi impertinente et maligne !

Il rit.

— Tu sais ce qui l'emporte sur l'impertinence ?

— La douceur, répondit-elle, amusée.

D'aussi loin qu'elle s'en souvienne, chaque fois qu'ils se retrouvaient, son grand-père et elle avaient ce même échange, qui finissait toujours de la même façon : quelques mini barres chocolatées en récompense.

Il lui fit un clin d'œil et hocha la tête.

— Il y a un bol plein de chocolats pour toi sur la table de la salle à manger, dit-il avec un grand sourire, et pour Jack, si tu veux bien les partager avec lui.

Elle n'avait pas l'intention de partager quoi que ce soit avec Jack Barlow, ni dans l'immédiat ni à l'avenir. Sa seule présence compliquait les choses, mais elle pouvait certainement l'éviter.

— Moi ? Partager des chocolats ? Grand-père, tu ne sais pas à qui tu parles !

Elle entendait, derrière elle, le bruit mat de la hache de Jack s'abattant sur le bois. Il aidait son grand-père, comme il l'avait toujours fait. Quand ils étaient plus jeunes, Jack et Eli passaient leur temps libre, le soir après l'école et le week-end, à l'aider, avant d'aller plonger dans le lac pour se rafraîchir.

Jack Barlow avait beau lui avoir brisé le cœur, elle lui était reconnaissante d'avoir toujours été là pour son grand-père.

Si elle s'était troublée en le voyant approcher, quelques minutes plus tôt, c'était uniquement parce qu'elle était surprise de le voir.

La dernière fois qu'on lui avait donné de ses nouvelles, il était encore dans l'armée, à l'étranger, mais à en juger par sa présence ici et par le fait qu'il laissait manifestement repousser ses cheveux, il n'était plus la propriété du gouvernement. Elle ne s'en souciait pas, bien sûr. Pas du tout.

Alors pourquoi ne cessait-elle de repenser à ce moment douloureux, au Gator's Garage ? Aux mois qu'elle avait passés à essayer de l'oublier après leur rupture ? A essayer d'oublier son sourire en coin ?

Le rythme effréné des coups de hache de Jack prouvait qu'elle n'était pas la seule à prétendre que leurs retrouvailles ne signifiaient rien.

Elle expira lentement et s'efforça de chasser cette pensée de son esprit. Jack faisait partie d'un passé qu'elle n'avait pas du tout envie de revisiter.

— Après cette matinée, je vais avoir besoin de tous les chocolats de ce bol, grand-père.

Son grand-père rit.

— Tu es allée voir ta mère ?

— Je croyais qu'elle aurait peut-être changé, mais…

Elle secoua la tête, laissant la phrase en suspens. Elle avait fait son devoir de fille en rendant visite à sa mère. C'était suffisant.

— Enfin, je ne suis pas ici pour parler d'elle. Je veux parler de toi et de ta santé. Comment vas-tu ?

— Je suis encore en vie, répondit-il avec un grand sourire. C'est tout ce que je demande au ciel, maintenant !

Elle sentit son cœur se serrer et des larmes lui montèrent aux yeux, mais elle les refoula d'un battement de paupières et sourit à son grand-père, puis elle s'assit sur le bord du fauteuil en face du sien et se pencha en avant pour prendre ses mains entre les siennes.

— Je vais rester avec toi, aussi longtemps que tu le souhaiteras.

— Cela me ferait plaisir, ma petite Meri, dit-il d'une voix légèrement tremblante, lui serrant tendrement les mains. Très plaisir.

Elle se laissa aller en arrière dans son fauteuil et leva le visage vers le soleil de la Caroline du Nord. Rien ne l'avait jamais réchauffée comme lui. Ici, dans le jardin de cette petite maison délabrée, sur l'herbe au milieu des arbres et du chant des oiseaux, elle se sentait chez elle, en paix. Ici, elle pouvait enfin respirer, pour la première fois depuis très longtemps.

— A moi aussi, grand-père. A moi aussi.

Après un court silence, le bruit sourd de la hache de Jack retentit de nouveau. Son regard se posa sur lui, sur les muscles de son dos et de ses bras, et elle se troubla de plus belle.

Elle s'aperçut alors que trouver la paix risquait d'être beaucoup plus difficile que prévu.

2

Jack Barlow n'oubliait rien facilement. Quand il était enfant, sa grand-mère lui disait souvent qu'il avait une mémoire exceptionnelle. Avec le recul, il ne pensait pas avoir une si bonne mémoire ; il avait surtout tendance à faire attention aux détails. Cette caractéristique lui avait été utile quand il travaillait au garage de son père et qu'il avait besoin de reconstituer un moteur de voiture, et quand il était de patrouille en Afghanistan. Parfois, des vies dépendaient d'un infime détail.

Cependant, il lui arrivait de déplorer la façon dont son esprit fonctionnait et de regretter que ses souvenirs ne s'estompent pas, que les détails ne deviennent pas flous.

Une portière de voiture claqua quelque part, dans la rue. Il tressaillit et tourna vivement la tête dans la direction d'où provenait le bruit. Ce simple claquement de portière n'aurait provoqué aucune réaction chez la plupart des gens, mais il le désorienta complètement. Il lui sembla soudain être aveuglé par la lumière de l'explosion, entendre le fracas du Humvee, de voir les bouts de métal du plancher du véhicule voler autour de lui, retomber sur le siège côté passager, sur Eli.

Il ferma les yeux, mais cela ne l'empêcha pas d'entendre les cris déchirants d'Eli, de voir son sang dans l'habitacle, sur lui, partout. Cela ne l'empêcha pas de voir ses grands yeux marron perdre leur pétillement malicieux et devenir vitreux.

Il revoyait très nettement le moment où il avait pris à l'est au lieu d'aller à l'ouest, où les éclats d'obus qui auraient dû le frapper avaient touché son meilleur ami.

Il inspira profondément, mais son cœur martelait sa poitrine et ses poumons lui paraissaient serrés. Son front était moite, et une sueur froide trempait son T-shirt.

Expirant lentement, il desserra les poings et ouvrit les yeux. Il regarda fixement le dessous de la Chevrolet Monte-Carlo, les lignes du pot d'échappement, le carter d'huile. Il respira l'odeur de graisse, toucha le sol de béton sous ses paumes, écouta le bruit des voitures qui passaient dans la rue. Il se raccrocha désespérément à la réalité.

Enfin, il sortit de dessous la voiture et, dans la pénombre fraîche du garage, se frotta les yeux et s'efforça de ne pas s'abandonner à la tension qui l'habitait depuis qu'il ne dormait plus que quelques minutes par heure, chaque nuit.

Hélas, ses souvenirs continuaient de le guetter, tapis dans l'ombre, comme une panthère prête à bondir sur lui dès qu'il se relâcherait.

Depuis qu'il était revenu de la guerre, il faisait la seule chose dont il se sentait encore capable : il travaillait tous les jours jusqu'à ne plus pouvoir tenir debout. Il partageait son temps entre le garage de son père et la maison de Ray, car il n'y avait que lorsqu'il réparait une voiture ou fendait des bûches qu'il parvenait à s'arracher à ses souvenirs, à son passé, aux erreurs qu'il avait commises, au sentiment de culpabilité qui l'accablait.

Et maintenant, il devait en plus s'efforcer de ne pas penser à Meri. Il ne s'était pas attendu à la voir, ni le jour même ni jamais, et leur rencontre l'avait profondément décontenancé.

Meri représentait tout ce qu'il voulait laisser derrière lui, tout ce qu'il voulait oublier, sans y parvenir.

Comment aurait-il pu lui avouer la vérité ? Lui dire que c'était lui qui aurait dû protéger Eli, qui aurait dû veiller à ce qu'il rentre sain et sauf à la maison, avec son éternel sourire ? Comment aurait-il pu la regarder dans les yeux et lui dire ce qui s'était passé ?

Il était responsable de la mort d'Eli. Ce qui était arrivé était sa faute, et celle de personne d'autre.

Il jeta la clé à molette qu'il avait à la main sur l'établi. Elle tomba à côté, rebondit et vint lui frapper le tibia. Il proféra un chapelet de jurons, qui n'atténua en rien la douleur qu'il éprouvait.

— Eh bien ! Je suis impressionné, je n'ai l'habitude d'entendre de tels gros mots que lorsque les Yankees perdent un match.

Jack se retourna, prenant un chiffon pour essuyer ses mains couvertes de graisse, et s'octroyant un instant supplémentaire pour se ressaisir. Son frère Luke se trouvait dans l'embrasure de la porte. On aurait dit qu'il revenait de la plage, ou de vacances, ou des deux. Les reflets dorés de ses cheveux bruns indiquaient qu'il avait passé beaucoup de temps au soleil, et Jack était persuadé qu'il y avait plus de sable que de dollars dans les poches de son short en toile.

— Tu es là pour m'aider à changer la boîte de vitesses de cette voiture ?

Luke rit.

— Pour travailler ? Ma religion me l'interdit !

Jack s'appuya contre le coffre à outils et jeta le chiffon sur l'établi.

— C'est drôle, je ne me rappelais pas que l'on nous inculquait la paresse au catéchisme…

— Parce que toi et Mac étiez trop occupés à rivaliser pour être le chouchou du prof !

Luke sortit deux sodas du petit réfrigérateur qui se trouvait à côté de la porte et lui en lança un. Jack attrapa la canette, l'ouvrit et but une gorgée de la boisson gazeuse.

— Et toi, tu étais occupé à essayer de tirer au flanc.

Luke eut un grand sourire.

— J'ai parfait cet art à l'âge adulte.

Jack eut un grognement railleur et acquiesça d'un hochement de tête. Du revers de sa main, il essuya la sueur de son front et posa un pied sur le pare-chocs de la Monte-Carlo. Cette voiture avait plus de miles au compteur qu'on pouvait l'imaginer, mais son propriétaire, Willie Maddox, un client fidèle, refusait de se séparer de cette grande baleine blanche. C'était une grosse voiture bruyante, mais elle était sportive et vintage, et Willie la bichonnait, d'où la nouvelle boîte de vitesses, qui représentait par ailleurs une rentrée d'argent intéressante pour le garage.

Depuis que leur père avait été opéré du genou, Jack s'occupait du garage, en attendant qu'il reprenne le travail.

— Ça te dirait d'arrêter de travailler de bonne heure et d'aller boire une bière chez Cooter avec moi ?

— Il est 15 heures, Luke.

— Raison de plus pour faire la fête, bourreau de travail ! La Terre ne va pas s'arrêter de tourner parce que tu fermeras la boutique deux heures plus tôt, et puis, il paraît que Meri Prescott est de retour en ville. C'est une raison supplémentaire pour venir boire une bière avec moi.

Jack fronça les sourcils.

— Qu'est-ce que le retour de Meri vient faire là-dedans ?

— Tu vas me dire que tu n'es pas intéressé, peut-être ? Ou qu'elle ne te plaît pas ?

— Je t'en prie, Luke !

Jack jeta sa canette dans la poubelle, récupéra la clé à molette et se glissa de nouveau sous la Monte-Carlo. Il s'attendait à ce que son frère s'éloigne, mais au contraire vit ses baskets apparaître dans son champ de vision.

— Tu vas vraiment essayer de me faire croire que tu n'es pas intéressé ? insista Luke.

— Evidemment que je ne suis pas intéressé ! Nous sommes sortis ensemble il y a un million d'années…

Il y a huit ans, rectifia-t-il dans son for intérieur. Etant donné sa réaction quand il l'avait revue, et le nombre de fois où ses pensées s'étaient tournées vers elle depuis, il était loin d'être indifférent.

Cependant, cela importait peu : pour se remettre à fréquenter Meri, il devrait lui raconter ce qui était arrivé à son cousin sur ce champ de bataille, et il ne pouvait s'y résoudre. Lui-même parvenait à peine à regarder la vérité en face. Il n'osait plonger dans les abysses ténébreux de ses souvenirs, de crainte de ne pouvoir refaire surface.

— Laisse-moi tranquille, Luke. J'ai du travail.

Parfois, il était heureux que ses frères n'aient pas choisi de travailler au garage.

Au bout d'un moment, les pieds de Luke disparurent enfin de sa vue, et le bruit de ses pas lui indiqua qu'il s'en allait enfin. Le silence se fit de nouveau dans le garage, et Jack se dit qu'il l'apaisait. Apparemment, il était aussi doué pour mentir qu'il l'était pour oublier.

Meri se gara sur le parking devant la boulangerie de Betty, à côté de l'épicerie fine de George. Betty et George étaient mariés, et leurs commerces existaient depuis toujours au centre-ville de Stone Gap. Chaque fois qu'elle voyait la boulangerie et l'épicerie, Meri pensait à son cousin Eli, qui y travaillait le week-end et l'été, aux côtés de ses parents, et qui ne manquait jamais de lui apporter des petites sucreries le soir, quand il avait terminé sa journée. De toutes les personnes qu'il lui avait été donné de connaître, Eli était la plus généreuse et la plus affectueuse. Tout le monde à Stone Gap l'adorait, et quand il était mort, quelque chose de bon et de joyeux avait quitté le monde, le laissant plus triste et plus sombre.

Ici, elle sentait encore sa présence, et cela lui faisait chaud au cœur.

Sa tante Betty, la sœur cadette de sa mère, beaucoup plus originale que cette dernière, et son oncle George adoraient cuisiner et partager leurs créations culinaires avec leurs clients, leurs amis et leur famille, mais ils n'aimaient pas spécialement travailler ensemble. Ainsi, quand leur première entreprise, un petit restaurant qu'ils dirigeaient tous les deux, avait fermé ses portes, ils avaient décidé de travailler chacun de leur côté pour préserver la paix de leur mariage. Betty faisait le pain dont George avait besoin pour ses sandwichs, et lui, il fournissait assiettes en carton et couverts.

Tante Betty et oncle George avaient toujours été d'un naturel jovial, trait de caractère dont Eli avait hérité. Perdre leur fils unique les avait évidemment bouleversés, mais ils ne se laissaient pas abattre et continuaient à apporter beaucoup à leur petite communauté. Les deux boutiques arboraient fièrement le drapeau américain, et la vitrine de l'épicerie était ornée d'une étoile d'or, en hommage au soldat tombé au champ d'honneur.

Le cœur lourd, elle descendit de voiture et se dirigea d'abord vers la boulangerie. Une bonne odeur de pain frais et de muffins sortis du four l'accueillit dès qu'elle franchit la porte. Tout sentait délicieusement bon et avait l'air merveilleusement décadent. Son estomac émit un grognement sonore et, l'espace d'un instant, elle songea qu'elle ne pouvait pas se permettre de manger des sucreries. Pendant combien d'années avait-elle résisté à l'envie de se resservir de féculents ou de prendre un dessert ?

— Eh bien, ça alors ! s'écria Betty en contournant le comptoir d'un air affairé, tendant les bras vers elle. Meri ! Je suis tellement heureuse de te voir !

— Oh ! tante Betty, moi aussi !

Meri lui rendit son étreinte chaleureuse, se laissant envelopper dans son parfum de cannelle et de vanille, et ressentit un merveilleux sentiment d'appartenance. Elle avait passé de nombreux après-midi dans cette boulangerie, à regarder Betty confectionner toutes sortes de bonnes choses du pain de seigle ou des beignets, en s'imprégnant tout autant des paroles de sagesse excentriques de sa tante que des bonnes odeurs de nourriture qui flottaient dans l'air.

Elle regarda autour d'elle.

— Je m'attends encore à voir Eli passer cette porte…

— Moi aussi, ma chérie. Mon Dieu, qu'est-ce qu'il peut me manquer !

Betty secoua la tête, les yeux pleins de larmes. Son regard s'attarda sur un dessin punaisé au mur, représentant un passerin indigo, magnifique oiseau bleu dont Eli disait toujours qu'il était un heureux présage.

Il avait toujours fait des croquis de la faune et de la flore de Stone Gap. Au fil des ans, Meri et lui avaient fait de nombreuses randonnées, elle prenait son appareil-photo, lui son carnet à croquis.

Betty regarda le dessin un long moment, une main posée sur ses lèvres.

— C'était la prunelle de mes yeux, tu sais ? Aucune mère ne devrait avoir à enterrer son enfant.

Trop émue pour parler, Meri se contenta de hocher la tête. Du haut de son perchoir au crayon, le passerin indigo semblait lui rendre son regard.

Enfin, sa tante s'essuya les yeux et eut un pâle sourire.

— Bon, ça suffit ! J'entends Eli d'ici… « maman, garde tes larmes pour un autre jour : le soleil brille, c'est une raison suffisante pour sourire ! »

— Sincèrement, je crois ne l'avoir jamais vu déprimé de toute sa vie.

Le sourire de Betty vacilla légèrement.

— Il apportait beaucoup de joie à tous ceux qui le connaissaient… Je suis sûre qu'il fait rire les anges en ce moment même.

— Sûrement, et il doit aussi faire des niches au Saint-Esprit.

Sa tante rit.

— Sans doute !

Elle s'écarta un peu d'elle pour l'observer attentivement.

— Alors, comment vas-tu, ma chérie ?

Meri se sentit profondément émue par la sollicitude de sa tante. A son tour, elle eut les larmes aux yeux. Sa tante la comprenait bien mieux que sa propre mère.

— Ça va… surtout maintenant que je suis de retour ici.

— Tu comptes rester ?

Meri secoua la tête.

— Non, en visite seulement. Il faudra bien que je finisse par retourner à New York pour reprendre le travail.

A condition, bien sûr, qu'elle arrive à surmonter sa peur. Elle avait espéré retrouver la magie qu'elle avait perdue en venant ici, où le temps semblait en suspens.

— J'ai vu quelques-unes de tes photos dans un magazine, et

Eli m'en envoyait tout le temps par Internet… Tu as beaucoup de talent, Meri, lui dit sa tante, rayonnante.

— Eli t'en envoyait ?

— Bien sûr. Il était très fier que sa cousine ait un tel succès à New York. Il estimait que tu étais la digne héritière d'Ansel Adams, et il n'avait pas tort.

Meri prit sa tante dans ses bras et la serra tendrement contre elle.

— Merci, tante Betty… C'est très gentil de ta part.

Sa mère ne lui aurait jamais dit quelque chose d'aussi valorisant. Meri se demandait souvent quelle vie elle aurait eue si elle avait été la fille de Betty et de George, au lieu de celle d'Anna Lee.

Comme si elle lisait dans ses pensées, Betty changea de sujet et mentionna justement Anna Lee.

— Il paraît que tu loges chez Ray, dans le chalet… Ta mère est absolument horrifiée. Elle estime, et je la cite, que « tu entaches la réputation de la famille en refusant son hospitalité ».

— Je n'ai pas refusé son hospitalité, j'ai fait un autre choix, c'est tout.

Betty lui prit le visage au creux des mains. Contrairement à sa mère, elle ne tressaillit pas en voyant sa cicatrice. En fait, elle semblait ne même pas y faire attention.

— Un bon choix. Ne laisse pas ma sœur te brimer… Dieu sait que c'est ce qu'elle s'emploie à faire depuis ta naissance ! Je t'assure que si elle avait pu, elle aurait dit aux médecins comment organiser la maternité et à quelle température porter le lait maternisé.

Meri la serra de nouveau brièvement dans ses bras.

— Merci, tante Betty.

— Je t'en prie !

Betty retourna derrière le comptoir et ouvrit une boîte en carton blanche.

— Laisse-moi deviner… Tu es venue chercher la ration quotidienne de muffins de Ray ?

— Oui ! Ensuite, j'irai chez oncle George pour lui prendre

son sandwich préféré. Je lui ai proposé de lui préparer du saumon aux épinards, mais il a refusé catégoriquement... Il m'a dit que les seules choses qui l'aidaient à se sentir mieux étaient ces sandwichs pour le dîner et tes muffins pour le petit déjeuner !

— Ray est un homme intelligent..., mais pas assez pour savoir que je fais ces muffins avec de la farine de blé complet et que j'ajoute des graines de lin dans le pain des sandwichs ! dit Betty en disposant quatre muffins dans la boîte cartonnée. Et toi, que veux-tu ?

— Oh ! je ne devrais pas...

La réponse lui échappa, sorte de réflexe pavlovien.

— Si, tu devrais, et tu peux tout à fait te le permettre ! Ne me parle pas de ces bêtises de calories ou de gras. La nourriture est faite pour être appréciée, pas ignorée... et puis, tu le mérites. Je parie que tu as déjà vu ta mère, aujourd'hui !

Meri acquiesça d'un hochement de tête.

— Oui, et c'était aussi amusant que je m'y étais attendue.

— Dans ce cas, raison de plus pour te faire plaisir !

Betty posa un cupcake au chocolat recouvert d'un épais glaçage rose sur le comptoir.

— Un cupcake, c'est comme un homme bien : goûte-le, savoure-le et ne l'ignore jamais, sinon quelqu'un d'autre s'en emparera ! Allez, vite, prends-en une bouchée !

Meri prit le gâteau, respirant le riche parfum du chocolat et celui, plus doux, du glaçage à la framboise. Elle hésita un instant, puis soupira et mordit dedans.

C'était absolument délicieux. Elle s'apprêtait à en prendre une deuxième bouchée, mais suspendit son geste quand le carillon de la porte retentit. Elle se retourna, le cupcake dans le creux de la main, du glaçage sur la lèvre supérieure, et vit Jack entrer dans la boulangerie. Il lui rendit son regard et, aussitôt, un souvenir lointain lui revint : Jack lui offrant un cupcake la veille d'un concours de beauté, prétendant que la sucrerie aurait un goût d'interdit absolument divin. Elle avait refusé, frémissant de désir pour lui, pour le chocolat, pour tout ce dont elle s'était privée pendant des années. Il avait alors pris un peu de glaçage sur le bout de son doigt et le lui avait mis sur les lèvres. Elle avait entrouvert la bouche pour le goûter, il avait plongé ses yeux dans les siens et, l'instant d'après, le cupcake avait été oublié et ils s'étaient embrassés.

C'était lui qui avait mis un terme à leur baiser, cette fois-là, en lui disant qu'elle avait raison, qu'elle devait se préparer pour son concours de beauté et se concentrer là-dessus. Déjà, une semaine avant leur rupture, il mettait une certaine distance entre eux.

Betty dit bonjour à Jack, et il lui répondit, mais ses yeux restèrent rivés sur elle.

— Que fais-tu ici ? lui demanda-t-elle.

Il jeta un rapide coup d'œil à Betty, puis détourna le regard. Une ombre passa sur son visage. Elle devina qu'il se fermait, l'empêchant de voir ce qui se passait dans sa tête, comme il l'avait toujours fait.

— Je suis surpris que tu sois encore là, dit-il, ignorant sa question.

Elle se hérissa.

— Je viens d'arriver, Jack. Je compte rester ici un moment.

— Très bien.

La réponse l'étonna et lui fit aussitôt passer l'envie de se disputer avec lui.

— Pourquoi dis-tu ça ?

— Parce que même si Ray refuse d'admettre qu'il a besoin d'être materné, c'est pourtant le cas, et tu es la personne idéale pour lui dire ce qu'il a à faire.

— Tu sous-entends que je suis autoritaire ?

Il eut un sourire en coin.

— Mon chou, tu as toujours été autoritaire.

La façon dont il avait prononcé les mots « mon chou » la troubla et lui rappela malgré elle les nuits d'été brûlantes qu'ils avaient passées ensemble, quand ils étaient adolescents, et que la tentation était leur compagne de tous les instants.

— Je vois que tu aimes toujours les cupcakes, remarqua-t-il, faisant un pas vers elle.

Une douce chaleur l'envahit.

Seigneur ! Elle avait envie de plonger dans ses yeux bleus et de tomber de nouveau amoureuse de lui, mais elle savait pertinemment où cela l'aurait menée, elle savait ce qu'il pensait vraiment d'elle.

Elle reposa le cupcake sur le comptoir et s'essuya les lèvres du revers de la main.

Où avait-elle la tête ? Elle n'était pas là pour réécrire le passé, ou pour prouver à Jack qu'elle avait changé. Comme il l'avait lui-même souligné, elle était là pour aider son grand-père à recouvrer la santé.

De plus, tous les sentiments qu'elle avait pu avoir pour Jack Barlow, quand elle n'était encore qu'une adolescente enamourée, s'étaient brusquement évaporés le jour où il l'avait quittée.

— Je n'ai jamais aimé les cupcakes, répondit-elle. J'ai cru les aimer, c'est tout.

3

Jack parcourut six miles à toute allure sur les routes de campagne aux alentours de Stone Gap. La chaleur de la fin de soirée était accablante, et son dos était trempé de sueur, mais il ne ralentit pas pour autant. Sa routine quotidienne, épuisante, avait fait resurgir ses vieux démons, alors il courrait jusqu'à ce qu'il soit exténué et complètement assoiffé.

Pourquoi était-il allé à la boulangerie la veille ? Avait-il vraiment cru qu'il trouverait enfin le courage de se confier ? Une fois par semaine, il passait soit à la boulangerie de Betty, soit à l'épicerie de George, et chaque fois les aveux ne franchissaient jamais ses lèvres.

Quand il avait vu Meri avec cette petite miette de glaçage sur la lèvre, il avait perdu tout sens commun. L'espace d'un instant, il lui avait semblé avoir de nouveau dix-huit ans, être amoureux d'elle et croire que tout allait pour le mieux dans le meilleur des mondes, comme avant qu'il parte pour la guerre et se rende compte de son erreur.

Le simple fait d'entrer dans cette boulangerie lui était douloureux, et il s'était laissé happer par un passé, un rêve qui n'existait plus. Il ne commettrait plus jamais cette erreur qui venait s'ajouter à toutes celles qu'il avait faites et qu'il ne ferait pas une seconde fois.

Luke était assis sur les marches du perron de sa cabane dans les bois quand il rentra chez lui.

— Tu as l'air sur le point de t'effondrer, lui dit son frère.

Jack posa les mains sur les genoux, se pencha en avant et inspira profondément plusieurs fois pour reprendre son souffle.

— Ça va aller…

Luke eut un grognement railleur, se leva et lui mit une bouteille d'eau sous le nez.

— Tiens ! Tu en as plus besoin que moi.

Jack le remercia, se redressa et but une gorgée d'eau glacée.

— Que fais-tu ici ? Non pas que je n'apprécie pas ta visite, mais c'est la deuxième fois en deux jours que tu viens me voir. Je ne te voyais pas aussi souvent quand nous habitions sous le même toit.

Luke haussa négligemment les épaules.

— Maman s'inquiète pour toi. Mac travaille comme un forcené et fait comme si nous n'existions pas, alors m'envoie en mission.

— En d'autres termes, elle est désespérée.

— Je préfère considérer qu'elle est intelligente.

Jack maugréa d'un ton ironique. Il but le reste de son eau, referma la bouteille et la jeta dans la poubelle de recyclage.

— J'ai du travail.

Luke vint se placer devant lui, lui barrant le chemin.

— Promets-moi de venir dîner à la maison dimanche soir. Maman m'a dit qu'elle nous tannerait le cuir à tous les deux si tu ne venais pas.

— Premièrement, la dernière fois que maman nous a « tanné le cuir », tu avais six ans et tu avais volé des bonbons à l'épicerie. Tu as pleuré, elle a pleuré, et elle a juré de ne plus jamais nous donner de fessée. Deuxièmement, je suis tout à fait capable de manger seul. Je n'ai pas besoin d'assister à des repas de famille interminables.

Luke lui donna un petit coup dans l'épaule.

— Depuis quand les repas sont-ils interminables dans notre famille ? Qu'est-ce qui t'arrive ? Ne me dis pas que tu préfères manger tout seul devant la télévision, sur ton canapé, que déguster un rôti braisé fait maison…

Jack secoua la tête.

— Tu n'es pas responsable de moi. Je suis occupé, Luke, je n'ai pas de temps à perdre avec tout ça. Je dois aller au garage.

Luke resta là encore quelques instants, comme s'il s'apprêtait à protester, mais apparemment, il était à court d'arguments. Jack avait presque envie que son frère le traîne de force chez ses parents, parce que le fait d'être entouré lui permettrait peut-être de ne pas se laisser happer par ses sombres pensées. Cependant, cela pouvait aussi avoir l'effet inverse.

— Très bien, comme tu voudras, finit par dire Luke. Savoure tes dîners en solitaire !

Il s'en alla, et Jack rentra dans la petite cabane au bord du lac qu'il louait depuis son retour à Stone Gap. Elle ne payait pas de mine, mais elle était située dans les bois au bout d'une rue déserte, à un mile de chez Ray à vol d'oiseau. Il n'avait aucune envie d'avoir des voisins amicaux susceptibles de passer pour lui offrir quelque chose à manger et le mettre au courant des derniers potins. Quand il était revenu de la guerre, sa mère avait espéré qu'il s'installerait dans la maison familiale, mais l'idée d'être entouré d'affection l'oppressait. Il avait loué la première maison qu'il avait trouvée, et dit à sa mère qu'il irait très bien.

Il ressortit en entendant le crissement de pneus dans l'allée, prêt à faire à son frère une remarque sarcastique, mais les mots moururent sur ses lèvres lorsqu'il aperçut Meri, au volant d'une Toyota poussiéreuse. Ses cheveux étaient attachés en queue-de-cheval, et des lunettes de soleil cachaient les yeux verts qu'il connaissait si bien. Elle s'arrêta et baissa sa vitre, mais ne coupa pas le contact.

— J'ai besoin de ton aide, dit-elle sans préambule. Grand-père a l'intention de monter à l'échelle pour réparer la gouttière, et il refuse d'attendre que tu sois là pour l'aider. Il m'a interdit de toucher à l'échelle, et j'ai peur qu'il tombe…

Il jura tout bas.

— Je lui ai dit que je m'en occuperais ce soir, en sortant du garage !

— Tu le connais, quand il veut quelque chose, il le veut tout de suite.

Elle retira ses lunettes de soleil. Son inquiétude se lisait dans ses yeux.

— Tu peux venir l'aider ? Bien sûr, si tu es occupé ou…

— Je ne suis pas occupé.

Pas trop occupé, aurait-il dû dire.

Ray avait besoin de lui, et s'il y avait bien un homme qu'il était prêt à aider sans hésiter, c'était lui.

En revanche, en voyant la façon dont Meri le regardait, comme si tous ses espoirs reposaient sur lui, il fut tenté de lui dire de s'adresser à quelqu'un d'autre.

— Donne-moi cinq minutes, je vais prendre une douche rapide.

— Bien sûr, dit-elle en coupant le contact. Merci, Jack.

Il s'apprêtait à rentrer dans la maison quand la politesse que sa mère lui avait inculquée l'arrêta.

— Euh… Tu veux entrer ? Prendre un verre de thé glacé, ou quelque chose d'autre ? Tu ne devrais pas rester dans la voiture au soleil par cette chaleur.

Elle hésita.

— Tu as du thé glacé sucré ?

— Evidemment, répondit-il avec un sourire.

Elle descendit de la voiture. Elle portait un short en jean, un T-shirt bleu au col en V, et des tongs. Sur elle, cette tenue décontractée était plus sexy que les robes élégantes qu'elle portait autrefois lors de ses concours de beauté.

Dire qu'après toutes ces années, il la désirait encore avec la même intensité. A l'époque, il était jeune et stupide. Il croyait qu'un rire ou un baiser pouvait tout arranger.

Il n'était plus aussi naïf. Il savait ce que c'était que de traverser des jours sombres, de prendre de mauvaises décisions et d'avoir des regrets si profonds qu'ils entaillaient jusqu'à son âme.

Il détourna les yeux des longues jambes de Meri et de son sourire, et rentra dans la maison.

— La cuisine est par là, dit-il en lui montrant le couloir. J'arrive tout de suite.

Ce ne fut que lorsqu'il fut sous la douche qu'il parvint à respirer de nouveau normalement. Il posa les mains à plat sur la paroi carrelée et pencha la tête en avant, laissant l'eau fraîche et vivifiante couler sur sa peau brûlante.

Enfin, il sortit de la douche, se sécha et ouvrit l'un des tiroirs de la commode. Il était presque vide. Peut-être était-il temps qu'il se ressaisisse et fasse la lessive.

Il prit un T-shirt miteux, et s'immobilisa en voyant un T-shirt en coton kaki, oublié tout en dessous de la pile.

Une foule de souvenirs le submergea, lui rappelant précisément pourquoi il avait loué cette cabane au bord du lac, loin du reste du monde, loin des gens comme Meri.

Des gens qui lui poseraient toutes sortes de questions auxquelles il était incapable de répondre.

Il jura, referma violemment le tiroir et s'habilla, puis il sortit de sa chambre. Il aiderait Ray, mais resterait à distance de Meri. Il n'avait pas du tout envie de discuter avec elle, de crainte qu'elle lui demande au cours de la conversation ce qui était arrivé à Eli.

La seule autre personne qui savait ce qui s'était passé ce jour-là était le commandant qui avait pris sa déposition, avant de le laisser seul avec son chagrin. Jack avait fait son dernier mois de service dans un état second, n'étant plus que l'ombre de lui-même, puis il était rentré au pays et avait fait ce que le psychologue de l'armée lui avait conseillé de faire : essayer de laisser le passé derrière lui et d'aller de l'avant.

Aller de l'avant ? Pour aller où, au juste ?

Meri l'attendait dans la cuisine. Elle lui tournait le dos et regardait au-dehors par la porte de derrière. Sa silhouette svelte se découpait dans la lumière du matin.

Son cœur se mit à marteler sa poitrine, mais il continua à avancer, résistant à l'envie soudaine de la toucher.

— On y va ?

Elle se tourna vers lui, le sourire aux lèvres.

— Il y a un chevreuil dans le jardin, murmura-t-elle d'un ton émerveillé. Un petit…

Il vint se placer à côté d'elle et aperçut à son tour le chevreuil brun au milieu de la verdure. Le pelage de son dos était moucheté, et il avait la posture détendue du jeune animal inconscient des dangers qui rôdent dans la forêt. Il reniflait les branches des arbustes et en grignotait les feuilles.

— Il est magnifique, dit Meri dans un souffle.

— Il est trop confiant. S'il ne se méfie pas, il va se faire tuer par un chasseur ou par un chien errant.

Elle lui jeta un coup d'œil.

— Tu es plutôt pessimiste.

— Je suis réaliste, c'est différent.

Il hocha la tête en direction du jardin.

— Je suis surpris que tu n'aies pas ton appareil-photo avec toi. Tu étais tout le temps en train de prendre des photos, quand nous étions plus jeunes.

Elle haussa les épaules.

— Contentons-nous de profiter de l'instant présent, d'accord ?

Il était persuadé que la suggestion et le geste faussement désinvolte, cachaient de profonds regrets. Autrefois, il lui aurait demandé de quoi il s'agissait, mais il avait appris à ne pas poser de questions, pour que l'on ne vienne pas fouiner dans son propre passé.

Meri resta dans la cabane de son grand-père, qui l'y avait contrainte, en lui disant que Jack et lui se débrouilleraient très bien tout seuls. Elle en profitait donc pour faire la vaisselle et nettoyer le réfrigérateur.

Cependant, ses pensées restaient tournées vers ce qui se passait dehors. C'était Ray qui parlait le plus et Jack qui faisait le plus gros du travail, et ils semblaient parfaitement à l'aise ensemble. Elle remarquait que Jack prenait soin de son grand-père avec tact, et qu'il trouvait toujours un moyen de le faire s'asseoir.

Le Jack de son adolescence était rebelle et farouche, prêt à conquérir le monde, et désireux d'échapper à ses responsabilités. Il était tout ce qu'elle n'était pas : impulsif et courageux. Elle était sortie avec lui en partie parce qu'elle l'admirait et espérait qu'il déteindrait un peu sur elle, qu'il lui donnerait le courage de tenir tête à sa mère, d'abandonner les interminables concours de beauté et la contrainte qu'ils représentaient.

Le Jack que l'armée et la guerre avaient changé était plus effacé, moins impulsif. Il semblait nerveux et tenait les gens à distance. Cela l'intriguait, mais lui rappelait aussi qu'elle n'était pas là pour rouvrir d'anciennes blessures.

Une fois le nettoyage du réfrigérateur terminé, elle fit une liste de courses, y inscrivant des choses plus saines que ce que son grand-père avait dans ses placards de cuisine, puis elle prit son sac à main et sortit.

Elle se répéta qu'elle était là pour aider son grand-père et non pour éviter l'appareil-photo auquel elle n'avait pas touché depuis des mois, le travail qu'elle avait abandonné. Chaque fois qu'elle imaginait porter l'objectif devant ses yeux, elle était prise de panique.

Elle contourna la maison et trouva son grand-père et Jack assis à la table de jardin, à l'ombre.

— Je vais à l'épicerie pour t'acheter quelques petites choses à manger, grand-père.

— Il y a à manger ici.

— Il y a du corned-beef et de la pâte à tartiner au fromage.

— Que puis-je dire pour ma défense ? Je suis un homme simple, et je suis à peu près aussi doué pour la cuisine qu'un écureuil pour la plongée sous-marine.

Elle rit.

— Eh bien, je suis là maintenant, et je vais te cuisiner des choses saines et bonnes pour le cœur qui vont te remettre sur pied et faire baisser ton taux de cholestérol. Inutile de protester ! Je suis bien décidée à te faire découvrir l'univers de la nourriture non frite.

— On verra… Si tu veux mon avis, il n'y a aucun aliment

qui ne gagne pas à être plongé dans la panure et dans l'huile bouillante ! Pendant que tu y es, si ça ne te dérange pas, fais à manger pour trois, dit-il en passant un bras autour des épaules de Jack. Il va mourir de faim s'il continue à vivre seul, et puis, je lui dois bien un repas après ce qu'il a fait pour moi aujourd'hui !

— Ce n'est rien, Ray, je vous assure, dit Jack en se levant. De toute façon, il faut que je passe à la quincaillerie pour acheter ce dont nous avons besoin pour finir de réparer la gouttière. J'en profiterai pour prendre de la peinture, ce pignon en a bien besoin.

— Allez-y ensemble, vous économiserez de l'essence… et vous ne serez pas tout le temps dans mes jambes, dit Ray avec un grand sourire, agitant la main comme pour leur faire signe de partir.

— Oh ! non, je…

— Ce n'est pas la peine…

— Vous êtes tous les deux plus têtus que des mules !

Son grand-père se pencha en avant, prit les clés qu'elle avait à la main et les mit dans sa poche.

— Voilà ! Comme ça, tu es obligée d'y aller avec Jack.

Jack fronça les sourcils et jura tout bas.

— Je dois d'abord mesurer quelque chose.

Il se dirigea avec raideur vers l'établi posé sur des tréteaux, prit un morceau de gouttière et un mètre à ruban, mais dans sa hâte, il fit tomber le morceau de métal, qui lui glissa dans la main et lui entailla la paume. Le sang jaillit de la plaie. Il jura de nouveau et pressa la main contre son T-shirt.

— Vous avez des pansements, Ray ?

— Des pansements ? C'est un garrot dont tu aurais besoin, mon garçon ! Il faut que tu montres ça à un médecin.

Jack secoua la tête.

— Ce n'est pas la peine, ça va.

Meri reconnaissait l'expression obstinée de Jack. Il laisserait probablement sa main se gangrener avant de demander de l'aide. Elle s'approcha de lui et lui prit la main avant qu'il n'ait eu le temps de protester.

— Fais voir.

— Je…

— Tu saignes beaucoup. Laisse-moi m'occuper de ça. Je vais chercher la trousse à pharmacie, dit-elle en remettant le T-shirt sur la plaie, tiens ça et ne bouge pas.

— Bien, madame ! répondit-il avec un sourire qui disparut presque aussitôt.

Elle se troubla et, l'espace d'un instant, oublia toutes les très bonnes raisons pour lesquelles elle n'éprouvait plus d'attirance pour lui.

Retournant précipitamment dans la maison, elle alla chercher ce dont elle avait besoin dans l'armoire à pharmacie, avant de ressortir.

Jack l'attendait au même endroit. Elle déroula le tuyau d'arrosage et le tira jusqu'à lui, puis elle fit couler un filet d'eau fraîche.

— Avant toute chose, il faut nettoyer la plaie.

A l'instant où l'eau toucha sa main, Jack poussa un petit cri et recula. Elle eut un sourire narquois.

— Tu ne vas tout de même pas me dire qu'un homme qui s'est battu dans l'un des endroits les plus dangereux du monde a peur d'un peu d'eau ?

— Hé ! Ça pique, je te signale…

Elle lui fit une grimace.

— Courage, mon chou !

— D'accord… Essaie de faire vite et ne m'ampute pas de la main, Meri Prescott !

Elle lui sécha la paume avec une serviette propre.

— Sache que j'ai obtenu mon brevet de secourisme quand j'étais éclaireuse… à la deuxième tentative.

Il rit.

— C'est rassurant…

— Je vais m'en sortir, mais si tu te casses une jambe, par contre, tu te débrouilles.

— Hé, je sais fabriquer une attelle avec deux bouts de bois et un peu de lierre, alors ça devrait aller !

Elle leva les yeux vers lui en souriant et, soudain, il lui sembla qu'ils étaient de nouveau adolescents. Ses pensées se tournèrent vers le jour où, assis à ses côtés au bord du lac, il avait séché ses larmes et essayé de faire un miracle avec un bandage de fortune. Il s'était montré minutieux, et elle s'était dit que tout ce qu'elle mettrait entre ses mains serait en sécurité.

— Tu te souviens de l'oisillon ?

Un petit rouge-gorge était tombé de son nid, vraisemblablement en essayant d'apprendre à voler, il s'était blessé à l'aile et, complètement affolé, s'était mis à décrire des cercles sur le sol. Elle était alors allée trouver la seule personne capable de tout arranger : Jack.

— Je me souviens que tu me l'as apporté, les joues couvertes de larmes, et que tu m'as supplié de l'aider.

Il leva sa main libre et lui écarta une mèche de cheveux du front. Elle se sentit fondre à ce contact et vacilla légèrement vers lui. Tout lui semblait avoir disparu autour d'eux, elle ne voyait plus que le bleu de ses yeux, n'entendait plus que le doux murmure de sa voix grave.

— Tu t'es toujours battue pour les causes perdues, Meri.

Les causes perdues. Elle savait les reconnaître, maintenant. Elle n'avait plus rien de la jeune fille sotte qui croyait aux contes de fées.

— Ce n'est plus le cas, dit-elle, reportant son attention sur la main et prenant sur elle pour contenir les larmes qui lui montaient aux yeux.

Elle s'éclaircit la gorge et retira la serviette de la main pour désinfecter la plaie.

— Ne bouge pas, Jack.

Sa main, grande et puissante, était chaude contre la sienne. Elle avait envie de l'observer de plus près, de la sentir contre sa peau. Des années plus tôt, les mains de Jack s'étaient posées sur elle et lui avaient arraché des soupirs de plaisir anticipé.

Comment le souvenir d'un petit oiseau blessé pouvait-il lui évoquer tant de choses ?

— Je, euh… Je vais te mettre un bandage, dit-elle en lui montrant la trousse à pharmacie, avec, euh…

— Du sparadrap ?

— Exactement. Avec du sparadrap.

Elle posa une compresse de gaze sur la blessure, puis elle coupa de longs morceaux de sparadrap dont elle lui entoura ensuite la main.

— Voilà, tu es comme neuf !

— Je ne serai jamais comme neuf. J'ai trop de cicatrices.

Il souriait, mais son sourire n'atteignait pas ses yeux et, pour la énième fois depuis son retour, elle eut un aperçu de la nervosité qu'elle ne lui connaissait pas autrefois.

— Nous ferions mieux d'aller faire les courses, dit-elle, lui lâchant la main, résistant à la tentation de lui demander ce qu'il cachait. Avant que quelqu'un d'autre se blesse.

4

A contrecœur, Jack suivit Meri dans le cabinet du Dr Malloy. En chemin, il lui avait dit qu'il allait bien, très bien, même, mais elle avait vu le sang filtrer à travers le bandage et avait décrété qu'il avait besoin de points de suture. Il avait protesté, mais elle l'avait regardé avec une expression bien à elle : les yeux plissés, les lèvres retroussées et un sourcil levé. Il avait eu envie de rire, de lui dire que cela ne fonctionnait plus, mais la lueur qui brillait dans ses yeux verts avait alors vacillé, et il s'était dit qu'elle s'inquiétait peut-être pour lui.

— Viens, dit-elle en s'approchant de nouveau du pick-up. J'ai parlé à la réceptionniste, elle a dit que le médecin pouvait te prendre tout de suite.

— Je vais bien, Meri…

Elle eut la même expression que pendant le trajet, attrapa la manche de son T-shirt pour le faire sortir du pick-up et l'entraîna vers le cabinet.

— Laisse le médecin en décider.

Il entra et s'arrêta un instant dans le hall, attendant que ses yeux s'habituent à la pénombre. Meri l'avait lâché et s'était un peu écartée de lui. Pour une raison obscure, il en éprouva une certaine déception.

— Jack Barlow ! C'est toujours un plaisir de te voir, mon chou…

La voix mielleuse de Corinna Winslow s'éleva de derrière le bureau de la réception. Elle se leva et s'approcha de lui d'un pas léger. Quand ils étaient au lycée, Corinna était pom-pom girl, et déjà à l'époque, elle le poursuivait de ses assiduités avec une détermination infaillible. Ils étaient sortis ensemble une ou deux fois, des années plus tôt, mais il ne s'intéressait pas réellement à elle, et il avait rapidement mis un terme à leur relation. Quand il était revenu à Stone Gap, elle avait été l'une des premières personnes à l'appeler, pour lui dire qu'elle était là s'il avait besoin de quoi que ce soit.

Elle lui posa une main sur le torse, dans un geste bref, mais qui lui donna l'impression d'être marqué au fer.

— Ne me dis pas que tu es blessé…

Il leva la main.

— Ce n'est rien. J'aurais pu me contenter de ce bandage, mais quelqu'un, dit-il en indiquant Meri d'un signe de tête, a insisté pour que j'aie des points de suture.

Corinna prit sa main dans la sienne et l'examina.

— Oh ! mon Dieu… Oui, il te faut des points de suture. Suis-moi, mon chou, je vais m'occuper de toi !

Sans lui laisser le temps de protester, elle l'entraîna dans le couloir, jusqu'à une salle d'examen. Qu'arrivait-il aux femmes qui faisaient partie de sa vie, aujourd'hui ? Elles le guidaient toutes comme s'il était une brebis égarée !

Corinna se pencha pour prendre sa tension. Il lui dit que ce n'était pas nécessaire, mais elle insista. Elle portait un T-shirt en V blanc et moulant sous sa blouse ouverte, qui laissait apercevoir son décolleté. Il était persuadé que les infirmières n'étaient pas censées se pencher comme elle le faisait pour prendre la tension d'un patient, mais il ne le lui fit pas remarquer.

N'importe quel autre jour, il aurait apprécié le flirt évident, il aurait peut-être même échangé quelques allusions avec Corinna, qui n'avait jamais cherché à cacher son intérêt pour lui, mais dans les circonstances actuelles, il pensait à Meri, assise sur une chaise inconfortable dans la salle d'attente. Il se demandait non seulement à quoi ressemblait son décolleté, mais aussi ce qu'il avait vu dans ses yeux un peu plus tôt, quand elle admirait le jeune chevreuil.

Pourquoi cela lui importait-il ?

Il aurait dû rester le plus possible à l'écart de Meri Prescott, notamment parce qu'il savait ce que c'était que fréquenter une jeune femme qui évoluait dans le monde des concours de beauté. Autrefois, cela ne le dérangeait pas, mais la guerre avait fait de lui un autre homme.

Et puis, il y avait Eli. Le seul souvenir du prénom de son meilleur ami le transperça de douleur.

— Ça va ? lui demanda Corinna, l'arrachant à ses pensées.

— Euh… oui. Le stéthoscope est un peu froid, c'est tout.

Elle lui donna une petite tape sur le bras, par jeu.

— Oh ! ne me dis pas que tu ne supportes pas le froid… Un homme grand et fort comme toi ! Enfin, je peux le réchauffer sur ma peau, si tu veux…

Par chance, au même instant, le Dr Malloy entra dans la pièce. Corinna s'écarta précipitamment de lui et fit mine de s'affairer avec le tensiomètre.

— Salut, Jack ! dit le médecin. Ça faisait longtemps que je ne t'avais vu.

Jack se pencha pour lui serrer la main. Le Dr Malloy était un homme âgé, et il le connaissait depuis toujours. Au fil des ans, il avait pris quelques kilos et gagné quelques cheveux blancs, mais en dehors de cela, il n'avait pas changé. C'était un médecin chaleureux, qui avait souvent de longues conversations avec les patients qu'il connaissait bien. Il avait fait la guerre du Vietnam et lui avait raconté de nombreuses anecdotes à ce sujet par le passé.

— Content de vous revoir !

Le médecin indiqua sa main bandée d'un signe de tête.

— Qu'est-ce qui t'arrive ?

— Ce n'est qu'une petite blessure. Meri a pensé…

— Meri Prescott ? Elle est de retour à Stone Gap ?

Jack hocha la tête. Il espérait ne pas être entraîné dans une longue conversation au sujet de Meri. Il n'avait pas envie de penser à elle plus que de raison et, au cours des dernières vingt-quatre heures, il avait pourtant pensé à elle toutes les cinq secondes environ.

— Elle a pensé que j'avais besoin de points de suture.

— S'il y a bien une chose que j'ai apprise en trente ans de mariage, c'est que les femmes ont toujours raison, dit le Dr Malloy avec un grand sourire, et même quand on croit qu'elles ont tort, on acquiesce. Epouse heureuse, mariage heureux !

— Euh… Meri et moi ne sommes pas… Elle n'est pas…

Que lui arrivait-il ? Depuis quand bégayait-il ?

— Elle est là pour voir son grand-père, c'est tout.

A l'autre bout de la pièce, Corinna eut un sourire ravi. Elle faisait mine de s'intéresser à son dossier, mais ses yeux restaient rivés sur lui.

Le médecin se pencha légèrement pour examiner la plaie et décida qu'elle avait bel et bien besoin de quelques points de suture. Corinna l'assista, lui tendant tout ce dont il avait besoin, mais son attention resta concentrée sur Jack. Elle lui souriait d'un air espiègle, quand elle ne se contorsionnait pas pour lui présenter ses plus beaux atouts. Une fois la blessure suturée, elle sortit de la pièce de sa démarche ondoyante.

— Et voilà, dit le médecin, tu es comme neuf !

Meri lui avait dit la même chose, un peu plus tôt. Les gens croyaient-ils qu'un bandage ou quelques points de suture pouvaient changer quoi que ce soit ?

— J'ai enduré trop de choses horribles, je ne serai jamais comme neuf.

Il ne faisait pas allusion à ce qu'il avait subi physiquement. Ses cicatrices s'étaient estompées, elles étaient à peine visibles aujourd'hui. Il pensait au fardeau qu'il portait au plus profond de son cœur, au sentiment de culpabilité qui pesait sur ses épaules.

Il pouvait s'asseoir sur le perron de sa cabane et admirer le lac de Stone Gap, s'imprégner de la chaleur du soleil et respirer l'air pur et frais. Eli ne pourrait plus jamais faire cela, lui. Il ne connaîtrait plus jamais la joie simple de ces moments de tranquillité.

A cause de mes choix, de mes décisions, de mes erreurs, songea-t-il.

Le Dr Malloy lui posa une main sur le bras et le regarda droit dans les yeux.

— Tu sais comment on fait pour tremper l'acier ? On le fait chauffer graduellement, puis on le fait refroidir, jusqu'à ce qu'il devienne tellement dur, tellement fort, que presque rien ne peut le casser ou le faire ployer. C'est aussi comme cela que les gens sont faits. Ils sont brisés, traversent des tragédies, des victoires, connaissent la douleur et la perte, assistent à des naissances et à des décès.

La douceur et la bienveillance du médecin se lisaient dans ses yeux. Il avait vacciné Jack quand il était à l'école maternelle, et lui avait fait passer son dernier bilan de santé avant son départ pour l'Afghanistan. Il était l'une des personnes qui le connaissaient le mieux.

— Les enfers que les gens vivent finissent par les rendre plus forts, plus solides que l'acier.

Jack posa sa main bandée au creux de son autre paume. Aucun bandage ne pourrait jamais guérir les meurtrissures de son âme.

— Parfois, les épreuves sont trop dures, la chaleur trop forte, et ils se brisent, dit-il en se levant et en se dirigeant vers la porte. Merci de m'avoir soigné.

— Je ne soigne que les blessures extérieures, Jack. Chacun doit soigner seul ses blessures intérieures.

Jack acquiesça d'un hochement de tête et rejoignit Meri dans la salle d'attente. Elle feuilletait un magazine, sa tête blonde légèrement inclinée. Le soleil filtrant par la fenêtre derrière elle formait un halo de lumière autour de son visage.

Elle leva les yeux vers lui, et un sourire se dessina sur ses lèvres. Aussitôt, un étrange sentiment l'envahit, une sorte d'espoir, qui lui donna l'impression d'être de nouveau l'enfant qu'il était autrefois. Puis le sourire de Meri s'évanouit, elle posa le magazine et sortit les clés du pick-up de son sac à main.

— On y va ?

— Oui.

Il repassa par l'accueil pour payer sa consultation, puis ils sortirent. Elle déverrouilla les portières du pick-up, s'installa au volant et attendit qu'il monte côté passager, puis, sans un mot, elle démarra et prit la direction de la quincaillerie. Il la regarda, mais elle garda les yeux rivés sur la route. Il se persuada qu'il en était content.

Le silence se prolongea. Enfin, quand ils arrivèrent à destination, il essaya machinalement d'ouvrir la portière de sa main bandée et grimaça de douleur.

— Ça va, « mon chou » ? lui demanda Meri.

— Est-ce une pointe de jalousie que je perçois dans ta voix ?

— Je ne suis jalouse de personne, et certainement pas d'une ancienne pom-pom girl qui a eu recours à la chirurgie esthétique.

Il haussa les sourcils d'un air interrogateur.

— Tu en es sûre ? Parce qu'à t'entendre, on croirait presque que tu as envie de retourner là-bas et de lui mettre son stéthoscope quelque part…

Elle indiqua la quincaillerie d'un geste vague.

— Va chercher ce dont tu as besoin pendant que je vais à l'épicerie. Nous gagnerons du temps.

En temps normal, il aurait été ravi d'avoir l'occasion d'être seul et de flâner dans les rayons d'outils, d'écrous et de boulons, mais vu les circonstances, il se surprit à lui montrer sa main bandée avec un sourire qui se voulait attendrissant.

— Je, euh… Je ne suis pas sûr que ce soit une bonne idée que je porte des outils avec cette main. Je risquerais de faire sauter les points de suture, la plaie pourrait s'infecter, se gangréner, et on devrait m'amputer.

Elle rit et secoua la tête.

— Arrête ton cinéma !

— J'essaie seulement d'éviter les complications, dit-il avec le même sourire destiné à inspirer la pitié. Si tu m'accompagnes à la quincaillerie, je te promets de ne pas me plaindre quand nous choisirons les céréales à l'épicerie.

Elle se tourna légèrement vers lui, les yeux plissés.

— Ta main te fait mal à ce point ?

— Oh ! la coupure était très profonde. Le Dr Malloy m'a dit que j'avais failli sectionner un nerf.

Le médecin n'avait rien dit de la sorte, mais il estimait qu'un pieux mensonge lui permettant de s'attirer la compassion de Meri n'était pas une mauvaise chose.

— D'accord, je veux bien t'accompagner, mais seulement si tu me promets une chose, dit-elle en agitant le doigt dans sa direction, de ne pas passer une heure dans le rayon des outils électriques à t'extasier comme un enfant devant la vitrine d'un magasin de bonbons.

Il prit sa main dans la sienne.

— Je te promets de ne pas passer une heure dans le rayon des outils, mais je ne peux pas te promettre de ne pas m'extasier.

Ce ne serait sans doute pas devant les outils qu'il s'extasierait, mais devant elle. Elle était très attirante avec ses cheveux lâchés tombant sur les épaules et son petit short en jean, qui mettait ses cuisses en valeur. Elle le troublait bien trop pour qu'il réussisse à garder ses distances, comme il s'était promis de le faire.

— Heureusement que l'infirmière « Mon chou » s'est bien occupée de toi, dit-elle en retirant sa main de la sienne.

Puis elle descendit du pick-up et se dirigea vers la quincaillerie d'un pas énergique avant même qu'il ait eu le temps d'ouvrir sa portière.

Il la suivit en riant. Apparemment, le flirt décomplexé de Corinna avait attisé une flamme ancienne. Il était tenté de voir où cela mènerait.

La porte vitrée se referma derrière Meri, et il aperçut alors son propre reflet. Il avait une barbe de plusieurs jours, le col de son T-shirt délavé était déchiré et son jean troué au genou. Comme le Dr Malloy le lui avait fait remarquer, ces imperfections extérieures et temporaires masquaient des dégâts bien plus profonds.

Il ferma les yeux quelques secondes et fut aussitôt transporté sur le champ de bataille, dans la poussière, les gaz d'échappement, au milieu du grondement des moteurs et des hélicoptères, des cris d'effroi et de douleur des blessés. Il lui sembla voir son reflet dans le tableau de bord du Humvee, dont l'arrière restait intact tandis que l'avant était détruit par l'explosion.

— Jack ?

Entraîné dans le tourbillon de ses souvenirs, incapable de remonter à la surface, il avait l'impression de se noyer.

— Jack ?

Il sentit une main se poser avec douceur sur son bras. Il sursauta violemment, puis revint lentement à la réalité. Les battements de son cœur s'espacèrent peu à peu.

— Désolé. Je… rêvassais.

Il était plutôt plongé dans un cauchemar, mais il n'avait pas du tout envie d'en parler, ni avec Meri ni avec qui que ce soit d'autre.

— Ça va ? Tu es un peu pâle…

— Ça va, répondit-il sèchement. Je vais aller chercher ce dont j'ai besoin pour pouvoir me remettre au travail. Je n'ai pas toute la journée.

Il entra dans la quincaillerie, conscient d'être détestable, mais il n'avait pas l'intention de s'expliquer.

Meri resta en arrière tandis qu'il prenait un Caddie et le remplissait. Quand il arriva à la caisse, il était accablé par la culpabilité. Meri n'était responsable de rien. Il n'avait pas à s'en prendre à elle uniquement parce qu'elle lui rappelait ses erreurs.

Il glissa sa monnaie dans la poche et se dirigea vers elle avec son Caddie.

— Je suis désolé de t'avoir rembarrée.

— C'est gentil de t'excuser…, mais n'imagine pas que je ne me vengerai pas ! ajouta-t-elle avec un sourire espiègle.

La façon dont elle le regardait, la lueur qui brillait dans ses yeux, firent reculer le paysage afghan poussiéreux et désolé, et lui enlevèrent une partie du poids qui pesait sur ses épaules. Pendant quelques instants précieux, il ne fut qu'un homme ordinaire en compagnie d'une femme ordinaire.

Il haussa les sourcils.

— Tu vas te venger ? Comment ?

Il fut profondément troublé par le pétillement malicieux dans les yeux de Meri.

— Je vais prendre tout mon temps pour choisir entre les Froot Loops et les Apple Jacks, à l'épicerie !

Il sentit la tension qui l'habitait l'abandonner complètement. Il ne se rappelait pas la dernière fois qu'il s'était senti aussi bien. Après tout, le retour de Meri n'était peut-être pas une si mauvaise chose.

— Tu dis ça comme s'il y avait une hésitation possible.

Elle pencha légèrement la tête et posa sur lui des yeux perçants, l'air faussement menaçant.

— C'est le cas… On ne plaisante pas avec les céréales, Jack Barlow.

Comme il aimait la façon dont elle prononçait son nom.

— N'importe qui prenant les céréales au sérieux sait que les Froot Loops sont bien meilleurs que les Apple Jacks…

— Ah, vraiment ? Vous voulez parier, monsieur Barlow ?

— Premièrement, dit-il en faisant un pas vers elle, s'arrêtant assez près pour sentir son parfum floral et voir les éclats dorés de ses yeux verts, depuis quand est-ce que tu m'appelles monsieur Barlow ?

La lueur espiègle qui brillait dans son regard laissa la place à une expression différente qu'il ne parvint pas à identifier.

— Depuis que nous ne sommes plus très proches l'un de l'autre.

— Je dirais que nous sommes assez proches en ce moment même… Après tout, nous parlons petit déjeuner, c'est quelque chose qui se fait généralement après trois rendez-vous, au moins. Alors, qu'en dis-tu ? Tu veux partager un bol de Froot Loops avec moi ? Le débat serait clos une bonne fois pour toutes !

Elle lui posa une main sur le torse. Son cœur se mit à marteler sa poitrine, mais presque aussitôt, elle laissa retomber sa main et tourna les talons.

— Parler petit déjeuner et le prendre avec quelqu'un sont deux choses très, très différentes, monsieur Barlow.

Pendant quelques instants, Meri avait oublié la cicatrice qui lui fendait la joue. Pour une raison obscure, quand elle était avec Jack, elle n'y pensait plus. Peut-être parce qu'il ne la regardait jamais fixement. Peut-être parce que avec lui, elle avait l'impression d'avoir de nouveau seize ans, de n'être jamais partie pour New York où avait eu lieu l'agression qui l'avait radicalement changée.

Puis elle entra dans l'épicerie, et Esther Klein, la propriétaire du magasin, lui rappela brusquement tout ce qu'elle venait miraculeusement d'oublier.

— Eh bien, ça alors, Meri Prescott ! s'écria Esther, tendant les bras pour l'accueillir.

Elle la serra contre sa poitrine généreuse, puis la tint à bout de bras pour l'observer.

— Mon Dieu ! Que t'est-il arrivé ? Tu as eu un accident ?

— Non, répondit Meri, c'est juste une coupure, c'est tout.

Elle n'avait pas l'intention d'entrer dans les détails. Etant donné la vitesse à laquelle les nouvelles étaient colportées à Stone Gap, l'histoire se serait répandue comme une traînée de poudre en quelques heures.

— Mais c'est… Tu étais si belle…

Esther s'interrompit, rougit.

— Enfin, tu es encore belle, bien sûr, mais…

— Allons chercher ce dont nous avons besoin, intervint Jack en prenant un Caddie à l'entrée du magasin et en le lui donnant. Ton grand-père nous attend.

— Contente de vous avoir revue, madame Klein, dit Meri, s'éloignant dans l'allée avec Jack, sans laisser à Esther le temps de finir sa phrase.

De toute façon, elle savait ce qu'elle s'apprêtait à lui dire, pour l'avoir déjà entendu un nombre incalculable de fois.

« Mais tu as tellement changé, ton visage ne sera plus jamais le même. »

Elle ne s'était jamais considérée comme étant vilaine. Toute sa vie, elle avait cru ne pas se soucier de ce que l'on pensait de son physique. Cependant, quand elle avait vu le mélange d'effroi et de pitié dans les yeux de gens comme Esther, elle s'était rendu compte qu'elle se mentait à elle-même. Elle s'en souciait. L'identité qu'elle avait jusque-là méprisée, celle de reine de beauté, était à jamais altérée, et elle se demandait maintenant qui elle était vraiment. Une femme balafrée qui n'oserait plus jamais retourner à New York et prendre son appareil-photo ? Ou une femme qui avait survécu et qui persévérerait ?

Elle passa une main dans ses cheveux et en plaça une mèche devant sa joue pour cacher la cicatrice.

Jack s'arrêta net.

— Ne fais pas ça.

— Pas quoi ?

— Ne cache pas cette cicatrice parce qu'une imbécile t'a fait une remarque stupide, dit-il en lui remettant les cheveux derrière l'oreille. Tu n'as aucune raison d'avoir honte.

Elle secoua la tête.

— Je ne suis plus celle que j'étais, et les gens d'ici ne verront jamais plus loin que cela.

— Eh bien, dans ce cas, c'est qu'ils sont ignorants. Ils ne s'aperçoivent donc pas que tu es bien trop intelligente pour te pavaner sur un podium avec une tiare sur la tête ?

Elle rit.

— Je te remercie !

— C'est vrai. Tu es trop intelligente pour n'être qu'une reine de beauté, et bien trop belle pour te laisser atteindre par la mesquinerie de quelqu'un qui ferait mieux de réfléchir avant d'ouvrir la bouche.

Elle fut touchée d'entendre qu'il la trouvait belle. La trouvait-il belle malgré sa cicatrice, et avec quelques années de plus ? Ou essayait-il seulement d'être poli ?

Elle lui sourit.

— Me feriez-vous un compliment, Jack Barlow ?

— Certainement pas ! Ce sont les gentlemen qui font des compliments aux femmes, et je ne suis pas un gentleman.

Il la fit rire en rejetant la tête en arrière d'un air faussement sûr de lui, puis il indiqua d'un geste vague leur Caddie vide.

— Allez, finissons-en avec ces courses !

— Merci.

Il haussa les épaules négligemment.

— Inutile de me remercier… Je sais ce que c'est que de devoir supporter les questions indiscrètes des gens.

A quoi faisait-il allusion ? A la guerre ? A la mort d'Eli ? A la difficulté de revenir à Stone Gap ?

Elle avait envie de le lui demander, mais elle se rendait bien compte que cela reviendrait à faire ce qu'ils détestaient tous les deux : faire preuve d'indiscrétion.

Elle se contenta donc de le suivre, pour en finir avec ces courses, comme il l'avait dit lui-même.

A cette heure-là, il y avait relativement peu de monde dans les allées du magasin. Elle prit un pain complet et le mit dans le Caddie.

— Si c'est pour Ray, dit Jack, il ne le mangera pas. Il prétend être allergique aux fibres.

Incrédule, elle haussa les sourcils.

— Allergique aux fibres ?

— Depuis qu'il a entendu dire que certaines personnes suivaient un régime sans gluten, il refuse de manger du pain complet, des légumes crucifères ou de la margarine allégée.

— Pour manger des tas de cochonneries à la place ?

— Hé ! s'écria Jack avec un grand sourire. Je mange la même chose que lui…

— C'est bien pour ça que j'achète ce pain, et celui-ci, dit-elle en ajoutant une deuxième miche dans le Caddie.

Il protesta, mais elle l'ignora et se dirigea vers le rayon des légumes.

— Je vais aussi prendre des brocolis.

Derrière elle, Jack eut un gémissement plaintif. Elle rit et continua son chemin.

Le taquiner était bien plus simple que de faire face à ce qu'il y avait eu entre eux quelques minutes plus tôt. Quand il lui avait effleuré la joue, son cœur avait fait un bond dans sa poitrine, et elle avait aussitôt eu l'impression d'avoir de nouveau seize ans, de croire qu'elle n'aimerait jamais personne comme elle aimait Jack.

Quand il lui avait remis les cheveux derrière l'oreille et qu'il lui avait dit qu'elle était belle, elle avait oublié le jour où, dans le garage de son père, il lui avait brisé le cœur et où elle s'était juré de ne jamais plus s'attacher à ce point à quelqu'un. Elle avait oublié la promesse qu'elle s'était faite et l'avait imaginé en train de l'embrasser. Avait-elle vraiment envie qu'il l'embrasse ? Après tant d'années, ses baisers seraient-ils plus doux ?

— Euh… tu préfères les courgettes ou les courges ? lui demanda-t-elle, principalement pour penser à autre chose qu'à ses lèvres sur les siennes.

— Les courgettes. Sautées, avec un peu d'ail et d'aneth, pour relever le goût sans avoir à ajouter trop de sel.

— Tu cuisines ? lui demanda-t-elle, étonnée, tout en mettant trois courgettes dans un sac en plastique. Depuis quand ?

— Je fais beaucoup de choses que tu ignores.

— Moi aussi, dit-elle avec un haussement d'épaules désinvolte. Il faut croire que nous avons beaucoup changé au cours des quelques dernières années.

— Plus que tu ne peux l'imaginer.

Sa voix était grave, et la remarque soulevait d'autres questions, des questions qu'elle se retint de poser.

— Quelle pomme préfères-tu, la Fuji ou la Gala ?

— J'ai un faible pour les Granny-Smith… Ray aime bien les Red Delicious.

— Comment en sais-tu autant sur ce que mon grand-père aime manger ?

Il haussa les épaules et, évitant de croiser son regard, mit quelques pommes dans un sac.

— Je fais les courses pour lui depuis un petit moment, maintenant.

— C'est vrai ?

De nouveau, il haussa les épaules négligemment.

— Cela fait longtemps qu'il n'est pas bien, Meri, et pendant un moment…

Il s'interrompit, s'éclaircit la gorge.

— Enfin, il commence à se remettre, et c'est tout ce qui compte.

— Qu'est-ce que tu me caches ?

Il y eut un long silence. Elle commençait à croire qu'il allait ignorer la question quand il répondit enfin.

— Je crois que c'est vraiment une bonne chose que tu sois là, maintenant. Ray a tendance à ne pas suivre les conseils du médecin. Il aura plus de mal à se gaver de sucreries si nous sommes deux à le surveiller.

Il avait prononcé ces mots d'un ton léger, comme si la situation n'était pas si grave, comme s'ils n'avaient aucune raison de s'inquiéter du moment que Ray préférait le pain complet au pain blanc, mais elle comprit le message qui se cachait derrière ses paroles : la santé de son grand-père était encore fragile.

Sa tante Betty avait essayé de l'aider, mais Ray avait toujours gardé ses distances vis-à-vis de la famille d'Anna Lee, surtout après la mort de son fils. En revanche, il avait toujours traité Meri, Eli et Jack comme ses propres enfants, ce qui expliquait probablement que Jack le considère comme un membre de sa famille.

Elle avait vu la rangée de médicaments pour le cœur, sur le plan de travail de la cuisine chez son grand-père. Son cœur était fragile, et étant donné qu'il avait près de quatre-vingt-cinq ans, sa santé n'allait certainement pas aller en s'améliorant. Cependant, s'il prenait un peu plus soin de lui, il pourrait vivre encore longtemps. Elle avait besoin de lui, de sa sagesse et de sa tendresse. La seule idée de le perdre, si peu de temps après la mort d'Eli…

— Tu crois que c'est à cause de ce qui est arrivé à Eli que grand-père est dans cet état ? demanda-t-elle à Jack de but en blanc. Il est sûrement beaucoup plus affecté qu'il ne veut bien le montrer. Eli était comme un fils pour lui, tu sais.

— Tu crois que je ne le sais pas ? Je suis au courant de l'importance qu'Eli avait pour lui.

Jack se détourna et se mit à remplir un sac en plastique de poivrons. *Un, deux, trois, quatre.*

Elle posa une main sur la sienne, juste une seconde, puis la retira.

— Ça va ?

— Je prends des poivrons, c'est tout.

Cinq, six, sept.

— Euh… Je ne suis pas sûre que nous ayons besoin de tant de poivrons. Je ne vois pas ce que nous ferons avec.

Il poussa un profond soupir, en reposa trois en rayon, et fit un nœud avec les anses du sac plastique, puis il s'éloigna. Elle le regarda remplir un sac de tomates, un autre de concombres, un troisième d'oignons.

De toute évidence, il ne voulait pas qu'elle s'immisce dans son intimité. Etant elle-même sur la réserve, elle n'avait pas l'intention d'essayer.

— Nous avons tout ce qu'il nous faut ? demanda-t-il enfin, après avoir rempli le Caddie de légumes.

Son ton s'était radouci, la tempête qui faisait rage en lui, quelques minutes plus tôt, semblait s'être calmée.

— Presque. Il me faut seulement du lait pour mon café.

Ils se dirigèrent vers le rayon des produits laitiers. Elle ouvrit un réfrigérateur, en sortit une bouteille de lait demi-écrémé pour elle et une de lait écrémé pour son grand-père.

Jack s'exprima de façon ironique.

— Eh bien, je n'aurais jamais cru voir ça un jour dans ma vie !

— Quoi donc ?

— La Meri que je connaissais autrefois ne mettait pas de lait dans son café ou dans son thé, pas de vinaigrette dans sa salade, et elle ne mangeait ni beurre ni dessert.

— Cette Meri-là…

Elle s'interrompit et soupira, se demandant, entre la crème

fraîche et le fromage blanc, à quel point se confier. Cette Meri-là était la création de quelqu'un d'autre.

— Et qu'en est-il de la Meri de maintenant ?

— Je suis entièrement responsable d'elle, et de ses défauts.

Il s'approcha un peu. Derrière elle, les réfrigérateurs vrombissaient doucement. Une voix assourdie s'éleva par-dessus la musique aseptisée du magasin pour demander quelqu'un en caisse.

— Je ne vois aucun défaut, dit Jack d'une voix douce.

Elle détourna le regard, aperçut son reflet dans la porte vitrée d'un réfrigérateur, baissa les yeux.

— Tu ne me connais plus, Jack.

— Je t'ai connue quand tu étais en âge d'attraper des grenouilles dans l'étang de Skinner, Meri. Je te connais depuis le jour où tu es arrivée dans mon jardin avec une seule chaussure et les genoux éraflés, je te connais depuis…

— Depuis le jour où tu m'as dit que tu voulais une femme qui s'inquiète d'autre chose que de sa tenue et de sa coiffure.

Il fit la grimace.

— J'étais jeune et stupide, à l'époque.

Elle leva le menton d'un air de défi.

— Et qu'est-ce qui a changé, depuis ce temps-là ?

Il eut un sourire malicieux.

— Je ne suis plus aussi jeune.

Comment s'y prenait-il pour la faire rire, pour la pousser à le détester et à le pardonner tout à la fois ?

S'il y avait bien une chose qui n'avait pas changé depuis toutes ces années, c'était le fait qu'une partie de son cœur appartenait à Jack Barlow.

Et elle ne s'y était certainement pas attendue en revenant à Stone Gap.

5

Ray se laissa aller en arrière dans son fauteuil en vinyle et en chrome en se tapotant le ventre.

— Ma petite Meri, je te le dis, tu es la meilleure cuisinière de la famille Prescott !

Jack était d'accord. Meri avait préparé de quoi nourrir bien plus de trois personnes, mais Ray et lui avaient dévoré presque tout le rôti de dinde, tous les brocolis et toutes les carottes sautées qu'elle leur avait servis. C'était Meri et lui qui avaient mangé la plus grande partie de la salade, mais Ray en avait tout de même pris une part généreuse. Pour un homme qui en temps normal refusait de manger des légumes, il s'était bien régalé aujourd'hui.

— Merci, grand-père, dit Meri en souriant.

Elle se leva et commença à débarrasser.

— Laisse-moi t'aider…

Ray esquissa un mouvement pour se lever, mais elle lui posa une main sur l'épaule pour l'en empêcher.

— Reste assis, grand-père. Je suis ici pour m'occuper de toi, pas l'inverse.

De nouveau, Ray bascula dans son fauteuil et croisa les bras sur sa poitrine.

— Je pourrais m'habituer à cette vie d'oisiveté… Je me vois bien rester en chaussons à longueur de journée, devant la télévision !

— Tu mérites de te reposer, grand-père, dit-elle avec

douceur, lui posant une main sur le bras dans un geste plein de tendresse. Tu as travaillé dur toute ta vie.

Il posa une main sur la sienne et son sourire trembla légèrement.

— Je crois que tu as hérité des meilleurs gènes des Prescott, ma chérie.

Jack dut détourner les yeux pour ne pas être submergé d'émotion.

Que lui arrivait-il ? Il n'avait jamais été particulièrement émotif, et pourtant, il sentait sa gorge se serrer comme un adolescent devant une publicité sentimentale à la période de Noël. Meri embrassa son grand-père et commença à débarrasser la table.

Il se leva, rassembla la vaisselle sale et alla la déposer dans l'évier, qu'il remplit d'eau additionnée d'une bonne dose de savon liquide, se répétant que s'affairer empêcherait ses pensées de vagabonder.

Hélas, il revit la main de Ray se poser sur celle de Meri, et cela lui évoqua le souvenir d'une autre main, se refermant sur la sienne. Il lui sembla soudain avoir du sable sous les pieds, sentir dans l'air l'odeur âcre de l'essence et celle, nauséabonde, de chair calcinée.

« Ne me laisse pas, mon pote… Ne me laisse pas mourir. »

Les paroles d'Eli lui parvenaient, assourdies, comme si son ami les lui criait du bout d'un long tunnel.

Je ne t'abandonnerai pas. Je te le jure, Eli. Tu ne vas pas mourir.

C'était un mensonge, et Jack le savait, mais il avait voulu le croire.

Le corps d'Eli était pourtant brisé, mêlé aux décombres. Son expression, ses yeux écarquillés reflétaient la terreur qui l'étreignait, et Jack appelait à l'aide, hurlant, implorant un miracle, là, au milieu de nulle part. Les corps des autres membres du convoi étaient éparpillés autour d'eux, et il s'efforçait de ne pas regarder la jambe d'Eli, arrachée, tombée quelques mètres plus loin. Le garrot qu'il lui avait attaché autour de la cuisse n'avait servi à rien, bien sûr.

Le pire moment de tous était arrivé quand la peur avait quitté le regard de son ami, qui avait alors eu une expression étrangement sereine.

« Dis-leur que je suis désolé. Dis à mes parents que je les aime… »

— Hé ! Tu essaies de provoquer une inondation, Jack ?

La voix de Meri le rappela brutalement à la réalité. Il s'efforça de chasser de son esprit les visions cauchemardesques qui l'envahissaient, de s'orienter, mais ses pensées restaient tournées vers le désert, vers Eli, vers ses derniers instants, ce moment d'impuissance atroce et déchirant.

— Désolé. Je, euh… J'étais distrait.

Il ferma le robinet, prit l'éponge et plongea sa main valide dans l'eau.

Il avait rempli l'évier d'eau froide. Il le vida et le remplit de nouveau, d'eau tiède, cette fois.

Son cœur martelait sa poitrine, il avait la gorge nouée et ne parvenait pas à réfléchir.

— Les tâches ménagères te posent quelques problèmes ? lui demanda-t-elle avec un petit sourire taquin.

— Oui…

Il préférait qu'elle pense cela. Il ne voulait pas qu'elle sache que le vrai problème était dans sa tête, qu'il le hantait depuis près d'un an, maintenant, et qu'il ne pouvait rien y faire. Aucun bandage, aucun médicament ne pouvaient l'en libérer. Ce jour fatidique lui avait laissé quelques coupures, quelques écorchures, mais rien d'inguérissable, extérieurement.

De l'extérieur, il semblait être le même qu'autrefois. Il était peut-être un peu moins net et soigné que le jour où il avait rejoint l'armée, mais il semblait être le même. A l'intérieur, en revanche, il était complètement dévasté.

Il regarda Meri et se força à sourire.

— Tu sais comment sont les hommes… Nous aimons faire semblant de tout savoir.

— Laisse-moi faire !

Elle se plaça devant lui et, pendant quelques secondes, il resta où il était, laissant son parfum délicat lui chatouiller les narines, la chaleur qui émanait de son corps l'irradier. Meri Prescott, la femme qu'il n'avait jamais vraiment oubliée, se tenait tout près de lui, et il n'aurait eu qu'à faire un mouvement infime pour la toucher.

Mais où cela l'aurait-il mené ? Nulle part. Il avait appris la leçon : en couple, les femmes posaient des questions. Meri, en particulier, voudrait tout savoir. S'il se rapprochait d'elle, il se serait obligé de lui parler de ce qui était arrivé à Eli, de lui dire qu'il avait vu la vie quitter lentement ses yeux, qu'il avait serré sa main dans la sienne et lui avait menti, prétendant être l'ami qu'il aurait dû être, capable de le protéger et de le sauver. Au moment où Eli avait eu le plus besoin de lui, il lui avait fait défaut.

— Hé, vous vous souvenez de la fois où Eli avait enroulé un élastique autour du tuyau d'arrosage ? demanda Ray. Il t'avait persuadé de lui servir un verre d'eau, Jack, et il avait éclaté de rire quand tu t'étais retrouvé trempé !

Meri rit.

— Je m'en souviens… Eli avait toujours un air diabolique quand il préparait un mauvais coup !

Ray secoua la tête.

— Ce petit gars me faisait toujours rire…

Jack se cramponna au bord de l'évier, résistant à l'envie de leur demander d'arrêter de parler d'Eli. Entendre le prénom de son meilleur ami lui faisait l'effet de vinaigre versé sur une plaie.

— Tu te souviens le 1er avril ou il avait mis un serpent en plastique…

— Dans les toilettes ! dit Ray, finissant la phrase de Meri.

Il rit, mais finit par retrouver son sérieux.

— Qu'est-ce qu'il me manque… C'est un malheur, ce qui lui est arrivé. La guerre est vraiment quelque chose d'horrible.

Jack eut soudain l'impression que l'oxygène se raréfiait dans la pièce. Sa gorge se contracta, son cœur se mit à marteler sa poitrine. Des gouttes de sueur perlèrent sur son front.

— Je vais ranger les outils, il va bientôt faire nuit.

Il sortit précipitamment par la porte de derrière, descendit les marches du perron et, une fois dans le jardin, se pencha en avant, les mains sur les genoux, résistant à l'envie de vomir son dîner. Il s'efforça d'inspirer profondément, mais sans succès.

Il avait la gorge serrée, et son cœur frappait furieusement sa poitrine, comme s'il essayait de se libérer de la froide prison de son corps. Sa vision se voila. Il agrippa ses genoux, essayant désespérément de reprendre son souffle, de s'ancrer dans la réalité. Comme le médecin lui avait appris à le faire, il chercha à se concentrer sur les détails qui l'entouraient : l'épais tapis d'herbe sous ses pieds, une pierre lisse, à peine plus grande qu'une pièce de monnaie, un clou tordu et rouillé, oublié par terre depuis longtemps.

— Jack ?

De l'herbe, une pierre lisse, un clou tordu et rouillé…

— Jack, ça va ?

Une main se posa sur son dos.

Il se crispa, serra les poings, prêt à repousser l'attaquant, à se défendre, à défendre les autres soldats.

Il prit une profonde inspiration, puis une autre, se concentra sur l'herbe verte et épaisse.

Le contact se prolongea, innocent, inquiet, et après un moment qui lui sembla durer une éternité, il desserra les poings et se détendit un peu.

— Ça… Ça va.

Il se redressa. Meri le regardait fixement.

— Non, ça ne va pas.

— Ça va, Meri.

S'il le répétait suffisamment, peut-être finirait-il par y croire.

— Tu ne vas pas bien, insista-t-elle.

La lueur argentée de la lune se reflétait dans ses yeux verts, pareils à des diamants dans la nuit.

— Je n'ai pas envie d'en parler, ni à toi ni à personne d'autre.

N'avait-il pas suffisamment parlé à ce maudit psychologue ? Et à quoi cela avait-il servi ?

— J'ai dit que ça allait... N'insiste pas.

Elle soupira et posa ses mains sur les hanches.

— D'accord. Si tu dis que ça va, c'est que ça va..., mais si jamais tu changes d'avis et que tu as envie de te confier, sache que je suis là pour toi.

Elle se détourna, s'apprêtant à partir. Sans réfléchir, il lui attrapa le bras et lui fit faire volte-face. Peut-être était-ce dû à l'obscurité, au clapotis de l'eau sur la rive du lac, au fait qu'elle venait de l'arracher à un cauchemar, mais quoi qu'il en soit, il éprouva soudain le besoin de se cramponner à ce qu'il ressentait quand elle était près de lui.

Elle laissa échapper un petit cri de surprise et écarquilla les yeux, il vit son pouls faire palpiter sa gorge, mais elle ne recula pas et ne chercha pas à se libérer. Elle se contenta de soutenir son regard et d'attendre.

Elle n'était plus la Meri de ses souvenirs, la jeune fille trop effrayée pour tenir tête à sa mère, la jeune fille qui traversait scène après scène, parfaite comme une poupée de porcelaine.

La nouvelle Meri gardait la tête haute, elle ne se dérobait pas. Il lui posa une main sur la joue et suivit avec son pouce la cicatrice en forme de croissant de lune qui marquait son visage parfait.

— Que t'est-il arrivé, Meri ?

— Rien d'insurmontable.

— C'est pour ça que tu es de retour ici ? Parce que tu surmontais si bien ce qui t'était arrivé à New York ?

Son regard se posa sur le lac, derrière lui.

— Je suis ici... pour décider de ce que je vais faire ensuite.

— Bienvenue au club !

Il avait toutes sortes de médailles dont il ne voulait pas, mais n'avait pas la moindre idée de ce qu'il allait faire le lendemain, le surlendemain ou le jour suivant.

— Que veux-tu, Jack ? lui demanda-t-elle dans un souffle.

— Je veux...

Il regarda ses lèvres, les vit s'entrouvrir tandis qu'elle soupirait. Il s'approcha d'elle, glissa les mains dans ses longs cheveux blonds et, cessant de réfléchir, de tout analyser, il l'embrassa.

Ils échangèrent un baiser qui n'avait rien de commun avec ceux qu'ils échangeaient des années plus tôt, quand ils étaient jeunes et inexpérimentés, maladroits et mal assurés. Ceux d'autrefois étaient doux et chastes comparés à celui-là.

Ce baiser était fougueux, explosif, torride. Jack fit glisser ses lèvres sur les siennes, sa langue dans sa bouche, cherchant quelque chose qu'il avait aperçu dans son regard, quelque chose qu'il avait perdu depuis bien longtemps.

Elle gémit, et il eut l'impression que sa raison l'abandonnait. Cependant, presque aussitôt, il se força à revenir à la réalité.

Il s'agissait de Meri, la dernière femme sur terre qu'il pouvait embrasser, dont il pouvait s'approcher. Meri avait aimé son cousin avec une intensité peu commune. Elle ne lui pardonnerait jamais ce qu'il avait fait.

Il s'écarta d'elle d'un pas chancelant.

— Je suis désolé, Meri. Ne… Ne t'approche pas de moi.

Elle le regarda avec une perplexité évidente.

— Qu'est-ce que… Qu'est-ce que tu veux dire ?

— Je veux dire, ne t'approche surtout pas de moi. Je ne suis plus celui que j'étais, et je ne suis certainement pas l'homme que tu voudrais que je sois.

Il s'éloigna avec raideur, monta dans son pick-up et s'en alla, avant de faire quelque chose d'encore plus stupide, comme changer d'avis et terminer ce qu'il avait commencé.

Le jour se leva, lentement, comme un chat s'étirant après une longue sieste. Meri s'éveilla dans le lit du chalet au bord du lac, auquel elle n'était pas habituée, en entendant le chant des oiseaux, les bateaux qui quittaient les docks au loin, les aboiements d'un chien.

Ces sons formaient une musique douce, chère à son cœur, bien différente de celle qu'elle entendait à New York.

Elle adorait cette cabane, échappatoire à sa mère. Ici, il n'y avait jamais eu personne pour surveiller ce qu'elle mangeait, pour la gronder si elle quittait sa chambre sans s'être coiffée et maquillée, pour la regarder d'un air désapprobateur si elle ne se tenait pas droite. Ici, elle était simplement… elle-même.

Elle pouvait nager jusqu'à la nuit tombée, manger des bonbons au petit déjeuner, porter le short taché de la veille avec un T-shirt troué.

Elle ferma les yeux, se blottissant sous la couette, pour s'octroyer encore cinq minutes de repos avant de se lever, de faire du café et de préparer quelque chose pour le petit déjeuner.

La chanson du lac fut interrompue par un bruit de glissement suivi d'un son mat, puis d'un juron.

Elle se leva, enfila précipitamment un short et défroissa le T-shirt qu'elle avait mis pour dormir, puis elle se dirigea à pas feutrés vers la cuisine, qui n'était rien de plus que le prolongement de la chambre. Là, elle se fit une tasse de café, y versa un peu de lait, et sortit sur le perron de derrière.

Jack, au milieu du jardin, fendait du bois. A en juger par le nombre de bûches qu'il avait coupées la veille, il avait l'intention de préparer Ray à affronter les vagues de froid des dix prochaines années.

Il posa une autre bûche sur la souche retournée devant lui, leva sa hache et l'abattit d'un mouvement fluide et puissant. Les deux morceaux de bois tombèrent dans l'herbe, à ses pieds. Il se pencha pour prendre une autre bûche, mais il arrêta son geste en la voyant.

— Salut.

Il était terriblement séduisant et viril, avec sa hache à la main et ses biceps bronzés luisant de sueur.

Elle repensa au baiser explosif qu'ils avaient échangé la veille. Pourquoi y avait-il brusquement mis un terme, pour disparaître précipitamment ? Et pourquoi avait-elle rêvé de lui, de ce baiser se terminant dans sa chambre ?

Elle resserra son étreinte sur sa tasse de café.

— Tu, euh… Tu commences toujours à travailler aussi tôt ?

— Aussi tôt ? répéta-t-il, jetant un coup d'œil à sa montre. Il est 9 h 30.

— C'est dimanche, aujourd'hui. Tu ne fais pas la grasse matinée, le dimanche ?

— Et toi, tu ne te prépares pas pour aller sur un banc d'église confesser tes péchés, le dimanche ?

— Seulement quand j'ai commis des péchés.

Elle lui sourit et s'approcha de lui, résistant à l'envie de passer une main sur son bras pour sentir ses muscles puissants sous sa paume.

— Tu devrais peut-être y aller, toi aussi, ajouta-t-elle. Bien sûr, la messe risque d'être beaucoup plus longue, à cause de toi…

Il posa sa hache contre la souche et la regarda avec un pétillement amusé dans les yeux, le sourire aux lèvres.

— Vraiment ? Et pourquoi donc ?

— Parce que tu as de nombreux péchés à expier. Tu es tout simplement… diabolique, dit-elle dans un souffle.

« Diabolique » était aussi le qualificatif qu'elle aurait employé pour décrire le baiser qu'il lui avait donné la veille, ce baiser qui était resté dans ses pensées comme du caramel sur son palais, merveilleusement doux et mauvais pour elle à la fois.

Jack Barlow avait mûri, et ses baisers n'en étaient que meilleurs, à tel point qu'elle ne pouvait s'empêcher de penser à des nuits torrides, à des draps entortillés, à éteindre le feu qu'il avait allumé en elle.

Le visage de Jack s'assombrit. Il secoua la tête et ramassa sa hache.

— Il y a des choses qui ne peuvent pas être expiées.

— Que veux-tu dire ?

— Rien.

Il enfonça la hache dans la souche et jura.

— Il fait bien trop chaud pour travailler.

Il se baissa pour passer sous une branche basse et emprunta le chemin de terre qui conduisait jusqu'au bord du lac.

Qu'avait-elle bien pu dire pour le contrarier ?

Au lieu de plonger dans le lac, il resta sur la rive, le regard perdu dans le vague. Elle attendit un moment qu'il revienne, puis abandonna et se dirigea vers la cabane de son grand-père.

Ce dernier était assis à la table de la cuisine, et il feuilletait un prospectus de bricolage tout en buvant un café.

— J'en conclus que tu as décidé de ne pas faire ton apparition en compagnie de la reine, ce matin ?

Elle se servit un deuxième café, y versa un peu du lait écrémé qu'elle lui avait acheté, et s'appuya au plan de travail.

— Tu fais allusion au fait que je ne suis pas allée à l'église avec ma mère ?

— C'est son endroit préféré pour exhiber sa famille, après tout.

C'était le cas, du moins, quand Meri était jeune. Sa mère lui préparait ses vêtements la veille au soir, elle choisissait toujours quelque chose de sobre mais d'élégant, veillant à ce que tout corresponde à l'image qu'elle avait soigneusement élaborée, de la couleur de son soutien-gorge jusqu'à ses chaussures. Deux heures avant la messe, sa mère entamait le processus d'embellissement : elle retouchait sa manucure, lui bouclait les cheveux, la maquillait. Elle lui servait un petit déjeuner léger, pour que son estomac ne se mette pas à gargouiller à un moment inopportun, mais pour veiller aussi à préserver sa silhouette. Une fois à l'église, Meri restait assise à côté de sa mère, imitant sa posture convenable, ses mains gantées sur les genoux, attentive et discrète. Elle n'avait jamais le droit de bâiller, de s'agiter, ou d'échapper à l'échange des salutations avec les personnages influents de Stone Gap, comme si elle représentait les ambitions politiques et professionnelles de la famille.

— Elle ne m'a pas conviée à aller à l'église, Dieu merci ! Apparemment, ceci, dit-elle en passant un doigt sur la cicatrice qui lui fendait la joue, soulève trop de questions, et ne correspond pas à la perfection qu'elle exige d'une Prescott.

Elle eut un sourire ironique, feignant de ne pas se sentir rejetée, de ne pas être blessée que la seule personne au monde censée l'aimer inconditionnellement la repousse, parce que sa beauté avait perdu son éclat et parce qu'elle ne lui était plus d'aucune utilité.

De toute évidence, elle avait été stupide de croire que sa mère pouvait changer.

— Excuse-moi, mais ta mère est une imbécile si elle ne voit pas que tu es parfaite telle que tu es, lui dit son grand-père. Tu serais parfaite même si tu avais six orteils, un énorme nez rouge violacé ou un goitre !

Elle rit et serra son grand-père dans ses bras.

— Tu as toujours su me remonter le moral…

Il leva sa tasse, comme pour porter un toast.

— C'est mon rôle auprès de ma petite-fille préférée !

Elle lui resservit un café, puis commença à faire la vaisselle qui trempait dans l'évier. Le calme du lac et de la cabane semblait les envelopper. Elle ne se rappelait pas un tel calme, mais elle comprit alors pourquoi le silence s'était installé.

— Ce n'est plus pareil sans Eli, n'est-ce pas ? demanda-t-elle doucement.

— Non, et ce ne sera plus jamais pareil. Ce garçon apportait de la vie partout où il allait, répondit son grand-père, avec une expression triste et mélancolique. Betty et George font de leur mieux, mais je sais à quel point ils souffrent. Perdre un enfant est un chagrin dont l'on ne se remet jamais.

Elle jeta un coup d'œil à travers la fenêtre. Le soleil jetait une traînée d'or parfaite sur l'eau bleue du lac, qui se remplissait déjà de canotiers et de pêcheurs. Jack se tenait sur la rive, les mains dans les poches de son short kaki, les épaules voûtées.

— Comment Jack vit-il son absence ?

— Mal. Je crois qu'il se sent personnellement responsable de la mort d'Eli. Je ne sais pas ce qui s'est passé, là-bas… Il refuse d'en parler, mais je sais qu'il a traversé des choses très dures, dit son grand-père en soupirant. Bien plus dures que nous pouvons l'imaginer.

Elle avait entendu dire qu'Eli avait servi aux côtés de Jack, quand il était à l'étranger. Elle connaissait bien celui-ci et savait qu'il souffrait cruellement de la perte de son ami.

Son cousin était mort depuis près d'un an, maintenant, mais elle s'attendait encore à le voir surgir dans la cuisine de sa démarche dynamique et se servir dans le réfrigérateur de leur grand-père. Tout chez lui lui manquait : sa voix, son sourire réjoui, et même la façon dont il la taquinait, comme si elle était sa petite sœur et non sa cousine.

— Je me souviens de l'époque où je suis rentré de la guerre, dit son grand-père. J'étais complètement déboussolé... C'est ta grand-mère qui m'a remis d'aplomb. Elle m'a tenu compagnie inlassablement, la nuit, quand je n'arrivais pas à dormir. J'ai passé des mois sans parler, sans rien faire d'autre que rester assis devant cette maudite télévision, à broyer du noir. Toutes les nuits, elle restait avec moi, à attendre que je sorte de ma torpeur et que je libère les démons qui hantaient mes pensées.

Elle se tourna vers lui.

— Et tu l'as fait ?

Il posa ses mains sur la tasse et plongea les yeux dans son café.

— Une nuit, je suis resté assis là si longtemps que la mire est apparue à l'écran... A l'époque, les programmes des chaînes de télévision s'interrompaient à une certaine heure, et quand ils reprenaient, on voyait une image du drapeau américain et on entendait l'hymne national. Je suis resté devant la mire pendant une demi-heure, une heure, peut-être, et ta grand-mère a continué à attendre, avec une patience angélique. Quand le drapeau est apparu et que les premières notes de *La Bannière étoilée* se sont élevées, j'ai éclaté en sanglots comme un bébé, en pensant à tous les amis que j'avais perdus, à toutes les erreurs que j'avais faites, à tous les remords qui me rongeaient. Je lui ai tout dit, toute la triste vérité, et elle a écouté attentivement chacun de mes mots. Puis elle s'est levée, s'est approchée de moi et m'a serré dans ses bras.

A ce souvenir, son grand-père eut un sourire.

— Elle n'a desserré son étreinte qu'à sa mort.

Meri sentit ses yeux s'emplir de larmes, qu'elle essuya d'un revers de main. Entendre son grand-père parler ainsi de sa défunte épouse la rendait envieuse, en quelque sorte. Un jour, peut-être, connaîtrait-elle aussi un amour comme celui que ses grands-parents avaient partagé.

— C'est une très belle histoire, grand-père… Elle me fait regretter grand-mère encore plus.

— C'était une femme extraordinaire. Unique…

Le regard de son grand-père se posa sur une photo de sa femme, posée sur le vaisselier qu'il lui avait fabriqué en guise de cadeau de mariage, des dizaines d'années plus tôt.

— Tu me fais penser à elle, à bien des égards.

— Moi ? Je te fais penser à grand-mère ?

— Tu es forte, comme elle, et têtue, dit-il en riant. Quand tu aimes quelqu'un, tu l'aimes inconditionnellement… même s'il refuse de manger les épinards que tu as cuisinés, ajouta-t-il avec un clin d'œil.

Elle s'approcha de lui et le serra dans ses bras. Il sentait bon le savon et les souvenirs, et elle se cramponna à lui pendant un long moment.

— Merci, grand-père.

— Je t'en prie, ma chérie, dit-il en lui tapotant le dos. Sois patiente avec Jack… Il a besoin de temps, et d'une femme prête à lui en donner. D'une femme comme ta grand-mère.

Son grand-père sous-entendait-il qu'elle pourrait être cette femme ? Elle espérait que non. Même après le baiser qu'elle avait échangé avec Jack, tomber amoureuse de lui et l'aider à sortir du labyrinthe d'émotions dans lequel il errait ne faisait pas partie de ses projets.

— Je ne suis pas ici pour Jack, grand-père, je suis ici pour toi.

Et pour moi. Peut-être trouverait-elle enfin la sérénité qu'elle avait perdue à New York, qu'on lui avait prise dans cette ruelle obscure. Elle devait aussi faire face au chagrin qu'avait provoqué la mort d'Eli, le gouffre que sa perte avait causé au sein de la famille. Elle se rappelait le coup de téléphone de sa tante Betty, ses paroles et ses pleurs. Elle se rappelait avoir eu le souffle coupé, l'impression que son cœur s'arrêtait de battre. A cet instant précis, elle avait su que rien ne serait plus jamais pareil. Le mur porteur du trio qu'elle formait avec Eli et Jack s'était effondré.

— Je n'ai pas assez d'énergie pour quoi que ce soit d'autre, pour le moment.

6

Jack paya Ernie Whitman, le quincaillier, puis il sortit et chargea tout ce qu'il avait acheté dans son pick-up. Il aurait très bien pu attendre pour faire ses courses, mais il avait eu besoin d'une excuse pour échapper au regard de Meri, ce regard qui montrait qu'elle voulait savoir ce qui se passait dans sa tête et pourquoi il l'avait rabrouée aussi violemment quand elle avait essayé de faire la conversation.

Ce regard. Il ne voulait pas en être la cible, ni aujourd'hui ni un autre jour. Il avait donc décidé de s'atteler à la tâche, de travailler sans relâche, jusqu'à ce qu'il ne puisse plus tenir debout, jusqu'à ce qu'il ne pense plus qu'à s'écrouler dans son lit pour dormir.

Comme d'habitude, il n'arriverait pas à trouver le sommeil, ou, pire encore : il finirait bel et bien par s'endormir, et sa nuit serait alors peuplée de cauchemars atroces.

Deux mains se refermèrent sur la planche qu'il soulevait de son Caddie. Il leva les yeux et vit son frère, vêtu d'un short et d'un T-shirt délavé. Tiraillé entre l'agacement et le soulagement de n'être plus seul avec ses pensées, il lui sourit.

— Tu te relâches encore dans ton travail ? Attends un peu… As-tu seulement un travail ?

— On est dimanche, Jack. Certaines personnes se reposent, le dimanche… et d'autres se reposent tous les jours, comme moi.

— Oui, eh bien, certaines personnes ont un emploi du temps chargé.

Jack n'avait jamais compris que son frère puisse passer ses

journées à ne rien faire, à la dérive, comme un bateau sans gouvernail. Luke était passé maître dans l'art du désœuvrement, et leur mère le logeait et le nourrissait encore.

— En un rien de temps, juillet sera là, puis août, et il fera bien trop chaud pour travailler dehors.

Cela signifierait qu'il serait alors condamné à passer le plus clair de son temps à l'intérieur, à ressasser ses pensées. L'idée l'épouvantait.

— Il fait déjà bien trop chaud pour travailler, et nous sommes seulement en juin. Je vote pour que tu prennes ta journée et que tu ailles nager avec moi !

— Nager ? J'ai des choses à faire.

— Des choses ? Quelles choses ? Papa dit qu'il recommencera à travailler dans quelques jours, ce qui signifie que tu auras bientôt plus de temps libre, pour faire des choses comme aller nager au lieu de travailler comme un forçat sept jours par semaine.

— Peut-être que j'aime travailler sept jours par semaine.

Luke eut un grognement railleur.

— Maman aurait dû te faire passer un test psychologique, quand tu étais petit… Manifestement, tu ne tournes pas rond !

— Tu as l'intention de continuer à jacasser encore longtemps ? Parce que j'ai des choses…

— A faire, oui, je sais, je t'ai entendu les trois mille premières fois.

Luke indiqua d'un geste les planches posées dans le Caddie.

— Pourquoi as-tu acheté ça ?

— Pour réparer la façade de la cabane de Ray.

— Tu as besoin d'un coup de main ? Pour remplacer celle qui a un gros bobo ? lui demanda Luke avec un grand sourire, indiquant sa main bandée d'un signe de tête.

— Tu me proposes ton aide ?

— Hé, les miracles, ça existe ! Et puis, je n'ai rien de spécial à faire aujourd'hui, alors je me suis dit que je pouvais…

— Tu as un service à me demander, l'interrompit Jack, se penchant pour observer attentivement son frère, qui détourna les yeux. Inutile de mentir. J'ai partagé ta chambre pendant quinze ans, je le vois tout de suite, quand tu mens. Qu'y a-t-il ? Tu as besoin de moi pour te couvrir pendant que tu sors avec ta quatre cent trente-deuxième petite amie, pour que ta quatre cent trente et unième petite amie ne se rende pas compte qu'elle ne détient pas la clé de ton cœur ?

— Non, pas du tout..., mais je me réserve le droit de te demander ça un autre jour.

Son frère le regarda d'un air penaud.

— Bon, d'accord ! reprit-il après un silence. Maman veut que je m'assure que tu viendras dîner à la maison ce soir, quoi qu'il arrive.

— J'en étais sûr.

Jack glissa une planche dans le pick-up, puis il écarta la main de Luke, qui esquissait un mouvement pour prendre une autre planche.

— Je n'ai pas besoin de ton aide.

— Peut-être pas, espèce d'ingrat, mais je te la donne quand même. Comme ça, tu iras à ce dîner, et moi, je marquerai encore plus de points auprès des parents, répliqua Luke d'un air supérieur.

— Tu as quinze ans, ou quoi ?

— Je fais jeune, ça fait partie de mon charme.

Jack déclara d'un ton mordant.

— Non, ça te fait passer pour un imbécile, un imbécile sans emploi qui vit aux crochets de ses parents.

— Je vais ignorer cette remarque et l'attribuer à ton humeur déplorable habituelle... que je vais également ignorer, parce que je me sens magnanime, aujourd'hui. C'est dimanche, après tout.

Luke sortit deux bidons de peinture du Caddie et les mit dans le pick-up, à côté des planches.

— Voilà ! Tu veux que nous fassions la route ensemble ? Tu dois revenir en ville pour dîner, de toute façon...

— Non, je ne veux pas que nous fassions la route ensemble, et je ne veux certainement pas aller à ce dîner.

Luke fit mine de mettre une main en cornet à son oreille.

— Comment ? Tu veux que je te retrouve chez Ray et que je t'aide pour que tu aies fini assez tôt pour prendre une douche et être présentable au dîner ? Ensuite, tu iras chez maman par tes propres moyens, comme le grand garçon que tu es ? Excellente idée ! A tout de suite !

Sans lui laisser le temps de protester, Luke lui donna une grande tape dans le dos, monta dans sa voiture et démarra. Jack maugréa tout seul, tout en s'installant au volant de son pick-up. Il adorait son frère, mais il y avait des jours où il aurait voulu qu'il le laisse tranquille.

Meri prit l'appareil-photo et le soupesa, habituée à son poids. Elle en effleura les différents boutons. Avec ce Nikon acheté d'occasion, dans une boutique d'appareils électroniques, deux ans plus tôt, elle avait immortalisé des couchers de soleil et des paysages urbains, de vieux messieurs jouant aux échecs dans le parc et des enfants riant sous la pluie. Elle avait vu le meilleur et le pire de New York, sous le soleil et sous un ciel nuageux, et elle avait un avenir radieux devant elle, jusqu'à ce que…

Du bout du doigt, elle toucha la cicatrice qui courait sur sa joue. Il lui sembla soudain sentir le tranchant du couteau, l'air froid s'engouffrant dans la plaie avant même qu'elle ne comprenne ce qui s'était passé. La peur, paralysante, l'avait immobilisée sur le trottoir pendant de longues secondes, puis, trop tard, elle s'était mise à hurler.

Elle reposa l'appareil-photo, profondément contrariée. Encore maintenant, trois mois après l'agression, le simple fait de tenir le Nikon entre ses mains lui faisait revivre cette nuit. Quand serait-elle capable de prendre son appareil-photo et de voir le présent, et non le passé ?

Elle quitta sa chambre et sortit dans le jardin baigné de lumière. Jack et son frère étaient en train de repeindre la façade de la cabane de son grand-père, qui faisait sa sieste dans son

Adirondack, à l'ombre du noyer, un roman à suspense ouvert sur les genoux.

Elle avait besoin de cela, de nature et de calme. Avec le temps, peut-être finirait-elle par être de nouveau capable de lever son appareil-photo sans voir le passé dans son objectif.

— Salut, Meri ! s'écria Luke, en lui faisant signe de la main.

Son regard se posa brièvement sur sa cicatrice, puis s'en détourna. Il n'y accordait pas d'importance.

Elle s'approcha des deux hommes. La façade nord de la cabane était presque entièrement recouverte de bardeaux neufs, rafraîchie, joyeuse. Jack était occupé à clouer les planches, et Luke, debout devant l'établi, les mesurait.

Elle s'efforça de ne pas regarder les fesses de Jack, mais il était vraiment beau et séduisant. Ses jambes étaient puissantes, et elle voyait les muscles de ses épaules se contracter sous son T-shirt blanc tandis qu'il travaillait. Elle s'éclaircit la gorge et se força à regarder la façade.

— Vous avancez vite ! A ce rythme-là, vous aurez bientôt fini.

— Nous avons une motivation, dit Luke avec un grand sourire, se penchant vers elle et baissant la voix. Un rôti de bœuf !

— Un rôti de bœuf ?

— Notre mère cuisine, ce soir, et toute la famille est invitée.

Il avait haussé la voix pour prononcer ces derniers mots et hoché la tête en direction de Jack. Se contentant de lui lancer un regard furibond, ce dernier se remit au travail. Luke reporta son attention sur elle en riant.

— Ton grand-père et toi êtes invités, bien sûr.

— Oh ! je n'oserais pas…

— Il y aura aussi du crumble aux pommes, avec de la glace à la vanille.

Combien de fois avait-elle mangé chez Jack quand elle était plus jeune et vu un dessert particulièrement appétissant posé sur le plan de travail ? Elle n'y avait jamais goûté, cependant, et chez elle, il n'y avait ni gâteaux ni chocolat. Anna Lee ne plaisantait pas sur la discipline, et il n'y avait rien sous son toit qui puisse faire grossir, tenter Meri ou nuire à son régime alimentaire. A l'époque, aller chez Jack ou chez Eli était comme être libérée de prison, et penser au dessert de ce soir lui mettait l'eau à la bouche. Elle en avait terriblement envie.

Soit, peut-être n'avait-elle pas uniquement envie du dessert. L'idée de passer davantage de temps avec Jack, qui sortirait de la douche et serait rasé de près, était très tentante aussi.

— Un crumble aux pommes ? Seigneur ! Il m'arrive de rêver des desserts de ta mère…

— Eh oui ! Il y aura aussi de la purée de pommes de terre, les haricots verts qu'elle a mis en conserve l'année dernière, sautés à la poêle avec un peu de bacon, et des biscuits faits maison. C'est la crise cardiaque assurée !

Jack s'approcha et prit une autre planche.

— Ray ne devrait rien manger de tout ça, et n'importe quelle personne désirant vivre au-delà de l'âge de trente ans non plus.

— On t'a déjà dit que tu étais drôlement rabat-joie ? lui demanda Luke.

Jack l'ignora. Luke secoua la tête, coupa une planche à l'aide de la scie circulaire, et la posa de côté.

— Ne le dis pas à mon père ou à monsieur Je-Sais-Tout, mais ma mère a changé sa recette depuis que mon père a trop de cholestérol. Ce sont des tranches de dinde qu'elle met dans les haricots, et il y a du chou-fleur dans la purée de pommes de terre. Maman prétend que c'est toujours la même recette, et papa fait semblant de ne pas remarquer la différence.

— C'est un mariage basé sur le mensonge, marmonna Jack.

— C'est un mariage qui marche, rétorqua Luke avant de se retourner vers elle. Alors, tu es partante ?

Elle jeta un coup d'œil à son grand-père. Cela lui ferait du bien de mettre un peu le nez dehors, de voir des gens. Elle avait toujours aimé aller chez Jack, et ses proches étaient adorables. Cela lui ferait peut-être du bien, à elle aussi.

— Oui, répondit-elle, nous serons là !

Luke fit un geste du pouce en direction de Jack.

— Essaie de convaincre monsieur Grognon de venir aussi…

— Je t'entends, protesta Jack.

— Tant mieux ! C'est le but, dit Luke avec un grand sourire.

Jack leva les yeux au ciel, prit une autre planche et se remit au travail. Cependant, alors même qu'il se retournait vers la maison, un sourire se dessina sur ses lèvres.

— Je crois que je suis en train de le rallier à ma cause, chuchota Luke.

— C'est grâce au crumble aux pommes !

— Je crois plutôt que c'est grâce à la liste des invités, dit Luke en souriant, avant de pencher la tête pour mesurer une autre planche.

— Euh… Ça m'étonnerait.

Jack l'avait à peine regardée, aujourd'hui. Personne n'aurait pu soupçonner qu'ils s'étaient embrassés la veille, ou qu'ils étaient sortis ensemble par le passé. On aurait dit qu'elle n'existait pas, pour lui.

Elle porta machinalement une main à sa joue et effleura sa cicatrice. Etait-il rebuté par cela malgré ce qu'il avait dit ?

Peu lui importait. Elle n'était pas là pour reprendre une relation vieille de plusieurs années, ou pour essayer de comprendre un homme qui était devenu une véritable énigme.

Elle se dirigea vers la maison et alla dans la cuisine, où elle prépara une salade d'épinards aux noix de pécan, qu'elle emporterait chez les Barlow, pour le dîner. Elle émietta quelques morceaux de feta dans le saladier, puis elle fit une vinaigrette, dans un bol, pour la verser sur la salade à la dernière minute, et elle mit le tout au réfrigérateur. Enfin, elle prépara des sandwichs à la dinde et un pichet de citronnade.

Les tâches ménagères lui donnaient l'impression d'être comme n'importe quelle autre femme du Sud, à des années-lumière de la reine de beauté pomponnée qui n'avait même pas le droit de se servir un verre de lait.

Les domestiques sont là pour ça, Meredith, aurait dit sa mère. Une dame ne s'occupe pas de choses aussi triviales.

Si sa mère l'avait vue en ce moment même, avec son tablier

et son plateau chargé de sandwichs, du pichet et des verres, elle se serait probablement évanouie !

Quand elle avait quitté Stone Gap pour s'installer dans un studio exigu à New York, elle s'était rendu compte qu'elle n'avait pas été élevée pour devenir une femme d'intérieur. Elle avait fait brûler plus d'un sandwich au fromage, avait fait rétrécir son pull-over préféré, et avait bouché le broyeur d'ordures à deux reprises. Cependant, en dépit de ces quelques incidents, elle avait adoré apprendre à se débrouiller seule, à cuisiner, à faire le ménage. Elle n'était pas une vraie fée du logis, mais elle était capable de préparer un repas convenable et de tenir une maison propre.

Etrangement, faire ces choses lui donnait le sentiment du devoir accompli. De toute évidence, elle avait respiré trop de laque pour les cheveux quand elle était enfant.

Elle ouvrit la moustiquaire de la véranda d'un coup de hanche, descendit les marches et posa son plateau sur la table de bois qui occupait le même endroit depuis toutes ces années, sous le vieux chêne. De la mousse espagnole pendait de ses branches, et l'herbe sèche sous la table dessinait un ovale. Elle porta deux doigts à sa bouche et siffla.

— Le déjeuner est servi !

Son grand-père se leva, Jack et Luke abandonnèrent leur travail, et tous trois s'approchèrent de la table.

— Le déjeuner ? Génial ! s'écria Luke en lui donnant une tape amicale sur l'épaule. Tu es un ange, Meri… et tu siffles sacrément bien ! Où as-tu appris à faire ça ?

— Eh bien, en fait, c'est Jack qui m'a appris à siffler.

En entendant son prénom, Jack releva la tête. Il plongea ses yeux bleus dans les siens, et elle sentit aussitôt son cœur faire un bond dans sa poitrine. Apparemment, son cœur ignorait qu'elle ne s'intéressait pas à lui et qu'elle se moquait de ce qu'il pouvait bien penser d'elle.

— Je m'en souviens… Mon Dieu, j'ai l'impression que c'était il y a mille ans.

— Hé, je ne suis pas si vieille que ça ! J'avais huit ans, et tu en avais presque onze.

Elle avait été amoureuse de lui dès l'instant où elle l'avait rencontré, convaincue qu'il était l'un des garçons les plus beaux qu'elle ait jamais vus. Il avait un sourire malicieux, de grands yeux bleus, et une façon unique de la charmer. C'était l'ami d'Eli, et elle était la compagne fidèle d'Eli, s'échappant de l'atmosphère oppressante de la maison de Cherrystone Avenue le plus souvent possible avec le cousin qui désobéissait si souvent aux ordres stricts d'Anna Lee, pour l'emmener grimper aux arbres ou attraper des grenouilles. Avec les garçons, elle pouvait se salir, s'érafler les genoux et oublier de se tenir droite quand elle marchait et de sourire jusqu'à ce que ses joues soient douloureuses. Bien sûr, elle payait toujours les conséquences de ses actes quand elle rentrait chez elle, et elle avait fini par arrêter de grimper aux arbres et de jouer dans la boue. C'était plus simple d'être seulement spectatrice, de rêver de cette liberté plutôt que d'avoir à affronter la colère de sa mère.

— Tu étais une vraie enquiquineuse, dit Jack, tu nous suivais tout le temps, les autres garçons et moi…

Elle posa un poing sur sa hanche.

— Je ne vous ai jamais enquiquinés.

Il haussa les sourcils.

— D'accord, seulement un tout petit peu.

Les autres garçons avaient toléré sa présence parce que Eli et elle étaient inséparables, mais Jack avait été différent. Peut-être parce qu'il avait un petit frère, ou parce qu'il était du genre à sauver un oiseau tombé du nid. Elle l'avait tout de suite trouvé fascinant, et elle faisait tout ce qu'il faisait, à cet âge où l'on imite ceux que l'on aime.

Il s'approcha d'elle.

— Je me rappelle très bien t'avoir envoyée promener, plus d'une fois.

— Et je me rappelle très bien n'en avoir tenu aucun compte.

Il rit.

— Tu ne m'as jamais écouté !

Je t'ai écouté quand tu m'as dit que tout était fini, entre nous. Quand tu m'as dit que tu voulais quelqu'un de plus profond qu'une petite princesse en talons hauts.

Une fois de plus, elle revivait le moment de leur rupture. Elle entendait encore le ton dur de Jack, le revoyait s'éloigner.

— Est-ce que tu joues encore les garçons manqués, Meri Prescott ? lui demanda-t-il de sa voix grave. Parce que tu as toujours été meilleure en princesse…

Elle le regarda, perçut la lueur espiègle dans ses yeux, et comprit qu'il persistait à voir en elle une petite sotte essayant de copier les garçons, mais n'y parvenant pas. Il la voyait toujours comme une reine de beauté, une poupée habillée et dirigée par Anna Lee Prescott.

Elle détourna le visage et indiqua la table d'un geste vague.

— Je vous ai préparé des sandwichs et de la citronnade.

— Merci ! J'étais sur le point de mourir de faim, à force de travailler avec ce tyran, dit Luke en montrant son frère.

La mine renfrognée, Jack s'assit et tendit le bras pour prendre un sandwich, mais Luke lui donna une tape sur la main.

— Les dames d'abord, espèce de primate !

— J'essaie simplement de traiter Meri comme l'un des gars de la bande… comme au bon vieux temps, répliqua Jack en la regardant avec un sourire.

Comme l'un des gars de la bande. Comme la fille qui faisait semblant d'être ce qu'elle n'était pas. Rien n'avait changé dans l'esprit de Jack. Rien du tout.

Elle fit un pas en arrière et secoua la tête. Son estomac se mit à grogner, mais elle plaqua une main sur son ventre pour le faire taire.

— J'ai déjà mangé, mentit-elle. J'ai… J'ai des choses à faire.

Puis elle s'excusa et retourna à l'intérieur avant que ses souvenirs la submergent complètement, avant de tomber irrémédiablement sous le charme d'un sourire irrésistible et d'une paire d'yeux bleus qui voyaient en elle la reine de beauté qu'elle était autrefois, et non la femme complexe qu'elle était devenue.

7

En fin de journée, Jack et Luke avaient réparé la véranda sur le devant de la maison. En l'espace d'une semaine, la pile de bois que Jack avait coupé était déjà bien entamée. Il ne lui restait plus qu'à arracher les mauvaises herbes et à tailler les arbustes. Le travail qu'il avait commencé à faire un an plus tôt, avec tant de zèle, touchait à sa fin.

Il allait donc se trouver désœuvré. Il n'aimait pas cela du tout, pas depuis… ce jour-là.

Il aurait pu s'arrêter la semaine précédente, remettre la réparation de la véranda à l'automne. Il aurait pu passer la journée au garage, à finir de réparer la boîte de vitesses de la Chevrolet de Willie Maddox. Il aurait pu rester chez lui, s'occuper.

Au lieu de cela, il était resté chez Ray, et s'était laissé déconcentrer chaque fois que Meri apparaissait. Pour lui, Meri avait toujours été une énigme : adolescente, elle portait un chapeau à larges bords partout où elle allait pour protéger sa peau du moindre rayon de soleil, mais la nuit, elle faisait le mur pour aller regarder les étoiles. Avec le temps, cependant, la fille qui sortait de chez elle en cachette avait disparu, pour être remplacée peu à peu par quelqu'un qu'il ne reconnaissait plus, quelqu'un qui s'inquiétait pour son maquillage et sa manucure, quelqu'un qui était toujours absolument impeccable. Meri Prescott était devenue une reine de beauté n'acceptant rien qui ne soit pas parfait.

C'était ce qui l'avait poussé à s'éloigner d'elle. Il s'était rendu compte qu'ils étaient très différents l'un de l'autre, et que ce serait toujours le cas.

Cependant, il avait l'impression que les choses avaient bel et bien changé. Les années qu'elle avait passées à New York, la vie qu'elle s'était construite, et même cette cicatrice sur son visage l'avaient adoucie, en quelque sorte, et la poupée de porcelaine qu'elle avait été avait disparu.

Cela lui plaisait. Beaucoup.

Peut-être trop.

— Tu sais, tu es plutôt doué pour les travaux de rénovation, dit Luke, tout en mettant leurs outils dans un seau vide, qu'il posa sur une étagère de la remise. Tu devrais peut-être songer à t'établir à ton compte.

— Je travaille pour papa en ce moment, je m'occupe du garage.

— Papa va recommencer à travailler la semaine prochaine, ce qui signifie que tu ne travailleras pour lui qu'à temps partiel. Dans quelques années, il va prendre sa retraite, et il nous a bien fait comprendre que nous n'étions pas tenus de reprendre le flambeau. Tu aimes travailler au grand air, tu aimes construire des choses… Pourquoi ne pas en faire ton métier ?

— Parce que monter une entreprise signifie faire toutes sortes de choses pénibles, comme s'occuper de paperasserie, des taxes et…

— C'est ça, être adulte, Jack. On travaille, on donne sa part à l'Oncle Sam…

— L'Oncle Sam m'a déjà pris assez, plus qu'assez, l'interrompit Jack.

Il se dirigea vers son pick-up avec raideur, mais avant qu'il ait eu le temps de monter dedans, son frère lui posa une main sur le bras pour le retenir.

— Ecoute, je sais que tu as vécu des choses atroces, là-bas, des choses qu'aucun homme ne devrait avoir à affronter et qui te hanteront probablement pendant des années, mais cela ne signifie pas que ta vie s'est arrêtée en Afghanistan.

— Qu'est-ce que tu sais de ce que j'ai vécu ?

— Rien, répondit Luke d'un ton calme et posé, mais je te connais, et je sais ceci : l'homme égaré et en colère que tu es devenu n'est pas mon frère. Tu dois commencer à aller de l'avant, Jack. Tu ne peux pas rester au point mort éternellement. Monte une entreprise, fais-toi faire des cartes de visite, achète-toi un agenda et note ce que tu as à faire dedans.

— Qu'est-ce qui te donne le droit de me dire comment vivre ma vie ?

— Le lien de parenté qui nous unit. Et en parlant de tes proches, de ceux qui t'aiment même quand tu es passablement désagréable, tu vas rentrer chez toi, prendre une douche et venir au dîner organisé par maman. D'accord ?

A en juger par son ton, Luke n'admettrait aucun refus. Il semblait avoir l'intention de le traîner là-bas de force s'il le fallait, même collant de sueur et couvert de sciure de bois.

— Luke…

— Un rôti de bœuf, de la purée de pommes de terre, et les gens qui t'aiment, dit Luke avec un grand sourire. Comment pourrais-tu résister à ça ?

Jack avait envie de décliner l'invitation, de se réfugier dans sa cabane et d'y rester jusqu'à ce que le soleil se couche sur le lac et que la lune répande sa lueur argentée à la surface de l'eau. Il avait envie de rester assis sur le perron et de boire une bière, ou deux, ou dix, en s'apitoyant sur son sort. Il avait envie d'y rester assis jusqu'à ce que les ombres quittent ses pensées et qu'il trouve enfin la paix.

La paix. Cela faisait bien longtemps qu'il n'avait pas connu la paix, et ce n'était certainement pas en restant assis sur son perron à boire des bières et à regarder le coucher de soleil qu'il allait la retrouver. Il avait déjà essayé, environ deux cents fois depuis son retour de la guerre, et cela ne servait à rien à part à engourdir un peu la douleur pendant quelques heures.

Peut-être cela lui ferait-il du bien d'essayer quelque chose d'autre, et si les bonnes intentions de sa famille s'avéraient trop étouffantes, il pourrait toujours regagner sa cabane et retrouver ses bières.

La seule idée de rester assis sur son perron ce soir le déprimait.

— Très bien, je vais venir.

Luke haussa les sourcils, mais s'empressa de cacher sa surprise.

— Le dîner est à…

— 18 heures. Le dîner est à 18 heures depuis trente ans. Je serai là.

Il fit signe à son frère de s'éloigner.

— Ce n'est pas la peine de me surveiller. Si je dis que je serai là, je serai là.

Il monta dans son pick-up, démarra et prit la route de sa cabane. Une fois chez lui, il sortit des vêtements propres et alla prendre une douche, sachant que s'il s'arrêtait ne serait-ce qu'un instant, s'il prenait le temps de réfléchir, il changerait d'avis. Il rangea deux ou trois choses qui n'avaient absolument pas besoin d'être rangées, releva son courrier, et perdit quelques minutes à feuilleter des prospectus publicitaires. Enfin, incapable de supporter plus longtemps le silence et l'attente, il remonta dans son pick-up et prit la direction du centre-ville.

Dès que les arbres qui longeaient le lac apparurent dans son rétroviseur, il se crispa. Les grandes demeures typiques du Sud, avec leurs grandes vérandas et leurs façades aux tons pastel, commencèrent à dominer le paysage.

Autrefois, il avait rêvé de devenir propriétaire de l'une de ces maisons. Il s'était imaginé rentrant chez lui, le soir, pour retrouver sa femme, ses enfants et son golden retriever.

Puis, il était parti pour l'Afghanistan, et ses rêves lui avaient alors semblé être ceux d'un gamin qui ne connaissait rien à la vie.

Sa place n'était pas dans ces quartiers. Elle n'y avait jamais été. Le problème, c'était qu'il ne savait absolument pas où elle était.

Il tourna à droite, puis à gauche, et encore à gauche, pour remonter l'impasse où se trouvait la maison de ses parents. Un panier de basket était accroché au-dessus de la porte du garage, au bout de l'allée. Il s'arrêta dans la rue, à quelques mètres de la maison, et la regarda fixement, plongé dans ses pensées. Ce qui lui avait semblé être une bonne idée un peu plus tôt lui donnait maintenant envie de faire demi-tour et de s'enfuir.

Soudain, il vit Meri s'engager dans l'allée, se garer et descendre de sa Toyota. Elle avait attaché ses cheveux en un chignon souple, laissant quelques mèches rebelles tomber sur ses joues, et elle avait troqué son short et son T-shirt pour une robe bleu pâle qui effleurait ses mollets et mettait en valeur sa silhouette.

Il attendit, persuadé qu'elle regarderait dans sa direction et le verrait, mais elle n'en fit rien. Elle prit un grand saladier blanc sur le siège côté passager, ferma la portière d'un coup de hanche et alla sonner à la porte sans se retourner.

Il attendit un instant pour voir si Ray descendait à son tour de voiture, mais manifestement, le vieil homme avait décidé de ne pas venir. Jack le comprenait : lui non plus ne serait pas venu si ce n'était pas sa mère qui l'avait invité.

Non, c'était un mensonge. Il était là parce qu'il savait que Meri allait venir. Parce que même s'il pensait qu'elle faisait partie du passé, il y avait quelque chose de différent chez elle, quelque chose de fascinant, qui n'existait pas autrefois, quelque chose qu'il voulait découvrir.

En fin de compte, ce fut le balancement naturel mais séduisant de ses hanches qui le poussa à aller se garer dans l'allée, derrière sa vieille voiture.

Il se hâta de descendre de son pick-up et la rejoignit avant que la porte s'ouvre.

— Salut, Meri… Donne, je vais te le tenir, dit-il en lui prenant des mains son saladier. Le moteur de ta voiture n'a pas l'air de bien tourner, je pourrai y jeter un œil demain, si tu veux.

Un véritable chevalier servant !

Meri se tourna vers lui. Ses lunettes de soleil cachaient ses yeux.

— Jack… Tu es venu.

— Tu as l'air déçu.

— Non, je suis surprise, c'est tout. Je croyais… Eh bien, Luke m'avait dit…

Elle s'interrompit et secoua la tête en souriant. Elle avait toujours eu un sourire éclatant, qui lui plaisait beaucoup.

— Je suis contente que tu sois là.

Il s'apprêtait à lui demander si c'était vrai quand la porte s'ouvrit. Aussitôt, il fut submergé par la joie débordante de sa mère et de ses trois chiens, ces derniers se précipitant sur lui en aboyant et en agitant la queue.

Sa mère ouvrit les bras et les serra tous deux contre elle.

— Jack, Meri ! Je suis tellement heureuse de vous voir !

— Tu m'as vu la semaine dernière, maman…

Elle s'écarta un peu et lui donna une petite tape.

— Je t'ai vu il y a trois semaines, Jackson, et on pourrait croire que tu vis à l'autre bout du monde à en juger par la fréquence à laquelle tu viens ici.

— J'ai été très occupé.

— Et moi, j'en ai assez de voir toutes ces chaises vides autour de la table de la salle à manger. Seigneur ! Il y a de l'écho dans cette maison quand vous n'êtes pas là, tes frères et toi… Enfin ! ajouta-t-elle, son visage s'éclairant. La maison ne sera pas vide ce soir… Deux de mes garçons sont là, et j'ai le plaisir de voir quelqu'un que je n'ai pas vu depuis longtemps, alors je suis contente. Entrez, avant que le repas ne soit tout froid !

Il suivit sa mère et Meri, qui parlèrent du repas et de la salade que Meri avait apportée. Tandis qu'elles se dirigeaient vers la cuisine, il prit la direction du salon. L'endroit était devenu très masculin au fil des ans. Quand Della, sa mère, s'était rendu compte que la plupart des visiteurs préféraient se réunir dans la cuisine, elle avait laissé son mari avoir son espace personnel. Le mobilier se composait de fauteuils inclinables, d'un grand écran de télévision et d'une table basse.

Son père se leva quand il entra dans la pièce. Bobby Barlow était un homme de haute stature, même s'il commençait à avoir le dos un peu voûté avec l'âge. Il était encore en forme, mince et musclé à la fois, sans doute parce qu'il avait passé des années à réparer des voitures. Luke n'avait jamais été doué en mécanique, mais Jack et son frère aîné Mac avaient travaillé presque chaque été pour leur père quand ils étaient plus jeunes. Puis il s'était engagé dans l'armée, et Mac était devenu le président-directeur général d'une entreprise, trop occupé pour s'intéresser à sa famille, comme le prouvait son absence.

Au printemps dernier, leur père avait subi une arthroplastie du genou, qui l'avait obligé à prendre plusieurs semaines de congé. Jack s'était donc proposé pour le remplacer. Maintenant, en le voyant, il se demandait si Luke avait raison, et si leur père songeait à prendre sa retraite. Il semblait heureux, dans son fauteuil, libéré du stress du travail. Il était allé pêcher plusieurs fois cette année, et avait pris l'habitude de se promener avec Della, pour rééduquer son genou.

Jack parlerait à Mac. Peut-être pourraient-ils prendre la suite de leur père dans le garage.

« Tu aimes travailler au grand air, tu aimes construire des choses… Pourquoi ne pas en faire ton métier ? Tu dois commencer à aller de l'avant, Jack. Tu ne peux pas rester au point mort éternellement. Monte une entreprise, fais-toi faire des cartes de visite, achète-toi un agenda et note ce que tu as à faire dedans. »

Luke avait peut-être raison.

— Il était temps que tu arrives ! s'écria son père, d'un air faussement réprobateur.

Il se leva et le serra brièvement dans ses bras.

— Désolé, papa… J'ai eu beaucoup à faire chez Ray.

Son père écarta la remarque d'un geste de la main.

— Je ne t'en veux pas, et je trouve ça très bien que tu prennes soin de Ray. Il fait pratiquement partie de la famille ! Non… Je t'attendais parce que j'ai besoin que quelqu'un dise à ton frère que c'est un idiot.

Jack se tourna vers Luke avec un grand sourire.

— Tu es un idiot !

Luke se renfrogna.

— Ce n'est pas parce que j'ai misé quelques dollars sur l'équipe de Duke que je suis un idiot.

— Si l'équipe de Caroline du Nord joue, si ! répliqua Bobby en se rasseyant et en posant les pieds sur le repose-pieds. Tout le monde sait qu'ils ont le meilleur lanceur du pays !

— C'est pour ça qu'ils font de telles prouesses depuis le début de la saison ? demanda Luke en prenant quelques amandes grillées dans le bol posé sur la table basse.

Leur père leva les mains en signe de désespoir.

— Tu vois ce que je dois endurer, Jack ? Parfois, je me demande si tu es vraiment mon fils, Luke…

Jack rit.

— Je répète ce que je viens de dire, Luke : tu es un idiot. Ne renie jamais ton futur héritage.

— C'est vrai. Je pourrais me faire au moins dix dollars en revendant cette collection de casquettes de base-ball sur eBay…

Bobby lança un coussin à Luke.

— Cette fois, c'est décidé ! Je te raie de mon testament !

— Encore ? C'est la troisième fois ce mois-ci, dit Luke avec un grand sourire, avant d'indiquer à Jack la place à côté de la sienne sur le canapé. Assieds-toi, espèce de traître, et regarde l'équipe de Duke faire de moi un homme riche !

Jack s'assit à côté de son frère. Il s'enfonça sur le canapé moelleux et confortable, mais demeura tendu, mal à l'aise. Il se força néanmoins à sourire et fit mine de s'intéresser au match. Son père et son frère se lancèrent encore quelques piques, par jeu, mais lui resta silencieux. Son père lui jeta un coup d'œil de temps à autre, l'air vaguement inquiet, mais ne lui fit aucune remarque.

Il était sur le point de se lever et de s'en aller, se sentant incapable de passer une seconde de plus dans cet environnement, autrefois rassurant, mais dans lequel il se sentait aujourd'hui oppressé, quand Meri entra dans la pièce.

Aussitôt, il se détendit un peu. Il prit une profonde inspiration et sentit le parfum délicat de Meri, un mélange de cerise et d'amande, doux et sucré à la fois, très, très agréable.

— Le dîner est servi, annonça-t-elle, et Della m'a demandé de vous dire que vous étiez invités à passer à table du moment que vous vous comportiez en gentlemen et non pas en hommes des cavernes.

— Votre mère n'est vraiment pas drôle, grommela Bobby avec un sourire.

De tous les couples que Jack connaissait, celui que formaient ses parents était le plus heureux. Après près de quarante années de mariage, ils se tenaient encore la main dans la rue et s'embrassaient devant leurs enfants.

Cela lui donnait presque de l'espoir quant à son avenir.

Presque.

Ses parents s'assirent chacun à une extrémité de la table de la salle à manger, et Meri prit place du côté droit. Luke posa une main sur le dossier de la chaise à côté de la sienne, comme s'il s'apprêtait à s'y asseoir, mais au dernier moment, il regarda Jack avec un sourire, pour lui faire comprendre qu'il plaisantait, et il alla s'asseoir en face d'elle.

Jack se renfrogna. Même son frère jouait les entremetteurs. Il s'assit à côté de Meri et s'efforça de réprimer le sentiment de joie qui l'envahit quand elle le regarda avec un sourire.

Il tendit le bras pour prendre un cracker dans le bol posé au milieu de la table, mais sa mère lui donna une tape sur la main pour l'en empêcher.

— Le bénédicité avant la gourmandise, Jackson !

Elle hocha la tête en direction de son mari.

— Robert ?

— Pourquoi ne m'appelles-tu par mon prénom qu'au dîner, Della ?

— Parce qu'un repas de famille est une occasion solennelle. Le bénédicité ? dit-elle d'un ton interrogateur en agitant la main.

Le père de Jack joignit les mains et inclina la tête, et tout le monde l'imita.

— Merci pour la nourriture sur cette table, l'amour dans nos cœurs, et pour la femme belle mais entêtée que j'ai épousée. Amen.

Le « amen » de sa mère fut accompagné d'un petit rire et d'un léger rougissement.

— Très bien, et maintenant, mangeons ! déclara-t-elle.

Il était arrivé chez ses parents avec l'intention de manger et de repartir le plus vite possible, mais tandis que la conversation autour de la table s'animait, il commença à se sentir à l'aise dans cet environnement familier, avec les gens qu'il connaissait le mieux.

— Tu vas me dire que toute cette nourriture est bonne pour la santé ? demanda Bobby.

— Aussi saine que possible, répondit Della en souriant. J'ai l'intention de faire en sorte que tu restes à mes côtés le plus longtemps possible, à me rendre folle !

— Pour pouvoir me bourrer de choux-fleurs et m'accrocher au-dessus de la cheminée, grommela-t-il, tout en reprenant cependant de la purée.

— Je préparerai une assiette pour ton grand-père, Meri… C'est dommage qu'il n'ait pas pu venir.

— Cela lui fera très plaisir, madame Barlow. Grand-père avait vraiment envie de venir, mais il en a fait un peu trop, aujourd'hui. Il était fatigué, alors je lui ai conseillé de rester à la maison pour se reposer, mais j'espère que vous l'inviterez de nouveau une prochaine fois… Cela lui ferait du bien de voir du monde.

— Je disais justement à Jack tout à l'heure que Ray fait pratiquement partie de la famille, dit Bobby avec un hochement de tête énergique. Je le connais depuis toujours ! C'est un homme bien, ton grand-père.

— C'est dur pour lui, depuis la mort de ma grand-mère. Je crois que c'est pour ça qu'il n'a pas pris soin de sa santé, et qu'il a fini par avoir une crise cardiaque, mais j'ai l'impression qu'il commence à aller mieux, maintenant.

— Sans doute parce que tu es là, dit Della. Ray a toujours eu un faible pour toi, Meri.

Bobby secoua la tête, l'air pensif.

— Perdre l'amour de sa vie… Cela ferait partir en vrille

n'importe quel homme. Je remercie le ciel d'avoir ma Della à mon côté… et j'espère de tout cœur que les trois imbéciles que nous avons élevés ensemble se marieront avant que je sois trop vieux pour me rappeler le prénom de mes petits-enfants !

Luke leva les mains comme pour écarter la suggestion.

— Ne te fais pas trop d'illusions en ce qui me concerne, papa, je ne suis pas du tout prêt pour le mariage.

— Il a déjà du mal à rester fidèle à une même marque de dentifrice, marmonna Jack.

— Tu peux parler, monsieur je-ne-me-suis-jamais-remis-de…

Jack interrompit son frère en lui donnant un coup de pied sous la table.

— On t'a déjà dit que tu parlais trop ?

Luke le regarda avec un sourire narquois.

— Un peu de tenue, les garçons ! Nous avons de la compagnie…

Leur mère les regarda d'un œil noir, mais son visage s'éclaira quand elle reporta son attention sur Meri.

— Dis-moi, Meri, qu'as-tu fait de beau depuis que tu as quitté Stone Gap ?

— Pas grand-chose de bien, comme dirait ma mère, répondit Meri en haussant les épaules d'un air faussement désinvolte, alors même qu'une lueur de tristesse passait dans ses beaux yeux. J'ai abandonné les concours de beauté pour travailler dans l'envers du décor.

— L'envers du décor ? répéta Luke. Si cela signifie aider les filles à s'habiller et à se déshabiller, je postule tout de suite !

Sa mère lui donna une petite tape sur le bras.

— Tu as beau être adulte, je peux encore t'envoyer dans ta chambre, Lucas…

— Tu ne m'as pas puni depuis l'âge de quinze ans, maman, répondit Luke avec le sourire charmeur qui lui avait épargné de nombreuses punitions et heures de retenue quand il était plus jeune. Parce que je suis le plus mignon de la fratrie !

— Si c'est toi le plus mignon, qu'est-ce que je suis ? demanda Jack.

— Celui dont nous aimons tous nous moquer, répondit Luke en prenant un morceau de rôti.

Leur mère leva les yeux au ciel et réprima un sourire.

— Ignore mes garçons, Meri… Apparemment, l'évolution prend un peu plus de temps du côté masculin de la famille ! Tu disais ?

— Je me suis lancée dans la photographie. J'ai commencé par faire des portraits lors de concours de beauté et de spectacles de danse, quand j'étais encore à l'Université, mais peu à peu, je me suis découvert une passion pour les paysages, urbains, notamment.

— C'est merveilleux ! s'exclama Della tout en beurrant une tranche de pain. Maintenant que tu es de retour, as-tu l'intention d'ouvrir un studio ici, à Stone Gap ?

— Où est la sauce barbecue ? demanda Bobby en regardant la table.

— Il n'y en a pas, répondit Della avant de reporter son attention sur Meri. A moins que tu n'aies pas l'intention de rester ?

— Je vais rester quelque temps…

Jack remarqua que Meri évitait soigneusement de répondre avec précision à la question. Combien de temps comptait-elle rester, au juste ? Et pourquoi s'en souciait-il ?

— Je suis ici pour m'occuper de mon grand-père, principalement, reprit-elle.

— Eh bien, en tout cas, Stone Gap aurait grand besoin d'une bonne photographe ! Cette région est tellement belle… Nous avons besoin de quelqu'un qui la voit comme nous la voyons tous.

— Il n'y a pas de sauce barbecue ? s'étonna Bobby, soulevant la salière et la poivrière pour regarder derrière. Avec quoi suis-je censé manger mon rôti ?

— Il y a trop de sucre dans la sauce barbecue, Robert. J'ai fait une sauce au jus de viande, à la place.

Bobby se renfrogna.

— Ce n'est pas pareil…

— Je fais tout ça par amour, mon chéri, dit Della avec un grand sourire, qui dérida Robert.

Oubliant son dîner qui refroidissait dans son assiette, Jack se tourna vers Meri.

— Je ne savais pas que tu étais devenue photographe…

Le métier de photographe ne faisait certainement pas partie des métiers qu'il aurait pu imaginer pour elle. Elle aimait prendre des photos quand elle était plus jeune, mais il aurait été prêt à parier qu'elle aurait fait carrière dans le mannequinat ou l'audiovisuel.

— Tu ne voulais pas devenir Miss America ?

Il y eut un silence. Ses proches le regardèrent, puis regardèrent Meri. Elle baissa les yeux sur son assiette, puis elle prit le plat de purée.

— Je n'ai jamais voulu devenir Miss America. C'était le rêve de ma mère.

— En tout cas, dit Della, tu pourrais très bien être Miss America. Tu es bien assez belle pour ça… Tu l'as toujours été.

— Merci, madame Barlow.

— Ça, c'est un scoop, marmonna-t-il.

Meri se tourna sur sa chaise pour le regarder.

— Qu'est-ce que tu essaies de dire, Jack ?

Il était d'une humeur massacrante. La joie ambiante lui faisait regretter la solitude de sa cabane dans les bois, et il s'en prenait à Meri.

— Rien.

— Quelqu'un veut reprendre de la purée de pommes de terre ? demanda sa mère en soulevant le plat.

— Ne parle pas de purée de pommes de terre, grommela son père. C'est de la publicité mensongère.

Della le regarda.

— Quand ton taux de cholestérol ne sera plus aussi élevé que la dette nationale, tu pourras me dire de quoi parler !

Meri continuait de regarder Jack, sans ciller.

— Tu crois que j'aimais bien être exhibée sur ces podiums comme un poney de compétition ? lui demanda-t-elle.

Il haussa les épaules négligemment.

— Je ne t'ai jamais vue refuser de le faire.

Que lui arrivait-il ? Pourquoi était-il aussi méchant ? Ne pouvait-il pas laisser tomber ? Pourquoi se conduisait-il comme un imbécile, comme s'il cherchait à la faire fuir ?

— Il faut croire que tu ne me connaissais pas si bien que ça, Jack. Peut-être même que tu ne me connaissais pas du tout…

Elle secoua la tête et poussa le contenu de son assiette du bout de sa fourchette.

— … ou peut-être simplement que je ne reconnais pas cette nouvelle facette de ta personnalité.

— Personne ne me reconnaît plus, dit-il en repoussant brusquement sa chaise et en se levant. Pas même moi.

Il jeta sa serviette sur la table, se dirigea vers la porte avec raideur et sortit, rongé par le remords et la culpabilité.

8

— Qu'est-ce qui t'a pris ?

Ces mots franchirent les lèvres de Meri avant même qu'elle soit descendue dans le jardin, légèrement en contrebas de la maison. Derrière s'étendaient des hectares de forêt, où, enfants, les garçons et elle fabriquaient des cabanes et vivaient toutes sortes d'aventures. Aujourd'hui, cependant, les bois plongés dans la pénombre, devant lesquels Jack semblait comme posté en sentinelle, semblaient receler un secret connu d'eux seuls.

Il ne se tourna pas vers elle.

— Rien, répondit-il sèchement. Retourne dîner.

— Tu sais très bien que je détestais ces concours de beauté. Je te l'ai dit un nombre incalculable de fois.

— Désolé.

Ce seul mot, lancé comme un os à un chien, déclencha sa colère. Elle avança d'un pas décidé et alla se camper devant lui. Il lui jeta un rapide coup d'œil, puis reporta son attention sur la forêt.

— Qu'est-ce qui t'arrive ? Quand es-tu devenu aussi… désagréable ?

Elle vit sa mâchoire se contracter, ses yeux se plisser, ses épaules se crisper. L'espace d'un instant, elle crut qu'il allait s'en aller, la laissant là.

— N'insiste pas, Meri. Laisse-moi tranquille.

— C'est vraiment ce que tu veux, Jack ? Parce que je peux tout à fait m'en aller et te laisser tranquille une bonne fois pour toutes. Oui, tu as vécu l'enfer à la guerre, mais cela ne te donne pas le droit de traiter les gens qui t'entourent comme des chiens.

Elle tourna les talons, s'apprêtant à partir, mais il lui attrapa le bras pour la retenir.

— Ne t'en va pas, s'il te plaît.

Elle hésita.

— Pourquoi ?

— Parce que tu as raison… Je me conduis comme un imbécile. Mais tu ne comprends pas, c'est juste que je… je ne vois plus le monde de la même façon qu'autrefois.

— Alors parle-moi, Jack. Ne me repousse pas. Nous étions amis, tu te souviens ? Avant tout le reste…

— Je t'assure qu'il vaut mieux que tu n'entendes pas mes histoires. A vrai dire, je ne suis même pas sûr d'avoir envie de les raconter.

Elle repensa à ce que son grand-père lui avait dit, à la façon dont sa grand-mère l'avait guéri de ses blessures, à force de patience et d'amour. Jack méritait la même attention, et peut-être pouvait-elle la lui donner, non pas parce qu'elle l'aimait, bien sûr, mais parce que c'était un vieil ami, parce qu'ils avaient tous deux perdu quelqu'un qu'ils aimaient, et parce qu'ils avaient l'un comme l'autre des cicatrices que le reste du monde ne pouvait pas voir. Rien de plus.

— Parle-moi, Jack. S'il te plaît.

Il resta immobile et silencieux pendant un moment qui lui sembla durer une éternité. Elle était sur le point d'abandonner quand, enfin, il se mit à parler, lentement, d'une voix grave, douloureuse.

— Tu sais ce que je vois quand je regarde dans cette direction ? lui demanda-t-il en montrant du doigt la forêt.

Elle jeta un coup d'œil par-dessus son épaule.

— Je ne sais pas… Des arbres ? Des écureuils ?

— Je vois des cachettes pour snipers. Je vois des monticules sinistres cachant des engins explosifs. Je vois des corps sous les troncs couchés par terre, des dangers partout, et des hommes attendant dans l'ombre pour tuer les troupes que je suis censé protéger. Je vois la mort, Meri. La mort, le danger et l'enfer.

— C'est seulement une forêt, Jack, il n'y a…

— Tu ne comprends pas ? Il n'y a plus rien qui soit « seulement » quoi que ce soit, pour moi. Le moindre moteur de voiture qui pétarade est une explosion, dans ma tête. Tout homme qui me regarde bizarrement est un terroriste avec une bombe attachée à la poitrine. J'entends un avion passer au-dessus de ma tête, et je dois résister à l'envie de me précipiter pour me mettre à l'abri, parce que je m'attends à entendre le sifflement d'un missile sur le point de toucher le sol.

Il serra et desserra les poings, puis secoua la tête.

— Je ne suis plus le même, et je ne serai plus jamais le même. Alors, arrête d'essayer de recréer quelque chose qui n'est plus, quelque chose qui est mort.

La dureté de son ton la fit reculer de quelques pas. Elle regarda de nouveau la forêt, essayant de voir ce qu'il voyait, d'imaginer ce qu'il avait vécu à l'autre bout du monde, les horreurs innommables qu'il avait vues.

Machinalement, elle porta une main à sa joue, effleurant sa cicatrice du bout des doigts, et, soudain, elle comprit.

— Je ne prétends pas savoir ce que tu as traversé, ou pouvoir imaginer les cauchemars qui hantent tes nuits, mais je veux que tu saches que je… comprends.

Il eut un grognement railleur.

— Comment pourrais-tu le comprendre ? Comment qui que ce soit pourrait le comprendre ? J'ai vécu l'enfer, Meri. En parler n'y changera rien, tout ce que ça fait, c'est raviver des souvenirs douloureux, alors arrête d'essayer de m'aider.

De toute évidence, ces mots étaient destinés à la repousser, mais elle resta quand même, reconnaissant en lui un peu de la souffrance qui l'avait tenaillée au cours des mois qui avaient suivi son agression.

— Très bien… Tu ne veux pas parler de ce qui t'est arrivé, et je le comprends, mais laisse-moi te parler de moi, te dire ce que je vois quand je regarde cette forêt.

Elle continua sans lui laisser le temps de répondre, parlant dans un souffle.

— Un homme m'attend, armé d'un couteau, j'entends sa respiration, mais je suis trop concentrée sur mon travail, sur ma photo, pour le voir, pour comprendre ce qui va se passer. Je vois d'abord ses chaussures, blanches et brillantes dans la pénombre, et les bâtiments que j'essaie de prendre en photo dans la lumière décroissante. Je reste où je suis, pensant qu'il va partir, mais il ne part pas… Soudain, je vois une lueur argentée, et le temps que je comprenne ce qui se passe, c'est trop tard. Je ne peux pas bouger, je ne peux pas crier, je ne…

Elle s'interrompit brièvement, inspira profondément pour se calmer.

— Je ne peux rien faire pour l'arrêter.

— Oh ! Meri…

Il esquissa un mouvement pour la toucher, mais elle recula.

— Je ne t'ai pas raconté ça pour que tu me prennes la main ou que tu me dises que ça va aller. Je sais que ça va aller. Je sais qu'avec le temps, les choses vont s'arranger. C'est pour ça que je suis ici : pour prendre soin de mon grand-père, et pour prendre soin de moi.

Elle lui prit la main et la serra tendrement dans la sienne.

— Je te raconte ça pour que tu saches que tu n'es pas le seul à avoir peur de regarder cette forêt.

Il secoua la tête.

— Je n'ai pas peur, ce n'est pas ça, le problème…

— Si, tu as peur. Tu es terrifié à l'idée de laisser ce qui se cache dans les ténèbres de cette forêt, dans ta tête, refaire surface, dit-elle en lui posant avec douceur une main sur la joue, et de ne pas être capable d'y faire face.

Il resta silencieux.

— Tu te souviens de ce qu'Eli disait toujours ?

Le visage de Jack s'assombrit encore davantage.

— Pourquoi me parles-tu de lui ?

— Parce que nous l'aimions tous les deux, et parce qu'il nous manque à tous les deux.

— Je n'ai pas envie de parler. Je vais aller manger mon dessert.

Il esquissa un mouvement pour se détourner, mais elle le retint.

— Eli disait que la seule façon de vaincre nos peurs est d'en parler. Il avait raison. Quels que soient les démons qui se cachent ici, dit-elle en lui posant une main sur la poitrine, contre les battements réguliers de son cœur, ils vont continuer à te hanter jusqu'à ce que tu en parles.

Il eut un mouvement de recul et fronça les sourcils.

— Tu te prends pour ma psy, ou quoi ? L'armée m'a déjà obligé à voir un psy, et ça n'a servi absolument à rien. A vrai dire, on m'a obligé à voir un nombre incalculable de psys depuis mon retour, je n'en ai pas besoin d'un autre.

Elle s'était trompée. Elle n'était pas faite pour l'aider. Elle n'était pas comme sa grand-mère, et il n'était pas comme son grand-père. Elle aurait mieux fait d'arrêter d'essayer de le sauver puisqu'il ne voulait pas l'être.

— Non, Jack. Je suis simplement ton amie, et il me semble que tu n'en as pas un nombre incalculable, alors tu devrais peut-être arrêter de faire fuir ceux que tu as bel et bien.

Meri faillit faire demi-tour en voyant les vers se tortiller dans la boue de leur boîte de verre. Elle n'était pas sûre que ce soit la meilleure idée qu'elle ait jamais eue.

Non. Elle allait rester. Elle avait dit à Jack d'affronter ses plus grandes peurs, et il était temps qu'elle en fasse autant, même si ses peurs ne faisaient que quelques centimètres de long et se tordaient dans la boue.

— Je vais en prendre une douzaine, dit-elle à Big Joe.

Big Joe était un homme chaleureux, qui avait la bedaine d'un buveur de bière, et méritait son surnom. Depuis toujours, il était propriétaire du magasin de matériel de pêche de Stone Gap.

Il glissa ses pouces sous ses bretelles et observa les vers.

— Vous avez intérêt à en prendre deux douzaines, si vous espérez faire de belles prises.

Faire de belles prises ? Elle n'avait encore jamais pêché de sa vie, mais elle acquiesça d'un hochement de tête.

— Très bien, je vais en prendre deux douzaines, alors.

Big Joe mit les vers dans un récipient en plastique blanc, qu'il lui tendit après avoir percé quelques trous dans le couvercle. Elle aurait juré pouvoir sentir les vers se tortiller contre les parois de la boîte pour s'échapper. *Beurk !*

— Vous êtes la fille d'Anna Lee Prescott, n'est-ce pas ? lui demanda Big Joe. C'est vous qui participiez à tous ces concours de beauté ?

— Oui…

Elle eut soudain l'impression que la cicatrice qui lui fendait la joue s'embrasait, comme une lettre écarlate prouvant qu'elle n'était plus une reine de beauté.

— … mais je n'y participe plus.

— Je vous comprends ! Je déteste me mettre sur mon trente et un… Ma femme s'estime heureuse quand je change de chemise pour aller à l'église, le dimanche, dit-il en riant. Je dois dire que je n'aurais pas imaginé que vous pêchiez !

— Je n'ai encore jamais pêché, mais cela va changer, dit-elle en soulevant la boîte en plastique qu'elle avait à la main, réprimant un haut-le-cœur.

Quand elle était petite, elle essayait d'être comme les autres, d'être un garçon manqué, de grimper aux arbres et de jouer dans la boue. Elle s'était écorché les genoux et les coudes à moult reprises, mais en grandissant, elle s'était rendu compte qu'elle devait faire un choix : prendre les concours de beauté au sérieux, ou aller à l'encontre des désirs de sa mère et suivre sa propre voie. Elle avait cédé à la pression du monde des concours de beauté, et ses aventures, trop brèves, avaient pris fin. Elle avait veillé à rester impeccable en toutes circonstances, pour être toujours prête à parader.

Maintenant, elle était fébrile, comme quelqu'un d'affamé devant un buffet auquel on pouvait se servir à volonté. Elle voulait connaître tout ce dont elle s'était privée pendant si longtemps, toutes les activités qu'elle avait vu ses amis avoir des années plus tôt. C'était peut-être un peu tard, mais cela ne la décourageait pas.

— Oui ! ajouta-t-elle. A partir de maintenant, je vais pêcher.

— Dans ce cas, vous allez avoir besoin de deux ou trois choses supplémentaires, dit Big Joe.

Elle ressortit du magasin avec une canne à pêche, une petite sacoche pour ranger son matériel, un gilet kaki avec des poches pour ranger Dieu sait quoi, et un livre destiné aux pêcheurs débutants. Elle posa le récipient qui contenait les vers sur le siège côté passager et y jeta des coups d'œil réguliers pendant le trajet jusque chez son grand-père, persuadée que les vers allaient s'échapper, mais heureusement, cela ne se produisit pas.

— Grand-père, j'ai les appâts ! cria-t-elle en entrant dans la maison plongée dans la pénombre. Tu es prêt à y aller ?

Son grand-père lui fit signe, depuis son fauteuil inclinable, dans le salon. Il regardait un vieux film de guerre à la télévision.

— Oh ! ma petite Mery, je suis désolé, mais je ne me sens pas si bien que ça, finalement… J'ai l'intention de faire une sieste.

Elle s'approcha de lui et lui posa une main sur le front. Sa peau était fraîche, un peu pâle.

— Ça va ?

— Les quelques derniers jours ont été bien remplis, et je suis un peu fatigué, c'est tout. Une bonne sieste arrangera ça !

— Nous irons pêcher un autre jour, ce n'est pas grave.

— Quoi ? Pour gâcher tous les vers que tu viens d'acheter ? Non, non, vas-y sans moi !

— Toute seule ? demanda-t-elle en riant. Je ne sais même pas amorcer l'hameçon… Avec la chance que j'ai, j'arriverai sûrement à me blesser !

— Eh bien, demande à Jack de t'accompagner… Il travaille trop. Cela fait des heures qu'il essaie de réparer la tondeuse. Par cette chaleur, il doit avoir besoin de faire une pause !

Demander à Jack de l'accompagner ? Après la façon dont s'était terminée leur conversation le dimanche soir, chez ses parents, ce n'était sûrement pas une bonne idée. En définitive, elle était partie tout de suite après leur dispute dans le jardin, sans goûter au crumble aux pommes.

Elle repensa soudain au baiser qu'ils avaient échangé quelques jours plus tôt, ce merveilleux baiser qui lui avait laissé à penser que Jack s'intéressait à elle, qu'il n'essayait pas réellement de la repousser.

Il lui envoyait tant de signaux contradictoires, elle aurait sans doute mieux fait de l'éviter tout à fait.

Le matin même, elle était allée se promener avec son appareil-photo, mais elle n'avait même pas réussi à le sortir de sa sacoche. D'où l'idée de la pêche.

— Jack ne voudra jamais aller pêcher avec moi, dit-elle enfin. Nous… Nous ne sommes pas en très bons termes, ces derniers temps.

Son grand-père sembla réfléchir quelques instants.

— Dans ce cas, tu vas devoir employer les grands moyens, et lui dire qu'il peut m'emprunter ma nouvelle canne à pêche ultralégère. Il la regarde avec envie depuis que je l'ai achetée et que j'ai pris un énorme achigan à grande bouche avec ! Cela va le motiver, je peux te le garantir… et puis, je suis sûr qu'il sera d'accord pour amorcer tes hameçons pour toi.

Elle était persuadée qu'aucune canne à pêche ne convaincrait Jack, mais l'idée d'aller pêcher pour la première fois toute seule ne la tentait pas du tout, et encore moins celle d'accrocher elle-même les vers à l'hameçon. De toute évidence, elle n'avait pas pensé à cet aspect des choses quand elle avait acheté les vers. Elle aurait mieux fait de choisir des appâts factices.

L'espace d'un instant, elle envisagea de renoncer, mais elle se ravisa. Elle ne resterait pas éternellement à Stone Gap, et elle voulait profiter de chaque moment, faire tout ce qu'elle n'avait pas pu faire avant, toutes ces choses indignes d'une jeune fille bien élevée.

— Je sais que Jack est un ours, reprit son grand-père, mais si tu lui laisses une chance…

— Je lui ai déjà laissé trente fois sa chance.

— Eh bien, peut-être qu'il a besoin que tu la lui laisses trente et une fois ! C'est un homme, après tout… Parfois, nous sommes trop têtus, et ça ne nous réussit pas.

— Ça, c'est vrai ! dit-elle en lui déposant un baiser sur la joue. Merci, grand-père.

Elle rassembla le matériel qu'elle avait acheté à Big Joe, enfila son gilet, sortit et se dirigea vers le lac. Jack sortait de la cabane à outils et s'essuyait les mains sur un chiffon. Il éclata de rire en la voyant.

— Qu'est-ce que tu fabriques ?

— Je vais pêcher.

Il observa son accoutrement, puis sa canne à pêche et la boîte en plastique qu'elle tenait du bout des doigts.

— Laisse-moi deviner… C'est Big Joe qui t'a dit que tu allais avoir besoin de tout ça ?

— Oui…

— Tu sais ce dont tu as besoin pour aller pêcher ? lui demanda-t-il en glissant le chiffon dans sa poche arrière et en s'approchant d'elle. D'une canne à pêche, d'un appât, et de beaucoup de patience. Tu as deux de ces trois choses.

Elle regarda son matériel.

— Je croyais avoir acheté tout ce qu'il me fallait chez Joe…

Il fit un autre pas vers elle, et son cœur se mit à marteler sa poitrine.

— C'est le cas… Il te manque seulement la patience.

Elle écarta la remarque d'un geste de la main.

— Je suis patiente !

Il rit de plus belle.

— Toi ? Tu es l'impatience incarnée !

— C'était peut-être vrai quand j'étais plus jeune, mais ce n'est plus le cas…

Cette fois, ce fut elle qui s'approcha de lui, levant le menton d'un air de défi.

— … et je peux te le prouver.

— Ah, vraiment ? Et comment ?

La voix grave et lourde de sous-entendus avec laquelle il avait prononcé ces mots la fit frissonner.

Qui essayait-elle de leurrer ? Elle ne l'avait jamais oublié. En sa présence, elle redevenait une adolescente enamourée, son cœur battait la chamade et elle avait le souffle court.

Elle se faisait des illusions si elle s'imaginait qu'il s'agissait seulement d'obtenir son aide pour mettre un appât à son hameçon ou de l'arracher à sa mauvaise humeur.

Il s'agissait d'elle et de Jack Barlow, et de finir ce qu'ils avaient commencé des années plus tôt.

— Viens pêcher avec moi, et tu verras à quel point je peux être patiente.

— Aller pêcher ? Avec toi ? Aujourd'hui ?

Elle acquiesça.

— Pose tes outils, oublie un peu tout ce que tu as à faire, et viens passer le reste de l'après-midi avec moi au bord du lac. Celui qui prend le plus gros poisson gagne.

Un sourire se dessina sur ses lèvres.

— Il gagne quoi ?

Elle réfléchit quelques instants.

— Le perdant pourrait inviter le gagnant à déjeuner ?

— J'ai déjà mangé… et puis, un sandwich à la dinde ou au fromage ne représente pas un formidable enjeu, si ?

— C'est ce que tu veux ? Un formidable enjeu ?

Il la regarda d'un air provocant.

— Si tu veux me lancer un défi, Meri Prescott, prépare-toi à aller jusqu'au bout de tes idées.

Elle sentit le rouge lui monter aux joues.

— Et, euh… qu'as-tu en tête, exactement ?

Il eut un sourire en coin.

— Le perdant doit plonger dans le lac…

— Pas de problème.

— … tout nu.

Il y eut un silence. Elle sentit sa gorge se serrer.

— Tout nu ? répéta-t-elle enfin.

Le sourire de Jack s'élargit.

— Miss America ne s'est jamais baignée toute nue ?

— Ne m'appelle pas comme ça. Je n'ai jamais été Miss America. Et non, je ne me suis jamais baignée toute nue, et je n'ai pas l'intention de le faire.

Du moins, pas avec lui.

Il lui prit sa canne à pêche des mains et se pencha pour lui murmurer quelque chose à l'oreille, la faisant frissonner.

— Dans ce cas, tu as intérêt à attraper un poisson sacrément gros.

9

Jack devait absolument prendre l'habitude de réfléchir avant de parler. Dans l'armée, il n'avait jamais rien fait sans peser au préalable le pour et le contre. Sur le terrain, il évaluait constamment les bâtiments, les gens et les routes autour de lui. Son rôle de commandant pesait lourd sur ses épaules, influençant chacune de ses pensées, chacune de ses décisions.

En revanche, quand Meri se tenait en face de lui, avec un sourire sur les lèvres et un pétillement malicieux dans les yeux, il était incapable de réfléchir de façon cohérente. Ses désirs et ses besoins devenaient très simples : il avait envie de la faire sourire encore plus, de l'entendre rire, et, surtout, de trouver un moyen de la faire rester.

De toute évidence, il était masochiste, car chaque fois qu'il voyait Meri, il pensait à Eli, et quand il pensait à Eli… il avait envie de disparaître sous terre. Le sentiment de culpabilité, les regrets lui serraient la poitrine jusqu'à ce qu'il ait l'impression d'étouffer.

Puis, Meri lui souriait, et il voyait de nouveau le soleil filtrer à travers les nuages. Les ténèbres reculaient, et il entrapercevait la vie qu'il pourrait avoir. Si seulement !

— Bon ! Alors, comment fait-on, déjà ?

Debout sur le ponton, Meri semblait mal assurée, nerveuse, et portait toujours ce gilet ridicule. Il le trouvait assez mignon, cependant, car il mettait en valeur le décolleté de son débardeur et ses longues jambes à la peau de pêche, sous son petit short en jean.

— Descends simplement dans le bateau, je vais le stabiliser pour toi, dit-il en tenant le bord du ponton, assis à l'arrière du bateau. Fais-moi confiance, Meri.

Fais-moi confiance. Quelle requête lourde de sens ! L'espace d'un instant, il fut tenté de lui dire de *ne pas* lui faire confiance, de lui dire qu'on ne pouvait pas compter sur lui, mais il se ravisa, se rappelant qu'il s'agissait seulement d'une partie de pêche, de quelques heures dans un bateau, sur le lac. Rien de plus.

Hésitante, elle posa un pied au fond du bateau, souleva l'autre pied et poussa un petit cri de surprise quand le bateau tangua. Il la stabilisa de sa main libre. Elle se cramponna à lui, retrouva son équilibre et s'assit sur le banc.

— C'est plus difficile que ça en a l'air…

— Plus difficile que de parader sur un podium avec des talons de dix centimètres ?

— Tu adorais ces talons, si ma mémoire est bonne.

C'était vrai, il raffolait des chaussures qu'elle portait quand ils étaient adolescents. Elle était alors la seule fille à Stone Gap capable de marcher avec des talons immenses qui mettaient en valeur ses jambes déjà longues et fines. Quel dommage que des talons hauts ne soient pas appropriés à une partie de pêche !

Démarrant le moteur, il prit la direction du centre du lac.

— J'aimais ces talons seulement parce que, grâce à eux, tu paraissais aussi grande que moi.

Menteur.

— Et moi qui croyais que tu aimais la façon dont ils allongeaient mes jambes !

Il sourit.

— Ça, c'était juste un plus…

Elle plongea la main dans l'eau et l'éclaboussa. Le bateau tangua de plus belle quand il se pencha pour essayer d'esquiver l'eau. Elle poussa un autre cri aigu et l'aspergea une deuxième fois. Il rit.

Rire lui faisait du bien, beaucoup de bien. Après tout, aller pêcher avec elle n'était peut-être pas une si mauvaise idée.

De fins nuages passaient dans le ciel, paresseusement. L'eau scintillait, de plus en plus sombre à mesure qu'ils approchaient du milieu du lac. C'était un jour de semaine, et il n'y avait que quelques bateaux sur la vaste surface bleue. Un héron passa au-dessus d'eux et alla se poser avec grâce sur la rive, au loin.

— Cet endroit est magnifique, dit Meri en se laissant aller en arrière sur le banc, le visage levé vers le soleil. Tellement paisible…

La paix. C'était une chose qu'il avait oubliée. Cependant, ici, avec Meri, sur l'eau calme du lac, il commençait à se demander si, peut-être, il n'arriverait pas à la retrouver.

Il coupa le moteur et prit l'une des cannes à pêche.

— Alors, nous pêchons, oui ou non ?

— Nous sommes vraiment obligés ? lui demanda-t-elle avec un grand sourire. Je pourrais me contenter de bronzer un peu…

— Vas-y ! J'admirerai le contraste avec tes fesses toutes blanches quand tu plongeras dans le lac, dit-il en sortant un ver du récipient en plastique.

Il le mit à l'hameçon et plongea sa ligne dans l'eau.

— Attends un peu ! Je dois faire ça avec le ver ?

Il acquiesça.

— Ce n'est pas difficile, juste un peu répugnant. Il vaut mieux passer l'hameçon dedans plusieurs fois, au cas où.

— Plusieurs fois ?

Elle blêmit, mais sembla prendre sur elle et rassembler son courage.

— D'accord. Très bien. Donne-moi ma canne et un appât.

Il s'exécuta, puis l'observa, persuadé qu'elle finirait par lui demander d'amorcer son hameçon pour elle, mais elle le surprit en se débrouillant seule.

— Je suis impressionné, dit-il tandis qu'elle plongeait sa ligne dans l'eau.

— Ce n'était pas spécialement difficile, seulement répugnant, comme tu l'as dit toi-même, mais je ne me croyais pas capable de le faire.

Elle le regarda avec un sourire penaud.

— Pour être parfaitement honnête, ajouta-t-elle, je t'ai

demandé de m'accompagner en partie pour amorcer l'hameçon à ma place.

Il rit.

— Les femmes que je connais qui amorcent leur hameçon et décrochent leurs prises elles-mêmes chiquent aussi du tabac et boivent de l'alcool de contrebande !

Elle éclata de rire.

— Tu ne connais pas vraiment de femmes comme ça, si ?

— Hé ! Nous sommes à Stone Gap, je n'ai pas l'embarras du choix…

Elle rit de plus belle, pour son plus grand plaisir. Pour la première fois depuis bien longtemps, entendre quelqu'un rire ne l'angoissait pas, ne lui donnait pas le sentiment de n'être pas à sa place.

— Alors, qu'est-ce qui t'a poussée à aller pêcher aujourd'hui ?

— J'ai décidé de faire toutes les choses que j'ai ratées pendant que je faisais des concours de beauté. J'essaie de rattraper le temps perdu. Je veux aller pêcher, camper…

— Te baigner toute nue ?

Elle rit.

— Désolée, Jack, ce n'est pas sur ma liste.

— Dans ce cas, tu as intérêt à attraper un plus gros poisson que moi. N'oublie pas notre pari !

— Pff, fastoche !

Elle tint sa canne à pêche autrement.

— Bon ! Alors, que devons-nous faire, maintenant ?

— Attendre.

— Combien de temps ?

Il rit.

— Tu n'as vraiment jamais pêché de ta vie ?

— Tu sais très bien que ma mère aurait fait un infarctus si j'étais rentrée à la maison avec une odeur de poisson dans les cheveux ou des coupures sur les mains à cause des hameçons ? Non, je n'ai jamais pêché de ma vie ! Tout ce que j'ai fait de plus approchant, c'est nager dans le lac chaque fois que j'allais chez mon grand-père.

— Un jour, tu es aussi allée au ruisseau prendre des écrevisses.

A l'époque, il avait douze ans et elle, presque dix. Elle était sortie de chez elle en cachette, encore vêtue de sa petite robe blanche et rose du dimanche et de chaussures blanches si brillantes qu'elles reflétaient la lumière du soleil, et elle avait remonté avec Eli et lui le chemin semé de grosses racines, ses cheveux se prenant dans les branches basses des arbres. Elle n'était cependant pas entrée dans l'eau avec eux, restant sur la rive pendant qu'ils attrapaient des écrevisses. Il lui en avait déposé une dans la main, s'attendant à ce qu'elle crie et à ce qu'elle s'enfuie en courant, mais au lieu de cela, elle avait levé vers lui un visage rayonnant, comme s'il lui avait donné une pépite d'or.

— C'était une journée extraordinaire, dit-elle, même si, après, j'ai été privée de sorties pendant un mois.

— Pendant un mois ?

Elle haussa les épaules, comme si ce n'était pas grave, mais il trouvait la punition un peu dure pour une enfant qui avait sali sa robe du dimanche.

— Tu n'avais pas remarqué que je m'étais absentée pendant un mois ?

— J'avais douze ans, je ne remarquais pas les filles, à l'époque. C'est plus tard que j'ai commencé à penser à toi quand tu n'étais pas là.

— C'est vrai ?

La question était simple. Il aurait pu prendre un air dégagé et lui faire une réponse désinvolte, tout en faisant mine de se concentrer sur la pêche, mais la sérénité du lieu et du moment ouvrit une brèche dans le mur qu'il avait érigé autour de lui.

— Oui, répondit-il, c'est vrai. J'ai beaucoup pensé à toi.

Elle secoua légèrement sa ligne, gardant les yeux rivés sur l'eau.

— Tu ne m'as jamais écrit après t'être engagé dans l'armée.

— J'ai pensé que c'était mieux ainsi.

Surtout après son premier service. Avant, il avait écrit à ses proches et avait attendu leurs réponses avec impatience, mais au bout de quelque temps, il avait été à court de choses à raconter, n'avait plus eu la force de prétendre que l'Afghanistan n'était pas un enfer.

— Je croyais que tu m'avais complètement oubliée…

Elle avait prononcé ces mots d'un ton taquin, mais il voyait bien qu'il y avait une part de vérité dans ses paroles. Il la comprenait. Leur rupture avait été rapide et inattendue. Il la voyait encore, dans le garage de son père, le regardant avec de grands yeux, blessée, incapable de comprendre pourquoi il avait mis un terme à leur relation la veille de son départ. A l'époque, il n'avait pas trouvé les mots justes pour lui faire comprendre sa décision.

— Je ne t'ai jamais oubliée, Meri.

Leurs regards se croisèrent. Il y eut un silence.

— Moi non plus, je ne t'ai pas oublié, Jack. Je me suis demandé un millier de fois comment tu allais, si tu étais de retour au pays. Eli m'a dit que vous aviez été ensemble quelque temps… Il m'a envoyé quelques e-mails, une lettre, et c'est tout…, mais je n'ai jamais cessé de lui écrire, pour ma part.

— Je sais.

A peine eut-il prononcé ces mots qu'il les regretta, mais il s'était soudain rappelé avoir vu le papier à lettres bleu pâle entre les mains d'Eli et avoir éprouvé une étrange pointe d'envie. Chaque fois qu'il avait vu Eli avec l'une des lettres de Meri, il avait repensé à la Caroline du Nord, à son ciel d'un bleu limpide, à l'été où il était sorti avec elle, avant de partir en camp d'entraînement, aux moments qu'ils avaient passés sur le lac, à regarder les nuages délicats traverser le ciel. Tout alors était simple, parfait, et quand il voyait l'une des lettres de Meri entre les mains d'Eli, il regrettait plus que jamais cette époque révolue.

— Cela me réconforte un peu de penser qu'Eli était avec toi. Un jour, il m'a dit qu'il était terrifié et qu'il était content d'avoir été transféré dans ton unité. Etre auprès de quelqu'un qu'il connaissait et en qui il avait confiance lui donnait le sentiment d'être en sécurité. Merci pour ça, Jack… Je sais que ta présence à son côté lui a un peu facilité les choses.

Il avait envie de hurler. Eli n'avait pas été en sécurité. Pas un seul instant. Cet insouciant au grand cœur faisait rire tout le monde dans le Humvee cinq secondes avant l'explosion.

Jack était coincé au milieu de ce maudit lac. Il ne pouvait pas s'enfuir, n'avait aucun moyen d'échapper à ses souvenirs, à la douleur, aux questions qu'il lisait dans les yeux de Meri.

Il aurait dû se douter de ce qui allait se passer, aurait dû prévoir cette situation avant de monter dans ce satané bateau.

Les yeux de Meri s'emplirent de larmes, et il eut envie de se poignarder dans le cœur.

— Eli et toi étiez-vous ensemble quand il… quand il est mort ?

Pourquoi fallait-il qu'elle lui pose cette question ? Si quelqu'un avait aimé Eli autant que lui, c'était bien elle. Pour lui, Eli était un ami très cher, mais pour elle, il était un cousin, peut-être même le frère qu'elle n'avait pas eu.

— Je…

Il s'interrompit. La vérité lui contractait la poitrine, lui coupait le souffle. Il ouvrit la bouche, mais aucun son n'en sortit.

Je l'ai tué, Meri.

Assise en face de lui, elle le regardait avec une expression confiante et interrogatrice. Eli avait eu la même le jour où il avait appris que Jack allait être son commandant.

Je l'ai tué, Meri.

Il essaya de nouveau de prononcer ces mots, mais n'y parvint pas.

Comment aurait-il pu ? Comment aurait-il pu lui dire ?

— Meri, je…

— Ça mord ! s'écria-t-elle soudain, se tournant vers sa canne à pêche et commençant à remonter sa ligne.

Il s'affaira aussitôt, soulagé que le poisson ait choisi cet instant pour mordre à l'hameçon. Il se força à chasser de son esprit les souvenirs qui le hantaient et se concentra sur la canne à pêche de Meri, sur la joie qui se lisait sur son visage.

— Vas-y doucement, dit-il, ne te précipite pas. Si tu vas trop vite, tu risques de retirer l'hameçon de sa bouche.

Elle lui lança un coup d'œil interrogateur.

— Comme ça, ajouta-t-il, c'est parfait ! Tu t'en sors très bien.

Le moulinet cliqueta tandis qu'elle remontait la ligne tendue, la canne à pêche formant un arc au-dessus de l'eau. Cependant, elle se redressa soudain brusquement.

— Oh non ! s'exclama-t-elle. Je crois que je l'ai perdu…

— Ce n'est pas grave, ça arrive. Il y en a plein d'autres à attraper.

— Un de perdu, dix de retrouvés, c'est ça ?

Il remonta la ligne dans le bateau et passa un autre ver sur l'hameçon. Se concentrer sur la pêche l'aidait à retrouver un certain sentiment de paix.

Après avoir préparé la ligne de Meri, il regarda la sienne. Son ver n'était pas en très bon état, mais il était encore accroché à l'hameçon, alors il le plongea de nouveau dans l'eau.

— En parlant d'un de perdu, dix de retrouvés, comment se fait-il que tu ne te sois jamais mariée ?

Elle lança sa ligne de l'autre côté du bateau et regarda l'appât disparaître dans les profondeurs du lac.

— Je pourrais prétendre que c'est parce que je n'ai jamais rencontré la bonne personne, mais ce ne serait pas la vraie raison. Je crois que j'ai passé assez d'années de ma vie à répondre aux attentes de quelqu'un d'autre. Je n'ai pas besoin d'une bague au doigt pour être de nouveau condamnée à ce sort.

— Tous les couples ne fonctionnent pas comme cela.

Elle haussa les sourcils d'un air moqueur.

— Je ne vois pas non plus de bague à ton doigt, monsieur l'expert !

Il secoua légèrement sa canne à pêche, évitant soigneusement de croiser son regard.

— Je n'ai pas encore rencontré la bonne personne, c'est tout.

— Celle qui supportera tous tes défauts, tu veux dire !

— Je n'ai pas de défauts, dit il avec un grand sourire. Demande à ma mère ! Elle me trouve parfait.

— Elle n'est absolument pas objective. Mon cher ami, tu as de nombreux défauts.

Elle posa sa canne à pêche sur sa jambe et commença à les énumérer sur ses doigts.

— Tu as de très mauvais goûts musicaux…

— Beaucoup de gens considèrent AC/DC comme un très bon groupe.

— Tu ne sais pas assortir tes vêtements…

— Assortir mes vêtements ?

— Chéri, je suis désolée de te l'annoncer, mais le rouge ne va pas du tout avec l'imprimé camouflage.

Le « chéri » le troubla profondément. Le bateau lui sembla soudain petit, l'atmosphère intime. Il se pencha légèrement vers elle, faisant tanguer leur embarcation et vaciller leurs corps l'un vers l'autre, l'espace de quelques secondes.

— Mon chou, je suis désolé de te l'annoncer, mais tout va avec l'imprimé camouflage. C'est le principe du camouflage.

— Alors, comme ça, tu es expert en matière de mode, maintenant ?

Il rit.

— Non, ça, c'est ton domaine d'expertise ! Je m'y connais en habillement d'homme du Sud, c'est tout.

Elle le regarda avec une expression enjôleuse, faussement timide.

— Tu es bien un homme du Sud, ça, c'est sûr…

— Comment ça ?

— Tu as cet accent traînant quand tu dis « mon chou », et tu as une façon de regarder les femmes qui…

— Qui, quoi, mon chou ? demanda-t-il.

Il la vit frissonner, perçut une lueur dans ses beaux yeux verts.

— Tu as une façon de regarder les femmes qui… qui leur donne l'impression d'être unique au monde.

— Et tu as l'impression d'être unique au monde ?

Il voulait le savoir, avait besoin de le savoir. Le désirait-elle autant que lui la désirait ? Le baiser qu'il avait échangé, si torride, si bref, hantait-il ses rêves comme il hantait les siens ?

Sa canne à pêche, oubliée à ses pieds, tressauta. Meri la lui montra du doigt.

— Tu, euh… Tu as attrapé un poisson, Jack.

Le moulinet racla le fond du bateau, le rappelant à la réalité. Il donna un coup sec sur sa ligne pour bien ferrer son poisson, puis il la remonta lentement. Quelques instants plus tard, une perche de plus de deux kilos frétillait à leurs pieds.

— J'en ai un, et tu en as… zéro ! déclara-t-il avec un grand sourire. Tu sais ce que cela signifie ?

Au loin, un grondement de tonnerre annonça un orage imminent. Le vent se leva, les nuages s'assombrirent et s'amoncelèrent devant le soleil.

— Je me souviens de notre pari, Jack, dit Meri, mais l'orage va éclater… Nous ferions mieux de rentrer.

— Tu n'essaierais pas de te défiler, par hasard ?

— Bien sûr que non, répondit-elle, levant légèrement le menton d'un air de défi. Tu crois que j'ai peur de me mettre toute nue devant toi ?

— J'espère que non !

Dans ce short et ce fichu gilet, il la trouvait tout à la fois ridicule et incroyablement sexy. Il l'imagina en train de se déshabiller, retirant d'abord son gilet, puis son short, et enfin son petit débardeur.

— Tu as peur de te déshabiller avec… euh, devant moi ?

— Certainement pas. Je m'inquiète pour ce pauvre Bert, c'est tout.

— Bert ?

— Le poisson.

Il lui fallut un instant pour se rappeler la perche sur le plancher du bateau.

— Tu as donné un nom au poisson ? Première règle du pêcheur, Meri : on ne baptise pas le dîner.

Il posa sa canne à pêche contre le banc et attrapa le poisson.

— Oh ! ne le tue pas, Jack ! Laisse-le aller retrouver ses proches… Ils doivent s'inquiéter pour lui.

Il ne lui fit pas remarquer que les poissons du lac ne s'inquiétaient probablement pas du sort d'un de leurs congénères. A ses pieds, la perche agitait ses branchies de plus en plus vite, en manque d'eau et d'oxygène. Ses grands yeux vitreux semblaient être posés sur lui. Cependant, ce n'était pas les yeux du poisson qu'il voyait, mais ceux d'Eli, et il y lisait la panique et la certitude d'une mort imminente.

Il resta assis sur le banc du bateau, immobile. Ses pensées étaient de nouveau tournées vers l'Afghanistan et ses chemins de terre, il lui semblait de nouveau être entouré d'une épaisse fumée et de morceaux de métal, entendre des hurlements s'élever autour de lui.

Je suis désolé, Eli. Je suis désolé…

— Il a peur, Jack. Remets-le à l'eau… Vite, il va mourir.

La voix de Meri semblait parvenir de très loin.

Reprenez-vous, soldat ! Faites quelque chose !

— Jack ? Tu m'entends ? Je suis sérieuse, je commence à me sentir mal pour ce poisson… On peut le remettre à l'eau, s'il te plaît ?

Le poisson. Il ne s'agissait pas d'Eli. Il ne s'agissait pas d'Eli.

Il ferma les yeux un instant, les rouvrit. La queue de la perche remua de nouveau, puis ralentit, comme si l'animal abandonnait, acceptant la mort.

— Courage, mon pote !

Il décrocha l'hameçon et, tendant les bras au-dessus du lac, laissa glisser le poisson dans l'eau. L'animal resta un instant immobile, et Jack sentit son cœur se serrer.

Trop tard.

Soudain, dans un éclair argenté, le poisson s'élança vers les profondeurs du lac.

Meri lui prit la main.

— Tu es un héros, Jack Barlow.

— Je suis tout sauf un héros, dit-il avant de remettre le moteur en marche et de prendre la direction de la rive, avant que l'orage qui menaçait, dans l'air et dans son cœur, éclate et vienne gâcher la journée.

10

La Cadillac noire et brillante s'engagea dans l'allée de chez Ray, son moteur ronronnant doucement. Elle s'arrêta, et Anna Lee en descendit, tout endimanchée bien qu'on soit un mercredi, affichant l'expression contrariée qu'elle avait toujours quand elle n'était pas dans le quartier respectable de la ville.

Une visite de sa mère. Ce devait être le premier signe annonciateur de l'Apocalypse. Meri soupira, posa sa tasse de café, et sortit sur le perron.

— Maman… Que fais-tu ici ?

Anna Lee agita la main pour chasser les moucherons qui voletaient autour d'elle, probablement attirés par son parfum coûteux.

— Je t'ai suffisamment inculqué les bonnes manières pour que tu décroches quand ta mère t'appelle.

Sa mère avait essayé de la joindre deux fois, mais elle n'avait pas répondu. C'était peut-être lâche de sa part, mais elle n'avait pas envie d'entendre ses critiques pour le moment.

— J'ai été très occupée.

Sa mère fit la moue.

— Eh bien, quoi qu'il en soit, tu m'as obligée à faire tout le trajet depuis l'autre bout de la ville pour te parler.

— Ce n'est tout de même pas le bout du monde, maman. Grand-père était le père de papa, ce serait gentil si tu lui rendais visite de temps en temps, pour voir comment il va.

Sa mère s'éventa le visage.

— Pouvons-nous entrer ? Pour échapper aux insectes et à cette chaleur ?

Meri hocha la tête et entra dans le chalet, préférant inviter sa mère chez elle que l'emmener chez son grand-père, qui faisait la sieste et n'avait probablement pas envie d'une visite de sa belle-fille.

Jack ne s'était pas montré depuis leur partie de pêche de la veille. Le soir, tandis que l'orage grondait au-dehors, elle avait essayé de se concentrer sur la partie de rami avec son grand-père, mais ses pensées n'avaient cessé de se tourner vers lui, vers ce qu'il cachait.

Chaque fois qu'elle évoquait Eli ou la guerre, il se repliait sur lui-même. Peut-être lui cachait-il quelque chose, ou peut-être faisait-il seulement de son mieux pour ne pas raviver la flamme entre eux.

Si c'était le cas, pourquoi l'avait-il embrassée ? Pourquoi l'avait-il mise au défi de se baigner toute nue ? Et pourquoi ne parvenait-elle pas à le chasser de son esprit pendant plus de quelques secondes, alors qu'elle prétendait ne pas s'intéresser à lui ?

— Meredith Lee, peux-tu te comporter en hôtesse digne de ce nom et offrir un rafraîchissement à ta mère ? Cette chaleur est abominable, je meurs de soif.

Meri emmena sa mère dans la cuisine, ignorant le soupir de mépris qu'elle poussa en regardant l'intérieur rustique, et versa de la citronnade dans deux verres. Elle en tendit un à sa mère, en prit un et s'assit en face d'elle à la petite table de la cuisine.

Sa mère devait avoir quelque chose d'important à lui dire pour avoir fait tout ce chemin, mais elle ne la questionna pas.

— Où en est la construction du kiosque ?

— Terminée, et ce n'est pas trop tôt. J'ai enfin pu demander aux ouvriers de commencer les travaux de la cuisine.

— Tu refais la cuisine ?

— Je reçois beaucoup, Meredith. Cela requiert des améliorations constantes de mon intérieur.

Meri se retint de lever les yeux au ciel.

— Je crois que j'ai des cookies, si tu veux…

Sa mère écarta la suggestion d'un geste de la main, avec une expression désapprobatrice qui montrait qu'elle attendait mieux que des cookies du commerce de la part de sa fille.

— Je ne suis pas venue pour manger, je voulais seulement t'inviter à assister à une réception à la maison.

Meri soupira. C'était donc là la raison de la visite de sa mère.

— Je n'ai pas envie d'aller à une réception guindée avec des gens que je connais à peine, maman. Je suis heureuse ici, au bord du lac, avec les oiseaux, les poissons, et même avec les insectes.

De nouveau, Anna Lee fit la moue.

— Cela te serait utile de renouer avec d'anciennes relations et de t'en faire des nouvelles.

— Pourquoi ?

— Pour trouver un travail, par exemple. Je te vois mal te marier prochainement, dit sa mère, fronçant une fois de plus les sourcils d'un air réprobateur, alors tu as besoin d'un emploi stable. Je connais de nombreux…

— J'ai déjà un travail, à New York, que je vais retrouver quand je rentrerai chez moi.

Quand j'arriverai à reprendre mon appareil-photo. Quand j'arrêterai de voir ce qui s'est passé cette nuit-là dans l'objectif.

Elle répétait à Jack d'aller de l'avant, mais elle devait en faire autant. Pour commencer, elle devait établir d'autres rapports avec sa mère.

— Je suis sûre que tu pourrais trouver un meilleur travail ici, parmi de vieux amis.

— Je viens de te dire que j'avais déjà un travail.

Sa mère soupira.

— Et de quel travail s'agit-il, au juste ? Je ne t'ai jamais entendu parler d'un travail ou d'une carrière, Meredith.

— Parce que tu ne m'as jamais posé de questions à ce sujet, maman.

Il y eut un long silence glacial. On entendait seulement le bruit d'une tronçonneuse au loin et le gazouillement des oiseaux.

— Que fais-tu comme travail, Meri ? lui demanda enfin sa mère, l'appelant par son surnom en signe de réconciliation.

— Je suis photographe, et je suis même assez douée. J'ai eu ma propre exposition dans une galerie du quartier de SoHo. Un magazine de voyages a acheté quelques-unes de mes photos de la ville et m'a offert un poste, je dois commencer le mois prochain.

— Prendre des photos n'est pas un métier, Meredith, c'est un passe-temps. Tu avais une carrière toute trouvée il y a des années, et tu as tout gâché.

Meri se leva d'un bond, repoussant bruyamment sa chaise.

— Une carrière ? Je n'ai jamais voulu être mannequin, c'est toi qui as choisi cette voie pour moi, tout comme tu as choisi de me faire participer à tous ces concours de beauté, tout comme tu choisissais les robes que je portais, mes coiffures, la moindre chose que je devais dire ! J'aimerais que tu te rendes enfin compte que je suis une personne qui a sa propre ambition, ses propres rêves, et que je ne suis pas une poupée que tu peux habiller et exhiber.

Sa mère prit calmement son verre et but une gorgée de citronnade, puis elle le reposa et joignit les mains sur ses genoux.

— Cette histoire de photos est sérieuse pour toi ?

Meri se retint de faire de l'ironie.

— Oui. Très.

— Dans ce cas, j'aimerais que tu viennes à la réception ce week-end pour prendre des photos. C'est une collecte de fonds pour une œuvre de bienfaisance locale, et nous pourrions utiliser tes photos pour lui faire de la publicité.

Sa mère voyait-elle enfin en elle autre chose qu'une poupée ? Prenait-elle enfin en considération ses besoins et ses désirs ? Si tel était le cas, Meri se devait d'accepter le rameau d'olivier qu'elle lui tendait.

Elle se rassit.

— Je le ferais avec plaisir.

— Ce serait merveilleux, dit sa mère en se levant et en lui souriant. J'ai hâte !

— Moi aussi.

Peut-être était-ce le début d'un changement dans leurs relations. Meri l'espérait de tout cœur.

Elle raccompagna sa mère dehors. Sur le perron, cette dernière se tourna vers elle et la serra brièvement dans ses bras.

— Et je t'en prie, Meredith, veille à t'habiller de façon appropriée, lui murmura-t-elle à l'oreille. Des gens très importants seront présents, je ne veux pas qu'ils te voient… débraillée.

— J'ai porté ce que tu m'as dit de porter toute ma vie, maman, répondit Meri avec un sourire crispé. Pourquoi feraisje autrement maintenant ?

Jack s'arrêta sur le chemin et vit la Cadillac noire quitter en marche arrière l'allée de chez Ray. Meri, debout sur le perron du chalet, les bras croisés sur sa poitrine, regardait la voiture s'éloigner.

Il se dit de ne pas intervenir, de ne pas s'approcher d'elle, car chaque fois qu'il le faisait, le fantôme d'Eli réapparaissait. Cependant, comme s'il ne commandait plus à ses pieds, il remonta le chemin herbeux en direction du chalet.

— Ça va ? demanda-t-il à Meri.

Elle sursauta.

— Tu m'as fait peur !

— Désolé. Je croyais que tu m'avais entendu arriver des bois.

— Toi ? Tu ne fais aucun bruit ! Ce doit être ton entraînement militaire.

— Oui…

Il détourna les yeux. Il n'avait pas du tout envie de parler de l'armée et de son entraînement militaire.

— Ça va ? lui demanda-t-il de nouveau.

— Je me répète tout le temps d'arrêter de la laisser me contrarier, mais chaque fois…

Secouant la tête, elle essuya ses yeux pleins de larmes.

— Chaque fois, elle y arrive quand même. Je suis une adulte, je ne devrais pas me soucier de ce que pense ma mère.

— Tout le monde se soucie de ça, c'est normal.

Elle esquissa un pâle sourire.

— Je sais, mais je voudrais quand même ne pas être bouleversée. J'espère toujours qu'elle va changer, mais manifestement, elle en est incapable.

Il avait vu la mère de Meri de nombreuses fois. C'était une femme sévère qui souriait rarement et passait le plus clair de son temps à sermonner sa fille unique. Ses frères et lui étant très proches en âge, un joyeux désordre avait toujours régné dans son foyer. Il n'imaginait pas ce que c'était qu'avoir grandi sous la coupe d'Anna Lee.

— Toi, tu en es capable.

De nouveau, le même sourire triste.

— Peut-être… Tu sais pourquoi j'ai fini par accepter de participer à des concours de beauté, comme le voulait ma mère ? J'avais refusé pendant des années, et adolescente, j'ai décidé de me lancer, de faire de mon mieux, pensant que si je remportais un titre, ma mère me verrait enfin et s'apercevrait que je n'étais pas seulement une concurrente. Je croyais qu'elle arrêterait de m'exhiber, qu'elle aurait envie de passer du temps avec moi ailleurs que devant un jury, mais en fait, peu lui importait que je remporte tous les prix du pays. Elle ne voulait pas d'une fille, elle voulait seulement une gagnante d'écharpe bleue.

— C'est elle qui y perd le plus, Meri.

En soupirant, elle montra l'allée déserte d'un geste vague.

— Dis-le-lui !

Il s'approcha d'elle.

— Il n'y a qu'une personne à qui j'ai besoin de le dire.

— Qui donc ?

— Toi, répondit-il en lui posant une main sur la joue. Tu es incroyable, Meredith Prescott.

Elle détourna le regard.

— Je suis très ordinaire.

— Non, au contraire, tu es extraordinaire. Tu l'as toujours été.

Elle marqua un temps d'arrêt.

— Merci, Jack. Tu as toujours su me faire sourire.

Il y eut un silence. Chaque fois qu'il essayait de prendre de la distance par rapport à elle, il finissait par se rapprocher d'elle. Il devait absolument couper court à cette intimité naissante.

Il la lâcha et fit un pas en arrière.

— Tu devrais faire quelque chose cet après-midi, pour oublier la visite de ta mère.

— Quelque chose comme quoi ?

— Quelque chose de ta liste ! Tu te souviens ? La liste de choses que tu voulais quand tu étais plus jeune et que tu n'as jamais eu l'occasion de faire.

Elle sembla se détendre un peu.

— Eh bien… Nous sommes déjà allés pêcher. La terre est encore trop humide pour que je puisse aller camper. Euh…

Elle réfléchit quelques instants, posant un doigt sur ses lèvres. Aussitôt, il eut envie de lui prendre la main et de l'embrasser.

— Tu vas trouver ça ridicule, ajouta-t-elle.

— Je promets de ne pas rire, dit-il en levant la main droite. Parole de scout !

— Quand as-tu été scout ?

— De sept à neuf ans. Luke nous a fait renvoyer en mangeant tout le pop-corn que nous devions vendre pour une collecte de fonds.

Elle rit.

— J'imagine bien Luke faire ça !

Il vit dans ses paroles un message implicite : ce n'était pas lui le plus amusant de la fratrie, c'était Luke. Lui avait toujours été sérieux, résolu. Cela lui avait été utile dans l'armée, mais dans la vie de tous les jours, beaucoup moins.

— Alors, quelle est cette idée ridicule ?

Elle hésita un instant.

— Je vais te le dire, mais n'oublie pas que tu m'as promis de ne pas rire.

De nouveau, il leva la main droite.

— Tu as ma parole.

— J'ai envie d'acheter un gâteau de chaque sorte chez ma tante Betty et de faire un gigantesque pique-nique.

Il repensa au jour où il l'avait vue à la boulangerie, un cupcake à la main. Son expression extatique restait gravée dans sa mémoire.

— Un de chaque sorte ?

Elle hocha la tête.

— Oui. Tu sais combien de fois j'ai rêvé de me gaver de cookies et de cupcakes avant un concours de beauté ? De m'enfuir et de me réfugier dans la première pâtisserie que j'apercevrais ? Et puis…

Elle fit un pas vers lui et posa le bout de l'index sur son torse.

— … j'ai raté le crumble aux pommes chez tes parents, l'autre jour. J'ai besoin d'un dessert.

— Tu essaies de me dire que tu fantasmes sur des gâteaux ?

La décision qu'il avait prise quelques instants plus tôt, de prendre ses distances, s'envola en fumée. Il pensa au baiser qu'ils avaient échangé, à cet unique et merveilleux baiser, et s'aperçut qu'il avait envie d'en échanger un autre avec elle, et encore un autre ensuite. Un petit flirt ne pouvait pas faire de mal.

— Pas seulement sur des gâteaux, répondit-elle avec un sourire sexy, qui le poussa à se demander si elle pensait à leur baiser, elle aussi. Je fantasme sur d'autres choses décadentes…

Une vague de désir le submergea aussitôt. Il dut prendre sur lui pour se retenir de l'enlacer et de l'embrasser avec fougue.

— Comme quoi ?

— Hmm… Je crois que j'ai besoin d'un cupcake pour répondre à cette question.

Il s'approcha d'elle, les yeux rivés à ses lèvres.

— On t'a déjà dit que tu étais une séductrice ?

— Je suis une femme qui a besoin de sucre, répondit-elle avec une moue faussement boudeuse, et je suis prête à user de mes charmes pour un peu de chocolat.

— Et si j'allais en ville chercher les gâteaux pendant que tu t'occupes du pique-nique ?

Si elle savait… Il serait allé sur la lune pour lui apporter ce dont elle avait envie.

— Tu ferais vraiment ça pour moi ?

— Bien sûr. Ce ne sera pas long ! Continue à penser chocolat…

Elle ferma les yeux et se mordilla la lèvre inférieure.

— Hmm…

Seigneur !

— … gâteau…

Elle s'humecta les lèvres et laissa échapper un petit gémissement.

— … sucre glace…

Il lui passa un doigt sur les lèvres. Elle entrouvrit la bouche, et une autre vague de désir le submergea aussitôt.

— … crème fouettée…

— Tu nourris mon imagination, Jack Barlow.

Une lueur ardente passa dans les beaux yeux verts de Meri, et le reste du monde sembla disparaître autour d'eux. Depuis toujours, il y avait entre eux quelque chose d'intense.

Il repensa à tous les fantasmes qu'il avait eus sur elle au cours des deux dernières semaines, aux nuits où il était resté allongé dans son lit à songer qu'elle était à un kilomètre à peine de lui, probablement en train de dormir, avec la fenêtre de sa chambre ouverte, la brise du lac caressant sa peau. Il avait imaginé lui faire l'amour, incliner la tête pour refermer la bouche sur l'un de ses tétons tandis qu'elle se cambrait contre lui et qu'ils atteignaient ensemble le sommet du plaisir.

— C'est le but, Meri Prescott.

— Je t'attends, alors.

Elle embrassa le bout du doigt de Jack, toujours posé sur ses lèvres, puis recula un peu.

Il se rua vers son pick-up, aussi excité qu'un adolescent de seize ans avant son premier rendez-vous, et prit la route du centre-ville. Quand il arriva devant la boulangerie de Betty, les battements de son cœur s'espacèrent un peu et la réalité reprit ses droits. Il s'était proposé pour venir là seul.

Ces derniers mois, il était passé devant la boulangerie de nombreuses fois avec l'intention de s'arrêter, d'aller voir Betty et George et de leur raconter ce qui s'était passé. Il avait failli y parvenir le jour où il avait trouvé Meri dans la boutique. Il était enfin entré, mais hélas, il était ressorti sans dire ce qu'il avait sur le cœur.

Une petite pancarte accrochée à la porte indiquait que la boulangerie était ouverte. Il n'y avait pas d'autres véhicules sur le parking. Il se gara et resta un moment assis au volant de son pick-up, les clés à la main.

« Eli disait que la seule façon de vaincre nos peurs était d'en parler, lui avait dit Meri. Quels que soient les démons qui se cachent ici, ils vont continuer à te hanter jusqu'à ce que tu en parles. »

Il glissa les clés dans sa poche, descendit de son pick-up et se dirigea vers la boutique. Le carillon au-dessus de la porte tinta joyeusement quand il entra.

Son regard ne se posa pas sur les gâteaux de la vitrine, mais sur le dessin punaisé au mur, d'abord, puis sur l'étoile d'or accrochée à côté. Sa gorge se serra, et il résista à l'envie de s'enfuir.

— Jack Barlow ! Je suis contente de te voir !

Betty contourna le comptoir pour lui donner une étreinte qu'il ne méritait pas.

— Bonjour, madame Delacorte.

Il s'écarta un peu d'elle et essaya de se forcer à sourire, mais sans succès.

— Je suis heureuse de te voir en bonne santé, même si, je le reconnais, te voir me donne encore plus envie de voir mon garçon, dit-elle avec un sourire tremblant, les yeux pleins de larmes. Je suis contente de savoir que tu étais avec lui.

— Madame Delacorte…

Il s'interrompit, secoua la tête.

Qu'était-il censé dire ? *Je n'ai pas été là pour lui quand il a eu besoin de moi ? Je lui ai fait prendre la mauvaise direction, et c'est à cause de moi qu'il est mort ?*

— Ne t'avise pas de te sentir coupable parce que c'est toi qui es revenu, lui dit-elle. Le Seigneur a Ses plans, et ce n'est pas à moi de les remettre en question. Pour une raison ou pour une autre, Il avait besoin de mon Eli au ciel, et au moins, je sais que là-haut, mon garçon n'a pas peur et ne souffre pas.

Jetant un autre coup d'œil au dessin accroché au mur, il se sentit accablé par un terrible sentiment de culpabilité. C'était à cause de lui que le fils de cette femme adorable était mort. C'était lui qui commandait l'opération, et il n'avait pas été à la hauteur de son rôle. Non seulement il avait manqué à ses devoirs envers ses troupes, mais il avait manqué à ses devoirs envers son meilleur ami.

— Madame Delacorte, je suis désolé, pour Eli. Je…

Une fois de plus, l'émotion lui serra la gorge et l'empêcha de poursuivre.

— Je vois bien que tu es bouleversé, dit Betty en lui tapotant gentiment le torse, et je suis sûre que tu n'es pas venu ici pour parler de ça… Alors que puis-je faire pour toi ?

Lâchement, il saisit l'occasion de changer de sujet. Il s'éclaircit la voix.

— Euh… C'est Meri qui m'envoie. Elle veut… un gâteau de chaque sorte.

— Un gâteau de chaque sorte ? Eh bien, ça alors !

Betty eut un sourire réjoui. Elle retourna derrière le comptoir et commença à s'affairer, prenant des boîtes cartonnées pour y placer les pâtisseries.

— Il était temps ! s'écria-t-elle d'un ton enjoué. Si tu veux mon avis, cette petite a passé bien trop de temps à regarder ce qu'il y a dans la vitrine au lieu de profiter de la vie…

Quand elle eut rempli quatre boîtes de cupcakes, brownies, cookies, chocolats, et autres sucreries appétissantes dont il ignorait le nom, il sortit son portefeuille de sa poche, mais elle agita la main pour lui faire signe de le ranger.

— C'est moi qui régale ! Pour toi, pour ce que tu as fait, parce que tu as veillé sur Eli en Afghanistan, et pour Meri, qui mérite tout cela et bien plus encore !

Elle lui mit les boîtes entre les mains et lui déposa un baiser sur la joue. Il marmonna un merci et regagna son pick-up, horrifié de laisser Betty Delacorte le prendre pour une sorte de héros.

Il resta assis au volant un long moment avant de mettre le contact et de prendre la direction du chalet de Meri. Une fois là-bas, il déposa les boîtes sur le perron, et retourna chez lui, tel le lâche qu'il était.

Meri se leva et remonta le couloir à pas feutrés, pieds nus. Elle jeta un coup d'œil par la fenêtre au chalet de son grand-père, à quelques mètres seulement. La fenêtre de sa chambre était ouverte et les lumières étaient éteintes, et si elle retenait son souffle, elle pourrait l'entendre ronfler doucement. Peut-être était-ce le fruit de son imagination, ou peut-être prenait-elle ses désirs pour des réalités, mais elle avait l'impression qu'il allait mieux que quand elle était arrivée, deux semaines plus tôt.

Cela lui redonnait espoir. S'il continuait à prendre ses médicaments, à manger sainement et à faire une promenade quotidienne comme elle lui en avait fait prendre l'habitude, son état de santé s'améliorerait peut-être.

Son grand-père était comme un père, pour elle. Elle l'avait souvent imaginé en train de la mener à l'autel, ou tenant dans ses bras son premier arrière-petit-fils ou sa première arrière-petite-fille.

Cependant, elle se rendait bien compte que dès qu'il irait vraiment mieux, elle n'aurait plus aucune raison de rester à Stone Gap. Un travail, un début de carrière, l'attendait à New York, et elle devait y retourner, retrouver ses rêves. Retrouver sa vie, tout simplement.

Elle pensa à son appareil-photo, qui prenait la poussière dans sa chambre. Demain, peut-être pourrait-elle prendre quelques photos du lac.

Dans la cuisine, elle ouvrit l'une des quatre boîtes de

pâtisseries. Elle ne savait pas pourquoi Jack s'était contenté de les déposer sur le pas de la porte et de s'en aller. Elle avait essayé de l'appeler chez lui, mais il n'avait pas décroché, et quand elle avait demandé à son grand-père s'il savait pourquoi il était parti, il lui avait répondu que Jack avait parfois besoin de solitude.

La meilleure chose à faire est de lui accorder cette solitude. Il finira par en avoir assez, et il reviendra parmi ses semblables. Il a du mal à trouver sa place, c'est tout.

Elle ne comprenait que trop bien ce sentiment. En revanche, ce qu'elle ne comprenait pas, c'était pourquoi Jack Barlow, héros de guerre, fils et ami fidèle, l'éprouvait.

Elle enfila un sweat-shirt et alla s'asseoir dans la véranda, dans un Adirondack, la boîte cartonnée sur les genoux. Elle prenait sa première bouchée de cookie à la framboise quand une silhouette qu'elle connaissait bien apparut sur le lac.

Elle posa la boîte de côté et remonta le chemin qui conduisait jusqu'à l'eau. La lune jetait sa lueur argentée sur les bras de Jack, qui s'élevaient puis replongeaient à mesure qu'il nageait vers elle.

Il s'était arrêté et faisait du surplace, un peu essoufflé, quand elle arriva sur la rive. Après quelques instants, il sortit de l'eau, superbe, ses muscles parfaitement dessinés, ruisselant.

Son cœur fit un bond dans sa poitrine et elle retint son souffle. Elle avait parlé de choses tentantes un peu plus tôt, comme si elle faisait allusion aux gâteaux, mais en réalité, son fantasme absolu était un homme d'un mètre quatre-vingt-sept, dont le corps puissant dégoulinait d'eau.

— Meri ? Que fais-tu ici ?

— Je, euh… Je n'arrivais pas à dormir.

Elle lui montra le cookie entamé qu'elle avait à la main, comme s'il expliquait tout.

— Moi non plus.

Il jeta un coup d'œil autour de lui et jura tout bas.

— Quoi ?

— J'ai oublié de prendre une serviette.

Elle sourit.

— Tu étais à ce point pressé d'aller nager ?

— Oui, cela m'arrive parfois.

Il secoua la tête, envoyant une giclée d'eau en arc de cercle autour de lui.

Elle posa son cookie sur une souche, ouvrit la fermeture Eclair de son sweat-shirt et le lui tendit.

— Tiens.

— Je ne peux pas te prendre ton sweat.

— Tu préfères mourir de froid ?

— Non, mais je ne veux pas prendre le sweat d'une…

— D'une fille ? demanda-t-elle, un poing sur la hanche. Ne sois pas stupide, Jack.

Il s'approcha, suffisamment pour qu'elle voie les gouttelettes d'eau scintiller sur sa peau et la lueur de la lune qui se reflétait dans chacune d'elle. L'air était frais, et les gouttes d'eau sur sa peau lui donnaient terriblement envie de le toucher.

— Et toi ? lui demanda-t-il.

— Comment ça, et moi ?

— Tu ne vas pas attraper froid ?

— Je…

De nouveau, elle laissa courir son regard sur le corps avant de reporter son attention sur le visage.

— J'ai assez chaud, pour le moment.

Il eut un sourire entendu et s'approcha encore davantage.

— Tu as changé, Meri Prescott.

— Je me tue à te le dire.

— La Meri dont je me souviens n'était pas aussi… audacieuse.

Il lui passa un doigt sur les lèvres, sur le menton, sur le cou, s'arrêtant juste au-dessus de son décolleté.

— La Meri dont je me souviens aurait rougi au moindre sous-entendu sexuel.

— Je ne rougis plus, Jack.

— Oh ! je suis sûr de pouvoir te faire rougir…

Elle leva le menton d'un air de défi, alors même que son cœur martelait sa poitrine.

— Je demande à voir.

Son index, frais contre sa peau brûlante, descendit lentement entre ses seins. Elle ne portait pas de soutien-gorge, et les tétons se durcirent contre son T-shirt en coton. Il sourit, puis se pencha jusqu'à ce que ses lèvres effleurent les siennes.

— Tu fermes toujours les yeux quand tu embrasses ?

— Il n'y a qu'une seule façon de le savoir.

Elle avait espéré qu'il se joindrait à elle pour son pique-nique de gâteaux et que, peut-être, après s'être fait plaisir avec toutes ces sucreries, elle pourrait aussi céder à ses caprices avec lui, réaliser les fantasmes qui peuplaient son esprit depuis son premier véritable rendez-vous avec lui.

Hélas, il s'était dérobé sans un mot, laissant les boîtes de pâtisseries sur le perron, et elle s'était demandé si elle avait tort de fantasmer sur lui.

Il était pourtant là maintenant, et il était assez sensuel pour lui faire oublier les pâtisseries et le pique-nique manqué.

— Tu veux le découvrir ? lui demanda-t-elle.

— J'en ai envie depuis deux semaines, murmura-t-il.

Il l'embrassa avec passion et empressement, comme s'il s'était retenu trop longtemps. Elle lui rendit son baiser avec la même fougue. Le sweat-shirt tomba par terre. Elle glissa les mains sur son torse mouillé, tandis qu'il lui empoignait les fesses et la serrait contre lui, contre son sexe en érection.

Elle le voulait, et elle le voulait tout de suite.

— Jack, murmura-t-elle d'un ton suppliant, tout contre sa bouche. Jack…

Il glissa ses mains sous le T-shirt, les referma sur ses seins. Cette fois encore, les tétons se durcirent instantanément. Il souleva alors le T-shirt, exposant les seins à l'air frais de la nuit, à ses caresses, au plaisir coupable d'être seul avec elle dans le noir, dehors.

Elle passa les mains sur son dos, puis sous l'élastique de son caleçon de bain. Sa peau était plus fraîche à cet endroit-là.

Enhardie, elle agrippa ses fesses fermes, puis referma une main sur son érection.

Il retint son souffle, avant de laisser échapper un juron. Enfin, il fit un pas en arrière, la forçant à le relâcher. Son T-shirt retomba sur ses seins.

— Je suis désolé. Je n'aurais pas dû faire ça. Je ne suis pas…

— Ce n'est rien, Jack. Je n'ai plus seize ans. Je sais ce que c'est que le sexe.

Elle s'approcha de lui en souriant, mais il recula encore.

— Je ne…

Il s'interrompit, jura de nouveau.

— Je ne m'intéresse pas à toi de cette façon.

Il aurait aussi bien pu la jeter dans le lac, cela lui aurait fait le même effet. Elle était stupéfaite. Avait-elle mal interprété les signaux qu'il lui avait envoyés ? Qu'avait-elle raté ? L'étonnement la fit balbutier.

— Mais tu… tu m'as embrassée, deux fois, et maintenant… ça !

— Ce n'était que des baisers, Meri, pas une relation.

Ces mots lui firent l'effet d'un coup de couteau dans le cœur, mais elle leva le menton d'un air de défi.

— Je n'ai jamais dit que je voulais une relation.

Il s'approcha de nouveau, plongeant ses yeux dans les siens.

— Tu es en train de me dire que tu veux une aventure ? Une nuit avec le mec avec lequel tu sortais il y a des années ? Une histoire sans lendemain en souvenir du bon vieux temps ?

Elle sentit des larmes lui brûler les paupières, mais elle les refoula, refusant de laisser Jack s'apercevoir de son chagrin.

— Tu crois peut-être être parfait dans ce rôle de pauvre type, Jack, mais je n'y crois pas. Je te connais, mieux que tu le penses, et tu n'es pas ce…

Elle agita une main entre eux.

— … ce salaud arrogant.

— Tu te trompes peut-être. Peut-être que j'ai toujours été cette personne.

Qui sait ? Peut-être l'avait-elle idéalisé, peut-être n'avait-elle jamais vu le vrai Jack Barlow.

Elle se pencha, ramassa son sweat-shirt et le lui colla contre la poitrine.

— Tu ferais mieux de te couvrir, avant que ton cœur de glace s'arrête de battre.

11

Ton cœur de glace.

Ces mots restaient gravés dans la mémoire de Jack. Meri ne comprenait pas. Elle ne savait pas, et il n'avait pas l'intention d'ouvrir ce cœur de glace pour lui expliquer ce qui avait changé.

Il courait dans les rues de Stone Gap, ignorant la chaleur du soleil levant, la lourdeur de l'air qui l'oppressait. Il courait dans les rues, dans les parcs, dans les parkings, comme s'il avait le diable sur les talons.

Il ne faisait pas attention à son itinéraire, d'une part parce qu'il connaissait la ville comme sa poche, d'autre part parce qu'il comptait courir jusqu'à ce que les mots *ton cœur de glace* cessent de résonner dans sa tête.

Cependant, à l'angle d'une rue, il chancela, et eut un rire sans joie : le cimetière de Stone Gap apparut devant lui, son portail en fer forgé ouvert sur un sentier bordé de fleurs.

Il jura et baissa la tête, mais quand il essaya d'aller de l'avant, de passer devant sans s'arrêter, ses pieds refusèrent de lui obéir, empruntant malgré lui ce sentier tortueux.

Il n'avait pas besoin d'une carte, il n'avait pas besoin d'un guide. Il savait où tourner, sur quel chemin s'engager. Il n'avait pas pénétré dans ce cimetière depuis plus de cinq ans, depuis la mort de sa grand-mère, mais il avait l'impression d'y avoir été la veille.

Une colline herbeuse s'élevait devant lui. A son sommet, un rhododendron avait pris une ampleur démesurée. De l'autre côté se dressait un grand chêne, dont les branches s'étendaient au-dessus des pierres tombales de granit dans son ombre.

Un mausolée de pierre dominait la colline, avec ses sculptures d'anges au sommet des piliers qui flanquaient les trois marches du seuil. Des fleurs bien entretenues poussaient dans des pots. Les lettres gravées au-dessus de la porte, des décennies plus tôt, commençaient à s'assombrir, mais on lisait encore clairement le nom de *Prescott*.

A côté, une pierre tombale plus petite, encore brillante et sans tache, indiquait *Delacorte*. Les deux familles, unies dans la vie, le restaient après la mort.

Il fit un pas. Quelque chose craqua sous son pied, et il s'immobilisa, retenant son souffle. Le cœur martelant la poitrine, il baissa les yeux. C'était une brindille. Seulement une brindille.

Cependant, à ses oreilles, le petit bruit sec avait été tout autre chose : une mine déclenchée par un pas inconsidéré.

Couche-toi, couche-toi ! criait une voix dans sa tête.

Il serra les poings, se força à inspirer profondément, expira lentement.

Il n'y avait aucun danger. Il était en sécurité. Ses troupes n'étaient pas derrière lui, personne n'attendait qu'il indique la marche à suivre. Ce n'était qu'une petite branche tombée d'un vieux chêne. Il était en sécurité.

Il regarda de nouveau la pierre tombale sans ornement sur laquelle le nom d'Eli était écrit.

Non, il n'était pas en sécurité. Loin de là.

Le rappel de l'invitation de sa mère arriva sous la forme d'une enveloppe de papier de lin marquée d'un A et d'un L dorés entrelacés, à côté d'un P plus petit, le genre d'enveloppes que sa mère utilisait pour les occasions importantes.

Le message était clair : *n'ignore pas cette invitation.*

Meri fut tentée de la jeter à la poubelle. Elle la sépara du reste du courrier tout en se dirigeant vers la cabane de son grand-père. Elle jeta un coup d'œil autour d'elle, cherchant Jack du regard, mais il n'était pas venu depuis des jours.

L'évitait-il après ce qui s'était passé ce soir-là, au bord du lac ? Le Jack qu'elle connaissait autrefois n'aurait jamais fui un problème. Il fonçait toujours tête baissée dans tout ce qu'il entreprenait. C'était l'une des qualités qui faisait de lui un militaire parfait. L'homme blessé qui était revenu de l'étranger semblait faire tout le contraire.

Jack Barlow était devenu une énigme pour elle, qui l'intriguait et la rendait folle à la fois.

Fidèle à sa promesse, il avait réparé sa voiture. Il l'avait emmenée au garage un matin et la lui avait rapportée en bien meilleur état. Elle ne savait pas ce qu'il avait fait, au juste, mais la vieille Toyota ronronnait comme un chaton et arborait quatre pneus neufs. Il lui avait rendu les clés en lui disant de conduire prudemment, et avait refusé catégoriquement qu'elle le paie. Pourquoi ? Parce qu'ils étaient amis ? Plus qu'amis ? Ou simplement parce qu'il se comportait en bon voisin ?

Quoi qu'il en soit, elle devait l'oublier. Hélas, pour le moment, elle n'y parvenait pas.

Assis sur la balancelle de la véranda, son grand-père lui fit signe quand elle monta les marches.

— Je devine à cette enveloppe chic que Sa Majesté réclame ta présence.

— Elle veut que je prenne des photos pendant l'une de ses soirées.

Elle tendit à son grand-père la pile de courrier et s'assit à côté de lui.

— Le nouveau catalogue LL Bean est arrivé.

— Exactement ce dont j'avais besoin ! Une autre chemise de flanelle…

Il sourit et indiqua l'enveloppe qu'elle avait à la main d'un geste vague.

— Tu vas au moins lire ta citation à comparaître ?

— Je ne suis pas sûre d'aller à cette soirée… Je n'ai toujours pas réussi à prendre une seule photo, dit-elle en écartant une mèche de cheveux de son visage, et puis, je ne sais pas si je suis prête à supporter les amis guindés de ma mère.

— Quel meilleur moyen de recommencer à prendre des photos qu'en allant au zoo ? lui demanda son grand-père d'un ton empreint d'ironie.

Elle éclata de rire.

— Ce n'est pas très gentil, grand-père…

— J'ai déjà assisté aux soirées de ta mère, je sais que c'est comme faire un safari. Tous ces animaux essayant de l'emporter les uns sur les autres… Enfin ! Si je peux manger de la salade, tu peux bien aller à la petite sauterie de ta mère.

— Tu essaies de me dire que manger sainement et supporter ma mère sont deux choses similaires ?

— Plus ou moins ! répondit son grand-père avec un grand sourire. Ta mère peut être horriblement agaçante, mais cela ne signifie pas pour autant que tu es censée l'ignorer. Après tout, la famille, c'est la famille… et puis, elle s'intéresse enfin à quelque chose que tu fais, à part être jolie et porter une de ces couronnes…

— Un diadème.

— Des bêtises, si tu veux mon avis. Si elle s'intéresse à toi, tu peux au moins l'aider en prenant quelques photos.

Elle joua nerveusement avec l'enveloppe, se mordillant la lèvre inférieure, puis elle soupira.

— Tu as raison.

— C'est l'un des avantages qu'il y a à être le plus vieil homme du monde.

Elle lui donna un petit coup de coude par jeu.

— Tu n'es pas le plus vieil homme du monde. Tu n'es même pas le plus vieil homme de Stone Gap !

— Dis ça à mes genoux et à mon palpitant…

Elle le regarda avec inquiétude, mais il sourit et lui tapota la main.

— Je vais très bien, ma petite Meri, grâce à ces salades et ces légumes verts.

Elle rit.

— D'accord, d'accord... J'ai compris le message !

Elle souleva le rabat de l'enveloppe et en sortit un carton d'invitation.

— Eh bien, ce qui est sûr, c'est que ce n'est pas un barbecue à la bonne franquette ! Apparemment, elle veut fêter le premier jour de l'été en faisant une réception chic dans le jardin. Il y aura une piste de danse, un petit orchestre, et...

— Tout l'attirail habituel pour une réception chez les Prescott.

Elle rit.

— Je crois que je ne t'avais encore jamais entendu employer le mot « attirail » !

— Hé ! Ce n'est pas parce que je vis comme un ermite dans les bois que je suis incapable d'épater la galerie en utilisant quelques jolis mots de temps en temps... C'est utile de faire des mots croisés !

Elle lui déposa un baiser sur la joue et se leva.

— Je suis contente que tu ailles mieux.

— Moi aussi. Cela signifie que tu vas pouvoir retrouver ta vie et arrêter de traîner ici pour tenir compagnie à un vieillard.

— J'aime te tenir compagnie...

Elle promena son regard sur les bois, sur le chemin qui reliait le lac qu'elle aimait tant à la route qu'elle emprunterait pour retourner à New York.

— ... et puis, je ne sais pas exactement quelle vie je suis censée retrouver là-bas.

— Tu dois y aller, dit Luke.

Il se trouvait dans le garage, dans lequel Jack finissait de mettre de l'ordre. Leur père était parti plus tôt que prévu, fatigué par sa première semaine complète de travail, et Jack lui avait proposé de faire la fermeture. Luke était arrivé à l'improviste un peu après 17 heures pour faire la vidange et discuter. Jack l'avait mis au travail en lui demandant de passer le balai, mais jusque-là, son frère avait bien plus parlé qu'il n'avait balayé.

— Tu es mon cavalier.

Jack se renfrogna. Il n'avait pas du tout envie d'assister à une réception compassée.

— Quand quelqu'un qui reçoit t'invite à aller à une soirée « accompagné », cela signifie que tu peux y aller accompagné d'une femme, et d'une vraie femme, pas d'un mannequin de grand magasin.

— Je n'ai fait ça qu'une seule fois… et reconnais que c'était hilarant !

Jack se contenta de hausser les sourcils, atterré. Luke eut un grand sourire.

— Je suis plus mûr, maintenant… Note bien que je dis « plus mûr », pas « mûr » tout court !

— C'est noté.

Jack essuya ses mains couvertes de graisse et jeta le chiffon sur l'établi, puis il indiqua la voiture de son frère d'un geste vague.

— La vidange est faite, et j'ai changé le filtre à air. Tu devrais envisager de remplacer les bougies, la prochaine fois que tu passeras.

— Je suis assez malin pour me rendre compte que tu changes de sujet, dit Luke en sortant de sa poche un carton d'invitation et en le lui brandissant sous le nez. Alors, qu'est-ce que tu en dis ? Tu m'accompagnes ?

— Pourquoi est-ce que je voudrais assister à une *garden-party* chez les Prescott ? Quand suis-je allé à une *garden-party* chez les Prescott ?

— Quand tu avais dix-sept ans et que tu essayais d'impressionner Meri. Tu avais même mis cette longue cravate que tu trouvais élégante !

Il s'en souvenait fort bien. Toute la soirée, il avait senti sur lui le regard désapprobateur d'Anna Lee Prescott. Meri avait été très occupée à rencontrer des sponsors pour ses concours de beauté, et il s'était senti encore moins à sa place que s'il avait fait partie du personnel chargé de faire le service.

— Oui, et c'était une erreur, dit-il à son frère.

— D'y aller ou de porter cette cravate ?

— Les deux.

— Raison de plus pour y aller avec moi, cette fois ! Je t'aiderai à choisir tes vêtements.

— Premièrement, je suis assez grand pour choisir mes vêtements tout seul, dit Jack en ouvrant le coffre à outils et en rangeant ceux dont il s'était servi dans la journée. Deuxièmement, pourquoi est-ce que tu vas à cette réception ? D'ailleurs, pourquoi as-tu seulement été invité ?

— J'ai été invité grâce à ma nouvelle entreprise professionnelle.

— Ta nouvelle entreprise professionnelle ? Tu veux dire que tu ne vas plus vivre aux crochets des parents ?

Luke le regarda d'un œil noir.

— Tu te souviens de Dexter Cornwell ?

Jack acquiesça.

— Le gamin gâté qui était avec nous au lycée.

— Le gamin gâté *et riche* qui était avec nous au lycée. Il m'a appelé la semaine dernière, il dirige une entreprise spécialisée dans l'événementiel, et il a plusieurs postes à pourvoir. Il y a quelques années, il organisait seulement des mariages, mais les affaires ont prospéré, et aujourd'hui, il organise toutes sortes d'événements, des bar-mitsvas aux anniversaires pour chiens !

— Tu as accepté un travail consistant à aider un caniche à souffler sur les bougies de son gâteau d'anniversaire ?

Luke se renfrogna.

— Cela ne se résume pas à ça !

Jack rit, referma le coffre à outils, sortit de sa poche les clés de voiture de son frère et les lui rendit.

— Amuse-toi bien à la *garden-party*… et méfie-toi des chihuahuas !

Il se dirigea vers la porte qui séparait le garage du bureau. Il commençait à être tard. Il voulait passer chez Ray pour lui proposer son aide, et si le vieil homme n'avait besoin de rien, Jack trouverait quelque chose à faire pour s'occuper jusqu'à ce qu'il finisse par tomber de sommeil. Peut-être pourrait-il enfin arrêter de rêver de Meri, faire taire le désir insatiable qu'elle éveillait en lui.

— Jack ?

Il se retourna en entendant son frère l'appeler.

— Oui ?

— Je crois que ça te ferait du bien d'aller à cette réception. Tu as besoin de sortir de chez toi.

— Je sors de chez moi.

— Pour rester enfermé dans un garage ou pour couper du bois chez Ray, ce n'est pas ce que j'entends par « sortir de chez toi »... Cela fait un an que tu es rentré. Quand vas-tu « réellement » revenir à la maison ?

A la maison. Il n'avait pas eu le sentiment d'être à la maison depuis bien longtemps. Il avait fait des efforts pour se sentir à sa place depuis son retour à Stone Gap, beaucoup d'efforts, mais tous les endroits où il se sentait bien autrefois lui donnaient aujourd'hui une douloureuse impression de vide.

Par moments, avec Meri, il entrapercevait le monde tel qu'il le voyait autrefois, mais quelque chose finissait toujours par le rappeler à la cruelle réalité.

Eli ne verrait plus jamais ce monde, ne profiterait plus jamais de ce qu'il avait à apporter de bon. Il n'entendrait plus jamais le chant des oiseaux, n'embrasserait plus jamais aucune femme, et c'était précisément pour cela que lui, Jack, ne pourrait plus jamais se sentir vraiment bien. Il pouvait seulement se contenter d'exister.

— Tu sais ce dont tu aurais besoin, Jack ? Tu aurais besoin de t'amuser, pour une fois, d'arrêter de te morfondre au fond de ton trou.

Lui posant une main sur l'épaule, son frère le regarda droit dans les yeux, avant d'ajouter :

— Ce n'est pas un crime de vivre, tu sais.

Jack ne répondit pas. Il passa la porte et la referma derrière lui, laissant son frère seul.

12

Meri attendit que son grand-père ait dîné et qu'il soit confortablement installé dans son fauteuil, devant un épisode d'*Ax Men* pour rentrer chez elle, prendre son appareil-photo et ressortir dans la lumière déclinante du crépuscule. Ce faisant, elle remarqua l'étiquette qu'elle avait collée à l'appareil le jour où elle avait reçu ses cartes de visite : *Photographie Meri Prescott.*

Ces mots lui avaient donné l'impression qu'elle pouvait bel et bien être quelqu'un d'autre, faire quelque chose d'autre de sa vie, et elle n'allait pas laisser sa peur tout gâcher.

Demain, elle aurait son premier travail de photographe depuis son agression. Certes, ce n'était pas un travail rémunéré, mais au moins, elle serait de nouveau derrière son appareil-photo.

Le soleil se couchait sur le lac, embrasant l'eau sombre de teintes roses et pourpres. Un huard chanta dans le lointain, tandis que les grenouilles entamaient leur complainte nocturne. Deux canards glissaient paresseusement sur l'eau, en direction d'une petite île, au centre du lac.

Elle porta son appareil à son œil. Le bord effleura sa joue, et elle eut aussitôt l'impression que sa cicatrice brûlait. Elle abaissa l'appareil-photo, inspira profondément, retint son souffle, expira lentement. Elle fit une seconde tentative, mais ne vit qu'une confusion d'images floues : une rue de New York, un graffiti représentant un paysage dans un tourbillon de couleurs vives, puis une ombre passa devant son objectif, elle s'apprêta à parler, à demander à la personne devant elle de se décaler, mais avant qu'elle n'ait pu dire quoi que ce soit, on lui arracha son appareil des mains et on lui mit un couteau sous la gorge.

Elle lâcha son appareil et le laissa pendre au bout de sa sangle, autour de son cou, puis elle s'accroupit et se prit la tête entre les mains.

Tout allait bien. Elle était à Stone Gap, pas dans cette rue sombre de New York.

Comment avait-elle pu croire qu'elle serait capable de faire cela ?

— Ça va ?

Jack. C'était lui qu'elle avait vu dans l'objectif, pas son agresseur. Elle releva brusquement la tête.

— Oui, oui, ça va… Tu m'as fait peur.

— Je suis désolé. Je croyais que tu m'avais vu.

Il lui prit la main et l'aida à se relever.

— Que se passe-t-il ?

— Rien, ça va.

— Non, ça ne va pas… et crois-moi, je sais ce que c'est que de dire que ça va quand ça ne va pas.

Il indiqua l'appareil-photo d'un geste vague.

— Qu'essaies-tu de faire ?

— J'essaie de retrouver ma vie, répondit-elle tout bas en enlevant la sangle autour de son cou, mais c'est plus difficile que je croyais. Je ne sais pas pourquoi je m'acharne… Je devrais peut-être abandonner la photo et travailler dans un fast-food, ou quelque chose comme ça.

— Pourquoi abandonner ce que tu aimes ?

Elle leva les yeux vers lui et repensa au jour où il avait mis un terme à leur relation, au garage de son père.

— Parce que, parfois, l'amour n'est pas payé de retour.

— Dans ce cas, peut-être que tu n'as pas fait assez d'efforts.

Elle souffla pour écarter une mèche de cheveux qui lui tombait devant les yeux.

— J'en ai fait, crois-moi… Dieu sait que j'ai essayé une centaine de fois depuis ce jour fatidique.

Il eut un grognement incrédule.

— Quoi ?

— J'ai eu un jour fatidique, moi aussi, et depuis, plus rien n'est pareil pour moi non plus.

Elle avait envie de lui demander ce qui s'était passé, ce qui l'avait à ce point marqué, mais elle ne voulait pas se montrer trop insistante. Il avait entrouvert la porte, il valait mieux qu'il l'invite à entrer dans son monde plutôt qu'elle ne s'y engouffre d'elle-même.

— Dans ce cas, peut-être devrions-nous tous les deux faire plus d'efforts.

Il lui tendit son appareil.

— Il n'y a rien de tel que l'instant présent.

Elle plongea ses yeux dans les siens et y vit de la bienveillance, du soutien. Il avait raison. Le présent était le moment idéal pour affronter ses peurs.

Elle était venue ici bien décidée à ne pas laisser le souvenir de son agresseur la hanter, et elle devait continuer d'essayer. Elle souleva son appareil, le braqua sur la lune flottant à la surface du lac, tout en continuant de parler à Jack.

Détends-toi, c'est une photo toute simple, laisse l'appareil faire le travail, se dit-elle intérieurement.

— Tout le monde m'a dit que j'aurais dû parler de ce qui m'était arrivé, suivre une thérapie, ce genre de choses.

Elle immobilisa l'appareil, puis cligna les yeux, essayant de chasser de son esprit les visions du passé. Elle était au lac, voyait la beauté de l'eau, du clair de lune. Elle soupira, appuya sur le bouton.

Clic. Elle avait pris une photo.

— On m'a dit que j'aurais dû en parler à quelqu'un d'autre qu'à la police, mais je ne l'ai pas fait. J'ai répété que ça allait, que j'allais m'en remettre, mais…

Elle prit une deuxième photo, puis une troisième, sans se soucier de l'exposition, de l'ouverture du diaphragme, ou de quoi que ce soit d'autre que de prendre des photos. A chaque image supplémentaire, le sentiment de victoire qui l'envahissait se faisait plus intense.

— … mais évidemment, ce n'était pas vrai.

— Tu es en train de t'en remettre, en ce moment même.

— Photo après photo ! dit-elle avec un grand sourire, avant de lever son appareil dans sa direction. Et toi ?

— Comment ça, moi ?

— Que fais-tu pour te remettre de ce jour fatidique ?

Il remua, l'empêchant de le prendre en photo, s'approchant d'elle jusqu'à ce qu'elle ne voie plus que son visage flou.

— Hé !

— Tu connais le remède pour affronter ce que l'on n'a pas envie d'affronter ?

Elle secoua la tête. Il lui prit son appareil-photo et le posa sur la souche, à côté d'eux.

— Se baigner tout nu, dit-il.

Elle rit. Elle avait le cœur léger, était heureuse. La nuit était belle, son appareil-photo redevenait un ami, et elle sentait qu'elle était sur la bonne voie.

— Tu es fou, Jack ! La thérapie par la baignade en tenue d'Eve, cela n'existe pas…

— La thérapie par l'eau, ça existe. C'est pratiquement la même chose.

— La thérapie par l'eau ?

— Oui. Les footballeurs y ont souvent recours.

— Pour soigner des blessures physiques, pas psychologiques ! Et cela implique de la glace, dit-elle en faisant mine de frissonner. Je n'ai aucune envie de m'allonger dans une baignoire pleine de glace…

— Mais tu as bel et bien le désir de te glisser dans l'eau tiède d'un lac par une douce nuit d'été, n'est-ce pas ?

Une douce chaleur l'envahit quand elle entendit le mot « désir ». Tout en elle se mit à crier : *oui, oui, faisons-le !*

Elle oublia ses photos, son travail. Plonger dans l'eau tiède du lac avec Jack Barlow… L'idée était exquise.

— Jack, je ne suis pas sûre que ce soit…

— D'ailleurs, tu me dois une baignade. Tu te souviens de notre pari, le jour où nous sommes allés pêcher ? Celui qui attrapait le plus gros poisson gagnait, et le perdant devait plonger dans le lac tout nu. J'ai attrapé un poisson, et toi… zéro !

Il s'approcha encore un peu, jusqu'à ce qu'elle sente la chaleur qui émanait de son corps.

— Cela signifie que tu dois plonger toute nue dans le lac.

— Je croyais que notre pari avait été annulé à cause des conditions météorologiques… ?

Il eut un grand sourire.

— La pluie nous a retardés, c'est tout. Ce soir, dit-il en levant les yeux vers le ciel, son sourire s'élargissant, il n'y a pas un nuage…

— Tu veux juste me voir nue.

Elle posa un poing sur sa hanche, comme si elle aussi était indifférente à le voir nu. Elle avait adoré passer ses mains sur son torse mouillé, sur ses muscles parfaitement dessinés, la semaine précédente, et elle n'était pas sûre d'être assez forte pour supporter de renouveler l'expérience sans faire l'amour avec lui.

— Pour des raisons thérapeutiques uniquement.

Elle rit. Elle aurait voulu pouvoir lui résister, l'oublier, mais elle n'y parvenait pas. Toute sa vie, Jack Barlow avait eu une emprise sur son cœur, et quand il lui lançait un défi ou l'encourageait à faire quelque chose d'audacieux, elle était incapable de refuser.

— Alors comme ça, tu es médecin, maintenant ?

— Je veux bien l'être si tu as besoin d'un examen approfondi.

Elle en avait besoin, elle en avait besoin depuis des années. Peut-être était-ce dû à l'attrait de l'inconnu, au côté mystérieux de ce qui aurait pu se passer s'ils n'avaient pas rompu, mais quoi qu'il en soit, elle s'était toujours demandé ce que ce serait de faire l'amour avec lui, et maintenant qu'elle était adulte, ses fantasmes allaient plus loin.

Comme elle le lui avait dit, elle avait l'intention de rattraper le temps perdu, de faire tout ce à côté de quoi elle était passée. Peut-être allait-elle enfin pouvoir s'autoriser à avoir ce dont elle rêvait depuis si longtemps, celui dont elle rêvait depuis si longtemps, un homme qui luttait contre ses propres démons, un homme qui n'attendrait rien de plus d'elle, comme il le lui avait bien fait comprendre.

C'était exactement ce qu'elle voulait : aucune condition, aucun attachement, rien qui puisse la retenir dans cette ville qu'elle aimait et méprisait à la fois. Elle voulait prendre ce risque, plonger dans l'inconnu et, oui, plonger nue, si effrayant que cela puisse sembler. Elle voulait vivre ce qu'elle n'avait jamais pu vivre jusque-là.

— Tu sais ce qu'on dit des thérapies, dit-elle en le regardant droit dans les yeux. Elles fonctionnent mieux quand on les partage avec quelqu'un.

Elle retira son T-shirt et le laissa tomber sur le sol. Le regard de Jack se posa sur son soutien-gorge blanc en dentelle.

— Je n'ai jamais entendu personne dire ça, mais ça me paraît réglo !

— Ça l'est, totalement, dit-elle avec un grand sourire. Alors, vous vous joignez à moi, docteur ?

Le temps que Jack déboutonne son short, Meri courait déjà vers le lac, ses fesses rondes et fermes semblant lui faire de l'œil à la lueur du clair de lune. L'instant d'après, elle plongeait dans un grand éclaboussement.

Elle s'était déshabillée entièrement et avait plongé. Il s'était attendu à ce qu'elle fasse machine arrière à la dernière minute, mais elle s'était jetée à l'eau, au sens propre et au sens figuré.

Il retira son boxer et la suivit.

Il avait essayé de l'éviter, de rester le plus loin possible de chez Ray, mais en vain. Il était irrémédiablement attiré par elle, comme une abeille par une fleur. A vrai dire, quand il s'éloignait d'elle, elle occupait encore davantage ses pensées.

Son frère avait peut-être raison. Peut-être avait-il besoin de s'amuser un peu, pour une fois. Avec Meri.

Il regarda son corps nu onduler dans l'eau du lac et, aussitôt, il oublia tout le reste et plongea à son tour. La douceur de l'air compensait la fraîcheur de l'eau et, de toute façon, il n'aurait pas pu avoir froid en sachant que Meri était nue à quelques mètres de lui. Il fit quelques brasses pour la rejoindre et, une fois arrivé devant elle, fit du surplace.

— Tu n'as pas attendu ma réponse.

— J'étais sûre que tu me suivrais… Une femme nue dans un lac ? N'importe quel homme suivrait !

— Je ne plongerais pas tout nu dans un lac pour n'importe quelle femme, tu sais.

— Tu essaies de me dire que je suis spéciale ? demanda-t-elle d'un ton espiègle, les yeux brillant d'une lueur malicieuse.

— Plus que tu ne saurais l'imaginer.

Il n'avait pas prévu de le dire à haute voix. En fait, il ne s'était même pas rendu compte qu'il le pensait. Il fit donc ce que toute personne ayant peur de s'engager aurait fait : il l'éclaboussa et fit mine de plaisanter.

— Après tout, tu es la seule fille de Stone Gap à avoir grimpé au vieux chêne.

— Oh ! mon Dieu ! J'avais complètement oublié… Je me suis attiré beaucoup d'ennuis en grimpant à cet arbre, ma mère m'a privée de sorties pendant un mois quand elle a vu mes genoux écorchés.

— Je n'arrive toujours pas à croire que tu l'as fait. Qu'est-ce qui t'est passé par la tête ?

— J'avais treize ans et j'étais folle du meilleur ami de mon cousin.

Première nouvelle ! Meri était amoureuse de lui quand elle était jeune ?

— C'est vrai ?

— Oh ! je t'en prie ! dit-elle, levant les yeux au ciel. Tu devais bien t'en douter… La moitié des filles de Stone Gap étaient folles de toi, Jack Barlow, et l'autre moitié de tes frères. Ta mère a fait de beaux garçons !

Il s'approcha un peu d'elle, suffisamment pour deviner les contours de son corps, la courbe de ses seins, sous la surface de l'eau. Il imagina ses jambes enroulées autour de lui, ses bras autour de son cou.

— Tu me trouves beau ?

— Je t'ai toujours trouvé beau. Je suis sortie avec toi, tu te souviens ?

— Je m'en souviens, Meri. Je m'en souviens très bien.

Ils étaient sortis ensemble pendant un an seulement. Les choses s'étaient faites naturellement. Pendant des années, ils avaient été amis, avaient passé tout leur temps libre avec Eli et des amis communs. Puis, un jour, ils s'étaient vus seuls, et il avait fini par l'embrasser. Cela avait tout changé.

— Alors tu dois aussi te souvenir que c'est toi qui n'as pas voulu de moi.

Elle l'éclaboussa et recula un peu.

— Qui a dit que je ne voulais pas de toi ?

— Toi. Ce jour-là, dans le garage de ton père, quand tu m'as dit que tu voulais quelqu'un d'un peu plus consistant qu'une petite princesse en talons hauts…

Elle secoua la tête et eut un sourire un peu forcé.

— Puis tu es parti, et cela s'est terminé comme ça ! Fin de l'histoire !

Il avait été minable ce jour-là, il le savait. Il se rappelait la scène dans les moindres détails. A l'époque, il avait eu la naïveté de croire qu'il rendait service à Meri en la quittant.

Il revoyait le soleil qui filtrait à travers les fenêtres du garage et donnait à ses cheveux blonds des reflets dorés. Elle était belle, ce jour-là, comme tous les autres jours. Il se rappelait s'être demandé qui était la véritable Meri, car les apparences avaient pris de plus en plus d'importance pour elle au cours de l'année qu'ils avaient passée ensemble, elle s'était investie de plus en plus dans les concours de beauté, faux cils et sourires factices, et il s'était dit qu'il valait peut-être mieux qu'elle sorte de sa vie et que lui se concentre sur l'armée.

Cependant, la Meri qui était revenue à Stone Gap était authentique. Il avait l'impression de voir enfin la femme qu'il avait cherchée des années plus tôt, sous les couches de maquillage et les robes à paillettes. Cela l'intriguait, et être nu dans l'eau avec elle l'incitait à se demander ce qu'il y avait d'autre à découvrir chez elle.

— On ne peut pas dire que l'histoire soit finie, puisque nous sommes ici, ensemble, en train de nager nus… et au cas où tu ne l'aurais pas remarqué, je veux encore de toi, Meri.

Il avait espéré qu'elle s'approcherait de lui et répondrait au désir qui le consumait, mais au lieu de cela, elle mit un peu plus de distance entre eux.

— Dans ce cas, pourquoi m'as-tu quittée ? Seulement à cause des concours de beauté ?

— En partie, mais pas seulement…

Il ne pouvait pas dissimuler ses sentiments éternellement. Cela ne le mènerait nulle part. Il finirait seul dans sa véranda, à boire de la bière et à s'en vouloir.

— … et depuis, je le regrette, ajouta-t-il en plongeant ses yeux dans les siens. Je suis désolé, Meri.

Elle détourna le regard.

— C'était il y a longtemps.

— Peut-être, mais cela ne signifie pas pour autant que je n'ai pas eu tort. J'ai rompu parce que j'avais une superstition bizarre, le pressentiment que je mourrais dans un pays lointain si quelqu'un m'attendait à la maison. Je pensais que ce serait mieux pour toi comme pour moi si je n'avais pas d'attaches.

— C'est ridicule.

Il haussa les épaules.

— La plupart des soldats sont superstitieux, ils ont une paire de chaussettes ou une pièce de monnaie porte-bonheur.

— Et ta superstition était de ne pas avoir d'attaches susceptibles de te porter malheur ?

Présenté comme cela, c'était effectivement ridicule. Quand il était à l'étranger, la seule chose qui lui manquait cruellement était précisément ces attaches, les gens qu'il avait laissés derrière lui, les voix, les visages de ceux qu'il aimait.

— Oui. Tu as raison, c'était ridicule. J'aurais dû m'en rendre compte, et j'aurais dû te garder dans ma vie.

— Je ne pense pas réellement que c'était ridicule… C'était plutôt mignon.

Elle nagea jusqu'à lui et noua ses bras autour de son cou.

Ses jambes frôlaient les siennes à intervalles réguliers. Son expression chagrinée s'était dissipée, un sourire dansait sur ses lèvres. Il avait toujours aimé la capacité de Meri à pardonner rapidement, à aller de l'avant.

— Tu es très mignon, Jack Barlow.

— J'essayais d'être torride et mystérieux…

Elle glissa une jambe contre la sienne, et tous ses sens furent aussitôt en éveil.

— Oh ! mais tu l'es !

— Non, dit-il en secouant la tête, c'est toi qui es torride et mystérieuse.

Elle eut un sourire irrésistible.

— Tu essaies seulement de me flatter pour arriver à tes fins…

— Pourquoi voudrais-je te flatter, et quelles seraient ces fins, au juste ?

Elle inspira profondément, comme si avouer la vérité lui était difficile. Sa poitrine se souleva et il eut un aperçu, trop bref, de ses tétons.

— Profiter de ma nudité.

— Je n'y songerais pas, dit-il d'un ton faussement innocent, alors même qu'il se consumait de désir.

Elle eut un petit rire qui le troubla profondément.

— Menteur !

— Qu'est-ce qui te fait croire que je mens ?

Il glissa ses jambes contre les siennes, lui passa les mains sur les seins, sur les hanches. Elle retint son souffle, mais ne s'écarta pas de lui, ne chercha pas à le repousser. Sa peau était merveilleusement soyeuse, et il n'arrivait pas à se retenir de la toucher. Il brûlait du désir d'entrer en elle.

— Parce que je ne pense absolument pas au sexe en ce moment…

— C'est vrai ? Moi non plus.

Elle hésita un instant, puis plongea une main dans l'eau, la passa sur son ventre, la referma sur son érection et le caressa. Il gémit de plaisir et enroula une jambe autour de la sienne pour l'attirer tout contre lui, mais cela les fit couler. Ils remontèrent brusquement, riant et toussotant.

— Nous allons nous noyer si nous continuons comme ça !

— Dans ce cas, nous ferions peut-être mieux de poursuivre sur la terre ferme.

Ils nagèrent jusqu'au bord du lac, là où ils avaient pied. Les maisons autour du lac étaient plongées dans l'obscurité, leurs habitants endormis, et la seule source de lumière était la lune, qui répandait autour d'eux sa douce lueur argentée.

Il s'était répété qu'il ne devait pas fréquenter Meri, se rapprocher d'elle, mais elle était la seule personne avec laquelle il se sentait bien.

Juste une nuit. Une seule nuit.

Ensuite, elle retournerait à New York, il se plongerait de nouveau dans le travail, et il ne serait jamais obligé de lui raconter ce qui était arrivé à Eli.

Une nuit.

Etait-ce égoïste de sa part de le vouloir ?

Quand elle prit de nouveau son sexe dans la main, il cessa de se poser des questions et passa à l'action. Posant ses lèvres sur les siennes, il fit glisser ses mains sur son dos et lui empoigna les fesses pour la serrer contre lui.

Leur baiser se fit plus profond, leurs jambes s'entrelacèrent. Au comble de l'excitation, il referma les mains sur ses seins, lui caressa les tétons, et elle se cambra contre lui en gémissant. Il la pénétra d'un mouvement fluide. Elle murmura son nom, et il sut qu'il était perdu.

Il la souleva tandis qu'elle nouait les bras autour de son cou et se penchait en arrière, lui permettant de la pénétrer plus profondément. La nuit dissimulait leurs ébats, et la tiédeur de l'eau intensifiait chacune de leurs caresses.

Il n'éprouvait plus que du plaisir, un pur plaisir. Le passé auquel il avait tenté d'échapper se fondait dans le merveilleux moment de douceur et de sensualité qu'ils partageaient. Il ne pensait plus à rien d'autre qu'elle, n'entendait rien d'autre que ses petits gémissements. Enfin, elle retint son souffle, il la sentit se contracter autour de lui, et elle prononça de nouveau son nom, dans un soupir. Il jouit avec elle et, pendant quelques instants précieux, toute la douleur qui l'accablait s'évanouit.

13

Cinq secondes après être arrivée, Meri regretta d'être venue. Elle portait une robe rose pâle qu'elle détestait, et son maquillage lui donnait l'impression d'avoir un masque. Elle s'était fait boucler les cheveux et les avait laissés libres sur ses épaules, mais elle les avait laqués pour les empêcher de friser à cause de l'humidité de l'air.

Sa mère traversa la pelouse avec une parfaite aisance, maîtrisant depuis longtemps l'art de marcher dans l'herbe avec des talons hauts. Meri avait choisi des chaussures plates, chic, mais qui lui permettraient de se déplacer facilement.

— Je suis très heureuse que tu sois venue, Meredith, lui dit sa mère. Tout le monde va être ravi de te voir.

— Je suis ici pour prendre des photos, maman…

Comme pour le prouver, Meri leva son appareil et prit quelques clichés, dont un gros plan de la composition florale posée sur la table la plus proche. Travailler l'empêcherait de penser à la nuit qu'elle avait passée avec Jack, à leurs merveilleux ébats dans l'eau. Elle s'était couchée en pensant à lui, s'était réveillée en pensant à lui, et avait passé une bonne partie de la matinée à penser à lui. Ils projetaient de se retrouver le soir même pour pique-niquer au bord du lac, et elle avait hâte que l'heure de leur rendez-vous arrive.

— J'ai l'intention de travailler, pas de faire la conversation avec les invités.

Sa mère écarta la remarque d'un geste de la main.

— Une dame ne travaille pas lors d'une *garden-party*, Meredith Lee, elle fait acte de présence.

Elle fait acte de présence ? Meri eut soudain un mauvais pressentiment. Tout était en place pour l'une des réceptions de sa mère : les petits fours soigneusement disposés, le personnel en livrée, les serveurs offrant poliment des mimosas et du champagne aux invités, les compositions florales aux couleurs vives sur les tables.

— Je suis ici pour des raisons professionnelles uniquement. Tu te souviens ?

— Bien sûr, bien sûr, et tu vas prendre tes photos… mais d'abord, je voudrais que tu viennes dire bonjour à Bert Mathers.

La prenant par le bras, sa mère l'entraîna vers le buffet.

— Tu te souviens de lui, n'est-ce pas, ma chérie ?

Meri s'arrêta net.

— Bert ? Que fait-il ici ?

Brusquement, les pièces du puzzle s'assemblaient. Meri regarda autour d'elle et vit le directeur du premier concours de beauté auquel elle avait participé, son ancien coach, la styliste qui avait dessiné ses robes. Un peu plus loin, Dexter Cornwell, qui dirigeait une entreprise d'événementiel, discutait avec Luke Barlow. A côté d'eux se tenaient deux autres coaches et l'assistante de Bert. Au moins 90 % des personnes présentes travaillaient dans le monde des concours de beauté ou de la mode.

— Qu'est-ce qui se passe ? demanda-t-elle à sa mère.

— Oh ! et regarde ! continua Anna Lee, ignorant la question. Voilà Harvey Stills… Tu te souviens de lui, n'est-ce pas, Meredith ? C'est ce spécialiste de chirurgie plastique de Charleston.

Sa mère se pencha vers elle et chuchota, comme si elle lui confiait un secret.

— Il est vivement recommandé.

— Pour corriger les imperfections ? demanda-t-elle, furieuse. C'est pour ça que tu l'as invité ? Pour qu'il puisse me rendre parfaite ?

Sa mère fit la moue.

— Je croyais simplement que tu serais contente d'être… réparée.

Réparée ? Etait-elle une sorte d'antiquité abîmée qui devait être restaurée avant de pouvoir être exposée aux yeux du monde ?

— Qu'est-ce que c'est que cette histoire ? Qu'est-ce que je fiche ici ?

Anna Lee prit un air choqué.

— Une dame ne jure pas, Meredith Lee. Allons, tiens-toi droite, et n'oublie pas de sourire. Tous ces gens ont travaillé dur pour que tu en sois là où tu es aujourd'hui.

Refusant de bouger, Meri dégagea brutalement son bras de celui de sa mère.

— Tu n'as pas écouté un mot de ce que je t'ai dit, hein ? Je crois que de toute ma vie, tu n'as jamais écouté un mot de ce que je t'ai dit. Je ne veux pas recommencer les concours de beauté, je ne veux pas sourire bêtement, marcher la tête haute et prétendre que mes chaussures ne me font pas atrocement mal aux pieds !

Sa mère eut un petit rire.

— Je n'ai jamais parlé de participer à des concours de beauté, j'ai simplement pensé que tu aimerais être coach, ou juge… Après tout, cet univers a représenté une part importante de ta vie, j'imagine que cela a dû être dur d'abandonner, dit-elle en lui tapotant la main. Si tu t'inquiètes de ce que les gens vont penser parce que tu t'es retirée de la compétition pour le titre de Miss America…

— Je ne me suis pas retirée de la compétition, maman, je me suis enfuie, le plus loin possible, parce que si je ne l'avais pas fait, tu aurais continué à me forcer à participer à ces concours toute ma vie !

— Tu as fait une petite dépression, c'est tout… J'ai exigé un peu trop de toi.

Anna Lee agita la main d'un air dédaigneux.

— Enfin, c'est du passé ! Ce qui compte, c'est que tu sois ici maintenant.

— Je suis ici parce que tu m'as demandé de venir, maman, parce que je croyais que tu te souciais enfin de ce que je faisais et parce que cela me faisait plaisir.

Secouant la tête, Meri maudit les larmes qui lui brûlaient les paupières.

— Sais-tu seulement pourquoi j'ai participé à tous ces concours ?

— Parce que cela te plaisait, bien sûr, répondit sa mère avec le sourire factice qu'elle affichait à l'église, lors des longs sermons. C'est très amusant de s'habiller et…

— Parce que je voulais passer du temps avec toi, maman, l'interrompit Meri, la regardant droit dans les yeux. Les seuls moments que tu partageais avec moi, en dehors des soirées caritatives et des autres événements du même genre, c'était quand je participais à ces concours. J'avais besoin d'une mère, et j'étais prête à monter sur scène et à poser avec un sourire forcé pour l'avoir à mes côtés.

Les lèvres parfaitement dessinées d'Anna Lee formèrent un « o » de surprise.

— Je… je croyais que cela te plaisait. Je croyais que tu t'amusais.

— C'était le cas, parfois, mais quand j'ai remporté le titre de Miss Caroline du Nord et qu'il a fallu que je me prépare pour l'élection de Miss America, j'ai décidé d'arrêter. Je n'en pouvais plus, je ne voulais plus faire semblant, ne serait-ce qu'un jour de plus, pour obtenir une tiare dont je ne voulais même pas. Il y avait beaucoup de filles qui aimaient vraiment participer à ces concours, qui faisaient beaucoup plus d'efforts que moi et qui méritaient cette tiare… alors je suis partie. Je ne voulais pas que l'on parle de moi comme d'une ancienne prétendante au titre de Miss America, je voulais que l'on me connaisse sous le nom de Meri Prescott, tout simplement.

— Tu méritais cette tiare, Meredith Lee. Tu la méritais davantage que qui que ce soit d'autre. Tu as travaillé dur, et tu peux encore récolter les fruits de ton travail. Si tu parlais à Bert, il…

— Tu es impossible ! s'écria Meri.

Pourquoi s'acharnait-elle à espérer un changement ? Sa mère n'avait pas évolué en près de trente ans, elle n'allait pas changer maintenant.

— Je m'en vais.

— Meredith Lee, ne me fais pas honte en t'en allant d'ici par caprice.

Le ton de sa mère était menaçant, sa voix basse. Meri s'attendait presque à ce qu'elle la punisse.

— Ces gens sont tes amis.

— Ces gens n'ont jamais été mes amis, maman, et si tu n'étais pas si superficielle, tu t'apercevrais qu'ils n'ont jamais été les tiens non plus.

Anna Lee eut le souffle coupé.

— Je n'aurais jamais imaginé que ma fille me parlerait un jour sur ce ton !

— Eh bien, ta fille, tu ne la connais pas !

Sur ces mots, elle tourna les talons et s'éloigna. Elle entendit sa mère bredouiller derrière elle, puis reprendre sa voix polie alors qu'un invité venait lui parler. C'était une preuve supplémentaire qu'elle ne changerait jamais ; elle continuerait inlassablement à évoluer dans son monde de sourires artificiels.

Meri accéléra le pas, espérant pouvoir s'en aller avant que sa mère la rattrape ou qu'un invité l'aborde, mais elle ne fut pas assez rapide.

— Meredith Lee Prescott ? Eh bien, ça alors, comme tu as changé !

Aspen Whitehall, autre spécialiste de la traversée de gazon en talons hauts, s'approcha d'elle avec un petit sourire exercé, qui montrait juste le bon nombre de dents. Ses cheveux blonds étaient ramassés en un chignon maintenu en place par une grande quantité de laque. Ses yeux marron étaient cachés derrière des lentilles de contact bleues, secret que seules celles qui avaient été en concurrence avec Aspen connaissaient. Son corps svelte avait été amélioré par un peu de silicone en haut et une petite liposuccion en bas.

C'était elle qui l'avait remplacée, quand elle avait décidé à la dernière minute de ne pas participer à l'élection de Miss America, et tandis qu'elle regardait la jeune femme affectée debout devant elle, elle se rendit compte qu'elle serait devenue comme elle si elle était restée à Stone Gap.

— J'étais sur le point de partir, Aspen. Amuse-toi bien…

— Attends ! Ne t'en va pas, dit Aspen en lui posant une main sur le bras pour la retenir. Je voulais te parler.

— Si c'est au sujet des concours auxquels ma mère veut que je participe…

— Non, je, euh… je voulais te parler de ça, expliqua la jeune femme en montrant la cicatrice qui lui fendait la joue, avant de laisser retomber sa main et de lui adresser un sourire gêné. Comment… Comment fais-tu pour vivre avec ça ? Je veux dire, tu as passé des années à te soucier de ton apparence, et maintenant, quand tu te regardes dans la glace… Je ne veux pas être méchante, j'essaie seulement de comprendre comment tu arrives à…

— Comment j'arrive à sortir en public avec cette chose hideuse sur le visage ? demanda Meri avec colère, s'apercevant aussitôt que cette colère était dirigée contre sa mère et non contre Aspen. Je suis désolée…

— Oh ! mon Dieu, non, ne t'excuse pas ! Je me suis mal exprimée. Je ne te trouve pas hideuse, pas du tout.

Aspen secoua la tête et se mordilla la lèvre. Il y eut un silence. Meri était impatiente de partir, mais elle sentait qu'Aspen avait vraiment envie de parler.

— Comment fais-tu pour te moquer de ce que les gens pensent de ton apparence ?

Meri eut un rire sans joie.

— Tu crois que je me moque de ce que les gens pensent ?

— Oh ! non, je me suis encore mal exprimée…

Aspen s'agita nerveusement, le rouge aux joues. Autrefois, elles avaient été amies, et elles avaient même partagé une chambre le temps de certains concours. Elles avaient échangé des conseils de beauté, s'étaient confié leur crainte de défiler.

L'espace d'un instant, Meri eut l'impression qu'elles étaient de nouveau complices.

— C'est juste que… je t'ai vue arriver, tout le monde te dévisageait et tu n'avais pas l'air de t'en soucier. Tu t'es contentée de faire ton travail et, d'après ce que j'ai entendu, tu as tenu tête à ta mère. Je trouve ça… génial !

— Génial ? C'est toi qui as concouru pour obtenir le titre de Miss America !

— Seulement parce que tu as eu le courage de t'en aller. Comprends-moi bien : je voulais vraiment devenir Miss America, mais le lendemain de la cérémonie du couronnement, j'ai compris que je n'avais pas de vie en dehors des concours de beauté, dit Aspen en haussant les épaules. Nous parlions souvent de ce que nous ferions ensuite, toi et moi… A ce moment-là, je me suis aperçue que je n'avais pas de métier, aucune expérience, et que je ne savais rien faire.

— Tu écris très bien, Aspen. C'est ça que tu devrais faire.

Meri se rappelait les histoires qu'Aspen lui avait fait lire autrefois. La jeune fille passait alors ses nuits à griffonner dans un gros carnet, à écrire des romans qu'elle ne cherchait jamais à faire publier.

— Qui me prendrait au sérieux ?

— Peu importe. Tout ce qui compte, c'est qu'une seule personne te prenne au sérieux.

— Qui donc ?

— Toi.

Elle se faisait l'écho des paroles de Jack. Elle se rendait compte maintenant qu'il avait raison. Peu importait l'opinion que les gens de Stone Gap, de New York ou d'ailleurs, avaient d'elle. Tout ce qui importait, c'était ce qu'elle pensait.

Elle serra brièvement Aspen dans ses bras.

— Je dois y aller… J'ai un rendez-vous que j'ai attendu bien trop longtemps !

Jack n'avait plus rien à faire, et la journée promettait d'être longue, vide et caniculaire. Le garage était fermé pour la journée, et il n'y avait pas une seule voiture à réparer.

Il était allé courir puis nager, s'était promené sans but pendant une heure, et était allé chez Ray pour lui dire bonjour, mais il l'avait trouvé endormi dans son fauteuil et avait décidé de le laisser tranquille. Luke l'avait appelé deux fois pour savoir s'il avait changé d'avis et s'il voulait aller à la *garden-party* d'Anna Lee Prescott, mais il n'avait pas changé d'avis à ce sujet.

Il ne savait pas quoi faire après la nuit merveilleuse qu'il avait passée avec Meri. Dans un élan d'enthousiasme, après leurs ébats, il avait envisagé un avenir avec elle.

Puis il était allé se coucher et avait pris conscience de ce qu'il avait fait. Il ne pouvait pas avoir un avenir avec elle, il ne pouvait pas sortir avec elle. Il était le dernier homme sur Terre à pouvoir se permettre de tomber amoureux de la cousine d'Eli.

Il avait de nouveau fait n'importe quoi. Pourquoi n'avait-il pas pu la laisser tranquille ?

Il s'éloigna de chez Ray et remonta le chemin qui conduisait jusque chez lui. Tout en se baissant pour passer sous une branche basse, il se dit qu'il irait s'asseoir sous le porche et boirait une bière ou deux en attendant que la journée se termine. Peut-être trouverait-il quelque chose à faire pour s'occuper le lendemain et les jours suivants.

Mais il savait que les jours à venir ne seraient pas remplis comme ces deux dernières semaines l'avaient été, car Meri allait repartir pour New York. Il devait pourtant accepter cette idée.

Il passa devant le grand chêne et chancela.

Chaque fois qu'il empruntait ce chemin, il prenait à droite à la fourche et non à gauche, pour aller chez lui. Chaque fois, sauf cette fois. Etait-ce une coïncidence ? Ou le besoin masochiste de revivre le passé ?

Il posa une main sur l'énorme tronc de l'arbre, et les

souvenirs lui revinrent très distinctement à la mémoire. Il avait dix ans, Eli en avait neuf, et ils étaient partis à l'aventure avec l'intention de construire un fort.

« Viens, Jack, dépêche-toi ! Il faut absolument que nous ayons fini avant l'orage… »

Jack courait après Eli, la ceinture à outils de son père, trop grande pour lui, rebondissant sur sa hanche, et les planches qu'il avait sous le bras le faisant vaciller à chaque pas.

Ils avaient déposé leur bois en pile, avaient grimpé à l'arbre, « comme des ouistitis », aurait dit Ray, et avaient passé une heure à scier et à donner des coups de marteau pour fabriquer une plate-forme entre deux larges branches. Ils avaient cloué leurs planches à même l'écorce de l'arbre, et y avaient accroché une corde à nœuds pour monter jusqu'à leur nouvelle cachette top secrète.

Après avoir terminé, ils étaient restés dans l'arbre, protégés par les feuilles au-dessus de leur tête, tandis que la pluie martelait la plate-forme. Tous les jours, cet été-là, Eli et lui étaient venus jusqu'à l'arbre et avaient grimpé dans leur fort, y ajoutant d'abord une bâche goudronnée, puis deux vieilles chaises pliantes, et enfin une glacière remplie de canettes de soda et de génoises fourrées à la crème.

Jack posa la main à plat sur le tronc rugueux de l'arbre, cherchant à tâtons la première latte de bois.

« C'est le plus beau fort de tous les temps, avait dit Eli. J'espère qu'il ne sera jamais détruit. »

Le souhait d'Eli avait été exaucé. Jack sentit sa gorge se serrer. Le cœur lourd, il agrippa la planche et, avant d'avoir pu s'en empêcher, tira dessus jusqu'à ce que les clous cèdent et que le bois se casse avec un craquement sinistre. Il jeta le bout de bois par terre, mais le voir tomber sur le tapis de feuilles lui brisa le cœur.

— Jack ?

La voix de Meri lui parvint, comme un baume et comme une flèche enflammée à la fois.

Pourquoi ne pouvait-elle pas s'en aller ? L'oublier, une bonne fois pour toutes ?

— Laisse-moi tranquille, Meri… Laisse-moi tranquille.

Il attendit, le front appuyé contre le tronc du vieux chêne, d'entendre le craquement des feuilles sous ses pieds.

— Je n'irai nulle part, Jack. J'ai quitté la *garden-party* pour venir ici, pour te voir.

Fermant les yeux, il s'efforça de maîtriser la douleur qui lui nouait le ventre. Il mourait d'envie de la prendre dans ses bras, de l'avoir dans sa vie, mais il ne pouvait pas imaginer une suite heureuse à leur relation, alors que c'était lui qui avait laissé son cousin mourir.

— Je crois que ce n'est pas une bonne idée, Meri. Je crois que nous ferions mieux… d'en rester là.

Il y eut un silence. Un long silence glacial.

— En rester là ?

— Tu vas repartir pour New York… Nous n'allons pas pouvoir rester ensemble. Je ne suis pas du genre à m'engager, et je ne voudrais pas te donner de faux espoirs et te faire croire que ce qu'il y a eu entre nous signifiait quelque chose… Je suis désolé.

Prononcer ces mots lui était horriblement douloureux, mais il préférait qu'elle le prenne pour un sale type plutôt que de lui avouer la vérité.

Il se répéta que c'était mieux ainsi. Pourtant, si tel était le cas, pourquoi avait-il l'impression qu'on l'amputait d'un membre ?

Il n'entendit pas les feuilles craquer, n'entendit pas les pas de Meri s'éloigner. Il se retourna et vit qu'elle était encore là.

— Je te l'ai dit, je n'irai nulle part.

— Pourquoi ? Que fais-tu encore ici ? Que fais-tu à Stone Gap, d'ailleurs ? Ton grand-père va mieux, tu as recommencé à prendre des photos… Pourquoi n'es-tu pas encore repartie pour New York ?

— Parce que je ne suis pas encore guérie de mes blessures, répondit-elle avec douceur.

S'approchant de lui, elle posa la main sur son épaule.

— Et toi non plus, ajouta-t-elle.

Il haussa les épaules pour repousser sa main.

— Je vais très bien.

— Tu ne vas pas bien du tout. Je l'entends dans ta voix quand tu t'en prends à moi. Je le vois dans ta façon d'éviter de te lier à qui que ce soit, à ta famille, à mon grand-père, à moi. Mais en même temps, je lis sur ton visage la nostalgie avec laquelle tu regardes les gens que tu aimes. Tu ériges des murs tout autour de toi, alors même qu'une partie de toi essaie de les faire tomber. La nuit dernière, par exemple, tu as ouvert une brèche dans ces murs, mais maintenant, tu t'empresses de la refermer.

Comment faisait-elle pour l'analyser avec une telle précision ?

— Que fais-tu ici ?

— Honnêtement ? Je suis ici parce que j'ai encore de l'espoir pour toi.

Elle tendit le bras, comme pour le toucher, mais abaissa la main sans rien faire.

— Nous avons tous les deux des cicatrices, Jack. La seule différence entre nous, c'est que les gens peuvent voir la mienne. Tes blessures sont profondément enfouies, et si tu ne fais rien, tu vas t'endurcir jusqu'à ce que tu ne puisses plus jamais retrouver l'homme que tu étais autrefois.

— Cet homme-là a disparu il y a bien longtemps, Meri.

— Je crois qu'il est encore là… Je l'ai entraperçu des dizaines de fois au cours des deux dernières semaines. Je le vois quand tu prends soin de mon grand-père, quand tu aides ton père, et quand… quand tu me regardes.

Il détourna les yeux.

— Tu te trompes.

— Je crois que tu as peur, Jack. Tu es terrifié à l'idée de montrer aux gens que tu n'es pas parfait, que tu fais des erreurs, comme tout le monde.

Elle fit un pas vers lui et glissa sa main dans la sienne.

— Jack, admettre que l'on n'est pas parfait est libérateur.

Il eut un grognement railleur.

— Ce n'est pas si simple que ça.

— Si, ça l'est, dit-elle avec conviction, plongeant les yeux dans les siens. Tout ce que tu as à faire, c'est lâcher prise et compter sur les gens qui t'aiment pour te rattraper quand tu tomberas.

14

Les gens qui l'aimaient ? Les gens comme… Meri ?

Jack n'osait pas le lui demander, car si elle répondait oui, il serait obligé de faire quelque chose, comme admettre ses sentiments pour elle, ou essayer de construire une relation avec elle.

Hélas, une telle relation serait fondée sur des mensonges et des secrets.

Elle s'approcha de l'arbre et leva les yeux vers les planches de bois nichées entre les branches, avant de reporter son attention sur lui.

— C'est le fort que tu as construit avec Eli.

Il se contenta de hocher la tête, trop ému pour parler.

— Je m'en souviens… Vous ne vouliez pas me laisser monter parce que j'étais une fille, alors un jour, j'ai couru devant vous, j'ai grimpé à la corde, dit-elle en faisant osciller la corde, et je l'ai remontée derrière moi pour que vous ne puissiez pas me suivre !

— Oui, et tu as mangé toutes nos génoises.

Elle eut un grand sourire.

— C'était bien fait pour vous, vous n'aviez qu'à pas m'interdire de monter avec vous !

Elle croisa les bras sur sa poitrine en soupirant.

— Eli me manque tant… Je m'attends toujours à le voir entrer chez grand-père, piller le réfrigérateur et m'ébouriffer les cheveux.

Eli n'entrerait plus jamais chez Ray, il ne grimperait plus

jamais à cet arbre pour s'asseoir dans ce fort, et c'était la faute de Jack. C'était sa faute s'il manquait à Meri, et s'il continuait à lui manquer toute sa vie.

Il s'écarta de l'arbre et trébucha sur le morceau de bois qu'il avait jeté par terre.

— Je dois y aller.

— Attends ! Ne t'en va pas… J'ai besoin de ton aide.

Il s'arrêta net.

— De mon aide ? Je ne peux pas t'aider, Meri.

Je peux à peine m'aider moi-même.

— Je te demande seulement de rester immobile, c'est tout.

Il se retourna vers elle.

— De rester immobile ?

— Et de me laisser te prendre en photo.

— Quoi ? Pourquoi ?

Elle tripota nerveusement l'appareil-photo qu'elle avait autour du cou.

— Parce que je n'ai aucune photo de toi, pas une seule, et quoi qu'il arrive, je veux me souvenir de toi, ici, dans ces bois où nous avons tous les trois grandi.

Il n'aurait jamais dû se rapprocher d'elle. Il n'aurait jamais dû coucher avec elle. Même quand il essayait de la repousser, elle restait à ses côtés, pour lui apporter une douceur et une gentillesse qu'il ne méritait pas.

— Je ne suis pas vraiment…

— Ne bouge pas, dit-elle en levant une main. Donne-moi juste une seconde… s'il te plaît, Jack ?

Il aurait dû s'en aller, rentrer chez lui, mais ses pieds refusaient de lui obéir.

— D'accord.

Elle regarda dans l'objectif, le régla légèrement, prit une photo, puis une autre, fit faire un quart de tour à l'appareil et en prit une troisième. Elle recula un peu, régla de nouveau l'objectif, en prit une quatrième, une cinquième.

— Super ! Tu peux t'appuyer à l'arbre, s'il te plaît ?

Il fit ce qu'elle lui demandait, principalement parce qu'il

n'avait pas la force de s'en aller, de mettre un terme à tout cela une bonne fois pour toutes. Il la regarda travailler, concentrée, sa robe rose formant une flaque autour de ses pieds quand elle s'accroupissait.

Elle lui demanda de se baisser, de poser un coude sur son genou, d'appuyer le menton sur sa main. Il avait un peu l'impression d'être un mannequin prenant la pose pour un catalogue de JCPenney, mais il s'exécuta néanmoins.

Le sourire de Meri s'élargissait à chaque photo qu'elle prenait. Elle était heureuse, et lui prenait plaisir à la regarder, même s'il savait pertinemment qu'il aurait dû la laisser partir.

Au bout d'un petit moment, elle abaissa son appareil-photo.

— C'est bon, la torture est terminée !

Il se redressa et épousseta son short et ses jambes pour faire tomber les feuilles qui s'y étaient accrochées.

— Ce n'était pas une torture.

— J'ai été de l'autre côté de l'objectif, je sais à quel point cela peut être désagréable.

Elle inclina légèrement la tête sur le côté et le considéra d'un air songeur.

— Tu sais, tu devrais essayer…

— Essayer quoi ?

Il aurait dû essayer de partir, voilà ce qu'il aurait dû faire, mais une fois de plus, il semblait incapable de faire preuve de bon sens.

— Essayer de voir à quoi ressemble le monde à travers l'objectif d'un appareil-photo. D'une certaine façon, cela fait voir les choses différemment.

Il secoua la tête.

— Rien ne me fera voir les choses différemment.

Elle retira la sangle qu'elle avait autour du cou et lui tendit l'appareil.

— Tu ne peux pas le savoir tant que tu n'as pas essayé.

Il recula.

— Meri…

— Tu as dit que tout ce que tu voyais quand tu regardais

cette forêt était la mort, le danger et l'enfer. Si ta façon de voir le monde change, les images que tu vois changeront peut-être aussi.

Elle souleva l'appareil dans sa direction. Le soleil se refléta dans le verre de l'objectif, comme pour lui faire un clin d'œil.

L'ombre du vieux chêne s'étendait au-dessus d'eux en un large cercle. Une brise légère souffla et souleva le bord de la vieille bâche déchirée. Etait-ce un message d'Eli ? Si tel était le cas, il ne parvenait pas à l'interpréter.

— Je ferais mieux d'y aller.

S'il le répétait suffisamment, peut-être finirait-il par arriver à le faire.

— Essaie, Jack... Juste une fois. C'est tout ce que je te demande.

Il hésita, puis comprit qu'elle n'abandonnerait pas. Il prit l'appareil et jeta un coup d'œil dans l'objectif.

— Je ne vois que du vert.

— Tu dois te concentrer.

Elle vint se placer derrière lui et, tendant le bras par-dessus son épaule, fit un zoom arrière pour élargir l'image qu'il avait sous les yeux. Son parfum de cerise et d'amande, délicieusement troublant, vint lui chatouiller les narines et lui donna envie d'être encore plus près d'elle.

— Voilà ! Réessaie...

Il soupira et regarda de nouveau dans l'objectif. Le tronc du vieux chêne emplissait son champ de vision. Sa vue se brouilla.

— Que vois-tu ?

— Un arbre, répondit-il sèchement.

Pourquoi faisait-elle cela ? C'était inutile. Cela n'allait rien changer.

Cependant, alors même qu'il résistait, une petite partie de lui, la partie qui cherchait encore la paix et croyait encore à l'impossible, se raccrochait à l'espoir que Meri avait raison.

Posant une main sur son bras, elle lui parla avec douceur.

— Regarde encore.

Il soupira mais obéit.

Il vit un jeune arbre frêle, luttant pour trouver de la lumière et se faire une place parmi les arbres centenaires qui dominaient cet endroit de la forêt. Il vit des fougères, épanouies à l'ombre des arbres, étendant autour d'elles leurs frondes vert foncé. Un écureuil les traversa dans un éclair roux.

— Que vois-tu ? lui demanda Meri de sa voix douce.

Un papillon blanc voleta devant lui, avant de disparaître de son champ de vision. Un petit tas de feuilles contre une souche cachait à demi l'entrée du terrier d'un lapin. Une fleur sur le point d'éclore laissait apercevoir ses pétales lilas sous les feuilles vertes qui la protégeaient encore.

— De la beauté, murmura-t-il. Je vois… de la beauté.

— C'est ce que je vois aussi, Jack. De la vraie beauté, pas de la beauté fabriquée. Prends une photo.

— Comment est-ce que…

— Appuie ici, dit-elle en lui montrant un bouton.

Sa présence à côté de lui l'apaisait.

— Mais si la photo est ratée, ou floue, ça ne va pas tout gâcher ?

Elle rit.

— Peu importe qu'elle soit floue ou que tu sois obligé de t'y reprendre à plusieurs fois, l'important, c'est que tu t'amuses !

Il dut prendre une dizaine de photos avant que le côté strict de sa personnalité ne s'efface un peu et qu'il puisse donner libre cours à sa fantaisie. Il tourna et retourna l'appareil, fit un zoom avant puis un zoom arrière, pointa l'objectif vers la cime des arbres, vers le sol. Quand il en eut assez du paysage, il se tourna vers Meri et prit une photo d'elle.

Elle eut un petit rire gêné.

— Que fais-tu ?

— Je prends une belle femme en photo. Reste où tu es, la lumière est parfaite… Tu rayonnes.

Elle ramena une mèche de cheveux sur sa joue pour cacher sa cicatrice.

— D'accord !

Il s'approcha d'elle et lui remit les cheveux derrière l'oreille, comme il l'avait fait à l'épicerie.

— Tu es belle telle que tu es, Meri.

— Ce n'est pas beau, Jack, c'est une cicatrice.

— Tu ne comprends donc pas ? Les cicatrices montrent que tu as survécu à une bataille, dit-il en passant le doigt sur la marque qui faisait d'elle une personne plus forte. Dans l'armée, elles sont un peu comme des médailles d'honneur, car elles prouvent que tu n'as pas eu peur de te battre pour défendre les gens que tu aimes et les valeurs auxquelles tu crois.

— Je ne me suis pas battue pour défendre quoi que ce soit, j'ai été agressée, uniquement parce que j'étais au mauvais endroit au mauvais moment.

— Tu t'es défendue, non ? Et tu as survécu. Et tu es revenue dans cette ville où la plupart des gens ne voyaient en toi qu'une poupée Barbie, sans chercher à te cacher. Tu as été forte, fière, extraordinaire.

Elle secoua la tête.

— Je n'ai pas été forte… Je me suis bel et bien cachée chez mon grand-père. J'ai seulement essayé de me ressaisir pour retrouver la vie que j'avais, ou me faire une autre vie.

— Et qu'attends-tu de la vie ?

Elle eut un sourire plein de douceur, qui montrait qu'elle avait des rêves, des espoirs, tout ce que lui avait perdu à la guerre. Il se sentait soudain très envieux.

— Je veux vivre dans un endroit où je serais entourée de beauté, d'une beauté si exquise que j'aurais envie de prendre des photos à longueur de journée. Dans un endroit où il y aurait des gens qui s'aiment, et les gens que j'aime, dans un endroit où je serais… à ma place.

— Il me semble que c'est Stone Gap.

Elle ricana.

— Je ne me suis jamais sentie à ma place ici. Je ne suis jamais devenue celle que ma mère voulait que je devienne…

— Tu vaux bien mieux que cette personne.

Elle eut un grand sourire.

— Tu me flattes, encore une fois… Probablement pour me lancer un autre défi !

— Pas du tout…

Il marqua un temps d'arrêt, puis leva l'index.

— … mais puisque tu as fait cette remarque, je me réserve le droit de te lancer un autre défi pour te voir toute nue dans un avenir proche.

C'était plus fort que lui. A peine une demi-heure plus tôt, il rompait, mettait un terme à leur relation pour toujours, et maintenant, il pensait de nouveau à se baigner nu avec elle, il parlait d'avenir. Il n'avait pas le droit de lui offrir cet avenir, mais cela ne l'empêchait pas d'en avoir envie, d'en avoir besoin, d'avoir besoin d'elle.

— Très bien, c'est terminé, dit-elle en riant. Prendre toutes ces photos t'a rendu fou… Rends-moi mon appareil !

Il posa l'appareil-photo dans sa main tendue, mais ne le lâcha pas tout de suite.

— Je suis peut-être fou, mais je te connais. Tu as changé, en mieux, et les habitants de cette ville gagneraient à ce que tu vives ici, à ce que tu exposes des photos rappelant aux gens que le monde peut être beau.

Le monde pouvait aussi être horrible, affreusement laid, mais il refusait de laisser cette réalité ternir ce moment dans la forêt, alors que le soleil embrassait les traits de Meri.

— Eh bien, Jack Barlow ! Tu serais presque romantique…

— Tu dois me confondre avec mon frère Luke, le charmeur de ces dames !

— Je ne t'ai jamais confondu avec l'un de tes frères ni avec qui que ce soit d'autre.

Elle soutint son regard pendant quelques instants brûlants, puis détourna les yeux.

— Laisse-moi faire encore quelques photos, et ensuite, je te laisserai aller où tu veux.

Il fit un pas de côté alors qu'elle levait son appareil-photo. Il ne voulait pas que ce moment se termine, il ne voulait pas sortir de cette forêt et retourner à la réalité.

— Jack, ne bouge plus, dit-elle dans un souffle, d'un ton pressant.

Elle régla l'objectif et prit plusieurs photos d'affilée. Il regarda de biais, résistant à l'envie de tourner la tête.

— Il y a un serpent, ou quelque chose comme ça ?

— Non. Un passerin indigo. Juste à côté de ton épaule. Ne bouge pas, je vais prendre une dernière photo... C'est merveilleux ! C'est rarissime de voir un de ces oiseaux.

Il jeta un coup d'œil sur sa droite. L'oiseau bleu lui rendit son regard. Ses ailes bordées de noir étaient plaquées contre son corps, et les petites plumes ébouriffées sur le sommet de sa tête paraissaient bleu électrique à la lumière du soleil qui donnait à son bec des reflets argentés.

Le passerin inclina légèrement la tête sur le côté, sans cesser de le regarder intensément.

— C'est incroyable ! chuchota Meri. Tu te souviens à quel point Eli aimait ces oiseaux ?

Oui, il s'en souvenait très bien. Une nuit, en Afghanistan, Eli avait dessiné un passerin indigo au dos d'une enveloppe. L'animal était tellement réaliste que l'on aurait dit qu'il allait s'envoler. Jack le revoyait encore ; Eli faisait des miracles avec un bout de papier et un crayon.

Lorsqu'il avait eu terminé son dessin, il l'avait glissé dans sa poche avec un petit sourire gêné. « Ça me rappelle la maison, tu sais ? »

Jack savait. Et quand Eli était mort, il avait pris le dessin dans sa poche, et l'avait envoyé à sa mère, à Stone Gap. Il avait hésité à lui écrire une lettre, mais il n'y avait pas de mots pour expliquer ce qui s'était passé, aucun moyen d'arranger les choses, de lui dire à quel point il regrettait qu'Eli ne puisse pas rapporter lui-même ce dessin chez lui.

Aujourd'hui, le dessin était accroché au mur dans la boulangerie de Betty, à côté d'une étoile d'or, pour l'enfant qu'elle avait perdu. A cause de lui.

— Une dernière photo, Jack, dit Meri.

Il regarda l'oiseau sautiller sur sa branche, tournant la tête de droite et de gauche. Jack leva les yeux et vit le fort, oublié et abîmé, vestige de ce qu'il avait été autrefois. Il avait soudain l'impression de revoir Eli mourir sur le sol dur et poussiéreux pendant qu'il appelait inutilement à l'aide.

L'oiseau continuait à le regarder d'un air interrogateur et à sautiller dans sa direction, faisant ployer la branche fine sous son poids.

— Va-t'en ! cria-t-il brusquement.

Aussitôt, le passerin s'envola et disparut dans la forêt.

— Pourquoi as-tu fait ça ? lui demanda Meri, les yeux écarquillés. J'allais prendre une photo, j'attendais juste qu'il tourne la tête et…

— Parce qu'il est mort, nom de Dieu ! s'écria-t-il.

Sur ces mots, il tourna les talons et s'éloigna avec raideur. Meri s'empressa de le suivre.

— Cet oiseau n'était pas mort, Jack, il était…

— Eli ! Eli est mort ! Et je n'ai pas besoin qu'on me rappelle ce qu'il aimait ou ce qu'il rate… J'ai besoin qu'on me laisse tranquille, c'est tout.

— Parle-moi, Jack, dit Meri en passant devant lui et en lui barrant le chemin. Eli me manque, à moi aussi. Si nous parlions de lui, nous pourrions peut-être…

Elle s'interrompit, les larmes aux yeux.

— Nous pourrions peut-être nous aider mutuellement. Nous formions un trio, et ne pas parler de lui ne fait qu'aggraver les choses, c'est comme si nous prétendions qu'il n'avait jamais existé… Eli est encore là, Jack, dit-elle en indiquant la forêt d'un geste vague. Il est dans ce fort, dans cet oiseau, dans ces bois ! Tu ne peux pas continuer à garder pour toi tes souvenirs de lui, parce que tu n'es pas le seul à souffrir de son absence !

La douleur qui se lisait sur le visage de Meri lui faisait l'effet d'un tisonnier enfoncé dans le cœur. Il était responsable de son chagrin, et aurait fait n'importe quoi pour revenir en arrière et changer le cours des événements.

— Je ne peux pas en parler.

Il reprit son chemin.

— Que vas-tu faire ? lui cria-t-elle. Passer le restant de tes jours à fuir ?

Il continua à avancer.

— S'il le faut, oui !

— Et puis ? Devenir un ermite, vivre dans les bois et te réfugier dans le travail parce que tu te sens responsable de sa mort ?

Il s'arrêta net. Il lui sembla soudain qu'un silence inquiétant régnait sur la forêt, comme si toute la nature retenait son souffle.

— Je sais, Jack, dit Meri en le rejoignant.

Il ne se retourna pas, ne lui fit pas face.

— Je ne sais pas tout, mais je sais que tu étais là quand c'est arrivé.

Il sentit sa gorge se serrer, son estomac se soulever.

— Comment… Comment le sais-tu ? bredouilla-t-il.

— Je l'ai vu dans tes yeux.

Elle s'arrêta à côté de lui et lui montra son appareil-photo. Sur l'écran était affiché un gros plan de son regard, et même lui percevait sa noirceur.

— J'ai pris beaucoup de photos depuis que je sais me servir d'un appareil, et je sais reconnaître la douleur quand je la vois. La tienne est profonde. Je sais qu'Eli était dans ton unité, mais tu refuses de parler de lui, et mon grand-père dit que tu as vécu l'enfer, là-bas… J'ai fini par comprendre.

— Il n'y a rien à comprendre, Meri, tu ne t'en rends pas compte ? Il n'aurait jamais dû mourir !

Il jura et donna un coup de pied dans un morceau de bois, l'envoyant loin sous les arbres. Il recommença, mais avec une bûche trop grosse, et une vive douleur lui traversa le pied. Il poussa un cri, un cri primal qui venait du plus profond de son âme, un cri qu'il faisait taire depuis des mois. Il se baissa, ramassa la bûche et la lança violemment. Elle atterrit contre un arbre dans un craquement sinistre, mais cela ne suffit pas à l'apaiser. Il en prit une autre et recommença, puis une autre, et encore une autre, et ainsi de suite, jusqu'à ce qu'il n'y en ait plus à ses pieds. Il jeta alors des brindilles, des feuilles, tout ce qui se trouvait à sa portée.

— Il n'aurait jamais dû mourir ! hurla-t-il, aux bûches, aux oiseaux, à la forêt, à l'univers. Il n'aurait jamais dû mourir, ç'aurait dû être moi ! C'est moi qui aurais dû mourir ce jour-là !

Meri le regarda s'en prendre à tout ce qui les entourait, puis, quand il fut à bout de souffle et qu'il s'immobilisa enfin, elle lui posa une main sur l'épaule avec une infinie douceur.

— Ce n'était pas ta faute, Jack.

— Si ! C'est moi qui l'ai tué, Meri, dit-il en pointant le doigt sur sa propre poitrine. Moi, pas cette maudite bombe…

— Mais ce n'est pas toi qui as posé cette bombe, et ce n'est pas non plus toi qui l'as fait exploser…

— Peu importe ! J'aurais dû la voir, j'aurais dû voir le creux dans la route… J'aurais dû me douter qu'il y aurait une bombe à cet endroit-là, en plein croisement. C'était mon travail, Meri. C'était moi l'officier en charge du convoi, mon travail était de protéger Eli, de protéger tous les soldats de ces véhicules, d'anticiper, d'être préparé au pire et, surtout, de veiller à la sécurité de mes hommes. Tu ne comprends pas ? J'étais leur commandant, et je les ai conduits tout droit dans un piège !

Il jura de nouveau.

— Cochran a perdu un bras, Higgins ses deux jambes, Madden ne recouvrera sans doute jamais la vue, même si elle prétend qu'elle va très bien, et Eli…

L'émotion lui noua la gorge. Il se passa une main dans les cheveux et poussa un profond soupir. La vérité gonflait en lui, comme un monstre enfermé depuis trop longtemps.

— Eli… Eli a essuyé le plus gros de l'explosion. La bombe a déchiré le Humvee comme s'il était en papier. Il était assis à côté de moi à plaisanter, et tout à coup…

Il s'interrompit, secoua la tête.

— Je l'ai sorti du véhicule et j'ai essayé d'arrêter l'hémorragie, de le sauver, mais ses blessures étaient trop graves, il perdait trop de sang… J'ai essayé, Meri, j'ai essayé, Dieu m'en est témoin, j'ai essayé !

Il s'agenouilla, décomposé, comme il l'avait fait ce jour-là avec Eli dans ses bras, mais cette fois, ses bras étaient vides. Le corps de son meilleur ami était enterré depuis bien longtemps.

— J'ai fait tout mon possible pour le sauver…

Soudain, Meri se pencha au-dessus de lui et le prit dans ses bras, son parfum de cerise et d'amande lui faisant l'effet d'un arc-en-ciel après l'orage.

— Je le sais… Je le sais, Jack, murmura-t-elle. Tu l'aimais autant que moi. Je sais très bien que tu as fait tout ton possible pour le sauver, que tu étais prêt à donner ta vie pour lui. Tu n'as rien fait de mal. Eli ne te tiendrait pas pour responsable de ce qui est arrivé, ajouta-t-elle en relevant son menton pour plonger ses yeux dans les siens, et moi non plus.

A ce moment précis, ce moment inattendu de pardon et d'empathie, le mur qu'il avait érigé autour de son cœur s'effondra. Les larmes qu'il retenait depuis plus d'un an se mirent à couler sur ses joues, et une vague de chagrin le submergea.

Meri le serra dans ses bras tandis que toute la forêt semblait retenir son souffle, les arbres se dressant autour d'eux comme des sentinelles silencieuses pendant qu'ils pleuraient une vie fauchée en pleine jeunesse.

La bâche déchirée de la cabane claquait au vent. L'oiseau bleu avait peut-être bel et bien été le signe qu'Eli était encore là, dans cette forêt, qu'il faisait encore partie de leur vie.

Enfin, épuisé, il se releva. Meri lui prit la main, et il la serra tendrement dans la sienne. Elle le regarda en souriant, puis retint son souffle et pointa le doigt par-dessus son épaule.

— Regarde, Jack… L'oiseau est revenu.

Le passerin indigo resplendissait au milieu des feuilles vertes. Il tourna la tête d'un côté et de l'autre, puis il sembla pointer le bec dans leur direction avant de s'envoler et de disparaître entre les arbres.

— C'est un signe, dit Jack.

Il porta la main de Meri à ses lèvres et y déposa un baiser.

— Le signe que je ne suis pas encore prêt à aller de l'avant, ajouta-t-il, pas avant d'avoir fait quelque chose.

Lui lâchant la main, il s'éloigna dans la forêt.

15

Le lendemain matin, Meri trouva son grand-père dans la cuisine, debout devant la cuisinière, en train de faire des œufs brouillés. Quand Jack l'avait laissée seule dans la forêt, la veille, elle l'avait regardé partir puis avait regagné son chalet. Elle avait jeté un coup d'œil autour d'elle et s'était rendu compte qu'elle ne pouvait pas se cacher là plus longtemps. Elle devait aller de l'avant, et s'il fallait qu'elle le fasse sans Jack, elle le ferait. Elle devait seulement s'occuper de deux ou trois choses avant de partir.

— Qu'est-ce que tu fais, grand-père ?

— Je prépare le petit déjeuner.

Elle lui prit sa spatule et lui fit signe de s'asseoir à table.

— Tu n'es pas censé te ménager ? Qu'a dit le médecin ?

— Que je ne me portais pas trop mal pour un homme de mon âge !

— Attends une minute… Quoi ? demanda-t-elle en croisant les bras sur sa poitrine. Je croyais que tu étais malade ! Quand je t'ai eu au téléphone il y a quelques semaines, tu m'as dit que le médecin t'avait donné l'ordre de te reposer, et que tu avais besoin d'aide… Tu m'as dit que tu étais mourant !

— C'était très exagéré. J'étais malade, mais pas mourant… J'ai menti, conclut son grand-père avec un haussement d'épaules désinvolte.

— Tu as menti ? Mais, grand-père…

— J'avais envie de te voir, et il fallait que tu viennes. Les quelques dernières fois que je t'ai cue au téléphone, je t'ai trouvée un peu perdue, Meri chérie, et tu avais besoin de revenir à la maison pour te retrouver.

Son grand-père la connaissait bien. S'il ne l'avait pas appelée, elle serait restée à New York et aurait essayé d'oublier l'agression, en vain, sans jamais réussir à tourner la page.

Elle jeta un coup d'œil par la fenêtre au lac qu'elle aimait tant.

— Tu as raison. C'est plutôt bizarre que la première photo que j'ai prise après l'agression a été une photo de ce lac…

— Cela n'a rien de bizarre. C'est le destin.

Son grand-père lui reprit la spatule et remua les œufs.

— Tu étais censée être là, ajouta-t-il.

— Ça, je n'en suis pas sûre… Je n'ai pas ma place ici.

Deux tartines sautèrent du grille-pain avec un petit bruit sec. Elle les beurra et les posa sur une assiette.

— Je suis une ancienne reine de beauté avec une cicatrice sur le visage. Les gens ne me verront jamais autrement.

— Ils te verront autrement si tu te vois autrement.

Etait-ce vraiment aussi simple que cela ? Les gens auraient-ils une autre opinion d'elle si elle voyait les choses différemment ?

Elle pensa à l'étiquette sur son appareil-photo : *Photographie Meri Prescott.* Au fond, le jour où elle l'avait collée avait été un jour comme un autre. C'était le fait qu'elle se soit autoproclamée professionnelle qui avait changé sa vision des choses.

— Tu as sûrement raison, grand-père.

— J'ai toujours raison. C'est le privilège de l'âge.

Il s'assit à table et entama son petit déjeuner.

— Bon ! Et Jack, alors ?

— Eh bien ?

Elle se servit une tasse de café et s'appuya au plan de travail pour en boire une gorgée. Elle s'interrogeait au sujet de Jack depuis la veille.

— Vous allez enfin vous marier ?

Elle recracha son café.

— Nous marier ? Où es-tu allé pêcher cette idée ?

— Tu es amoureuse de lui depuis toujours… et ne t'avise pas de prétendre le contraire, lui dit son grand-père, en agitant sa fourchette dans sa direction en signe d'avertissement. Il est amoureux de toi aussi. Il est grand temps que vous l'admettiez et que vous officialisiez les choses !

— Nous apprenons seulement à nous connaître de nouveau. Nous avons été longtemps sans nous voir et…

Elle s'interrompit et plissa les yeux, soupçonneuse.

— Attends un peu… Est-ce que tu essaies de nous pousser dans les bras l'un de l'autre ? La partie de pêche à laquelle tu ne pouvais pas aller parce que tu étais trop fatigué, le dîner chez les Barlow que tu as raté, toutes les fois où tu faisais la sieste et où nous nous sommes retrouvés tout seuls…

— Comme je te le disais, on n'atteint pas mon grand âge sans quelques cellules grises supplémentaires dans la caboche !

Son grand-père se tapota la tempe. Elle se pencha pour lui déposer un baiser sur la joue.

— Tu es un incorrigible romantique.

Il écarta la remarque d'un geste de la main.

— Il ne faut pas que ça s'ébruite… Toutes les célibataires de plus de soixante ans voudraient aussitôt sortir avec moi !

— Tu le mériterais… et tu aurais bien besoin d'une femme pour te faire tenir tranquille, monsieur l'entremetteur menteur !

— Hé ! J'étais vraiment malade, simplement, je n'avais pas réellement besoin que tu fasses tout ce que tu as fait, dit-il en lui prenant la main. J'ai été égoïste, aussi, parce que tu me manquais.

— Tu me manquais aussi, répondit-elle en lui serrant la main avec tendresse. Tu es pardonné d'avoir menti.

— D'avoir exagéré.

Le bruit de pneus faisant craquer le gravier de l'allée leur parvint soudain par la fenêtre ouverte.

— En parlant de gens que tu devrais pardonner… Je crois que c'est la voiture de ta mère que j'entends au-dehors.

Elle leva les yeux au ciel et alla jeter le reste de son café dans l'évier.

— Si elle est là pour me reprocher d'avoir gâché sa merveilleuse *garden-party*, dis-lui que je suis partie…

— Désolé, mais c'est l'heure de ma sieste !

Se levant, son grand-père gagna la porte.

— Et puis, cela te fera du bien de lui parler… Ta mère est une femme difficile, mais elle t'aime.

Elle ricana, mais sortit quand même. Sa mère descendait de sa Cadillac, vêtue d'un tailleur-pantalon beurre et de chaussures à talons assorties. Ses cheveux étaient attachés en chignon, et elle portait d'immenses lunettes de soleil.

— Je voulais te parler, dit-elle sans préambule, d'un ton sec.

Quelle joie ! Meri croisa les bras sur sa poitrine.

— Dans ce cas, parlons !

— Pas ici, au milieu de l'allée. Allons dans un endroit… calme.

— Il fait trop beau pour rester à l'intérieur. Allons au bord du lac.

Anna Lee semblait sur le point de protester, mais elle dut se raviser, car elle lui fit signe de passer devant. En tongs, Meri avançait facilement, mais sa mère était obligée de prendre son temps pour passer entre les touffes d'herbe et les racines qui traversaient le chemin. La situation avait quelque chose d'ironique : à la *garden-party*, alors qu'Anna Lee était parfaitement à l'aise, juchée sur ses talons aiguilles, Meri avait eu l'impression de détonner. Pour une fois, sa mère comprenait peut-être ce que c'était que de n'être pas à sa place. Cependant, au lieu de le lui faire remarquer, Meri lui tendit la main et l'aida à franchir les aspérités du chemin.

— Merci, lui dit sa mère.

Meri s'assit sur le banc de bois au bord du lac. Sa mère y jeta un regard dubitatif, mais elle prit tout de même place à côté d'elle.

— Je voulais te parler de la *garden-party*.

— Si tu as l'intention de te plaindre de mon comportement et…

— Non, l'interrompit sa mère en levant la main, je veux te présenter des excuses.

Meri la regarda fixement, stupéfaite.

— Me présenter des excuses ?

— Oui, pour t'avoir obligée à participer à ces concours de beauté. J'aurais dû te demander ce que tu voulais au lieu de te forcer la main. Je ne m'étais jamais rendu compte à quel point tu détestais cela.

— Je n'ai pas toujours détesté ça, maman… Parfois, je trouvais ça amusant de m'habiller et de me pavaner avec un énorme bouquet de roses et un diadème brillant sur la tête. Je ne voulais pas que cela devienne toute ma vie, c'est tout… Je ne voulais pas devoir faire tout le temps attention à ce que je mangeais, à mes tenues, à ce que je faisais de mon temps libre. Tout tournait exclusivement autour de ces concours de beauté.

— Je suis désolée… Je croyais assurer ton avenir.

— Comment ces concours auraient-ils pu assurer mon avenir ?

Joignant les mains sur ses genoux, Anna Lee baissa les yeux sur ses ongles parfaitement manucurés.

— Je n'ai jamais été particulièrement intelligente ou particulièrement douée. Je n'ai jamais excellé en rien, j'étais seulement très jolie. J'ai grandi dans une famille très pauvre, et ma mère me disait toujours de faire tout mon possible pour préserver ma beauté, parce qu'elle assurerait mon avenir.

— En te permettant de faire un beau mariage ?

— Oui… et je me suis répété que j'étais heureuse, dit Anna Lee d'une voix chargée de regrets. Je l'ai été un certain temps, je crois, mais le problème, quand on compte sur son physique, c'est que la beauté finit par se flétrir et que l'on se retrouve alors sans rien.

— Tu n'es pas sans rien, maman. Tu as organisé plus d'événements caritatifs que qui que ce soit d'autre à Stone Gap. L'argent que tu as collecté a permis de construire des écoles, de créer un jardin communautaire, de rénover le refuge animalier… Tu laisseras une trace de ton passage, maman. Ce n'est pas rien, et ce n'est pas le cas de tout le monde.

Elle posa sa main sur celle de sa mère.

— Je suis fière de toi.

Anna Lee ricana.

— Tu es fière de moi ? C'est moi qui ai toujours été fière de toi, même si je ne te l'ai pas assez montré. J'ai été fière de toi quand tu as remporté tous ces concours, quand tu es devenue Miss Caroline du Nord, quand tu t'es préparée pour devenir Miss America, mais je dois dire…

Elle s'interrompit brièvement, poussa un profond soupir.

— Je dois dire que j'ai été plus fière que jamais le jour où tu as tourné le dos à tout ça, et le jour où tu es revenue ici malgré ce que tu as vécu. Tu es plus courageuse que moi, Meri, et je suis désolée si je t'ai laissé à croire que je ne te trouvais pas parfaite.

— Merci, maman, dit Meri d'une voix étranglée par l'émotion.

Sa mère lui serra tendrement la main, et sa lèvre inférieure se mit à trembler.

— Aucune de ces actions que j'ai accomplies n'a d'importance pour moi, i je t'ai perdue. Est-ce que… Est-ce que j'ai encore une place dans ta vie ?

Meri acquiesça.

— Tu en auras toujours une.

Une larme coula sur la joue de sa mère, gâtant son maquillage impeccable, mais elle ne chercha pas à l'essuyer. Elle lui prit les mains et les garda serrées entre les siennes, et elles restèrent ainsi un long moment, à contempler le lac ensemble.

Si Jack dressait un jour une liste de toutes les choses stupides qu'il avait faites au cours de sa vie, il serait probablement à court d'encre avant d'arriver à la fin. La première chose sur sa liste serait d'avoir dit à Meri Prescott que leur relation était terminée.

Après leur après-midi dans les bois, il était rentré chez lui au lieu de rester avec elle. La nuit avait été atroce, mais il avait eu besoin de temps pour réfléchir, pour être sûr de lui.

A l'aube, il s'était rendu compte qu'il ne pouvait pas rechercher sa compagnie, quels que soient ses sentiments pour elle, qu'il ne pouvait pas être l'homme qu'il voulait être, tant qu'il continuerait à fuir ses propres démons.

Par ce lundi matin ensoleillé, il monta donc dans son pick-up pour prendre la direction du centre-ville.

Il se gara devant la boulangerie. Il était encore tôt, et quand il entra dans la petite boutique, qui venait d'ouvrir, il n'y avait qu'un seul client.

Betty Delacorte l'accueillit avec un grand sourire et, quand l'autre homme fut sorti, s'approcha de lui.

— Bonjour, Jack ! Que puis-je te servir ?

— Rien, madame Delacorte, répondit-il en glissant ses mains dans les poches. Je suis ici pour vous voir vous et M. Delacorte… afin de vous parler d'Eli.

Le sourire de Betty vacilla.

— Je vais demander à George de venir et fermer la boutique.

— Oh ! ce n'est pas la peine… Je ne voudrais pas vous faire perdre des clients.

— Tu veux nous parler de notre Eli, n'est-ce pas ?

Il acquiesça.

— Dans ce cas, prenons le temps de le faire, parlons tranquillement.

Elle alla chercher George à l'épicerie et, quand elle revint avec lui, retourna la pancarte accrochée à la porte indiquant ainsi la fermeture de la boulangerie et poussa le verrou.

Tous trois s'assirent à l'une des petites tables rondes, derrière la vitrine. Jack regarda le dessin du passerin indigo pendant quelques instants, puis il se mit à parler.

Il parla jusqu'à avoir la voix rauque, jusqu'à avoir tout raconté depuis le jour où Eli l'avait rejoint en Afghanistan jusqu'au jour où il avait envoyé le dessin par courrier. Il passa sur les détails de la mort d'Eli, mais n'omettant rien d'autre, pas même son sentiment de culpabilité.

Quand il eut terminé, Betty fut la première à se lever et à le prendre dans ses bras. George lui dit qu'il était heureux qu'ils aient enfin parlé, et il passa un bras autour de lui et de sa femme. Tous trois restèrent là un long moment, à pleurer leur perte.

— Je suis désolé, dit enfin Jack. J'aurais dû venir plus tôt. J'aurais dû vous raconter tout ça il y a un an, vous écrire une lettre quand je vous ai envoyé ce dessin. J'aurais dû faire des tas de choses que je n'ai pas faites, mais je… je ne pouvais pas supporter l'idée de vous faire souffrir encore plus.

— Tu ne nous as pas fait souffrir, répondit George, tu nous as apporté des réponses, un lien avec notre garçon. Tout ce que tu nous as raconté prouve à quel point il était courageux et fort.

Il eut un sourire triste et soutint son regard pendant quelques instants.

— Merci.

C'était la dernière chose que Jack s'était attendu à entendre. Ce seul mot fut pour lui une leçon d'humilité, et lui apporta ce qu'il cherchait depuis si longtemps : la paix.

Meri chargeait le coffre de sa voiture quand le pick-up de Jack s'engagea dans l'allée, un peu plus tard ce jour-là. Elle chancela légèrement et faillit faire tomber le carton qu'elle avait dans les mains en le voyant descendre et se diriger vers elle d'un pas léger.

Il était vraiment beau.

Elle l'avait aimé toute sa vie, et elle était intimement convaincue qu'elle l'aimerait toujours. Le voir aujourd'hui lui était d'autant plus douloureux.

Elle serra le carton contre sa poitrine et s'efforça de prendre un air impassible.

— Où vas-tu ? lui demanda-t-il.

— Je retourne à New York.

Se détournant, elle mit le carton dans le coffre, à côté de sa valise. En dépit de ce que son grand-père lui avait dit le matin même, elle savait que Jack ne partagerait pas sa vie avec elle. Après tout, il l'avait déjà quittée et repoussée deux fois, maintenant. Elle devait s'en aller, retrouver sa vie.

— Mon grand-père va mieux, et je dois décider si j'accepte ou non de travailler pour ce magazine de voyages.

— Ne pars pas, pas encore. J'ai quelque chose à te montrer, dit-il en lui tendant la main. Tu veux bien venir avec moi ?

Elle hésita. Elle était prête à partir, avait pris sa décision, mais voir Jack la troublait profondément. Son cœur battait la chamade et, au fond, elle savait qu'elle le suivrait n'importe où pourvu qu'il le lui demande.

— D'accord, répondit-elle, mais je ne vais vraiment pas tarder à prendre la route.

Oui, bien sûr ! Elle ne pouvait pas se vanter de faire preuve d'une détermination inébranlable.

Pourquoi fallait-il qu'il soit aussi séduisant ?

— Ce ne sera pas long, je te le promets.

Il l'aida à monter dans son pick-up et attendit qu'elle ait attaché sa ceinture pour démarrer et prendre la direction de la ville. Ils furent un peu secoués en passant dans un nid-de-poule, et elle lui effleura le bras involontairement. Ce simple contact la perturba. De toute évidence, l'oublier n'allait pas être aussi facile qu'elle l'avait espéré.

Elle se cramponna à la poignée de la portière et essaya de rester rivée à son siège.

— Où allons-nous ?

— Tu verras…

Un sourire dansa sur ses lèvres tandis qu'il s'éloignait du lac, passait devant les grandes demeures bourgeoises, et gagnait le centre-ville pittoresque.

Elle aimait New York, mais elle aimait aussi cet endroit. Elle aimait l'atmosphère accueillante de Stone Gap, l'impression familière d'entrer chez une vieille tante adorée quand on y arrivait. Quand elle était plus jeune, elle voyait cette ville comme une prison et voulait la fuir à tout prix, mais maintenant, elle se rendait compte qu'elle aimait cette petite bourgade originale.

Jack se gara devant un petit terrain vague, à deux minutes de la boulangerie de sa tante Betty. Il coupa le contact, descendit du pick-up et le contourna pour venir lui ouvrir la portière. Le geste, galant, la toucha.

Non seulement il était beau, mais il était aussi très gentil et attentionné.

Elle descendit de voiture et, croisant les bras sur sa poitrine, regarda la petite parcelle de terre déserte qui s'étendait devant elle.

— Euh… Qu'est-ce que c'est ?

— Rien, pour le moment, mais ce sera bientôt un terrain de jeux pour enfants, avec une cabane là-bas, un arbre là-bas… des balançoires là-bas, un toboggan et une cage à poule de ce côté-là…

Jack pointait du doigt les endroits en question et remuait les mains tout en parlant, partageant avec elle l'idée qui avait germé dans sa tête, la vision qu'il avait eue le matin même.

Il avait quelques croquis préliminaires dans le pick-up et avait déjà dressé une liste de tout ce dont il aurait besoin pour réaliser son projet. Ce serait peut-être la première étape vers l'entreprise de menuiserie que son frère lui avait conseillé de monter.

— … et tout sera peint en bleu indigo, dit-il encore.

Elle se tourna vers lui avec un sourire.

— Pour Eli ?

Il acquiesça.

— Betty et George possèdent ce terrain depuis des années, ils songeaient à en faire un parking, ou quelque chose comme ça, mais quand je leur ai dit aujourd'hui que je voulais trouver un moyen d'honorer la mémoire d'Eli, ils m'ont proposé d'utiliser cet espace. Je cherchais un but, Meri, une façon de… de le maintenir en vie, en quelque sorte. Ici, dans cette ville qu'il aimait tant.

— Je ne peux pas imaginer meilleure façon de le faire, Jack. Il aurait été emballé par ce projet.

Elle glissa sa main dans la sienne. C'était un geste tout simple, mais qui lui alla droit au cœur.

— Je suis emballée, ajouta-t-elle.

— Tant mieux…

Il se tourna vers elle pour lui annoncer la vraie raison pour laquelle il l'avait amenée là. Quand il l'avait vue charger le coffre de sa voiture, il avait eu l'impression que son cœur s'arrêtait de battre. Cependant, elle était là, maintenant, et c'était bon signe.

— … parce que je vais avoir besoin d'aide. De ton aide.

Elle eut une expression perplexe.

— Je ne sais pas bricoler.

— Mon frère Luke m'aidera à bricoler. Je n'ai pas besoin de toi pour tes talents de bricoleuse, Meri.

Il lui prit les mains et l'attira à lui, assez pour voir les éclats dorés de ses yeux verts et sentir son parfum subtil.

— J'ai besoin de toi pour m'aider à embellir cet endroit. Tu es douée pour ça… Moi, j'ai la force physique, mais j'ai besoin de ton esprit créatif.

Elle retira les mains des siennes et recula un peu.

— Je retourne à New York, Jack. Nous pourrons peut-être discuter de certaines de tes idées par e-mails, mais je ne serai pas là pour t'aider à réaliser ce projet.

— Alors, tu prends la fuite ?

Elle évita son regard.

— Je ne prends pas la fuite, j'ai un travail à New York…

— Un travail que tu pourrais très bien faire ici.

Il fit un pas vers elle, mais elle refusait obstinément de le regarder. Etait-il trop tard ? Avait-il trop attendu, l'avait-il perdue avant même de l'avoir vraiment retrouvée ?

— De quoi as-tu peur, Meri ?

— Je n'ai peur de rien.

— Menteuse.

Il sourit et lui prit le visage au creux des mains jusqu'à ce qu'elle le regarde. Il lisait dans ses yeux une angoisse qu'il ne connaissait que trop bien.

— Je te connais mieux que je me connais moi-même, parfois, et je sais exactement de quoi tu as peur, parce que j'ai peur de la même chose.

— Jack…

Elle essaya de tourner la tête, mais il l'en empêcha. Il ne pouvait pas la laisser partir, pas avant de lui avoir dit ce qu'il avait à lui dire.

— Tu te souviens du jour où nous avons attrapé des écrevisses dans le ruisseau ? Tu ne voulais pas aller dans l'eau pour ne pas salir ta robe, alors j'ai pris la plus grosse écrevisse que j'ai pu trouver, et je te l'ai apportée.

Il lui prit la main et lui fit tendre la paume, comme s'ils avaient de nouveau dix ou douze ans et que l'eau du ruisseau gazouillait joyeusement à leurs pieds.

— Je te l'ai mise dans la main, et je m'attendais à ce que tu pousses un cri, mais au lieu de cela, tu m'as regardé avec un grand sourire. Je ne le savais pas à l'époque, mais je le sais aujourd'hui… C'est à ce moment-là que je suis tombé amoureux de toi.

Elle ricana.

— Nous étions des gamins, Jack ! Tu ne pouvais pas être amoureux à cet âge-là…

— Peut-être, mais je sais que depuis ce jour-là, je pense à toi tout le temps.

Il suivit le contour de ses lèvres du bout du doigt, songeant qu'elle était la plus belle femme qu'il ait jamais vue, non seulement extérieurement, mais intérieurement aussi, dans la façon dont elle s'occupait de son grand-père, dont elle s'inquiétait pour lui, dont elle voyait le monde.

Elle lui avait fait ouvrir les yeux sur la beauté qui existait encore en lui, autour de lui, et il lui en serait éternellement reconnaissant. Il ne saurait jamais comment la remercier, comme la payer de retour, sinon en continuant à l'aimer comme il l'aimait aujourd'hui.

— Sais-tu pourquoi j'ai attendu si longtemps pour te demander de sortir avec moi ? Parce que nous étions amis, avant toute chose, et que je ne voulais pas mettre notre amitié en péril. J'ai fini par le faire quand même, en te quittant. J'ai été horrible, ce jour-là, dans le garage de mon père... Je m'en rends compte, Meri, et je m'en excuse.

Elle eut un sourire triste.

— Non, tu m'as fait prendre conscience de bien des choses. Je n'ai pas aimé ce que tu m'as dit, et je t'en ai longtemps voulu, mais tu avais raison. Je devenais une personne que je n'avais pas du tout envie d'être. Tes paroles m'ont donné le courage dc tourner le dos à tout ce que je connaissais et de prendre un nouveau départ, à New York, de réaliser ce que j'avais envie de vivre et non pas subir ce qu'on m'obligeait à faire.

— Tu es une femme forte, très belle, incroyable, Meredith Prescott, dit-il en plongeant ses yeux dans les siens, et j'espère de tout cœur ne pas t'avoir perdue une deuxième fois.

Il y eut un silence. Des voitures passaient dans la rue, mais elle ne les entendait même pas. Elle n'entendait que les paroles de Jack, qui résonnait dans sa tête.

C'est à ce moment-là que je suis tombé amoureux de toi.

Pendant tout ce temps, elle avait cru être la seule à être amoureuse. Elle avait cru n'être à l'époque qu'une gamine enamourée, dont l'amour ne serait jamais payé de retour, alors qu'en fait, Jack et elle étaient deux adolescents terrifiés qui ne savaient pas ce à quoi ils renonçaient.

Si elle partait de nouveau pour New York aujourd'hui, elle redeviendrait une jeune fille effrayée qui faisait passer sa carrière avant sa vie sentimentale. Avait-elle vraiment envie de vivre seule dans cette grande ville, à regretter ce qui aurait pu être ?

— Tu ne m'as pas perdue... Tu es dans mon cœur, dit-elle en posant une main sur sa poitrine, puis sur celle de Jack.

— Alors reste avec moi. Construisons notre avenir ici, à Stone Gap !

Il posa la main sur la sienne. Les battements de son cœur sous sa paume étaient forts et rassurants, à son image.

— Tu avais raison, mes blessures étaient profondément enfouies, et je croyais ne jamais pouvoir en guérir..., mais tu es revenue dans ma vie, tu m'as rappelé qu'il y avait de bonnes choses dans ce monde, que je pouvais reprendre goût à la vie, et je veux partager cette vie avec toi, Meri, parce que je t'aime.

Les mots se posèrent sur son cœur comme un papillon sur une fleur. Elle les retint un moment pour les savourer, puis noua les bras autour de son cou.

— Je t'aime aussi, Jack… Je t'ai toujours aimé.

Il eut un grand sourire joyeux, pour la première fois depuis bien longtemps.

— Alors que dirais-tu de devenir *ma* reine de beauté, de devenir madame Barlow ? Je ne peux pas te promettre de couronne, mais tu aurais de nombreuses occasions de porter des talons hauts et de sourire !

Elle rit. Il n'y avait que Jack pour parler de talons hauts en pareilles circonstances.

— Je serais censée défiler en maillot de bain ?

Il fit mine de réfléchir.

— Cela pourrait se faire, répondit-il avec un sourire espiègle, mais je sais que tu aimes beaucoup te baigner toute nue…

Elle rit de plus belle.

— Madame Barlow me semble être le titre idéal pour moi.

Elle se hissa sur la pointe des pieds et déposa un baiser sur ses lèvres. Il lui rendit avec passion, et elle se sentit fondre. Enfin, ils s'écartèrent un peu l'un de l'autre. Il la regardait avec une tendresse infinie, et elle songea au bonheur qu'elle aurait de se réveiller tous les matins à ses côtés.

— Tu as une promesse à tenir, Jack.

— Laquelle ?

— Tu me dois un pique-nique de desserts… mais pour le moment, je ne désire que toi.

Elle l'embrassa de nouveau, avec toute la fougue que lui inspirait son amour.

SHIRLEY JUMP

Père de famille ou séducteur ?

INTÉGRALE

LES FRÈRES BARLOW

Traduction française de
MARION BOCLET

SAGAS

HARLEQUIN

Titre original :
THE INSTANT FAMILY MAN

Ce roman a déjà été publié en 2016

1

Quand Peyton Reynolds était enfant et qu'elle traversait la maison en courant pour aller jouer dehors, sa grand-mère Lucy, qui sentait bon le pain chaud, l'attrapait et lui disait :

« Bonté divine, mon enfant, ralentis ! Ta vie va passer à toute vitesse si tu n'apprends pas à respirer un peu… »

Elle n'avait jamais appris à ralentir. Elle avait toujours tout fait dans l'urgence, entrant à l'université juste après le lycée et obtenant son diplôme en deux ans et demi au lieu de quatre, puis travaillant plus dur au sein de Winston Interior Design que n'importe quelle autre décoratrice d'intérieur, ce qui lui avait valu quatre promotions en trois ans.

Cependant, un mois avant son vingt-troisième anniversaire, sa vie avait été bouleversée quand sa sœur aînée, Susannah, était morte dans un accident de voiture, laissant derrière elle une petite fille adorable, dont Peyton avait maintenant la responsabilité.

Elle avait mis un frein à sa carrière en pleine ascension le temps de comprendre comment être une mère adoptive pour sa nièce, Madelyne, sans toutefois perdre son travail. Elle avait été sur point de devenir associée mais, au cours des quatre dernières semaines, tout ce pour quoi elle avait travaillé avait commencé à s'effondrer. Ce n'était pourtant pas la destruction de sa carrière qui l'inquiétait le plus.

C'était le silence. Les mots inexprimés, les larmes non versées.

Maddy n'avait pas pleuré sa mère, elle n'avait pas posé de questions, n'avait pas voulu parler de sa mort. Elle avait continué à s'amuser avec ses jouets, à manger ses repas, à se brosser les dents, mais elle était plus maussade, plus distante. Elle ne riait presque plus.

Ce calme inquiétant avait fini par décider Peyton à quitter le Maryland pour retourner à Stone Gap, en Caroline du Nord.

Stone Gap était l'une de ces petites villes où le temps semblait s'être arrêté, où les arbres et le paysage verdoyant offraient la paix et la sérénité, et où vivait le dernier homme sur terre qu'elle avait envie de voir.

Cet homme ne s'attendait absolument pas à ce qu'elle bouleverse son existence comme elle s'apprêtait à le faire. Elle espérait seulement qu'il verrait les choses de la même façon qu'elle.

— Tante Peyton ?

La petite voix de Madelyne, qui allait avoir quatre ans une semaine plus tard et était jolie comme un cœur, s'éleva entre les lits jumeaux de leur chambre d'hôtel. Madelyne était sa seule nièce, la seule famille qu'il lui restait. Parfois, elle se demandait comment faire pour aller de l'avant sans se laisser submerger par le chagrin. Puis elle regardait Maddy, ses boucles blondes et son sourire en coin, et une douce chaleur enveloppait son cœur. Pour Maddy, elle aurait fait absolument n'importe quoi.

Elle contourna son lit, se pencha et regarda sa nièce avec un sourire plein de tendresse.

— Qu'y a-t-il, ma chérie ?

— Tu peux jouer à la poupée avec moi ? J'ai fait une maison, et tout…

Maddy indiqua la valise vide posée sur le côté, où elle avait fait asseoir ses quatre poupées Barbie. Dès qu'elles étaient arrivées dans leur chambre d'hôtel, la fillette avait fait comme à la maison, éparpillant vêtements et jouets, explosions de couleurs vives dans le triste décor crème.

— J'aimerais bien, mais j'ai un rendez-vous, ce matin, tu te souviens ? Mon amie Cassie vient s'occuper de toi.

— J'aime bien Cassie, elle est toujours d'accord pour jouer à la poupée.

— Ça, c'est vrai, mon petit chou !

La voix forte et joyeuse de Cassie Bertram s'éleva tandis qu'une jeune femme aux cheveux blond platine entrait dans la chambre, vêtue d'une robe d'été rose vif et de tongs ornées d'énormes fleurs en plastique. Cassie avait toujours été plus vraie que nature, et c'était l'une des choses que Peyton préférait chez sa meilleure amie.

Sa grand-mère Lucy disait d'elle qu'elle était « comme un paon, haute en couleur ». Quand elle entrait dans une pièce, Cassie y apportait de la vie, et elle faisait preuve d'une énergie et d'un naturel qu'on ne pouvait que lui envier. Son parcours était à l'opposé de celui de Peyton : elle s'était mariée peu après le lycée, s'était installée à Stone Gap avec son mari, avait eu cinq enfants et travaillait à temps partiel au secrétariat de l'école. Elle faisait des gâteaux, organisait des goûters d'anniversaires, participait aux kermesses et à toutes les réjouissances qu'impliquait le fait d'avoir des enfants et, bien souvent, elle avait des paillettes sur les bras ou dans les cheveux à cause du projet du jour.

Elle était la première personne que Peyton avait appelée quand elle avait décidé de venir passer deux semaines à Stone Gap, et son plus grand soutien depuis qu'elle avait la charge de Maddy. Au fils des ans, Cassie lui avait rendu visite assez souvent pour que la fillette la connaisse et l'aime comme une autre tante.

— J'ai deux heures devant moi avant d'aller chercher mon petit dernier à la garderie, annonça Cassie. Ce sera suffisant ?

— Amplement. Je n'aurai pas besoin de beaucoup de temps pour dire à une certaine personne de…

Elle s'interrompit, jeta un coup d'œil à sa nièce et se dirigea vers la fenêtre, faisant signe à Cassie de la suivre.

— … d'être un adulte et de jouer son rôle, ou d'y renoncer pour toujours.

Cassie eut un grand sourire.

— J'aimerais bien être une petite souris pour assister à cette conversation !

— Ça va aller. Je vais lui opposer des arguments raisonnables et logiques, et il verra le bien-fondé de mon plan.

— « Raisonnables et logiques » ? répéta Cassie sans cesser de sourire. A ce beau mec débordant de testostérone ? Bon courage, ma chérie !

« Ce beau mec débordant de testostérone. » Effectivement, ces mots décrivaient bien Luke Barlow, ou, du moins, ils le décrivaient bien quand elle était une collégienne enamourée, en classe de troisième, et qu'elle observait Luke, beaucoup plus âgé qu'elle, faire du charme à Susannah. Luke était non seulement l'ancien petit ami de sa sœur, mais aussi le père de Maddy, même s'il n'avait jamais été présent dans sa vie. D'après Susannah, il s'était désintéressé d'elle le jour où elle lui avait annoncé qu'elle était enceinte.

Sa sœur avait peut-être baissé les bras, mais elle, Peyton, n'allait certainement pas le laisser se dérober à ses responsabilités paternelles un jour de plus alors qu'elle ne savait plus quoi faire. Toutes les décisions qu'elle prenait maintenant étaient motivées par le besoin impérieux de voir Maddy redevenir elle-même.

— Comment va la petite ? lui demanda Cassie à voix basse, comme si elle lisait dans ses pensées.

— Il n'y a aucun changement. Elle refuse d'en parler. Elle joue, elle mange, elle obéit sagement, mais… c'est comme si elle s'était retranchée derrière un mur infranchissable.

Cassie lui posa une main sur l'épaule pour essayer de la réconforter.

— Ça va s'arranger.

Peyton soupira. C'était ce qu'elle se répétait depuis maintenant un mois, mais elle avait plutôt l'impression que la situation empirait.

— Je l'espère, et aussi que je prendrai la bonne décision aujourd'hui.

— Tante Peyton ?

Maddy se leva et la regarda par-dessus le lit.

— Tu t'en vas ?

— Juste un petit moment, mon chou.

Les joues de Maddy s'empourprèrent, et elle agrippa le bas de son T-shirt.

— Tu reviens tout de suite ?

Peyton s'approcha d'elle et s'accroupit pour être à sa hauteur.

— Tout de suite, ma chérie. C'est promis. Cassie va rester tout le temps, et jouer à la poupée avec toi.

La lèvre inférieure de Maddy se mit à trembloter.

— C'est combien de temps, « juste un petit moment » ?

Peyton jeta un coup d'œil à Cassie. Elle avait toujours beaucoup de mal à expliquer à Maddy que franchir une porte ne signifiait pas disparaître pour toujours.

— Moins de temps qu'il n'en faut pour regarder *La Reine des Neiges* en entier !

— On chantera *Libérée, délivrée* ensemble, ma puce, promit Cassie en souriant, et je t'appellerai « princesse » toute la matinée.

— D'accord, répondit Maddy, sans grand enthousiasme.

Elle recommença à jouer avec ses poupées, mais elle jetait régulièrement des coups d'œil inquiets à Peyton.

Cette dernière s'éloigna un peu avec Cassie qui baissa de nouveau la voix.

— Tu as pris la bonne décision, Peyton. Cette petite a besoin d'une famille, et toi d'aide. Si cet homme est assez bête pour refuser de passer du temps avec ce trésor, ajouta-t-elle, je serai heureuse de m'occuper de cette enfant.

— Merci, répondit Peyton, mais tu es déjà bien occupée avec l'équipe de basket que tu as mise au monde ! Et puis, c'est à lui de prendre ses responsabilités.

Plus vite elle veillerait à ce qu'il le fasse, mieux cela vaudrait. Elle prit son sac à main et déposa un baiser sur la joue de Maddy.

— A tout à l'heure, ma chérie. Sois bien sage avec Cassie !

— D'accord.

Les yeux de Maddy étaicnt tout ronds, mais elle s'efforçait manifestement de faire bonne figure.

— Je reviens très vite. C'est promis.

A la porte, Cassie la serra brièvement dans ses bras.

— Bonne chance… et ne sois pas trop dure avec Luke. C'est un charmeur, c'est sûr, mais il a toujours été gentil et il a peut-être une bonne raison pour avoir agi comme il l'a fait.

— Sa seule bonne raison serait d'avoir été enfermé pendant quatre ans dans une cave… Ce qui pourrait bien lui arriver, d'ailleurs, ajouta-t-elle avec un grand sourire.

— J'espère que tu plaisantes, répondit Cassie.

Peyton se contenta de continuer à sourire.

Cependant, quand elle monta dans sa voiture, l'angoisse qui la consumait depuis des semaines s'embrasa de plus belle. Luke Barlow était l'un des meilleurs partis de la ville depuis toujours, l'un de ces play-boys beaux et charmants auxquels personne ne pouvait résister, mais il ne s'était jamais occupé de sa fille, laquelle avait maintenant perdu sa mère et requérait les soins d'un père aimant.

Elle se rappelait les conversations avec Susannah ; sa sœur avait prétendu avoir annoncé sa grossesse à Luke dès les résultats du test, et Luke lui aurait répondu qu'elle se débrouillerait sans lui. Susannah, âgée de dix-neuf ans à l'époque et bien décidée à élever son enfant seule, avait alors quitté le foyer familial.

Peyton était partie peu de temps après, changeant d'université pour se rapprocher de sa sœur. Elle l'avait aidée financièrement, travaillant à temps partiel tout en poursuivant ses études, et lui apportant le soutien que Luke aurait dû lui apporter.

Comment pouvait-on refuser de faire partie de la vie de Maddy ? Dès qu'elle avait pris sa nièce dans ses bras, elle avait été folle d'amour pour cette enfant. Elle avait passé tout son temps libre avec elle et Susannah, allant jusqu'à les accueillir chez elle, dans son appartement à Baltimore, pour être sûre qu'elles aient un toit sur leur tête et de quoi manger. Au début, cela avait été un peu bizarre d'assumer tant de responsabilités alors qu'elle était à peine adulte elle-même, mais elle s'était surprise à aimer rentrer le soir pour retrouver sa pseudo-famille et, tandis que ses relations avec sa sœur étaient parfois houleuses

— principalement parce que Susannah refusait obstinément d'abandonner ses habitudes de noctambule —, le lien de plus en plus solide qui l'unissait à Maddy avait fait son bonheur.

« C'est combien de temps, juste un petit moment ? »

La question de sa nièce lui avait fendu le cœur et la confortait dans l'idée que la petite, perdue depuis la mort de sa mère, avait plus que jamais besoin d'un père. L'époque où Luke Barlow pouvait courir les femmes, libre de toute attache, était révolue.

Elle vérifia une deuxième fois son adresse avant de prendre la route. Il vivait dans une maison située à quelques rues seulement de celle où il avait grandi. Une fois arrivée à destination, elle se gara et alla sonner, s'intimant de rester calme et rationnelle, de ne pas verser dans la sentimentalité.

Bien sûr ! Etant donné sa nervosité, elle risquait fort de ne pas y parvenir.

La sonnette retentit, un chien aboya à l'intérieur. Elle attendit, n'entendant que le chant des cigales dans le bois, à l'est de la maison.

Il vivait dans un modeste petit pavillon. Voilà qui était surprenant. Une maison était synonyme d'emprunt ou de bail, de fiabilité, de permanence, choses qu'elle avait beaucoup de mal à associer à Luke Barlow.

Une vieille balancelle en bois, similaire à celle qu'il y avait chez sa grand-mère Lucy quand elle était petite, était suspendue aux branches d'un chêne, et un lit de pensées tapissait le sol au pied de la boîte aux lettres peinte en blanc, qui arborait un petit drapeau rouge vif. Tout la ramenait dans le passé, à une époque où la vie était plus simple.

Elle sonna une deuxième fois, attendit encore. Le chien se remit à aboyer, mais aucun autre son ne lui parvint de l'intérieur de la maison.

Une Mustang décapotable était garée dans l'allée, comme une relique des années 1980.

Elle sonna de nouveau. S'il y avait une justice en ce bas monde, Luke serait devenu gros et chauve au cours de ces dernières années.

Le chien aboya de plus belle, puis se tut. Il y eut des bruits de pas et, quelques instants plus tard, la porte s'ouvrit.

Luke Barlow se tenait devant elle, un peu débraillé, un peu ébouriffé, comme s'il venait de se réveiller, une barbe naissante lui couvrant la mâchoire.

Elle retint son souffle. Il n'était ni gros ni chauve. Loin de là. A la limite, il était peut-être encore plus beau et séduisant que quelques années plus tôt.

Bon sang !

— Que puis-je pour vous ? demanda-t-il.

De toute évidence, il ne la reconnaissait pas. Au fond, elle n'avait aucune raison d'être déçue. Après tout, elle avait beaucoup changé en cinq ans, ayant troqué ses lunettes et ses pantalons larges pour des lentilles de contact et des jupes, laissé pousser ses cheveux et fait du sport au quotidien, ce qui lui avait donné bien plus de formes qu'autrefois.

Plus jeune, elle n'était que la petite sœur agaçante, tandis que Susannah, avec sa personnalité extravertie, occupait le devant de la scène. Maintenant, elle était une femme.

Avec un peu de chance, une femme qui inspirerait le respect.

— Je présume que tu ne te souviens pas de moi… Je suis Peyton, la petite sœur de Susannah Reynolds.

Une lueur passa dans les yeux de Luke. Visiblement surpris, il considéra sa robe, ses chaussures à talons, ses cheveux longs.

— Peyton ? Peyton Reynolds ? Eh bien, ça alors ! Ça faisait un bail… Que fabriques-tu ici ?

Son accent du Sud glissa sur elle comme du miel sur une tartine grillée. Autrefois, elle avait le béguin pour lui. Cela remontait à des années, et il s'était passé beaucoup de choses depuis, mais cette maudite voix la troublait encore.

Elle s'efforça de se ressaisir. *Je suis calme et sereine.* Si elle se le répétait suffisamment, elle finirait peut-être par y croire.

— Je suis ici pour… te voir.

Elle avait eu l'intention de dire « pour te parler », mais ses yeux s'étaient posés sur son corps svelte, et elle s'était trompée. Il portait un caleçon de bain bleu foncé qui lui tombait sur les hanches et mettait en valeur son torse bronzé, aux muscles parfaitement dessinés. Elle suivit du regard la ligne de poils noirs qui partait de son nombril et se terminait sous son caleçon, puis elle en prit conscience et se hâta de reporter son attention sur son visage.

Bon sang ! Que lui arrivait-il ? Elle n'était plus une collégienne amoureuse du capitaine de l'équipe de foot.

Il eut un sourire en coin. *Prise sur le fait !*

— Pour me voir ?

— Pour te parler.

Le chien profita de ce que la porte était ouverte pour s'aventurer sous le porche. Luke agita la main dans sa direction.

— Charlie, assis !

Le fox-terrier leva les yeux vers lui, comme pour lui demander s'il y était vraiment obligé. Son maître ne se laissant pas fléchir, il soupira et s'assit lourdement sur le perron, agitant la queue, l'air plein d'espoir. Soudain, Peyton se rappela quelque chose.

— Est-ce que c'est… ?

Elle se baissa, observa les oreilles marron, les grands yeux chocolat.

— … le même chien ?

Luke sourit.

— Tu t'en souviens ?

Oh ! elle se souvenait de beaucoup de choses ! Certains souvenirs impliquant Luke faisaient battre son cœur, d'autres l'alarmaient et l'incitaient à se montrer prudente.

— Je croyais que tu allais le conduire au refuge…

Luke regarda le chien sans cesser de sourire et haussa les épaules.

— Que veux-tu ? J'ai le cœur tendre !

Sa réticence à le faire entrer dans la vie de Maddy s'atténua un peu, mais un peu seulement. Ce n'était pas parce qu'il avait gardé le chien qu'ils avaient sauvé ensemble des années plus tôt qu'il serait un bon père et, s'il ne pouvait jouer son rôle de père convenablement, elle veillerait à ce qu'il lui laisse la garde exclusive de Maddy, ou à ce qu'il lui verse une pension alimentaire. Il devait au moins cela à sa fille. Susannah s'était montrée indulgente, mais elle n'avait pas l'intention d'en faire autant. Elle devait garder cela présent à l'esprit et ne pas se laisser distraire par des sentiments vieux de cinq ans.

Luke indiqua le canapé et le fauteuil en osier blanc du perron. Un ventilateur ronronnait paresseusement sous le porche.

Une fois de plus, elle posa le regard sur son torse nu. Il était beau, *trop* beau. Cela l'empêchait de se concentrer. Aurait-il été grossier de lui demander d'enfiler un T-shirt pour qu'elle puisse réfléchir normalement ?

— Alors, qu'est-ce qui t'amène ? lui demanda-t-il en s'asseyant sur le canapé, un bras sur le dossier.

Elle avait beaucoup réfléchi sur le trajet de Baltimore à Stone Gap. Même si elle était tentée de lui exposer sans détours la raison de sa visite, elle devait d'abord le sonder, voir s'il avait changé. Ensuite, elle déciderait de la meilleure manière d'aborder le sujet.

Elle procédait de la même façon au travail : elle se faisait d'abord une impression générale de l'espace dont elle disposait, de l'histoire du lieu, de son atmosphère, et elle la laissait influencer le style de son design.

Elle s'assit à l'autre bout du petit canapé en osier.

— Je voulais simplement profiter de mon passage à Stone Gap pour prendre des nouvelles de quelques vieux amis. J'ai vu Cassie Bertram, ce matin, et elle m'a raconté que tu vivais ici… J'étais dans le quartier, alors je me suis dit que j'allais passer te voir. Comment vas-tu ?

S'il trouvait que ses explications étranges, il n'en montra rien.

— Bien. Je n'ai pas à me plaindre.

Il y eut un silence gêné. Elle détacha son regard de son torse, honteuse de l'avoir encore admiré, et concentra son attention sur la façade de bardeaux de bois.

— Tu as une jolie maison.

— Merci. C'est une location, mais je l'aime bien. Je m'y plais de plus en plus, et il y a une piscine. C'est à peu près tout ce dont j'ai besoin, en plus d'un réfrigérateur, ajouta-t-il avec un grand sourire.

— Pour faire la fête ?

Il émit un grognement railleur.

— Si j'avais dix-huit ans, peut-être ! J'ai des goûts simples, Peyton, c'est tout. Même si ma mère essaie de me persuader d'acheter toutes sortes de meubles et d'objets décoratifs. Jack m'a construit unc table et des chaises, et cela me suffit pour me sentir chez moi.

Peut-être n'était-il donc plus le fêtard de ses souvenirs. Peut-être avait-il un peu mûri.

— Jack fabrique des meubles ?

— Il fabrique tout ce qu'il peut réaliser avec un marteau et des clous ! Il est adroit de ses mains. Je l'ai convaincu de se mettre à son compte il y a quelque temps. Il était un peu perdu quand il est rentré d'Afghanistan, il ne savait pas quoi faire de lui. Maintenant, il a des cartes de visite, des commandes, tout ce qu'il faut !

— Et Mac ? Comment va-t-il ?

Elle n'avait pas vu l'aîné des frères Barlow depuis la cérémonie de remise des diplômes, en fin d'année de terminale. C'était lui le plus studieux de la fratrie, obtenant des résultats brillants, il était toujours le premier de sa classe, au lycée.

Luke eut un petit rire.

— Il travaille un million d'heures par semaine, certainement pour bâtir l'empire Maxwell Barlow !

Cela n'avait rien de surprenant. Jack avait toujours été aventureux, fort et loyal, ce qui avait dû lui être utile dans l'armée. Soigné et minutieux, il était sans doute tout aussi doué pour la menuiserie. Mac était un bourreau de travail, essayant constamment de se surpasser, de faire mieux et d'être plus rapide que les autres. Luke, quant à lui, était quelque part au milieu. Il n'avait jamais été particulièrement ambitieux, mais les filles qui se pâmaient d'admiration pour lui s'en souciaient peu.

Cependant, des revenus fixes étaient nécessaires pour subvenir aux besoins d'un enfant.

— Et… où travailles-tu maintenant ?

Il se laissa aller contre le dossier du canapé.

— Pourquoi ai-je l'impression de répondre à un interrogatoire ?

— Je suis juste curieuse, répondit-elle avec un sourire. Je ne t'ai pas vu depuis longtemps, je prends des nouvelles.

— Tu prends des nouvelles… D'accord.

Il semblait sceptique, et elle avait la sensation qu'il la jaugeait du regard.

— Je travaille avec mon père, au garage. Jack l'a bien aidé quand il s'est fait opérer du genou mais, maintenant, il est trop pris par son travail, et mon père envisage de prendre sa retraite, alors j'y passe beaucoup de temps.

Il se passa une main dans les cheveux et eut l'air pensif.

— L'avenir du Gator's Garage est incertain…

— Tu ne vas pas prendre la suite de ton père ?

— C'est beaucoup de responsabilités, beaucoup d'heures de travail, et un engagement sur le long terme. Trois choses qui ne font pas partie de mes spécialités !

— Je m'en souviens, en effet.

Elle fit semblant de s'amuser de la plaisanterie mais, en réalité, elle était déçue. Luke n'était décidément pas le père dont Maddy avait besoin. Elle se rendait compte maintenant à quel point elle avait espéré le trouver changé, mûri, et découvrir qu'il aurait envie de faire partie de la vie de son enfant. Elle pouvait élever Maddy seule, bien sûr, mais la petite aurait gagné à avoir un modèle masculin et, mieux encore, un parent prêt à jouer un rôle important dans sa vie.

— Et toi ? lui demanda-t-il soudain. Tu es… magnifique.

Elle rougit et s'en voulut aussitôt.

— Merci.

— Tu as dit que tu étais de passage. Où habites-tu, maintenant ?

Voilà ! Il avait retourné la situation. Parce qu'il essayait de la battre à son propre jeu, ou parce qu'il s'intéressait sincèrement à elle ?

— A Baltimore. Je suis décoratrice d'intérieur, je travaille pour une assez grande entreprise, là-bas.

Il hocha la tête d'un air pensif.

— C'est logique. Tu as toujours été le genre de fille à vouloir rendre les choses plus belles, tu mettais même des fleurs dans les cabanes que je construisais dans les arbres et tu peignais les rayons des roues de ton vélo en rose et en violet ! Qu'est-ce que je dis ? Une « fille » ? Tu es une belle jeune femme, maintenant.

Deux compliments en l'espace d'une minute ! Elle sentit de nouveau ses joues s'empourprer, mais elle se rappela que ces compliments venaient de Luke, un homme capable de persuader les arbres de perdre leurs feuilles en plein été.

— Eh bien, merci encore.

Une voiture passa dans la rue, interrompant brièvement leur conversation.

— Comment va ta sœur ? lui demanda-t-il enfin.

Elle cligna des yeux, stupéfaite. L'air lui sembla soudain plus frais, le ciel plus sombre.

— Tu n'es pas au courant ?

— Au courant de quoi ?

Elle prit une profonde inspiration.

— Susannah est…

Sa voix se brisa, son cœur se mit à marteler sa poitrine.

Bon sang ! Pourquoi était-ce toujours aussi difficile à dire ?

— Susannah est morte dans un accident de voiture, il y a un mois.

Luke pâlit et se laissa aller contre le dossier du canapé.

— C'est vrai ? C'est affreux. Je ne… Je l'ignorais. Elle était tellement jeune !

Il jura, puis se pencha en avant, plongeant ses yeux bleus dans les siens.

— Mon Dieu, Peyton, je suis vraiment désolé. Ça… ça va, toi ?

Il lui toucha la main pour la réconforter. Aussitôt, les émotions qu'elle contenait depuis si longtemps menacèrent de remonter à la surface. Ses yeux s'emplirent de larmes. Elle ne s'était pas attendue à ce qu'il lui demande comment elle-même allait. L'espace d'un instant, elle fut tentée de lui avouer la vérité.

Je suis effondrée. Ma vie est bouleversée. Tout ce que je croyais contrôler est en train de m'échapper et, pour la première fois de ma vie, je ne sais pas ce que je dois faire.

— Ça… Ça va, se contenta-t-elle de répondre.

— Je suis vraiment désolé, répéta-t-il, refermant une main sur la sienne pour lui manifester sa compassion.

Elle s'apprêtait à parler quand elle s'aperçut qu'il avait oublié le plus important. N'allait-il pas lui poser de questions au sujet de sa fille ? Lui demander comment Maddy affrontait la mort de sa mère ? N'avait-il donc aucun remords d'avoir laissé Susannah se débrouiller seule pendant si longtemps ?

Elle dégagea sa main, sortit son téléphone portable de son sac à main, et lui montra une photo de Maddy, une photo prise au jardin public par une belle journée, peu de temps avant la mort de Susannah.

— Tu n'as pas l'intention de me demander comment elle va ?

— Elle est très mignonne, constata Luke, tandis que le chien venait se coucher à ses pieds. C'est ta fille ?

— Non, ce n'est pas ma fille. Tu le sais très bien. Je ne peux pas croire que tu ne la reconnaisses même pas.

Il haussa les épaules avec désinvolture.

— Je ne connais pas cette enfant, je suis désolé. Elle a… quoi ? Trois, quatre ans ? C'est un bon âge ! Ils sont encore adorables, à cet âge-là, mais ils sont sortis des couches… du moins, je crois. Je ne m'y connais pas vraiment.

— Parce que tu as fait tout ton possible pour éviter d'avoir à t'occuper du tien.

Elle se retint d'ajouter « espèce de sale égoïste ». Heureusement qu'elle ne s'était pas laissé prendre au piège de sa fausse inquiétude !

— Du mien ? demanda-t-il d'un air méfiant. De quoi est-ce que tu parles ?

— C'est Madelyne, ta fille. Tu te souviens d'elle ?

Ses mots semblèrent rester suspendus dans l'air, lourds de sens. Luke ouvrit la bouche, la referma sans rien dire. Seul le vrombissement incessant des cigales venait rompre le silence.

— Ma fille ? répéta-t-il enfin. Mais comment… ? Qu'est-ce que… ?

Il secoua la tête, regarda de nouveau la photo de Maddy.

— C'est une plaisanterie ? Je n'ai pas d'enfant.

— Ne fais pas l'innocent avec moi, Luke. Je sais que tu as refusé d'aider ma sœur quand elle t'a parlé du bébé. Tu l'as laissée élever votre enfant toute seule mais, maintenant que Maddy a perdu sa mère, il est grand temps que son père prenne ses responsabilités et s'occupe d'elle, ne serait-ce qu'en participant financièrement à son éducation. C'est une toute petite fille qui a déjà assez souffert.

Voilà ! Elle avait dit ce qu'elle avait à dire et s'était retenue d'accompagner son sermon de tous les jurons qu'elle avait en tête.

Luke tapota l'écran de son téléphone.

— Je ne sais rien de cette enfant, Peyton. Je ne sais pas ce que ta sœur t'a raconté, mais elle ne m'a jamais prévenu qu'elle était enceinte.

Un doute envahit Peyton.

— Elle m'a dit qu'elle t'avait prévenu, Luke. Elle m'a répété une centaine de fois que tu l'avais quittée dès que tu avais appris sa grossesse. Quoi qu'il en soit, comment peux-tu ne pas te rendre à l'évidence ? Tu ne vois pas qu'elle a tes yeux et ton sourire ?

Il prit le téléphone et regarda de plus près. Il étudia la photo de Maddy pendant un long moment, hésitant encore un instant avant de lui rendre le téléphone.

— Peut-être… Je reconnais qu'elle me ressemble beaucoup, mais tu dois me croire, Peyton : j'ignorais que Susannah avait eu un bébé. C'est la stricte vérité.

Etait-ce possible ? Susannah avait-elle menti ? Sa sœur n'avait jamais été la personne la plus conventionnelle du monde, mais aurait-elle été jusqu'à mentir sur quelque chose d'aussi important ?

Peyton ne voyait pas pourquoi Susannah aurait fait une chose pareille, mais le doute subsistait. Susannah l'irresponsable, Susannah la frivole, Susannah qui mentait à l'épicier, au percepteur, à son patron, aurait-elle menti à sa propre sœur au sujet de Maddy ?

— Eh bien, maintenant, tu es au courant, et si tu veux des preuves, nous pourrons procéder à un test ADN. Nous aurons les résultats en moins de deux semaines.

— Tu penses à tout.

— J'y suis obligée. Il faut bien que quelqu'un soit responsable et, pour le moment, ce quelqu'un, c'est moi.

Elle se leva, soudain impatiente de partir retrouver Maddy et de la serrer dans ses bras.

— Quand le test aura prouvé que tu es le père de Maddy, je compterai sur ton soutien financier, à défaut d'autre chose.

Il lui attrapa la main pour la retenir. Elle s'immobilisa, troublée par ce contact.

Que lui arrivait-il ? Comment pouvait-elle se laisser déconcentrer continuellement ?

— Quoi, c'est tout ? Tu débarques ici, tu m'annonces que j'ai une fille, tu me dis que je dois jouer mon rôle de père et tu t'enfuis ?

L'idée que Susannah ait pu lui mentir l'avait ébranlée : elle se serait indignée à tort pendant des années ? Elle avait envie de s'en aller pour pouvoir respirer calmement, se ressaisir, réfléchir.

— Je ne m'enfuis pas. Je retourne à mon hôtel, c'est tout. Je serai là pendant deux semaines, si tu veux discuter.

Deux semaines. C'était tout ce qu'elle avait pour aider Maddy à se sentir un peu mieux, puis elle devrait reprendre son travail et entamer la phase suivante de leur vie en bâtissant des fondations solides.

— Si je veux discuter ? Evidemment que je veux discuter ! La gamine est avec toi ?

— Elle s'appelle Madelyne, et, oui, elle est à l'hôtel, avec Cassie, mais ne t'inquiète pas, j'ai la situation bien en main.

Elle indiqua d'un signe de tête sa garçonnière avec piscine et réfrigérateur.

— Je suis désolée de t'avoir dérangé, je suis seulement venue te parler d'elle parce qu'elle a besoin…

Elle s'interrompit. Pour le moment, elle ne savait pas exactement ce dont Maddy avait besoin. La psychologue pour enfants qu'elle l'avait emmenée voir lui avait expliqué que la petite avait besoin de temps, d'espace, d'amour. Peyton croyait lui avoir donné ces trois choses mais, manifestement, cela ne suffisait pas : rien n'avait convaincu Maddy de sortir de sa coquille.

— Elle a besoin d'une famille, reprit-elle d'une voix voilée, et pour l'instant elle n'a que moi. Tu fais partie de sa famille, toi aussi, que tu le veuilles ou non, et je te demande d'apprendre à la connaître et de prendre tes responsabilités ou de…

— Ou de quoi ?

Elle se redressa, s'arrachant à la vulnérabilité momentanée qui l'avait submergée pour sortir les papiers de son sac à main et les lui montrer.

— Ou de me donner sa garde exclusive, une bonne fois pour toutes. Maddy n'a pas besoin d'incertitude dans sa vie. Je dois prendre des décisions concernant son avenir, et je dois savoir si ces décisions t'incluent ou non.

— Holà, holà, holà, Peyton, tu me donnes beaucoup d'informations d'un coup !

Il se passa une main dans les cheveux, leur donnant un aspect décoiffé particulièrement sexy.

— J'essaie encore de me faire à l'idée que j'ai un enfant !

— Comme je te le disais, tu n'es pas obligé d'accepter cette responsabilité si tu n'en as pas envie… Tiens, il te suffit de signer ici !

Elle lui tendit les papiers et un stylo. Elle voulait en finir une bonne fois pour toutes, quitter Luke Barlow et chasser de son esprit toutes les questions qu'il avait soulevées au cours de leur conversation.

Il secoua la tête.

— Attends un peu. Je ne signerai rien pour le moment. Tu arrives chez moi à l'improviste, tu m'annonces que j'ai une fille et, maintenant, tu me reproches de ne pas être prêt ? Susannah m'a caché l'existence de cette enfant pendant quatre ans, et tu viens m'accuser d'être un mauvais père, sans même connaître toute l'histoire ? Les choses se seraient peut-être passées différemment si elle s'était montrée honnête, mais elle ne l'a pas fait et, maintenant, je tombe des nues ! Donne-moi au moins cinq minutes pour digérer la nouvelle avant de t'en aller comme une furie.

— Je ne…

Elle se tut. Il avait raison. Elle venait de lui annoncer des nouvelles bouleversantes. La question n'était plus de savoir s'il s'était mal comporté quatre ans plus tôt, mais de savoir s'il voulait faire partie de la vie de Maddy. Elle devait lui laisser sa chance, dans l'intérêt de la petite.

Elle prit une profonde inspiration.

— Tu as raison. Je suis à bout, je fais de mon mieux pour élever Maddy toute seule, mais… j'ai besoin d'aide.

Il lui en coûtait de le reconnaître. Elle avait l'habitude de se débrouiller toute seule et de réussir tout ce qu'elle entreprenait. Tout, sauf s'occuper d'une enfant qui venait de perdre sa mère.

— N'hésite pas, répliqua Luke. Tu n'as qu'à demander.

Elle ne s'était pas attendue à une réponse aussi spontanée, aussi simple. Elle n'aurait pourtant pas dû être étonnée : le Luke qu'elle connaissait autrefois, celui dont elle s'était entichée, était prompt à pardonner et à rendre service. La notion d'engagement ne l'enchantait peut-être pas, ni tout ce qui ressemblait à une relation durable, mais c'était le genre de personne que l'on pouvait appeler en cas d'urgence pour faire démarrer une voiture à 2 heures du matin ou déplacer un canapé en plein été.

Elle espérait que cette personne existait encore. Pourvu qu'il soit là pour elle au cours des semaines à venir !

— Maddy ne réagit pas très bien à la mort de sa mère. Pas bien du tout, même.

— Comment ça ?

— Elle refuse d'en parler. Elle ne pleure pas. Elle se comporte comme s'il ne s'était rien passé, en dehors du fait qu'elle est tout le temps collée à moi : on dirait qu'elle a peur de me perdre à tout moment. J'essaie de m'occuper d'elle au mieux et de l'aider tout en travaillant, mais…

Le mot « échec » ne faisait pas partie de son vocabulaire. Elle n'avait jamais rien raté et n'avait pas l'intention de commencer maintenant.

— … je crois que nous avons toutes les deux besoin de recharger nos batteries, de vacances. C'est pour ça que je suis venue ici, pour passer ces deux semaines à me consacrer uniquement à elle et lui redonner le sourire. Et j'ai pensé que ce serait bien pour elle de connaître son père.

Il se leva. Le chien regarda son maître, agitant lentement la queue, comme s'il s'inquiétait pour lui.

— Elle ne sait rien de moi ? demanda Luke. Elle ne sait même pas que j'existe ?

— Non. Susannah avait choisi de ne pas lui parler de toi. Je ne l'ai pas fait non plus, parce que je croyais… eh bien, je croyais que tu ne voulais pas faire partie de sa vie.

— Tu t'es trompée. Que serais-je censé être pour elle si je la vois ? demanda-t-il, les sourcils froncés. « Oncle Luke », ou quelque chose comme ça ?

Elle jeta un coup d'œil à la Mustang dans l'allée, imaginant les fêtes qui devaient se dérouler autour de la piscine.

Maddy avait assez souffert, et elle ne voulait surtout pas que son père la déçoive. S'il n'avait pas mûri, s'il n'était pas prêt à se comporter en adulte responsable, il valait mieux ne pas exposer la petite à d'autres déboires.

— Je crois qu'il vaut mieux te présenter comme un vieil ami.

Il émit un grognement railleur.

— Tu assures tes arrières, au cas où je ne serais pas à la hauteur ?

— Je te laisse une porte de sortie, si jamais tu en as besoin. Mon offre tient toujours. Si, à la fin de ces deux semaines, tu n'as pas envie de faire partie de la vie de Maddy, tu signeras ces papiers et je l'élèverai seule. Je veux juste te donner la possibilité de jouer ton rôle. Maddy a besoin d'être entourée d'adultes dignes de confiance, ajouta-t-elle en le regardant droit dans les yeux. Aujourd'hui plus que jamais et, si tu sors encore avec tout ce qui bouge, si tu conduis encore une voiture destinée à un gamin de seize ans, si tu vas encore de petit boulot en petit boulot, tu n'es peut-être pas fait pour jouer un rôle dans sa vie.

Il s'approcha, suffisamment pour qu'elle sente la chaleur qui émanait de son corps. Elle n'aurait eu qu'à tendre la main pour toucher son torse, ses muscles parfaitement dessinés.

Pourquoi éprouvait-elle encore de l'attirance pour lui après tout ce temps ?

— Si je suis aussi horrible, pourquoi veux-tu que je fasse partie de sa vie ?

Elle se troubla.

— Je n'ai jamais dit que tu étais horrible.

Il eut un sourire en coin.

— Tu n'es pas la seule à avoir beaucoup changé depuis le lycée, Peyton.

— J'espère bien, Luke. Dans l'intérêt de ta fille.

Elle redressa les épaules, s'efforçant de paraître calme et posée, alors même que la lueur intense brillant dans les yeux bleus de Luke lui rendait la tâche extrêmement ardue.

— Alors, vas-tu être là pour Maddy ? Ne serait-ce qu'au cours des deux semaines à venir ? Vas-tu essayer ?

Son regard se posa sur la balancelle, à une dizaine de mètres de là. Il resta silencieux pendant si longtemps qu'elle finit par croire qu'il n'allait pas répondre.

— Viens la voir une heure par-ci, une heure par-là, ajouta-t-elle. Un peu plus si tu t'en sens capable. Je ne…

— Confie-la-moi.

— Certainement pas. Elle ne te connaît pas, et je ne t'ai pas vu depuis cinq ans.

Il plongea ses yeux dans les siens et, cette fois encore, son cœur fit un bond dans sa poitrine.

— Tu me connais. Je ne suis pas parfait, mais je suis quelqu'un de bien, au fond, Peyton. Fais-moi confiance.

Confier Maddy à qui que ce soit lui était terriblement difficile. Susannah avait toujours été très occupée et elle avait tendance à s'éparpiller, entrant et sortant de la vie de Maddy avec la légèreté d'un papillon. C'était Peyton qui avait inscrit la petite à la garderie, qui lui préparait ses goûters, qui lui faisait respecter l'heure du coucher, qui prenait tous les rendez-vous chez le médecin. Pour laisser quelqu'un d'autre contrôler ne serait-ce que cinq minutes de la vie de Maddy, elle devait lui faire totalement confiance.

Le chien, Charlie, s'approcha d'elle et lui renifla la main jusqu'à ce qu'elle lui gratte la tête. On aurait dit qu'il se souvenait d'elle, du jour où Luke et elle l'avaient trouvé. Cinq ans plus tôt, elle occupait un petit emploi à temps partiel avec Luke. Un soir, après le travail, alors que Susannah, qui était censée venir la chercher, lui avait fait faux bond pour sortir avec ses amies, Luke lui avait proposé de la raccompagner chez elle. En chemin, ils avaient trouvé ce corniaud, roulé en boule au pied d'un arbre, grelottant de froid. Il n'avait ni collier ni tatouage, juste la peau sur les os et de grands yeux. Luke l'avait pris dans ses bras et ramené chez lui où, malgré les protestations de sa mère, il l'avait nourri et baigné.

« Nous devrions l'appeler Charlie, parce qu'un ange veille sur lui », avait-il dit avant de la regarder de cette façon qui lui faisait oublier le reste du monde.

— Un ange ? s'était-elle étonnée.

— Si tu ne l'avais pas vu, il n'aurait peut-être pas tenu une journée de plus. Il a de la chance de t'avoir dans sa vie.

Enamourée comme elle l'était à l'époque, elle avait cru qu'il ne parlait pas seulement du chien. Elle était folle de lui, et son cœur se brisait un peu plus chaque fois qu'elle le voyait avec sa sœur.

Le Luke dont elle se souvenait, celui qui avait abandonné sa sœur quand elle était tombée enceinte, manquait cruellement de consistance. Elle doutait qu'il ait changé.

Cependant, il y avait le chien. Or celui-ci représentait des responsabilités, il avait besoin de quelqu'un pour s'occuper de lui.

Luke saurait peut-être s'occuper de Maddy. Après tout, il ne s'agissait que de deux semaines, ce n'était pas grand-chose. Cela pourrait être un test.

Se basait-elle vraiment sur un chien pour prendre ses décisions concernant Maddy ?

Cependant, quelle autre possibilité avait-elle ? Maddy avait besoin de temps et d'amour, et qui aurait été mieux placé que son propre père pour lui en donner ? Elle-même avait fait de son mieux, mais elle devait admettre que cela ne semblait pas suffire. Passer du temps avec Luke, avec l'homme qui avait un jour aimé sa mère, aiderait peut-être Maddy à oublier un peu son chagrin.

Et, à la fin des deux semaines, si Luke voulait encore faire partie de la vie de sa fille, elle prendrait les dispositions nécessaires, appellerait un avocat, établirait un plan.

— Je passerai du temps avec elle, déclara Luke. Mais à une condition.

Elle plissa les yeux, méfiante.

— Laquelle ?

— Je ne serai ni l'oncle Luke, ni l'ami Luke, ni quoi que ce soit de la sorte. Je serai son papa. Alors tu ferais mieux de trouver un moyen d'annoncer à ma fille qu'elle a un père, et que je n'ai pas l'intention de l'abandonner, ni maintenant, ni après ces deux semaines.

2

Deux heures plus tard, Luke était assis sur une chaise longue, à l'ombre du porche, faisant durer une bière qui aurait dû l'aider à se détendre mais qui lui donnait mal au cœur. A quelques mètres de lui, ses invités s'éclaboussaient, riaient et échangeaient des plaisanteries, mais il restait en retrait, avec l'impression d'être terriblement vieux.

Une fille. Il avait une fille.

Il essayait de se faire à l'idée, mais en vain. Cela ne lui semblait pas réel, pas concret. Il avait vu la photo de Madelyne, s'était retrouvé dans ses grands yeux bleus, mais il n'arrivait toujours pas à concevoir qu'il avait eu un enfant avec Susannah.

Etre père signifiait être responsable. Mûr. Mettre un terme aux fêtes incessantes, alors même qu'une fête se déroulait chez lui en ce moment et qu'il se remettait à peine de celle de la veille. Il avait du mal à se sentir capable d'y renoncer dans un avenir proche.

Cependant, une partie de lui en avait assez, et depuis quelque temps. Le problème était de savoir s'il était capable de changer.

Pouvait-il passer du temps avec une enfant de quatre ans ? La difficulté ne semblait pas insurmontable, même s'il ne savait pas en quoi la tâche consistait exactement. Mais un parent, un ami, quelqu'un qui savait quoi faire quand un enfant tombait ou pleurait, saurait mieux s'en tirer que lui.

C'était pourtant lui le père de Maddy. Un père devrait savoir ce qu'il avait à faire. Un père devrait pouvoir passer du temps avec sa fille sans que cela lui pose problème.

Bien sûr, il ignorait qu'il était père jusqu'à ce que Peyton se présente chez lui. Quand elle lui avait parlé, il avait eu le sentiment que tout cessait d'exister autour de lui, en partie à cause de ce qu'elle lui avait annoncé, et en partie à cause de celle qu'elle était devenue.

Au début, il ne l'avait même pas reconnue. La jeune fille qui les suivait partout, Susannah et lui, l'intello qui avait toujours un livre dans son sac à dos et qui se plongeait dedans dès qu'elle avait un moment de libre, avait disparu pour laisser place à une très belle jeune femme.

Elle avait hanté ses pensées longtemps après son départ.

Peyton avait toujours eu un je-ne-sais-quoi, « de l'allure » aurait dit sa mère, quelque chose qui ensorcelait les gens. D'accord, peut-être pas tous les gens. Quelque chose qui l'ensorcelait, lui. Car, aujourd'hui, il avait accepté ce qu'un homme comme lui n'aurait jamais dû accepter : être un adulte responsable et un modèle.

Au sein de sa propre famille, pris en sandwich entre un frère aîné qui était P.-D.G. d'une entreprise et un frère cadet qui avait été militaire et s'était battu en Afghanistan, il était souvent considéré comme le dilettante. Il avait toujours été doué en sport, mais jamais assez pour se distinguer. Peut-être n'avait-il pas encore trouvé sa voie, sa place dans le monde. Peut-être aussi n'était-il pas fait pour être responsable ni un modèle pour qui que ce soit.

Il avait essayé, par le passé. Il avait essayé d'être celui sur qui l'on pouvait compter, et il avait échoué lamentablement. Personne ne parlait de ce qui était arrivé, de l'accident depuis lequel Jeremiah était en fauteuil roulant. Aujourd'hui, celui-ci ne sortait presque plus de chez lui, répondait rarement aux messages de Luke, et passait le plus clair de son temps à jouer aux jeux vidéo dans la pénombre.

Bon sang !

Luke fit tourner sa bouteille de bière dans sa main mais ne but pas. Le poids qui pesait sur ses épaules était tel qu'il ne pouvait que rester assis là à se demander si Peyton avait commis une erreur en faisant entrer un enfant dans sa vie.

Pas n'importe quel enfant, son enfant. Sa fille.

Ben Carver s'assit lourdement sur la chaise à côté de la sienne, une bouteille de bière presque vide à la main, les cheveux mouillés d'avoir été dans la piscine. Il lui sourit et, aussitôt, Luke se détendit un peu. Amis depuis toujours, Ben et lui avaient fait les quatre cents coups ensemble, ils avaient manqué les cours, étaient partis à l'aventure plus de fois en vingt-six ans que bien des gens au cours de toute une vie, et passaient presque toutes leurs soirées ensemble. Ils étaient célibataires et savaient en profiter, tout le monde à Stone Gap le savait. S'il y avait bien deux hommes susceptibles de ne jamais grandir dans cette ville, c'étaient Ben et lui.

Cependant, maintenant, il avait un enfant, et cela changeait tout.

— Tu vas rester assis là tout l'après-midi ou te joindre à nous ? lui demanda Ben. Il y a des filles sexy qui t'attendent dans la piscine. Enfin, en réalité, c'est moi qu'elles attendent, mais elles ont dit que tu pouvais venir aussi. Elles ont eu pitié de toi.

— Oui…

Luke inclina sa bière en direction de Tiffany, Marcia et… Beth ? Barbara ? Il ne se rappelait plus son prénom. Il y avait trois autres jeunes femmes dans la piscine, et deux hommes qu'il connaissait depuis le lycée. C'était un dimanche après-midi comme les autres. Il aurait dû s'amuser, être dans cette piscine avec Beth ou Barbara, mais ses pensées ne cessaient de se tourner vers Peyton, l'intensité de son regard, son attitude protectrice envers Madelyne et, bien sûr, vers la façon dont elle avait bouleversé sa vie.

— Non… J'ai plein de choses en tête.

— C'est dimanche, mon pote ! Détends-toi !

Il appuya ses coudes sur ses genoux, laissant sa bouteille de bière pendre entre ses doigts.

— Tu ne te dis jamais qu'on est trop vieux pour ça ? Qu'il serait peut-être temps de grandir ?

— Qu'est-ce qui t'arrive ? Non, bien sûr que non ! Quand on sera à la retraite, il sera peut-être temps de grandir, et encore !

Luke eut un sourire sans joie.

— Jeremiah ne serait peut-être pas du même avis.

— Bon sang, Luke ! Qu'est-ce qui se passe ? Pourquoi parler d'un truc pareil ?

Luke voyait son propre reflet dans les lunettes de soleil de Ben. L'image lui semblait déformée, petite, comme s'il avait encore du chemin à faire pour être une personne d'envergure.

— Je réfléchis aux choix que j'ai faits dans ma vie, c'est tout.

— Eh bien, cela va juste te déprimer, et c'est inacceptable un jour de fête, répliqua Ben en faisant tinter sa bouteille contre la sienne. Alors prenons une autre bière et allons rejoindre nos amies !

Luke jeta un coup d'œil à ses invités.

— Vas-y, toi, je file en ville acheter de la bière et des chips.

— Il y en a encore plein…

Ignorant la remarque, Luke se leva et rentra dans la maison. Il laissa sa bouteille sur le plan de travail de la cuisine, enfila un T-shirt, puis il monta dans sa jeep pour se rendre au centre-ville de Stone Gap.

Il n'avait pas besoin d'aller acheter des provisions. Il n'avait absolument rien à faire de la journée à part tondre la pelouse mais, pour une raison qui lui échappait, il ne pouvait pas rester sur cette chaise longue une seconde de plus.

Toutes ses pensées étaient tournées vers sa fille, avec ses anglaises blondes, ses yeux bleus et son grand sourire.

Il n'avait toujours pas l'impression qu'elle était bien réelle. Il avait besoin de la voir pour prendre pleinement conscience de son existence et y croire.

Il roula pendant une vingtaine de minutes, traversa le centre-ville sans s'arrêter, tourna à droite au Gator's Garage, puis erra, avant de se rendre compte de l'endroit où il se trouvait.

Le Stone Gap Hotel se dressait au sommet d'une petite colline aux abords de la ville. Le bâtiment à la façade de bardeaux de bois blancs était le seul hôtel du coin, et ce devait donc être là que Peyton logeait. Elle n'avait plus de famille à Stone Gap depuis que sa mère, divorcée de fort longue date, était morte, quelques années plus tôt. Il essaya d'imaginer ce que ce serait de perdre la famille dans laquelle il était né : une mère, un père, deux frères, des oncles, des tantes, des cousins, qui se rassemblaient pendant les fêtes et lors des grandes occasions.

Peyton n'avait eu qu'une petite famille et, maintenant, elle avait perdu sa mère et sa sœur. Il ne lui restait que Madelyne, sa nièce, la fille de Susannah. Sa fille à lui. Cette enfant faisait le lien entre deux familles, l'une grande et bruyante, l'autre minuscule.

Il se gara et se dirigea vers l'hôtel. La jeune femme blonde de la réception lui sourit quand il entra dans le hall climatisé. Karen Fleming avait un an de moins que lui et, au lycée, elle était sortie avec la moitié des membres de l'équipe de football américain, mais pas avec lui. Elle essayait d'y remédier chaque fois qu'elle le voyait.

— Tiens, mais c'est Luke Barlow qui vient égayer ma journée !

Elle eut un sourire éclatant et se pencha par-dessus le comptoir, mettant ainsi son décolleté en évidence. En temps normal, il aurait sans doute flirté avec elle.

— Peyton est ici ?

Karen fit la moue.

— Et moi qui croyais que tu venais pour moi !

— Peyton ? insista-t-il.

Elle soupira.

— Chambre dix, au bout du couloir, à droite. Que fait-elle à Stone Gap ?

Ignorant la question, il remonta le couloir. La moquette rouge et or étouffait le bruit de ses pas tandis qu'il passait devant les portes en chêne des autres chambres. Enfin, le ventre noué, il s'arrêta devant celle qu'il cherchait.

Désolé, Peyton, je ne suis pas fait pour être père.

Il passa d'un pied sur l'autre, imagina un autre scénario.

Désolé, Peyton, je ne peux pas faire ce que tu me demandes. Je suis... occupé.

Oui, songea-t-il avec ironie, *c'est beaucoup mieux !*

Désolé, Peyton, je ne peux pas.

Hélas, cela semblait tout aussi dénué de sens. Aucune de ces trois phrases ne traduisait le fond de sa pensée.

Je ne peux absolument pas être responsable d'une enfant dont j'ignorais jusque-là l'existence, avec laquelle je ne saurais pas comment me comporter.

Une enfant qui a perdu sa mère.

C'était cela, la vérité : Madelyne n'avait personne d'autre que sa tante et lui. S'il ne jouait pas son rôle, elle serait orpheline, comme Peyton le lui avait fait remarquer.

Comment aurait-il pu permettre une chose pareille ?

Il leva une main, s'apprêtant à frapper à la porte, mais elle s'ouvrit avant qu'il en ait eu le temps, et la petite fille de la photo sortit en trombe, se ruant involontairement sur lui.

— Pardon, bredouilla-t-elle en reculant, avec un regard hésitant en direction de Peyton.

Il n'avait plus aucun doute. Il voyait sur le visage de Madelyne ses propres yeux et les pommettes saillantes de Susannah.

C'était sa fille. Soudain, l'idée lui paraissait moins étrange.

— Madelyne, ne cours pas...

Peyton s'interrompit et s'arrêta dans l'embrasure de la porte, les yeux écarquillés, visiblement surprise.

— Luke, que fais-tu ici ?

— Je...

Il bredouillait, troublé par sa tenue. Quand elle était venue le voir, un peu plus tôt, elle portait une robe couleur pêche qui tournoyait autour de ses jambes et des chaussures à talons, et ses cheveux blonds lui tombaient sur les épaules, mais entre-temps elle s'était changée, elle avait enfilé un maillot de bain deux pièces vert foncé et l'un de ces paréos terriblement déroutants qui laissaient apercevoir des morceaux de peau et de maillot, et elle avait attaché ses cheveux avec une barrette, ne laissant que quelques mèches fines tomber sur son cou gracieux.

Mon Dieu ! Peyton Reynolds avait bel et bien grandi.

Il s'éclaircit la gorge et s'efforça de se concentrer sur la raison de sa venue.

— Je voulais te parler.

Elle posa une main sur sa nièce dans un geste protecteur. Madelyne eut un mouvement de recul, baissant légèrement la tête et se collant contre la jambe de Peyton. Elle leva ses grands yeux bleus, identiques à ceux qu'il voyait tous les matins dans le miroir, et se serra encore plus étroitement contre Peyton.

Elle avait peur de lui. Elle ne le connaissait pas.

La faute à qui ?, chuchota une petite voix dans sa tête.

Ce fut un moment décisif. Même s'il venait seulement d'apprendre qu'il avait une fille, même s'il risquait de ne pas être un très bon père, il ne laisserait pas cette enfant le prendre, quatre années de plus, pour un inconnu effrayant.

Peyton serra doucement l'épaule de Madelyne pour la rassurer.

— Le moment est mal choisi, Luke. Nous étions sur le point d'aller à la piscine.

Il ne s'était pas attendu à nouer des liens avec sa fille pour la simple raison qu'ils avaient des gènes en commun, mais son inquiétude évidente lui donnait le sentiment d'être un intrus. S'il espérait y remédier, il avait intérêt à commencer tout de suite à faire le nécessaire.

— Et si je me joignais à vous ?

Peyton eut une expression surprise.

— Tu n'as pas d'autres choses à faire aujourd'hui ?

A la façon dont elle avait prononcé « d'autres choses », on aurait presque cru qu'elle était jalouse, mais il n'y avait jamais rien eu entre eux, ils n'avaient jamais été rien d'autre qu'amis.

— Plus maintenant, répondit-il, sachant pertinemment que la fête continuerait avec ou sans lui.

Voir Peyton dans ce minuscule bikini, à demi caché sous son paréo, lui faisait oublier ce qui pouvait se passer chez lui.

Il ne se rappelait pas l'avoir vue en bikini auparavant, et il se rendait compte maintenant qu'elle avait de très jolies formes.

Elle le regarda d'un air dubitatif.

— D'accord. Je vais prendre une autre serviette, déclara-t-elle en s'éloignant dans la chambre.

Maddy la suivit, toujours collée à elle.

— Qui c'est, ce monsieur, tante Peyton ?

Peyton, qui s'apprêtait à prendre la serviette, arrêta son geste et se tourna vers lui. Elle affichait la même expression effrayée que Madelyne, quelques instants plus tôt, et son air implorant semblait vouloir dire : « Ne bouleverse pas cette petite encore davantage, elle a assez souffert. »

Il avait envie de dire la vérité à sa fille, mais son instinct lui soufflait que faire une révélation de cette ampleur à une si petite fille n'était pas une bonne idée. Que lui avait dit Peyton, exactement ?

« Maddy n'a pas besoin de plus d'incertitude dans sa vie. »

La nouvelle ne ferait que la perturber davantage, et c'était la dernière chose qu'il voulait. Il n'était peut-être pas fait pour être père, il ignorait peut-être comment se comporter avec une petite fille qu'il ne connaissait pas, mais il savait ceci : annoncer une nouvelle aussi choquante à une enfant qui venait de subir une perte tragique aurait été stupide de sa part.

Elle devait d'abord apprendre à le connaître, et lui devait se faire à l'idée d'être père. Il pensa à son propre père, à la façon dont il avait encouragé chacun de ses fils avant un match, à toutes les fois où il les avait emmenés pêcher et aux cours de bricolage qu'il leur avait donnés. C'était cela, être un père. Ce n'était pas entrer dans une pièce et revendiquer sa paternité. Pour le moment, il n'était pas du tout un père, il n'était qu'un donneur de sperme et, aussi effrayant que cela puisse paraître, une partie de lui avait envie que ça change.

— Je suis un ami de ta tante et de ta maman, dit-il en entrant dans la pièce, remarquant l'expression profondément soulagée de Peyton.

Il se pencha et tendit la main à la fillette.

— Je m'appelle Luke.

Madelyne glissa sa petite main dans la sienne. Ses doigts étaient aussi délicats que des brindilles, mais elle avait de la poigne et son regard était direct et scrutateur. C'était étrange de tenir la main de cette petite personne qui était en quelque sorte une moitié de lui-même.

— Je m'appelle Madelyne, dit-elle. J'ai presque quatre ans.

— Enchanté, Madelyne.

Il lui serra la main, puis lui adressa un sourire qu'il espérait chaleureux et rassurant.

— Je peux aller me baigner avec vous ?

Madelyne se mordilla la lèvre inférieure. Derrière elle, Peyton en fit autant, vraisemblablement sans se rendre compte qu'elle imitait sa nièce. Il y eut un silence, et il attendit la réponse de Maddy avec un mélange d'impatience et d'inquiétude, pressentant que ce moment donnerait le ton de ce qui se passerait ensuite.

— Je ne sais pas, répondit-elle enfin, inclinant légèrement la tête sur le côté et faisant rebondir ses anglaises sur son épaule. Tu aimes les chiens ?

La question le prit au dépourvu.

— Euh… oui, bien sûr. J'adore les chiens ! J'en ai un, il s'appelle Charlie.

Le visage de Maddy s'éclaira un peu.

— Il peut venir se baigner avec nous ?

— Je ne l'ai pas amené aujourd'hui mais, si tu viens chez moi, tu pourras le voir. Tu aimerais venir, un jour ? Avec ta tante, bien sûr.

Il était terriblement nerveux. Il demandait à sa propre fille, qui ressemblait à une poupée de porcelaine, avec ses joues roses, si elle voulait venir chez lui.

Si Madelyne refusait, ou si elle s'effarouchait de nouveau, il prendrait cela comme un signe. Il s'effacerait et la laisserait aux bons soins de Peyton.

La petite poussa le tapis du bout du pied, puis elle plongea ses yeux dans les siens. Son expression était indéchiffrable.

— C'est promis ? Je pourrai jouer avec le chien ? J'adore les chiens. Ils sont doux, ils font des bisous, ils mangent des cookies et ils adorent jouer.

— Je te promets que tu pourras jouer avec Charlie. Croix de bois, croix de fer !

L'espace d'un instant, il eut l'impression d'avoir de nouveau quatre ans et de conclure un pacte avec ses frères.

— Qu'en dis-tu ?

Madelyne eut un sourire timide, et il sentit son cœur s'emplir de joie.

— D'accord.

Quelques secondes plus tard, tous trois remontaient le couloir ensemble. *Comme une petite famille*, pensa-t-il, même s'ils étaient loin d'en former une : il était encore un étranger, arrivé sans invitation, qui se joignait seulement à elles pour aller à la piscine.

— Eh bien, tu as réussi à l'examen, semble-t-il, le félicita Peyton.

— Je crois que les enfants ont des critères de sélection un peu particuliers.

Peyton rit.

— Maddy est plutôt facile à contenter, en général, et c'est très important pour elle que les gens qu'elle rencontre aiment les chiens.

— J'ai de la chance qu'elle mette la barre aussi bas !

Il regarda Peyton avec un grand sourire qu'elle lui rendit et, aussitôt, le hall de l'hôtel lui sembla plus lumineux.

— Charlie est venu à la rescousse, une fois de plus, constata-t-elle. Ce chien fait des miracles sans le savoir !

— C'est vrai…

Il repensa à l'époque où il avait trouvé Charlie, à cette période sombre qui le hantait encore, aux nuits où il faisait entrer le chien en cachette dans sa chambre et où il lui racontait ses malheurs à voix basse. Couché contre lui, l'animal fidèle l'écoutait patiemment.

— En toute honnêteté, je crois que c'est ce chien qui m'a sauvé plutôt que l'inverse, se surprit-il à avouer.

— Qu'est-ce que tu… ?

Peyton s'interrompit quand Madelyne se mit à courir, pour lui intimer d'arrêter. La petite obéit, se précipita de nouveau, ralentit, recommença. C'était comme de regarder un yo-yo.

Il se tourna vers Peyton.

— Elle est toujours aussi surexcitée ?

Peyton rit.

— Surexcitée ? Chéri, elle n'est pas surexcitée, là… Elle est normale.

Il se troubla en entendant le mot « chéri ». Il savait pourtant bien qu'elle l'avait employé de manière désinvolte, sous doute même sans s'en apercevoir. Il s'efforça donc de ne pas en tenir compte. Il était là pour découvrir s'il pouvait être un bon père, pas pour penser au physique de Peyton ou aux mots qu'elle utilisait.

Madelyne commença à sautiller sur le tapis à motifs, de losange en losange, tout en chantant une chanson qui parlait d'une baleine et d'un citron. Elle portait un maillot de bain une pièce rose et blanc à pois, orné d'une jupette, avec des sandales assorties, et ses deux tresses étaient attachées par des élastiques roses. Elle semblait très apprêtée pour aller à la piscine. C'était l'une des très nombreuses raisons pour lesquelles il ne serait jamais très doué pour être père : il ne savait pas faire des tresses ou assortir des chaussures à un maillot de bain.

Cependant, plus il observait Maddy, plus il se retrouvait dans ses yeux, dans ses mimiques. Il voyait aussi Susannah à travers son sourire espiègle ou la façon dont elle dansait. Il n'y avait pas de doute : c'était bien sa fille.

— Je n'ai aucune expérience avec les enfants, prévint-il Peyton. Je risque de tout gâcher par maladresse.

Elle le regarda avec un sourire.

— Ça va aller. Passer du temps avec une enfant de quatre ans peut représenter un challenge, mais ce n'est pas aussi difficile que ça en a l'air. Je serai à tes côtés tout le temps, prête à te donner des instructions et des conseils !

Il regarda Maddy qui tournoyait dans le hall sans cesser de chanter. Ses tresses volaient autour de sa tête, et l'un des élastiques qui les retenaient se défit. Aussitôt, Peyton s'approcha et rattacha l'élastique, avant de laisser la fillette s'élancer de nouveau.

Maddy poussa la porte, inondant le hall de l'hôtel de lumière.

— Attends, attends ! s'écria Peyton, courant de nouveau pour la retenir. Rappelle-toi : tu n'as pas le droit de sortir toute seule, tu dois me donner la main.

— Mais je suis grande ! protesta Madelyne. Je sais marcher.

— Oui, je sais bien, mais le sol est glissant au bord de la piscine.

Il regarda Maddy glisser sa main dans celle de Peyton et s'aperçut qu'il n'aurait jamais songé à retenir l'enfant au bord de la piscine. Il ne l'aurait probablement pas non plus empêchée de courir dans le couloir. De toute évidence, il ferait un très mauvais baby-sitter, et un père encore pire.

Pouvait-il apprendre à devenir un bon père ? Ou valait-il mieux qu'il reste à l'écart de cette énergique petite fille ?

Et s'il lui arrivait quelque chose sous sa surveillance ? Si elle courait dans la rue ou essayait de grimper sur le plan de travail ? S'il n'était pas aussi vigilant qu'il aurait dû l'être ? Il pouvait se passer des choses terribles lorsqu'on ne faisait pas assez attention, il en avait parfaitement conscience.

Soudain, il n'était plus convaincu de pouvoir faire face à la situation, de pouvoir s'occuper de sa propre fille.

— Peyton, nous devrions parler…

— Cela peut attendre un peu ? J'ai promis à Maddy que nous irions nous baigner, et il ne nous reste qu'une heure avant le déjeuner.

Elle entraîna Maddy dehors, sortit du sac qu'elle avait à l'épaule des brassards gonflables, et les passa aux bras de Maddy.

— Je suis prête ! s'exclama la petite, en agitant les bras.

— D'accord, donne-moi une seconde.

Peyton retira son paréo et le glissa dans son sac.

Il sentit sa gorge se serrer. Elle était belle, superbe même. Elle remplissait parfaitement son petit bikini vert foncé. Il dut faire un effort pour ne pas trahir son trouble ou dire quelque chose de stupide.

Peyton prit Madelyne par la main et l'entraîna vers la piscine. La petite fille s'arrêta sur la première marche du bassin, l'air de nouveau apeurée. Peyton continua, entrant dans l'eau peu profonde.

Il retira son T-shirt, puis rejoignit Peyton.

— Elle est un peu froide.

Peyton lui retourna un grand sourire.

— Tu essaies de me dire que, malgré ses muscles, le capitaine de l'équipe de football est en fait une mauviette ?

— Pas du tout !

Il était content d'apprendre qu'elle le trouvait musclé.

Bon sang ! Il devait vraiment se ressaisir.

— Viens, Maddy, fit-elle en tendant les bras à la petite fille. A ton tour !

Madelyne resta debout sur la première marche, les pieds dans l'eau.

— Je vais rester ici, tante Peyton.

— Viens, tu peux nager avec moi. Je te garderai dans mes bras, tu seras bien en sécurité.

Madelyne secoua la tête et repoussa l'eau du bout de l'orteil.

— Je veux rester ici.

— Tu peux y arriver, ma chérie. Je sais que tu peux y arriver.

La petite s'assit sur le bord de la piscine et fit aller ses pieds d'avant en arrière, créant de petites vagues à la surface de l'eau. Elle paraissait tendue, distante.

— Je veux rester ici, répéta-t-elle.

Peyton soupira.

— Tu en es sûre ? Parce que, Luke et moi, nous amusons bien dans l'eau…

Elle se laissa tomber en arrière, agitant les bras et les jambes pour flotter, et le regarda en haussant les sourcils.

— N'est-ce pas ? lui demanda-t-elle d'un ton insistant.

— Oui, bien sûr !

Il l'imita, mais se sentit ridicule de faire semblant de s'amuser dans l'eau peu profonde.

— On s'amuse comme des fous.

— C'est génial de nager, Maddy, et l'eau est bonne, insista Peyton en le regardant de nouveau.

— Très bonne.

— Un peu d'enthousiasme, monsieur De Niro ! chuchota-t-elle.

Il se força à sourire, même si l'eau était beaucoup trop fraîche à son goût.

— Elle est très bonne !

Peyton secoua la tête et se retint manifestement de rire.

— Tu es un cas désespéré. Heureusement que tu n'avais pas l'intention de devenir acteur !

Maddy continuait à agiter les pieds, tout en les regardant se ridiculiser.

— Je vais rester ici. Je nagerai la prochaine fois, tante Peyton.

Une expression triste passa sur le visage de Peyton, mais elle se reprit aussitôt et sourit.

— D'accord, ma chérie. Ce n'est pas grave.

— Elle ne nage pas ? demanda-t-il.

Peyton secoua la tête et baissa la voix pour se faire entendre de lui seul.

— Elle a peur de l'eau. Je ne sais pas pourquoi, parce que Susannah adorait l'eau.

Il s'en souvenait. Il avait passé beaucoup de bons moments au bord du lac avec Peyton et elle, avant que sa vie ne prenne une tournure inattendue.

— L'été après la terminale, je crois que nous avons passé toutes nos journées au lac, Susannah, moi et... Pot-de-Colle, ajouta-t-il en l'éclaboussant un peu.

Elle rougit en entendant son vieux surnom.

— Il n'y avait personne de mon âge au lac, cet été-là.

— Il y avait Jack et Mac.

— Tes frères ? s'étonna-t-elle avec un grognement railleur. Ils étaient toujours occupés… Jack passait le plus clair de son temps avec ses propres amis et avec la famille de Meri, et Mac ne voulait rien avoir à faire avec nous. Franchement, Mac était déjà adulte quand il est né !

Il rit.

— C'est vrai.

Songeant que Mac était parti depuis bien longtemps, il reprit son sérieux. Le départ de son frère aîné avait laissé un grand vide au sein de la famille. Quand ils étaient enfants, Jack, Luke et Mac étaient les Trois Mousquetaires, comme leur mère les avait surnommés, et ils faisaient les quatre cents coups ensemble, mais en grandissant Mac était devenu plus sérieux, plus déterminé. Il avait alors commencé à s'inquiéter pour ses notes et travaillé de plus en plus dur. C'était lui qui s'était disputé le plus souvent avec leurs parents, lui qui avait ignoré les règles et le couvre-feu, mais il obtenait les notes les plus élevées dans toutes les matières, ce qui lui évitait bien souvent d'être puni. Dès qu'il avait été en âge de prendre son indépendance, il avait quitté Stone Gap, pour n'y revenir que rarement.

Luke jeta un coup d'œil à Madelyne. Assise sur la marche, elle jouait avec une poupée Barbie sur le bord de la piscine. Il voyait la ressemblance entre eux dans ses traits, dans la façon dont elle inclinait la tête pour l'observer, mais peut-être était-il stupide d'espérer nouer des liens avec elle.

Madelyne éprouvait un sentiment de vide, elle aussi, il s'en rendait compte maintenant. Ce vide n'allait pas être comblé par une visite rapide à Noël et quelques chèques de temps en temps. D'après les statistiques, les enfants élevés avec un modèle féminin et un modèle masculin forts réussissaient mieux dans la vie et étaient plus heureux, plus stables. De toute évidence, Maddy avait déjà un modèle solide en la personne de Peyton, mais personne n'aurait songé à prendre exemple sur lui.

— Alors, en quoi consisteraient ces moments avec Madelyne, au juste ?

Peyton sourit.

— Il n'y a pas de quoi être inquiet !

Il agita la main.

— J'ai l'air inquiet ?

Elle s'approcha et fit mine de l'observer attentivement, plongeant ses yeux dans les siens. Son parfum, léger et subtil, flottait entre eux.

— Terrifié.

— Moi ? J'ai peur des anacondas et des grands requins blancs, pas des enfants.

Elle rit. Il n'avait jamais remarqué son rire auparavant, mais il se rendait compte maintenant qu'il lui plaisait beaucoup.

— Attends qu'elle fasse un caprice parce qu'elle veut manger du gâteau à l'heure du dîner, rester debout alors qu'il est l'heure d'aller au lit, ou avoir l'ours en peluche d'un mètre quatre-vingts qu'elle a vu au centre commercial ! On verra comment réagit le courageux célibataire endurci dans l'une de ces situations…

— Je m'en sortirai, protesta-t-il, feignant d'avoir confiance en lui.

Balivernes ! Il arrivait à peine à prendre soin de lui-même. L'idée d'être responsable de quelqu'un d'autre était bel et bien terrifiante.

— Je m'en sortirai, répéta-t-il, plus pour lui-même que pour Peyton.

L'expression taquine de son interlocutrice s'évanouit.

— Je l'espère, Luke, répondit-elle d'un ton grave. Un enfant n'est pas une montre que tu peux rapporter au magasin parce qu'elle ne va pas avec ton costume.

— Au cas où tu ne l'aurais pas remarqué, je ne porte pas de montre et je n'ai pas de costume. Je suis un grand enfant moi-même, ajouta-t-il avec un sourire qui se voulait aguicheur.

— Ça, je l'avais remarqué.

Pour une raison étrange, le fait qu'elle ait remarqué quelque chose chez lui le charmait. Des années plus tôt, il se rendait à peine compte de sa présence, sauf quand il essayait de se débrouiller pour être seul avec Susannah. En revanche, maintenant, dans l'eau avec cette Peyton plus âgée, plus séduisante, plus mystérieuse…

— Tante Peyton ? Je peux jouer avec mes autres poupées maintenant ?

— Bien sûr, bien sûr !

Peyton sortit de la piscine et tendit les bras vers Madelyne alors que la petite fille se dirigeait vers la table où ses affaires étaient posées.

— Attends, je vais te donner le sac.

Il suivit des yeux les gouttes d'eau qui coulaient sur le dos de Peyton, sur ses fesses, sur ses jambes bien galbées. Certaines choses se bonifiaient avec le temps ; le cheddar, le vin rouge, Peyton Reynolds.

Il s'arracha à ses pensées, se rappelant qu'il était là pour Maddy et non pour Peyton. Il fallait qu'il soit responsable, pour une fois dans sa vie, et cela signifiait entre autres choses ne pas convoiter la tante de sa fille.

Il était père, maintenant, qu'il soit prêt ou non, et il devait donc être une personne tout à fait différente de celle qu'il avait été jusque-là. Il espérait de tout cœur ne pas tout gâcher.

3

Le lundi matin, Peyton se réveilla le ventre noué. Elle resta allongée dans le lit de la chambre d'hôtel pendant une dizaine de minutes, à regarder le plafond, avant que Madelyne ne commence à s'agiter à côté d'elle. Depuis la mort de Susannah, la fillette dormait pelotonnée contre elle, une main sur son bras, comme si elle avait peur qu'elle aussi disparaisse.

Peyton lui déposa un baiser sur le front, puis elle fit ce qu'elle faisait toujours avant de poser les pieds par terre : elle dressa mentalement la liste de ses tâches pour la journée. En temps normal, cela lui donnait l'énergie d'affronter les heures à venir, le dynamisme qui lui avait permis de gravir les échelons au sein de l'une des plus grandes entreprises de Baltimore.

Aujourd'hui, cependant, alors que Maddy dormait à côté d'elle, sa liste lui parut trop courte, et un sentiment d'angoisse l'envahit.

Deux jours plus tôt, son patron lui avait reproché une faute grave : elle n'avait pas respecté un délai important, et elle devait absolument se ressaisir si elle voulait rester chez Winston Interior Design.

« Prenez deux semaines de congé, lui avait-il dit. Engagez une nounou fiable, quelqu'un pour faire le ménage et le repassage, et revenez quand vous aurez revu l'ordre de vos priorités. »

En d'autres termes : « Arrêtez de quitter le bureau précipitamment parce que Maddy s'est effondrée en larmes à la garderie, arrêtez d'arriver en retard parce que Maddy a refusé de manger son petit déjeuner ou de s'habiller, arrêtez de partir plus tôt parce que Maddy avait l'air triste au téléphone. »

Toutes ses nouvelles responsabilités et inquiétudes avaient eu des conséquences néfastes sur son sommeil et ses habitudes alimentaires. La plupart du temps, elle était épuisée mais, même si elle avait grand besoin de repos, l'idée d'une longue journée de désœuvrement la terrorisait.

Elle avait prévu d'emmener Maddy au zoo, puis d'aller au terrain de jeux après le déjeuner, et elle la mettrait au lit après son bain et son dîner ; ensuite, elle resterait éveillée pendant de longues heures, à ressasser ses pensées.

Depuis le jour où la police était venue sonner à sa porte pour lui annoncer la terrible nouvelle, elle s'inquiétait dix fois plus pour Maddy qu'auparavant. Comment allait-elle s'en sortir ? Serait-elle une bonne mère adoptive ? Un bon modèle ? Avait-elle pris la bonne décision en venant à Stone Gap ? Car ce séjour ici risquait de pousser Maddy à se replier encore davantage sur elle-même.

Elle continua de regarder fixement le plafond, le cœur lourd, la gorge serrée. *Pourquoi m'as-tu laissée seule avec Maddy, Susannah ? Je ne suis pas mère… Je ne sais pas toujours exactement ce qu'il faut faire.*

Susannah avait été une mère distraite dans ses bons jours, elle semblait avoir perpétuellement besoin d'aide ou d'argent, mais elle aimait farouchement sa fille, et Peyton avait toujours été persuadée qu'elle finirait par la faire passer avant tout le reste. Hélas, Susannah n'en avait pas eu le temps.

Maintenant, Luke avait l'occasion de jouer son rôle de père, mais il allait peut-être la décevoir et, pire encore, décevoir Maddy. La petite avait désespérément besoin de stabilité, de structure. Luke n'avait jamais été le genre d'homme à construire des barrières, cultiver un jardin potager ou dîner tous les soirs à 18 heures.

Elle devrait garder cela présent à l'esprit quand elle le retrouverait au zoo un peu plus tard, et ne pas se bercer d'illusions en s'imaginant que, sous prétexte qu'il était beau et qu'elle se troublait chaque fois qu'elle le voyait, ils allaient former une petite famille heureuse tous les trois.

Elle devait agir pour le bien de sa nièce, pas pour raviver une ancienne flamme d'adolescente. La seule chose qui lui importait était de rendre le sourire à Maddy. Stone Gap était le meilleur endroit qu'elle connaissait pour sa nièce. La ville s'étendait dans un paysage verdoyant, recelait toutes sortes de souvenirs de Susannah, et pouvait être un cadre sain pour Maddy, qui était dans l'incertitude depuis trop longtemps.

Rester au lit n'allait pas l'aider à atteindre ses objectifs. Elle se leva, se prépara, puis réveilla Madelyne.

— Après le petit déjeuner, nous irons au zoo avec mon ami Luke, annonça-t-elle en lui retirant sa chemise de nuit et en lui enfilant un short et un T-shirt.

— Tu seras là, tante Peyton ?

Elle hocha la tête.

— Bien sûr.

— Tout le temps ?

— Tout le temps, répondit-elle en prenant les mains de la petite entre les siennes et en la regardant droit dans les yeux. Je te le promets.

Le soulagement de Maddy était évident.

— Il y aura des singes au zoo ?

— Des singes, des lions et des girafes, répondit-elle en lui mettant ses chaussettes, et un petit ouistiti en particulier !

Elle lui tapota le bout du nez, et Maddy eut un rire timide.

— Je ne suis pas un ouistiti, tante Peyton, je suis une grande fille…

Peyton fit semblant de ne pas remarquer que les plaisanteries qui faisaient rire Maddy aux éclats autrefois ne l'amusaient plus réellement.

« Du temps, avait dit la psychologue qu'elle l'avait emmenée voir, elle a besoin de temps. »

Combien de temps ? La question tenait Peyton éveillée la nuit, quand elle se demandait si elle faisait le nécessaire.

— Mets tes chaussures, ouistiti, et nous irons prendre le petit déjeuner. Nous devons être au zoo à 9 h 30.

Bien sûr, Maddy ne savait pas lire l'heure et n'avait pas la moindre notion du temps, mais Peyton aimait établir un emploi du temps, et l'évoquer à haute voix, comme si cela permettait de cimenter les choses. Quand tout se passait comme prévu, elle se sentait un peu rassurée.

A 8 h 20, elles quittèrent donc leur chambre confortable du Stone Gap Hotel, gagnèrent le centre-ville en voiture, et allèrent à pied au Good Eatin' Café, pratiquement le seul endroit en ville où l'on pouvait prendre un petit déjeuner. Dès qu'elle poussa la porte du restaurant, Peyton regretta son choix. Stone Gap était une petite ville, dont les habitants n'oubliaient jamais rien et où les commérages allaient bon train. Pourvu que personne n'évoque le passé tumultueux de Susannah devant Maddy.

— Que tu es mignonne ! s'écria Vivian Hoffman, la propriétaire du restaurant, en contournant le comptoir d'un air affairé.

Vivian était une dame menue aux cheveux gris, qui travaillait au Good Eatin' Café depuis toujours et restait particulièrement alerte pour son âge.

— Comment t'appelles-tu, ma jolie ? demanda-t-elle à Maddy.

— Madelyne, répondit la petite en se tenant bien droite. Madelyne Reynolds.

— Quel amour ! Et sérieuse comme un pape !

Vivian serra la petite main de Maddy dans la sienne.

— Ravie de faire ta connaissance, mademoiselle Madelyne. Je m'appelle Vivian. Si tu veux quoi que ce soit, demande-le-moi, et j'irai te le chercher en cuisine !

— Je peux avoir des pancakes qui ressemblent à des cookies ?

— Elle parle de pancakes aux pépites de chocolat, expliqua Peyton.

— Bien sûr, mon chou, répondit Vivian en regardant Maddy avec un sourire. Nous faisons les meilleurs pancakes de Caroline du Nord ! Tu veux un verre de lait, avec une paille ?

De toute évidence, Maddy s'apprêtait à accepter, mais Peyton lui posa une main sur l'épaule.

— Un verre de jus de pommes suffira, Vivian. Merci.

Vivian l'observa attentivement.

— Tu es la plus jeune des filles Reynolds, n'est-ce pas ? Peyton ?

— Oui, madame, répondit Peyton comme si elle était encore enfant et qu'elle essayait de bien se tenir devant sa grand-mère Lucy.

— Et cet adorable petit ange est ta fille ?

— Non, c'est ma nièce.

— Ta nièce ? Alors Susannah…

Vivian ne termina pas sa phrase.

— Eh bien, ça alors ! Et moi qui croyais être au courant de tout ce qui se passait dans cette ville.

Son visage s'éclaira, et elle lui passa un bras autour des épaules pour l'entraîner au fond du restaurant, vers une table placée à côté d'une fenêtre qui donnait sur le jardin public.

— C'est la meilleure table de la maison, même si ce fouineur de Mort Williams prétend le contraire !

A l'angle du bar, Mort, un homme voûté aux cheveux gris qui était propriétaire de la librairie Page In Time, leva sa tasse de café dans leur direction. Il avait un livre relié en cuir à la main, probablement un classique qu'il avait déjà lu des dizaines de fois.

— Bonjour, Peyton ! Viens faire un tour à la librairie, à l'occasion.

— Avec plaisir, répondit-elle. Je crois que je passais plus de temps dans votre boutique qu'à la maison, quand j'étais jeune.

La librairie avait longtemps été son refuge, car c'était un endroit calme, avec des fauteuils confortables, où elle pouvait lire et échapper aux tensions qui régnaient chez elle. Sa mère était alcoolique, son père absent, sa sœur et elle n'avaient aucune règle à respecter, ne devaient répondre à aucune attente. Elle ne comptait donc que sur les fins heureuses qu'elle trouvait dans les livres qu'elle dévorait.

— J'ai hâte de t'y revoir, renchérit Mort avec un sourire. La table que Vivian t'a donnée est bonne, mais si tu veux mon avis, la meilleure place de la maison, c'est celle-ci ! D'ici, je vois les allées et venues de tout le monde.

Vivian se pencha légèrement vers elle.

— Il aime à se prendre pour la commère de la ville. Je lui ai pourtant dit qu'Anna May Robicheaux détenait ce titre depuis quatre-vingt-onze ans et qu'elle n'était pas près de le céder à qui que ce soit, étant donné sa constitution. De toute façon, même si elle le faisait, Mort est vieux comme Mathusalem, lui aussi !

— C'est ton café qui me permet de rester jeune, Vivian, plaisanta Mort en tendant sa tasse pour être resservi. Ton café, et ton beau sourire.

— Seigneur ! Cet homme est bien trop âgé pour flirter. Bon, alors, Peyton, que veux-tu ? demanda Vivian.

— Juste un café, s'il vous plaît.

Vivian agita la main.

— Tu ne peux pas commencer ta journée avec un café, en tout et pour tout ! Tu serais affamée avant 10 heures, et je ne peux pas laisser quelqu'un quitter le Good Eatin' Café le ventre vide.

Elle recula un peu, posa un doigt sur son menton et l'observa d'un air pensif.

— Voyons si j'arrive à me souvenir de ce que tu aimais commander.

— Vivian, l'interrompit Peyton, cela fait au moins dix ans que je ne suis pas venue manger ici avec ma grand-mère et…

— Deux œufs sur le plat, ni trop cuits, ni gluants, et des pancakes avec du sirop d'érable !

Vivian se rappelait ce qu'elle aimait comme si elle était venue prendre son petit déjeuner là une semaine plus tôt.

— C'est… C'est exactement ça !

Vivian lui tapota la main.

— Je n'oublie jamais un client ou une cliente, dit-elle, surtout pas une cliente aussi jolie et aussi gentille que toi.

Là-dessus, elle se dirigea vers la cuisine, lui envoyant une serveuse pour lui servir son café.

Maddy paraissait toute petite sur sa banquette.

— Tante Peyton, pourquoi la dame te connaît ?

— Je venais souvent ici avec ma grand-mère, quand j'étais petite. Nous nous asseyions là-bas, expliqua-t-elle en montrant du doigt le milieu du comptoir. Et nous prenions notre petit déjeuner du dimanche ensemble.

Maddy sembla réfléchir un moment. Elle regarda les tabourets devant le comptoir, les doughnuts recouverts d'un glaçage dans une assiette sous cloche, et le bocal servant de tirelire pour une collecte de fonds, puis elle retourna.

— Est-ce que j'ai une grand-mère, moi aussi, tante Peyton ? Elle peut venir ici avec moi, le dimanche ?

Peyton faillit répondre « non ». Sa propre grand-mère, Lucy, avec laquelle elle avait passé tant de bons moments, était morte quand elle avait onze ans. Sa propre mère, quant à elle, n'avait jamais été très maternelle, et la naissance de Maddy n'y avait rien changé. Elle était morte d'une cirrhose, trois ans plus tôt. Sa sœur et elle n'avaient jamais connu leur père, et si elles avaient eu des grands-parents paternels, elles ne les avaient jamais rencontrés.

Cependant, il y avait quelqu'un d'autre, une autre grand-mère, une grand-mère qui aurait passé le restant de ses jours à gâter Maddy si elle avait été au courant de son existence, une grand-mère qui l'aurait emmenée manger des pancakes aux pépites de chocolat tous les dimanches, aurait assisté à tous les spectacles de fin d'année à l'école, se serait extasiée sur chaque cadeau fait main.

Peyton le savait, car elle connaissait bien cette dame. Il s'agissait de Della, la mère de Luke, qu'elle avait aimée dès qu'elle l'avait rencontrée.

Maddy la regardait, attendant une réponse. Si elle lui disait la vérité, la fillette voudrait rencontrer Della. Si elle lui mentait, ce serait une autre déception pour la pauvre petite fille.

— Oui, Maddy, tu as une grand-mère.

Un sourire réjoui, aussi radieux qu'une belle journée de juin, se dessina sur le visage de Maddy.

— Elle sait que j'aime les pancakes qui ressemblent à des cookies ? Elle sait que j'ai presque quatre ans ? Elle sait que je sais compter jusqu'à cent toute seule ?

Comment répondre à ces questions sans tout dire ?

— Elle ne le sait pas encore, mais elle le saura quand tu la rencontreras.

— Quand est-ce que je vais la rencontrer ? Elle va venir à la maison ? Elle va me faire des cupcakes comme la grand-mère de Kayleigh ? La grand-mère de Kayleigh fait tout le temps des cupcakes, et elle met des petites boules de sucre dessus, et c'est trop bon !

— Je ne sais pas quand tu vas la rencontrer.

La serveuse arriva avec leurs assiettes et les posa devant elles. Peyton la remercia, puis elle poussa doucement l'assiette de Maddy vers elle, espérant changer ainsi de sujet.

— Mange, ma chérie. Ensuite, nous irons au zoo !

— Je ne veux pas aller au zoo, je veux voir ma nouvelle grand-mère.

— Nous ne pouvons pas la voir tout de suite, ma chérie, mais nous la verrons… bientôt.

— Quand ?

Peyton soupira.

— Je ne sais pas. Mange, s'il te plaît.

En dépit de ses cajoleries, Maddy n'avala presque rien et ne but que deux gorgées de jus de pommes. Elle garda les yeux baissés pendant tout le petit déjeuner, sa frange formant comme un rideau devant eux. Sa bonne humeur s'était évanouie.

Pourquoi Peyton l'avait-elle amenée à Stone Gap ? Pourquoi avait-elle fait entrer Luke dans sa vie ? Cela ne faisait que compliquer les choses et soulever des questions auxquelles elle ne pouvait pas répondre. Elle n'aurait jamais dû lui dire qu'elle avait une grand-mère.

C'était pourtant vrai : Maddy avait une grand-mère et un grand-père qui seraient sûrement ravis de la couvrir d'amour et de baisers. La petite le méritait, elle méritait le bonheur qu'elle-même avait connu lorsqu'elle était enfant, avec sa grand-mère Lucy, mais pour faire entrer Della et Bobby dans la vie de Maddy, il faudrait d'abord lui dire que Luke était son père et créer ainsi un lien permanent entre la petite et la famille Barlow.

Etait-ce vraiment ce qu'elle voulait ? Etait-ce ce qu'il y avait de mieux pour elle ?

Elle repoussa son assiette sans avoir touché à son repas ou presque, et Maddy en fit autant.

— Mange encore un peu, ma chérie. Tu n'as pas faim ?

Maddy secoua la tête.

— Je n'ai pas envie. Je veux rentrer à la maison.

— Nous allons au zoo, aujourd'hui. Nous pourrons retourner à l'hôtel plus tard.

L'espace d'un instant, Maddy sembla sur le point de protester, mais elle se contenta de hocher la tête. La fillette triste et résignée qui causait tant de souci à Peyton était revenue.

— Bon, nous ferions mieux d'y aller pour être à l'heure.

Elle laissa quelques billets sur la table, puis adressa un petit signe à Vivian. Maddy la suivit consciencieusement, lui prenant la main tandis qu'elles se dirigeaient vers la voiture, mais l'étincelle qui brillait dans ses yeux un peu plus tôt avait disparu.

Elle n'avait pas l'air plus enthousiaste lorsqu'elles arrivèrent au zoo, situé à quelques miles de Stone Gap. Peyton se gara, troqua son sac à main pour un sac à dos plus facile à porter, et détacha la ceinture de sécurité de Maddy.

Elle promena son regard sur le parking quasi désert mais ne vit ni Luke ni sa Mustang.

Typique ! Il était en retard, ou avait complètement oublié leur rendez-vous. Pourquoi avait-elle cru pouvoir compter sur lui ?

— Viens, ma chérie, nous allons prendre nos billets.

Elle entraîna Maddy vers les guichets aux couleurs vives, surmontés chacun d'une tête d'animal différent.

Soudain, elle aperçut Luke. Il était appuyé contre l'un des

guichets, avec une décontraction insolente et des lunettes de soleil qui cachaient ses beaux yeux bleus. Il sourit en la voyant, et elle sentit aussitôt une douce chaleur l'envahir.

Il se redressa et vint à leur rencontre.

— Tu croyais que je ne viendrais pas ? Avoue-le.

— L'idée m'a traversé l'esprit.

— Je suis plus responsable que tu ne le croies, Peyton. Et j'ai déjà pris les billets, ajouta-t-il.

Surprise, elle haussa les sourcils.

— C'est vrai ? Eh bien, merci ! Où est ta voiture de sport ?

— Ma voiture de sport ? répéta-t-il, l'air perplexe, avant de hocher la tête. La Mustang ? Elle est à Ben. Je n'ai qu'une bonne vieille Taurus qui était au garage le jour où tu es venue.

— Oh…

— Tu ne t'attendais pas à ce que je conduise une voiture aussi banale et aussi fiable, c'est ça ?

Sans attendre sa réponse, il se tourna vers Maddy et lui tendit l'un des billets.

— Tiens, mon chou ! C'est ton entrée.

— Mais elle n'est pas assez grande…

Peyton s'interrompit. Maddy courait déjà vers la personne qui vérifiait les billets à l'entrée du zoo. La dame lui sourit, déchira son billet en deux et lui en rendit une moitié, que Maddy serra dans sa main et froissa.

— Garde bien ton billet, lui expliqua la dame. Tu en auras besoin pour prendre le petit train qui fait le tour du zoo.

— D'accord, merci, répondit Maddy, très solennelle.

Peyton la rejoignit, Luke à ses côtés, d'un pas assez rapide pour que la petite n'ait pas le temps de trop s'éloigner, tout en regardant par terre, en partie pour trouver le billet de Maddy quand il tomberait, et en partie pour éviter de regarder Luke. Il portait un short en toile et une chemise ; comment pouvait-il être aussi beau dans une tenue aussi décontractée ?

Au bout de quelques dizaines de secondes, elle se pencha pour ramasser le billet chiffonné de Maddy.

— C'est pour ça que je ne la laisse pas tenir son propre

billet, expliqua-t-elle à Luke. Elle est trop petite pour assumer cette responsabilité.

— On apprend à être responsable si on nous donne l'occasion de l'être.

— Et tu es un modèle en matière de responsabilité, monsieur Célibataire ?

— Qu'est-ce qui te fait croire que je ne suis pas marié ?

— Je… eh bien, je… je suppose que tu ne l'es pas parce que tu n'as pas d'alliance, et…

Elle sentit ses joues s'empourprer. Pourquoi balbutiait-elle ?

Il eut un grand sourire.

— Tu as regardé si j'avais une alliance pour savoir si j'étais marié ?

— Seulement parce que je ne voulais pas m'immiscer dans ta vie privée, au cas où tu aurais été avec quelqu'un.

Elle lui désigna Maddy. La petite avait couru jusqu'à l'enclos des pumas et regardait l'espace ombragé par-dessus la barrière, cherchant des yeux les félins endormis.

— Je t'ai annoncé une nouvelle bouleversante, qui l'aurait été encore plus si tu avais eu une femme et d'autres enfants.

— Tante Peyton, où sont les gros chats ?

Peyton s'approcha de Maddy et lui montra le fauve couché en rond à l'ombre d'un grand chêne.

— Il y en a un là. Il fait la sieste.

— Mais ce n'est pas l'heure de la sieste ! Je veux le voir.

— Si tu veux voir des gros fainéants, regarde ces paresseux, intervint Luke en lui montrant les trois animaux endormis sur les branches d'un arbre dans l'enclos d'à côté.

Maddy se dirigea vers eux en gambadant, puis vers l'enclos suivant, un peu plus joyeuse chaque fois qu'elle voyait un animal somnolent, tous ayant apparemment décidé que 10 heures du matin était le bon moment pour se coucher.

— Elles sont trop rigolotes ! s'écria-t-elle en voyant les loutres qui prenaient un bain de soleil et ne lui prêtèrent pas la moindre attention.

Luke resta aux côtés de Peyton. Le zoo, qui commençait à se remplir d'adultes et d'enfants, était de plus en plus bruyant.

— Alors cela ne t'importe pas personnellement si je suis marié ?

Elle ne répondit pas tout de suite, se contentant de suivre Maddy qui allait voir les antilopes. Il y en avait des grandes et des petites, et elle s'attendait à ce que Maddy le remarque, ce qu'elle faisait toujours autrefois, mais la petite jeta seulement un coup d'œil rapide aux animaux avant de s'éloigner en direction d'une imposante volière.

Peyton réprima un soupir.

— Pour le moment, je n'ai que Maddy en tête.

Luke s'esclaffa.

— Bien sûr, ironisa-t-il.

Elle le regarda d'un air furibond.

— Je ne m'intéresse pas à toi « personnellement », Luke. Pas du tout.

Bien sûr ! Alors pourquoi son regard se posait-il régulièrement sur ses larges épaules, ses jambes musclées, ses grandes mains, ses yeux, sa bouche ?

— Tant mieux. J'en suis ravi. Comme ça, le problème de l'attirance physique n'entrera pas en ligne de compte.

— A ton avis, si nous éprouvions de l'attirance l'un pour l'autre, ce serait un problème ?

Il se pencha légèrement, et elle sentit la chaleur de son souffle sur son cou. Elle voyait sa gorge palpiter au rythme des battements de son cœur, sentait son parfum. L'air était soudain empli de Luke.

— Le sexe ne complique-t-il pas toujours tout ?

— Le sexe ? répéta-t-elle dans un murmure. Qui a parlé de sexe ?

— Cela ne fait-il pas partie de toute conversation entre un homme et une femme ?

— Tu crois qu'un homme et une femme ne peuvent pas être simplement amis ?

— Bien sûr que si, à condition que l'homme soit un eunuque.

Maddy se tourna vers eux.

— Tante Peyton, c'est quoi un nunuque ?

Peyton lança à Luke un regard courroucé, mais il se contenta de sourire.

— Un mot que tu apprendras quand tu seras plus grande. Regarde, il y a des zèbres, là-bas. Tu veux aller les voir ? Tu adores les zèbres !

Maddy hocha la tête en souriant, mais sans enthousiasme. Elle était sage, comme toujours, ou presque, mais son énergie d'autrefois avait laissé la place à une apathie inquiétante.

Peyton se baissa et prit ses mains dans les siennes avec tendresse.

— Tu es triste aujourd'hui, ma chérie ?

Maddy secoua la tête, mais ses yeux s'emplirent de larmes, et elle pressa ses lèvres l'une contre l'autre.

— Je sais que tu aimerais que ta maman soit là, reprit Peyton avec douceur.

Sa gorge se serra, mais elle s'efforça de ne pas perdre contenance. Si elle se mettait à pleurer, si elle montrait sa faiblesse, Maddy risquait d'en souffrir.

— Moi aussi, j'aimerais qu'elle soit là. Elle adorait aller au zoo, n'est-ce pas ?

L'espace d'un instant, Maddy sembla sur le point de répliquer quelque chose, de se confier, mais presque aussitôt, son visage se ferma et elle détourna les yeux.

— On peut aller voir les zèbres ?

Peyton avait envie de la prendre dans ses bras, de la serrer contre elle et de lui promettre que tout allait bien se passer, qu'il ne lui arriverait plus jamais rien de mauvais, mais la petite aurait su comme elle que c'était un mensonge. Elle se contenta donc de hocher la tête et se força à sourire.

— D'accord, allons voir les zèbres !

Les autres enfants couraient devant leurs parents, passant en zigzag devant les poussettes des plus jeunes. Leur excitation était palpable. Maddy, en revanche, restait près de Peyton et de Luke, l'air sombre, les yeux rivés sur le sentier pavé sinueux.

Ses petites chaussures clignotantes s'allumaient à intervalles réguliers.

— Jolies chaussures ! remarqua Luke. Quand j'étais petit, ça n'existait pas, les chaussures clignotantes.

— Ce sont mes préférées, expliqua Maddy. C'est tante Peyton qui me les a achetées.

— En tout cas, si j'avais des chaussures comme ça, je les ferais clignoter tout le temps. Qu'est-ce qui se passe quand tu sautes comme ça ? demanda-t-il en trépignant.

Maddy l'imita. Un faisceau de lumière courut le long de ses semelles. Elle recommença et éclata de rire.

— Elles brillent très fort !

— C'est cool ! s'exclama Luke avec un sourire admiratif. Allons voir les zèbres en courant et en tapant des pieds !

— Comme des éléphants ?

— Ouais ! Comme ça…

Il se pencha en avant, appuya un bras contre sa joue et le balança de droite et de gauche comme une trompe, tout en avançant lourdement.

Maddy rit de plus belle et le suivit en l'imitant. Les adultes autour d'eux les regardaient, visiblement amusés, et peut-être un peu envieux du naturel de Luke.

En tout cas, Peyton était un peu envieuse. Elle aurait aimé être aussi à l'aise, avoir le don de rendre les enfants heureux de manière aussi spontanée et, surtout, de faire rire Maddy ainsi. Elle aurait donné cher pour entendre la petite rire d'aussi bon cœur au cours des dernières semaines et, en l'espace de quelques minutes, lui avait réussi.

— Viens, tante Peyton ! Fais l'éléphant avec nous !

— Oui, viens, tante Peyton, fit Luke avec un grand sourire.

— Non, je ne peux pas, répondit-elle en secouant la tête et en continuant à marcher normalement. Allez-y, vous.

— Non, tu es obligée ! Nous sommes dans un zoo, il n'y a pas de meilleur endroit pour faire l'éléphant.

Elle sentit ses joues s'empourprer et secoua de nouveau la tête.

— Je me sentirais ridicule.

— Ça passera, promit-il en lui prenant la main pour lui faire agiter le bras. Tu as entendu Madelyne : elle veut que sa tante Peyton s'amuse avec nous.

— Luke, vraiment, je ne peux pas, mais allez-y, vous !

Il plongea ses yeux dans les siens, tandis que Maddy les observait.

— Tu ne faisais jamais la fofolle quand tu étais petite ?

Elle jeta un coup d'œil à sa nièce. Ils s'étaient arrêtés au milieu du chemin, et les autres visiteurs continuaient à passer autour d'eux.

— Je n'ai jamais été une petite fille vraiment « fofolle ».

Il lui caressa doucement la joue. Ce simple contact, associé à la lueur ardente qui brillait dans ses yeux, la troubla profondément.

— Tous les enfants devraient avoir le temps de faire des bêtises. C'est comme ça qu'on grandit, c'est la vie.

— Certains enfants doivent grandir plus vite que d'autres, répliqua-t-elle, fuyant son regard. Ça aussi, c'est la vie.

Il lui effleura de nouveau la joue.

— Personne ne devrait être obligé de grandir trop vite. Prends le temps de faire des folies, Peyton. Mieux vaut tard que jamais !

— D'accord, répondit-elle, pour qu'il la laisse tranquille.

Elle recula un peu, pencha la tête et tendit le bras devant elle, le plaquant contre son nez.

— Voilà !

— Non, pas du tout. Il faut que tu balances le bras et que tu avances d'un pas lourd, comme nous.

Luke et Maddy reprirent leur marche éléphantesque, avançant côte à côte.

Comme un père et sa fille.

Oserait-elle espérer le voir jouer son rôle dans la vie de Maddy, combler le vide de son existence ?

Elle les rejoignit, riant trop fort pour parvenir à imiter convenablement un éléphant. Tous trois s'arrêtèrent devant l'immense enclos où étaient rassemblés les zèbres, trois éléphants, deux girafes et une autruche solitaire. Maddy s'extasia devant les animaux et passa près d'une heure à courir le long de la clôture pour les observer sous tous les angles, posant des tas de questions sur chacun d'entre eux. Elle était aussi affairée qu'une abeille le premier jour du printemps, virevoltant çà et là, avec ses chaussures qui clignotaient sur son passage.

Elle était heureuse. Elle s'amusait. Parce que Luke l'avait incitée à taper des pieds, à faire semblant d'avoir une trompe et à oublier pour un temps ses malheurs. Ils passaient un moment merveilleux, et c'était exactement pour cela qu'elle avait amenée Maddy à Stone Gap.

Luke resterait-il vraiment dans la vie de Maddy après ces deux semaines ? Impossible de prévoir s'il serait toujours là pour la faire rire et l'encourager à commettre des bêtises.

Maddy courut soudain vers elle, essoufflée, les joues rouges.

— Je suis fatiguée, tante Peyton.

Elle se baissa et souleva les longs cheveux bouclés de sa nièce pour lui rafraîchir un peu la nuque.

— Ça ne m'étonne pas ! Tu as parlé à tous les animaux.

Elle indiqua un banc à l'ombre d'un petit bosquet d'arbres, entre le sentier principal du zoo et l'aire de jeux aquatiques.

— Reposons-nous quelques minutes avant d'aller déjeuner !

Maddy grimpa sur le banc et se blottit contre elle. Une minute plus tard, elle dormait profondément. La fillette s'était toujours endormie facilement, pour se réveiller tout à coup au bout de quelques minutes, prête à attaquer le reste de la journée. Peyton s'était réjouie de cette particularité quand elle avait accueilli chez elle Susannah et Maddy, qui n'était alors qu'un nourrisson.

Luke s'assit à sa droite et se pencha un peu pour regarder Maddy.

— Elle s'endort aussi facilement d'habitude ?

— Oui. Elle a toujours été comme ça. Même quand elle était bébé, je la mettais dans son berceau et, cinq minutes plus tard, elle dormait.

— Tu la mettais au lit le soir ? Et Susannah ?

— Elle était… occupée.

Elle sortait pour aller à des rendez-vous, pour aller dans les bars. Elle était toujours dehors.

Peyton retint ces derniers mots. Ce n'était pas bien de dire du mal des morts d'une manière générale, et en particulier de sa sœur, qui avait mis au monde la chère petite Madelyne.

— Maddy déborde d'énergie, remarqua Luke. Je n'ai jamais vu personne d'aussi dynamique.

Elle rit.

— Tu plaisantes ? Tu étais une vraie tornade quand tu étais jeune, tu étais toujours par monts et par vaux.

— Moi ? Non, j'étais le roi des fainéants.

« Fainéant » n'était pas un mot qui convenait pour le décrire. « Irresponsable », oui, « charmeur », oui, « don Juan », assurément, mais « fainéant », non, certainement pas.

— Tu étais capitaine de l'équipe de football…

— Parce que personne d'autre ne voulait l'être.

— … délégué de classe…

— Pour les mêmes raisons.

— Tu travaillais à temps partiel, ajouta-t-elle encore, levant un doigt pour l'empêcher de protester, et tu étais de toutes les soirées.

Il eut un grand sourire.

— Ça, c'est vrai, c'était mon occupation principale. J'étais un fêtard, c'est tout.

— Peut-être, Luke, mais tu as aussi beaucoup de belles qualités.

Il sembla surpris et sourit à nouveau.

— Tu le penses vraiment ?

— Tu as fait rire Maddy aujourd'hui. On voit que tu aimes les enfants et, ça, c'est une vraie qualité à mes yeux.

Il lui posa une main sur la joue, comme il l'avait fait un peu plus tôt, mais avec encore plus de douceur et de tendresse.

— Et toi ? Est-ce que je t'ai fait rire aussi ?

Son cœur battait la chamade.

— Peut-être.

Il posa un doigt sur ses lèvres, la troublant encore.

— Ah, Peyton ! Tu es une femme têtue, dit-il sans méchanceté.

— Je me vois plutôt comme une femme forte. Il faut bien que quelqu'un s'occupe de tout et veille à ce que tout se passe comme prévu. Il faut bien que quelqu'un tienne le coup pour que les autres ne s'effondrent pas.

Elle détacha ses yeux des siens et regarda sa montre.

Calme et posée. Sereine. Elle ne se laisserait pas affecter par la proximité de Luke, son parfum, la chaleur qui émanait de son corps.

— A ce propos, c'est l'heure de déjeuner. Je vais réveiller Maddy et…

— Laisse-la dormir encore cinq minutes. La terre ne s'arrêtera pas de tourner.

Elle le regarda.

— Oh ! ça pourrait très bien arriver.

Les yeux de Luke se posèrent un instant sur ses lèvres, avant de capter à nouveau son regard.

Il y eut un silence. Le temps sembla s'arrêter. Elle eut soudain l'impression que tout disparaissait autour d'eux. Les arbres qui ombrageaient leur banc les coupaient du reste du monde.

— Je vais t'embrasser, Peyton.

Un délicieux sentiment d'impatience l'envahit. Elle éprouva un désir qu'elle n'avait pas ressenti depuis longtemps.

— Je… Je… Nous ne devrions pas.

— Tu as sûrement raison, mais ai-je déjà obéi aux ordres ?

Il sourit et posa ses lèvres sur les siennes.

4

Ce baiser était une erreur.

Du moins, ce fut ce que Luke se dit quand ses lèvres touchèrent celles de Peyton et qu'elle resta immobile. Puis elle se détendit, s'appuya contre la main qu'il avait posée sur sa joue et lui rendit son baiser.

Cette situation n'était-elle vraiment que le fruit du hasard ? Ou bien avait-il eu l'intention d'embrasser Peyton depuis qu'elle était venue sonner chez lui ?

Ses lèvres étaient douces sous les siennes, et son parfum de fleurs l'attirait comme un aimant. Il se surprit à penser aux chaudes nuits d'été, quand une brise légère entrait par les fenêtres ouvertes, et à l'imaginer à ses côtés dans un lit aux draps froissés, submergé par le désir d'être avec elle, en elle.

Il glissa une main dans ses longs cheveux blonds, lui passa l'autre autour de la taille et l'attira vers lui.

Soudain, un enfant poussa un cri perçant au loin, rompant le charme, les rappelant brutalement à la réalité. Peyton s'écarta vivement de lui.

— Nous… Nous n'aurions jamais dû faire ça.

— Peut-être, marmonna-t-il, mais c'est trop tard.

Elle écarta ses cheveux et, avec ce geste, sembla se ressaisir complètement. La rougeur de ses joues se dissipa, sa respiration redevint normale. En un instant, c'était comme si ce baiser n'avait jamais eu lieu.

— Je ne suis pas ici pour ça.

— Moi non plus, mais je mentirais si je disais que tu ne m'intéresses pas.

— Et, moi, je mentirais si je disais que tu m'intéresses.

Elle épousseta sa jupe, comme pour chasser le souvenir du contact de sa main posée sur elle.

— Je suis ici pour te donner l'occasion d'apprendre à connaître ta fille. Rien de plus. Je suis sérieuse, Luke.

— Alors pourquoi m'as-tu rendu mon baiser ?

— Je… Je ne sais pas. Je n'en avais pas l'intention, mais je me suis laissé emporter et…

— Tu as succombé à la tentation ? Tu t'es laissé gagner par l'atmosphère romantique du zoo ?

Il se pencha vers elle, mais elle resta calme et froide. Il avait peine à croire que la même femme l'embrassait passionnément quelques secondes plus tôt.

— Ne me dis pas que tu n'as pas aimé ce baiser. Ne prétends pas qu'il ne signifiait rien.

— Il ne signifiait rien, Luke, et plus vite tu l'accepteras, plus vite nous pourrons aller de l'avant.

Elle se pencha vers Madelyne pour la réveiller, et l'aida à s'asseoir.

— Allez, ma chérie, c'est l'heure de se réveiller. Allons déjeuner ! Ensuite, nous irons voir les autres animaux.

Brusquement, elle était devenue glaciale avec lui. Il voulait se persuader qu'il s'en moquait, mais c'était faux.

Cette Peyton Reynolds adulte, sûre d'elle et efficace, l'intriguait au plus haut point. Il voyait l'ordre qui régnait dans sa vie, son organisation irréprochable, ses plannings, et il se demandait comment l'amener à lâcher prise, à se détendre un peu.

Tout en elle semblait contenu. L'espace d'un instant, d'un instant délicieux et torride, elle s'était relâchée, et il avait entraperçu une autre facette de sa personnalité qui lui plaisait énormément.

Cependant, elle avait raison sur un point : ils n'étaient pas là pour une aventure. Ils étaient là pour Madelyne, pour qu'il puisse connaître sa fille et apporter un peu de joie à une enfant malheureuse.

Il pensa à sa propre enfance, aux ruisseaux dans lesquels il s'était baigné, aux arbres auxquels il avait grimpé, aux aventures dans lesquelles il s'était lancé. Il avait eu une enfance très heureuse, et tous les enfants le méritaient.

Peyton prit la main de Maddy et se dirigea vers le restaurant du zoo, un peu à l'écart du sentier. La petite ne cessait de jeter par-dessus son épaule des regards pleins d'envie aux enfants qui jouaient dans l'aire de jeux aquatiques. Luke rattrapa Peyton et lui posa une main sur le bras.

— Hé ! Pourquoi n'irions-nous pas passer un petit moment là-bas, avant de manger ? suggéra-t-il en indiquant les jeux.

Madelyne s'arrêta de marcher et leva les yeux vers Peyton, sans rien dire.

— C'est l'heure de déjeuner, répondit celle-ci.

— La terre ne s'arrêtera pas de tourner parce que nous prenons un moment pour nous amuser.

— C'est important de respecter des horaires.

— C'est important, mais ce n'est pas gravé dans le marbre, l'interrompit-il. Allez, Peyton, vis un peu ! Et laisse la petite vivre un peu. Elle regarde l'aire de jeux avec envie depuis tout à l'heure !

Il voyait à son expression qu'elle hésitait, tiraillée entre ce qu'elle était tentée et ce qu'elle avait prévu de faire. Maddy se tenait à ses côtés, frémissante d'impatience.

Une ombre passa sur le visage de Peyton, qui secoua la tête.

— Nous nous sommes suffisamment laissé distraire pour aujourd'hui. C'est l'heure de déjeuner.

Madelyne jeta un dernier coup d'œil par-dessus son épaule, puis elle entra dans la paillote qui abritait le restaurant du zoo. Il les suivit, résistant à l'envie d'insister. Après tout, Peyton s'occupait de Maddy comme une mère l'aurait fait, et elle avait beaucoup plus d'expérience que lui en matière d'éducation. Peut-être avait-elle raison. Peut-être que respecter un planning était plus important que s'accorder quelques minutes pour jouer dans l'eau ou « se laisser distraire », d'une façon ou d'une autre.

Peyton borda Maddy et lissa ses cheveux sur son front. La journée touchait à sa fin. Elles avaient passé la matinée au zoo avec Luke, étaient allées au terrain de jeux, puis avaient dîné au restaurant. Avant de quitter Luke, elle lui avait donné le nécessaire pour faire le test ADN, qu'elle avait acheté le jour où elle était allée sonner chez lui. Elle avait également pratiqué un prélèvement sur Maddy en lui disant que c'était une sorte de jeu, puis elle l'avait envoyé à un laboratoire. Maddy ressemblait beaucoup à Luke, et elle était persuadée qu'il était bien le père de la fillette, mais elle préférait être prudente et penser à tout.

Luke était allé travailler après leur sortie au zoo, et elle s'était répété qu'elle en était ravie, mais son départ avait laissé un vide, comme si Maddy et elle n'étaient pas au complet sans lui. C'était insensé, bien sûr. Elles étaient très bien toutes seules.

— Tu t'es bien amusée aujourd'hui, mon petit ouistiti ?

Maddy hocha la tête, les paupières mi-closes.

— J'ai aimé les zèbres, et les éléphants, et aussi les hippopotames… Ils étaient énormes !

— C'est vrai, approuva-t-elle en souriant. Et si nous allions au musée, demain ?

— Est-ce que Luke viendra avec nous ? Il est rigolo, tante Peyton ! Il aime faire l'éléphant, comme moi, et il fait des grimaces quand il mange ses nuggets de poulet.

Oui, et il embrasse divinement. Peyton s'empressa de chasser cette pensée de son esprit. Embrasser Luke n'était pas à l'ordre du jour, et s'intéresser à lui était une erreur qu'elle n'avait pas besoin de commettre : Susannah ne lui avait-elle pas répété que Luke n'était pas fiable, qu'il cherchait à multiplier les conquêtes et non à établir une relation stable ?

Le fréquenter était une très mauvaise idée. Elle trouverait un moyen pour qu'il passe du temps avec Maddy sans qu'elle-même risque de faire quelque chose de stupide, comme l'embrasser une deuxième fois.

— Je me disais que nous pourrions y aller toutes les deux, entre filles, répondit-elle à Maddy. Ensuite, nous pourrions retourner au terrain de jeux, et tu t'amuserais pendant que je travaillerais un peu. Qu'en penses-tu ?

— D'accord…

La voix de Maddy était morne, et elle détourna les yeux.

— Tu aimes vraiment bien Luke ?

— Oui… Il est rigolo.

Maddy serra contre elle son ours en peluche, un animal couleur crème, usé par les années, qu'elle avait appelé Bo. Le soir, après avoir joué avec ses poupées Barbie et avec ses poupons, c'était Bo qu'elle prenait dans ses bras et blottissait sous son menton.

L'ours en peluche était la première chose que Peyton avait achetée en apprenant que sa sœur était enceinte, le premier cadeau qu'elle avait apporté à la maternité quand Maddy était née, et la première chose qu'elle avait mise dans la valise en décidant de venir à Stone Gap. Maddy tira doucement sur les poils entre les oreilles de Bo, les hérissant sur sa tête, signe qu'elle était nerveuse ou inquiète.

— Et toi, tante Peyton, tu l'aimes bien ?

— Bien sûr ! Je le connais depuis très longtemps.

— C'est ton ami ? Parce que c'est mon ami.

— Oui, c'est un ami.

Rien de plus. Imaginer le contraire aurait été insensé.

Cependant, des amis ne s'embrassaient pas comme ils s'étaient embrassés. Des amis n'inspiraient pas les pensées qu'il lui inspirait.

— C'est un ami, répéta-t-elle, plus pour elle-même que pour Maddy.

— Alors pourquoi il ne peut pas aller avec nous au musée ?

Pourquoi ? La question résonna dans sa tête tandis que, comme tous les soirs depuis un mois, elle s'asseyait à côté de sa nièce, et que la petite serrait sa main dans la sienne, cherchant le réconfort et le sentiment de sécurité dont elle avait cruellement besoin.

Quelques minutes plus tard, Maddy s'endormait, pelotonnée, Bo contre son cœur.

Soudain, on frappa doucement à la porte. Craignant que le bruit ne réveille la petite, Peyton se hâta d'aller ouvrir. La main posée sur la poignée, elle jeta un coup d'œil à travers le judas, s'attendant à découvrir un employé de l'hôtel ou un client s'étant trompé de chambre.

Elle eut le souffle coupé en apercevant de beaux yeux bleus et un sourire en coin. Prenant une profonde inspiration pour se donner du courage, elle ouvrit la porte, regrettant de s'être mise en jogging et démaquillée.

— Luke, que fais-tu ici ? chuchota-t-elle.

— Je voulais te voir et voir Maddy.

— Il est 20 h 30, elle dort…

— Déjà ?

— Elle a quatre ans, Luke, pas quatorze, répondit-elle en riant. Je parie que, même toi, tu te couchais tôt quand tu étais petit. Sauf s'il y avait des fêtes à la garderie, bien sûr !

Il fit un pas vers elle et inclina légèrement la tête.

— Pourquoi veux-tu absolument penser le pire de moi ?

— Je ne pense pas le pire de toi.

Peut-être l'avait-elle fait, mais seulement parce qu'elle se méfiait de son passé tumultueux. Que disait le vieil adage ? Que le passé était le meilleur indicateur de l'avenir. Or Luke avait brisé bien des cœurs et s'était montré très inconstant.

Une lueur amusée passa dans ses yeux.

— Alors que penses-tu de moi ?

Elle resserra son étreinte sur la poignée de la porte. Elle n'avait pas envie de répondre, car elle n'aurait pu que lui répliquer : « C'est compliqué. »

— Ecoute, Maddy dort, et j'étais sur le point d'aller me coucher.

— A 20 h 30 ? Même toi, tu vas te coucher plus tard que ça, non ? insista-t-il avec un sourire espiègle. Allez, prends un petit moment pour discuter avec moi. Asseyons-nous sur le balcon et cherchons Orion dans le ciel !

Aussitôt, elle eut l'impression d'avoir de nouveau quatorze ans et d'être assise un soir au bord du lac, avec Luke, âgé de dix-sept ans. Susannah avait trop bu et s'était endormie sur une couverture, à côté d'eux. Peyton avait entendu sa mère l'appeler, mais elle avait ignoré le couvre-feu, parce que tout ce qu'elle voulait, c'était passer un moment de plus avec Luke. Assis à côté d'elle, il lui avait montré les étoiles et lui avait raconté les histoires fascinantes des déesses et des dieux grecs associés à chaque constellation. De tous ses souvenirs d'été, celui de cette soirée restait le plus vif dans son esprit, brillant comme l'étoile polaire.

— Il y a quelques mignonnettes dans le réfrigérateur, se surprit-elle à dire. Si tu veux boire quelque chose…

— Elles sont roses et fruitées ?

Elle rit.

— Exactement !

— C'est celles que je préfère.

Il entra dans la chambre. Elle s'apprêtait à l'emmener sur le balcon, mais il s'arrêta net en voyant Maddy dans son lit. La petite serrait encore son ours contre elle, et ses cheveux bouclés formaient un halo autour de son visage. Elle avait libéré un pied des couvertures, et le vernis à ongles rose de ses orteils brillait dans la lumière dorée de la lampe de chevet.

— On dirait un ange.

L'émerveillement de Luke était palpable. Elle avait éprouvé le même à d'innombrables reprises depuis la naissance de Maddy.

— C'est un ange, mais il faudra peut-être me le rappeler quand elle aura dix-sept ans et qu'elle fera le mur pour aller retrouver un garçon !

— C'est vraiment ma fille, n'est-ce pas ?

C'était une question purement rhétorique, le genre de question que l'on posait quand on n'arrivait pas à croire à son bonheur. Il commençait à se faire à la vérité, ses doutes se dissipaient et il se remettait peu à peu du choc initial, elle le voyait.

— Enfin, je sais que nous devons attendre les résultats du test, mais je le sens, reprit-il, posant une main sur sa poitrine. C'est ma fille. C'est incroyable et merveilleux.

Elle se tenait à ses côtés, dans la pénombre de la chambre, sous le charme de la fillette. Peut-être n'était-elle pas objective, mais elle avait toujours trouvé que Maddy avait quelque chose de spécial, quelque chose d'attendrissant qui expliquait pourquoi les gens fondaient devant son sourire charmant et ses grands yeux bleus.

— Je me rappelle très bien le jour de sa naissance. C'était… magique. Le médecin, la sage-femme et moi étions autour de Susannah pendant l'accouchement et, soudain, il y avait un autre petit être humain dans la pièce, un bébé magnifique, parfait, auquel je me suis tout de suite attachée.

— J'aurais aimé être là, murmura Luke.

— Tu aurais dû être là, approuva-t-elle avec douceur.

On ne pouvait pas changer le passé, elle en avait bien conscience, mais Susannah aurait dû informer Luke de sa grossesse, et lui être présent. Il aurait dû assister à la naissance de sa fille, la voir grandir et faire ses premiers pas.

Bien sûr, s'il avait été présent, il aurait peut-être insisté pour que Susannah et Maddy s'installent à Stone Gap, et Peyton n'aurait pas eu toutes ces années avec sa nièce.

Seul le présent importait. Luke ne serait peut-être pas là demain, ou dans deux semaines, mais il était là maintenant, il voulait en savoir plus sur Maddy et passer du temps avec elle, et c'était une bonne chose.

— Viens, allons sur le balcon pour ne pas la réveiller.

Elle prit les deux petites bouteilles de vin dans le minibar et deux verres, puis ils allèrent s'asseoir sur les chaises en plastique blanc du balcon. C'était un petit carré d'à peine plus d'un mètre sur un mètre, mais il offrait une belle vue sur la forêt et sur le lac, au loin, au bord duquel elle avait passé tant de journées d'été. Il y avait quelque chose d'ironique à ce que Luke et elle soient de nouveau assis côte à côte sous les étoiles, avec ce lac dans le lointain.

La nuit était calme, on n'entendait que le bruit étouffé de la circulation au loin et le chant d'un oiseau nocturne, tandis que le parfum des clématites flottait dans la brise légère.

— A ta santé ! dit-elle en entrechoquant leurs verres.

— Aux vieux amis, et aux nouveaux départs…

« Aux vieux amis. » Etait-ce ce qu'ils étaient l'un pour l'autre ? Etait-ce ce qu'elle voulait ? Après le baiser qu'ils avaient échangé le jour même, elle n'en était pas sûre.

Ce baiser occupait toutes ses pensées. Il était encore là, entre eux, implicite mais faisant partie de la conversation. Il ne pourrait jamais être effacé et, à un moment ou à un autre, il faudrait bien qu'elle y réfléchisse, qu'elle se demande ce qu'il signifiait et ce qu'il avait changé entre eux.

Luke allongea les jambes, posa les pieds sur la rambarde du balcon et leva les yeux vers le ciel étoilé.

— Tu te rappelles comment trouver Orion ?

De nouveau, elle remonta le temps. Elle avait quatorze ans, elle était assise sur un plaid au bord du lac, dont l'eau clapotait sur la rive. Il faisait noir, Luke était assis à côté d'elle, plus jeune et plus maigre. Dans l'obscurité, elle n'était plus la petite sœur intello avec des lunettes et un livre sous le bras. Dans l'obscurité, elle pouvait être n'importe qui et, l'espace de quelques heures, elle avait fait semblant d'être la petite amie de Luke.

Il s'était penché en arrière, appuyé sur ses coudes, lui avait souri et lui avait demandé si elle savait trouver Orion. Même si elle avait été étudiante en astronomie, elle aurait répondu par la négative pour qu'il lui montre la constellation et lui raconte le mythe du chasseur.

— Montre-moi comment faire, répondit-elle une fois encore.

Il se pencha vers elle, comme il l'avait fait des années plus tôt, son épaule effleurant la sienne. Les notes épicées de son parfum vinrent lui chatouiller les narines, et elle dut résister à l'envie de le toucher, d'enfouir le visage au creux de son cou.

Tendue, elle resserra son étreinte sur le bras du fauteuil et prit sur elle pour ne pas céder au désir qui la submergeait.

Luke pointa le doigt vers le ciel.

— Regarde à l'ouest. Tu vois ces trois étoiles, l'une à côté de l'autre ?

Elle inspira profondément, s'imprégnant malgré elle de son parfum, et s'efforça de se concentrer sur les étoiles.

— Oui.

— Elles forment la ceinture d'Orion. Ces deux-là, au nord, sont ses épaules, et ces deux-là, au sud, continua-t-il en baissant la main, sont ses pieds.

Elle se souvenait de tout ce qu'il lui avait expliqué ce soir-là, au bord du lac, mais elle n'allait pas le lui dire pour préserver les liens unissaient le passé au présent.

— Et qui était Orion, déjà ? J'ai oublié…

— Dans la mythologie grecque, Orion était le fils du dieu Poséidon, et c'était un grand chasseur. C'est Zeus qui l'a transformé en une constellation.

Elle regarda le ciel en souriant.

— Comment se fait-il que tu en saches autant sur cette constellation en particulier ?

— Je ne te l'ai jamais dit ?

Elle secoua la tête.

Il se laissa aller en arrière dans son fauteuil, et elle ne put s'empêcher d'éprouver une pointe de déception.

— Quand mes parents se sont mariés, mon père était dans l'armée. Peu de temps après leur mariage, il a été envoyé à l'étranger, mais maman est restée ici parce qu'elle était enceinte de Mac. Ils étaient malheureux d'être séparés et, comme il était au bout du monde, ils pouvaient difficilement s'appeler. Ils ont alors décidé qu'ils iraient voir Orion la nuit, sachant l'un et l'autre qu'ils regarderaient la même constellation à quelques heures d'intervalle.

— C'est très romantique ! Je ne savais pas que ton père était comme ça.

— C'est un tendre, mais ne lui dis pas que je t'ai révélé ce secret ! Il prétend qu'il serait fichu si quelqu'un savait qu'il pleure devant un film triste et qu'il regarde les étoiles quand ma mère lui manque !

Elle leva de nouveau les yeux vers la constellation.

— Ce doit être merveilleux d'être aimé de cette façon, murmura-t-elle. Par-delà les océans, le temps et les étoiles.

— C'est merveilleux, c'est vrai. Mes parents sont plutôt exceptionnels. Ils s'aiment aujourd'hui comme au premier jour.

La voix de Luke était empreinte d'affection et d'un peu d'envie. Elle éprouvait les mêmes émotions. Connaissant Della et Bobby depuis des années, elle avait toujours trouvé leur couple idéal. Luke ne mesurait pas la chance qu'il avait d'avoir grandi dans une famille unie et chaleureuse, où il avait reçu tout l'amour dont un enfant pouvait avoir besoin. Elle-même avait grandi avec une mère alcoolique qui changeait tout le temps de petit ami. Chez elle, il n'y avait ni repas de famille le dimanche ni traditions de Noël.

— Un amour aussi fort est quelque chose de rare.

— Très rare. Mais Jack semble avoir trouvé la même chose avec Meri. Ils se marient dans quelques semaines !

— Jack et Meri Prescott ? Ils sont de nouveau ensemble ?

Elle se rappelait la reine de beauté avec laquelle le frère de Luke sortait quand ils étaient au lycée. Elle ne les connaissait pas très bien, car elle fréquentait un autre groupe à l'époque, mais elle avait toujours trouvé qu'ils formaient un beau couple.

— Oui, répondit Luke avec un grand sourire. Et ils sont fous l'un de l'autre, comme mes parents.

— Tu as presque l'air envieux.

— Moi ? s'étonna-t-il. Certainement pas !

— Tu ne veux pas trouver quelqu'un à aimer de cette façon ? Quelqu'un qui te paierait de retour ?

— L'amour véritable est immortalisé dans les étoiles pour une bonne raison, Peyton : il est très rare.

Luke but une gorgée de vin, puis posa son verre par terre.

— Et toi ?

Elle joignit les mains autour de son verre pour se rafraîchir les paumes à la condensation.

— Et moi, quoi ?

— Est-ce que tu attends l'homme qui pourchassera les cieux pour l'éternité dans l'espoir d'être avec toi ?

Elle émit un grognement railleur. Des années plus tôt, elle en aurait peut-être rêvé, mais elle avait grandi et s'était aperçue que les rêves devenaient rarement réalité.

— Je n'y crois pas ! Enfin, tes parents ont eu de la chance, et Jack et Meri aussi, mais je suis d'accord avec toi, ils constituent des exceptions, pas la règle. Pour le moment, je me concentre sur l'éducation de Maddy. Le reste…

Elle laissa sa phrase en suspens et haussa les épaules.

— Qu'est devenue la jeune fille qui lisait des romans d'amour et rêvait du prince charmant ?

— J'ai grandi. J'ai trouvé un travail, fait un emprunt et, maintenant, j'ai un enfant. Je n'ai pas le temps de rêver de chevaux blancs et de couchers de soleil.

— Nous sommes pareils sur ce point.

— Aux réalistes unis !

Elle leva son verre et l'inclina légèrement dans sa direction, comme pour porter un toast.

— Est-ce ce que nous sommes ? demanda-t-il. Unis ?

Unis. Ensemble. L'idée était étrange. Elle avait souhaité qu'ils soient unis des années plus tôt, et maintenant ils l'étaient, mais par un intérêt commun, pas par l'amour.

— Pour le moment, pour Madelyne.

— Une alliance provisoire.

Elle hocha la tête, peut-être un peu trop énergiquement.

— Une alliance. C'est le mot qui convient.

— Sans aucune de ces idées romantiques insensées, compléta-t-il en indiquant le ciel d'un geste vague, comme si Orion lui-même ne pouvait qu'acquiescer.

Il se faisait l'écho de ses pensées. Leur baiser avait été une aberration, une erreur qu'ils regrettaient tous les deux. Luke ne risquait pas d'essayer d'aller plus loin, ou d'attendre plus que ce qu'elle pouvait lui donner.

— Exactement.

Elle devait donc arrêter de regarder le ciel et de se revoir à ses côtés sur la rive du lac, en train d'espérer qu'il la remarquerait et se rendrait compte qu'il était sorti avec la mauvaise sœur. Elle devait se concentrer sur Maddy.

Elle s'éclaircit la gorge.

— Tu m'as dit que tu voulais me parler. Que voulais-tu me dire ?

— J'aimerais passer un peu de temps avec elle…

— Pas de problème ! Je me disais que nous pourrions aller au musée ensemble et…

— … tout seul, précisa-t-il, l'interrompant. Je veux apprendre à la connaître, et je crois que ce serait plus facile sans un intermédiaire.

— Je ne pense pas que ce soit une bonne idée. Elle a peur des gens qu'elle ne connaît pas bien, elle a l'habitude d'être avec moi et…

— Et je suis son père, même si je suis prêt à attendre les résultats du test ADN. Si les résultats prouvent que je suis bel et bien son père, j'aurai le droit de la voir, tu le sais.

Il avait raison, et si l'affaire était portée devant les tribunaux, ce qui n'arriverait pas, bien sûr, il pourrait obtenir la garde partagée ou exclusive de Maddy. Après tout, il était le père biologique d'une enfant dont la mère était morte.

Peut-être pourrait-elle profiter du temps que la petite passerait chez lui pour travailler un peu depuis sa chambre d'hôtel. Elle pourrait se pencher sur le dossier Drexel Avenue, qui était sur son bureau quand elle était partie pour Stone Gap. Elle pourrait essayer de redonner vie à sa carrière. Certes, elle était censée être en vacances, mais elle pouvait tout de même travailler un peu.

Peut-être retournerait-elle ainsi à Baltimore avec des projets clairement établis. Sa carrière serait de nouveau assurée, et elle aurait plus de temps à consacrer à Maddy.

Elle fit tourner son verre de vin entre ses paumes et regarda Luke.

— Tu me demandes de te confier Maddy.

— Je suis digne de confiance, Peyton, dit-il avec un sourire.

— C'est juste que je ne la laisse pas souvent à des gens que je ne connais pas très bien.

— Pourquoi ?

Elle aurait pu lui dire que Maddy était perturbée dans les situations inhabituelles ou les endroits nouveaux, mais ce n'était pas vrai. Avant la mort de Susannah, Maddy s'adaptait aisément à toutes les situations, elle était facile à contenter, bien disposée envers les gens qu'elle rencontrait.

Elle aurait aussi pu objecter qu'elle s'inquiétait encore de l'état émotionnel fragile de Maddy, car c'était vrai, mais ce n'était pas tout.

— J'ai pris presque toutes les décisions concernant Maddy depuis sa naissance, expliqua-t-elle, et pour être honnête, j'ai beaucoup de mal à laisser quelqu'un d'autre s'occuper d'elle, même pour un petit moment.

— Que faisait Susannah pendant que tu t'occupais de Maddy ?

Elle se pencha en avant, appuyant ses coudes sur ses genoux. Son regard se porta sur la cime des arbres, indistincte dans la nuit, puis sur l'étendue noire du lac dans le lointain.

— Susannah n'était pas la mère la plus présente qui soit. C'était une excellente amie, mais les enfants n'ont pas besoin d'amis, ils ont besoin de parents qui établissent des horaires, leur font manger des légumes et pensent à leur mettre un manteau quand il fait froid.

— Et Susannah ne faisait rien de tout ça ? demanda Luke, visiblement étonné.

Elle repensa aux disputes qu'elle avait eues avec sa sœur quand elle lui avait demandé de s'investir davantage, d'être responsable, d'être la mère dont Maddy avait besoin. Maintenant, elle regrettait chacune de ces disputes et aurait donné à peu près n'importe quoi pour retrouver sa sœur et son sens de l'humour décalé.

— Susannah voulait être une bonne mère, et elle aimait Maddy plus que tout au monde. En définitive, c'est ce qui compte vraiment, soupira-t-elle. Le plus important pour moi, c'est que Maddy soit aimée.

— Pour moi aussi, c'est le plus important, Peyton.

Luke leva de nouveau les yeux vers le ciel. Au-dessus d'eux, les étoiles scintillaient, comme si elles leur donnaient leur approbation.

5

Luke avait commis de nombreuses erreurs au cours de sa vie. Il en avait corrigé certaines, et d'autres le hantaient encore. Depuis l'arrivée de Peyton et de Maddy, il entrevoyait une vie différente, un avenir qui lui faisait peur et qui l'enchantait à la fois.

Au lieu de remettre ses obligations à plus tard, comme il l'aurait fait un mois ou même une semaine plus tôt, il se leva tôt et alla sonner chez son frère Jack à l'aube.

Il se dirigea vers l'atelier en entendant la plainte monocorde de la scie électrique. Jack était déjà au travail, devant son établi.

Luke frappa sur le chambranle de la porte ouverte.

— Tu as une minute ?

Son frère éteignit la scie et posa les planches qu'il venait de couper sur l'établi. Jack avait les cheveux bruns et les yeux bleus, il était à la fois mince et musclé.

— Je dois avoir des hallucinations ! Mon frère ici avant midi !

— Cela fait des semaines que je me lève tôt pour aller au garage, protesta Luke.

— Je sais, je te taquine.

Jack sortit deux petites bouteilles d'eau de la glacière posée à ses pieds et lui en tendit une.

— Tu penses travailler à plein temps un jour ou l'autre ? Papa doit se faire opérer de l'autre genou, il ne devrait pas…

— Je sais, je sais.

— Tu pourrais t'investir un peu plus, Luke.

Il se renfrogna.

— Je ne suis pas venu ici pour que tu me sermonnes au sujet de mes choix de vie. J'ai un service à te demander.

— Si c'est pour mentir à une fille, demande à Ben. Je refuse de te servir d'alibi, répliqua Jack avant de boire une gorgée.

— Il est bel et bien question d'une fille, mais ce n'est pas ce que tu crois.

Luke s'assit sur un seau retourné. Il faisait déjà chaud dehors, mais l'atelier était construit à l'ombre d'un arbre et sa température restait encore fraîche.

— J'ai besoin que tu me remplaces au garage ce matin. Il n'y a pas grand-chose à faire, il faut seulement s'occuper du break d'Ernie Franklin. J'ai commencé hier, mais…

— Quelle fille ?

— Peu importe.

— Il ne s'agirait pas de Peyton Reynolds, par hasard ?

— Comment sais-tu qu'elle est à Stone Gap ?

— Luke, cette ville est minuscule. Quand quelqu'un éternue, la moitié des habitants se font vacciner contre la grippe dix minutes plus tard.

— C'est vrai ! constata Luke en riant.

— Et je sais qu'elle a toujours eu un faible pour toi, alors je me suis dit que maintenant qu'elle était adulte et terriblement séduisante…

— Tu seras bientôt un homme marié, tu ne devrais pas parler d'elle comme ça.

— Ça répond à la question que je me posais : elle t'intéresse. Alors, qu'est-ce que tu mijotes avec Peyton Reynolds ? Il paraît qu'elle a une fille…

— Ce n'est pas sa fille. Enfin, c'est elle qui en a la charge, mais…

Il s'interrompit et poussa un profond soupir. Il était venu ici pour obtenir le soutien de son frère et ses conseils, et lui raconter la moitié de l'histoire n'apporterait rien de bon.

— Promets-moi de ne rien répéter de ce que je vais te dire à maman. Je lui en parlerai moi-même quand je serai prêt.

Jack s'assit à son tour et croisa les bras.

— Croix de bois, croix de fer, si je mens je vais en enfer !

Luke sourit, songeant qu'il avait dit la même chose à sa fille.

— Peyton élève la fille de Susannah et c'est ma fille.

Jack écarquilla les yeux, visiblement stupéfait.

— Pardon ? Ta fille ?

Luke hocha la tête et lui fit un résumé de ce qui s'était passé au cours des derniers jours.

— Aujourd'hui, conclut-il, je vais enfin passer un peu de temps seul avec elle. Un garage n'est pas un endroit sûr pour un enfant. D'où le service que je te demande.

— Bien sûr, bien sûr, pas de problème ! Je vais m'arranger.

Jack retira l'étiquette de sa bouteille d'eau, en fit une boulette et la lança dans la poubelle.

— Tu vas devoir annoncer la nouvelle aux parents, tu sais. Malheur à toi s'ils l'apprennent par quelqu'un d'autre !

Luke s'esclaffa.

— Oui, c'est probablement le genre de chose qu'ils n'aimeraient pas apprendre par les commérages. Je vais le leur dire, mais j'ai encore besoin d'un peu de temps.

— Tu essaies de décider de ce que tu vas faire ensuite ?

— Exactement, répondit-il en se passant une main dans les cheveux, avant de pousser un profond soupir. Peyton est une super bonne mère. Elle est parfaitement organisée, elle prévoit tout, elle pense aux moindres détails. Je ne suis pas le père idéal, et je ne sais pas…

— Tu ne sais pas quoi ?

— Je ne sais pas si je peux être un bon modèle.

— Personne n'est parfait, Luke. Ni moi, ni toi, ni même Peyton. Si j'ai appris une chose des parents, c'est que l'on fait de son mieux, sans s'inquiéter des petites choses.

— Je crois entendre le fils spirituel d'Anthony Robbins et d'Oprah Winfrey !

Jack éclata de rire.

— Je ne prétends pas avoir toutes les réponses, mais j'en ai quelques-unes. Après tout, je suis le petit dernier de la famille, j'ai appris des erreurs de mes aînés.

— Ce n'est pas parce que tu es le petit dernier que tu es le plus malin, plaisanta Luke, ou le préféré de maman.

— Elle te dit que tu es son préféré pour que tu ne te sentes pas trop exclu, parce que tu es le deuxième, protesta Jack avec un grand sourire, que Luke lui rendit aussitôt.

— Ah oui ? Elle m'a pourtant dit qu'elle m'avait eu parce qu'elle était déçue de son enfant précédent.

— Eh bien, à moi, elle m'a dit que tu étais la roue de secours, après Mac, ce qui fait de moi…

— Un accident !

Ils éclatèrent de rire, s'amusant des mêmes plaisanteries depuis des années. Leur mère leur disait toujours qu'elle les aimait tous les trois autant, mais ils essayaient quand même de lui faire choisir un fils préféré.

— Tu travailles toujours à ton terrain de jeu ? demanda Luke.

Son frère avait entrepris de construire un terrain de jeu au cœur de Stone Gap, pour honorer la mémoire de son ami Eli, le cousin de sa fiancée, Meri Prescott, qui était mort au combat en Afghanistan.

— Oui. Je suis en train d'y ajouter des jeux accessibles aux handicapés. Je veux que ce soit un endroit pour tous les enfants.

— Je serais ravi de t'aider. N'hésite pas à m'appeler si tu as besoin d'aide ce week-end.

— J'avoue que j'aurai bien besoin d'un coup de main !

Jack se leva et posa sa bouteille d'eau sur l'établi.

— Bon ! Je ferais mieux de me préparer pour aller au garage.

Luke se leva à son tour et lui donna une tape dans le dos.

— Merci, Jack.

— Je t'en prie. Je te demande juste une chose…

— Quoi donc ?

— Ne gâche pas tout, dit Jack avec sérieux. Un enfant est un don du ciel, Luke. Ne laisse pas passer ta chance, tu n'en auras peut-être pas d'autre.

A 8 heures, ce matin-là, Peyton était dans sa chambre d'hôtel et essayait sa troisième tenue. Elle ne se souciait pas réellement de ce qu'elle portait, bien sûr, ni de qui la verrait dans telle ou telle robe.

Qui essaies-tu de tromper ? Elle s'était changée plusieurs fois, attaché les cheveux, les avait relâchés. Finalement, elle avait choisi une robe en coton vert foncé qu'elle mettait assez souvent pour aller au travail.

Maddy lui tira sur la main, la rappelant à la réalité et à ce qui importait vraiment.

— Tante Peyton, tu vas rester avec moi aujourd'hui ?

— Non, ma chérie. Je te l'ai déjà expliqué. Tu vas passer un petit moment avec Luke et, moi, je vais travailler un peu. Je viendrai te chercher avant que tu t'aperçoives de mon absence !

— Je ne veux pas que tu partes. Je veux que tu restes avec moi.

— Tu vas bien t'amuser ! Luke a un chien, tu te souviens ? Tu adores les chiens…

— D'accord, répondit Maddy d'une petite voix résignée.

La Maddy surexcitée qui courait vers elle pour l'accueillir à la fin de la journée et qui s'émerveillait de tout ce qu'elle voyait manquait terriblement à Peyton. Cette petite fille triste lui brisait le cœur.

Elle s'accroupit et lui prit les mains avec tendresse.

— Tu n'es pas obligée d'y aller si tu n'en as pas envie. C'est toi qui choisis. Tu veux faire autre chose aujourd'hui ?

Les yeux baissés, Maddy secoua la tête.

— Tu aimes être ici, ma chérie ? A Stone Gap ? lui demanda Peyton.

Maddy se contenta de hausser les épaules.

— Parce que si tu veux retourner à la garderie de Baltimore…

La petite secouait déjà la tête.

— Je veux rester avec toi, tante Peyton.

— Moi aussi, je veux rester avec toi, ouistiti. Peu importe l'endroit où nous irons, nous serons toujours ensemble.

— Mais pas quand tu vas travailler et que je vais à la

garderie, parce que je dois t'attendre longtemps, longtemps, et que je suis triste et que je veux rentrer à la maison.

— Oh ! mon chou, je sais !

Elle prit Maddy dans ses bras et la serra contre elle un long moment. Son cœur s'emplit d'amour, et elle regretta de ne pouvoir gagner au loto ou hériter d'un million de dollars, pour ne plus jamais avoir à se séparer de la fillette.

— Quand nous retournerons à Baltimore, je ferai tout mon possible pour travailler moins et passer plus de temps avec toi. D'accord ?

— Pourquoi on ne peut pas vivre ici ? Avec Luke et son chien, le zoo, et la dame des pancakes ?

Elle écarta la frange du front de Maddy.

— Parce que mon travail est à Baltimore. Mais nous pourrons venir régulièrement à Stone Gap. Qu'en penses-tu ?

Les yeux de Maddy s'emplirent de larmes, et elle agrippa une fois de plus le bas de son T-shirt.

— Je n'aime pas Baltimore. Je préfère ici. J'aime bien la dame des pancakes, le zoo et le parc.

— Nous avons toutes ces choses à Baltimore…

— Et j'aime bien Luke, ajouta Maddy.

Effectivement, elles n'avaient pas Luke à Baltimore, et Peyton ne pouvait pas promettre à Maddy qu'il viendrait les voir dans le Maryland.

— Alors, est-ce que tu veux aller passer un petit moment chez Luke aujourd'hui ? Je suis sûre que ce sera amusant.

Maddy hocha la tête, mais elle ne lâcha pas son T-shirt.

— D'accord.

— Je resterai un moment avec toi, d'accord ? Et si tu changes d'avis après avoir rencontré Charlie, le chien, tu ne seras pas obligé de rester, ajouta-t-elle en nouant le lacet défait de Maddy. Tu sais, Luke n'a pas l'habitude de s'occuper de petites filles comme toi. Il faudra que tu sois bien sage, tu ne pourras pas faire de singeries.

Maddy sourit enfin.

— Je ne suis pas un singe, je suis une grande fille !

Peyton rit et lui tapota le bout du nez.

— C'est vrai !

Maddy s'assit sur le lit et resta parfaitement immobile pendant que Peyton lui brossait les cheveux et lui faisait deux tresses tout en gardant un œil sur le réveil pour ne pas prendre de retard.

— Est-ce que Luke aime jouer à la poupée ?

Elle se représenta Luke, viril à souhait, en train de jouer à la poupée, et ne put s'empêcher de sourire avec malice.

— Je suis sûre qu'il adore !

— D'accord ! Je vais prendre Sammie, Lucy…

Une fois coiffée, Maddy se dirigea vers ses jouets, entassés sur une chaise à côté de son lit, prit ses poupées et les tendit à Peyton pour qu'elle les glisse dans le sac qu'elles emporteraient chez Luke.

— … Macy, et aussi celle-ci. Elle n'a pas encore de nom, continua la fillette en se mordillant la lèvre inférieure. Luke pourra peut-être lui en donner un.

— J'en suis persuadée.

Luke lui en voudrait sans doute d'avoir dit à Maddy qu'il serait ravi de jouer à la poupée mais, après tout, c'était normal pour un père de jouer avec son enfant. Elle espérait de tout cœur que Maddy lui proposerait aussi de jouer à la dînette.

— Bon, il se fait tard. Mangeons quelque chose avant d'aller chez Luke.

Elle mit les jouets, les vêtements de rechange de Maddy et de quoi grignoter dans sa voiture, puis conduisit jusqu'au Good Eatin' Café pour le petit déjeuner. Cette fois, Maddy se glissa sur la banquette d'elle-même, et demanda à Vivian ses pancakes préférés avec un sourire rayonnant.

Vivian fut aux petits soins et ajouta de la crème chantilly sur les pancakes. Ravie, Maddy dévora son petit déjeuner en un temps record.

Peyton en éprouva un immense soulagement. Etre à Stone Gap était peut-être exactement ce dont l'enfant avait besoin. C'était la première fois qu'elle mangeait de si bon appétit depuis la mort de Susannah, et la regarder faire lui redonnait un peu d'espoir. Hélas, Maddy risquait de redevenir taciturne dès leur retour à Baltimore.

A 9 heures précises, elles s'arrêtaient devant chez Luke. Elles allèrent sonner, et la porte s'ouvrit presque aussitôt.

Peyton sentit son cœur faire un bond dans sa poitrine. Il n'était pas torse nu, cette fois, et elle ne put s'empêcher d'en être un peu déçue. Il portait un vieux T-shirt délavé avec la tête de Bruce Springsteen, et un short en toile. Il était pieds nus, et ses cheveux étaient ébouriffés, comme s'il venait de se lever. Charlie, assis à côté de lui, balayait de la queue le tapis de l'entrée.

— Je parie que tu ne t'attendais pas à ce que je sois réveillé, lança Luke.

— Levé tôt et prêt à l'heure deux fois de suite ! Tu es un véritable adulte…

— Je n'irais pas jusque-là.

— C'est ton chien ? demanda Maddy. Il est trop mignon !

— Oui, c'est Charlie ! Il est très content de te voir, Maddy.

Timide et prudente, la fillette resta collée contre la jambe de Peyton, qui lui posa une main sur l'épaule pour la rassurer.

— Si tu attends un peu, Charlie s'habituera à toi, et tu pourras jouer avec lui. C'est pour mieux te connaître qu'il te renifle.

Maddy hocha la tête, mais resta où elle était.

— Je le sens aussi, déclara-t-elle en reniflant.

Luke s'accroupit et lui sourit.

— Qu'est-ce que je vois là ? N'aurais-tu pas sur le menton un peu de chocolat des célèbres pancakes de Vivian ?

Maddy hocha la tête.

— Si ! Ils sont très bons, et elle met de la crème dessus… C'est délicieux, mais tante Peyton dit qu'il ne faut pas en manger trop parce que c'est mauvais pour le ventre.

— C'est important de savoir se faire plaisir de temps en temps. N'est-ce pas, tante Peyton ?

Il leva les yeux, et elle sentit aussitôt une douce chaleur

l'envahir. Parlait-il de la crème chantilly, ou faisait-il allusion à autre chose ? Et dans ce cas, était-elle intéressée ?

Non. Pas du tout.

— De temps en temps, oui. Pas tout le temps.

Il la regarda de la tête aux pieds, lentement, et sourit.

— Eh bien, eh bien, regardez-moi ça ! Tu t'habilles toujours comme ça quand tu es en vacances ?

Elle rajusta le col de sa robe.

— J'avais l'intention d'aller prendre un café quelque part et de travailler un peu. Cela m'aide à me concentrer de m'habiller comme quand je vais au bureau.

Une lueur approbatrice passa dans le regard de Luke.

— Tu fais bonne impression sur moi, en tout cas.

La remarque lui alla droit au cœur. Cela faisait bien longtemps qu'on ne lui avait pas fait tant de compliments.

Elle travaillait avec des hommes, bien sûr, mais elle s'arrangeait pour que ses relations avec eux restent strictement professionnelles. Sortir l'aurait détournée de ses projets et, de toute façon, même si elle en avait eu envie, elle n'en aurait pas eu la possibilité depuis qu'elle s'occupait de Maddy ; sa vie sentimentale était entre parenthèses.

Cependant, depuis ce baiser bouleversant, bien trop bref, échangé avec Luke, elle se demandait si elle passait à côté de quelque chose.

Elle aimait la façon dont il la regardait, elle devait bien l'admettre, et elle mourait d'envie de sentir de nouveau ses lèvres sur les siennes.

— Tu ne flirterais pas avec moi, par hasard ? lui demanda-t-elle, posant un poing sur sa hanche.

— Moi ? Jamais, répondit-il avec un grand sourire.

Elle espérait qu'il mentait.

Hélas, si leur baiser lui avait dit une chose, son bon sens lui en dictait une autre. Luke était sorti avec Susannah pendant quelque temps, à la fin de la terminale, or Susannah et elle étaient très différentes l'une de l'autre. De plus, le Luke qu'elle connaissait au lycée ne restait jamais longtemps avec ses petites amies. Elle ne devait absolument pas l'oublier, au lieu de se laisser chavirer par quelques compliments et sous-entendus.

Par ailleurs, sa priorité n'était pas d'avoir une relation avec lui, même si son baiser la hantait encore.

— Eh bien, tant mieux, murmura-t-elle, pour elle-même autant que pour lui. Parce que j'ai d'autres choses en tête en ce moment.

Elle indiqua discrètement Maddy, qui observait leur échange avec intérêt.

— Autre que ça, ajouta-t-elle en agitant la main entre eux.

— « Ça », c'est moi qui te fais un compliment, c'est tout. Il te suffit de me remercier, Peyton, tu n'es pas obligée de t'en aller avec moi dans le soleil couchant.

Maddy tira sur sa manche.

— Tante Peyton, je dois aller aux toilettes !

Charlie dressa les oreilles, mais resta aux pieds de son maître.

— Les toilettes sont là-bas, à gauche, dit Luke en lui désignant le bout du couloir. Tu as besoin d'aide ?

Il semblait tellement affolé que Peyton dut se retenir de rire.

— Non, non, c'est bon, je m'en occupe.

Elle entra avec Maddy, heureuse d'échapper à une conversation qu'elle n'avait pas du tout envie d'avoir.

S'en aller avec lui dans le soleil couchant ? Certainement pas !

Elle ne s'intéressait pas à lui, en dépit de ce que semblaient indiquer les battements frénétiques de son cœur. Elle était là uniquement pour qu'il puisse jouer son rôle dans la vie de sa fille. Même si elle succombait de nouveau à son charme, elle n'avait pas l'intention de sortir avec lui. Luke était le père de Maddy et, ne serait-ce que pour cette raison, elle devait garder ses distances.

Elle n'était plus une jeune fille bêtement romanesque. Ce n'était pas parce qu'il était toujours aussi beau et gentil avec Maddy qu'ils finiraient tous les trois par former une famille. Il s'agissait de la réalité, pas d'un roman d'amour.

Luke était le père de Maddy, il n'était plus le garçon pour lequel elle avait eu le béguin. Elle n'était pas là pour raviver une ancienne flamme, mais pour donner à Maddy l'occasion de nouer des liens avec son père.

— Tante Peyton, est-ce que tu aimes bien Luke ? lui demanda justement la fillette tandis qu'elle se lavait les mains au robinet de la salle de bains.

— Bien sûr.

Comme un ami. Seulement comme un ami.

— Alors pourquoi est-ce que tu fais cette tête-là, parfois ?

La petite fronça le nez et pressa ses lèvres l'une contre l'autre. Les enfants avaient parfois des questions déroutantes.

— Tes mains sont propres ?

— Oui !

Maddy leva les mains pour les lui montrer, projetant des gouttes d'eau autour d'elle. Peyton prit la serviette à côté du lavabo et les lui sécha.

— Allons voir Charlie ! Je suis sûre qu'il a hâte de jouer avec toi…

Maddy acquiesça d'un hochement de tête énergique. Par chance, elle avait oublié sa question.

Elles regagnèrent l'entrée où Luke les attendait. Le chien était toujours assis à ses pieds.

— Je peux jouer avec le chien, maintenant ? demanda Maddy à Luke. Il aime les poupées ?

Peyton n'ayant jamais eu de chien, elle ne savait pas si Charlie risquait de mâchonner les jouets ou s'il allait laisser la petite les empiler à côté de lui. Dans le doute, elle s'apprêtait à le déconseiller à Maddy, mais Luke la devança.

— Charlie adore les poupées, affirma-t-il avec un sourire confiant.

Il claqua des doigts et le chien se leva, s'approcha de Maddy et s'assit devant elle, agitant joyeusement la queue.

— Tu peux le caresser, si tu veux. Dis-lui comment tu t'appelles, d'abord, pour que vous vous soyez présentés convenablement.

— Bonjour, Charlie, je m'appelle Maddy.

La petite tendit la main devant le museau du chien, qui le

pressa aussitôt contre sa paume. Elle poussa un cri de joie. Emue, Peyton regarda Luke.

— Elle l'adore, chuchota-t-elle.

— Je t'avais dit que ce chien faisait des miracles ! répondit Luke en souriant, avant de s'adresser à Maddy. Charlie est un gros bébé, tu sais… Ce sera ton ami pour la vie si tu le grattes derrière les oreilles, comme ça.

Il se pencha et caressa le chien.

— Tu veux essayer ?

Maddy leva les yeux vers lui.

— Il ne va pas me mordre ? demanda-t-elle d'un air hésitant.

— Charlie est le chien le plus gentil de tout Stone Gap, peut-être même de toute la Caroline du Nord. Il ne mordrait jamais personne.

Maddy hésita encore un instant, puis elle passa une main mal assurée entre les oreilles de Charlie qui, comme s'il sentait qu'il devait montrer sa décontraction à la petite fille, se coucha et posa la tête sur ses pattes avant avec un grognement de plaisir. Maddy gloussa, se mit à caresser le chien et à lui parler de ses poupées, comme s'il allait jouer avec elle.

Peyton ne l'avait pas vue aussi détendue depuis bien longtemps. La petite n'avait plus du tout l'air d'être inquiète à l'idée de rester chez Luke. Elle était heureuse, véritablement heureuse et, pour la première fois depuis la mort de Susannah, Peyton n'avait pas peur de se séparer d'elle un petit moment.

Chez Luke, avec le chien et la balançoire, la petite perdrait peut-être un peu de sa timidité.

— C'est vraiment gentil, ce que tu viens de faire avec le chien, chuchota-t-elle à Luke.

Il haussa les épaules.

— Les enfants adorent les chiens, et Charlie adore les enfants.

En fin de compte, Luke serait peut-être plus doué pour s'occuper de Maddy qu'elle ne s'y était attendue. Elle se détendit un peu.

— Tout ce dont Maddy peut avoir besoin se trouve dans ce sac, déclara-t-elle en lui tendant le fourre-tout. Des vêtements de rechange, du paracétamol si jamais elle avait la fièvre, tout est étiqueté, et il y a un planning…

— Un planning pour les deux prochaines heures ?

— Les enfants se sentent mieux quand ils respectent des horaires, répondit-elle en lui tendant la feuille de papier. Tu veux que je les regarde avec toi ?

— Non, merci, je sais lire. Je suis allé à l'école, tu sais !

Elle fit la grimace.

— Très bien, mais si tu as des questions, appelle-moi. Maddy déjeune à midi, je serai de retour pour cette heure-là.

— Je peux lui donner à manger.

— Non, je viendrai la chercher.

Elle le croyait capable de veiller sur Maddy un petit moment, mais n'était pas prête à la lui confier longtemps. De plus, elle avait promis à la petite qu'elle reviendrait avant le déjeuner. Elle l'emmènerait ensuite à la piscine de l'hôtel et, après le dîner, elle lui donnerait un bain et la mettrait au lit. Elles seraient de nouveau sur les rails, ce qui était apparemment impossible en présence de Luke. Elle aimait la rigueur de son emploi du temps, la prévisibilité qu'il donnait à ses journées. Cela la réconfortait, et c'était aussi ce dont Maddy avait besoin.

— Je veille toujours à ce que Maddy ait un déjeuner équilibré.

— Ah bon ? s'étonna-t-il, l'air vaguement hésitant. Susannah ne s'occupait pas de ses repas ?

— Susannah était… occupée.

Elle se garda de préciser que, bien souvent, sa sœur dormait encore quand elle partait travailler, et qu'elle cuisinait rarement autre chose que des féculents. Au lieu de se disputer avec elle sur le sujet, elle avait pris l'habitude de préparer le déjeuner pour elles trois tous les matins, avant d'aller au travail.

— J'ai une idée : et si vous déjeuniez toutes les deux ici, avec moi ?

— Tu as quelque chose de sain à manger ?

— Bien sûr, répondit-il avec un grand sourire. J'ai de la pizza et des bières.

— Tu es sérieux ? Maddy ne peut pas…

Il leva une main pour l'interrompre.

— C'est une blague, Peyton. Détends-toi. Tout va bien se passer. Je n'ai pas d'expérience avec les enfants, mais je ne suis pas complètement stupide.

Elle haussa les sourcils, méfiante.

— Fais-moi confiance.

Tout le problème était là : elle ne lui faisait pas entièrement confiance. En fait, elle ne faisait vraiment confiance à personne lorsqu'il s'agissait de Maddy. Susannah lui reprochait d'ailleurs souvent d'être trop anxieuse.

« Du calme ! grondait-elle. Les enfants ont grandi pendant des siècles sans les âneries que tu lis dans tous ces bouquins stupides, Peyton ! Quand ils ont faim, ils mangent. Quand ils ont sommeil, ils dorment. Arrête de t'inquiéter pour la valeur nutritive de tous les aliments et pour ces maudits horaires… Maddy est une enfant, pas une expérience scientifique ! »

Peyton prit la main de Luke, dans le but d'attirer son attention, mais le contact la troubla et lui donna tout à coup envie de l'embrasser une seconde fois.

Elle aurait voulu prolonger ce moment, garder cette main dans la sienne le plus longtemps possible, mais elle n'était pas là pour ça, et elle se résigna à la relâcher.

— Tu ne peux pas savoir à quel point Maddy est importante pour moi. Te la confier me demande un effort considérable. Ne gâche pas tout.

Il jeta un coup d'œil à Maddy, qui continuait à parler joyeusement au chien et lui montrait toutes ses poupées, puis il reporta son attention sur elle.

— Tu peux compter sur moi, Peyton.

Hélas, le passé lui ayant prouvé le contraire, elle sortit de chez lui en se demandant si elle avait eu tort de placer des espoirs en lui.

6

Dès qu'il eut refermé la porte derrière Peyton, Luke eut un moment de panique, puis il se rappela que Maddy semblait heureuse. Maintenant assise sur le tapis du salon, entourée de ses poupées, elle jouait avec le chien. Après tout, il ne devait s'occuper d'elle que quelques heures, et ils s'étaient bien entendus quand ils étaient allés à la piscine et au zoo.

Qu'est-ce qui pourrait aller de travers ?

Il eut la réponse à cette question quelques minutes plus tard. Il était dans la cuisine et se servait une troisième tasse de café, car, contrairement à ce qu'il avait laissé entendre à Peyton, il n'avait pas l'habitude de se lever aussi tôt, quand il entendit un cri suivi de « Tante Peyton ! Je veux voir tante Peyton ! »

Il se rua dans le salon. Charlie était roulé en boule dans un coin de la pièce, comme pour dire « Je n'ai rien fait ! » et Maddy était assise sur le canapé, les bras croisés, ses jouets oubliés à ses pieds. Ses joues étaient rouges et ses yeux gonflés. Elle se les frotta du revers de la main et le regarda avec l'air d'attendre quelque chose.

— Où est tante Peyton ?

— Elle travaille. Et si… nous lisions un livre ?

La petite lisait-elle déjà ? Il n'en avait pas la moindre idée. D'ailleurs, il n'avait probablement pas de livre adapté à une enfant de son âge.

— Je n'ai pas envie, répondit-elle en mettant son pouce dans sa bouche.

N'était-elle pas un peu trop grande pour ce genre de réaction ? Probablement que si, mais il garda son opinion pour lui. Après tout, il ne connaissait rien aux enfants.

— Tu veux… regarder la télévision ?

Elle garda son pouce dans sa bouche et secoua la tête. Ses yeux brillaient de larmes. *Bon sang !*

— Hé, regarde tes poupées ! s'écria-t-il en feignant l'enthousiasme, agitant la main en direction des jouets sur le sol. Tu pourrais jouer, Charlie adore les poupées.

Le chien s'éloigna en entendant son nom, le laissant seul dans l'adversité.

— Je veux tante Peyton, répliqua Maddy, avant de remettre son pouce dans sa bouche.

De sa main libre, elle tortillait nerveusement le bas de son T-shirt.

— Nous pourrions aller dans le jardin…

Dis oui, Maddy, et arrête de me regarder comme si j'avais tué ton chiot !

Les yeux de la petite étaient noyés de larmes qui menaçaient de ruisseler sur ses joues.

— Quand est-ce qu'elle revient ?

— A l'heure du déjeuner.

— C'est quand ?

— Je ne sais pas exactement. Je vais regarder le planning !

Il retourna dans la cuisine, sortit du sac fourre-tout la feuille soigneusement pliée, jeta un coup d'œil à l'horloge et reporta son attention sur le planning.

Encore une heure et quarante-cinq minutes.

Il resta un instant immobile, désemparé, contrarié. A peine un quart d'heure s'était écoulé depuis le départ de Peyton, et il était déjà prêt à jeter l'éponge : c'était navrant.

Il retourna dans le salon.

— Tu veux manger quelque chose ? demanda-t-il à Maddy.

— Je ne sais pas. Ce n'est pas l'heure de déjeuner, si ?

— Pas vraiment, mais la vraie question, c'est : est-ce que tu as faim maintenant ?

Elle hocha la tête.

— Dans ce cas, que dirais-tu d'un second petit déjeuner ?

Maddy eut un air déconcerté.

— Qu'est-ce que c'est ?

— Le second petit déjeuner, c'est le meilleur repas de la journée, répondit-il en se penchant vers elle.

Ses yeux n'étaient plus aussi brillants, et elle avait lâché le bas de son T-shirt. C'était un progrès, et il se sentait mieux, beaucoup mieux.

— On prend le second petit déjeuner quand on a encore faim après le premier !

Elle sembla réfléchir un instant.

— Je n'ai jamais eu de second petit déjeuner.

— Eh bien, moi, j'en prends tout le temps, et j'adore ça ! Tu veux venir voir ce qu'il y a à manger ?

Quelques secondes plus tard, dans la cuisine, il se rendit compte qu'il n'y avait rien à manger. La plupart du temps, il prenait son second petit déjeuner chez sa mère, chez Jack, ou au Stone Gap Sip and Chew, qui n'était pas aussi agréable que le Good Eatin' Café de Vivian, mais qui n'était qu'à cinq cents mètres de chez lui.

Maddy se hissa sur la pointe des pieds pour regarder dans le réfrigérateur qu'il venait d'ouvrir.

— Tu n'as pas beaucoup de choses.

— Non. J'ai oublié de faire les courses.

En réalité, il se contentait bien souvent de rapporter des restes de chez ses parents en fin de week-end, et d'acheter des plats tout préparés en semaine.

— Tante Peyton fait les courses très souvent. Nous achetons des bananes, des pommes, des céréales, du pain, et des nuggets de poulet, mais pas ceux que j'aime. Tante Peyton dit que je dois manger ceux qui sont bons pour la santé, parce qu'ils n'ont pas de conversateurs.

— De « conservateurs », la corrigea-t-il gentiment.

De toute évidence, Peyton surveillait l'alimentation de la petite. Lui n'aurait jamais pensé à lire l'étiquette d'un produit pour en connaître tous les ingrédients. Heureusement qu'il y avait au moins une adulte dans la vie de Maddy pour veiller à ce qu'elle ne mange pas n'importe quoi.

S'il comptait passer du temps avec sa fille, il allait devoir s'informer un peu sur la nutrition, et faire des courses plus d'une fois par mois.

Maddy leva les yeux vers lui.

— Tu as des nuggets de poulet ?

Il jeta un coup d'œil dans le réfrigérateur, comme si de la nourriture allait apparaître par magie.

— Non.

— Du beurre de cacahuètes ?

Il ouvrit un placard et regarda dedans.

— Non, mais j'ai… des haricots en boîte.

Elle secoua la tête.

— C'est dégoûtant, les haricots.

— Pourtant, c'est bon pour la santé. Regarde, dit-il en prenant la boîte et en la lui montrant, c'est écrit ici !

— Je n'en veux pas. Je veux ce que tante Peyton me fait à manger.

— Qu'est-ce qu'elle te fait à manger ?

Il savait très bien qu'il aurait pu appeler Peyton et le lui demander, mais il ne voulait pas admettre sa défaite si peu de temps après son départ, et après avoir affirmé qu'elle pouvait lui faire confiance.

Maddy haussa les épaules.

— Des bonnes choses…

Des choses « sans conversateurs », à n'en pas douter.

— Des haricots, quoi.

Bon sang ! Il fallait vraiment qu'il grandisse et qu'il aille à l'épicerie une fois de temps en temps. Un pack de bières, une brique de lait probablement périmé, un morceau de fromage et une boîte de haricots n'étaient pas suffisants.

Maddy se mit à pleurer en silence, les larmes coulant lentement sur ses joues tandis qu'elle se tenait là, immobile.

Décidément, il n'était pas doué. Il était temps d'appeler les renforts. Les « renforts » en question seraient enchantés d'apprendre l'existence de Maddy et, à vrai dire, il était si fier d'avoir une fille aussi adorable qu'il avait hâte d'annoncer la nouvelle à sa famille. Il n'avait peut-être pas accompli grand-chose dans sa vie, mais il avait contribué à ce petit miracle âgé de quatre ans, et c'était merveilleux.

— Tu sais quoi, Maddy ? Tu as raison, soupira-t-il. Nous avons besoin de quelqu'un.

— De tante Peyton ?

— Non… De ma maman.

Il sourit et décrocha le téléphone.

Peyton vérifia pour la énième fois si elle n'avait pas reçu de message, alors même que la sonnerie de son téléphone portable était réglée au maximum et qu'elle avait les yeux rivés sur l'écran depuis un bon moment. Elle hésita à appeler Luke pour savoir comment allait Maddy. Après tout, cela faisait plus d'une heure qu'elle avait déposé la petite chez lui.

« Fais-moi confiance », lui avait-il dit.

Elle n'y parvenait pas, et pourtant elle lui avait confié la personne la plus importante pour elle.

Soudain, elle reçut un appel vidéo Skype sur son ordinateur portable. C'était la cliente pour laquelle elle travaillait, l'une des plus importantes et des plus exigeantes de Winston Interior Design. Catherine Madsen achetait des maisons et en refaisait la décoration aussi souvent que d'autres réorganisaient les photos sur le manteau de leur cheminée. Elle prétendait que cela l'aidait à rester jeune et l'empêchait de trop penser à la perte de son mari, un agent immobilier mort quelques années plus tôt. Celui-ci lui avait laissé un beau pécule, et plusieurs propriétés dans le quartier chic de Baltimore.

Tom Winston avait dit à Peyton de prendre des congés, il ne lui avait interdit de travailler. Elle avait donc envoyé un e-mail à Catherine pour lui parler de son dernier projet et programmer cet appel sur Skype. Si elle arrivait à se faire pardonner d'avoir fait rater une visite importante à sa cliente quelque temps auparavant, quand elle avait oublié de prévoir l'installation des plans de travail et la pose du parquet, peut-être pourrait-elle obtenir la promotion à laquelle elle aspirait.

Elle avait trouvé une table libre dans un coin tranquille du Good Eatin' Café, où elle avait le wi-fi et du café à volonté, ce qui lui convenait parfaitement. Elle travaillait depuis plus d'une heure, mettant la dernière main aux dossiers sur lesquels elle s'était penchée depuis que son patron lui avait suggéré de prendre deux semaines de congé. Elle savait qu'elle avait besoin de repos, mais elle ne pouvait rester aussi longtemps sans rien faire.

— Bonjour, Catherine, lança-t-elle quand elle décrocha et que l'image de son élégante cliente apparut à l'écran. Comment allez-vous ?

— Je suis débordée, comme d'habitude ! répondit Catherine en riant. Un jour ou l'autre, je vais finir par m'atteler à une tâche trop colossale pour moi.

— Cela m'étonnerait. Chacune des maisons dont vous refaites la décoration est plus belle que la précédente.

— Grâce à vous et à votre créativité ! Nous formons une bonne équipe, Peyton.

Elle sourit.

— Parce que vous avez bien voulu me donner ma chance il y a des années, alors que je venais à peine de finir mes études et parce que vous me donnez une seconde chance aujourd'hui.

Catherine écarta la remarque d'un geste de la main.

— N'en parlons plus ! Tout le monde a droit à un moment de faiblesse… Un seul, pas deux d'affilée, bien sûr !

Elle bougea légèrement sur son siège, un fauteuil rembourré qu'elle avait récupéré dans une brocante deux ans plus tôt. Elle avait demandé à Peyton de l'aider à le remettre à neuf, et lui avait également confié la rénovation d'un petit salon. Ces projets avaient été les premiers qu'elles avaient entrepris ensemble et, fort heureusement, Peyton s'en était bien tirée.

Quand elle avait oublié de s'occuper de la maison de Devall Street, une de ses collègues s'en était chargée, mais Catherine avait été très mécontente et avait failli rompre son contrat avec Winston Interior Design.

Peyton était sur des charbons ardents depuis qu'elle lui avait envoyé un e-mail, quelques jours plus tôt, pour lui demander une seconde chance.

— Tout est de nouveau sur les rails de mon côté, annonça-t-elle, même si c'était un peu exagéré. J'ai hâte de travailler à votre prochain projet avec vous. J'ai pris la liberté de m'informer de l'évolution des travaux de Drexel Avenue, et j'ai noté quelques idées pour la maison de Market Street, au cas où elle vous intéresserait toujours.

Catherine l'observa attentivement, par-dessus la monture de ses lunettes demi-lunes. Certes, c'était une cliente exigeante, mais elle était directe, et Peyton appréciait cela.

— D'accord. Qu'avez-vous à me proposer ?

Peyton ouvrit l'un des dossiers de son ordinateur pour trouver ses notes rapidement. Ce faisant, elle s'adressa des encouragements. Certes, cela faisait un moment qu'elle n'avait pas effectué ce genre de travail, et son avenir dépendait en grande partie de l'impression qu'elle laisserait à Catherine, mais elle pouvait réussir. Elle se répéta ce qu'elle s'était dit quand Maddy était née, quand elle avait fait ses premiers pas, quand Susannah était morte, et chaque fois qu'elle craignait de prendre de mauvaises décisions : « Inspire profondément, et lance-toi. »

— Pour Market Street, je sais que vous voulez quelque chose de moderne et d'élégant qui resterait fidèle à l'esprit du Sud.

Catherine eut un grand sourire.

— Vous vous en souvenez ! Cela doit pourtant faire un an que je vous en ai parlé !

— L'idée m'a marquée car elle m'a tout de suite plu. C'est un projet original.

— Vous me connaissez bien, s'esclaffa Catherine. J'aime sortir des sentiers battus !

Peyton prit les échantillons qu'elle avait emportés avec elle et les tint devant la webcam tout en expliquant à Catherine à quoi ils correspondaient.

— Cette maison a une excellente structure et un charme suranné. En associant des touches modernes à son style ancien, nous pourrions faire quelque chose de magnifique.

A mesure qu'elle exposait ses plans à Catherine, son assurance s'affirmait, car elle voyait que sa cliente les aimait.

Soudain, Catherine leva une main pour l'interrompre.

— N'en dites pas plus ! J'adore. Tout. Les couleurs, le design. Allez-y, commencez la décoration !

— Mais vous ne voulez pas voir… ?

— Je vous fais confiance. Malgré ce qui s'est passé avec Devall Street, je suis ravie que vous vous occupiez encore de Drexel Avenue et de Market Street. Je suis sûre que vous ferez du très bon travail, et je suis contente d'apprendre que vous avez mis de l'ordre dans votre vie privée.

— Merci. Je vous suis reconnaissante de me confier ce travail. Je vais demander à Tom de rédiger le contrat.

Catherine acquiesça d'un hochement de tête.

— Les travaux devraient être finis d'ici deux semaines, alors tenez-vous prête pour commencer lundi en huit.

Après avoir raccroché, il fallut une bonne minute à Peyton pour prendre pleinement conscience qu'elle avait non seulement fait quelque chose qui rendrait son patron heureux, mais aussi obtenu carte blanche pour décorer la maison comme elle le voulait. C'était la première fois que Catherine lui confiait une tâche aussi importante, et ce serait l'occasion de prouver à Tom qu'elle était prête pour la promotion qu'elle convoitait.

Elle avait un nombre incalculable de choses à faire, mais son attention se porta de nouveau sur son téléphone, qui restait désespérément silencieux. Luke ne lui avait toujours pas envoyé de messages, ne l'avait toujours pas appelée. Elle hésita un moment, puis composa son numéro. Quatre sonneries plus tard, elle tomba sur le répondeur.

Elle s'efforça de réprimer le sentiment d'anxiété qui l'envahit. Luke pouvait très bien être occupé à jouer avec Maddy, à lui préparer un en-cas ou à s'adonner à l'une des nombreuses occupations réclamées par une enfant de quatre ans.

A contrecœur, elle reporta son attention sur son ordinateur.

— Peyton ?

Elle leva les yeux et vit que Jack Barlow se tenait devant sa table. Il ressemblait à son frère, mais Luke avait un pétillement malicieux dans le regard et un sourire espiègle qui creusait une fossette au coin de ses lèvres. Jack avait les cheveux plus courts et une expression grave.

Elle se leva, et ils s'embrassèrent.

— Je suis contente de te voir, Jack.

— Moi aussi ! Je vais prendre un café et quelque chose à grignoter avant de me remettre au travail. Je remplace Luke au garage, ce matin. J'ai entendu dire que tu allais rester à Stone Gap un moment…

— Oui, deux semaines.

— Reste une semaine de plus et tu pourras assister à mon mariage ! lança-t-il avec un grand sourire. J'épouse Meri Prescott à la fin du mois.

— C'est merveilleux, félicitations !

Meri était une jeune femme charmante, et Peyton se réjouissait pour le couple.

Cependant, elle était aussi un peu envieuse : jamais personne ne s'était enthousiasmé en parlant d'elle comme Jack s'enthousiasmait en parlant de Meri. De toute évidence, il était éperdument amoureux. Les sentiments de Jack et de Meri les avaient poussés à se fiancer peu de temps après leurs retrouvailles.

Elle-même était bien trop sage et raisonnable pour faire quelque chose d'aussi insensé. Quand elle rencontrerait l'homme de sa vie, elle irait lentement, pas à pas. Impossible de prendre la décision la plus importante de son existence dans la précipitation.

Elle n'avait pourtant pas réfléchi quand elle avait embrassé Luke sur ce banc. Apparemment, sa raison l'abandonnait quand elle était avec lui.

— Luke doit être heureux de te retrouver.

Luke. Le simple fait d'entendre son prénom la troubla, et elle sentit le rouge lui monter aux joues. Sa réaction n'avait rien de sage ou de raisonnable.

Raison de plus pour éviter toute histoire d'amour avec lui !

— C'est toujours agréable de renouer avec de vieux amis.

Jack eut un petit rire moqueur.

— Bien sûr. C'est ce que je disais quand j'ai retrouvé Meri, et regarde où nous en sommes aujourd'hui ! Il se passera peut-être la même chose avec Luke et toi…

— Luke ne va pas se ranger uniquement parce que je suis revenue à Stone Gap !

— Ce ne serait pas si étonnant. Luke n'est plus le même depuis quelques jours, sans doute grâce à toi et aux changements que tu as apportés dans sa vie.

Il lui posa une main amicale sur l'épaule.

— Je suis content que tu sois de retour, Peyton. Très content.

Il afficha un grand sourire, et s'en alla.

Bien décidée à chasser Luke de ses pensées, elle se remit au travail. Hélas, elle ne pouvait s'empêcher de s'inquiéter pour Maddy. Elle appela Luke une deuxième, troisième et quatrième fois, mais tomba à chaque fois sur son répondeur.

Au bout de dix minutes, incapable d'attendre plus longtemps, elle rassembla ses affaires, regagna sa voiture et prit à vive allure la route qui conduisait chez Luke.

7

Les tourbillons de peinture multicolores formaient des cercles concentriques sur les feuilles de papier blanc, et certains dépassaient sur la table en Formica de la cuisine. Maddy portait l'une des vieilles chemises de Luke, ou plutôt elle nageait dedans, car la chemise était beaucoup trop grande. Elle avait du rouge sur le bout du nez, du vert sur les joues et du bleu sur le menton, mais elle affichait un immense sourire réjoui qui rendait Luke profondément heureux.

C'était étrange, car il n'avait encore jamais été ému par le sourire d'un enfant. A vrai dire, il ne s'était jamais vraiment occupé d'un enfant auparavant. Il avait bien des petits cousins, qu'il voyait aux réunions de famille mais qui restaient généralement entre eux et évitaient les adultes.

En revanche, son enfant, sa fille, avait conquis son cœur en moins de vingt-quatre heures, et il était persuadé que c'était pour la vie.

— Qu'est-ce que je t'avais dit ? chuchota sa mère en se penchant vers lui pour que Maddy ne l'entende pas.

Elle était venue tout de suite quand il l'avait appelée et avait commencé à gâter Maddy dès son arrivée. Elle lui avait offert une poupée et des sucettes, trouvé différents moyens de l'occuper, comme toute grand-mère qui se respecte. Bien sûr, il n'avait pas dit à Maddy qui était sa mère, puisqu'il ne pouvait pas lui dire qu'il était son père. Il avait envie de le lui avouer, et il avait hâte de s'entendre appeler « papa », mais ce n'était pas encore le moment, il valait donc mieux attendre.

Au début, sa mère avait été furieuse qu'il ne lui ait pas dit plus tôt qu'il avait une fille ; puis elle avait été aux anges, ravie de découvrir qu'elle était grand-mère. Il se doutait qu'il devrait répondre à de nombreuses questions plus tard mais, pour le moment, Della se contentait de regarder Maddy avec un sourire rayonnant.

— Grand-mère a toujours raison ! chuchota-t-elle.

— Je suis surtout content que grand-mère sache tout ce que j'ignore.

Il aurait été incapable de tranquilliser Maddy tout seul. Il avait appelé sa mère une heure plus tôt, et elle avait tout de suite rasséréné la petite en lui préparant un en-cas. Elle avait réussi à trouver de quoi lui confectionner un sandwich grillé au fromage, sur lequel elle avait creusé un visage souriant et qu'elle avait accompagné de fines tranches de pomme. Elle procédait ainsi avec lui quand il était petit mais, dans la panique, il n'y avait pas songé.

Della était ensuite allée au supermarché le plus proche pour en revenir avec de la peinture à appliquer avec les doigts et d'immenses feuilles de papier, avec lesquelles elle occupait Maddy depuis une heure.

— Tu vas t'en sortir, affirma-t-elle en lui posant une main sur l'épaule. On apprend sur le tas quand on a des enfants.

— Cette situation est provisoire. Peyton retourne à Baltimore dans un peu moins de deux semaines.

Sa mère haussa les sourcils.

— Tu crois que tout redeviendra comme avant à la fin de ces deux semaines ? Tu crois qu'elle n'aura pas besoin de toi toute sa vie ? Tu es son père, Luke. C'est pour la vie, pas le temps d'un été.

De nouveau, il fut pris de panique. Il ne s'était pas engagé à être père pour la vie. Comment pourrait-il être un modèle ? Il participerait financièrement à l'éducation de Maddy, bien entendu, mais il n'était pas sûr d'être doué pour le côté relationnel.

— Je ne sais pas, répondit-il. J'ai tout de même dû t'appeler à l'aide au bout de vingt minutes !

— Ce n'est pas facile de s'occuper d'un enfant, mais tu vas y arriver. Elle t'adore. Je le vois à la façon dont elle te parle. Tu vas très bien te débrouiller, je t'assure.

Il n'en était pas certain, mais les paroles d'encouragement de sa mère le rassuraient un peu.

Il devait reconnaître qu'il aimait le désordre que son enfant semait chez lui, plus agréable que le bazar semé par ses amis quand ils venaient faire la fête. Il aimait les taches de peinture sur la table, les jouets épars sur le tapis du salon, les miettes sous la chaise de Maddy.

Comme d'habitude, Della semblait imperturbable. Bien sûr, elle avait élevé trois garçons turbulents, alors quelques miettes et deux taches de peinture ne risquaient pas de l'effrayer.

Il passa un bras autour des épaules de sa mère et la serra tendrement contre lui.

— Merci encore.

— Je t'en prie.

— Luke, regarde ce que j'ai fait ! s'écria joyeusement Maddy en soulevant la feuille couverte d'une masse indistincte de couleurs.

De la peinture coula d'abord sur la table, puis par terre, sur le carrelage. Il esquissa un mouvement pour prendre de l'essuie-tout, mais sa mère lui posa une main sur le bras.

— Tu nettoieras après, chuchota-t-elle. Quand un enfant te montre ce qu'il a fait, tu dois t'extasier !

Sa mère avait raison. Combien de fois s'était-elle interrompue alors qu'elle faisait à manger ou jardinait pour se répandre en compliments sur l'une de ses créations ou de celles de ses frères ? Même les cendriers en argile pleins de bosses réalisés à l'école et les nichoirs maladroitement assemblés dans l'atelier de leur père avaient été reçus avec fierté et exposés parmi les bibelots de leur mère.

Il se baissa pour être au niveau de Maddy.

— C'est le plus beau dessin que j'aie jamais vu. Bravo, ma chérie !

Le visage de Maddy s'épanouit en un large sourire.

— Je vais le mettre sur le frigo, c'est là que tante Peyton met tous mes dessins !

Il remarqua qu'elle ne mentionnait pas sa mère. Chaque fois que Maddy parlait de sa vie, Peyton en était le centre. Cela signifiait-il que Susannah ne s'occupait pas d'elle ? Ou que Maddy souffrait trop pour évoquer le souvenir de sa mère ?

La petite descendit tant bien que mal de sa chaise et plaqua la feuille dégoulinante de peinture sur le réfrigérateur en inox. Elle glissa sur la surface lisse et atterrit sur le sol dans un « floc ».

— Oh !

Maddy poussa la feuille du bout du pied, étalant encore plus de peinture sur le carrelage. Elle leva alors vers lui de grands yeux écarquillés.

— Désolée…

— Ce n'est pas grave ! Ce carrelage était bien trop banal, de toute façon.

Il se mit à genoux à côté d'elle, posa les mains à plat dans la peinture et dessina deux grandes traînées sur le sol.

— Voilà ! C'est beaucoup plus joli comme ça !

Soudain, une paire de longues jambes fines apparut dans son champ de vision. Les talons hauts de Peyton contractaient ses mollets bien galbés.

Chaque fois qu'il l'apercevait, il avait l'impression que son cœur s'arrêtait de battre.

— Mon Dieu ! Qu'est-ce qu'elle a fait ?

— De l'art, répondit-il avec un grand sourire.

— Mon Dieu ! répéta-t-elle.

Il se força à détacher son regard de ses jambes et se releva.

— Ce n'est rien, ça se lave…

— Tante Peyton !

Maddy courut vers Peyton et se jeta dans ses bras. Celle-ci serra sa nièce contre elle, sans se soucier de la peinture qui ne manquerait pas de tacher sa robe.

Il les regarda s'étreindre comme si elles avaient été séparées pendant des semaines et non pendant une heure ou deux, et en éprouva une pointe de jalousie.

Pendant que sa mère et Peyton entamaient la conversation, il prit plusieurs feuilles d'essuie-tout et nettoya le carrelage, s'efforçant de ne pas penser à l'affection évidente de Maddy pour sa tante.

— Tu n'as pas changé, constata sa mère. Tu es toujours aussi belle, Peyton ! J'ai été très peinée d'apprendre ce qui était arrivé à ta sœur. Quelle tragédie !

Peyton hissa Maddy sur sa hanche.

— Merci, madame Barlow. Je suis surprise de vous voir ici aujourd'hui, ajouta-t-elle en jetant un coup d'œil inquiet dans sa direction.

— Je suis passée pour donner un coup de main à Luke, et me faire une nouvelle amie, expliqua sa mère en regardant Maddy avec un grand sourire.

— J'ai plein de nouveaux amis, tante Peyton ! Luke, Mme Barlow, Charlie…

La petite montra le chien du doigt.

— Maddy est une adorable petite fille, renchérit sa mère. Intelligente et décidée.

Maddy gloussa.

— Mme Barlow dit que c'est bien d'être décidée, que ça empêche les garçons de nous embêter !

Peyton rit et lui tapota le bout du nez.

— Elle a bien raison !

— Bon, Luke, je vais y aller, maintenant.

Sa mère prit son sac à main et la pile de dessins que Maddy avait réalisés pour elle un peu plus tôt.

— J'ai été ravie de faire ta connaissance, Madelyne.

— Merci, madame Barlow, répondit Maddy avec un grand sourire. J'ai adoré mon sandwich !

— Tant mieux ! J'espère te revoir pendant ton séjour à Stone Gap. Peut-être pour dîner dimanche soir ? suggéra sa mère en regardant Peyton. Pour que toute la famille soit réunie ?

Peyton hésita, comme si elle n'était pas sûre de vouloir élargir le cercle familial de Maddy. Une invitation au dîner dominical chez les Barlow était lourde de sens et, manifestement, Peyton le savait.

— C'est l'anniversaire de Maddy, dimanche.

Luke nota mentalement la date qui, dorénavant, aurait une importance toute particulière pour lui. Il ne l'oublierait jamais, ne raterait plus jamais l'anniversaire de sa fille.

— Je vais avoir quatre ans, expliqua Maddy. Je suis une grande fille !

— Presque toute une main, confirma Della en levant quatre doigts. Tu es grande, c'est vrai. J'espère te voir dimanche, Maddy.

Peyton n'avait pas l'air décidée.

— Nous pourrons peut-être venir, si vous êtes sûre que cela ne vous dérange pas d'avoir plus de monde à table, madame Barlow.

— Il y a toujours de la place pour une personne de plus, répliqua Della en passant un bras autour d'elle. Ou deux !

— Merci, maman, dit Luke en jetant à la poubelle les feuilles d'essuie-tout imprégnées de peinture. C'est gentil d'être venue à mon secours.

Sa mère lui caressa la joue avec douceur.

— Je t'en prie. Je suis contente de voir que tu te débrouilles si bien avec elle. Il est grand temps que quelqu'un dans cette pièce grandisse.

— Hé, c'est beaucoup demander à une enfant de quatre ans, plaisanta-t-il.

Sa mère s'esclaffa en se dirigeant vers la porte. Dès qu'elle fut partie, Peyton reposa Maddy et lui dit de rassembler ses jouets. Celle-ci se rua dans le salon, et Peyton s'approcha de Luke pour l'aider à nettoyer le carrelage.

— Pourquoi as-tu remercié ta mère d'être « venue à ton secours » ?

— La petite et moi avons eu un début de matinée… difficile.

— Difficile ? Comment ça ?

— Elle s'est mise à pleurer quand elle s'est aperçue que tu étais partie. J'ai essayé de la distraire, mais je… je n'ai pas réussi, avoua-t-il en se passant une main dans les cheveux. Il faut croire que je suis moins doué que je ne m'y attendais.

— C'est dur, mais ce n'est pas impossible et, même si j'ai été surprise de voir ta mère en arrivant, je suis contente que tu l'aies appelée. Maddy me pose beaucoup de questions sur ses grands-parents.

— Nous devrions peut-être lui dire la vérité.

— C'est trop précipité. Tu dis toi-même que tu n'es pas certain d'être un bon père, mais…

Elle s'apprêtait à essuyer la table, mais il l'en empêcha.

— Je m'inquiète aussi, parfois, admit-elle d'une voix douce. J'ai peur de prendre de mauvaises décisions. Maddy avait besoin de moi ce matin, et je n'étais pas là.

— Tu lui manquais, c'est tout. Tu es merveilleuse avec elle, alors que, moi, je ne sais pas y faire.

Elle secoua la tête.

— Tu aurais dû m'appeler tout de suite, j'aurais pu revenir.

— Peyton, dit-il, baissant la voix pour être sûr que Maddy ne l'entendrait pas, il n'y a rien de grave. Nous avons eu un petit pépin, et tout s'est arrangé très rapidement.

Maddy revint dans la cuisine en courant, avec ses poupées dans les bras.

— Tante Peyton, est-ce que Luke t'a montré les dessins que j'ai faits ? J'ai aussi joué dans la boue, fait de la balançoire et mangé un sandwich au fromage… et des bonbons ! Je me suis bien amusée, tante Peyton !

Peyton le regarda d'un œil noir.

— Tu lui as donné des bonbons ?

Il haussa les épaules.

— Une sucette. Un enfant peut bien…

— Maddy n'a pas le droit de manger de bonbons, ni de grignoter avant le déjeuner.

— Elle avait faim, Peyton, alors je lui ai donné à manger.

— Ce n'est pas si simple ! Si elle déjeune plus tôt, elle doit dîner plus tôt, et…

Il sentit son inquiétude et s'aperçut qu'elle avait eu autant de mal à lui confier Maddy ce matin que lui en avait eu à s'occuper de la petite. Peyton avait endossé de nombreuses responsabilités au cours des dernières années, des responsabilités que Susannah n'avait apparemment pas partagées avec elle comme elle aurait dû le faire, et il comprenait qu'elle ait besoin de tout contrôler. Mais elle serait sûrement plus heureuse si elle se détendait un peu.

— La terre ne s'arrêtera pas de tourner, répliqua-t-il. Crois-moi. Mes frères et moi n'arrêtions pas de grignoter. Ma mère nous disait souvent qu'elle allait mettre un cadenas sur le réfrigérateur pour nous taquiner mais, en réalité, cela ne la dérangeait pas. Elle veillait à ce qu'il y ait toujours des cookies et des muffins dans le garde-manger pour que nous puissions goûter quand nous rentrions affamés de nos escapades au grand air, et nous n'avons eu aucun problème de santé.

— J'ai mangé un sandwich pour le deuxième petit déjeuner, tante Peyton, c'était délicieux !

— Le deuxième petit déjeuner ?

— Le meilleur repas de la journée ! Pas vrai, Maddy ? A égalité avec le deuxième dîner et le deuxième dessert !

— Va chercher tes jouets, Maddy, s'il te plaît. Tout de suite.

— On s'en va ? Luke avait dit qu'on pourrait aller se promener dans la forêt et regarder les papillons.

— Pense à compter tes jouets en les mettant dans le sac pour être sûre de ne pas en oublier. Tu en as apporté six, tu te souviens ?

— D'accord.

Maddy se dirigea vers le salon en traînant les pieds. Il attendit qu'elle soit hors de portée de voix pour parler.

— Je croyais que nous allions déjeuner ensemble.

— Il vaut mieux que nous partions maintenant. Elle a eu une matinée chargée.

— Tu es stressée parce que tout ne s'est pas passé exactement comme prévu, c'est tout. Détends-toi, Peyton. C'est une enfant, et la spontanéité est l'un des grands plaisirs de l'enfance.

— Tu crois sans doute que je l'ignore ? C'est moi qui ai

passé les quatre dernières années à l'élever. Tu n'as pas le droit de me dire comment faire !

— A vrai dire, si, j'en ai le droit, répliqua-t-il en s'approchant d'elle, pour ne pas hausser la voix.

Il plongea ses yeux dans les siens. Le regard de Peyton trahissait son inquiétude, sa colère, sa peur, toutes les émotions que lui inspirait son besoin de protéger Maddy. Il comprenait ce qu'elle ressentait parce que la petite l'avait déjà conquis et lui inspirait la même chose.

— Je suis son père, et tu me l'as amenée pour que je puisse faire partie de sa vie. Laisse-moi m'y prendre à ma façon. Nous avons mangé un repas de plus aujourd'hui et renversé un peu de peinture par terre… Ce n'est pas grave. Et puis, conclut-il avec un sourire, il paraît que c'est bon pour la santé de s'amuser !

— Je ne suis pas contre un peu d'amusement…

— Dans ce cas, amuse-toi un peu ! Tu es ici pour prendre des vacances, alors prends-en. Ne t'inquiète pas pour les horaires et le désordre. J'ai beau ne pas avoir ton expérience, je sais que les enfants mettent le désordre. Ils font tout tomber, jouent dans la boue, laissent des traces de pas sur les tapis… et ce n'est pas grave ! C'est ce qui est amusant quand on est un enfant, et ce qui est amusant, quand on est un adulte, c'est de se joindre aux enfants pour jouer avec eux dans la boue.

Elle secoua la tête.

— Non. Grandir signifie apprendre à ne pas être désordonné ou turbulent.

— Tu parles d'elle comme si elle avait vingt ans, pas quatre. Etre désordonné et turbulent, c'est ce qu'il y a de plus agréable quand on est jeune. Même adultes, nous le sommes tous encore un peu, au fond !

Il s'approcha encore d'elle, oubliant la peinture sur la table de la cuisine et passa un doigt sur les boutons de sa robe.

— Ce côté de ta personnalité n'existe-t-il pas toujours, derrière ces horaires et ces plannings ?

Elle soutint son regard et, l'espace d'un instant, il lui sembla qu'un flot de souvenirs jaillissait entre eux. Puis elle secoua de nouveau la tête.

— Tu ne comprends pas, Luke. Je suis obligée d'être l'adulte, la…

— Trouble-fête.

Elle se renfrogna.

— Je ne suis pas une trouble-fête. Tu ne comprends pas, répéta-t-elle. J'ai grandi dans le chaos. Susannah adorait ça, elle adorait le côté imprévisible de notre vie mais, moi, j'ai besoin de savoir à quelle heure le dîner va être servi, j'ai besoin de savoir que nous quittons la maison à 8 heures précises, j'ai besoin de savoir que la lune brillera dans le ciel tous les soirs. J'ai besoin de tout ça, parce que… parce que cela m'aide à me sentir…

— En sécurité, conclut-il pour elle. Je le comprends, Peyton, mais si tu lâchais prise, ne serait-ce qu'un tout petit peu, tu te rendrais compte que la vie est encore plus douce comme ça.

— Tu te trompes, Luke.

Elle esquissa un mouvement pour se détourner, mais il lui attrapa le bras. Elle trébucha et tomba contre son torse. Aussitôt, elle s'éloigna de lui.

— Je dois y aller.

— Attends ! Pas tout de suite. Pas comme ça.

— Je dois ramener Maddy à l'hôtel. C'est presque l'heure du déjeuner.

— Il n'est pas encore midi. Reste. Je commanderai une pizza. Nous pourrons parler.

Elle hésita, juste assez longtemps pour lui redonner espoir.

— De quoi parlerons-nous, Luke ?

— Du passé, du présent, de l'avenir, répondit-il avec un sourire.

Auparavant, grâce à ce sourire, il arrivait toujours à l'attendrir ou à la rallier à sa cause. Il souriait, elle souriait à son tour, et tout était oublié.

Cependant, cette fois, elle ne lui rendit pas son sourire. Elle se contenta de secouer la tête, une fois de plus.

— Tu n'as pas changé. Je ne sais pas pourquoi je persiste à croire le contraire.

— Parce que tu refuses de voir qu'il y a plusieurs façons d'être adulte, Peyton. Etre adulte ne signifie pas forcément s'astreindre à toutes sortes de règles et d'horaires.

Maddy réapparut, sans son sac de jouets, probablement oublié dans le salon.

— On va manger de la pizza, tante Peyton ? Je veux encore jouer avec Charlie, et Luke a dit que je pourrais quand Charlie aura fait sa sieste !

Peyton se pencha et sourit à Maddy.

— Je croyais que nous allions nous baigner à la piscine de l'hôtel, après le déjeuner.

Maddy pointa le doigt en direction du jardin.

— Luke a une piscine. On peut rester ici, comme ça, je pourrai encore jouer avec Charlie.

De toute évidence, sa fille était la plus intelligente du monde. Il n'aurait pas trouvé de meilleur argument lui-même.

— Excellente idée, Maddy ! conclut-il avant de se tourner vers Peyton. Restez, déjeunons ensemble et profitons de la piscine.

— Je n'ai ni mon maillot de bain ni celui de Maddy, et…

— Meri a laissé le sien ici, le week-end dernier, quand elle est venue avec Jack. Tu peux le lui emprunter. Et Maddy est une enfant, elle se moque bien d'avoir ou non son maillot.

Peyton les regarda tour à tour, Maddy et lui.

— Mais je n'ai pas ses brassards…

— Je lui servirai de bouée, répliqua-t-il, souriant de plus belle. Problème réglé !

— On peut rester, tante Peyton ? S'il te plaît ! Luke est trop gentil, il aime jouer à la poupée, faire de la peinture et il aime les chiens !

Il voyait à quel point Peyton avait envie d'accepter. Elle regarda l'expression fervente de Maddy, puis leva les yeux vers lui. Au moment même où il s'estimait victorieux, le visage de Peyton se durcit.

— Viens nager, Peyton, ordonna-t-il avant qu'elle ait eu le temps de refuser. Viens t'amuser…

— Tu ne veux pas nettoyer ça, d'abord ?

Il jeta un coup d'œil à la peinture qui séchait déjà sur la table.

— Ce sera encore là quand nous reviendrons.

— Mais…

— Lâche prise, Peyton. Mets du désordre, mange des bonbons à l'heure du déjeuner, et…

Il posa son doigt dans une goutte de peinture sur la table et lui toucha le bout du nez. Elle était trop soignée, trop impeccable.

— … fais des petites bêtises, de temps en temps.

8

Maddy fit la moue pendant au moins une heure. Peyton l'emmena déjeuner chez Vivian, mais ce fut une perte de temps. La petite ne voulait pas manger, et elle-même n'avait pas d'appétit non plus.

Elle avait été tentée, terriblement tentée, d'accepter l'invitation de Luke, de déjeuner chez lui et de profiter de sa piscine, mais le simple fait qu'elle ait envie de rester avec lui, de lâcher un peu la bride, indiquait qu'elle devait partir.

Comment l'homme dont elle avait été amoureuse pouvait-il encore avoir une telle emprise sur ses émotions et ses pensées ? Leur baiser avait-il été si merveilleux ?

Eh bien, oui ! Encore plus merveilleux qu'elle ne l'avait imaginé lors de ses rêveries d'adolescente. Ce qui l'effrayait le plus, c'était qu'elle en voulait davantage. Elle ne voulait pas seulement un autre baiser, elle voulait tout.

Une petite partie d'elle-même avait envie de lâcher prise, mais elle avait vu le chaos qui pouvait en résulter, et elle avait toujours été celle qui devait se montrer responsable.

Trouble-fête !

Luke avait-il raison ? Son organisation et ses horaires l'avaient-ils accaparée au point qu'elle en ait oublié comment s'amuser ?

Après le déjeuner, Maddy n'eut envie d'aller ni au parc ni à la piscine. Elles se blottirent donc ensemble sur l'un des lits jumeaux de leur chambre et regardèrent un film pour enfants à la télévision. Maddy avait aligné ses poupées à côté d'elle pour qu'elles regardent le film elles aussi, et Peyton s'était munie de son bloc-notes, mais elle ne trouva rien à écrire.

Ses pensées vagabondaient, et elle se surprit, tout en regardant distraitement le film qui parlait d'une princesse et d'un prince, à imaginer Luke venant à sa rescousse sur son beau cheval blanc.

S'en aller avec lui dans le soleil couchant ?

Non, c'était impossible. Les contes de fées qu'elle lisait enfant n'allaient pas devenir réalité ici, à Stone Gap, et avec Luke Barlow en plus.

Cependant, son envie de suivre les règles et de respecter les horaires était de moins en moins forte.

Un deuxième film de princesse suivit le premier et, même si elle savait qu'elle aurait dû se lever, travailler, faire quelque chose, elle resta pelotonnée avec Maddy dans les bras, et finit par s'endormir.

— Tante Peyton ?

Elle s'éveilla en sursaut et vit Maddy qui la regardait.

— Coucou, ouistiti… Le film est fini ?

— Oui, et il y a quelqu'un qui frappe à la porte, mais je n'ai pas ouvert parce que tu m'as dit que je n'avais pas le droit.

— Tu as bien fait, ma chérie.

Elle déposa un baiser sur la joue de Maddy, se leva et se frotta les yeux, encore à moitié endormie. On frappa de nouveau.

Elle regarda dans le judas. Luke se tenait là, comme si elle l'avait fait apparaître en rêvant de lui. Il s'était changé et portait maintenant un short bleu et un T-shirt blanc. Ses cheveux étaient mouillés, comme s'il sortait de la douche. Il était beau, bien trop beau.

Elle prit une profonde inspiration pour se donner du courage et ouvrit la porte.

— Luke, que fais-tu là ?

— Comme vous n'avez pas pu rester pour déjeuner, j'ai pris la liberté de vous apporter le dîner !

Il avait une boîte de pizza dans une main, une bouteille de vin dans l'autre, et un sac en plastique pendu au poignet.

— J'ai du jus de pommes pour le petit chou.

— Nous ne devrions pas…

— Vous devez manger quelque chose. J'ai de la pizza. Problème réglé !

En dépit de la détermination dont elle avait fait preuve un peu plus tôt, elle se surprit à rire et capitula.

— Tu as réponse à tout, n'est-ce pas ?

Maddy les rejoignit.

— Luke !

— Coucou, Maddy !

Il se pencha et lui montra la boîte qu'il avait à la main.

— Tu aimerais manger de la pizza avec moi ?

— J'adore la pizza !

— Je le sais. Ta préférée, c'est celle avec de petits morceaux de poulet et beaucoup de fromage. Nous en avons longuement parlé.

Peyton cligna des yeux, surprise. Il connaissait déjà les goûts de Maddy ? Ils avaient noué des liens, comme le prouvait la réaction de la petite quand elles étaient parties de chez Luke, et sa joie évidente à le voir maintenant.

— Je peux en avoir ? demanda Maddy.

— Autant que tu veux, du moment que tu nous en laisses une part ! précisa-t-il.

Avant que Peyton ait eu le temps de protester, Maddy prit la boîte et entraîna Luke dans la chambre. Elle posa la pizza sur son petit bureau, dans un coin de la pièce, et lui montra le lit.

— Tu t'assieds là, Luke, et toi, tante Peyton, ici, ordonna-t-elle en désignant le même lit. Moi, je vais m'asseoir ici toute seule, parce que je suis une grande fille.

— Quelqu'un a hérité d'une certaine manie de tout régenter, murmura Luke en s'asseyant à côté de Peyton.

— Je n'ai pas la manie de tout régenter.

— Je ne connais personne qui l'ait plus que toi, chérie… à part peut-être Mac, qui devrait vraiment apprendre à se détendre une fois de temps en temps.

— J'aime que les choses se passent d'une certaine façon, c'est tout.

Il tendit une main, comme pour dire : « C'est bien ce que je disais. »

— Je vais distribuer la pizza, déclara Maddy.

Elle ouvrit la boîte, regarda à l'intérieur, puis leva les yeux vers elle.

— Tante Peyton ? Où sont les assiettes ?

Peyton jeta un coup d'œil à Luke.

— Donne-moi une minute, Maddy, je vais aller à la réception et demander si on peut nous en prêter, ou aller au supermarché…

— Nous n'avons pas besoin d'assiettes, dit Luke. Nous allons en fabriquer nous-mêmes.

— En fabriquer nous-mêmes ?

— Regarde…

Il déchira le couvercle de la boîte de pizza et coupa le carton en trois morceaux, puis il en tendit un à Maddy.

— Une grosse part, camarade !

Maddy rit et fit glisser sa pizza sur le morceau de carton. Elle laissa tomber une partie de la garniture par terre, mais il ne sourcilla pas. Il la remercia, tendit sa part à Peyton, et répéta l'opération deux fois. Après s'être servie, Maddy s'assit sur son lit et commença à regarder un troisième film.

— Allez, Peyton, asseyons-nous à la table de la famille américaine, plaisanta-t-il en indiquant les oreillers posés contre la tête de lit. Et regardons la télévision en mangeant, comme le font les meilleures familles !

— Les meilleures familles s'asseyent à table et discutent en mangeant… Du moins, c'est ce que l'on voit sur les peintures de Norman Rockwell, conclut-elle avec un sourire.

Elle n'était pas prête à reconnaître que l'idée de Luke était plus amusante.

— Nous ferons ça dimanche, chez mes parents. Ce soir, autorisons-nous à abuser du fromage, et regardons une fille à la queue de poisson qui chante.

Maddy gloussa.

— C'est Ariel, c'est une sirène ! Elle est belle…

— Pas aussi belle que les filles présentes dans cette chambre !

Il ne cherchait pas à flirter, elle le savait bien, toutefois Peyton sentit ses joues s'empourprer et baissa les yeux sur sa pizza. Elle écouta Maddy expliquer à Luke l'intrigue de *La Petite Sirène* et, pour la deuxième fois en l'espace de deux jours, s'aperçut que la petite était tout simplement heureuse. Son petit visage s'animait, ses yeux pétillaient, elle riait et s'agitait sur le lit pour imiter Ursula d'abord, puis la mouette qui se liait d'amitié avec Ariel. Elle mangea sa pizza, but son jus de pommes et parla trop fort, se comportant en fait comme une enfant normale. Elle faisait plaisir à voir, et Peyton était tellement émue qu'elle aurait pu pleurer.

Un peu avant la fin du film, l'énergie de Maddy commença à diminuer. Elle se blottit de nouveau contre les oreillers, et ne tarda pas à s'endormir, avec son ours dans les bras. Peyton la borda, éteignit la télévision et baissa les lumières.

— Je crois que tu l'as épuisée, aujourd'hui.

— C'est elle qui m'a épuisé ! protesta Luke. Elle parle à toute vitesse !

Peyton éclata de rire.

— Eh bien, elle n'avait pas parlé comme ça ni été aussi active depuis très longtemps. Je suis heureuse que tu l'aies poussée à s'ouvrir.

Elle regarda le lit : pour poursuivre cette conversation, elle pourrait rester où elle était, debout, ou bien s'asseoir près de lui. Maintenant que Maddy dormait et que la chambre était silencieuse, elle se sentait un peu gênée à l'idée d'être à son côté sur un lit.

— Tu veux que nous allions nous asseoir sur le balcon ?

— Avec plaisir. Pour boire un verre de vin et discuter entre adultes ?

— Parfait !

Il emporta le reste de la pizza et la bouteille de vin, et ils allèrent s'installer sur le balcon. Deux jours plus tôt, ils étaient à peu près dans la même situation mais, ce soir, l'atmosphère était beaucoup plus intime, sans nul doute à cause du baiser qu'ils avaient échangé.

— Merci de t'être occupée de Maddy aujourd'hui.

— C'était un plaisir, et je suis sincère. C'est une enfant adorable ! Susannah et toi l'avez bien élevée.

Elle hocha la tête et but une gorgée de vin.

— Merci.

Ils restèrent silencieux pendant quelques minutes, à boire tranquillement et à écouter les bruits de la nature, le chant des oiseaux nocturnes et des insectes.

Luke fit tourner la bouteille entre ses mains.

— Quel genre de mère était Susannah ?

Elle chercha les mots justes, ceux qui présenteraient la vérité d'une façon flatteuse et qui ne dénigreraient pas Susannah, mais sa sœur avait été une mère distraite et égocentrique, qui faisait rarement passer sa fille avant son amusement et son sommeil.

Elle haussa les épaules.

— Susannah faisait de son mieux, mais… elle n'était jamais vraiment là. Elle adorait Maddy, bien sûr, cependant elle était plus une amie qu'une mère pour elle.

— Peut-être ne se sentait-elle pas prête, suggéra-t-il, les yeux perdus dans le vague. Ou peut-être avait-elle peur de décevoir Maddy, de tout gâcher.

— Tout le monde a peur de cela avec un enfant. La première fois que je me suis occupée de Maddy toute seule, j'étais persuadée que j'allais la faire tomber ou oublier de lui donner à manger mais, en fin de compte, je m'en suis sortie. On fait de son mieux…

Elle but une autre gorgée de vin.

— … et on lit tous les livres qu'on peut trouver sur le sujet !

Il éclata de rire.

— C'est ce qu'il me faudrait : un livre pour les pères empotés.

— Tu te débrouilles très bien.

— J'essaie, mais je n'arrive pas à me débarrasser de la peur de…

Il ne termina pas sa phrase.

— De quoi ?

— De ne pas être là au moment le plus important.

Sa voix était douce, et elle eut soudain l'impression qu'il ne pensait pas seulement à Maddy.

— On fait de son mieux, répéta-t-elle, posant une main sur la sienne, avec le plus grand naturel, comme si elle l'avait déjà fait mille fois. Donne-toi un peu de temps. Tout cela est nouveau pour toi.

Il plongea ses yeux dans les siens et entrelaça ses doigts aux siens. Ce simple geste donna au contact de leurs mains une dimension tout autre. Elle savait qu'elle aurait dû se dégager, mais elle ne pouvait pas s'y résoudre.

— J'espère pouvoir être au moins à moitié aussi doué que toi avec elle, et nouer des liens comme ceux qui vous unissent. Je vous ai observées ensemble. Tu pourrais aussi bien être sa mère ! Elle est tellement proche de toi…

Cette fois encore, elle haussa les épaules.

— J'ai fait ce que j'avais à faire. Je l'aime, et elle est la seule famille qui me reste, maintenant.

— Oui, mais l'élever aurait dû être la responsabilité de Susannah… et la mienne.

Il secoua la tête.

— Je comprends pourquoi tu étais tellement en colère contre moi. Tu devais m'en vouloir de ne pas être là, de ne pas jouer mon rôle de père.

— Susannah ne t'a vraiment jamais dit qu'elle attendait un enfant ?

— Jamais. Crois-moi, Peyton, si je l'avais su, j'aurais été là pour ma fille. Je ne suis peut-être pas le plus responsable des Barlow, mais je ne suis pas non plus un sale type égoïste capable d'abandonner son enfant.

— Je n'ai jamais dit…

— Tu n'as pas eu à le faire.

Apparemment, il ne lui en voulait pas. Après tout, il était très inconstant à l'époque où elle le fréquentait.

— Cela se lisait sur ton visage quand tu es venue sonner chez moi. Je ne peux pas te le reprocher. J'aurais probablement pensé la même chose, à ta place. Je suis désolé que tu aies dû être l'adulte dont Maddy avait besoin au lieu de vivre ta vie normalement.

— Cela ne m'a pas dérangée, répliqua-t-elle, mais sa propre voix lui parut tremblante.

Luke se leva et vint se placer devant elle. Sur le petit balcon, ils étaient tout proches l'un de l'autre, et il voyait forcément les larmes qui lui étaient montées aux yeux et menaçaient de couler sur ses joues. Elle avait toutes les peines du monde à maîtriser ses émotions à fleur de peau.

— Je suis désolé, répéta-t-il, d'une voix plus douce encore.

Il porta une main à sa joue et attrapa une larme du bout du doigt.

— Ce n'est rien, murmura-t-elle, alors même qu'une deuxième larme coulait.

Il lui prit le visage au creux des mains et plongea ses yeux dans les siens.

— Je suis désolé, Peyton, et je te promets qu'à partir de maintenant tu ne seras plus seule pour t'occuper de Maddy.

Elle se détendit un peu. D'autres larmes coulèrent sur ses joues. Elle refusait pourtant de se laisser dominer par ses émotions.

— Ce serait une bonne chose pour Maddy de t'avoir dans sa vie, mais je contrôle la situation…

— Non, ma chérie, tu ne la contrôles pas, mais c'est tout à fait normal.

Ce fut le « ma chérie » qui vint à bout de sa résistance. Tout était flou devant ses yeux, mais Luke était là, solide, stable, fiable, tout ce qu'elle l'avait cru incapable d'être.

Quand il se pencha, elle l'embrassa, car c'était ce qui lui semblait naturel, et parce qu'il était celui qu'elle voulait, celui qu'elle avait toujours voulu.

Il la serra contre lui et, aussitôt, leur baiser se fit plus fougueux. Le torse de Luke était puissant, ses mains brûlantes, et elle s'abandonna à son étreinte. Elle glissa les doigts dans ses cheveux et, quand il la serra plus étroitement encore, elle se mit à califourchon sur lui et ils tombèrent, enlacés, sur le sol de béton.

Il passa une main sous son T-shirt et la referma sur son sein, par-dessus son soutien-gorge en dentelle. Une vague de désir la submergea instantanément.

Elle sentait son sexe en érection entre ses cuisses, promesse d'une nuit torride et inoubliable. Elle voulait cela, elle le voulait lui, de toutes ses forces, mais ils n'étaient pas seuls. Maddy dormait dans la chambre, juste derrière eux. C'était pour Maddy qu'elle était à Stone Gap. C'était pour Maddy qu'elle retournerait à Baltimore à la fin des deux semaines.

De plus, Luke avait été le petit ami de Susannah. Des années plus tôt, certes, et Susannah n'était plus là, mais cette pensée la perturbait.

Elle détacha ses lèvres des siennes et appuya la tête contre son torse. Elle sentait les battements déchaînés de son cœur sous sa joue.

— Nous ne pouvons pas faire ça. Pas ici, pas maintenant.

— Tu as raison. Je le déplore, mais tu as raison.

— Et puis, c'est un peu bizarre. Enfin, quand même, tu sortais avec ma sœur autrefois.

— Je comprends ce que tu veux dire, mais je ne te vois pas comme je te voyais à l'époque.

— Je ne suis plus la petite sœur intello et agaçante ?

— Plus du tout, répondit-il en lui déposant un baiser sur les lèvres. Et même si je suis sorti avec Susannah, eh bien…

Il jeta un coup d'œil dans la direction de la chambre où Maddy dormait avant de reporter son attention sur elle.

— … cela n'a jamais été sérieux, entre nous. Je n'ai jamais ressenti ça avec elle.

Ressenti quoi ? Elle fut tentée de lui poser la question. Cependant elle se retint, car la question risquait de la mener sur une voie qu'elle n'était pas sûre de vouloir emprunter.

Il passa un bras autour d'elle.

— Restons simplement assis comme ça, un moment. Que j'aie le temps d'oublier ce que j'ai envie de te faire.

Amusée et troublée à la fois, elle eut un rire rauque qui trahissait son désir.

« Ce côté de ta personnalité n'existe-t-il pas toujours, derrière ces horaires et ces plannings ? »

Il existait bel et bien et, chaque fois qu'elle était avec lui, il refaisait surface.

— Et moi donc !

— Un jour, murmura-t-il, déposant un autre baiser sur ses lèvres, il faudra que tu me dises exactement ce que tu as envie de me faire…

Il voulait donc la revoir seule, pour elle-même, indépendamment de son avenir avec Maddy.

— D'accord, un jour, répondit-elle, répétant une promesse qu'elle s'était faite des années plus tôt.

Elle n'était pas sûre de pouvoir la tenir mais, pour le moment, elle refusait d'y penser.

— Je te prends au mot, Peyton.

Là-dessus, il se laissa aller en arrière, et ils regardèrent les étoiles. Ils changèrent de sujet, pour parler d'Orion, de la constellation du Scorpion, de la Grande Ourse et de la Petite Ourse. Elle écouta son cœur pendant qu'il parlait, s'imprégnant de la douceur de l'air nocturne.

Le lendemain, elle se concentrerait de nouveau sur Maddy et sur son travail, sur la réalité de sa vie dans le Maryland, loin de Stone Gap et de ce balcon sous les étoiles.

Le mercredi matin, Luke alla au garage de bonne heure. Il avait une journée chargée devant lui, et plus vite il se mettrait au travail, plus vite il pourrait retrouver Peyton et Maddy.

Depuis le retour de Peyton à Stone Gap, ses pensées tournaient autour de deux personnes : sa fille, et la femme sensationnelle que Peyton était devenue. Toutes deux apportaient beaucoup de complications dans sa vie, des complications auxquelles il n'était pas sûr de pouvoir faire face, et toutes deux avaient des attentes auxquelles il n'était pas certain de pouvoir répondre.

Il avait passé un bon moment avec Maddy, la veille, mais il était un peu contrarié d'avoir dû appeler sa mère à la rescousse. Il avait encore peur de mal faire, de décevoir sa fille, de répéter ce qui s'était produit quatre ans plus tôt : nuire à un être cher.

Il se gara devant le garage. Il distinguait vaguement, au bout de la rue, le porche d'une maison qu'il connaissait bien. Le vieux canapé miteux, avec son accoudoir élimé d'un côté et son parpaing en guise de pied était-il toujours là ?

Un été, Ben, Jeremiah et lui avaient trouvé le canapé sur le bas-côté de la route et, à eux trois, ils l'avaient porté jusqu'au porche de chez Jeremiah, en partie parce que sa maison était la plus proche, et en partie parce que c'était chez lui qu'ils se réunissaient après les cours. De là, on pouvait regarder ce qui se passait sur Main Street, le glacier était à deux pas, et ses voisines, les jumelles Wallace, prenaient souvent le soleil en bikini dans leur jardin.

Cela faisait des années que Luke ne s'était pas assis sur ce canapé. Après l'accident, tout avait changé.

Au lieu de remonter la rue pour voir si le passé pouvait être ressuscité, il entra dans la pénombre du garage.

Son père était déjà là, ce qui ne le surprit pas. Bobby Barlow s'occupait du garage depuis qu'il était adulte, et tous les souvenirs que Luke avait de lui étaient associés à l'odeur d'huile de graissage. Encore aujourd'hui, quand cette senteur âcre lui montait aux narines, il repensait malgré lui aux parties de pêche avec son père et à leurs discussions en jouant au ballon dans le jardin de la maison familiale. Avec son père, on ne se confiait pas autour d'une table, on faisait quelque chose ensemble, et les mots venaient naturellement.

— Bonjour, papa !

Luke accrocha ses clés de voiture à côté de la porte du bureau, prit une blouse de travail sur le dossier d'une chaise.

— Salut, Luke !

Son père passa la tête derrière le capot de la jeep dont il

réparait le moteur. C'était un homme robuste, large d'épaules, au torse puissant. Della essayait depuis des années de lui faire perdre un peu de poids, tout comme son médecin, mais Bobby continuait à manger un double cheeseburger de temps en temps et à boire une bière en fin de journée.

— Donne-moi cette clé à pipe, tu veux ?

Luke s'exécuta, puis il prit place à côté de son père et regarda les fils électriques et les durites du moteur. Ils parlèrent travail pendant un moment.

— Alors, ta mère m'a dit que tu avais une fille, lâcha enfin son père, toujours penché sur le moteur.

— Je n'en savais rien avant cette semaine ! Susannah ne m'avait jamais rien dit.

Son père lui tendit une main, et Luke y déposa la courroie dont il avait besoin.

— Eh bien, maintenant, tu le sais. Que vas-tu faire ?

— Je m'habitue encore à l'idée, papa. Je n'ai pas eu le temps de penser à l'avenir.

Son père se redressa et prit un chiffon pour s'essuyer les mains.

— S'il y a une chose que l'on est obligé de faire quand on a des enfants, c'est de penser à l'avenir. Depuis la naissance de Mac, je n'ai fait que m'inquiéter à ce sujet. Cela ne s'arrête pas quand les enfants sont grands, tu sais... On continue à se faire du souci, à se demander s'ils prennent les bonnes décisions et s'ils se nourrissent correctement !

Luke éclata de rire.

— Je vais très bien, papa. J'ai un toit sur la tête et de la bière au réfrigérateur !

— Oui, et j'en suis ravi mais, maintenant que tu es père, tu as besoin de plus que ça.

Luke contourna la jeep et vint se placer côté conducteur, attendant que son père lui adresse un signe de tête pour démarrer. Le moteur sembla hésiter un quart de seconde, puis il se mit à tourner, tout en douceur. Luke coupa le contact et tendit les clés de la voiture à son père.

— Je sais, je dois économiser pour les frais de scolarité, et…

— Je ne parle pas de ça. Ce dont les enfants ont vraiment besoin, c'est d'amour et d'attention. Ils doivent savoir que tu es là et qu'ils peuvent compter sur toi, quoi qu'il arrive, que tu aies eu une mauvaise journée, que tu aies besoin de vacances ou que ton maudit genou soit en train de te lâcher.

Bobby fit la grimace et se frotta le genou. Un sentiment d'inquiétude envahit Luke. Son père était un peu pâle et lui paraissait soudain plus vieux.

— Va t'asseoir, papa.

— Si je m'assieds, autant en finir tout de suite et m'allonger dans un cercueil ! J'ai du travail, Luke, regarde autour de toi. Il y a cinq voitures à réparer, toutes pour aujourd'hui.

— Tu dois te faire opérer de l'autre genou, papa. Appelle le médecin et prends rendez-vous.

— Je ne peux pas me mettre encore en arrêt de maladie. La dernière fois, entre l'opération et la rééducation, j'ai été arrêté plus de deux mois ! Je ne peux pas me permettre de fermer le garage. Mon genou attendra.

Chaque fois qu'ils parlaient travail, une question inexprimée restait en suspens entre eux : quand allait-il prendre la relève de son père ?

Luke résistait depuis des années. Il avait complètement abandonné le garage pendant quelque temps, allant de petit boulot en petit boulot, cherchant sa voie. Quand leur père avait été opéré une première fois, Jack l'avait remplacé, puis il avait ouvert sa propre entreprise de menuiserie. Luke s'était essayé à toutes sortes de choses, mais il revenait toujours au garage, car l'endroit lui rappelait son enfance. Il aimait manier les outils et réparer des voitures qui serviraient à aller au travail, à conduire des enfants à l'école ou à rendre visite à quelqu'un à l'hôpital.

Il alla garer la jeep un peu plus loin, puis il monta au volant du pick-up dont ils devaient s'occuper et le gara à l'endroit voulu. Quand il en descendit, son père ouvrait déjà le capot. Il arrêta son geste en posant une main sur la sienne.

— Rentre à la maison, papa. Je m'en charge.

— Inutile, je vais simplement prendre une aspirine et…

— Non. Tu vas rentrer à la maison, appeler le médecin et prendre un rendez-vous, et tu vas rester à la maison jusqu'à ton complet rétablissement. Ne t'inquiète pas pour le garage, je serai là tous les jours.

Il s'appuya à l'établi. Il était grand temps qu'il songe à l'avenir, qu'il gagne sa vie correctement afin de pouvoir acheter des chaussures roses et des pizzas avec des petits morceaux de poulet.

— Tu devrais prendre ta retraite.

— Prendre ma retraite ? répéta Bobby d'un ton railleur. Pour faire quoi ? Rester assis sur le canapé et regarder la télévision ?

— Non, pour emmener maman en voyage. Allez en Italie, en Grèce, ou même à Savannah ! Vous avez travaillé dur, tous les deux, et vous méritez de passer les quarante prochaines années à profiter de la vie.

Son père lui passa un bras autour des épaules.

— Ecoute, ne te sens pas obligé de reprendre le garage. Ça va aller. J'ai seulement besoin d'un peu de repos.

— Je ne me sens pas obligé de le reprendre, papa. J'en ai envie. J'ai envie…

Il regarda autour de lui, observant les coffres à outils qui lui paraissaient si grands quand il était enfant, l'établi, la porte qui donnait sur le bureau où son père cachait sa réserve de bonbons. Il avait pratiquement grandi là, et maintenant, il s'en rendait enfin compte, il était prêt à se lancer.

— J'ai envie d'être tout ce que je dois être pour ma fille : fiable, sérieux, responsable.

L'expression de son père s'adoucit, et un sourire éclaira son visage.

— Tu as grandi…

— Il m'a fallu un certain temps, admit-il en haussant les épaules, mais j'essaie.

Son père le serra dans ses bras avec tendresse.

— Je suis fier de toi. Et, en parlant de grandir, je veux

rencontrer ma petite-fille avant qu'elle soit en âge d'entrer à l'université !

— Tu la rencontreras, c'est promis. Je ne sais pas comment les choses vont s'organiser, avec Peyton qui vit dans le Maryland et moi ici, mais je trouverai une solution.

— Epouse-la ! suggéra Bobby avec un grand sourire. Cela réglerait tous les problèmes.

Luke rit de bon cœur.

— Chaque chose en son temps, papa ! D'abord, le garage… C'est un engagement que je peux tenir.

9

Peyton se leva à l'aube et passa un bon moment à échanger des e-mails avec Catherine. Dès que sa cliente eut approuvé ses suggestions, elle commença à passer des commandes et à prendre rendez-vous avec les entrepreneurs.

C'était agréable de travailler, d'être de nouveau dans la partie. Elle tint son patron au courant de l'évolution du dossier et reçut un message de félicitations en réponse. Elle remettait enfin sa carrière sur les rails, et la promotion qu'elle convoitait lui paraissait de nouveau accessible.

Elle jeta un coup d'œil à Maddy, pelotonnée dans son lit. La fillette, dans son pyjama rose orné d'oursons, avait sorti un pied des couvertures, comme toujours, et serrait son ours en peluche contre son cœur. Une déferlante d'amour submergea Peyton, et soudain elle n'eut plus du tout envie de retourner à Baltimore, ni de retrouver son travail. Elle aurait voulu passer tout son temps avec ce petit ange, arrivé dans sa vie de façon si inattendue.

Maddy s'étira, roula sur le côté et la regarda avec un sourire.

— Bonjour, tante Peyton.

— Bonjour, ouistiti ! Qu'as-tu envie de faire, aujourd'hui ?

La petite haussa les épaules.

— Je ne sais pas…

— C'est mercredi, il y a un festival dans une ville près d'ici. Nous pourrions peut-être y aller. Il devrait y avoir des manèges et plein d'activités amusantes pour les enfants.

Maddy s'assit dans son lit, prenant son ours sur ses genoux, et elle secoua la tête.

— C'est le jour de la glace, tante Peyton.

Elle baissa la voix et appuya le menton sur la tête pelucheuse de Bo.

— Maman adorait le jour de la glace.

Peyton se souvint alors. Susannah aimait célébrer le mercredi, « le jour à mi-chemin entre deux week-ends », comme elle aimait à l'appeler. Pendant les périodes où elle arrivait à garder un travail quelques semaines d'affilée, elle disait qu'elle avait besoin d'un petit remontant pour tenir jusqu'au vendredi. Après la naissance de Maddy, ce remontant avait été remplacé par une glace, tradition que Susannah avait maintenue au fil des ans.

Sa sœur était peut-être une mère distraite, irresponsable parfois, mais elle avait tout de même instauré ça, sans doute parce que cela faisait plaisir à Maddy, et peut-être aussi parce que c'était une tradition facile à entretenir. Il y avait un glacier près de leur appartement à Baltimore, et tous les mercredis, quand Maddy sortait de la garderie, Susannah l'emmenait dîner d'un sundae couvert de caramel et de crème chantilly. Peyton avait eu beau protester, sa sœur avait continué d'y emmener Maddy.

A la mort de Susannah, le jour de la glace avait disparu, lui aussi. D'abord parce que Peyton avait été trop accablée de chagrin pour penser aux jours de la semaine, et ensuite parce qu'elle s'était dit que rester fidèle à une tradition instaurée par Susannah ferait peut-être souffrir Maddy encore plus cruellement.

C'était la première fois que la petite évoquait sa mère depuis sa mort. La psychologue avait dit à Peyton que ce serait Maddy qui aborderait le sujet quand elle serait prête.

Si elle se montrait trop insistante, l'enfant risquait de rentrer aussitôt dans sa coquille. Peyton décida tout de même de tenter sa chance.

Elle alla s'asseoir sur le lit de Maddy.

— Le jour de la glace était toujours rigolo. Il me manque.

Maddy serra plus fort son ours, les yeux écarquillés, l'air grave.

— J'ai envie de manger de la glace pour le dîner. Comme maman faisait.

— Dans ce cas, c'est ce que nous allons faire !

Le visage de Maddy s'éclaira un peu.

— Maman adorait la glace… et les licornes, et le violet.

— Et toi. Elle t'aimait de tout son cœur, Maddy, et je suis sûre que tu lui manques autant qu'elle te manque.

La petite détourna le regard.

Je peux jouer à la poupée, maintenant ? demanda-t-elle avec des larmes dans la voix.

— Bien sûr.

Peyton la laissa partir et n'insista pas davantage. La conversation, quoique courte, représentait un léger progrès.

Luke lui avait dit qu'il travaillait toute la journée. Elles s'occupèrent donc seules. Elles allèrent au centre commercial, où Peyton acheta un short à Maddy, puis elles déjeunèrent au restaurant. Ensuite, elles retournèrent à l'hôtel. Pendant que la petite faisait la sieste, elle en profita pour travailler un peu. Juste avant le dîner, elle décida qu'elles iraient au centre-ville à pied : quitte à se nourrir de glace, autant faire un peu d'exercice auparavant.

Alors qu'elles tournaient à l'angle de Main Street, elle aperçut Luke qui, s'éloignant du garage, avançait dans leur direction. Un sourire se dessina sur ses lèvres quand il les vit, sourire qu'elle lui rendit aussitôt.

Se réjouissait-il de les voir toutes les deux, ou seulement Maddy ? La question était curieuse.

Maddy lui tira sur la main.

— C'est Luke, tante Peyton ! Il peut venir manger de la glace avec nous ?

— Bien sûr.

Elle acceptait pour que Luke et Maddy passent plus de

temps ensemble, et non parce qu'elle-même avait envie de le côtoyer davantage.

Maddy courut vers lui et, dans sa hâte, faillit faire tomber son ours en peluche. Luke rattrapa Bo au dernier moment et le rendit à sa fille.

— Holà, Maddy ! Où cours-tu comme ça ?

— Luke ! Luke ! On va manger de la glace pour le dîner et tante Peyton dit que tu peux venir avec nous !

— De la glace pour le dîner ? répéta-t-il en regardant Peyton avec un petit sourire moqueur. Ferait-on fi des règles, des horaires et des conservateurs ?

— Nous perpétuons simplement une tradition instaurée par Susannah, répondit-elle en ébouriffant les cheveux de Maddy. Pas vrai, ouistiti ?

Maddy hocha énergiquement la tête.

— On y va, maintenant ?

— Oui, mais je veux que tu me donnes la main.

La petite glissa sa main gauche dans la sienne et sa droite dans celle de Luke.

— Tu dois prendre mon autre main, Luke, ordonna-t-elle. Maintenant, nous pouvons marcher tous ensemble. C'est comme si j'étais avec ma maman et mon papa !

Peyton échangea un regard avec Luke. Ils ne firent aucun commentaire, mais tout était dit. Les gens les regardaient passer avec curiosité, mais ils continuèrent leur route comme si de rien n'était.

Un store rose et blanc était suspendu au-dessus de la petite boutique du glacier et, à l'intérieur, les murs peints en jaune rendaient l'endroit lumineux.

Luke leur tint la porte.

— Tu n'es pas obligé d'être galant, ironisa-t-elle.

Passant à côté de lui, elle sentit son parfum et lui effleura le bras. Aussitôt, son cœur fit un bond dans sa poitrine.

— Je sais, mais j'ai envie de l'être.

Il s'approcha d'une table, tira deux chaises et leur fit signe de s'asseoir, puis il prit une serviette en papier dans le distributeur et la posa sur son bras.

— Que voulez-vous manger, mademoiselle ? demanda-t-il à Maddy, prenant un fort accent français.

La petite éclata de rire.

— De la glace au chocolat, avec des paillettes de sucre et une cerise !

— Et vous, madame ? s'enquit-il en s'inclinant légèrement.

— Deux boules de vanille.

Il haussa un sourcil.

— Madame, vous êtes chez le meilleur glacier de Stone Gap, en Caroline du Nord ! Les vaches qui fournissent le lait dont nous nous servons pour faire nos glaces sont plus heureuses que les vaches de Paris !

Elle éclata de rire.

— Et pourquoi donc ?

— Parce qu'ici…

Il fit un grand geste du bras, englobant la boutique, et ses yeux se posèrent sur son visage.

— … elles sont entourées de beauté.

Elle sentit ses joues s'empourprer. Il ne faisait pas allusion à elle. Il ne pouvait pas faire allusion à elle.

Si ?

— Et, oui, je parle bien de toi, confirma-t-il, comme s'il lisait dans ses pensées, et de mon adorable f…

— Maddy, l'interrompit-elle.

— Maddy, répéta-t-il, avec une pointe de déception dans la voix.

Il se redressa et posa la serviette sur la table.

— Je vais chercher votre commande, ajouta-t-il avant de s'éloigner.

La magie du moment était passée. Indépendamment de sa volonté, elle ne parvenait pas à lui faire totalement confiance, à croire qu'il ferait partie de la vie de Maddy pour toujours. Pourquoi ? Jusque-là, pourtant, il avait été parfait, il ne les avait pas déçues. Pourquoi s'attendait-elle constamment au pire ? Elle n'aurait pas su le dire.

Luke ne tarda pas à revenir, avec trois coupes sur un plateau. Il posa celle de Maddy devant elle, jouant de nouveau le rôle d'un serveur français.

— Votre glace au chocolat, mademoiselle…

Maddy gloussa.

— Merci !

Il servit ensuite Peyton.

— Et pour vous, madame, la spécialité « Lycée »… Je crois ne pas m'être trompé.

Elle baissa les yeux sur les boules de glace à la menthe et aux pépites de chocolat noir, recouvertes de chocolat fondu et d'éclats de noisettes. Elle n'avait pas vu pareille merveille depuis des années.

— Tu te souviens de ma glace préférée ?

— Nous venions ici cinq fois par semaine, tous les trois ! Je connaissais la carte par cœur quand nous étions plus jeunes.

— Merci, murmura-t-elle.

La jeune fille enamourée en elle ne pouvait s'empêcher d'être flattée en constatant qu'il se rappelait quelque chose d'aussi insignifiant. Même si c'était ridicule.

Il s'assit avec sa propre coupe où il s'apprêtait à plonger sa cuillère quand la porte derrière le comptoir s'ouvrit sur un homme de plus d'un mètre quatre-vingts déguisé en ours et portant un T-shirt avec le logo de la boutique.

La mascotte secoua sa grosse tête à l'intention de Maddy, mais la petite eut un mouvement de recul.

— C'est juste une mascotte, Maddy. Il y a un homme à l'intérieur du costume, expliqua Peyton d'un ton calme et posé. Il est là pour encourager les gens à prendre une glace. Tu veux lui dire bonjour ?

Maddy secoua la tête, les yeux écarquillés.

— Non.

— Ce n'est qu'un déguisement, ma chérie. Il y a une fermeture Eclair dans le dos du costume et…

— Je ne veux pas lui parler, marmonna Maddy, penchée sur sa coupe glacée.

Luke prit l'ours en peluche, qui était assis sur la chaise libre, et l'approcha de son oreille.

— Qu'est-ce que tu racontes, Bo ? Ça alors ! Je ne le savais pas… Attends, je vais le dire à Maddy.

Celle-ci pouffa.

— Qu'est-ce qu'il raconte ?

— Bo croit reconnaître son oncle Jeb, qu'il avait perdu de vue depuis longtemps.

— Son oncle Jeb ?

L'attention de Maddy était rivée sur Luke. Elle semblait avoir oublié la mascotte, qui prenait la petite pile de prospectus posée sur le comptoir.

— Oui ! Tu savais que M. Bo avait une famille ? Il a un papa, des oncles, et même un grand-père. Apparemment, poursuivit Luke sur le ton de la confidence, le gros ours, là-bas, c'est son oncle Jeb. Ils ne se sont pas vus depuis la grande réunion des ours de 1982 !

Peyton se retint de rire.

— Son oncle Jeb ? Tiens donc.

— Tout à fait, répondit Luke en lui lançant un clin d'œil, avant de se tourner de nouveau vers Maddy. L'oncle Jeb serait sûrement content de voir Bo. Ils pourraient se serrer la patte et se raconter des histoires d'ours !

Il regarda Peyton avec un grand sourire. Elle leva les yeux au ciel, mais ne put s'empêcher de l'imiter, heureuse de voir Maddy rassurée.

La petite jeta un coup d'œil à la mascotte par-dessus son épaule, puis elle regarda Bo.

— Tu peux venir avec moi, Luke ?

— Bien sûr, ma chérie !

Il se leva, et Maddy le suivit, glissant sa main dans la sienne. Ils traversèrent la boutique tandis que Peyton restait assise à la table et les observait, amusée et un peu admirative.

Son cœur se serra lorsqu'elle vit Luke s'accroupir pour se

mettre au niveau de sa fille, qui paraissait minuscule à côté de lui. Il se montra doux et patient tandis qu'ils présentaient Bo à la mascotte et que la jeune fille derrière le comptoir leur offrait un cookie. Apparemment tranquillisée, Maddy parla à la mascotte, qui répondait par des hochements de tête et des gestes exagérés. « Oncle Jeb » fit grand cas de Bo, ce qui sembla enchanter Maddy. Luke resta près d'elle et traduisit pour Bo les gestes de la mascotte.

Une semaine plus tôt, Peyton aurait été prête à parier que Luke prendrait ses jambes à son cou après avoir passé un jour ou deux avec elles. Pourtant, il était encore là, et il s'investissait réellement dans sa relation avec Maddy, faisant tout son possible pour nouer des liens entre eux.

Il devenait un vrai père.

Cela signifiait qu'elle-même allait avoir des décisions difficiles à prendre à la fin de son séjour à Stone Gap. Que ferait-elle s'il demandait la garde exclusive de Maddy quand ils auraient les résultats du test ADN prouvant qu'il était son père ? Elle ne pourrait jamais envisager de se séparer d'elle.

Maddy revint en courant, parlant de Bo et de son oncle Jeb, et répétant que manger de la glace pour le dîner était la meilleure idée du monde. Lorsqu'ils eurent terminé leur coupe, ils sortirent pour profiter de la douceur du soir.

Dehors, entre Luke et Maddy, qui continuait à babiller joyeusement, Peyton se rendit compte qu'elle n'avait pas envie de voir la soirée se terminer.

— Je crois que je vais emmener Maddy au terrain de jeu. Avec tout ce sucre, si elle ne se dépense pas un peu, elle ne dormira jamais cette nuit !

— Allons voir celui que Jack est en train de construire. Il a déjà installé des balançoires et une cage à poules.

— Des balançoires ? s'écria Maddy en sautant sur place. J'adore les balançoires !

Ils remontèrent Main Street, passèrent devant quelques boutiques, la boulangerie et l'épicerie fine, pour arriver enfin au terrain de jeu créé en mémoire d'Eli Delacorte. Tout y était peint en bleu indigo, à part les bancs et les tables de pique-nique. Dans un coin délimité par une corde, un toboggan attendait d'être installé, à côté des pièces d'un puzzle en bois géant. Les autres jeux étaient prêts à l'emploi.

— Eli était le cousin de Meri, expliqua Luke. Il est mort à la guerre, aux côtés de Jack. Mon frère voulait trouver un moyen d'honorer sa mémoire, et il a eu l'idée de bâtir ce terrain de jeu. Je ne sais pas si tu t'en souviens, mais les parents d'Eli sont les propriétaires de la boulangerie et de l'épicerie fine.

— Betty et George Delacorte ?

Luke indiqua l'un des bancs en bois d'un signe de tête. Elle s'y assit, posant un bras sur le dossier.

— Je m'en souviens. Chaque fois que j'allais à la boulangerie, Betty m'offrait une friandise ! C'est une femme adorable.

— Elle et son mari sont deux des personnes les plus généreuses que je connaisse. La perte de leur fils a été une tragédie.

— Eli était quelqu'un de bien. Beaucoup de gens l'estimaient. C'était le meilleur ami de Jack ?

— Oui. Sa mort a été terrible pour lui.

La voix de Luke trahissait une vive émotion. Il s'éclaircit la gorge, mais son expression restait douloureuse.

Maddy s'était ruée sur le portique et poussait Bo sur l'une des balançoires, tout en fredonnant sa chanson préférée, qui parlait d'une baleine et d'un citron. Une autre famille arriva, avec un petit garçon qui devait avoir à peu près son âge.

Peyton observa Maddy, persuadée qu'elle la rejoindrait en courant, comme si souvent depuis que sa vie avait été bouleversée, mais à sa grande surprise, la petite se mit à parler au garçon et, quelques instants plus tard, ils escaladaient ensemble la cage à poules. La voir jouer avec un autre enfant qu'elle ne connaissait même pas lui donna l'espoir de retrouver la fillette heureuse qu'elle aimait tant.

— Tu veux en parler ? demanda-t-elle à Luke, s'apercevant soudain qu'être seule en sa compagnie lui donnait envie d'en apprendre davantage à son sujet, de redécouvrir l'homme qu'elle croyait connaître mais qui ne cessait de la surprendre.

— Parler de quoi ? s'enquit-il.

— Je te connais depuis longtemps, Luke, et quand je suis revenue à Stone Gap, je m'attendais à retrouver celui que tu étais à mon départ, un homme incapable de s'engager…

— Eh bien, merci.

Elle eut un sourire contrit.

— … mais tu n'es plus cet homme. Tu m'as beaucoup surprise.

— Merci. Sincèrement, cette fois.

— Malgré tout, j'ai le sentiment qu'il y a une raison à tout cela, autre que Maddy. Quelque chose t'a changé.

Elle n'insista pas davantage. Après tout, elle n'était qu'une vieille amie, et la tante de sa fille. En dépit des baisers qu'ils avaient échangés, elle n'aurait pas qualifié ce qu'il y avait entre eux de « relation ». Elle n'aurait pas su définir le lien qui les unissait, mais elle avait envie d'être là pour lui s'il souhaitait se confier.

Il appuya les coudes sur ses genoux. Le dos courbé, il sembla puiser au plus profond de lui-même.

— Tu te souviens de Jeremiah Thurber ?

Elle réfléchit un instant.

— Celui qui avait lâché un poulet à la réunion de rentrée, au lycée ? Tout le monde se tordait de rire ! J'ai cru que le proviseur allait faire une crise cardiaque.

Jeremiah était un élève apprécié de tous. Il faisait partie de toutes les équipes de sport du lycée et figurait presque tous les ans dans l'annuaire de l'établissement. C'était aussi le meilleur ami de Luke et de Ben. Tous trois étaient inséparables.

— C'est un mec super, ajouta-t-elle.

Luke poussa un profond soupir.

— Un mec super… qui passe maintenant toutes ses journées enfermé dans sa chambre à jouer aux jeux vidéo.

Elle était surprise de l'apprendre. Dans son souvenir, Jeremiah était quelqu'un d'extraverti et de chaleureux, et elle n'aurait jamais imaginé qu'il prendrait cette voie.

— Pourquoi ?

— A cause de moi.

Luke alla s'adosser à un vieux chêne, à quelques mètres du banc. Il prenait ses distances, se repliait sur lui-même.

Elle ne devait pas se montrer trop insistante, lui demander ce qu'il sous-entendait, mais elle alla quand même le rejoindre. A son tour, elle s'appuya contre l'écorce rugueuse, suffisamment proche de lui pour le toucher, mais juste assez loin pour lui laisser l'espace dont il semblait avoir besoin.

— Que s'est-il passé ?

Il y eut un silence, que seuls venaient rompre les cris de joie des enfants qui jouaient ensemble.

— Je n'en parle jamais, répondit-il enfin, mais je devrais peut-être le faire. Les experts ne disent-ils pas que parler aide à mettre les choses au clair ?

— C'est comme de laisser une blessure à l'air pour lui permettre de cicatriser. La psychologue de Maddy explique les choses ainsi.

— Elle voit une psychologue ?

Peyton hocha la tête.

— Je l'ai emmenée voir quelqu'un quand Susannah est morte. J'avais besoin d'aide.

Luke eut un vague sourire.

— C'est dur pour toi de l'admettre, n'est-ce pas ?

Elle repoussa l'herbe du bout du pied, évitant de croiser son regard.

— Bien sûr. Je me suis toujours débrouillée toute seule.

— C'est vrai. Je suis impressionné, d'ailleurs.

Son sourire s'élargit, et il plongea ses yeux dans les siens.

— Tu m'as toujours impressionné, Peyton.

Le compliment lui alla droit au cœur. Elle avait toujours cru qu'il ne la remarquait pas.

— C'est vrai ?

— Tu étais si studieuse ! Tu avais de bonnes notes, tu lisais tout le temps et, même quand nous étions gamins, tu veillais à ce que nous rentrions chez nous à l'heure pour le dîner.

— J'étais bien obligée. La plupart du temps, ma mère était…

Elle haussa les épaules avec une désinvolture feinte, comme si son enfance ne l'avait pas spécialement marquée.

— … ivre, ou sans connaissance. Susannah faisait la fête, elle n'était jamais là. Je devais donc m'occuper de tout.

Peu de gens savaient connaissaient la vérité sur sa mère, même si beaucoup s'en doutaient. La compassion adoucit l'expression de Luke. Sa bienveillance se lisait dans ses yeux.

— Quel âge avais-tu quand cela a commencé ?

— J'étais assez grande pour savoir que ce n'était pas censé être mon rôle. Les seuls moments où j'avais une vie d'enfant normale, c'était quand j'allais chez ma grand-mère, Lucy. Elle me faisait des cookies, m'apprenait à coudre et me disait d'aller jouer dehors. Malheureusement, à soixante-quinze ans, elle est tombée malade, et je ne l'ai presque plus vue.

— Je suis désolé, Peyton, murmura-t-il en lui prenant la main. Tu as toujours eu beaucoup de responsabilités. Tu méritais une plus belle enfance, plus de cookies et des jeux au grand air.

Cette fois encore, elle haussa les épaules, comme si cela n'avait pas d'importance.

— J'ai eu l'enfance que j'ai eue, c'est comme ça.

— Mais tu n'as plus à te contenter de si peu, tu peux avoir plus, maintenant, tu mérites plus !

— Une famille comme la tienne, par exemple ? demanda-t-elle avec un sourire. J'ai toujours aimé ta famille. Pour moi, c'était la…

Elle s'interrompit.

— La quoi ?

Il serra sa main dans la sienne, l'encourageant à continuer.

— La famille que je rêvais d'avoir. Je me plaisais à imaginer que je…

Elle marqua un temps d'arrêt et détourna les yeux.

Je me plaisais à imaginer que je me mariais avec toi et que je faisais partie de cette famille.

— Je me plaisais à imaginer que je venais d'une famille comme ça, moi aussi.

— Je ne savais pas que ta sœur et toi aviez grandi dans ces conditions. Susannah ne parlait pas beaucoup de sa vie de famille, et j'étais trop… occupé à être un adolescent pour lui poser des questions.

Elle rit et pointa le doigt sur son torse.

— Voilà le Luke dont je me souviens !

— Je ne suis plus tout à fait aussi terrible.

— Plus tout à fait.

Ils échangèrent un sourire, puis ils regardèrent un moment en silence Maddy qui jouait avec son nouvel ami, tandis que le jour déclinait lentement.

Elle était heureuse de s'être confiée à lui, heureuse de s'apercevoir qu'il la comprenait et la soutenait. C'était agréable, très agréable même.

— Si jamais tu as envie de parler de ce qui s'est passé avec Jeremiah, je suis là pour toi, ajouta-t-elle avec douceur. C'est à cela que ça sert, les amis.

— Est-ce vraiment ce que nous sommes ? Des amis ? lui demanda-t-il en la regardant droit dans les yeux, l'air curieux.

Elle soupira.

— Je ne sais pas ce que nous sommes l'un pour l'autre, Luke.

— Moi non plus, mais je crois que nous sommes plus que des amis, après ce deuxième baiser.

Troublée, elle fut parcourue d'un frisson. Elle eut soudain l'impression d'être de nouveau l'adolescente qui espérait se faire remarquer par le beau capitaine de l'équipe de football américain du lycée.

Elle était incorrigible ! Elle devait absolument se ressaisir. S'il y avait bien une chose qu'elle détestait, c'était être dans le flou.

Maddy et le petit garçon s'étaient dirigés vers le portique et se balançaient tout en discutant, quels que puissent être les sujets de conversation d'enfants de quatre ans.

— Je suis comme toi, tu sais, reprit Luke après un silence. Je n'aime pas demander de l'aide, ou admettre que je n'arrive pas à me débrouiller tout seul.

Elle eut un petit rire.

— Je crois que c'est humain.

— Ce n'est pas ce qu'il y a de mieux.

Il arracha une feuille de la branche qui pendait au-dessus de leur tête et la déchiqueta en mille morceaux, qu'il laissa tomber par terre. Puis il poussa un profond soupir, et son visage s'assombrit.

— J'ai pris quelques décisions stupides, dans ma vie, mais la pire de toutes a été celle de cette nuit-là, avec Jeremiah.

Elle était si proche de lui qu'elle aurait pu prendre sa main dans la sienne, mais elle n'en fit rien. Elle resta immobile. La peine de Luke était palpable.

— Il y a quatre ans, Jeremiah et moi assistions à une soirée. Une de ces fêtes impromptues qui s'organisent quand quelqu'un trouve un endroit désert et assez d'argent pour acheter des litres de bière. Tu te souviens de l'usine désaffectée, à l'entrée de la ville, celle qui a fermé dans les années 1980 ?

Elle hocha la tête. Les bâtiments de l'usine, autrefois pleins d'animation, étaient maintenant complètement délabrés. Des années plus tôt, on y avait placé des panneaux en interdisant l'entrée, mais cela n'avait jamais dissuadé les adolescents en quête d'un endroit à l'abri des regards indiscrets.

— La petite amie de Jeremiah venait de le quitter, et il m'avait demandé de l'accompagner à cette fête et de lui servir de chauffeur. Il voulait l'oublier, tu comprends ?

De nouveau, elle acquiesça. Elle savait à quel point c'était difficile d'essayer d'oublier quelqu'un dont on était amoureux. Aujourd'hui encore, alors qu'elle se tenait à quelques centimètres de Luke, tous ses sens étaient en éveil.

— Mais j'ai rencontré une fille, dont je ne me rappelle même plus le prénom d'ailleurs, et j'ai abandonné Jeremiah. Il a décidé de s'en aller et, comme il ne me trouvait pas, il…

Luke s'interrompit et se détourna.

— Il a pris la route et, un quart de mile plus loin, il est rentré dans un arbre.

— Bon sang ! murmura-t-elle, le souffle coupé.

— Il n'avait pas sa ceinture de sécurité, il a heurté le

volant et s'est brisé la colonne vertébrale. Il est paraplégique, continua Luke avec des sanglots dans la voix. Il avait vingt et un ans, Peyton, sa vie ne faisait que commencer. Si j'avais été là, si j'étais resté à ses côtés comme je le lui avais promis…

— Tu ne peux pas te reprocher ce qui s'est passé. C'est lui qui est monté au volant de cette voiture, pas toi.

Le visage de Luke se durcit. Désolée pour lui, elle sentit son cœur se serrer.

— J'étais censé veiller sur lui, me conduire en ami.

— Tu n'es pas son père. Il était adulte, et c'est lui qui a pris une mauvaise décision.

Cette fois, elle lui attrapa la main, mais il resta crispé.

— Tu ne peux pas t'en vouloir, Luke.

— Eh bien, si, je m'en veux. Tous les jours.

Il s'écarta. Ses épaules étaient voûtées, son expression tourmentée.

— Et si tu veux tout savoir, reprit-il, c'est pour ça que je m'inquiète tellement depuis le jour où j'ai découvert que j'avais une fille.

Il regarda Maddy, qui jouait maintenant dans le bac à sable, près de la famille du petit garçon, et perdit contenance.

— J'aurai beau offrir des glaces à ma fille et l'emmener au terrain de jeu, je ne serai jamais un bon père, Peyton !

Tout s'expliquait. L'irresponsabilité apparente de Luke était due à sa peur. De toute évidence, ses remords le rongeaient depuis très longtemps.

Il esquissa un mouvement pour partir, mais elle l'agrippa par le bras.

— Tu as peut-être raison, Luke, mais il se peut aussi que tu aies simplement peur de mal faire. Je le comprends, parce que c'est ce que je ressens tous les jours. Je m'inquiète en permanence. Et si je n'étais pas la mère adoptive dont Maddy a besoin ? Et si je prenais une décision qui lui nuisait au lieu de l'aider ?

— Tu es une mère parfaite, Peyton. Maddy a de la chance de t'avoir.

— Et elle a de la chance de t'avoir, toi, répliqua-t-elle avec un faible sourire en lui serrant tendrement le bras. Passer du temps avec toi ces quelques derniers jours lui a fait beaucoup de bien. Tu lui apportes quelque chose que je n'arrive pas à lui fournir, exactement ce dont elle avait besoin depuis la mort de Susannah. Tu es capable d'inventer toute une histoire sur l'oncle Jeb de son ours en peluche pour la rassurer ! Tu es un très bon père.

Elle pointa le doigt en direction de Maddy.

— Et, là-bas, je vois une petite fille qui a besoin de son père, sans doute plus que tu ne peux l'imaginer. Alors lutte contre tes démons, et vite, parce qu'elle a besoin de toi maintenant, pas dans dix ans.

Elle le relâcha et se dirigea vers Maddy, espérant qu'il la suivrait, mais lorsqu'elle jeta un coup d'œil par-dessus son épaule, quelques instants plus tard, il avait disparu.

10

Trois jours s'écoulèrent avant que Luke ait eu le temps de revoir Peyton et Maddy. Il ne fut pas mécontent d'avoir un peu de solitude pour réfléchir, dans le calme du garage, à ce qu'être père signifiait. Peyton lui avait conseillé de faire de son mieux, de ne pas s'en vouloir et de ne pas laisser le passé définir l'avenir.

Il avait toujours eu peur de ne pas être à la hauteur des espérances de ses proches et, jusque-là, ses craintes avaient sans doute été fondées, mais les attentes d'un enfant n'étaient pas bien grandes. Il n'avait eu aucune difficulté à nouer des liens avec Maddy. Apparemment, les enfants avaient besoin de quelqu'un pour écouter des chansons parlant de baleines et de citrons, mettre leurs dessins sur le réfrigérateur, et être là, tout simplement.

Peyton avait raison. Il avait beau s'inquiéter, il s'en sortait plutôt bien pour le moment. Arriver à cette conclusion l'amena à se demander s'il était vraiment trop tard pour reconstruire d'anciennes relations et être là pour ceux qu'il avait abandonnés par le passé. Maintenant, pas dans dix ans.

Le samedi, après le déjeuner, il alla jusque chez Jeremiah. Le vieux canapé était toujours sous le porche, décoloré par le soleil et les intempéries.

Il resta un bon moment, hésitant, puis il sonna enfin. La mère de Jeremiah ouvrit la porte. Elle fut surprise de le voir mais le serra dans ses bras, et l'entraîna presque aussitôt vers la chambre de son fils.

La pièce semblait figée dans le temps. Des souvenirs poussiéreux du collège et du lycée s'entassaient sur les étagères, les fanions de différentes équipes de sport étaient accrochés aux murs peints en bleu, et une armée de Lego couvrait le dessus d'une commode. Le lit de sa jeunesse avait été remplacé par un lit d'hôpital, la moquette grise par du parquet, plus pratique pour un homme en fauteuil roulant, et la porte avait été élargie. En dehors de cela, peu de choses avaient changé.

Dans son lit, une manette entre les mains, Jeremiah jouait à un jeu vidéo bruyant mettant en scène des soldats et des extraterrestres. Il le salua d'un signe de tête.

— Salut.

— Salut…

Un vif sentiment de culpabilité cingla Luke comme une gifle. Il résista à l'envie d'échanger quelques banalités et de partir, comme il l'avait fait cent fois, au cours des premiers mois après l'accident. Avec le temps, il avait espacé ses visites, pour finalement ne plus venir du tout.

Il remarqua le teint cireux de Jeremiah et ses yeux enfoncés. Il allait le faire sortir de son antre.

— Tu veux venir au garage, cet après-midi ?

Jeremiah appuya sur l'un des boutons de la manette jusqu'à ce que l'extraterrestre à l'écran disparaisse dans un nuage de fumée rouge.

— Non, ça va, merci.

— Allez, viens avec moi ! J'ai besoin de quelqu'un pour me dire ce que je fais mal.

— Je n'y connais rien, j'ai tout oublié. Je n'ai pas travaillé pour ton père depuis des années.

— Je ne vais pas te demander de changer une boîte de vitesses. Viens me tenir compagnie.

Jeremiah ne répondit pas, continuant à jouer.

D'habitude, c'était à ce stade que Luke s'en allait. Le silence pesant, la façon dont Jeremiah l'ignorait, les souvenirs de leur adolescence, tout semblait le narguer. Cependant, cette fois, il tint bon et alla se poster devant l'écran.

— Allons-y. Cette chambre est horriblement déprimante.

— Personne ne t'oblige à rester.

— Et personne ne t'enchaîne à ce lit non plus. Sors un peu d'ici et prends le soleil avant de te transformer en vampire !

Jeremiah soupira et posa sa manette.

— Tu es vraiment casse-pieds, tu sais ?

— Il paraît que c'est ma plus belle qualité, répondit Luke avec un grand sourire.

Il prit le fauteuil roulant de Jeremiah et l'approcha du lit.

— Puisque tu viens au garage, que dirais-tu de mettre un moteur là-dessus ? Pour le faire ronronner un peu ?

Jeremiah secoua la tête, mais un sourire dansa sur ses lèvres.

— Ma mère te tuerait.

— Non, elle m'a déjà dit qu'elle voulait m'adopter. Elle aime mon sourire charmant.

— Elle dit ça à tous les vagabonds qui passent la porte, répliqua Jeremiah.

Il souriait et, au bout d'un moment, il se glissa du lit dans le fauteuil roulant. Quand il passa un bras sous ses jambes pour les soulever, Luke éprouva une nouvelle bouffée de culpabilité. *C'est ta faute. Tu aurais dû veiller sur ton ami.*

Il se pencha vers lui.

— Attends, je vais t'aider…

Jeremiah esquissa un mouvement de recul.

— Ce n'est pas la peine.

Il se décala légèrement sur son siège, poussa sur ses roues et se dirigea vers le couloir. Avant qu'ils ne sortent de la maison, la mère de Jeremiah murmura un discret « merci » à Luke, mais il n'avait pourtant pas l'impression de mériter sa gratitude.

Dans le garage flottait une odeur d'huile et d'essence. De la poussière dansait dans les rayons de soleil qui traversaient la pièce, mais tout était propre et bien rangé, de l'établi aux boîtes à outils.

— Je crois que je n'avais encore jamais vu cet endroit bien rangé ! s'étonna Jeremiah. Depuis quand ton père est-il aussi ordonné ?

— C'est moi qui ai tout rangé, répondit Luke avec un haussement d'épaules. J'en avais assez de devoir chercher ce dont j'avais besoin à longueur de temps, alors j'ai passé un week-end à tout organiser.

— Tu t'organises ? Toi ?

De nouveau, Luke haussa les épaules.

— Si cela me permet d'être plus tranquille ensuite. Moins je passe de temps à chercher une clé en croix, plus j'en passe en compagnie des femmes !

Jeremiah rit.

— Là, je retrouve le Luke Barlow que je connais !

Il fit rouler son fauteuil jusqu'à un espace libre à côté de l'établi et le plaça dos au mur.

— Alors, avec combien de filles sors-tu en ce moment ? Deux ? Dix ?

— Aucune, répondit-il sans hésiter.

Puis il repensa aux baisers que Peyton et lui avaient échangés et se reprit.

— Une.

— Une seule ? Tu perds la main, Luke ! Je veux pouvoir vivre par procuration grâce à toi.

— Rien ne t'empêche de sortir avec des femmes.

— Rien, à part ce truc, répliqua Jeremiah en frappant le bras de son fauteuil. Ce n'est pas ce qu'on peut appeler un piège à filles.

— La bonne personne…

— La bonne personne ne vit pas ici.

Jeremiah indiqua la Mazda garée un peu plus loin d'un signe de tête.

— Sur quoi tu travailles ?

— Joe a du mal à la faire démarrer. Je présume que c'est la bobine d'allumage ou les bougies. Si tu veux m'aider, tends-moi les outils et dis-moi ce que je dois faire !

Jeremiah haussa les épaules avec désinvolture.

— Je n'ai rien de mieux au programme, de toute façon.

Luke se mit au travail, et Jeremiah commença à lui poser

des questions et à lui donner des conseils. Il avait toujours été doué en mécanique et, pendant que Luke bricolait le moteur, il s'enthousiasma de plus en plus. Bientôt, ce fut comme au bon vieux temps, quand ils étaient adolescents et qu'ils travaillaient ensemble au garage le week-end ou en été.

Ils en terminaient avec la Mazda et Luke reportait son attention sur le pot d'échappement d'une Chevrolet qui avait besoin d'un nouveau silencieux quand il aperçut une paire de chaussures clignotantes qu'il aurait reconnues entre mille. Il sourit et s'extirpa de sous la voiture.

Peyton se tenait à côté de Maddy, une main protectrice posée sur son épaule. Elles portaient des robes d'été fleuries. Les cheveux de Maddy étaient relevés en queue-de-cheval, ceux de Peyton tombaient en une cascade de boucles blondes sur ses épaules. Elle avait des sandales blanches toutes simples, mais il remarqua qu'elle avait passé du vernis rouge sur ses ongles de pieds. L'avait fait parce qu'elle allait le voir ou en avait-elle l'habitude ?

Le cœur martelant sa poitrine, il prit un chiffon sur l'établi pour s'essuyer les mains.

— Que viennent faire deux belles jeunes filles comme vous dans ce garage ?

Peyton poussa doucement Maddy vers lui.

— Vas-y, ma chérie, c'est ton idée.

— On veut faire un pique-nique, expliqua Maddy, et on veut te demander de venir avec nous.

— Un pique-nique ? répéta-t-il en s'accroupissant pour être à sa hauteur. Est-ce qu'il y aura du poulet frit et de la salade de pommes de terre ?

— J'allais choisir quelque chose de plus sain, intervint Peyton, comme une salade composée.

Jeremiah émit un grognement railleur.

— Une salade composée ? Qu'est-ce que c'est que ce pique-nique ?

Peyton le regarda avec un sourire.

— Salut, Jeremiah ! Cela fait des années qu'on ne s'est pas vus !

— Content de te retrouver, Peyton ! Tu as une fille ? demanda-t-il en indiquant Maddy d'un hochement de tête.

— C'est Maddy, la fille de Susannah.

Elle se pencha vers la petite à qui elle désigna Jeremiah.

— Maddy, je te présente Jeremiah, un ami de Luke.

— Pourquoi tu es assis dans un fauteuil avec des roues ? demanda la petite.

Visiblement surpris, Jeremiah haussa les sourcils, mais il lui sourit gentiment.

— Mes jambes ne fonctionnent plus.

— Pourquoi ?

Jeremiah se décala légèrement dans son fauteuil, et Luke se prépara à entendre la réponse qu'il redoutait tant. *Parce que mon meilleur ami m'a abandonné, au moment où j'avais le plus besoin de lui. Parce que Luke m'a laissé tomber. Parce que...*

— Parce que j'ai pris de très mauvaises décisions, répondit Jeremiah.

Il s'éclaircit la gorge, et retrouva l'expression sombre qui s'était dissipée quand il était arrivé au garage.

— Je ferais mieux de rentrer chez moi. A plus tard, Luke.

Jeremiah sortit sans lui laisser le temps de réagir. Rongé de culpabilité, Luke le regarda remonter la rue dans son fauteuil.

La petite voix de Maddy l'arracha à ses pensées.

— Luke, tu viens faire un pique-nique avec nous ?

Il avait beau ne pas avoir beaucoup d'expérience en tant que père, il était convaincu que beaucoup d'hommes auraient donné cher pour entendre leur enfant demander à passer du temps en leur compagnie.

— Bien sûr, répondit-il.

Il fut récompensé par un sourire rayonnant de Maddy. Aussitôt, son cœur déborda de joie.

— Je peux préparer la salade, suggéra Peyton, et nous te retrouverons au parc.

Maddy fit la grimace. Il l'imita et se pinça le nez, ce qui la fit beaucoup rire.

— Une salade composée, ce n'est pas rigolo du tout pour un pique-nique. Il nous faut du poulet frit, une salade de pommes de terre et un gâteau glacé.

— Qu'est-ce que c'est, un gâteau glacé ?

— Quelque chose que les dames du Sip and Chew préparent tous les jeudis ! Elles font aussi le meilleur poulet frit de la région, alors c'est là que nous devrions passer prendre de quoi préparer notre pique-nique, avant d'aller nous installer au bord du lac.

Peyton s'apprêtait manifestement à protester mais, quand Maddy se mit à sauter de joie et à parler de poulet, de gâteau et de baignade, elle eut un sourire indulgent.

— D'accord, nous mangerons du poulet frit et du gâteau… mais juste cette fois !

— Je dois passer chez moi me changer, déclara Luke en indiquant sa chemise tachée de cambouis. Et si j'allais chercher le repas et que je passais vous prendre ensuite ? Préparez vos maillots de bain, l'eau du lac est encore bonne !

Non, il n'avait pas suggéré cette idée parce qu'il avait envie de revoir Peyton en bikini, ou parce qu'étendre une couverture sur l'herbe et s'y allonger avec elle lui semblait être la meilleure façon de terminer la journée.

— Je pensais que nous pourrions aller au parc. Ce serait plus simple, ce n'est pas très loin. La soirée va passer vite, et revenir du lac risque de prendre un moment.

— Que pourrait-il arriver de pire ? Que nous restions là-bas plus longtemps que prévu et que quelqu'un s'endorme dans la voiture sur la route du retour ? répliqua-t-il avec un grand sourire. Allez, Peyton, ce serait super d'aller au lac… et nous pourrions en profiter pour raconter au petit bout de chou ce que nous y faisions quand nous étions plus jeunes, ajouta-t-il en tapotant le bout du nez de Maddy.

Maddy leva le visage vers Peyton.

— Tu allais au lac quand tu étais petite, tante Peyton ?

Peyton sourit à sa nièce.

— Oui, avec ta maman.

— Je voudrais y aller, conclut doucement Maddy. On peut y aller ?

— Bien sûr, répondit Peyton. Allons chercher nos maillots de bain. Nous te retrouvons dans…

— Trente minutes, maximum, acheva-t-il. Je vais appeler le Sip and Chew pour commander le repas, je fais un saut chez moi et je viens vous prendre à l'hôtel. Allez-y, détendez-vous un peu, je m'occupe de tout !

Peyton éclata de rire.

— Je ne me détends jamais, Luke. Je ne sais pas comment on fait !

Il fit un pas dans sa direction et lui écarta une mèche de cheveux sur le front.

— Alors laisse-moi t'apprendre.

11

Peyton n'avait pas pour habitude de se laisser tenter. Pourtant, depuis son arrivée à Stone Gap, c'était exactement ce qu'elle faisait : elle s'était laissé tenter par un baiser de Luke, à deux reprises, et elle s'était laissé tenter par une soirée au bord du lac.

Elle était complètement déconcertée depuis qu'ils étaient arrivés sur place et qu'il avait enlevé sa chemise. Même si elle avait promis d'essayer de se détendre, elle avait eu l'intention de travailler un peu pendant que Maddy jouerait avec Charlie, mais son bloc-notes n'avait pas quitté son sac et son travail était loin de ses pensées.

— Tu es sûre de vouloir te contenter de ton menu végétarien ? demanda Luke en lui tendant un pilon.

La panure épicée du poulet frit sentait délicieusement bon et la tentait davantage que les légumes verts au vinaigre balsamique qu'elle lui avait demandé d'acheter pour elle.

— Je reconnais que ça sent bon !

— Alors prends-en une bouchée.

— Je ne devrais pas…

— Une bouchée ne peut pas te faire de mal, je te le garantis, répliqua-t-il avec un grand sourire. Fais confiance au docteur Luke !

Troublée par la plaisanterie, elle fut parcourue d'un frisson.

— Tu es docteur ? Depuis quand ?

— Depuis qu'on peut acheter ses diplômes sur Internet.

Elle rit. Détendue, elle se pencha un peu vers lui, ensorcelée par le bleu de ses yeux, par la suavité de sa voix. Elle mordit dans le pilon et émit un petit gémissement de plaisir, portant une main à ses lèvres.

— Mon Dieu, c'est délicieux.

Il poussa la barquette de poulet frit dans sa direction.

— Je te l'avais dit. Tiens, prends-en encore… Vis dangereusement !

Elle attrapa une aile, ignorant les plus gros morceaux. Maddy avait déjà mangé, le plus rapidement possible, puis elle avait couru au bord de l'eau pour jeter un bâton à Charlie sur la rive boueuse. Luke avait apporté une couverture et l'avait étalée par terre pour qu'ils puissent s'y asseoir, puis il avait disposé les barquettes de nourriture, ne laissant que le gâteau dans le sac en papier du restaurant.

— Je dois dire que je suis impressionnée, Luke. Tu as pensé à tout. Les assiettes, les couverts…

— Mais j'ai oublié les serviettes en papier. Heureusement que tu en avais dans ton sac !

Elle haussa les épaules.

— Quand on élève un enfant, on a toujours des serviettes en papier ou des lingettes sur soi.

Elle s'en était aperçue assez rapidement après la naissance de Maddy. Susannah quittait souvent l'appartement sans le nécessaire pour changer la petite, et Peyton n'avait pas tardé à mettre un sac de couches et des vêtements de rechange dans le coffre de la voiture de sa sœur ainsi qu'à emporter deux ou trois choses utiles dans son propre sac.

— Je m'en souviendrai, s'esclaffa Luke. Evidemment, je ne vois pas dans quoi je pourrai transporter des lingettes… à part peut-être dans un sac à main pour homme.

— Un sac à main pour homme ? répéta-t-elle, perplexe.

— Oui. Je devrais peut-être m'en acheter un, ce serait chic !

Il fit mine de passer une lanière à son épaule et lui tira un nouveau sourire.

Elle posa son poulet sur son assiette et se laissa aller en arrière, s'appuyant sur ses coudes. Maddy courait en tous sens sur la rive, Charlie sur les talons. Le chien attendait qu'elle lui lance de nouveau le bâton.

— Je suis sérieuse, Luke, tu m'impressionnes. Je ne m'attendais pas à ce que tu sois aussi…

— Responsable ? demanda-t-il en riant. Je ne le suis pas particulièrement, crois-moi. Je voulais juste…

Il ne termina pas sa phrase.

— Tu voulais quoi ?

Il eut un sourire penaud. Elle ne pensait pas l'avoir jamais vu gêné ou intimidé.

— Eh bien, l'autre jour, quand je suis venu vous rendre visite avec une pizza, j'avais oublié les assiettes et les couverts alors, cette fois, je voulais… je voulais t'épater.

— Moi ? Pourquoi ?

— Au cas où tu ne l'aurais pas remarqué, fit-il, baissant la voix et se penchant légèrement, tu me plais beaucoup.

Elle rit, mais son cœur battait la chamade.

— Que se passe-t-il ? Serions-nous de nouveau au lycée ?

— Non, si nous étions au lycée, je serais trop prétentieux pour remarquer une belle fille un peu plus jeune que moi !

Elle sentit ses joues s'empourprer. On entendait le moteur d'un bateau au loin et le chant des oiseaux. C'était à son tour d'être gênée.

— Je n'étais pas belle quand j'étais au lycée.

— Tu as toujours été belle, Peyton. A l'époque, j'étais trop stupide pour le remarquer, c'est tout. De toute évidence, je n'avais pas fait le bon choix en sortant avec ta sœur. Si je pouvais retourner en arrière et tout changer, je le ferais.

— Mais, dans ce cas, tu n'aurais pas Maddy.

— C'est vrai et, ça, je ne le voudrais pas.

Il lui caressa la joue du bout des doigts.

— Mais maintenant, je veux ce que j'ai raté jusque-là avec toi. Tu me donnes envie d'avoir plus, Peyton. Tu me donnes envie d'être meilleur.

Elle referma sa main sur la sienne. Elle mourait d'envie de s'abandonner à ce contact, de voir où cela les mènerait.

— Ne dis pas ça… Je t'en prie.

— Pourquoi ?

— Parce que je ne vais pas rester à Stone Gap. Parce que Maddy est ma priorité. Parce que je n'ai pas le temps pour quelqu'un d'autre dans ma vie.

Parce que je ne veux pas souffrir, parce que je ne veux pas tout gâcher. Parce que cet instant magique est pareil à une bulle de savon, fragile, susceptible d'éclater à tout moment.

— Parce que tu es terrifiée à l'idée de sortir avec quelqu'un comme moi.

— C'est faux ! C'est juste que je suis occupée, débordée, même, et…

— Terrifiée, acheva-t-il en lui effleurant de nouveau la joue. Je le vois dans tes yeux, Peyton. Je le vois dans la façon dont tu prends tes distances quand je m'approche de toi. Je le vois parce que… parce que je ressens la même chose.

Elle émit un grognement railleur.

— Toi ? Tu n'as jamais eu peur de sortir avec qui que ce soit !

— De sortir, non, mais de m'engager, de tomber amoureux, de donner mon cœur à quelqu'un, oui, j'en ai toujours eu peur.

Il s'allongea sur la couverture, les bras croisés sous sa tête. Le charme était rompu, et elle essaya de se persuader qu'elle ne regrettait pas le contact de cette main sur sa joue.

— Dans ce cas, c'est réglé, dit-il, nous resterons chacun dans son coin, pour ne pas prendre de risques, et nous ne sortirons pas ensemble.

Peut-être plaisantait-il. Peut-être était-il sérieux. Quoi qu'il en soit, elle éprouvait une certaine déception. Le poulet frit ne la tentait plus, la vue de la salade lui soulevait l'estomac. Elle avait besoin d'un peu d'espace, d'un peu d'air pour réfléchir. Elle devait se ressaisir, car elle ne pouvait pas se permettre de tomber de nouveau amoureuse de Luke.

— Je vais voir comment va Maddy.

Elle se leva et se dirigea vers le lac, feignant de ne pas être chagrinée qu'il n'insiste pas davantage.

Elle ne voulait pas sortir avec lui ni avec qui que ce soit. Ce qu'elle éprouvait pour Luke Barlow quand elle était adolescente s'était évanoui et, maintenant qu'elle était adulte, elle était bien trop prudente pour s'amouracher d'un bourreau des cœurs au sourire ravageur.

Cependant, chaque moment passé en sa compagnie sapait ses propres arguments. Il n'était plus le séducteur irresponsable d'autrefois. Il était prévenant, attentionné, ponctuel et, surtout, il faisait rire Maddy.

C'était dans ces moments-là qu'il lui plaisait le plus : quand il s'accroupissait pour se mettre à la hauteur de la petite, quand il lui chuchotait quelque chose de drôle qui la faisait sourire. Le jour où il avait fait semblant d'être un éléphant, marchant lourdement dans les allées du zoo, elle avait été enchantée.

Les baisers qu'ils avaient échangés, ses caresses, la façon dont son cœur s'emballait chaque fois qu'elle le voyait n'étaient pas ce qui la troublait le plus ; c'était tout ce qu'il faisait pour amuser la petite.

— Tante Peyton ! Regarde Charlie, il m'aime !

Elle sourit à Maddy, qui était assise sur la rive et serrait le chien dans ses bras. L'animal fourrait son nez contre elle et agitait énergiquement la queue, envoyant de la boue sur la petite.

— Tu es toute sale… Tu vas avoir besoin d'un bon bain.

— Ou de faire trempette dans le lac.

La voix de Luke, derrière elle, la fit frissonner. Elle avait envie de se retourner, de l'embrasser de plus belle, de s'abandonner entre ses bras, mais elle resta face au lac.

— Maddy ne peut pas se baigner, j'ai oublié ses brassards et elle refuse de mettre un orteil dans l'eau sans eux.

— Toi et tes sempiternelles règles ! lâcha-t-il avec un petit rire. Apprends à lâcher prise, à ne pas avoir toujours le petit doigt sur la couture du pantalon…

Elle le regarda avec un grand sourire.

— Je ne porte pas de pantalon.

— J'avais remarqué, Peyton. J'avais remarqué, répliqua-t-il d'une voix plus grave, une lueur malicieuse dans les yeux.

Nous sommes ici, au bord du lac, pour nous détendre, ce qui signifie que tu peux… improviser.

— Improviser ?

Elle secoua la tête.

— Il s'agit de la plus grande peur de Maddy. Je ne crois pas qu'improviser suffira.

Il regarda sa fille, qui était assise à côté de Charlie, sur la rive.

— Peut-être pas, mais peut-être que si ! Laisse-moi lui parler, je vais voir ce que je peux faire.

— Bonne chance ! J'ai essayé tous les arguments logiques et rationnels, mais elle refuse catégoriquement de nager sans ses bouées.

— La clé est peut-être de ne pas être logique, suggéra-t-il avec un haussement d'épaules désinvolte. Cela vaut le coup d'essayer en tout cas.

Elle repensa à sa démarche d'éléphant, à la peinture qu'il avait donnée à Maddy, chez lui, et elle s'aperçut qu'elle lui faisait confiance. Ce n'était pas le cas, une semaine plus tôt, mais, depuis, elle l'avait vu s'occuper de la petite, elle l'avait vu endosser son rôle de père sans effort, malgré ses craintes. Il n'était peut-être pas assez strict, mais il n'était pas non plus imprudent, et c'était le principal.

Il voulait être plus proche de sa fille ? C'était une bonne chose pour Maddy comme pour lui, et il n'y parviendrait pas si elle ne lui en laissait jamais l'occasion. Si tout se passait bien, peut-être pourraient-ils dire la vérité à la petite et lui donner une chose qui lui manquait cruellement : un papa.

— D'accord.

Il courut vers Maddy, dont la jupe et les jambes étaient couvertes de boue.

— Eh bien, ça alors, mais tu es toute sale ! Et si nous allions nous baigner pour nettoyer un peu tout ça ? Je ne tiens pas à ce que tu montes dans ma voiture dans cet état. Le temps qu'on arrive, des fleurs vont pousser sous ton petit popotin !

Maddy secoua la tête et serra tendrement Charlie contre elle.

— Je ne veux pas… Je n'ai pas mes bouées.

— Tu n'as pas besoin de bouées, tu m'as, moi.

Elle secoua de nouveau la tête et serra le chien plus étroitement.

Peyton fit un pas dans leur direction, mais Luke lui intima d'un geste de rester où elle était. Il retira ses chaussures et entra dans l'eau devant Maddy. Charlie se tortilla pour se libérer de l'étreinte de la fillette afin de rejoindre son maître.

— Tu sais, quand j'étais petit, j'avais peur de l'eau, moi aussi.

— C'est vrai ?

— Oui ! Mes frères et moi venions souvent ici, et eux se baignaient tandis que, moi, je restais sur la rive. Je ne voulais pas entrer dans l'eau, parce que j'avais peur de couler à pic. Et tu sais qui m'a convaincu d'essayer ?

Maddy secoua la tête. Elle agrippait le bas de son T-shirt, comme elle le faisait si souvent quand elle était nerveuse. Peyton mourait d'envie de s'approcher d'elle, de la prendre dans ses bras et de la rassurer, mais elle se retint pour donner une chance à Luke.

— Ta maman, dit-il. Elle aussi venait ici, l'été, avec ta tante Peyton. Ta maman et moi étions… bons amis.

— C'est vrai ?

— Oui, et c'était l'une des filles les plus courageuses que je connaissais. Ta tante Peyton aussi est très courageuse.

Il caressa la tête de Charlie, qui agita la queue dans l'eau, les aspergeant un peu.

— Tu veux que je te raconte comment ta maman m'a convaincu d'apprendre à nager ?

Maddy sembla hésiter un peu, puis elle hocha lentement la tête. Luke sortit de l'eau et s'assit à côté d'elle, sans se soucier de la boue. Tous deux regardèrent le lac, tandis que le chien s'asseyait de l'autre côté de son maître. Peyton continua de les observer avec inquiétude.

— Ta maman grimpait aux arbres, faisait du vélo… Bref, une vraie casse-cou. C'était l'une des choses que j'aimais le plus chez elle. Elle adorait ce lac, plus que tout autre endroit à Stone Gap.

— Ah bon ? Pourquoi ?

— Parce qu'elle connaissait la légende du lac…

La légende du lac ? Maintenant, Peyton aussi était fascinée. Elle n'avait jamais entendu cette légende, ni entendu Susannah la raconter. Elle s'approcha un peu et s'assit sur une souche, à quelques mètres de Maddy.

— Il y a très, très longtemps, un pêcheur vivait dans une cabane sur cette petite île au milieu du lac, là-bas, dit Luke en montrant du doigt un petit îlot, au loin.

D'après ce qu'elle savait, l'île s'était formée quand on avait dragué le lac, quelques dizaines d'années plus tôt, et personne n'y avait jamais vécu.

— Il adorait sa petite cabane, vivre au calme, être réveillé par le chant des oiseaux tous les matins mais, un jour, il s'est rendu compte qu'il se sentait seul, très seul.

Même Charlie semblait captivé. La tête posée sur les pattes avant, il écoutait, couché contre la jambe de Luke.

— Le pêcheur était amoureux d'une belle jeune femme prénommée Annabelle, mais celle-ci vivait en ville, ici, à Stone Gap, et pour la voir il devait donc quitter sa petite île.

— Il n'avait pas de bateau ? demanda Maddy.

— Si, mais ce bateau était cassé.

— Il ne pouvait pas le réparer avec du scotch ? Parce que tante Peyton répare toujours mes jouets avec du scotch quand ils se cassent, et parfois, elle les recolle, aussi.

Peyton sourit. Elle les réparait, les recollait, et parfois, elle les remplaçait par des neufs sans rien dire à Maddy.

— Il ne pouvait ni le réparer ni le recoller, répondit Luke. Son bateau était bien trop abîmé pour ça. Il n'avait donc plus qu'une solution s'il voulait voir Annabelle : il devait nager. Le seul problème…

Il se pencha vers Maddy et baissa la voix.

— … c'est que le pêcheur avait peur de l'eau.

— Comme moi !

— Comme toi, et comme moi quand j'étais petit.

— Qu'est-ce qu'il a fait ? demanda Maddy, les yeux écarquillés.

Autour d'eux, tout semblait calme et immobile. La surface de l'eau était parfaitement lisse, les oiseaux s'étaient tus, il n'y avait plus de bateaux sur le lac.

— Eh bien, le pêcheur avait un chien, un bon gros chien marron clair…

Maddy eut un grand sourire.

— Comme Charlie ?

— Exactement ! Et ce chien aimait beaucoup nager, autant qu'il aimait rapporter un bâton quand on lui en lançait un.

— Comme Charlie ? demanda encore Maddy.

Le chien dressa les oreilles, et regarda tour à tour Luke et la petite. Il avait très bien compris qu'on parlait de lui. Luke lui gratta la tête affectueusement et reprit son récit.

— Exactement. Le pêcheur a donc eu une conversation sérieuse avec son chien. Il lui a dit qu'il avait peur de l'eau et qu'il n'osait pas apprendre à nager, mais qu'il devait absolument traverser le lac pour revoir Annabelle, l'épouser et revenir vivre avec elle dans sa petite cabane. Ensuite, il lui a demandé de faire quelque chose de spécial pour lui.

— Quoi ? demanda la petite, visiblement subjuguée.

— Il lui a demandé s'il voulait bien nager avec lui, pour le rassurer. Le chien a agité la queue, a couru jusqu'au lac, et le pêcheur l'a suivi dans l'eau. Il avait terriblement peur, il tremblait, mais son chien, son bon gros chien marron clair, est resté à ses côtés. Le pêcheur a marché le plus loin possible, puis il s'est arrêté pendant un moment, ne sachant pas comment nager. Le chien est passé devant et lui a montré les mouvements. Tu sais comment nagent les chiens, Maddy ?

Elle hocha la tête.

— J'ai vu Charlie… Il fait comme ça !

Elle imita le barbotage d'un chien.

— Exactement. Et le pêcheur l'a imité, et il a traversé le lac, ce jour-là. Il est sorti de l'eau, s'est précipité chez Annabelle en courant et l'a épousée sur-le-champ. Ensuite ils ont vécu sur cette petite île pendant très, très longtemps, avec leur bon gros chien marron clair, et ils ont été très heureux.

Luke caressa de nouveau Charlie, tout en continuant à parler d'une voix douce, l'eau du lac clapotant à ses pieds.

— Ta maman m'a raconté cette histoire, et elle m'a dit que, si le pêcheur avait pu traverser tout le lac à la nage, je pouvais bien nager jusqu'au ponton. Elle a nagé à côté de moi, et nous avons nagé comme le pêcheur, jusque là-bas, acheva-t-il en montrant le bout du ponton en bois, à cinq ou six mètres de là.

— C'est très loin…

— Nous pourrions essayer de nager comme Charlie ? Seulement ici… Nous resterons tout près du bord pour que tu aies pied tout le temps.

Il ramassa le bâton que Maddy avait jeté au chien un peu plus tôt.

— Demandons à Charlie de nous montrer comment il fait. Jette ça dans l'eau, Maddy, il va aller le chercher pour te le rapporter.

Maddy se leva et se tint tout au bord de l'eau. Charlie se dressa sur ses pattes et s'approcha d'elle, vibrant d'impatience.

— Tu dois bien nager, d'accord, Charlie ?

Le chien aboya, et Maddy lança le bâton dans l'eau. Il retomba seulement quelques dizaines de centimètres plus loin, mais Charlie s'élança quand même joyeusement, faisant aller ses pattes avant pour avancer. Il prit le bâton dans sa gueule, effectua un demi-tour et alla le déposer aux pieds de Maddy.

— Il a réussi ! s'écria-t-elle d'une voix aiguë. C'est un bon chien !

— Ça, c'est sûr ! Maintenant, prenons-le avec nous, et essayons de nager comme lui.

Luke tendit la main et attendit. Peyton percevait sa tension, l'espoir qui l'animait. Il voulait absolument se lier à Maddy, jouer son rôle de père. Il voulait l'aider à surmonter sa peur afin de lui apprendre à nager.

Maddy agrippa le bas de son T-shirt, sans cesser de regarder la main tendue. Puis, elle leva les yeux vers lui d'un air interrogateur. Il lui sourit.

— Comme Charlie, Maddy. Tu peux le faire.

La petite serra le poing autour de son T-shirt et, l'espace d'un instant, Peyton retint son souffle, s'attendant à ce qu'elle refuse. Cependant, la petite finit par lâcher son T-shirt pour glisser sa main dans celle de Luke. Elle fit un pas en avant avec lui, puis un autre. Charlie bondit devant eux, agitant la queue comme pour les encourager. Luke lui adressa un signe, et le chien s'élança dans l'eau.

Il avança d'un autre pas, et Maddy le suivit. Deux autres pas. La petite avait de l'eau jusqu'à la taille. Elle écarquilla les yeux, et Luke l'invita à pivoter sur elle-même pour prendre son autre main.

— Maintenant, nous allons rester ici, je vais te tenir, et tu vas pouvoir soulever les pieds et flotter, comme Charlie…

Les yeux de Maddy étaient comme des soucoupes. Peyton s'approcha de la rive, prête à aller la récupérer. Elle vit ses mains se crisper sur celles de Luke, puis, soudain, la petite leva les pieds et les agita derrière elle.

Elle flottait. Non seulement elle flottait, mais elle riait. Charlie s'approcha d'elle, puis s'éloigna de nouveau. Maddy regarda Luke avec un grand sourire.

— Maintenant, nageons comme Charlie, dit-il avec douceur. Essayons d'abord en se tenant seulement d'une main.

Maddy hésita un peu, puis elle lâcha la main droite de Luke et se mit à faire le petit chien.

— C'est très bien, Maddy, l'encouragea-t-il. Maintenant, essaie avec ton autre main. Imite Charlie, et bats des pieds. Ne t'inquiète pas, je te tiendrai jusqu'à ce que tu me dises de te lâcher.

Il alla se poster à côté d'elle et plaça les mains sous son ventre pour la maintenir à la surface de l'eau.

— C'est promis ?

— Promis, répondit-il en se baissant pour plonger ses yeux dans les siens. Je te soutiendrai jusqu'à ce que tu me dises de te lâcher.

Elle le regarda d'un air anxieux, puis se mit à battre des

jambes. Son visage s'éclaira, rayonnant de fierté, et elle hocha la tête.

— C'est bon !

— D'accord…

Luke retira une main. Maddy s'enfonça un peu dans l'eau, mais elle continua à barboter.

— C'est bien, ma chérie, c'est très bien ! Maintenant, je vais te lâcher, mais ne t'inquiète pas… Si tu continues à nager comme Charlie, tu vas y arriver, et je suis là, Maddy. Je serai toujours là.

Il retira son autre main. Maddy coula un peu, but la tasse et toussota. Peyton se précipita vers elle, entrant à son tour dans l'eau, mais Maddy se reprit, agita bras et jambes et avança. Charlie vint nager à ses côtés, à la même allure qu'elle, et Luke resta toujours à quelques centimètres.

— J'y arrive, Luke ! Je nage !

— Oui, Maddy ! s'exclama-t-il avec un sourire tremblant, les yeux brillants. Et tu te débrouilles très bien. Je suis très fier de toi !

Maddy eut un sourire éclatant, qu'il lui rendit aussitôt. Peyton sentit son cœur se serrer et les larmes lui monter aux yeux.

— Tu nages, Maddy, murmura-t-elle, profondément émue. Tu nages !

12

— Elle était fatiguée, constata Luke une heure plus tard.

Maddy avait passé un bon moment à nager avec lui, le long de la rive. Quand le soleil avait commencé à se coucher, Peyton lui avait enfilé des vêtements propres, puis ils s'étaient assis tous les trois sur la couverture et avaient partagé le gâteau. Après le dessert, Maddy s'était blottie contre Charlie, appuyant la tête sur son dos, et elle avait annoncé qu'elle allait lui lire un livre. Après avoir tourné deux ou trois pages de son livre d'images, elle s'était endormie. Charlie avait jeté un coup d'œil à la fillette pelotonnée contre lui et s'était endormi à son tour.

Le ciel devenait rose et doré à l'horizon, là où le soleil embrasait l'eau du lac. Les bateaux étaient tous à quais pour la nuit, et les oiseaux avaient regagné leur nid. Le monde semblait s'être réduit à eux trois, et Luke devait admettre que l'idée lui plaisait beaucoup.

Si on lui avait dit une semaine plus tôt qu'il allait se découvrir une fille et changer radicalement de mode de vie, il ne l'aurait pas cru. Pourtant, il allait pique-niquer, inventait des histoires et regardait une fillette dormir, songeant qu'il n'avait jamais rien vu d'aussi beau et émouvant.

Il s'attendrissait, et c'était sûrement une bonne chose.

— Nager l'a épuisée, renchérit Peyton. Je devrais peut-être la ramener à l'hôtel.

— Ma maison est plus proche. Allons chez moi ! J'ai une chambre d'amis pour Maddy.

— Et ?

— Et je n'ai pas envie que la journée se termine, c'est tout.

C'était vrai. Il était bien. Il aimait cette nouvelle situation. Peut-être arriverait-il à y faire face, en fin de compte. Il ignorait ce que l'avenir lui réservait et ne savait pas comment Peyton et lui allaient s'arranger par rapport à la garde de Maddy, mais il s'en inquiéterait en temps voulu.

Peyton regarda la petite, profondément endormie.

— Moi non plus.

Il prit Maddy dans ses bras, où elle se blottit sans se réveiller, et il sentit son cœur s'emplir de joie.

— Je veux lui dire la vérité, demain, chuchota-t-il à Peyton.

— Mais nous n'avons pas encore les résultats du test ADN !

— Même si je n'étais pas son père biologique, je voudrais...

Il baissa les yeux sur Maddy.

— Je voudrais être le père dont elle a besoin.

Peyton hésita un instant, puis elle hocha la tête avec un faible sourire.

— Le moment est venu, mais je crois que nous devrions le lui annoncer ensemble.

— Dans ce cas, dors chez moi, proposa-t-il, sachant que sa suggestion ouvrait d'autres portes.

Mais au lieu de répondre à la question implicite, Peyton changea de sujet.

— Je... Je vais tout ranger dans le coffre pendant que tu t'occupes de Maddy.

Ils regagnèrent la voiture. Peyton déposa la couverture pliée et les restes du pique-nique dans le coffre tandis qu'il installait Maddy dans son rehausseur. Le lac n'était qu'à quelques pâtés de maisons de chez lui, mais le trajet lui parut beaucoup plus long que d'habitude. Maddy resta endormie, et Peyton silencieuse. Une fois chez lui, la petite se réveilla un peu, mais elle se rendormit dès qu'il eut passé le seuil. Il la déposa dans le lit de la chambre d'amis et la borda, content que sa mère ait insisté pour qu'il ait au moins un peu de linge de maison. Charlie se coucha en rond au pied du lit, comme s'il sentait que la petite avait besoin de lui.

— Tu es un bon chien ! le félicita Luke avant de sortir de la pièce, laissant la porte entrouverte au cas où Maddy se réveillerait et prendrait peur.

Il retrouva Peyton dans la cuisine. Elle rangeait les restes du pique-nique dans le réfrigérateur. Ses cheveux ébouriffés par le vent du lac lui donnaient un petit air sauvage. Elle avait enfilé un short et un T-shirt par-dessus son maillot de bain, mais ses pieds étaient nus et ses longues jambes à la peau de pêche très troublantes.

— J'ai trouvé une bouteille de vin dans ton réfrigérateur, tu en veux un verre ?

— Avec plaisir ! Il doit y avoir un tire-bouchon, quelque part.

Elle s'esclaffa.

— C'est un bouchon qui se dévisse, c'est bon !

Il prit deux verres dans un placard, la bouteille qu'elle lui tendait et servit le vin. Au moment où ils trinquèrent, il songea que ce toast était plus agréable que ceux qu'il avait portés dans cette même pièce avec ses amis.

— A ta santé ! lança-t-elle en faisant tinter son verre contre le sien.

— Et à cette excellente soirée !

— C'est vrai que nous avons passé une excellente soirée. Merci.

— Tu n'as pas à me remercier. Je n'ai pas fait grand-chose, à part acheter le repas.

— Tu as appris à Maddy à nager ! C'est merveilleux, Luke.

Elle sourit et secoua la tête d'un air admiratif.

— J'étais horriblement inquiète, mais tu as très bien géré la situation.

Il eut un grand sourire.

— Comme un pro ?

— Non…

L'espace d'un instant, il sentit son cœur se serrer, puis elle leva vers lui ses beaux yeux verts : ils étaient brillants de larmes.

— … comme un papa.

Un sentiment de joie le submergea. Il ne s'était pas rendu

compte à quel point il avait envie de recevoir l'approbation de Peyton, jusque-là.

— C'est la première fois que tu me dis quelque chose comme ça. Un « papa »... J'aime beaucoup.

— Tu ferais peut-être mieux de t'y habituer.

— Peut-être.

Ils échangèrent un sourire et trinquèrent encore, comme pour sceller un pacte.

— Cette histoire de pêcheur était-elle vraie ?

— En partie. Tu connais le Sud : il y a une légende derrière chaque chose.

Elle rit.

— En effet. Susannah a vraiment inventé tout ça ?

— Certains passages. Elle avait une imagination débordante. J'ai toujours pensé qu'elle deviendrait écrivain, ou quelque chose comme ça.

— Tu sais, quand j'étais adolescente, j'aurais été jalouse de t'entendre parler de ma sœur avec autant de tendresse mais, maintenant, cela me fait plaisir. C'est agréable de pouvoir partager des souvenirs d'elle.

— A Susannah !

Ils firent de nouveau tinter leurs verres.

— Et au merveilleux cadeau qu'elle nous a laissé.

— Elle nous a fait un beau cadeau, c'est vrai, approuva Peyton avec douceur. J'aurais voulu qu'elle voie Maddy grandir et qu'elle réalise certains de ses rêves. Susannah n'avait pas confiance en elle, et c'est pour ça qu'elle n'arrivait pas à garder le même travail longtemps, je crois.

— Toi, en revanche, tu t'es bien débrouillée. Tu es très créative, et tu t'es fait une sacrée réputation en tant que décoratrice d'intérieure.

— Comment le sais-tu ?

Il sourit.

— Grâce à Google !

— Tu m'as recherchée sur Google ? demanda-t-elle en riant. Pourquoi ?

Il s'adossa au plan de travail, à côté d'elle.

— Parce que, quand on pense constamment à une fille, on a envie de tout savoir d'elle alors, parfois, on tape son nom sur Google.

Elle rougit et baissa légèrement la tête, puis elle leva de nouveau les yeux vers lui.

— C'est vrai ?

— C'est vrai.

Il écarta une mèche de son visage et la glissa derrière son oreille.

— Que peux-tu me dire qui ne soit pas sur Internet ?

— Pas grand-chose, répondit Peyton, refermant les deux mains autour de son verre. Je mène une vie assez banale. Je vais au travail, je rentre à la maison, je retourne au travail…

Il alla se placer devant elle.

— Qu'est devenue la Peyton qui allait nager dans le lac même quand il faisait un froid glacial ? Qui me suivait quand j'allais me promener dans les bois et quand je recueillais des chiens errants ?

— Elle a grandi, répondit-elle en haussant les épaules. Je n'ai jamais été très douée pour passer du bon temps, Luke. J'ai toujours été trop occupée, à obtenir de bonnes notes, à étudier ou à faire décoller ma carrière.

— Pourquoi ? Pourquoi ne pas lever le pied, faire des pique-niques et te baigner toute nue…

— Me baigner toute nue ? l'interrompit-elle. Ça, je ne l'ai jamais fait !

— Dans ce cas, nous devons absolument y remédier.

Elle s'humecta nerveusement les lèvres, et il eut aussitôt envie de l'embrasser.

— Et que penses-tu de passer un dimanche au lit, sans autre occupation que de lire et de faire l'amour ?

— Je ne l'ai jamais expérimenté non plus. Enfin, j'ai déjà fait l'amour, ajouta-t-elle en rougissant, mais je n'ai jamais passé toute une journée au lit.

— Eh bien, nous y remédierons aussi, un jour ! Et, ce jour-là, je préparerai des pancakes.

Elle eut un sourire plein de coquetterie.

— Tu présumes que j'ai envie de passer un dimanche au lit avec toi ?

L'imaginer dans son lit, n'importe quel jour de la semaine, le troublait profondément.

— C'est très présomptueux de ma part, mais je crois…

Il lui prit son verre des mains et le posa sur le plan de travail, regardant son pouls palpiter dans sa gorge.

— … que tu y as pensé autant que moi.

— J'ai pensé beaucoup de choses à ton sujet, Luke. Après tout, comme tu l'as dit toi-même, je suis une fille très créative.

Elle rougissait quand elle flirtait avec lui, ce qu'il trouvait à la fois touchant et terriblement séduisant.

— Du moment que l'une de ces pensées tourne autour d'un lit, je suis content.

— Autour, dedans…

Elle haussa les épaules, et il lui sembla que c'était son geste le plus sexy de toute la journée.

— Tu me surprends. Depuis quand as-tu ce genre de pensées ?

Elle détourna les yeux.

— Depuis très longtemps. Je… J'avais le béguin pour toi au lycée.

— C'est vrai ? Comment ai-je pu ne pas m'en rendre compte ?

— Ce n'était pas difficile de ne pas me remarquer, avec mes grosses lunettes et tous mes livres.

Il lui posa un doigt sous le menton et l'obligea à relever la tête pour plonger ses yeux dans les siens.

— C'est impossible de ne pas te remarquer, Peyton, et je suis heureux d'avoir une deuxième chance avec toi.

Elle sourit.

— Moi aussi.

— Alors, dis-moi : as-tu toujours le béguin pour moi ? lui demanda-t-il en se penchant un peu vers elle.

— Pas du tout, répondit-elle avec une lueur malicieuse

dans le regard. Ce que je ressens pour toi maintenant est beaucoup plus adulte.

— Hmm… Pareil pour moi. On dit que l'attente rend les choses plus douces et, effectivement, tu es très, très douce.

Son visage n'était qu'à quelques centimètres du sien. La tension qui s'était accumulée entre eux toute la soirée atteignait enfin son paroxysme. Il se pencha encore, jusqu'à ce que ses lèvres effleurent les siennes. Il la désirait comme il n'avait jamais désiré rien ni personne.

— J'ai envie de t'embrasser, Peyton.

Elle écarquilla les yeux, mais leva légèrement le visage et lui posa une main sur le bras.

— Alors, qu'est-ce que tu attends ?

— J'attends que tu fasses le premier pas.

Elle eut un sourire irrésistible et ses yeux pétillèrent.

— Voilà encore une expérience inédite pour moi.

— Tu as une longue liste d'expériences à tenter, Peyton. Nous devrions…

Il frôla ses lèvres veloutées, mais recula un peu quand elle s'apprêta à lui rendre son baiser, juste pour la taquiner.

— … y remédier…

Il recommença, se délectant de son petit gémissement de déception.

— … sans plus tarder…

Cette fois, elle se jeta sur lui et l'embrassa avec fougue, glissant les mains sous sa chemise. Une vague de désir le submergea. Il la plaqua contre le plan de travail, tandis qu'elle lui enlevait sa chemise, la jetait par terre et posait les mains sur son torse. A son tour, il lui retira son T-shirt, et tenta maladroitement de déboutonner son short.

Elle s'écarta de lui avec un sourire.

— Je m'en charge, murmura-t-elle, joignant le geste à la parole.

Elle laissa son short tomber par terre et se tint devant lui en bikini.

Il se força alors à ralentir la cadence pour profiter pleinement de l'instant. Tout en l'embrassant dans le cou, il défit le nœud qui retenait son haut de maillot de bain. Les petits triangles verts et brillants tombèrent en avant, et il referma les mains sur ses seins, lui caressant les tétons tandis qu'elle se cambrait contre lui. D'une main, elle dégrafa son haut de bikini, qui tomba sur le sol carrelé.

Il s'écarta un peu, laissant la lumière baigner la peau de Peyton d'une douce lueur dorée. Il tira sur la ficelle de sa petite culotte, et la regarda glisser.

— Tu es belle…

Ses joues prirent une jolie teinte rosée.

— … et très désirable, ajouta-t-il en tirant sur l'autre ficelle.

Quand le bas de son maillot de bain rejoignit le reste de leurs vêtements par terre et que Peyton se tint nue devant lui, il comprit à côté de quoi il était passé pendant toutes ces années : une femme incroyable, enivrante, forte, sensationnelle.

Il le lui dirait plus tard. Pour le moment, il voulait la goûter, la connaître. Il déposa une myriade de baisers sur son cou, ses seins, son ventre, tous ces endroits qu'il n'avait encore jamais explorés. Quand il se mit à genoux, elle retint son souffle et glissa les doigts dans ses cheveux, murmurant son prénom d'une voix rauque, gémissant de plaisir. Enfin, il attrapa son portefeuille à tâtons et en sortit un préservatif, qu'elle lui arracha des mains pour le lui enfiler.

Aussitôt, il la hissa sur le plan de travail, vint se placer entre ses cuisses et, tandis qu'elle enroulait les jambes autour de sa taille, la pénétra d'un mouvement fluide.

Il répéta ces va-et-vient jusqu'à ce que tout disparaisse autour d'eux. Il ne voyait plus qu'elle, se perdait en elle. Elle répétait son prénom d'une voix douce et suppliante. Ils ne tardèrent pas à jouir ensemble, et il lui sembla alors que son cœur s'arrêtait de battre. Après ce moment merveilleux, il continua à la serrer contre lui, entre ses bras, et la magie se prolongea, comme si rien ne devait plus jamais être pareil.

Il finit toutcfois par l'aider à descendre du plan de travail, et lui rendit ses vêtements, même s'il regrettait de ne pouvoir passer le reste de la nuit à admirer la beauté de son corps nu.

— Reste, murmura-t-il. Reste avec moi cette nuit.

Elle plongea ses yeux verts dans les siens.

— Je ne voudrais être ailleurs pour rien au monde.

13

Le dimanche matin, le soleil filtrait à travers les rideaux de la chambre, inondant la pièce de lumière, réchauffant les draps et dardant ses rayons dorés sur Luke. Peyton s'étira et passa un long moment à le regarder dormir.

La nuit avait été merveilleuse, tout ce dont elle avait rêvé pendant des années, et plus encore.

Cependant, elle avait également apporté son lot de complications imprévues. Sa vie était à Baltimore, avec Maddy. Pas ici, à Stone Gap, avec Luke. Elle n'était pas venue avec l'intention de s'y installer de nouveau mais, à présent, elle était tentée de rester.

Son instinct lui souffla soudain de se lever, de s'en aller, avant d'être trop bien dans ce lit, aux côtés de cet homme.

Elle ramassa son T-shirt par terre et l'enfila, puis elle descendit pour voir si Luke avait du café. Dans la cuisine, elle découvrit la pile de courrier qu'il avait ramassée la veille en rentrant, jetée sur le plan de travail et oubliée. Sur le coin de l'une des enveloppes, elle aperçut l'adresse du laboratoire auquel ils avaient envoyé le test ADN.

Son cœur se mit à marteler sa poitrine. Bien sûr, elle n'avait pas besoin d'ouvrir cette enveloppe pour connaître les résultats.

Luke était le père de Maddy, elle le savait déjà. Elle allait donc devoir se poser la question de la garde, et il lui faudrait un moment pour réfléchir.

Elle retourna dans la chambre, l'enveloppe cachetée à la main, et ramassa ses vêtements sans faire de bruit. Alors qu'assise sur le lit, elle se contorsionnait pour attacher son haut de bikini sans retirer complètement son T-shirt, Luke tendit le bras vers elle et lui caressa paresseusement le dos du bout des doigts. Son désir se réveilla aussitôt, mais elle s'efforça de le réprimer.

— Bonjour, beauté…

— Je… Je dois partir. J'ai des choses à faire aujourd'hui.

Il laissa retomber son bras et s'assit contre la tête de lit, la regardant attacher ses cheveux en queue-de-cheval.

— Comment ça, partir ? Je croyais que tu allais rester pour que nous puissions annoncer à Maddy que je suis son père, que je veux être son père quels que soient les résultats du test, et qu'ensuite nous irions chez mes parents pour dîner et fêter son anniversaire. J'ai besoin de quelques minutes pour aller lui acheter un cadeau mais, en dehors de ça, je veux passer toute la journée avec vous deux.

— Les résultats du test sont arrivés, répliqua-t-elle en lui tendant l'enveloppe.

Il l'ouvrit et parcourut des yeux la feuille qu'elle contenait, puis il afficha un grand sourire en lui montrant la feuille :

« Probabilité paternité : quatre-vingt-dix-neuf pour cent. »

— Alors, c'est officiel ! Je suis vraiment le père de Maddy. C'est merveilleux.

— Oui, répondit-elle sans joie. Merveilleux.

Dorénavant, elle devrait se partager entre le Maryland et Stone Gap.

Elle aurait voulu rester là, croire que ce qu'ils avaient partagé cette nuit pouvait durer éternellement, mais Luke ne lui avait fait aucune promesse, aucune déclaration, et ce n'était pas parce qu'elle resterait assise là qu'il y aurait un miracle.

— Peyton ? Que se passe-t-il ? Nous n'allons pas le dire à Maddy ?

Elle se leva et fit mine de chercher son sac à main, ou autre chose, pour ne pas avoir à croiser son regard. Si elle le voyait allongé dans ce lit, avec le soleil donnant à ses cheveux noirs des reflets dorés, elle perdrait sa détermination.

— Je ne crois pas que ce soit une bonne idée. Cela va lui causer un choc, et je ne suis pas sûre que le jour soit idéal pour ça.

— Que veux-tu dire ?

Il se leva et enfila un short.

— Nous en avons déjà parlé, Peyton, et maintenant que nous avons les résultats du test, je ne vois aucune raison d'attendre une seconde de plus.

Elle se passa une main nerveuse dans les cheveux, défaisant sa queue-de-cheval pour la rattacher aussitôt.

Ses cheveux étaient en désordre, sa vie était en désordre, mais pour le moment elle s'en moquait. Elle voulait partir avant de dire ou de faire quelque chose qu'elle finirait par regretter.

— Je crois que ce n'est pas le bon moment, c'est tout.

— Tu crois que ce n'est pas le bon moment ? demanda-t-il en prenant un T-shirt. Ou tu as peur ?

— Je n'ai absolument pas peur, répondit-elle, je dois y aller, c'est tout. Je dois donner son petit déjeuner à Maddy.

— Vous pouvez prendre le petit déjeuner ici, et si vous n'aimez rien de ce que j'ai, nous irons au Sip and Chew.

Il enfila son T-shirt, et elle se rendit compte qu'il était tout aussi séduisant habillé que nu.

— Allons réveiller la petite et manger quelques pancakes ! ajouta-t-il.

Pour chacun de ses arguments, il avait un contre-argument. Et il avait raison, bien sûr : ils devaient dire à Maddy qu'il était son père ; mais, dès cet instant, un lien indestructible l'attacherait à Stone Gap.

Bon sang ! Pourquoi n'y avait-elle pas pensé en faisant entrer Luke dans la vie de Maddy ? Voulait-elle vraiment revenir ici et le revoir régulièrement ?

Il lui avait fait l'amour, avait conquis son cœur, mais ne lui avait rien promis. C'était ce qui la contrariait le plus. Elle avait fait exactement ce qu'elle condamnait : elle avait pris une décision hâtive, sous le coup d'une émotion violente et, maintenant, elle allait en payer les conséquences.

Réfléchis calmement, logiquement. Pense à demain. Ne pense pas à aujourd'hui, concentre-toi sur l'avenir.

Qu'avait-elle fait ? La veille au soir, elle n'avait pensé qu'à l'instant présent, qu'à son désir pour Luke. Elle n'avait pas réfléchi à ce qui se passerait si elle couchait avec lui.

— Nous prendrons le petit déjeuner ensemble un autre jour, Luke. Il vaut mieux que j'aille réveiller Maddy, il est déjà tard.

— C'est son anniversaire, ne nous soucions pas de l'heure !

Il la prit par la main et la fit asseoir à côté de lui sur le lit. Elle avait envie de se blottir dans ses bras, de lui confier ses craintes, mais il était le problème dont elle voulait lui parler, et elle ne pouvait certainement pas le lui avouer.

— De quoi as-tu peur, Peyton ? Nous devons en parler, nous devons parler de Maddy et de l'avenir, insista-t-il en lui serrant tendrement la main. Tu n'as pas à t'inquiéter, parce que je veux la même chose que toi. Je veux ce qu'il y a de mieux pour ma fille.

Elle soupira.

— Tant mieux. J'avais peur…

Elle s'interrompit.

— Peur de quoi ?

La gorge serrée, elle le regarda droit dans les yeux.

— J'avais peur que tu fasses quelque chose d'insensé, comme de chercher à avoir la garde exclusive de Maddy.

— La garde exclusive ? Non, répondit-il en secouant la tête. Elle t'adore, c'est évident, et tu es sa mère maintenant. Tu es une très bonne mère, d'ailleurs.

— Je fais de mon mieux.

Elle pensa à la fragilité actuelle de Maddy, à la façon dont la petite étouffait son chagrin. Ils avaient fait des progrès au cours des derniers jours, mais ils avaient encore beaucoup de chemin à parcourir.

— Je ne veux pas de la garde exclusive, répéta Luke, mais je veux bel et bien la garde partagée.

Bien qu'elle s'y soit attendue, elle avait tout de même espéré ne pas l'entendre prononcer ces mots.

— La garde partagée ? Mais je vis dans le Maryland. Comment allons-nous faire ? Elle n'a que quatre ans, je ne peux pas la mettre dans un avion…

— Alors reviens vivre ici, élevons Maddy ensemble, répondit-il, avec le sourire irrésistible qui l'avait fait plier un nombre incalculable de fois par le passé. Nous formons une bonne équipe, je trouve !

— Je ne peux pas revenir vivre ici. Ma carrière est à Baltimore…

— Je suis sûr que l'on a besoin de décoratrices d'intérieur en Caroline du Nord.

— J'ai un appartement là-bas…

— Et nous avons des maisons ici, de toutes sortes.

— L'école de Maddy est là-bas…

— Eh bien, ça alors ! Figure-toi que nous avons aussi des écoles !

Il lui posa un doigt sous le menton et la força à lever la tête. Elle était tentée de se noyer dans ses yeux bleus. Cela aurait été très facile, trop facile.

— Quel est ton véritable argument, Peyton ? Nous pouvons tout arranger, cela peut fonctionner.

Elle se leva d'un bond.

— Je ne peux pas venir vivre ici, Luke ! Je ne peux pas me déraciner, déraciner Maddy. Je ne m'attendais pas à ce que tu t'investisses à ce point dans ta relation avec elle. Quand je suis revenue à Stone Gap, je pensais que tu signerais les papiers pour me donner la garde exclusive, et que tout serait réglé !

Elle vit une lueur de colère passer dans les yeux de Luke, sa mâchoire se contracter.

— Et puis ? Tu m'aurais envoyé une photo de temps en temps, une carte de vœux à Noël ? Et mes parents ? Et mes frères ? Ce n'est pas seulement moi que tu priverais de relations privilégiées avec elle, mais eux aussi et, surtout, tu priverais Maddy de ce dont elle a besoin et envie : d'un père, de ses grands-parents.

Ses paroles étaient dures, froides, et elle aurait voulu revenir en arrière.

— Je ne me contenterais pas de te donner des nouvelles de temps en temps, je te tiendrais au courant de ce qui se passe dans sa vie…

Avouer la vérité n'arrangeait rien, au contraire. Elle s'en rendait bien compte.

— Je veux faire partie de la vie de mon enfant, Peyton. Tu ne peux pas me la retirer alors que je viens à peine de découvrir son existence. Je veux plus de temps avec elle. Je veux tout le temps possible. Je veux la connaître, la voir grandir, être là quand elle ouvrira ses cadeaux de Noël et à chaque rentrée des classes.

Il se leva, lui aussi, et se mit à arpenter la pièce, puis il jura tout bas et se passa une main dans les cheveux.

— Je ne veux pas avoir à me battre devant un juge. Je ne veux pas avoir à me battre du tout.

Il s'arrêta net et lui fit face, l'air angoissé.

— Pourquoi ne pas me dire la véritable raison de ton départ inopiné ? Hier, tout allait bien et, maintenant, tu meurs d'impatience de retourner dans le Maryland ?

— Je… Je suis mieux là-bas, c'est tout.

— Vous étiez très bien ici, Maddy et toi. Tu m'as dit toi-même qu'elle était heureuse à Stone Gap. Pourquoi voudrais-tu revenir en arrière ?

Il s'approcha d'elle, ses yeux lançant des éclairs, puis son expression se radoucit. Il lui écarta une mèche du visage.

— Qu'y a-t-il, Peyton ? Parle-moi…

Ce fut la façon dont il lui posa la question, la douceur de son intonation, qui vint à bout de sa résistance. N'ayant pas l'habitude de s'avouer vaincue, elle parla d'une voix tremblante.

— J'ai peur, Luke. J'ai peur de rester. J'ai peur de partir. J'ai peur de tout gâcher, mais surtout…

Sa voix se brisa.

— … j'ai peur de compter sur quelqu'un d'autre que moi-même. Je sais que je peux compter sur moi, mais je n'ai jamais pu compter sur qui que ce soit d'autre.

C'était ce qui motivait toutes ses décisions, elle en avait bien conscience. Cela expliquait pourquoi elle travaillait tant, faisait tout dans l'urgence, respectait scrupuleusement certains horaires. Elle craignait d'être déçue si elle levait le pied ne serait-ce qu'un instant et si elle acceptait l'aide de quelqu'un, comme elle avait été déçue par sa propre mère, par Susannah après la naissance de Maddy, et comme elle avait été déçue par Luke quand elle était tombée amoureuse de lui et qu'il n'avait exprimé aucun sentiment.

— Alors laisse-moi t'aider, Peyton. Laisse-moi jouer un rôle dans la vie de Maddy.

Changer sa façon de vivre, compter sur Luke, lui faire confiance : ce serait un vrai bouleversement, et elle n'était pas sûre d'être prête.

Le téléphone portable de Luke sonna avant qu'elle ait eu le temps de répondre. Il décrocha et jura tout bas.

— J'arrive tout de suite, marmonna-t-il avant de raccrocher. Joe Miner a mis son pick-up dans un fossé sur la County Road 34, expliqua-t-il en se tournant de nouveau vers elle. Je dois prendre la dépanneuse et aller le récupérer. Je ne devrais pas en avoir pour plus d'une heure. Quand je rentrerai, nous finirons cette conversation, prendrons le petit déjeuner et dirons la vérité à Maddy… ensemble. D'accord ?

Elle hocha la tête, incapable de parler. Luke s'en alla et, cinq minutes après, elle alla réveiller Maddy qui dormait encore, puis partit.

Luke proféra tous les jurons qu'il connaissait, mais cela ne fit pas revenir Peyton et Maddy. Debout dans l'entrée, avec un sac contenant des pancakes aux pépites de chocolat du Good Eatin' Café et des bougies achetées au supermarché en passant, il se dit qu'il avait été stupide.

Charlie s'assit à ses pieds et se mit à gémir.

— Je suppose qu'elles ne t'ont pas dit où elles allaient ?

Le chien aboya.

— Eh bien, je ne sais pas où se trouve « ouah », mais nous allons mettre quand même la main sur elles. Laissons à Peyton un peu de temps pour se calmer et réfléchir. En attendant, j'ai quelque chose à faire, que j'aurais dû régler il y a bien longtemps. Qu'en penses-tu, mon chien ?

Charlie appuya la tête contre sa cuisse et agita la queue.

— Oui, j'aurais dû régler ça il y a bien longtemps…

Il fit monter le chien dans la voiture et se dirigea vers le centre-ville. Il s'arrêta d'abord au magasin de jouets, puis il remonta Main Street. Il aimait ce quartier calme, où il avait passé tellement de temps quand il était plus jeune, où les enfants grimpaient aux arbres, regardaient les étoiles la nuit et pensaient que rien ne viendrait jamais assombrir leur avenir.

Il s'arrêta dans l'allée de la maison de Jeremiah et, en descendant de voiture, découvrit quelque chose qui lui redonna espoir : Jeremiah était assis sur le vieux canapé élimé du porche, son fauteuil à côté de lui, le soleil éclairant son visage.

Luke remonta l'allée d'un pas léger, Charlie sur les talons.

— Hé, c'est ma place !

Jeremiah éclata de rire.

— Ce canapé est sous mon porche, donc c'est moi qui choisis ma place le premier.

C'était une vieille plaisanterie qui datait de leur adolescence, quand Ben, Jeremiah et lui se battaient pour la meilleure place, celle d'où l'on voyait le mieux les jumelles en train de se faire bronzer dans le jardin voisin.

Luke se laissa tomber sur le canapé, heureux d'être là, à côté de son vieil ami, avec le soleil qui dansait sur le plancher du perron.

— Je suis venu t'offrir un travail.

— Un travail ? répéta Jeremiah d'un ton railleur. De quoi ? De butoir de porte ?

Luke ne put s'empêcher de rire.

— Tu sais, pour un gars qui ne peut pas marcher, tu es plutôt drôle !

— Et pour un gars qui ne peut pas attraper un ballon, tu es plutôt moche, répliqua Jeremiah avec un grand sourire.

— Je suis sérieux, mon pote. Je voudrais que tu viennes travailler au garage avec moi. Mon père va partir à la retraite, et je prends la relève. Je vais avoir besoin d'un coup de main.

— Je ne vois pas comment je pourrais t'aider en étant coincé là-dedans, objecta Jeremiah en montrant son fauteuil.

— Je vais aménager le garage pour te le rendre plus accessible, en installant un établi plus bas notamment, et si j'empiète un peu sur le bureau, tu auras assez de place pour tourner autour de n'importe quelle voiture stationnée dans le garage. Par chance, j'ai un frère menuisier, donc je suis sûr qu'il me fera un prix si je lui confie les travaux. As-tu une autre raison pour ne pas accepter ce poste et redevenir un membre actif de la société ?

Jeremiah le regarda sans rien dire pendant quelques secondes qui lui semblèrent durer une éternité. Enfin, il hocha la tête.

— Seulement si tu remplis le réfrigérateur de Coca-Cola.

— Désolé, dit Luke avec un grand sourire, je ne bois plus que du Dr Pepper. C'est la boisson gazeuse des adultes !

Pour sa plus grande joie, Jeremiah éclata de rire.

— J'imagine que tout le monde peut changer…

— J'imagine aussi.

Luke s'adossa contre les coussins du canapé, songeant que, s'il avait pu arranger les choses avec Jeremiah, il pourrait peut-être aussi arranger le reste.

14

Peyton se tenait sur le porche de la maison de son amie Cassie et regardait le ciel. Bien sûr, aucune étoile n'était visible puisqu'il faisait grand jour, et l'on ne voyait que le soleil et quelques légers nuages.

— Maddy regarde un film avec mes deux plus petits, annonça Cassie en la rejoignant avec un verre d'eau fraîche. Elle a son ours en peluche et une brique de jus de fruits, alors nous avons un moment devant nous pour parler. Maintenant, est-ce que tu vas me dire pourquoi tu veux faire tes bagages et partir avant la fin de tes deux semaines de congé ?

— J'ai beaucoup de travail, et ce serait plus simple pour moi d'être à Baltimore pour examiner mes échantillons et…

— N'importe quoi. Tu peux très bien déléguer, et ton patron t'a autorisée à prendre deux semaines.

Cassie lui posa une main sur l'épaule.

— Dis-moi la vérité. Qu'est-ce qui te fait fuir ?

Peyton soupira.

— Luke.

— Est-ce qu'il a tout gâché ? S'il a brisé le cœur de cette petite, je le tue !

— Non, il n'a rien fait de mal. C'est bien le problème.

Peyton sentit les larmes lui monter aux yeux, mais elle prit sur elle, refusant de les laisser couler.

— C'est un père merveilleux. Il lui a appris à nager, il la fait sourire et rire, et il met de la magie dans sa vie…

— Alors où est le problème ?

— C'est mon cœur qu'il a brisé.

— Je vais le tuer quand même, marmonna Cassie. Comment s'y est-il pris ?

— C'est ma faute.

Elle fit tourner son verre entre ses mains et regarda les glaçons s'entrechoquer.

— Je suis tombée amoureuse de lui mais il… il ne ressent pas la même chose.

Cassie posa un poing sur sa hanche.

— Tu lui as dit ce que tu ressentais ?

— Non, mais il a bien dû s'en apercevoir.

Cassie prit ses mains dans les siennes.

— Ma chérie, tu es l'une des personnes les plus intelligentes et les plus courageuses que je connaisse, tu as toujours travaillé comme une forcenée, tu as accueilli ta sœur et son bébé chez toi, tu assumes toutes sortes de responsabilités mais, en matière d'amour, tu es la plus grande trouillarde du monde.

Son amie se pencha vers elle et baissa la voix.

— Tu es trop occupée à prendre soin de tout le monde pour te rendre compte que tu te négliges, toi.

— C'est faux ! J'élève Maddy, je fais mon travail et…

— Tu vois ? C'est bien ce que je dis ! Où figures-tu sur cette liste ?

Peyton secoua la tête.

— C'est dur pour moi, Cassie. J'ai passé des années à prendre soin des autres. J'étais bien obligée, sinon, on ne serait pas allé à l'école, on n'aurait pas mangé…

Cassie lui prit le visage au creux des mains. Son regard noisette s'adoucit.

— Tu sais ce qu'on dit ? Mets ton masque à oxygène avant de porter secours à ceux qui t'entourent. Ce n'est pas grave de tomber amoureuse… Ce n'est pas grave de décider de revenir vivre ici, près de ta meilleure amie et de l'homme que tu aimes, et ce n'est pas grave de dire : « Ma vie a changé et je ne veux plus les mêmes choses qu'avant. » Ce n'est pas un échec, c'est une prise de risques. Tu peux t'autoriser à vouloir autre chose, à vouloir davantage.

— Comment ça ?

Cassie soupira.

— Désires-tu vraiment cette promotion ? Souhaites-tu vraiment les horaires et les exigences qui vont avec ? Ou veux-tu être une vraie mère pour ton petit ange, et diriger de chez toi ta propre entreprise de décoration d'intérieur ? Acheter une jolie petite maison et la décorer de façon à rendre tout le monde vert de jalousie et à donner envie aux gens de t'engager sur-le-champ ?

Peyton se détourna. Elle posa son verre sur la rambarde du porche et regarda le jardin de son amie. Des vélos, des ballons et des jouets étaient éparpillés dans l'herbe, signes d'une famille nombreuse, heureuse et pleine de vie.

— Ce serait un grand changement, Cassie. Je ne sais pas.

— S'il y a bien une chose que j'ai apprise grâce à mes cinq enfants, c'est que le changement est la seule constante d'une vie ! Tu dois aussi penser à toi, et réfléchir à ce que tu veux au fond de toi.

Son amie la serra brièvement contre elle.

— Alors n'aie pas peur de t'appuyer sur ceux qui t'aiment, ici à Stone Gap. Nous n'allons pas nous en aller, et tu ne devrais pas le faire non plus.

Là-dessus, Cassie alla dans la cuisine, tandis que Peyton rejoignait Maddy dans le salon et se blottissait avec elle sur le canapé. Les autres enfants les laissèrent seules pour aller retrouver leur mère.

— Que se passe-t-il dans le film, ouistiti ?

— La princesse retourne chez elle avec le prince pour dire à sa maman et à son papa qu'elle va se marier.

— C'est magnifique !

Maddy serrait son ours et le coin d'un plaid dans sa main. A l'écran, la princesse chantait et dansait autour du château.

— Alors, continua Peyton, se forçant à prendre un ton enjoué, comme c'est ton anniversaire, aujourd'hui, je me suis dit que nous pourrions aller au grand magasin et que je t'achèterais le jouet de ton choix.

Maddy joua avec les poils hirsutes sur la tête de Bo.

— Je n'ai pas envie d'un jouet, tante Peyton.

— Ah bon ? Alors que veux-tu ?

Les yeux bleus de Maddy s'emplirent de larmes.

— Je veux que maman revienne.

Le cœur de Peyton se brisa. Elle prit Maddy dans ses bras et la serra contre elle, appuyant le menton sur sa tête pour cacher ses propres larmes. La petite grimpa sur ses genoux et passa ses bras autour d'elle.

— J'aimerais qu'elle revienne, moi aussi, renchérit Peyton, pourtant c'est impossible. Elle est au ciel, avec ma maman, et elle ne peut plus nous rendre visite ou habiter ici, mais elle te regarde et elle veille sur toi tout le temps.

— Elle ne va vraiment pas revenir ? demanda Maddy d'une voix brisée.

Peyton s'écarta un peu et secoua la tête. Le petit visage de Maddy se décomposa, et les larmes coulèrent à flots sur ses joues. Incapable de se retenir plus longtemps, Peyton se mit à pleurer, elle aussi, sans chercher à cacher son chagrin, cette fois.

Elle s'était longtemps maîtrisée, craignant que Maddy ne s'effondre si elle pleurait devant elle mais, après tout, la petite avait peut-être besoin de voir qu'elle n'était pas la seule à souffrir de la mort de sa mère.

— Non, ma chérie, répondit-elle. Mais j'aimerais qu'elle revienne, parce qu'elle me manque tout le temps.

— A moi aussi, tante Peyton.

Peyton écarta la frange de Maddy et lui déposa un baiser sur le front.

— Elle t'aimait plus que tout au monde, ma chérie, et elle voulait que tu sois heureuse. Je sais qu'elle est très fière de te voir fêter tes quatre ans, aujourd'hui, parce que tu es une adorable grande fille.

Maddy eut un sourire tremblant.

— Tu crois qu'elle m'a vue nager avec Luke ?

— J'en suis persuadée. Elle devait être surexcitée, pousser des cris de joie et t'applaudir pour t'encourager. Je suis sûre qu'elle était très fière de te voir nager aussi bravement.

Maddy sembla réfléchir un moment, puis elle appuya la tête contre la poitrine de Peyton, qui respira le doux parfum de son shampoing à la fraise.

— J'aime beaucoup Luke, tante Peyton. On peut le voir aujourd'hui ? Parce que c'est mon anniversaire, et il a dit que je pourrais jouer avec Charlie.

Voir Luke ? Lui dire ce qu'elle ressentait. Prendre un risque et changer radicalement de mode de vie. En serait-elle capable ? Dans le cas contraire, saurait-elle vivre avec ses regrets ?

Elle ébouriffa les cheveux de Maddy.

— Bien sûr ! C'est une très bonne idée.

Elle ne pouvait plus fuir ce qui lui faisait peur. Retourner dans le Maryland ne changerait rien, cela ne ferait que retarder l'inévitable. Au bout du compte, elle serait bien obligée de prendre certaines décisions. Elle devait rester et faire face, quoi qu'il puisse advenir avec Luke.

Cassie avait offert à Maddy une robe jaune assortie d'un bandeau à fleurs pour les cheveux. Peyton avait complété cette jolie tenue par des sandalettes brillantes et un petit sac dans lequel elle pourrait mettre sa nouvelle Barbie, toute de jaune vêtue, elle aussi.

La petite s'extasia sur chaque cadeau et parada devant le miroir.

Alors qu'elles s'apprêtaient à partir, Maddy leva ses grands yeux bleus, semblables à ceux de Luke, et lui demanda :

— Tante Peyton, est-ce que je vais avoir un gâteau d'anniversaire avec des bougies ?

— Bien sûr, ouistiti !

— Tant mieux, parce que je veux faire un vœu.

— Ah oui ? Quel vœu ? demanda-t-elle en lui tendant sa nouvelle Barbie et son petit sac.

Maddy serra sa poupée dans un bras, son ours en peluche dans l'autre.

— Je vais souhaiter un papa, comme celui de la princesse, et aussi une grand-mère.

Cassie, qui se tenait derrière Maddy, regarda Peyton avec un sourire triste et bienveillant. Peyton reporta son attention sur Maddy, songeant qu'elle voulait voir plus souvent cette lueur de bonheur dans ses yeux. C'était une lueur vacillante, encore faible, et elle savait exactement ce qu'elle avait à faire pour la rendre plus vive.

— Je sais exactement où trouver l'un et l'autre, ma chérie.

Luke laissa trois messages à Peyton, mais celle-ci ne le rappela pas. Il passa alors à l'hôtel, où on lui apprit qu'elle avait déjà réglé sa note et qu'elle était partie.

Elle était partie, et il l'avait ratée.

Comment avait-il pu être aussi bête ? Il aurait dû lui dire la veille, avant qu'ils ne fassent l'amour, qu'il était follement amoureux d'elle. Depuis cette nuit sur le balcon de l'hôtel quand, assis à ses côtés, il lui avait raconté l'histoire d'Orion. Il ne pouvait imaginer une seule journée sans voir son sourire, sans pouvoir apprécier sa douceur, et il allait faire tout son possible pour la reconquérir.

Il prépara un petit sac de voyage, remonta dans sa voiture et alla chez ses parents. Il y avait déjà plusieurs véhicules dans l'allée quand il arriva : les deux voitures de ses parents, et la jeep de Jack et Meri. Le dîner du dimanche soir chez Della et Bobby était l'une des traditions familiales que Luke aimait tout particulièrement. Un jour, peut-être instaurerait-il la même avec sa femme et sa fille. L'espace d'un instant, il envisagea l'avenir, imagina Maddy plus grande, et se représenta la famille qu'ils formeraient avec…

Non. Il ne pouvait pas se permettre de telles rêveries. Peyton avait quitté Stone Gap, ses sentiments pour lui étaient très clairs.

Il devait se résigner : il risquait fort de rester père célibataire, de partager la garde de Maddy avec Peyton entre le Maryland et la Caroline du Nord, et d'avoir le cœur brisé chaque fois qu'il la verrait ou lui parlerait.

Il descendit de voiture et rassembla les affaires de Charlie, sa laisse, son écuelle et ses croquettes. Le chien le suivit, visiblement heureux d'arriver dans sa deuxième maison, où Bobby lui donnerait de petits morceaux de viande sous la table.

Luke ouvrit la porte et entra. Son père et Jack étaient assis dans le salon, devant un match de football. Meri était dans la cuisine, avec sa mère, qui finissait de préparer le repas.

Dès qu'elle l'entendit entrer, Della s'interrompit dans ses tâches pour venir l'accueillir, tendant le cou afin de voir derrière lui.

— Où sont Peyton et Maddy ? J'ai préparé un gâteau d'anniversaire, avec des bougies scintillantes qu'elle va adorer !

Une vague de tristesse mêlée de déception le submergea de nouveau. Il n'aurait jamais dû aller chercher la dépanneuse et sortir cette voiture du fossé. Il aurait dû appeler Jack et lui demander de s'en charger à sa place, afin de terminer sa conversation avec Peyton.

— Peyton retourne à Baltimore, répondit-il en posant les affaires de Charlie. Je vais la suivre, alors j'espérais que vous pourriez garder le chien…

— Bien sûr, bien sûr, répondit sa mère.

Son visage s'adoucit et elle lui posa une main réconfortante sur le bras.

— Je suis désolée pour toi, mon chéri.

La voix tonitruante de son père résonna soudain dans le couloir.

— Alors, il paraît que la petite Maddy vient dîner ?

— Elle ne viendra pas, répondit Luke, la gorge serrée. J'espère…

— Comment ça, elle ne viendra pas ? Ce n'est pas Peyton que je vois là-bas, dans l'allée ? demanda son père en désignant la porte ouverte.

Le cœur de Luke fit un bond dans sa poitrine. Il se retourna.

Il avait peine à en croire ses yeux. Pourtant, Peyton était

bel et bien là, magnifique dans sa robe blanc cassé, et Maddy remontait l'allée à ses côtés, vêtue d'une robe jaune et de sandales brillantes. Elle avait son ours sous le bras, une Barbie dans une main et un petit sac accroché à son poignet.

La petite leva les yeux et le vit. Aussitôt, elle s'élança vers lui avec un sourire rayonnant, ses boucles blondes rebondissant sur ses épaules.

Il courut à sa rencontre et ouvrit les bras au moment même où elle se jetait à son cou. Il la serra contre lui et respira le parfum sucré de ses cheveux, les yeux fermés, le cœur débordant de joie.

— Bonjour, ma chérie ! Bon anniversaire !

— Merci, Luke, répondit-elle en se libérant de son étreinte. Tante Peyton m'a dit que nous venions ici pour mon anniversaire, et j'étais trop contente !

Peyton les rejoignit. Leurs regards se croisèrent, et il perçut une lueur de tristesse dans ses beaux yeux verts. De toute évidence, une longue discussion les attendait mais, au moins, elle était là, avec sa fille, et cela lui semblait de bon augure.

Elle se tourna vers Maddy, prit une profonde inspiration, et hésita une seconde avant de parler.

— Ma chérie, nous avons quelque chose de très important à te dire, avant d'entrer dans la maison. C'est une surprise, en quelque sorte.

Elle prit la main de Maddy d'un côté, celle de Luke de l'autre.

— Luke n'est pas seulement un ami. C'est aussi… ton papa.

Maddy le regarda avec de grands yeux.

— Mon… Mon papa ?

Il eut l'impression que son cœur allait exploser.

« Papa ». Entendre sa fille prononcer ces deux syllabes éclipsait toutes les autres joies de son existence.

— Je t'ai dit que je connaissais ta maman, tu te souviens ? C'était ma petite amie et j'étais son petit ami, il y a très longtemps, et c'est comme ça que je suis devenu ton papa.

L'explication semblait suffisante pour une enfant de quatre ans.

Maddy les regarda tour à tour, les sourcils froncés, visiblement déconcertée.

— Mais pourquoi vous ne me l'avez pas dit tout de suite ?

— Parce que…

Peyton s'interrompit. Il vit qu'elle ne savait pas comment répondre. Susannah, Peyton et lui avaient vécu beaucoup de choses que Maddy n'était pas en âge de comprendre. Il valait mieux oublier le passé pour le moment.

— Parce que nous avons pensé que ce serait un merveilleux cadeau d'anniversaire, déclara-t-il.

Peyton lui adressa un sourire reconnaissant.

— Ta tante Peyton t'a amenée ici aujourd'hui pour que tu puisses rencontrer toute ma famille, qui est toute ta famille. Tu as une grand-mère, un grand-père, deux oncles, une tante, et…

— J'ai une grand-mère ? ! s'écria Maddy d'une voix pleine d'espoir, les yeux brillants. Et un grand-père ?

Il se tourna vers la maison et vit sa famille, maintenant rassemblée sur le perron.

— Oui, et ils t'adorent déjà. Comme moi, ma chérie.

Il ouvrit de nouveau les bras, et Maddy se jeta à son cou.

— Joyeux anniversaire, Maddy ! Je t'aime…

— Je t'aime aussi, papa, murmura-t-elle.

C'était le plus beau moment de sa vie. « Je t'aime aussi, papa. »

Il aurait voulu que ce moment dure éternellement. Il ferma les yeux et la garda serrée contre lui le plus longtemps possible, puis il la souleva, avec son ours et sa poupée, et tendit la main à Peyton.

— Le dîner nous attend !

Elle secoua la tête.

— C'est un repas de famille, je devrais…

— Tu devrais venir, parce que tu fais partie de cette famille, toi aussi, et pour de bon, ajouta-t-il en lui prenant la main et en la portant à ses lèvres pour y déposer un baiser.

— Je n'ai jamais pris le dîner du dimanche soir en famille.

Elle avait les larmes aux yeux mais, à force de volonté, elle les empêcha de couler. Il pensa à la jeune fille qu'elle était autrefois, celle qui prenait soin des siens alors que personne ne prenait soin d'elle. Il ne pouvait hélas pas revenir en arrière, mais il pouvait lui offrir un avenir meilleur.

— Nous pouvons y remédier dès ce soir, Peyton, avec notre famille, répliqua-t-il en indiquant d'un signe de tête ses parents, son frère et sa future belle-sœur. Avec la famille dont notre fille et toi venez d'hériter !

— D'accord, répondit-elle d'un air enchanté, quoique encore un peu hésitant, mais je n'ai rien apporté…

— Tu as apporté ce que tout le monde attendait avec impatience : une adorable enfant de quatre ans.

Ils se dirigèrent vers la maison, où Maddy fut accueillie avec moult démonstrations d'affection. Charlie sautait autour du groupe en laissant échapper de petits jappements d'approbation, tandis que Della s'affairait, ajoutant quelques touches festives à la décoration de la table.

Bobby laissa sa place habituelle, en bout de table, à Maddy pour qu'elle préside le dîner, tandis que Peyton et Luke, qui s'étaient proposés pour faire le service, se dirigeaient vers la cuisine. Le joyeux brouhaha des conversations leur parvenait jusque-là. Le dessert, un gâteau à deux étages couvert d'un glaçage blanc et orné de bougies roses et brillantes, attendait sur le plan de travail.

— Je voulais te dire quelque chose avant de passer à table, annonça Peyton. Quand je suis partie ce matin, j'ai bien réfléchi, et j'ai eu une conversation sérieuse avec mon amie Cassie. Je me suis enfuie de chez toi parce que j'avais peur… J'avais peur de souffrir si je te disais ce que je ressentais, d'être déçue, mais finalement, je préfère me lancer plutôt que me demander toute ma vie ce qui aurait pu se passer.

Il comprenait ses craintes. Après tout, il ne lui avait donné aucune raison de penser que ce qu'il y avait entre eux continuerait au-delà des deux semaines qu'elle allait passer à Stone Gap.

— Avant que tu te lances, j'ai un aveu à te faire.

Elle s'apprêtait à protester, mais il lui posa un doigt sur les lèvres pour l'en empêcher.

— J'ai été stupide, hier soir, j'ai tout gâché. Je mets ça sur le compte de la nervosité de la première fois.

— De la première fois ? répéta-t-elle, visiblement perplexe.

Il rit.

— Je ne fais pas allusion au sexe. C'est la première fois que je tombe amoureux. Tu es la première femme que j'aime, et je veux que tu sois la dernière.

— Tu… Tu es amoureux de moi ?

— Follement. A vrai dire, je m'apprêtais à monter dans ma voiture et à te suivre jusque dans le Maryland s'il l'avait fallu.

Il lui prit les mains et les serra tendrement entre les siennes.

— Quand tu es arrivée chez moi pour m'annoncer que j'avais une fille, j'ai d'abord été terrifié. Je ne savais pas comment être père, comment être autre chose que ce que j'avais été jusque-là, ce qui ne se résumait pas à grand-chose. Puis je t'ai vue avec Maddy… et j'ai eu encore plus peur.

— Pourquoi ?

— Parce que tu es une mère exceptionnelle. Tu penses aux plannings, aux conversateurs, à toutes ces choses auxquelles je ne penserais jamais…

Peyton était une femme extraordinaire et, si elle l'aimait ne serait-ce que dix fois moins que lui, il serait l'homme le plus heureux du monde.

— … et tu prends soin de Maddy de la plus belle des façons.

— C'est normal, Luke, je m'occupe d'elle, c'est tout. Et, toi, tu seras un père exceptionnel.

— Je vais faire tout mon possible pour ça, mais je voudrais aussi être un homme exceptionnel, un homme dont tu pourrais tomber amoureuse.

Elle inspira profondément et soutint son regard.

— Je suis tombée amoureuse de toi il y a bien longtemps, Luke, et je n'ai jamais cessé de t'aimer. J'ai toujours rêvé d'être avec toi, d'être celle que tu regarderais avec amour. J'ai même rêvé d'être ici, dans cette merveilleuse ambiance familiale, pour le fameux dîner du dimanche soir.

— Et tu es là, maintenant, constata-t-il avec un grand sourire.

Il aimait cette femme, il aimait son entêtement, son grand cœur, et la façon qu'elle avait de l'obliger à faire ses preuves pour obtenir ce qu'il désirait le plus.

— J'en suis très heureux.

Il mit un genou à terre et ouvrit la petite boîte contenant la chevalière qu'il portait au lycée.

— Peyton, veux-tu m'épouser ? Je t'aime, et je ne voudrais pour rien au monde être avec quelqu'un d'autre que toi. Je te promets que nous vivrons où tu veux, du moment que nous vivons ensemble !

Elle porta une main tremblante à ses lèvres et jeta un coup d'œil autour d'elle. On apercevait la tablée bruyante de l'autre côté de la porte ouverte.

— Mais, si nous vivons ici, nous aurons le plaisir d'assister aux repas de famille le dimanche.

— Effectivement. Ma mère s'attendra à ce que nous venions dîner ici tous les dimanches, Maddy, toi et moi.

— En parlant de dîner, cria Jack depuis la salle à manger, quand allons-nous avoir le nôtre ?

— Une seconde, répondit-il à son frère, j'essaie de persuader la femme que j'aime de m'épouser !

— Eh bien, il était temps !

Luke s'esclaffa et reporta son attention sur Peyton.

— Veux-tu m'épouser, Peyton ? Avant que tu me donnes ta réponse, je voudrais te rassurer : je sais que ce n'est pas une vraie bague de fiançailles, mais c'était la seule que j'avais. Elle est provisoire, je…

— Oui ! s'écria-t-elle, en lui prenant la boîte des mains et en passant la bague à son annulaire gauche. Elle est parfaite…

La chevalière était trop grande et glissait autour de son doigt mais, manifestement, Peyton s'en moquait.

Il se releva, la prit dans ses bras, et ils échangèrent un baiser plein de tendresse et de promesses.

Jack cria alors que le dîner refroidissait pendant que tout le monde attendait les « tourtereaux », et le charme fut rompu. Ils s'écartèrent l'un de l'autre, riant comme deux adolescents surpris en train de s'embrasser sur un perron, après le couvre-feu.

Il s'empara de l'un des plats et se tourna vers elle.

— Nous ferions sans doute mieux de servir le dîner avant qu'ils ne se révoltent !

Ils regagnèrent la salle à manger, les mains chargées de plats. Alors que Peyton posait le poulet au milieu de la table, un grondement sonore s'éleva au-dehors, s'arrêtant presque aussitôt.

— Qu'est-ce que… ? Qui conduit une moto aussi bruyante par ici ? s'étonna Bobby. On aurait dit qu'elle était dans notre allée, en plus !

— Je lui ai demandé de venir, dit Della, les yeux embués de larmes. Je n'étais pas sûre qu'il m'écouterait…

La porte s'ouvrit, et Mac entra, vêtu d'un jean noir et d'un blouson de cuir. Il affichait un grand sourire.

— J'ai appris que l'un de vous se mariait, alors je suis venu pour l'en dissuader !

Jack éclata de rire, se leva et donna une tape dans le dos de Mac.

— Désolé, Mac, tu arrives trop tard. Je suis éperdument amoureux… Essaie de dissuader celui-là, ajouta-t-il en indiquant Luke d'un signe de tête. Il s'est fiancé il y a trente secondes.

Mac émit un gémissement plaintif.

— Je m'absente quelques années, et c'est le genre de folies que je dois endurer en revenant ?

Della se leva pour embrasser son fils aîné, puis elle l'entraîna vers la table.

— Assieds-toi ! Je suis tellement contente que tu sois là.

Mac lui prit la main avec tendresse et lui adressa un sourire empreint de tristesse.

— Moi aussi, je suis content d'être là, maman.

Luke et Peyton retournèrent dans la cuisine pour rapporter le reste des plats et un couvert pour Mac. Il prit la corbeille de pain et le beurrier en verre que sa mère réservait pour le dimanche soir, puis il vola un baiser à Peyton.

— Alors, où allons-nous vivre, madame Barlow ?

— Ici, à Stone Gap. Après tout, c'est ici qu'est mon cœur. C'est ici qu'il a toujours été.

Il sourit et l'embrassa de plus belle.

— Le mien aussi, Peyton.

Il passa la tête à la porte et regarda sa fille, qui fit un immense sourire en le voyant, puis il reporta son attention sur la femme qui avait apporté le bonheur dans sa vie.

SHIRLEY JUMP

Un intraitable homme d'affaires

INTÉGRALE

LES FRÈRES BARLOW

Traduction française de
MARION BOCLET

SAGAS

HARLEQUIN

Titre original :
THE TYCOON'S PROPOSAL

Ce roman a déjà été publié en 2016

1

On racontait qu'à la naissance de Mac Barlow son grand-père avait dit : « Ce garçon va devenir quelqu'un… Il a le feu sacré, ça se voit ! »

Earl Ray Barlow était mort vingt ans plus tôt, et personne ne pouvait vraiment garantir que la citation était exacte, mais la rumeur avait persisté dans la famille, devenant au fil des ans une sorte de légende, enjolivée par les oncles et tantes, les frères et sœurs.

Bien sûr, quiconque le connaissait savait qu'il avait effectivement le feu sacré. Il voulait toujours plus, avait toujours une longue liste de choses à faire, de gens à appeler, de contrats à signer. Il avait commencé alors qu'il était en première année à l'université, grâce à un petit capital qu'il s'était constitué en travaillant à temps partiel dans un garage quand il était encore au lycée. Il était devenu l'un des « trente hommes d'affaires de moins de trente ans » à figurer dans le magazine *Forbes.*

Ainsi, lorsqu'il arriva dans un vrombissement de moteur à Stone Gap, en Caroline du Nord, un dimanche après-midi, c'était pour faire d'une pierre deux coups : assister au mariage de son frère Jack, et racheter une entreprise pour Barlow Enterprises.

Ce projet de rachat était contrecarré par une femme particulièrement têtue, mais il n'avait jamais rencontré d'obstacle insurmontable. Il était donc là pour faire entendre raison à Savannah Hillstrand et la persuader de vendre, le plus rapidement possible.

Il remonta les rues de Stone Gap en faisant rugir le moteur

de sa Harley, passant comme une ombre, tout de noir vêtu, à une allure folle. Il se pencha contre l'asphalte pour prendre un virage et passa sans s'arrêter dans la rue où il avait grandi.

Quand il était sur sa moto, ce qui n'arrivait pas assez souvent à son goût, il pouvait enfin sortir du rôle qu'il devait tenir à longueur de semaine. Il était enfin débarrassé de son costume, de sa cravate, personne ne l'appelait ni ne lui envoyait d'e-mail, personne ne venait frapper à sa porte pour lui demander de prendre une décision. Il était seul avec sa moto et avec la route. C'était presque des vacances pour lui.

Il traversa Stone Gap en quelques dizaines de secondes. Certains quartiers de la ville semblaient figés dans le temps, tels les décors d'une reconstitution d'avant la guerre de Sécession. Il ralentit à peine aux intersections dans le centre-ville, jeta simplement un coup d'œil aux bâtiments qui n'avaient pas changé depuis des décennies. Il prit un raccourci en passant par Oak Street pour rejoindre l'autoroute, où il roula encore plus vite. Le vent cinglait ses vêtements, luttait contre la Harley.

Il sortit dix miles plus loin et se gara devant l'entreprise qu'il *allait* racheter. Il parvenait toujours à ses fins.

Il n'y avait qu'une seule voiture sur le parking, une Toyota bleu pâle qui semblait avoir connu des jours meilleurs. Il composa le numéro de Savannah. Tout en attendant qu'elle décroche, il leva les yeux vers le bâtiment vitré qui reflétait le soleil de la fin d'après-midi. Des panneaux solaires couvraient le toit, et l'enseigne qui indiquait « Hillstrand Solar », elle-même alimentée par quatre panneaux solaires, formait un soleil levant sur l'horizon.

Elle décrocha à la cinquième sonnerie.

— Allô ?

Sa voix était agréable, mélodieuse. Tous leurs précédents échanges s'étaient faits par e-mails, et la douceur de ce timbre le surprit.

— Mademoiselle Hillstrand, c'est Mac Barlow. Je suis ici pour notre rendez-vous.

— Très bien. Je suis contente que vous ayez pu venir et que vous soyez à l'heure ! J'apprécie la ponctualité.

Il l'imagina, à l'autre bout du fil, avec des lunettes à monture d'écaille et ses cheveux relevés en chignon, comme une bibliothécaire âgée. Ses e-mails étaient courts et abrupts, et il se la représentait comme une dame organisée.

— Montez… Je suis dans mon bureau, au cinquième étage.

Elle lui donna le code de la porte et lui indiqua l'itinéraire à suivre. Le bureau de Savannah était probablement l'un de ces grands bureaux luxueux, comme la plupart des P-DG les affectionnaient.

Tout en montant, il récapitula mentalement les faits. Hillstrand Solar, l'une des plus importantes fabriques de panneaux solaires de la région, avait été dirigée pendant des années par Willy Jay Hillstrand. Celui-ci avait hérité de la petite entreprise familiale, fondée par son grand-père, et en avait fait un géant des énergies renouvelables.

Il avait lu l'annonce du décès de Willy Jay quelques mois plus tôt. L'homme avait laissé son entreprise à sa fille unique. Mac avait attendu un mois, puis confié à l'un de ses administrateurs le soin de faire à Savannah Hillstrand une offre qu'elle ne pourrait pas refuser.

Pourtant, elle avait bel et bien refusé, ainsi que la deuxième et la troisième offres.

Il l'avait laissée se démener un mois de plus, puis lui avait de nouveau proposé de racheter son entreprise. Nouveau refus. Il avait attendu encore un mois et réitéré son offre, mais elle avait continué à l'ignorer.

Un homme normalement constitué aurait abandonné, mais *lui* avait besoin de cette entreprise. Willy Jay avait vendu ses panneaux solaires de la Caroline du Nord jusqu'à la pointe de la Floride, et Mac voulait cette industrie. Il avait changé de fonctionnement au cours des quelques dernières années : autrefois, il vendait immédiatement les entreprises qu'il rachetait, mais maintenant il proposait une sorte d'achat forfaitaire en faisant fusionner des compagnies. Il pouvait ainsi réaliser des bénéfices.

Hillstrand Solar, avec son expertise et sa maîtrise du marché des énergies renouvelables, serait une mine d'or pour le bon entrepreneur, et il avait déjà plusieurs acheteurs potentiels. Hillstrand Solar serait la cerise sur le gâteau : il avait déjà racheté une société d'exploitation forestière le mois précédent, une cimenterie un mois plus tôt, et une agence immobilière dans la semaine.

Savannah Hillstrand, la nouvelle directrice générale de l'entreprise, arrivait à peine à se maintenir à flot. Un grand nombre de ses relations professionnelles le lui avaient confié. Elle se raccrochait au rêve de son père, mais elle se démenait en vain. Si elle avait un peu de bon sens, elle accepterait donc de vendre.

Elle devait commencer à céder puisqu'elle avait accepté de le rencontrer, aujourd'hui. Un dimanche après-midi, les bureaux étaient vides et silencieux, le téléphone ne sonnerait pas : il pourrait en profiter pour lui faire, en personne, une proposition forte. Tout devrait être réglé en une heure, et ensuite il pourrait s'atteler à son projet suivant. Il avait au moins quatre autres entreprises à visiter pendant qu'il était en Caroline du Nord.

Bien sûr, une partie de lui se réjouissait aussi d'avoir rendez-vous un dimanche parce que cela lui donnait une excuse pour remettre à plus tard les retrouvailles avec sa famille. Il aimait beaucoup sa mère et ses frères, mais son père, dont la désapprobation était toujours évidente, était la dernière personne qu'il avait envie de voir. Il ne savait pas comment il allait l'aborder et pouvoir le regarder en face après ce qu'il avait appris une semaine plus tôt. Il ne pouvait décemment pas arriver et s'écrier : « Papa, j'ai rencontré mon troisième frère, tu sais, ton fils naturel ! »

Chassant ces sombres pensées de son esprit, il ouvrit la lourde porte métallique du palier du cinquième étage et pénétra dans une grande pièce sans aucun charme. Les bureaux étaient séparés par des cloisons du même gris que la moquette qui couvrait le sol. Il avait vu des centaines de bureaux comme celui-là, tous plus fades et moroses les uns que les autres. Ses propres locaux, à Boston, étaient lumineux et spacieux, il les avait conçus pour qu'ils encouragent la créativité et donnent de l'énergie à son équipe. Au contraire, pénétrer chez Hillstrand Solar était comme entrer dans une prison.

— Monsieur Barlow, nous nous rencontrons enfin.

Il se retourna et se trouva face à une jeune femme blonde, grande et belle. Elle n'avait ni lunettes, ni chignon. En fait, elle ne ressemblait en rien à la personne qu'il avait imaginée.

Elle portait un tailleur-pantalon gris ardoise et un chemisier en soie rose. Ses cheveux étaient attachés en une queue-de-cheval souple, dont s'échappaient quelques mèches, qui tombaient sur sa nuque, et un stylo dépassait de son chouchou, comme un ornement oublié. Son maquillage était discret : elle n'avait qu'un peu de mascara et de brillant à lèvres rose. Il garda les yeux rivés sur sa bouche un peu trop longtemps.

— Mademoiselle Hillstrand…

Il s'avança vers elle, main tendue, impassible, mais son cœur tambourinait dans sa poitrine, sans qu'il s'explique vraiment pourquoi. Il devait être un peu fatigué, après ces heures passées sur la route.

— Vous n'êtes pas exactement telle que… je l'imaginais.

Il balbutiait. Lui ! Que lui arrivait-il ?

Elle lui donna une poignée de main ferme et énergique, professionnelle.

— Eh bien, vous non plus ! Je vous aurais cru plus… classique.

« Classique » signifiait stricte et terne. Pour une raison obscure, cela le contraria. Mais lui l'avait bien imaginée comme une bibliothécaire austère, alors ils étaient quittes.

— C'est dimanche ! Le lundi, je remets mon costume-cravate… ou, du moins, ma version d'un costume-cravate.

Elle le regarda de la tête aux pieds, détaillant son blouson de cuir, ses bottes, son jean noir, et la chemise blanche qui dépassait de son blouson, seul effort vestimentaire consenti le week-end.

— Et quelle est votre version d'un costume-cravate ? lui demanda-t-elle. Un pantalon de cuir ?

Il rit. Manifestement, elle avait de la repartie. Cela… l'intriguait.

— Non ! En général, un jean sombre, une chemise… et une veste, si j'ai un rendez-vous d'affaires important.

Elle eut un rire mélodieux, qui le troubla profondément.

— Alors, reprit-il, que diriez-vous de discuter de mon offre ?

— J'en serais ravie, mais je tiens à vous répéter ce que je vous ai dit par e-mail : votre proposition ne m'intéresse absolument pas. Je n'ai pas l'intention de vendre. Vous perdez votre temps, ajouta-t-elle avec froideur, mais puisque vous avez insisté, j'ai accepté de vous rencontrer aujourd'hui, pour que vous compreniez que je ne vendrai pas Hillstrand Solar, ni aujourd'hui, ni jamais.

La réticence de Savannah ne l'inquiétait pas ; au contraire, elle le stimulait. Il devait simplement lui montrer qu'elle n'arriverait pas à diriger cette entreprise beaucoup plus longtemps. Elle ne faisait plus de bénéfices, maintenant que les clients de longue date avaient commencé à douter des compétences de la nouvelle directrice.

— Je suis sûr de pouvoir vous faire une offre équitable, qui vous permettra d'être assez riche pour…

— Je me moque de l'argent.

Il émit un grognement railleur.

— Je n'ai jamais rencontré personne qui se moque de l'argent. Tout le monde a un prix, mademoiselle Hillstrand.

Elle croisa les bras et releva le menton d'un air de défi.

— Pas moi. Vous pouvez toujours essayer de me séduire avec vos offres et vos propositions équitables, je ne vendrai pas.

— Je n'ai pas l'intention de vous « séduire ».

Il ne put s'empêcher de promener son regard sur elle et, l'espace d'un instant, il imagina ce qui se cachait sous son tailleur-pantalon.

Bon sang ! Comment cette idée lui était-elle venue ? Il secoua la tête pour s'arracher à ses coupables pensées et leva de nouveau les yeux vers le visage de Savannah.

Il était là pour affaires, et non pour le plaisir, il n'avait certainement pas l'intention de mélanger les deux. Rien de bon n'en ressortirait.

Il s'éclaircit la voix.

— Je veux seulement vous prouver que ce serait judicieux de vendre votre compagnie pendant que vous pouvez encore en obtenir un bon prix.

— Je ne vends pas. Point final.

— Alors pourquoi prendre la peine de me rencontrer ?

— Parce que vous refusiez d'abandonner. Je vous l'ai déjà dit : j'ai pensé que si nous nous rencontrions vous finiriez peut-être par comprendre que je ne changerais pas d'avis.

Ses yeux verts lancèrent des éclairs. Après un bref silence, elle fit un pas en arrière.

— Maintenant que je vous ai exposé clairement ma position, je vais me remettre au travail. Bonne journée, monsieur Barlow.

Elle s'assit à son bureau, si l'on pouvait appeler cela un bureau : c'était l'un de ces espaces gris, avec un ordinateur et des papiers éparpillés en tous sens. Un véritable chaos. Non, Savannah n'avait rien de la bibliothécaire ordonnée qu'il avait imaginée.

Son propre bureau était généralement impeccable, et il n'y avait presque aucun désordre dans les locaux de Barlow Enterprises. On travaillait mieux et on avait de meilleures idées quand on était dans un endroit peu encombré.

Il fut tenté de suggérer à Savannah de commencer par faire un peu de rangement si elle voulait sauver l'entreprise de son père mais, son but n'étant pas de l'aider à se remettre à flot, il n'en fit rien.

Elle se détourna et rapprocha sa chaise du bureau.

Bien. Apparemment, Mlle Hillstrand était coriace, et il allait avoir plus de mal que prévu à la convaincre. Il s'appuya au bureau.

— Vous êtes complètement dépassée. Vous le savez aussi bien que moi.

— Essayez-vous de me dire que vous ne me croyez pas assez intelligente pour diriger cette compagnie ?

— J'essaie de vous dire que vous n'avez pas l'expérience nécessaire. Vous avez travaillé ici l'été quand vous étiez au lycée, puis vous avez fait des études d'histoire. Si je voulais me renseigner sur les guerres napoléoniennes, je ferais appel à vos lumières, mais il s'agit d'une entreprise, mademoiselle Hillstrand, et pour la diriger, il faut un certain niveau… de compétences.

Elle leva le menton d'un air de défi.

— Des compétences dont vous me pensez dépourvue.

— Des compétences dont je vous sais dépourvue.

Il s'était renseigné sur elle, ou plutôt, il avait demandé à l'un de ses employés de se renseigner sur elle, et celui-ci lui avait ensuite fait un compte rendu, qu'il aurait pu rapporter mot pour mot. Savannah Hillstrand avait travaillé à temps partiel pour l'entreprise de son père quand elle était lycéenne puis étudiante, s'essayant à tous les postes de l'entreprise à un moment ou à un autre. En parallèle, elle avait monté une petite entreprise de rénovation d'intérieur et redonné à quelques maisons du coin leur splendeur d'autrefois. Elle avait connu un certain succès, mais elle était toujours revenue chez Hillstrand Solar entre deux projets.

Peut-être son père avait-il financé son passe-temps et demandé de faire acte de présence de temps en temps au sein de l'entreprise familiale, pour sauver les apparences. Quoi qu'il en soit, Willy Jay Hillstrand aurait dû exiger de sa fille qu'elle obtienne au moins un diplôme de gestion avant de lui confier Hillstrand Solar.

— Vous ne savez rien de moi, répliqua-t-elle, et rien de cette compagnie.

— J'en sais bien assez, et les chiffres ne mentent pas. Vos bénéfices ont chuté de trente-cinq pour cent depuis que vous avez pris les rênes de l'affaire. Vous avez perdu deux de vos plus gros clients ce mois-ci. La banque vous a retiré votre ligne de crédit parce que vous n'avez pas pu…

— Vous m'espionnez ? l'interrompit-elle, pivotant sur sa chaise.

Le stylo qui était glissé dans sa queue-de-cheval tomba par terre.

— J'ai fait mes recherches, c'est tout. J'aime avoir toutes les données du problème avant d'acheter une entreprise.

Les joues de Savannah s'empourprèrent.

— Eh bien, allez fouiner dans les affaires de quelqu'un d'autre. Votre… entreprise de démolition ne rachètera pas Hillstrand Solar.

— Mon « entreprise de démolition » ? répéta-t-il, les sourcils froncés.

— N'est-ce pas ce que vous faites ? Ne démantelez-vous pas les entreprises que vous rachetez pour en revendre des parts ? Vous ne vous souciez pas des personnes qui perdent leur travail parce que vous devez absolument avaler un petit poisson pour devenir le plus gros de l'océan.

Les paroles de Savannah le blessèrent un peu, mais il s'efforça de ne pas en faire cas. La plupart des entreprises qu'il rachetait se portaient mieux après son intervention, et leurs propriétaires étaient contents de repartir avec un peu d'argent en poche. Bientôt, ce serait aussi le cas de Savannah Hillstrand.

— Vous aimez les comparaisons, manifestement.

— Je décris les choses telles que je les vois, comme mon père le faisait.

Elle indiqua la porte d'un geste vague.

— Je ne vous raccompagne pas… Je n'ai pas le temps de me disputer avec vous.

— Vous ne pouvez pas vous permettre de ne pas m'écouter.

Le stylo, abandonné par terre comme une entaille jaune sur le sol gris, avait quelque chose de triste.

— Chaque jour que vous passez à vous entêter dans cette entreprise génère une perte d'argent supplémentaire, continua-t-il. Laissez-moi deviner… Vous perdez, disons, vingt mille dollars par semaine ?

Elle se crispa, et il en déduisit qu'il avait vu juste.

— J'ai du travail, je dois payer les salaires des gens qui travaillent ici, des gens qui comptent sur moi pour subsister.

— Il me semble qu'il y a des petites annonces dans le journal. Ils retrouveront du travail.

Elle se leva d'un bond et s'approcha de lui. Ses yeux lançaient des éclairs.

— Etes-vous vraiment insensible à ce point ?

— Je ne suis ni l'un, ni l'autre, je vous assure. Je suis réaliste, c'est tout.

Elle émit un grognement railleur.

— Réaliste ! Autant dire un requin !

Il leva une main pour l'interrompre. On lui avait déjà fait ce reproche, et d'autres du même acabit, mais pour une raison obscure cela le contrariait qu'elle le trouve froid.

— Avant que vous ne fassiez de moi le diable incarné, permettez-moi de préciser quelque chose : il ne s'agit pas de votre héritage familial ou de l'idée romanesque de maintenir l'entreprise à flot uniquement parce que votre père vous l'a confiée. Il s'agit d'affaires, ni plus ni moins. J'achète des entreprises et je les revends. Financièrement, ce serait judicieux que vous vendiez et que j'achète. Vous le savez, au fond. Vous avez du mal à joindre les deux bouts, et votre compagnie va couler si vous refusez de monter dans le canot de sauvetage que je vous offre.

— Mais c'est l'héritage de mon père, cette compagnie fait partie de notre histoire familiale…

La voix de Savannah avait tremblé légèrement, trahissant une fissure dans sa façade de professionnalisme.

— Comme je viens de vous le dire, cela n'a rien de personnel.

Alors même qu'il prononçait ces mots, il se sentit troublé par les larmes dans les yeux de Savannah, par ce stylo délaissé sur le sol. Son émotion devait s'expliquer par le fait qu'il était de retour à Stone Gap après tant d'années, car d'ordinaire il ne se laissait jamais ébranler par les décisions qu'il avait à prendre, ou par les reproches d'une dirigeante d'entreprise entêtée.

Belle et entêtée.

— Il vaut mieux vendre avant que l'entreprise n'ait complètement sombré, continua-t-il d'une voix plus douce. Je comprends que vous essayez de la maintenir à flot, et je vous admire pour cela, mais il vaut mieux que vous lui donniez une chance de s'en sortir en me la vendant plutôt que de la regarder péricliter au cours des mois à venir.

Il marqua un temps d'arrêt, hésitant.

— Ecoutez, j'aimerais vous faire une proposition honnête en fonction de votre chiffre d'affaires. Pourquoi ne regarderions-nous pas les comptes ensemble ?

Il préférait avoir à s'occuper de chiffres plutôt que d'une jeune femme au cœur brisé désireuse de se raccrocher à un héritage familial déclinant.

Le visage de Savannah se décomposa, et il eut l'impression d'être un sale type.

— Je ne dis pas que vous avez raison, dit-elle, parce que je ne le pense pas, mais…

Elle semblait ne plus avoir de ressort, la lueur qui brillait dans ses yeux quelques instants plus tôt s'était éteinte. L'espace d'une seconde, il eut envie de revenir sur sa proposition, de remonter sur sa moto et de quitter la ville, mais il se rappela son propre credo, se répéta que ce n'était pas personnel et s'efforça de ne pas se laisser attendrir.

— … je pourrais peut-être écouter ce que vous avez à me dire, au cas où je changerais d'avis à l'avenir.

— Il vaut toujours mieux s'armer d'informations avant de prendre une décision.

De toute évidence, il était en train de gagner, mais cela ne lui apportait aucune satisfaction. Pourquoi ? C'était pourtant pour cela qu'il vivait : la poursuite, la capture, le succès.

Cette fois, il avait moins envie de gagner que de la voir sourire à nouveau. C'était insensé.

Elle hocha la tête, avant de détourner les yeux.

— C'est l'ordinateur de mon père.

— C'était l'espace de travail de votre père ?

Elle eut un sourire contrit.

— C'est un désordre organisé.

— En effet, marmonna-t-il. Il n'avait pas son propre bureau ?

— Mon père n'a jamais aimé les bureaux fermés. Il tenait à être avec les gens qui travaillaient si dur pour lui, alors il avait choisi d'avoir un box, comme tout le monde.

Elle passa une main sur le dossier de la chaise, comme si Willy Jay Hillstrand y était assis en ce moment même.

— Il disait qu'il avait fait ce choix pour ne jamais oublier le plus important.

— C'est-à-dire ?

Bizarrement, il voulait connaître la réponse à cette question.

Elle le regarda. Ses beaux yeux verts lui rappelaient les forêts sombres et mystérieuses de la Caroline du Nord, où tout était luxuriant.

— Pour lui, il ne s'agissait jamais uniquement d'affaires. C'était personnel. C'était… la famille.

2

Savannah prit l'ascenseur pour se rendre au quatrième étage et, dans la pénombre de la salle de repos, se tint un long moment devant la photo de son père, prise des années plus tôt lors d'un pique-nique avec les employés.

Elle savait que ce jour viendrait, elle l'avait su dès qu'elle avait pris la place de son père à la tête de l'entreprise, mais une partie d'elle avait pourtant continué à espérer que Mac Barlow abandonnerait et qu'elle finirait miraculeusement par avoir l'étoffe d'une dirigeante d'entreprise.

Elle avait songé à vendre, bien sûr. Chaque fois qu'elle avait reçu une offre de Mac Barlow, et quand deux de ses concurrents lui avaient fait une proposition de rachat, elle avait pesé le pour et le contre. Depuis la mort de son père, elle était accablée et bouleversée. Lui succéder avait été une tâche herculéenne : lui seul savait comment son entreprise fonctionnait. Il lui avait promis de la prendre sous son aile et de lui apprendre le métier, mais il était mort d'une crise cardiaque alors qu'il était encore jeune et ne s'attendait pas à mourir.

En fait, elle n'avait jamais vraiment eu l'intention de diriger l'entreprise. Son père lui avait demandé maintes et maintes fois de travailler à ses côtés, mais son cœur l'avait menée dans une autre direction. Au fil du temps, elle s'était essayée à tous les postes de l'entreprise, mais n'avait jamais été responsable d'une équipe ni souhaité l'être. Ce n'était qu'une fois à la place de son père qu'elle s'était rendu compte du nombre de décisions à prendre au quotidien, et maintenant il était trop tard pour lui demander comment s'y prendre.

Aujourd'hui, quatre mois après sa mort, elle était toujours aussi dépassée. Elle faisait de son mieux, mais suivre l'exemple de son père et se montrer à sa hauteur s'avérait beaucoup plus difficile que prévu.

Elle devait pourtant maintenir la cohésion de la grande famille que formaient les employés de Hillstrand Solar. C'était la famille de son père, pas la sienne, le rêve de son père, pas le sien, mais elle lui avait fait une promesse, et elle tiendrait parole, quoi qu'il lui en coûte.

Or, Mac Barlow voulait briser cette famille, et il refusait d'abandonner, même si elle lui répétait qu'elle ne voulait pas vendre.

Le problème, c'était qu'il n'avait pas tort. Quand il lui avait dit que l'entreprise coulait et qu'il lui offrait un canot de sauvetage, elle avait été obligée de regarder les choses en face. Ces quatre mois passés à se débattre avaient nui à l'entreprise. Jusque-là, elle n'avait licencié aucun employé, mais elle perdait de l'argent et des clients à une vitesse alarmante, et elle ignorait comment redresser la barre.

Mac avait peut-être raison. Il se pouvait que l'entreprise ait une chance de survie entre ses mains. En revanche, les gens qui y travaillaient…

Elle s'appuya au plan de travail et inspira profondément. Il lui fallait un plan, du temps pour réfléchir. Elle n'avait pas pris un après-midi de congé depuis la mort de son père ; le dimanche, elle venait travailler comme les autres jours. Elle était débordée, ne savait plus où donner de la tête.

Elle avait besoin de passer un peu de temps dans leur maison de campagne, quelques heures au bord de l'eau, où l'air était pur et où ses soucis lui paraîtraient moins graves. Elle ressentait l'envie de poncer le plancher du porche ou encore de gratter la peinture écaillée des lambris de la salle à manger. Quand elle déconstruisait et reconstruisait, quand elle réparait et rénovait, elle se sentait sereine. Il y avait quelque chose d'apaisant dans le fait de s'occuper d'une maison qui tombait en ruines et de lui redonner sa splendeur d'antan. En ce moment même, elle brûlait d'être là-bas, de prendre quelques heures pour insuffler de la vie à ces vieux murs familiers. Elle savait qu'elle pourrait y arrêter des décisions, peut-être même trouver un plan pour que tous les employés conservent leur travail.

Cependant, comment faire ? Car si elle était capable de sauver de vieilles demeures, elle n'avait pas la moindre idée de ce qu'elle devait faire pour sauver l'héritage de son père.

« Promets-moi que tu dirigeras l'entreprise, lui avait dit Willy Jay avant de mourir. Ces personnes dépendaient de moi et, maintenant, elles vont dépendre de toi. »

Elle effleura la photo de son père du bout des doigts.

— Papa, je voudrais tant que tu sois là…

Elle avait terriblement besoin de quelqu'un pour la guider et l'aider à naviguer dans ces eaux agitées. De quelqu'un qui avait déjà remis des entreprises sur pied et qui saurait comment faire pour qu'elle augmente ses bénéfices.

Son père semblait lui sourire, sur la photo, debout au milieu d'une rangée d'employés de Hillstrand Solar, les bras sur les épaules des personnes les plus proches de lui, par une belle journée d'été. Cette photo avait été l'une de ses préférées. Il aimait cette compagnie, et chacun de ceux qui travaillaient dans sa société.

Quelles que soient les décisions qu'elle prendrait, elle devait absolument veiller à ce que tous les employés conservent leur travail. C'était ce qui importait le plus à son père, et si elle parvenait à préserver son héritage, peut-être aurait-elle l'impression qu'il n'était pas tout à fait mort.

— Je trouverai un moyen d'arranger les choses, papa, murmura-t-elle. Je te le promets.

Le sourire de son père sembla vaciller un peu, mais c'était assurément à cause des larmes qui lui étaient montées aux yeux. Elle les essuya du revers de la main, prit une profonde inspiration, sortit une bouteille de soda du réfrigérateur et remonta au cinquième étage.

Elle aperçut son reflet dans la porte vitrée du palier. Elle essayait d'avoir l'air d'une femme d'affaires sophistiquée, mais elle échouait lamentablement : elle portait certes un beau tailleur soigné mais, à en juger par sa coiffure, on aurait pu croire qu'elle sortait de son lit. Dans la journée, ses cheveux lui étaient tombés devant le visage pendant qu'elle travaillait, et elle les avait attachés en queue-de-cheval. Elle le faisait souvent, notamment quand elle travaillait sur un chantier, mais ici, avec Mac Barlow, elle voulait être prise au sérieux, donner l'impression d'être une dirigeante d'entreprise déterminée et compétente. Sa queue-de-cheval négligée n'y contribuait pas. Rien d'étonnant à ce que Mac pense qu'elle était complètement dépassée : c'était exactement l'impression qu'elle donnait cet après-midi.

Elle défit sa queue-de-cheval, passa une main dans ses longs cheveux blonds et replaça sa frange sur son front, puis elle jeta un coup d'œil à son reflet pour vérifier qu'elle était présentable, non pas pour flirter avec Mac Barlow, même s'il était terriblement séduisant, mais parce qu'une apparence soignée la rendrait plus crédible.

Le temps de monter l'escalier, elle avait pris une décision : elle ne vendrait pas l'entreprise à Mac Barlow, quelle que soit l'offre qu'il lui ferait. Cependant, avant de le lui annoncer, elle allait essayer de lui extorquer des idées sur ce qu'elle pouvait faire, orienter la conversation pour qu'il lui donne les conseils dont elle avait grand besoin. Si elle réussissait à les mettre en pratique, peut-être pourrait-elle sauver l'entreprise, et renvoyer Mac d'où il venait.

Elle avait un guide sous la main. L'astuce était de le pousser à lui donner des conseils sans qu'il s'en aperçoive.

Elle se força à sourire et traversa la pièce, chancelant un peu en voyant Mac assis au bureau de son père, les yeux sur l'écran de l'ordinateur devant lui. C'était celui de son père, sur lequel elle travaillait quelques minutes plus tôt, parce qu'elle avait ainsi l'impression d'être plus proche de lui.

Elle avait envie de l'obliger à se lever, mais elle se retint et continua à afficher un sourire forcé, espérant que son manque d'enthousiasme ne se voyait pas trop.

Bon ! Sois gentille. Essaie d'engager la conversation pour qu'il te donne ce dont tu as besoin.

— Nous sommes partis sur de mauvaises bases, monsieur Barlow, lança-t-elle en s'approchant, une bouteille de soda à la main. Tenez, en gage de réconciliation…

Il jeta un coup d'œil à la bouteille.

— Je ne bois jamais de soda.

— Oh…

Elle dévissa le bouchon de la bouteille, le revissa. Tant pis pour le gage de réconciliation.

— J'aimerais vous parler un peu plus de l'entreprise.

Les yeux rivés sur l'écran, il continuait à cliquer sur la souris, concentré sur les comptes de l'entreprise.

— Mademoiselle Hillstrand, si vous essayez de me dissuader de…

— Bien sûr que non, mentit-elle.

Elle devait trouver un moyen de le faire parler de ce qu'il faisait, de sa réussite professionnelle, ou, du moins, de ce qu'il prévoyait de faire pour que Hillstrand Solar devienne un bon investissement pour lui. Diriger une entreprise était sûrement la même chose que diriger une autre entreprise, et une conversation avec lui permettrait peut-être de découvrir la clé du succès, si une telle chose existait.

Quand il s'agissait de remettre à neuf une salle de bains ou d'aménager une cuisine, elle était dans son élément, mais ici, au bureau de son père, avec des dizaines de personnes qui comptaient sur elle pour les diriger et répondre à leurs questions, elle était perdue.

Il était temps d'y remédier.

— Je pensais qu'avoir le point de vue de quelqu'un qui est dans la place vous intéresserait, c'est tout. Je travaille ici depuis des années, et j'aimerais vous donner quelques informations, pour vous aider à… prendre une meilleure décision.

— De quelle décision parlez-vous ? demanda-t-il en pivotant sur sa chaise pour la regarder. Essayez-vous encore de me dissuader de racheter votre entreprise ?

— Pas du tout.

Elle dévissa et revissa de nouveau le bouchon de la bouteille, regrettant aussitôt cette manifestation de nervosité. Une dirigeante forte n'aurait jamais montré la moindre hésitation. Si elle jouait bien son rôle, peut-être finirait-il par lui convenir.

— Je voulais juste me faire une idée de ce que vous envisagiez pour l'entreprise, savoir comment vous comptiez la remettre sur pied. Nous savons aussi bien l'un et l'autre que vous ne pourrez pas la revendre tant qu'elle sera dans cet état.

Il reporta son attention sur l'ordinateur et sur la liste des créances recouvrables.

— Je fais rarement part de mes projets à qui que ce soit.

— Je ne suis pas n'importe qui, je suis la propriétaire de cette compagnie, qui est comme…

Sa voix se brisa. Bon sang !

— … comme une famille, pour moi. Je veux être sûre qu'elle sera entre de bonnes mains, et que tout ira bien. Que cette famille, pour ainsi dire, restera intacte.

Tout en prononçant ces mots, elle se rendit compte que, même si elle connaissait tous ceux qui travaillaient au sein de Hillstrand Solar, l'entreprise était moins une famille pour elle qu'une partie de son père. Sa mère disait toujours que son père et elle étaient unis comme les doigts de la main. Il était son protecteur, son guide, son héros, et sa mort avait laissé un vide terrible dans sa vie. Elle avait le sentiment de ne jamais vraiment l'avoir rendu fier, de ne jamais lui avoir montré ce dont elle était capable. Diriger son entreprise la consolait un peu.

Mac parcourut des yeux la liste des postes du service fabrication, puis il reporta son attention sur les créances, sans doute pour voir si les ventes étaient à la hauteur.

Elle attendit. Enfin, il poussa un profond soupir et écarta un peu la chaise du bureau.

— Je comprends que vous ayez envie de protéger le travail de vos employés, mais c'est tout simplement infaisable, parfois.

— Mais un grand nombre de ces employés sont là depuis toujours ! Ils ont besoin de leur salaire, ils sont honnêtes, dignes de confiance, ils travaillent dur et…

— Je ne suis pas ici pour leur faire passer un entretien, inutile de me chanter leurs louanges.

Il indiqua l'écran.

— Je prends toutes mes décisions en fonction des chiffres, et les chiffres sont très clairs : vous ne pouvez pas faire face à vos frais.

Elle sentit son cœur chavirer. Mac avait raison. Son père était un excellent dirigeant, mais c'était aussi un tendre, qui ne voulait renvoyer personne.

— Il doit bien y avoir un moyen d'augmenter nos recettes…

— Oui : faire plus de ventes ; mais vous avez perdu vos plus gros clients au profit de vos concurrents. Il faut du temps pour les récupérer, pour faire remonter les ventes.

— Il vaut mieux garder ses abeilles et consolider sa ruche plutôt que d'aller chercher d'autres abeilles, lâcha-t-elle. C'est ce que mon père disait…

Mac la regarda. Elle aurait juré avoir vu son expression s'adoucir, sentir un lien se tisser entre eux.

— Mes parents aiment beaucoup ce genre de proverbes. Ce doit être un penchant propre à la région.

— Vous n'entendez pas souvent ce genre de choses à Boston ?

Il émit un grognement railleur.

— Jamais ! Parfois, je regrette…

Il s'interrompit et secoua la tête. Disparu, le lien qu'elle avait cru percevoir quelques instants plus tôt…

— Enfin, bref, reprit-il, pour le moment, votre ruche est… affaiblie. Elle ne s'est pas encore complètement effondrée, mais elle a subi de gros dommages au cours des derniers mois.

Il lui montra les comptes, qu'elle avait déjà étudiés elle-même. Tous les chiffres, tous les pourcentages indiquaient la même chose.

Elle prit la chaise du bureau voisin et s'assit à côté de lui. Les chiffres se mêlaient les uns aux autres sur l'écran, formant un ensemble confus qu'elle comprenait à peine, même en faisant de son mieux. Il y avait trop de choses à gérer dans une entreprise de cette taille, trop pour une seule personne ou, du moins, trop pour elle.

Cependant, si elle ne prenait pas la succession de son père, qui le ferait ? Certainement pas Mac Barlow, qui se contenterait de démanteler l'entreprise et de revendre ce qui restait de l'héritage de Willy Jay Hillstrand. Elle était la seule à aimer son père au point de perpétuer son héritage.

Quand Mac eut fini d'éplucher les comptes, elle repoussa sa chaise et se leva en soupirant.

— Que feriez-vous, à ma place ?

Il eut un sourire qui éclaira son visage et fit pétiller ses yeux, lui donnant l'air beaucoup plus doux. Soudain, l'homme d'affaires impitoyable laissait la place à… un homme. Un homme, tout simplement.

Un très bel homme, même !

C'était la dernière chose dont elle avait besoin en ce moment. Elle était tombée sous le charme de plusieurs hommes du Sud, mais ce n'était pas parce qu'un homme était charmant qu'il était un gentleman. Elle s'était juré de renoncer aux hommes, du moins pour le moment.

— Je vois clair dans votre jeu, répliqua-t-il, son sourire s'élargissant. Vous attendez de moi que je vous aide à remettre votre entreprise sur pied pour pouvoir continuer à la diriger.

— Sans qu'elle tombe entre vos griffes, acheva-t-elle avec un sourire.

Si elle le lui demandait gentiment, peut-être accepterait-il de l'aider, d'être le conseiller dont elle avait tant besoin.

Certes, c'était un peu naïf, mais elle était prête à recourir à des mesures désespérées pour obtenir des conseils. Autant être honnête.

— Oui, c'est exactement ce que je souhaite.

— Et pourquoi est-ce que je vous aiderais ?

— Parce que la vie ne se résume pas à démanteler des entreprises, Mac Barlow…

Elle se pencha vers lui et plongea ses yeux dans les siens. Elle avait envie de croire que l'homme sympathique dont elle avait eu un aperçu existait bel et bien, qu'elle pouvait le convaincre de l'aider au lieu de tout détruire.

— Et si vous en développiez une, pour changer ?

— Vous vous méprenez sur mon compte, Savannah. Je ne cherche pas à développer quoi que ce soit, je me contente de gagner de l'argent, et le plus rapidement possible. Je ne vole pas au secours d'entreprises en train de couler. Je les achète, je les revends, je fais des bénéfices, et je passe à autre chose.

Il n'avait pourtant pas vendu les trois entreprises qu'il avait rachetées au cours des six derniers mois, et il n'avait pas davantage manifesté son intention de le faire. Par ailleurs, il avait acheté une petite entreprise quelques années plus tôt et l'avait remise sur pied. Pour ce qu'elle en savait, il en était toujours propriétaire. Elle aussi s'était renseignée sur lui, et son changement de comportement lui avait semblé intéressant. Elle ignorait ce qui l'avait motivé, et il n'avait sans doute pas l'intention de le lui expliquer, mais elle y voyait un espoir. Peut-être y avait-il une chance, même infime, qu'elle réussisse à lui prouver qu'il perdait son temps en essayant de la persuader de vendre Hillstrand Solar.

— N'aimeriez-vous pas faire une BA ?

Il eut un petit rire.

— J'ai l'air d'un boy-scout, d'après vous ?

— D'un boy-scout rebelle, peut-être.

Il rit de nouveau. Elle aimait quand il riait : cela semblait tout apaiser chez lui et le rendait encore plus séduisant. Bien sûr, elle ne s'intéressait pas à sa personne, seulement à ses idées.

Bien sûr.

L'amusement éclairait son visage.

— Et quelle BA voudriez-vous que je fasse, au juste ?

— Je souhaiterais juste que vous me donniez quelques conseils.

— Cela irait à l'encontre du but que je poursuis.

Elle haussa les épaules.

— Vous pourriez ressentir de la compassion.

Il émit un grognement railleur.

— Vous n'êtes pas dirigeante d'entreprise depuis bien longtemps, mademoiselle Hillstrand. En affaires, il n'est pas question de compassion. Tout est motivé par…

— L'argent, oui, je sais. Vous me l'avez déjà dit.

Elle but une gorgée de soda. Peut-être était-il trop tard pour qu'elle sauve l'entreprise, et peut-être serait-elle en fin de compte obligée de laisser le navire couler pour se concentrer sur la survie des passagers, comme aurait dit son père, mais elle se devait au moins d'essayer de faire quelque chose.

— Vous êtes déjà propriétaire de plusieurs jeunes entreprises, vous pourriez peut-être vous associer à la mienne et…

— Ce ne serait pas une bonne idée. Je n'essaie pas de bâtir un empire, je fais simplement ce que je sais faire de mieux : j'achète et je revends.

Elle se mordilla la lèvre inférieure.

— D'accord, alors que diriez-vous de profiter de votre séjour à Stone Gap pour parler affaires avec moi et me donner des conseils ? Je les mettrais en pratique, et au bout d'un mois, si l'entreprise continue à couler, je vous la vendrais à un prix très raisonnable.

Il l'observa attentivement. Son expression était sombre et indéchiffrable. Il aurait dû jouer au poker, car rien dans son regard ne trahissait ses pensées.

Un moment qui lui sembla interminable s'écoula, pendant lequel elle dut prendre sur elle pour ne pas jouer nerveusement avec la bouteille de soda.

— Vous voulez que je vous aide. Cette semaine.

— Oui.

— Je suis censé profiter de mon séjour à Stone Gap pour passer du temps avec ma famille.

Mac Barlow était donc de Stone Gap. Elle avait trouvé son CV sur Internet et avait lu qu'il était originaire de Caroline du Nord, mais elle ne savait pas dans quelle ville il avait grandi. Elle ne vivait pas à Stone Gap depuis très longtemps, seulement depuis deux ans, et n'aurait jamais cru que le célèbre homme d'affaires Mac Barlow était parent des charmants Barlow de la petite ville.

— Je ne savais pas que vous étiez parent des Barlow de Stone Gap.

— Laissez-moi deviner. Vous trouvez mes frères charmants et n'auriez jamais cru que je pouvais avoir un lien de parenté avec eux, moi qui n'ai pas de cœur et qui ne m'intéresse qu'à l'argent !

Il était perspicace, en plus du reste.

— Eh bien… oui, si cette description vous correspond.

Il s'esclaffa.

— Je peux vous assurer que nous sommes parents, eux et moi, et même si j'aime mes proches, je ne tiens pas à passer trop de temps avec eux. J'ai quelques problèmes à régler avec ma famille, mais je n'ai pas envie de le faire maintenant, et mes frères ont la fâcheuse habitude de découvrir tout ce que je cherche à leur cacher.

Il esquissa un sourire qui le rendit incroyablement beau et désirable. A ses yeux, c'était le genre d'homme en compagnie duquel on s'assiérait volontiers à la fin d'une longue journée, pour contempler le lac, tout en buvant un verre de vin. Le genre d'homme avec lequel on décorerait avec plaisir le sapin de Noël, avant d'éteindre toutes les lumières de la maison et de s'allonger en dessous, dans la lueur de ses guirlandes.

Seigneur ! Voilà qu'elle se surprenait à concevoir des idées sentimentales au sujet de l'homme qui menaçait de détruire la joie et la fierté de sa famille. Elle devait absolument se concentrer sur autre chose que son sourire irrésistible.

Elle aurait voulu le détester, et une petite partie d'elle ne l'appréciait effectivement pas, mais elle ne pouvait pas s'empêcher de se demander si un cœur ne se cachait pas sous cette chemise blanche et ce blouson de cuir.

Elle se hissa sur le bord du bureau.

— Vous savez, si vous acceptez ma proposition, les gens

vous verront peut-être comme quelqu'un de gentil et de charmant, vous aussi.

Il rit.

— C'est votre meilleur argument pour me convaincre de vous aider ? L'image que les gens pourraient avoir de moi ?

— Oui, et aussi votre karma. Même les hommes d'affaires maléfiques doivent y penser.

Elle afficha un grand sourire pour atténuer le côté dur de ses paroles.

Il la regarda droit dans les yeux.

— Je ne suis pas maléfique.

Cette fois encore, elle se pencha vers lui. Son parfum, sombre et mystérieux, vint lui chatouiller les narines.

— Alors prouvez-le.

Il y eut un long silence. L'expression de Mac demeurait impassible. Enfin, il se leva et lui tendit la main.

— C'est d'accord, mademoiselle Hillstrand.

Elle lui serra la main. Sa poigne était ferme et chaleureuse.

Cela faisait longtemps qu'un homme ne l'avait pas touchée, trop longtemps à en juger par le trouble dans lequel ce simple contact la plongea.

— Parfait ! Nous pourrons nous mettre au travail dès demain matin.

— Pourquoi attendre ? Allons manger un morceau, et je vous donnerai votre première leçon.

— Seriez-vous en train de m'inviter à déjeuner ?

Elle plaisantait, mais elle ne pouvait s'empêcher d'espérer qu'il acquiescerait. Pourtant il lui lâcha la main.

Où avait-elle la tête ? Pourquoi aurait-elle voulu sortir avec l'homme qui avait l'intention de démanteler l'entreprise de son père ? Certes, il était beau, avait un sourire charmeur, et elle n'était pas sortie depuis longtemps, mais ce n'était pas elle qu'il voulait, c'était sa compagnie.

— Leçon numéro un : mener plusieurs tâches de front le plus souvent possible, déclara-t-il. Je pensais rester ici, ne pas perdre de temps en allant au restaurant. Mener plusieurs tâches de front signifie manger à votre bureau, faire des déjeuners d'affaires, sauter le petit déjeuner pour…

— Sauter le petit déjeuner ? Cette fois, c'est sûr : vous êtes fou, l'interrompit-elle en riant. Si vous voulez vous faire bien voir de moi, apportez-moi des pancakes et du bacon.

— Je tâcherai de m'en souvenir.

Il sourit de plus belle, et l'espace d'un instant, elle se demanda s'il s'en souviendrait parce qu'il s'intéressait à elle ou parce qu'ils seraient au restaurant la prochaine fois qu'il lui ferait une proposition de rachat.

— Alors, c'est d'accord ? Nous nous mettons au travail dès maintenant. Nous commandons quelque chose à manger, nous faisons un peu de place sur l'un de ces bureaux, et nous voyons où cela nous mène ? Professionnellement, bien sûr.

— Bien sûr.

Elle marqua un temps d'arrêt.

— En fait, si cela ne vous dérange pas, je préférerais travailler ailleurs. J'ai passé presque tout le week-end ici, j'aimerais bien sortir et respirer un peu d'air frais.

Dehors, le soleil commençait à se coucher, comme une couverture d'or sur le paysage de Stone Gap. Depuis combien de temps n'avait-elle pas quitté ce bureau ?

— Je n'aime pas perdre de temps, Savannah.

Seigneur ! Elle aimait la façon dont il prononçait son prénom.

— Le travail peut attendre, du moins un peu.

Elle prit son sac à main et en passa la lanière sur son épaule. Elle était restée enfermée là trop longtemps, au point d'oublier ce qui comptait vraiment. Peut-être qu'elle comprendrait comment son père fonctionnait, ce qui faisait de lui un si bon dirigeant, si elle passait un peu de temps dans les lieux qu'il aimait. Au fond, elle savait que pour remettre l'entreprise sur pied elle devait revenir à l'essentiel.

— Pour moi, le travail n'attend jamais, répondit Mac, alors je préférerais…

— Ecoutez, vous avez déjà eu une longue journée sur la route. N'aimeriez-vous pas vous détendre un peu et manger quelque chose dans un cadre reposant ? Mon père aimait la vie, il estimait que c'était une bonne chose de quitter le bureau à 17 heures, de prendre ses week-ends et de s'amuser un peu chaque jour. J'ai oublié tout cela au cours de ces derniers mois, et il est grand temps que je m'en souvienne. Cela s'appelle recharger les batteries.

Mac secoua la tête.

— Personnellement, j'appelle cela une récréation. Nous sommes au travail, pas à l'école, et quelle que soit la façon dont votre père dirigeait cette entreprise, vous devriez être ici vingt-quatre heures sur vingt-quatre, sept jours sur sept jusqu'à ce que les choses s'arrangent.

— Je suis d'accord avec vous, et c'est ce que je vais faire, mais d'abord j'ai besoin… de me ressourcer un peu. Mon père le faisait tous les jours, et c'était un excellent dirigeant.

Elle fit un pas vers lui. De près, elle voyait des petits éclats dorés dans ses yeux bleus. Son cœur se mit à battre la chamade, et elle dut prendre sur elle pour ne pas inhaler profondément son parfum.

— Venez avec moi, laissez-moi vous montrer ce qui importait vraiment à Willy Jay Hillstrand et de quoi il s'inspirait.

— Je vous assure que je peux apprendre tout ce dont j'ai besoin dans les dossiers qui sont ici.

Elle secoua la tête.

— Non, certainement pas… et pendant un moment, j'ai oublié que je ne pouvais pas, moi non plus.

Il l'observa attentivement, avec une lueur amusée dans les yeux.

— Je ne sais pas. Nous avons du travail. Oui, je devrais manger, mais…

— Ecoutez, je connais un endroit merveilleux où l'on sert de délicieux steaks. C'est un petit restaurant au bord de l'eau, très calme. Nous pourrions y manger et promettre de ne pas parler affaires tant que nous n'aurons pas fini notre dessert.

Il eut un rire moqueur.

— Ne pas parler affaires ? Je ne suis pas sûr de connaître d'autres sujets de conversation.

— C'est précisément pour ça que je ne peux pas vous vendre Hillstrand Solar pour le moment, monsieur Barlow.

Je ne pourrai jamais vous vendre Hillstrand Solar.

— Mon père avait conscience de l'importance de la vie en dehors du travail, et c'était ce qui faisait de lui un bon patron et ce qui rendait ses employés heureux. Tant que vous ne comprendrez pas cela, vous ne comprendrez pas cette entreprise, et vous ne me comprendrez pas, moi.

Elle se pencha vers le bureau, griffonna l'adresse du restaurant dont elle venait de lui parler sur un morceau de papier et le lui tendit.

— Si vous voulez vraiment m'aider, retrouvez-moi au Sea Shanty dans une heure.

— Je préférerais…

— C'est le seul marché que j'aie à vous proposer, monsieur Barlow, répliqua-t-elle avec fermeté.

Si elle montrait au travail l'assurance dont elle faisait preuve avec les sous-traitants obstinés et les livreurs en retard, peut-être finirait-elle par se sentir à sa place à la tête de l'entreprise.

— C'est à prendre ou à laisser, ajouta-t-elle.

3

Le rendez-vous que Savannah Hillstrand lui avait fixé hantait Mac, de même que son visage. Il avait accepté de dîner avec cette belle blonde, fascinante, mais uniquement pour parler affaires, non pour la connaître davantage.

Sa première impression ne reflétait pas la réalité, et cela ne faisait qu'attiser sa curiosité, car il était rare qu'il se trompe sur les gens.

Elle avait plus d'assurance qu'il ne l'aurait cru. Elle n'avait pas eu peur de lui et ne s'était pas laissé intimider par son insistance. Elle lui avait tenu tête, le mettant au défi de faire une chose insensée : l'aider à sauver Hillstrand Solar.

Bien sûr, elle offrait une contrepartie : si elle échouait, elle lui revendrait l'entreprise.

Il aurait pu être ignoble, lui donner de mauvais conseils, pour précipiter la faillite de Hillstrand Solar, mais l'idée de l'aider l'intriguait. Remettre une entreprise sur pied au lieu de la revendre serait un changement pour lui, une sorte de défi.

Quoi qu'il en soit, il avait l'intention de mettre cette semaine à profit pour la convaincre de vendre. S'il remettait l'entreprise à flot et devait la payer un peu plus cher dans un mois, tant pis ; elle aurait la satisfaction de savoir qu'elle n'avait pas coulé l'entreprise, et lui aurait enfin la pièce qui manquait au puzzle qu'il assemblait.

Il avait une heure devant lui avant d'aller retrouver Savannah. Il pouvait la passer à travailler, ou prendre sur lui et aller voir sa famille. Il était tenté de se terrer dans un café et de s'occuper en consultant ses e-mails, mais il se sentirait coupable. Il n'avait pas fait toute cette route uniquement pour travailler. Sa mère et ses frères lui avaient beaucoup manqué, et il serait heureux de les revoir.

Il ne pouvait pas en dire autant de son père, surtout après la conversation qu'il avait eue avec Tank, son oncle d'Atlanta. Tank n'était pas un vrai prénom, bien sûr : c'était le surnom que l'on donnait à John Barlow parce qu'il était bien bâti et doté d'une forte personnalité. Frère cadet de Bobby, le père de Mac, John avait toujours été le petit plaisantin de la famille, celui qui s'attirait toutes sortes d'ennuis lorsqu'il était plus jeune. Quand il lui avait parlé des méfaits de Bobby, Mac avait d'abord pensé à un canular, mais après quelques recherches il avait découvert des choses qui bouleversaient ce qu'il croyait savoir de sa famille, et surtout de son père.

Maintenant, la vérité menaçait d'éclater au grand jour. Il devait trouver un moyen d'éviter cela, et donc parler à son père, ce qu'il appréhendait beaucoup.

Son oncle lui avait annoncé qu'il avait un autre frère. Tank le connaissait depuis longtemps, et ils étaient restés en contact sans révéler à personne sa véritable identité, mais le jeune homme voulait maintenant rencontrer le reste de sa famille, et le plus vite possible.

Cela signifiait que la duplicité de son père allait être révélée.

L'idée de répéter à ceux qu'il aimait ce que son oncle lui avait appris ne le réjouissait pas. A vrai dire, il ne savait pas du tout comment s'y prendre. Comment aborder un sujet aussi déplaisant avec un homme auquel il n'avait pas parlé depuis longtemps ? Y avait-il seulement un bon moment pour une conversation de ce genre ?

Quelques minutes plus tard, il se tenait dans l'allée de la maison où il avait grandi. Il resta un moment à regarder le porche, la porte d'entrée peinte en rouge depuis des années. Il y avait de nouvelles fleurs dans les parterres, et un drapeau américain accroché à l'un des poteaux du porche, mais dans l'ensemble la maison était la même qu'autrefois, telle une photo du passé.

Il aimait savoir qu'elle restait la même malgré le passage des ans. Il hocha la tête pour la saluer, puis gravit les marches du perron et ouvrit la porte. Il retira son casque de moto et sourit à la famille rassemblée autour de la table de la salle à manger.

Bon sang ! Qu'il était heureux de les voir !

— J'ai appris que l'un de vous se mariait, alors je suis venu pour l'en dissuader !

Jack fut le premier à se lever et à lui donner une tape dans le dos.

— Désolé, Mac, tu arrives trop tard ! Je suis éperdument amoureux. Essaie de dissuader celui-là, ajouta-t-il en indiquant Luke d'un signe de tête. Il s'est fiancé il y a trente secondes !

Mac émit un gémissement plaintif. Luke était fiancé, lui aussi ? Il aurait pourtant cru que, d'eux trois, c'était lui le moins susceptible de se marier.

Il haussa les sourcils et regarda son frère, qui affichait un grand sourire réjoui.

— Je m'absente quelques années, et c'est le genre de folies que je dois endurer en revenant ?

Sa mère se leva pour l'embrasser, puis elle l'entraîna vers la table.

— Assieds-toi ! Je suis tellement contente que tu sois là !

Dimanche était le jour du traditionnel repas de famille. Il ne s'était pas assis à table avec ses proches depuis des années, et il n'était pas sûr d'avoir envie de le faire maintenant. L'expression de son père était indéchiffrable.

Une vague d'émotions contradictoires le submergea. Maintenant qu'il savait que son père avait eu un fils d'une relation extraconjugale, il avait de nouvelles raisons de lui en vouloir.

Une chose était sûre : il ne pouvait pas le mettre face à ses responsabilités à la table du dîner.

— Et je suis content d'être là, maman, répondit-il à sa mère en lui prenant la main avec tendresse.

Elle lui déposa un baiser sur la joue. Son affection et sa douceur lui avaient terriblement manqué. En dépit des tensions entre son père et lui, elle l'accueillait à bras ouverts.

Jack lui fit signe de s'asseoir.

— Alors, tu vas rester un moment ou disparaître à nouveau ?

Mac ne put s'empêcher de jeter un coup d'œil à son père. Même à trente ans, il recherchait encore son approbation. C'était ridicule.

— Bien sûr qu'il va rester, intervint sa mère en tirant une chaise pour qu'il s'asseye. En plus, c'est l'anniversaire de Maddy…

— Qui est Maddy ?

— Reste à la maison plus de cinq minutes et tu seras au courant de tout, dit Jack.

— Maddy est la fille de Sam et de Susannah Reynolds, lui expliqua sa mère. C'est une longue histoire, que nous te raconterons après le repas. Luke va épouser Peyton, la sœur de Susannah… Ils vont bientôt former une famille !

Mac regarda autour de la table et vit la fillette à l'air timide qui donnait la main à Peyton. A leur droite était assise Meri Prescott, l'ancienne reine de beauté fiancée à Jack. Il connaissait Meri et Peyton depuis toujours, et un peu mieux cette dernière, qui avait souvent passé ses vacances avec ses frères, au bord du lac.

— Alors il y a une épidémie de mariages, par ici, constata-t-il en regardant ses frères, qui souriaient béatement.

La réplique sembla amuser sa mère.

— Tu es revenu juste à temps pour les festivités.

— Nous n'étions pas sûrs de pouvoir compter sur toi, marmonna son père. Tu n'as pas donné de nouvelles depuis des lustres.

Mac ignora la critique. Contrairement à ses frères, il ne s'était jamais bien entendu avec son père, peut-être parce qu'il était l'aîné et avait dû essuyer les plâtres. Quoi qu'il ait pu accomplir, son père avait rarement reconnu sa réussite et l'avait encore moins souvent félicité. Quand il avait annoncé qu'il quittait la maison après avoir obtenu son baccalauréat, ils s'étaient disputés, et son père lui avait reproché d'abandonner ses responsabilités et sa famille.

Leurs relations s'étaient encore dégradées quand il avait acheté l'une de ses premières entreprises, une concession automobile. Il l'avait revendue à un investisseur qui l'avait laissée à l'abandon pendant des années, dans le centre-ville de Stone Gap. Quelques années plus tard, la concession avait changé de propriétaire et pris un nouvel essor. Bobby avait reproché à Mac d'avoir gâché la vie de son ami concessionnaire, d'avoir nui à la ville et au monde entier, en fait. Depuis, il passait le moins de temps possible à Stone Gap.

Cependant, il avait maintenant une tout autre raison de ne pas avoir envie de parler à son père, dont le terrible secret allait immanquablement scinder la famille.

De plus, il n'allait pas déterrer la hache de guerre alors que ses frères avaient l'air aussi heureux et que l'odeur appétissante de la cuisine de sa mère flottait dans l'air.

— Je ne raterais pour rien au monde les derniers jours du célibat de Jack, maman… Je me suis même habillé en noir pour l'occasion !

— Tu es incorrigible, s'esclaffa sa mère, mais je t'aime quand même.

— Elle dit ça, commenta Jack, assis à côté de lui, en lui donnant une tape sur l'épaule, mais elle ne le pense pas vraiment. Je suis son préféré, tout le monde le sait.

Mac regarda de nouveau autour de lui. Les choses semblaient avoir changé depuis qu'il avait quitté Stone Gap. Ses frères avaient beaucoup mûri, ils s'étaient assagis et allaient se marier, et la famille s'était agrandie avec l'arrivée de Meri, de Peyton et de Maddy.

— Eh bien ! C'est étrange de vous retrouver tous en même temps.

— Alors, où est ta copine ?

— Quelle copine ? Je suis venu tout seul.

— Personne ne peut supporter son côté bourreau de travail ! lâcha Jack en riant.

Ses frères l'avaient toujours taquiné à ce sujet, lui répétant qu'il travaillait trop et ne s'amusait pas assez. Plus jeune, il n'avait jamais éprouvé le besoin de jouer aux jeux vidéo ou de faire du skate-board. Il préférait atteindre ses objectifs.

— Je ne suis pas un bourreau de travail.

Jack haussa les sourcils d'un air dubitatif.

— Alors tu es venu à Stone Gap uniquement pour mon mariage ? Tu n'as rien à y faire en rapport avec ton travail ?

— Eh bien…

— Voilà !

Jack secoua la tête.

— Un jour ou l'autre, frangin, il faudra que tu vives ta vie…

— C'est déjà le cas, intervint Bobby, mais dans une grande ville, loin de nous tous, et il ne ralentit pas assez pour nous appeler et prendre de nos nouvelles.

— Je suis très occupé, papa.

— A être un homme d'affaires puissant, qui écrase les petites gens comme des fourmis.

Ils touchaient au cœur du problème de leurs relations tendues. Son père ne comprenait pas sa façon de faire, il ne comprenait pas que, parfois, vendre une entreprise était une bonne chose.

— Papa, nous en avons déjà…

— Je vais te servir, Mac, l'interrompit sa mère. Je ne voudrais pas que tes frères mangent ta part.

L'espace d'un instant, il fut tenté de rester attablé avec ceux qu'il aimait et n'avait pas vus depuis longtemps, mais l'envie de partir fut la plus forte. Il avait une tâche à accomplir. Il éprouvait ce sentiment depuis des années et n'avait jamais réussi à étancher sa soif de conquêtes.

Il regarda son père, dont l'expression était toujours aussi froide, et se leva. Il dirait sûrement quelque chose qu'il finirait par regretter s'il restait une seconde de plus, quelque chose comme : « Tu ne manques pas de culot de juger de la façon dont je dirige mon entreprise, toi qui as fait n'importe quoi de ta vie. » Ce n'était pas le genre de chose que l'on pouvait lâcher pendant le dîner du dimanche soir.

— Je suis désolé, maman, mais je ne peux pas rester. Je suis juste passé vous dire bonjour. J'ai un rendez-vous d'affaires.

— Un dimanche ? s'étonna sa mère. Pourquoi travailler le dimanche ? Même Dieu s'est octroyé un jour de repos, tu sais !

— Parce qu'il avait terminé son ouvrage, maman. Moi, j'ai encore du travail.

Il lui déposa un baiser sur la joue, récupéra son casque et l'enfila.

— Je serai à l'hôtel cette semaine, et je resterai jusqu'à samedi pour assister au mariage de Jack.

— Et ensuite, tu repartiras, conclut son père d'un ton glacial.

Ce n'était même pas une question.

— Ma vie est à Boston, papa, pas ici.

— Ta vie est là où tu décides de la faire, fiston, répliqua Bobby en secouant la tête. Il n'y a rien de mal à faire sa vie ici. Personne n'est obligé de conquérir le monde et de fouler aux pieds les petites gens pour avoir une vie.

Mac s'efforça de ravaler sa colère. Quoi qu'il ait pu accomplir professionnellement, son père ne l'avait jamais regardé comme il regardait ses autres fils. Peut-être ne pouvait-il pas comprendre pourquoi il avait décidé de quitter Stone Gap, pourquoi il voulait plus que ce que cette petite ville avait à offrir. Cela faisait bien longtemps qu'il avait arrêté d'essayer de le lui expliquer. Son père le verrait toujours que comme celui qui l'avait abandonné, qui avait abandonné la ville, à cause d'une affaire qu'il refusait de lui pardonner.

Maintenant, Mac avait à son tour des raisons de ne pas comprendre et de ne pas lui pardonner : Bobby se faisait passer pour un pilier de la communauté et un père de famille modèle, mais en réalité c'était loin d'être le cas.

— Je reviendrai, promit Mac en se dirigeant vers la porte.

Il sortit, remonta sur sa moto et démarra, laissant le rugissement de la Harley apaiser sa tension.

Avant de se rendre au restaurant dont Savannah lui avait

donné l'adresse, il passa à l'hôtel pour récupérer la clé de sa chambre.

Il déposa son sac et prit son ordinateur portable et un bloc-notes avant de remonter sur sa moto. C'était tout ce dont il avait besoin pour son rendez-vous avec Savannah. Il allait manger, parler un peu affaires et partir. Pas question de s'attarder pour apprendre à la connaître, essayer de la faire rire ou sourire.

Leur rendez-vous était strictement professionnel, et plus vite il reviendrait dans sa chambre d'hôtel pour s'attaquer à ses e-mails et aux rapports qu'il devait lire, mieux cela vaudrait. Il se sentirait peut-être moins oppressé.

Il attachait son casque quand une voiture s'arrêta près de lui. C'étaient ses frères, sans doute déçus de son départ précipité, qui venaient le relancer.

— Qu'est-ce que vous faites ici ?

Jack et Luke s'appuyèrent au capot, les bras croisés.

— Nous sommes en mission pour essayer de comprendre ce qui s'est passé… Pourquoi es-tu parti aussi précipitamment ?

— Je vous l'ai dit, j'ai un rendez-vous d'affaires.

— A l'heure du dîner, un dimanche, ironisa Jack en levant les yeux au ciel. C'est le seul jour où maman s'attend à nous avoir autour de la table.

— Tu as raté un poulet rôti du tonnerre, renchérit Luke.

— Et un gâteau délicieux ! Ne l'oublie pas.

Luke se tapota le ventre.

— Grâce à toi, j'en ai pris deux parts !

Mac se renfrogna. Il venait à peine d'arriver à Stone Gap et ses frères le tourmentaient déjà.

— Papa n'aurait pas été ravi que je reste, à mon avis.

Il haussa les épaules comme si cela le laissait indifférent, et comme s'ils n'avaient pas d'autres problèmes à régler. Comment allait-il s'y prendre pour révéler à ses frères le terrible secret de leur père ? Il ne pouvait pas s'en charger tout de suite, il avait besoin d'un peu de temps pour trouver la meilleure approche.

— Alors je me suis dit qu'il valait mieux que je retourne travailler, ajouta-t-il.

— Qu'est-ce qui se passe entre papa et toi ? lui demanda Luke. On aurait dit que tu voulais l'éviter.

— Encore plus que d'habitude, ajouta Jack. Papa s'est adouci avec les années, tu sais, Mac. Tu devrais essayer d'être un peu moins dur avec lui.

— Je refuse d'avoir cette conversation. Je vous ai dit que j'avais un rendez-vous…

— Non, tu as envie d'éviter ta famille, aujourd'hui, l'interrompit Jack. C'est d'ailleurs ce que tu vas faire toute la semaine, j'imagine. Dommage parce que nous avons prévu toutes sortes d'activités amusantes, ajouta-t-il avec un grand sourire. Une visite au zoo, un petit tour à la fête foraine, des moments complices entre frères…

En dépit de sa contrariété, Mac se surprit à sourire.

— Vous allez aller au zoo et à la fête foraine ?

— C'est l'idée, répondit Luke en s'écartant de la voiture avec une lueur malicieuse dans le regard. Nous allons aussi tourmenter notre grand frère, aller nous baigner dans le lac, et faire quelques parties de bras de fer avec toi pour te forcer à admettre que nous sommes les plus forts.

— Et les plus intelligents, renchérit Jack.

Luke acquiesça d'un hochement de tête.

— De loin, et les plus beaux.

Jack donna une tape sur l'épaule de Mac dans un geste faussement compatissant.

— Quel dommage ! Tu aurais pu être quelqu'un de bien si seulement tu avais été le deuxième ou le troisième de la fratrie.

Mac prit un air affligé et secoua la tête.

— Dommage que vous soyez tous les deux complètement fous. Vous savez ce que maman dit, n'est-ce pas ? Qu'elle aurait dû arrêter d'avoir des enfants après moi. Nul ne pouvait m'égaler en perfection !

Ils éclatèrent de rire. Leur mère disait toujours qu'elle les aimait tous les trois autant, mais ils essayaient quand même de lui faire choisir un fils préféré.

Ces échanges de plaisanteries inoffensives avec ses frères

avaient manqué à Mac. L'espace d'un instant, il hésita à ignorer l'invitation de Savannah pour passer la soirée avec eux, mais il se rappela presque aussitôt ce que Tank lui avait appris et se ravisa. Plus il passerait de temps en compagnie de ses frères, plus il serait tenté de tout leur avouer, car il n'avait jamais été capable de leur cacher quelque chose bien longtemps.

C'était à son père qu'il devait parler. Et il laisserait Bobby se débrouiller. C'était son problème, après tout. Peut-être trouverait-il un moyen de le pousser à se confesser, à dire la vérité à toute la famille avant qu'il ne soit trop tard. Un secret de cette ampleur ne pouvait être gardé éternellement.

Bobby Barlow, qui faisait figure de père modèle au sein de la petite ville de Stone Gap, avait un autre fils, un fils illégitime, fruit d'une liaison extraconjugale tenue secrète pendant plus de trente ans.

L'oncle Tank, qui avait servi d'intermédiaire à ce fils illégitime et à sa mère, probablement pour éviter à Bobby de s'impliquer, alors même qu'il ne parlait plus à son frère depuis des années, avait demandé à Mac de « régler ça ». Hélas, il ne connaissait pas la démarche à adopter. Dans les circonstances actuelles, arranger les choses lui paraissait beaucoup plus difficile que de sauver une entreprise.

La vérité finirait par se savoir, d'une façon ou d'une autre : Colton Barlow, le fils caché de Bobby, avait bien fait comprendre à Tank qu'il voulait connaître sa famille paternelle au plus vite.

Essaie de régler ça.

Mac s'attellerait à la tâche un autre jour, après avoir traité avec Savannah. Il avait besoin de temps pour réfléchir, pour trouver le meilleur moyen d'aborder le sujet avec son père.

— Ecoutez, dit-il à ses frères, j'aimerais rester discuter avec vous, mais j'ai déjà quelque chose de prévu ce soir. Et si je passais au garage, demain ?

— Du moment que tu nous promets quelque chose, répondit Luke.

— Je serai au mariage de Jack, je vous l'ai déjà promis.

— Il ne s'agit pas de mon mariage, intervint Jack. Ça, c'est non négociable : de toute façon, nous t'avons déjà réservé un smoking, annonça-t-il avec un grand sourire. Nous devons te parler de la réunion de famille du mois prochain. Ce sera aussi le trente-cinquième anniversaire de mariage de maman et papa, et nous voulions organiser quelque chose de spécial pour l'occasion, ce qui signifie que tu devras être là. En fait, ce n'est pas négociable non plus !

— Il y a une réunion de famille le mois prochain ?

Et c'était l'anniversaire de mariage de ses parents ? De pire en pire.

— Bon sang, Mac, tu ne lis pas tes e-mails ? s'écria Jack. Je t'ai envoyé une invitation il y a au mois trois semaines ! La famille Barlow au grand complet va envahir Stone Gap.

— Que Dieu nous vienne en aide ! plaisanta Luke.

Si Colton Barlow, dont personne à Stone Gap ne soupçonnait encore l'existence, entendait parler de cette réunion de famille, il voudrait certainement y assister. Décidément, il était urgent que Mac parle à son père.

— Je… Je vais y réfléchir. Il faut que je consulte mon agenda.

— Que tu « consultes ton agenda » ? répéta Jack d'un ton moqueur. Ta famille devrait être ta priorité, espèce de bourreau de travail.

L'expression lui restait sur le cœur. Son frère l'avait décrit ainsi deux fois en l'espace d'une même soirée.

— Oui, eh bien, le bourreau de travail a un rendez-vous, alors si cela ne vous dérange pas…

Il enfourcha sa moto. Jack leva les bras au ciel en signe de reddition.

— J'abandonne ! Tu sais, un de ces jours, tu finiras par te rendre compte que tu as besoin de ta famille.

— Je n'ai jamais dit que je n'avais pas besoin de ma famille.

Il passa son casque. Il n'avait peut-être pas besoin de *toute* sa famille ; en tout cas pas d'un père qui n'était pas aussi honnête qu'il voulait bien le faire croire.

— Inutile de le dire, répliqua Luke, visiblement déçu. Cela se voit.

Là-dessus, ses frères remontèrent dans la voiture et s'en allèrent. Mac démarra en trombe, apaisé par le grondement du moteur de sa moto.

Il aimait beaucoup ses frères, mais il se demandait parfois s'ils ne vivaient pas dans un monde imaginaire. Ils semblaient croire que quelques dîners en famille suffisaient à tout arranger. Si tel avait été le cas, son père et lui se seraient réconciliés des années plus tôt.

Or, maintenant qu'il connaissait l'existence de Colton, il ne pourrait plus jamais s'entendre avec son père. Il quitterait Stone Gap dès que possible et ne reviendrait pas de sitôt.

Il pensa à Savannah Hillstrand et à tout ce qu'elle lui avait raconté sur son père, qui avait apparemment considéré son entreprise comme une famille et traité chacun de ses employés en conséquence. Certaines personnes étaient peut-être réellement bienveillantes, mais il en doutait. Il était plus vraisemblable que Savannah soit naïve et se fasse des illusions.

Il sortit de Stone Gap, passa devant les demeures cossues du bord de plage, toutes plus belles les unes que les autres avec leurs nombreuses fenêtres, leurs balcons et leurs jardins, puis il longea la baie et s'arrêta enfin sur un parking au sol en terre battue.

La brise soufflait de l'océan Atlantique, fraîche et vivifiante. Il inspira profondément et se demanda depuis combien de temps il ne s'était pas baigné. Bien trop longtemps, c'était indéniable.

Il détourna les yeux de l'océan et regarda le Sea Shanty. La cabane en bois qui abritait le restaurant était à peine plus grande qu'une caravane et semblait prête à s'effondrer à la première bourrasque.

C'était là que Savannah voulait manger un steak, dans ce... boui-boui ?

Quand elle lui avait proposé de dîner avec elle sans parler affaires, il avait regimbé. Ce n'était pas ainsi qu'il menait sa vie, il travaillait le plus possible, le plus souvent possible. Cependant, quand il avait pris la direction du restaurant dont elle lui avait donné l'adresse, quand il avait senti l'odeur des embruns, il avait éprouvé un curieux sentiment de nostalgie mêlée d'envie.

Il ne s'expliquait pas vraiment pourquoi, mais il savait que cela avait un rapport avec Savannah. Pourquoi cette femme qui accordait une grande importance à la famille et faisait l'éloge d'un certain art de vivre l'intriguait-elle à ce point ?

Son intérêt pour elle était strictement professionnel, bien sûr, même si ses magnifiques yeux verts le troublaient profondément. Il se demandait juste comment une personne à la tête d'une entreprise déclinante pouvait être aussi positive et optimiste.

Il entendit le rire de Savannah et se retourna. Elle était là, un peu à l'écart du Sea Shanty, et riait, manifestement à des propos tenus par le vieil homme qui se trouvait devant elle. Il éprouva malgré lui une pointe de jalousie. C'était insensé ; il n'avait aucune raison d'être jaloux. Il la connaissait à peine, il venait juste de la rencontrer !

Alors pourquoi ne put-il s'empêcher d'admirer sa silhouette ? Elle avait troqué son austère tailleur-pantalon pour une robe d'été vert foncé. Elle avait un pull-over blanc sur un bras, et ses longs cheveux bouclés tombaient en cascade sur ses épaules.

Elle s'était changée, recoiffée. L'avait-elle fait à son intention ? Il l'espérait.

Il la rejoignit alors même que le vieil homme entrait dans le restaurant. Elle se tourna vers lui en l'entendant approcher, et un sourire se dessina sur ses lèvres.

— Vous êtes venu !

— Vous semblez surprise.

— Un peu, en effet.

— Il n'y a pas de quoi. Quand je m'engage, je tiens parole. Je ne suis pas particulièrement fantaisiste.

Elle lui inspirait pourtant toutes sortes d'idées fantaisistes. La faute sans doute à cette petite robe d'été, à la façon dont son visage s'était éclairé quand elle l'avait vu, au parfum de l'océan, au fait qu'il ne pensait qu'à elle.

— Pour moi, continua-t-il en indiquant le cabanon d'un geste vague, cet endroit est très fantaisiste.

— Qui sait, monsieur Barlow, pendant que vous m'aiderez à devenir une meilleure dirigeante, j'aurai peut-être une mauvaise influence sur vous…

Il s'esclaffa.

— Cela m'étonnerait !

— Venez. Prenons une table à l'arrière, avant le coucher du soleil.

Elle lui fit signe de la suivre sur le sentier bordé de coquillages qui contournait le cabanon et donnait sur une petite terrasse pourvue de tables et de chaises en plastique blanc et délimitée par des treillis de bois. De toute évidence, les gens ne venaient pas là pour le mobilier.

En revanche, la vue était magnifique.

— C'est superbe, n'est-ce pas ? demanda-t-elle tandis qu'ils s'asseyaient, en désignant l'océan qui clapotait contre les rochers, un peu en contrebas. Cette vue m'aide toujours à… à orienter mon âme, si bête que cela puisse paraître.

« A orienter mon âme. » Il réfléchit aux paroles de Savannah, tout en admirant le paysage. Le bleu profond de l'océan s'étendait à perte de vue. Les vagues moutonnantes scintillaient de mille feux. Au loin, un bateau à voiles glissait lentement sur l'eau. Trois mouettes criaient dans le ciel. L'une d'elles plongea et remonta, un poisson dans le bec.

Il sentit les battements de son cœur s'espacer, prit une profonde inspiration, savourant l'air frais comme s'il était resté trop longtemps enfermé. La brise salée et piquante était merveilleusement revigorante.

Ce même océan s'étendait non loin de ses bureaux à Boston, bien sûr, mais il arrivait tellement tôt le matin et repartait si tard le soir qu'il n'avait pas souvent l'occasion de le contempler, et puis là-bas, l'air était pollué.

Il remarqua une maison solitaire, de l'autre côté de la baie, un bâtiment de deux étages de style géorgien, avec un long ponton en bois sur lequel étaient disposés deux fauteuils. L'image était paisible.

Un étrange sentiment l'envahit. Il ne parvint à l'identifier qu'au bout de quelques instants : de la sérénité. Depuis combien de temps n'avait-il pas été aussi calme, aussi détendu ?

Le clapotis de l'eau contre le rivage semblait lui murmurer : « Détends-toi, détends-toi… » Il se surprit à s'imaginer dans cette maison, sur l'autre rive, face à l'océan, contemplatif.

— C'est beau, n'est-ce pas ? Mon père adorait cet endroit. Ma mère et lui venaient ici le plus souvent possible. Cela ne leur prenait que quelques minutes en bateau, alors ils venaient souvent dîner à l'improviste.

— En bateau ?

— Oui. Cette maison, là-bas, appartient à mes parents.

Elle lui montra du doigt la bâtisse qu'il regardait quelques instants plus tôt.

— Votre père vivait là-bas ? Comment a-t-il pu se payer une maison sur le front de mer ?

Aussitôt, il s'arracha à l'état méditatif dans lequel il était plongé. Il faudrait qu'il examine de plus près les comptes de l'entreprise. Où Willy Jay Hillstrand avait-il trouvé les fonds pour contracter un emprunt immobilier ?

— Je croyais qu'il avait une maison à quelques miles de Stone Gap, à Juniper Ridge.

— C'est exact. Il s'agit de la maison que mes parents ont achetée quand ils se sont mariés et où j'ai grandi, elle est beaucoup plus petite que celle-ci. Ils n'ont jamais vraiment tenu à avoir une grande maison. Celle que vous voyez là-bas est dans la famille depuis longtemps, et comme mon père était relativement économe, il a pu se permettre de la garder.

Elle écarta une mèche de cheveux de son visage. Son expression était mélancolique.

— Elle représente beaucoup pour ma famille. Presque tous les événements importants de nos vies y ont eu lieu. Un jour, je trouverai le moyen de lui redonner vie.

Ses yeux étaient embués de larmes, mais elle détourna le regard et se força à sourire.

— Je meurs de faim ! Voulez-vous boire quelque chose avant de manger ?

— Non, répondit-il, s'efforçant de ne pas se laisser déconcentrer par son air triste.

Malgré son envie de la consoler, il devait se ressaisir : il était là pour racheter son entreprise. S'attacher à elle ne lui apporterait rien de bon.

— Je crois que nous ferions mieux de nous mettre au travail le plus rapidement possible.

Il avait la nette impression quc, s'ils ne s'attelaient pas tout de suite à la tâche, il céderait à la curiosité, lui demanderait ce qu'elle avait voulu dire quand elle avait exprimé son désir de « redonner vie » à cette maison, et chercherait à comprendre pourquoi cela lui importait tant qu'elle y parvienne.

4

Le temps qu'on leur apporte leur commande, Savannah avait perdu tout appétit. Ce que Mac lui avait appris sur la gestion d'une entreprise depuis qu'ils s'étaient installés à table avait mis une chose en évidence : elle était complètement dépassée.

En l'écoutant parler, elle s'était vite rendu compte qu'avoir obtenu un diplôme d'histoire et remis quelques maisons à neuf était loin de suffire pour succéder à son père. Depuis le début, elle savait qu'elle n'était pas qualifiée, mais parler de tout cela avec Mac la confortait dans cette idée et rendait sa défaite bien réelle.

Elle avait compris l'essentiel de ce qu'il lui avait dit sur les créances recouvrables et sur les dettes, sur l'impact des ventes sur le résultat financier, mais quand il était entré dans les détails de la comptabilité, elle avait perdu le fil et son espoir de remettre Hillstrand Solar sur pied avait été anéanti.

Il passa un doigt sur l'écran de son ordinateur portable pour lui montrer quelques chiffres.

— Si vous établissez un nouveau système d'inventaire et réduisez la main-d'œuvre d'au moins deux personnes, vous devriez pouvoir améliorer vos performances…

— Attendez, l'interrompit-elle. Venez-vous de dire que je devrais renvoyer deux personnes ?

— J'ai dit que vous devriez réduire la main-d'œuvre, répondit-il en lui montrant un chiffre et un pourcentage sur l'écran. Vos frais généraux sont trop élevés.

— Réduire la main-d'œuvre, cela signifie en fait renvoyer des gens. Je refuse de licencier qui que ce soit.

— En affaires, il faut savoir séparer le bon grain de l'ivraie, et augmenter le revenu sur investissement. En supprimant deux postes dans le service des expéditions et des réceptions, vous générez des entrées de plusieurs milliers de dollars par mois, ce qui vous aidera à tenir jusqu'à ce que les ventes augmentent.

— Ce sont des gens, monsieur Barlow, ce ne sont pas des mauvaises herbes, ni des chiffres.

— Ces gens sont précisément ce qui vous empêche de faire des bénéfices. Parfois, il faut savoir sacrifier quelque chose pour sauver autre chose.

Pour gagner. Pour que l'entreprise redevienne prospère.

Son regard se posa de nouveau sur la maison géorgienne sur l'autre rive. De là, elle était encore élégante, majestueuse, même, mais de près on voyait qu'elle était en mauvais état. Elle s'était délabrée au fil des ans, depuis que son père avait monté son entreprise.

Il avait continué à y aller le week-end, mais il se détendait au lieu de l'entretenir, malgré les dégâts causés par les intempéries et le vent implacable. « Un jour, disait-il, je rendrai à cet endroit sa splendeur d'antan. »

Peu de temps avant sa mort, elle avait commencé à y travailler, réparant quelque chose chaque fois qu'elle avait un peu de temps, pour lui faire une surprise. Cela aurait été sa plus belle entreprise de rénovation à ce jour, une façon de montrer à son père qu'elle pouvait gagner sa vie en restaurant de vieilles demeures.

Hélas, il était mort et lui avait laissé son entreprise, lui faisant promettre de la maintenir à flot.

Elle se trouvait maintenant face à un dilemme. Elle pouvait vendre l'entreprise à Mac Barlow, tout abandonner et se servir de l'argent qu'elle obtiendrait pour financer son projet de société de rénovation, ou bien faire tout ce qui était en son pouvoir pour maintenir le rêve de son père en vie.

Ces deux possibilités étaient insatisfaisantes.

Mais il n'y avait au bout du compte qu'une seule conduite à avoir. Elle avait fait une promesse à son père, qui ne lui avait jamais rien demandé d'autre, et elle se devait de tenir parole, quoi qu'il arrive.

Elle détacha son regard de la maison et reporta son attention sur l'écran de l'ordinateur portable de Mac. Son steak était froid, et ni lui ni elle n'avaient touché au vin qu'il avait commandé.

Elle était tentée de protester, tout en sachant qu'il avait raison quand il disait qu'elle avait trop de frais généraux. Que pouvait-elle faire, au juste ? Laisser l'entreprise entière couler pour sauver deux postes ? Peut-être serait-elle en mesure de réembaucher tout le monde une fois que les affaires auraient repris, mais cette seule perspective la rendait malade.

Comment allait-elle procéder ? Comment renvoyer deux fidèles employés ?

— Quels… Quels employés me suggéreriez-vous de licencier ?

Mac réfléchit pendant quelques instants, puis il ouvrit une autre fenêtre et se concentra dessus. Elle attendit, le cœur cognant dans sa poitrine, espérant qu'il lui répondrait qu'en fin de compte elle n'était pas obligée de renvoyer qui que ce soit pour le moment.

— Jeremy Reynolds et Carla Mueller, répondit-il enfin. Jeremy est l'employé le mieux payé de son service, et Carla est la dernière arrivée.

Elle pensa au sourire en coin de Jeremy et à la bonne humeur de Carla.

— Mais vous ne les connaissez même pas ! Vous ne savez pas à quel point ils aiment travailler pour cette entreprise, vous ne savez rien d'eux, à part ce que vous avez lu dans leur dossier.

— Je connais les chiffres, mademoiselle Hillstrand, et c'est tout ce dont j'ai besoin. Je me concentre là-dessus, pas sur les gens.

L'espace d'un instant, elle avait eu l'impression que Mac Barlow avait un côté chaleureux. Quand ils avaient parlé de l'océan et de la maison, elle avait cru voir une expression presque… mélancolique passer sur son visage, mais de toute évidence elle s'était trompée. Il était aussi chaleureux qu'une planche à repasser.

— Les gens sont au cœur des affaires, monsieur Barlow. Sans ces personnes, Hillstrand Solar n'existerait pas aujourd'hui. Savez-vous que Carla a fait à manger à ma mère tous les soirs pendant trois semaines quand mon père était malade et après sa mort, pour être sûre qu'elle mange ? Savez-vous que Jeremy a fait une collecte au sein de l'entreprise pour nous aider à payer les frais médicaux de mon père ? Il est même resté plusieurs fois tard le soir pour s'occuper des commandes afin que les affaires ne pâtissent pas trop de l'absence de mon père. Ce sont ces gens qui ont bâti Hillstrand Solar, et je ne peux pas les licencier uniquement parce que leur salaire est trop élevé ou qu'ils ne sont pas assez expérimentés.

— Dans ce cas, préparez-vous à d'autres sacrifices, plus douloureux, répliqua Mac avant de boire une gorgée de vin. Le problème est simple : il y a trop peu d'argent qui rentre dans les caisses, et trop d'argent qui en sort. Vous devez trouver un moyen d'inverser cette tendance.

C'était bien ce qu'elle essayait de faire depuis des mois, sans succès.

— Si les ventes augmentaient…

— Cela vous aiderait à long terme, mais pas dans l'immédiat.

Il prit son bloc-notes et y griffonna quelques chiffres.

— Imaginions que vous vendiez mille panneaux solaires à une entreprise qui en aurait besoin la semaine prochaine…

Elle regarda le premier chiffre qu'il avait écrit, correspondant aux bénéfices d'une telle vente.

— Ce serait merveilleux ! Cela nous remettrait à flot.

— Oui… une fois la vente conclue, mais d'abord il vous faudrait acheter les matériaux dont vous avez besoin, construire les panneaux, payer votre main-d'œuvre, et expédier vos produits à vos clients, continua-t-il en écrivant d'autres chiffres.

Après les avoir soustraits de la somme correspondant aux bénéfices, il entoura le résultat.

— Ensuite, vous devriez attendre d'être payée, et même si

le client vous payait tout de suite, dans le meilleur des cas, il y aurait au moins quarante-cinq jours entre la commande et le moment où vous seriez payée. Mais pendant cette période de quarante-cinq jours vous auriez déboursé de grosses sommes. Où allez-vous trouver cet argent si vous avez des difficultés de trésorerie ?

— Je me disais que je pourrais faire un emprunt, ou essayer d'obtenir une nouvelle ligne de crédit…

— Vous avez déjà atteint le plafond de votre ligne de crédit, et pour ce qui est de faire un emprunt, objecta-t-il en haussant les épaules, les banques sont bien moins disposées à prêter de l'argent depuis la récession, et elles n'accorderaient certainement pas un prêt à une dirigeante d'entreprise qui tire le diable par la queue.

Bon sang ! Il avait raison, bien sûr. Elle était déjà arrivée à cette conclusion toute seule, mais elle continuait à réfléchir et ne pouvait s'empêcher d'espérer que tout allait finir par s'arranger.

Elle but une première gorgée de vin, puis une autre. A ce stade, peut-être aurait-elle dû boire toute la bouteille.

— Alors que dois-je faire ?

— Licencier deux employés. Cela vous fera faire des économies considérables.

Il haussa les épaules, comme s'il n'y avait rien de plus simple que d'arriver au bureau lundi matin et de lancer à quelqu'un : « Vous êtes viré. »

Elle secoua la tête.

— Non. Je refuse. Je ne renverrai ni Jeremy, ni Carla.

Il poussa un profond soupir, visiblement contrarié.

— Il n'y a aucune autre solution…

— Il doit bien y en avoir une. Vous êtes un homme intelligent, s'insurgea-t-elle en agitant la main en direction de l'écran, donnez-moi un autre moyen.

— Pourquoi vous entêtez-vous ? Prendre des décisions importantes que personne d'autre ne voudrait prendre fait partie du travail d'un P-DG.

— Renverriez-vous deux personnes qui auraient aidé votre famille dans un moment particulièrement douloureux ? Ou trouveriez-vous une autre solution ?

Il soutint son regard un long moment, puis soupira et reporta son attention sur l'ordinateur.

— Vous êtes vraiment têtue.

— Je sais. Vous me l'avez déjà dit… deux fois, maintenant.

— Parce que vous êtes deux fois plus têtue que tous les gens que j'ai rencontrés jusqu'à présent.

— C'est pour cette raison que je refuse d'abandonner. Il doit bien y avoir un moyen de sauver cette entreprise sans renvoyer personne.

Elle se resservit de vin et en but une autre gorgée. Elle commençait à se détendre un peu. Certes, elle n'avait pas encore de solution à son problème, mais elle était convaincue d'en trouver une avec l'aide de Mac.

— En affaires, les choses ne se passent pas comme dans un film de Walt Disney, vous savez, lui dit-il. Parfois, tout n'est pas parfait et on ne peut pas rendre tout le monde heureux.

— On n'est pas non plus obligé d'être dans la tragédie.

Elle repoussa son assiette et fit signe à la serveuse de venir la débarrasser. Elle n'avait pas envie de manger pour le moment, elle voulait rester assise jusqu'à ce qu'ils trouvent une solution pour qu'elle puisse aller au travail le lendemain matin avec une nouvelle motivation.

— Alors trouvons ensemble un moyen d'arranger les choses.

— Ensemble ? répéta-t-il, haussant les sourcils. Vous voulez que nous travaillions ensemble ? Parce que, pour le moment, j'ai l'impression que nous ne sommes jamais d'accord.

— Bien sûr que nous sommes d'accord, Mac. Nous voulons tous les deux que Hillstrand Solar redevienne prospère. Nous n'avons pas les mêmes méthodes, c'est tout… Trouvons un moyen de faire coïncider nos méthodes ! lança-t-elle en tapotant l'écran.

Il se laissa aller contre le dossier de sa chaise et observa l'ordinateur tout en finissant son verre de vin. Le défi qu'elle lui avait lancé semblait lui plaire.

— En temps ordinaire, je dirais que deux possibilités s'offrent à vous : réduire vos frais généraux, ou vendre et sauver ce que vous pouvez pendant qu'il en est encore temps.

— Mais je n'accepte ni l'un, ni l'autre.

Il soupira.

— Vous voulez une solution ingénieuse à un problème complexe. Cela sort de mon domaine de compétences…

Elle referma une main sur son verre, appréciant la fraîcheur de la condensation contre sa paume, et le regarda droit dans les yeux.

— Cela n'a pas toujours été le cas.

— Que voulez-vous dire ?

— Il y a dix ans, vous avez racheté une compagnie que vous aviez vendue. Les nouveaux propriétaires l'avaient délocalisée, puis abandonnée comme une ville fantôme. Vous l'avez rachetée, remise sur pied et, à ma connaissance, vous ne l'avez jamais revendue.

Il haussa les sourcils, l'air stupéfait.

— Comment le savez-vous ?

— Je me suis renseignée, moi aussi, Mac.

C'était cette découverte qui lui avait donné espoir : peut-être parviendrait-elle à le convaincre de travailler avec elle au lieu de chercher à la persuader de vendre ? Elle s'était raccrochée à cet espoir quand elle lui avait proposé ce dîner. Il ferait peut-être pour Hillstrand Solar ce qu'il avait fait pour cette autre compagnie.

— Je suis impressionné, Savannah.

Il remplit de nouveau son verre et le leva brièvement dans sa direction, comme pour porter un toast.

Elle secoua la tête. La dernière chose dont elle avait besoin, c'était de s'enivrer avec Mac Barlow. Elle se sentait déjà éméchée et commençait à regretter de n'avoir rien mangé.

— Merci… et merci de m'avoir appelée par mon prénom.

J'ai toujours l'impression d'être vieille quand on m'appelle Mlle Hillstrand.

Il rit.

— Vous êtes loin d'avoir l'air d'une vieille dame, même si, je dois l'admettre, je vous imaginais plus âgée avant de vous rencontrer.

A son tour, elle rit.

— Plus âgée ? Pourquoi donc ?

— Vous étiez très professionnelle dans tous nos échanges d'e-mails, répondit-il avec un haussement d'épaules. Vous me paraissiez moins… détendue que vous ne l'êtes en ce moment même.

— C'est parce que je suis devant l'océan ! Là-bas, ajouta-t-elle, regardant la maison, au loin, je suis une tout autre personne.

— Vous troquez vos tailleurs contre un bikini et des tongs ?

Elle devait avoir un peu trop bu, car elle sentit ses joues s'empourprer et ne put s'empêcher de sourire.

— Je dirais qu'un bikini et des tongs constitueraient la tenue la moins professionnelle qui soit… Vous n'êtes pas d'accord ?

Il eut un grand sourire.

— Cela dépend du bikini !

Etaient-ils en train de flirter ? Eprouvait-elle vraiment de l'attirance pour Mac Barlow, l'homme qui cherchait à racheter et à démanteler l'entreprise de son père ?

— Je n'ai pas eu beaucoup d'occasions de me mettre en bikini au cours des derniers mois.

— Quel dommage !

Les lèvres de Mac tremblèrent légèrement, comme s'il n'avait pas l'habitude de sourire.

— Toute personne vivant près d'un endroit comme celui-ci devrait prendre le temps de profiter de l'océan.

Il agita la main en direction de l'Atlantique, dont les vagues d'un bleu profond semblaient les appeler.

Elle but une autre gorgée de vin et constata qu'elle avait l'esprit un peu embrumé par l'alcool. Décidément, elle avait assez bu pour ce soir.

— Il fait encore clair. Nous pourrions peut-être aller sur la plage, ne serait-ce que pour tremper nos orteils dans l'eau.

— Je croyais que nous étions ici pour parler affaires, maugréa-t-il en indiquant l'ordinateur et le bloc-notes.

— C'est vous qui venez de déclarer que toute personne vivant ici devrait en profiter. Vous-même allez vivre ici une semaine, alors profitez-en.

Il plongea ses yeux dans les siens.

— Profiter de l'océan, vous voulez dire ?

Elle fut parcourue d'un frisson. Ce devait être l'effet du vin. Cela n'avait rien à voir avec la façon dont cet homme avait surgi dans sa vie, sur sa moto, avec son blouson de cuir et ses cheveux noirs, dans lesquels elle brûlait de glisser les doigts.

— Bien sûr que c'est ce que je voulais dire.

Il soutint son regard un instant de plus.

— Naturellement. J'avais bien compris.

Mac ne savait pas lui-même pourquoi il avait accepté de monter dans un bateau avec Savannah pour traverser la baie. Le soleil commençait à décliner à l'horizon, mais l'air était encore doux, assez pour qu'il soit tenté de se baigner.

En fait, il savait pourquoi il avait accepté l'invitation. Plus il passait de temps en compagnie de Savannah Hillstrand, plus il voyait son sourire éclatant, moins il pensait à son travail. Il se demandait comment s'y prendre pour la faire rire et sourire, et cette maison, avec ses fauteuils Adirondack, la faisait sourire plus que tout autre chose. Il avait envie d'éprouver la même chose qu'elle. Peut-être que se retrouver sur l'eau avec elle lui permettrait de connaître la sérénité qu'il lisait dans ses yeux.

Quand avait-il fait une chose pareille pour la dernière fois ? Quand s'était-il arraché à son travail pour aller se promener ? Il réfléchit, mais ne parvint pas à se rappeler un moment où il aurait fait une pause pour aller à la plage, au parc ou en vacances.

Il avait voyagé, bien sûr, mais toujours pour affaires, et

il avait alors passé tout son temps libre à travailler dans sa chambre d'hôtel.

Savannah s'était assise à l'arrière du petit bateau de métal et avait démarré avec aisance. Elle naviguait maintenant comme si elle avait fait cela toute sa vie. Cette assurance était incroyablement séduisante. Le vent se prenait dans ses cheveux et faisait flotter ses boucles sur ses épaules. Elle avait retiré ses chaussures et, pieds nus dans sa robe d'été, ne ressemblait plus du tout à celle qu'il avait rencontrée quelques heures plus tôt.

Il voyait maintenant une femme terriblement attirante, qui lui faisait oublier son travail et la véritable raison de sa présence ici.

Elle représentait un danger considérable.

Arrêtant le bateau à côté du ponton qu'il avait aperçu de loin, elle l'amarra à l'aide d'une corde et en descendit avant qu'il ait eu le temps de lui proposer son aide.

— Vous me stupéfiez, avoua-t-il en montant sur le ponton.

— Vraiment ? demanda-t-elle en enfilant ses chaussures, avant de se diriger vers la maison. Pourquoi cela ?

— Parce que je ne m'attendais pas à ce que vous sachiez démarrer un bateau à moteur ou l'amarrer.

— J'ai beaucoup de talents dont vous ignorez l'existence, Mac.

Un petit sourire dansait sur ses lèvres, et une lueur malicieuse brillait dans ses yeux.

Bon sang ! Il aimait l'entendre prononcer son prénom.

— Si nous continuons à badiner comme ça, nous allons finir par penser que nous sommes en vacances ensemble.

La suggestion sembla charger l'air d'électricité. Il imagina une escapade avec Savannah sur une île déserte, où ils riraient ensemble, partageraient quelques verres de vin et beaucoup plus encore.

— J'appellerais cela… une récréation, dit-elle, l'arrachant à sa rêverie, plutôt que des vacances.

Elle avait raison, mais il ne voulait pas renoncer aux images qui s'étaient imposées à lui, pas encore.

— C'est une maison de vacances, lui fit-il remarquer en montrant du doigt la maison blanche de deux étages.

— *C'était* une maison de vacances, répliqua-t-elle d'une voix douce, et peut-être en sera-t-elle de nouveau une un jour.

Derrière eux, ils entendirent un gros « plouf ! ». Ils se retournèrent en même temps et virent un poisson disparaître sous l'eau. Ils s'étaient tournés dans la même direction, et leurs corps s'étaient frôlés.

Troublé par sa proximité, par son parfum, il retint un instant son souffle. Ils restaient immobiles, comme s'ils craignaient de rompre le charme.

— C'était un… un poisson.

— Oui, murmura-t-elle.

Il sentait la chaleur de son souffle sur sa peau.

Il promena le regard sur la courbe de son cou, l'arrondi de ses seins sous le coton de sa robe verte. Elle entrouvrit les lèvres, les referma sans rien dire. Le silence se prolongea. Il prit alors une profonde inspiration, s'imprégnant de son parfum, submergé de désir.

— Nous…

Elle laissa sa phrase en suspens.

— Oui, dit-il, sans vraiment savoir pourquoi.

L'instant d'après, il se penchait vers elle et posait ses lèvres sur les siennes. Elle sembla d'abord hésiter, probablement prise au dépourvu, puis elle lui posa une main sur le bras avec douceur et lui rendit son baiser. Aussitôt, il eut l'impression qu'une porte restée longtemps fermée s'ouvrait en lui.

Il lui passa un bras autour de la taille et la serra plus étroitement. Elle émit un petit gémissement qui le troubla et lui glissa les mains dans les cheveux tandis qu'il l'embrassait avec plus de fougue.

Soudain, elle détacha ses lèvres des siennes et s'écarta.

— Qu'est-ce… Qu'est-ce que c'était ?

— Un accident, répondit-il, sans conviction. Je suis désolé.

Ses yeux écarquillés brillaient dans la lumière déclinante du crépuscule. Elle eut un bref hochement de tête.

— Je suis d'accord. Nous ferions peut-être mieux de… ne pas recommencer.

Il en avait terriblement envie pourtant, et même d'aller plus loin. Cependant, il acquiesça d'un signe de tête.

— D'accord.

Il se tourna vers la maison de Willy Jay Hillstrand. Malgré le manque de lumière, il voyait la peinture écaillée de la façade, les bardeaux manquants du toit, le porche affaissé. De toute évidence, la maison avait été majestueuse, mais des années d'intempéries et d'air salé l'avaient délabrée.

— Vous devriez revendre cette maison, lâcha-t-il, parce qu'il lui était plus facile de se concentrer sur des questions d'argent que sur ce qui venait de se passer. Garder l'argent, ou le réinvestir…

Elle se tourna vivement vers lui, la douceur de son regard remplacée par une lueur de colère.

— Vous vendez tout ce que vous trouvez ? Y a-t-il une seule chose qui échappe à votre envie de vendre ?

— Tout est remplaçable, Savannah.

— Non, Mac, vous vous trompez.

Elle reporta de nouveau son attention sur la maison. Ses plus beaux souvenirs étaient sans doute liés à cet endroit. Il vit une expression pleine de tristesse passer sur son visage quand son regard se posa sur le porche délabré et regretta aussitôt sa remarque.

Elle lui montra une maisonnette blanche au sommet d'un poteau en bois, au bout du jardin.

— Vous voyez cette cabane à oiseaux ? Mon père et moi l'avons construite ensemble quand j'avais neuf ans. Elle est toute simple, et je ne l'ai pas très bien peinte, mais un couple de passereaux vient y faire son nid tous les ans. En regardant de plus près, on peut voir les oisillons sortir leur tête, de temps en temps.

— Quel rapport avec le fait de vendre cette maison ?

— C'est l'une des très nombreuses choses qui font que cet endroit est spécial. C'est un souvenir que je ne pourrai jamais revivre, mais chaque fois que je vois ce nichoir, chaque fois que je vois une nouvelle famille de passereaux s'installer dedans, je pense à mon père, au fait qu'il l'a construite avec moi pour que nous ayons une raison de nous réjouir à l'avance chaque été. C'est ce genre de choses qui donnent de la valeur à un endroit. On ne peut plus le vendre sans sourciller. Tout n'est pas remplaçable, Mac.

Pour lui, tout avait un prix, une valeur marchande. Le sol sur lequel ils se tenaient, la maison qui inspirait à Savannah une telle émotion, les chaussures qu'il avait aux pieds : tout pouvait être vendu. On pouvait acheter une nouvelle cabane à oiseaux dans un magasin de jardinage, s'installer dans une nouvelle maison. Quand Savannah s'en rendrait compte, elle cesserait enfin de s'accrocher à une entreprise pour des raisons sentimentales et s'apercevrait que la meilleure chose à faire était de vendre.

Avec ces pensées en tête, il décida de se ressaisir et d'agir de nouveau en professionnel. Il s'était octroyé une courte pause, mais celle-ci était déjà presque terminée, et le lendemain matin, il se remettrait au travail, en oubliant bikinis, tongs et baisers torrides.

L'idée lui inspira une vive déception, mais il s'empressa de se reprendre, furieux contre lui-même.

Où avait-il la tête ? Il était censé la convaincre de lui vendre Hillstrand Solar et reprendre la route, quitter Stone Gap pour se concentrer sur un autre projet. Il ne pouvait pas se permettre de tisser des liens avec elle.

— Nous ferions sûrement mieux de ne pas traîner et de retourner…

Il s'interrompit brusquement quand elle prit sa main dans la sienne. Elle la relâcha presque aussitôt, comme si elle s'était brûlée, mais ce bref contact avait déjà fait son effet. Il avait senti son cœur tressauter dans sa poitrine, et toutes ses belles résolutions étaient parties en fumée.

— C'est dimanche, Mac… Il fait très doux. Prenons le

temps de profiter de la nature avant de nous remettre au travail. Rechargeons nos batteries, comme je le suggérais tout à l'heure.

Chaque fois qu'elle prononçait son prénom, sa voix avait une inflexion mélodieuse. A en juger par son ton rieur, elle le voyait comme quelqu'un qui avait besoin de se détendre, de s'amuser un peu. Pourtant, l'idée de rester inactif un instant de plus le rendait… anxieux. Il avait l'impression qu'il risquait de passer à côté de quelque chose d'important quand il restait désœuvré.

— Je n'ai pas l'habitude de perdre mon temps.

— Qui a parlé d'une perte de temps ? lui demanda-t-elle avec un grand sourire. Venez, allons nous promener !

Après tout, une courte promenade ne pourrait pas lui faire de mal. Peut-être pourrait-il même en profiter pour réessayer de la persuader de lui vendre Hillstrand Solar.

Oui, c'était pour cela qu'il était monté dans ce bateau et avait traversé la baie. Ce n'était pas parce qu'il avait eu envie de regarder Savannah marcher pieds nus dans le sable, ou parce qu'il s'était demandé ce qu'il ressentirait s'il la prenait dans ses bras et l'embrassait.

Maintenant, il savait quel effet cela lui faisait, et il la désirait davantage.

Comme si elle lisait dans ses pensées, elle retira ses chaussures. Le vernis rouge de ses ongles faisait contraste avec le sable blanc.

— Vous voulez laisser vos chaussures ici, vous aussi ?

— Non, merci.

— Vous allez être mal à l'aise et vous risquez d'abîmer de superbes bottes faites sur mesure.

— Comment savez-vous qu'elles ont été faites sur mesure ?

Elle eut un sourire en coin.

— Vous m'avez l'air d'être le genre d'homme qui n'achète que ce qu'il y a de mieux.

Elle lui tapota le torse du bout du doigt et, cette fois encore, son cœur s'emballa. Il eut aussitôt envie de lui voler un deuxième baiser.

— Mais je suis sûre qu'au fond vous rêvez de passer votre temps sur les plages !

Il rit.

— Certainement pas !

— Vous avez déjà le look, avec votre Harley, et je suis aussi persuadée qu'en dépit de tous vos discours sur les résultats financiers et les marges bénéficiaires vous êtes un homme capable de s'amuser, et c'est cet homme-là dont Hillstrand Solar a besoin, dont *j'ai* besoin, pour sortir de cette situation. Alors suivez-moi, et laissez le sable glisser entre vos orteils… Vous n'en serez qu'un meilleur dirigeant, croyez-moi !

— Je ne crois pas que du sable m'aidera à faire quoi que ce soit.

— Si vous voulez vraiment m'aider et aider ma compagnie, vous devez réfléchir comme l'homme qui l'a fondée. Lâchez prise, détendez-vous… Comportez-vous en homme normal, comme mon père le faisait.

La tête légèrement inclinée sur le côté, elle l'observa avec la plus grande attention.

— Si vous n'arrivez pas à comprendre son univers et le mien, comment allez-vous comprendre le fonctionnement de Hillstrand Solar ?

Elle s'éloigna, le bas de sa robe flottant autour de ses genoux, et s'avança pieds nus sur la plage. Pendant quelques instants, il se contenta de la regarder, puis il la suivit, mais il garda ses chaussures soigneusement lacées.

5

Savannah arriva au bureau avant le lever du soleil, s'attendant à être la première, mais Mac était déjà là, assis à la table de son père, absorbé par les documents ouverts sur l'ordinateur, devant lui. Il portait un jean noir et une chemise bleu pâle, qui mettait en valeur ses larges épaules et son dos musclé.

Bon sang !

Elle posa son sac à main sur le bureau du box d'à côté et le regarda par-dessus la cloison.

— Comment êtes-vous entré ?

— Avec le code que vous m'avez donné hier. J'aime me mettre au travail de bonne heure, répondit-il en désignant l'écran de l'ordinateur d'un geste vague. J'espère que cela ne vous dérange pas.

Elle jeta un coup d'œil à l'horloge accrochée au mur.

— Il n'est que 6 h 30… A quelle heure êtes-vous arrivé ?

Il haussa les épaules négligemment.

— Vers 5 heures, peut-être un peu plus tôt.

— 5 heures du matin ?

Elle secoua la tête avec perplexité. Il y avait bien peu de choses pour lesquelles elle aurait été prête à se lever aussi tôt, et travailler sur un ordinateur n'en faisait certainement pas partie.

— Vous n'avez pas dormi cette nuit ?

— Je ne dors pas beaucoup.

— Vous ne partez pas en vacances, vous ne prenez pas de petit déjeuncr… Que faites-vous de vos journées, Mac Barlow ?

Il la regarda droit dans les yeux.

— Je travaille.

Il était exactement tel qu'on le décrivait sur Internet : c'était un bourreau de travail. Cependant, ses yeux bleus perçants, qui auraient déconcentré n'importe quelle femme normalement constituée, n'étaient mentionnés nulle part.

— Je ne sais pas comment vous faites pour rester enfermé à longueur de journée, comme ça… A votre place, je deviendrais folle.

Elle s'étira, redoutant déjà de passer des heures assise devant un ordinateur. Elle mourait d'envie d'être dehors, de faire quelque chose de constructif, comme des réparations ou de la peinture, quelque chose d'autre que ce qu'elle était censée faire entre ces murs cinq jours par semaine ou, ces derniers temps, sept jours sur sept.

— Je ne vois même pas le temps passer quand je travaille, expliqua Mac. Je me plonge dans un projet, et les heures passent sans que je m'en aperçoive.

— Personnellement, j'aime être à l'extérieur et faire quelque chose de mes mains.

Elle tira une chaise pour s'asseoir à côté de lui et regarda l'écran de l'ordinateur.

— Qu'est-ce que c'est ?

— Un tableur pour analyser la main-d'œuvre de l'entreprise. Vous vouliez trouver un moyen ingénieux d'économiser de l'argent : c'est peut-être la solution.

— Comment cela va-t-il nous faire faire des économies ?

— Si nous arrivons à réduire les goulets d'étranglement et à augmenter la production, vous ferez plus de bénéfices, sans avoir à licencier qui que ce soit. Vous devrez aussi augmenter les ventes, mais…

— Vous avez trouvé un moyen de faire ça ? demanda-t-elle, le cœur débordant de joie à l'idée qu'il y avait peut-être bel et bien une échappatoire à cette situation désastreuse.

Il leva une main, pour refréner son enthousiasme.

— Je ne suis pas sûr à cent pour cent que cela fonctionne. Rappelez-vous : ce n'est pas ce que je fais d'habitude. Je vais passer la journée au service fabrication, pour analyser vos méthodes et vérifier que mes chiffres tiennent debout, et vous allez devoir faire d'autres sacrifices, mais…

— Mais personne ne perdra son travail !

— *Peut-être* que personne ne perdra son travail. Je ne peux rien vous promettre.

— Peut-être, c'est déjà merveilleux, renchérit-elle avec un grand sourire.

Pour la première fois depuis qu'elle avait succédé à son père, elle entrevoyait la lumière au bout du tunnel.

Elle l'écouta lui expliquer son plan en détail, tout en prenant des notes. Les deux heures qui suivirent passèrent à toute allure. Quand les employés du service fabrication arrivèrent, elle suivit Mac au premier étage pour les lui présenter.

Alors qu'il s'apprêtait à ouvrir la porte du palier, elle lui posa une main sur l'épaule.

— Merci.

Il la considéra avec curiosité.

— Pour quoi ?

— Merci de m'avoir écoutée, merci de m'aider, merci d'être venu à l'aube pour vous atteler à la tâche, répondit-elle avec un sourire. Je vous en suis très reconnaissante.

— Je vous en prie.

Son regard intense la fit frissonner, mais elle s'empressa de se ressaisir : il était là pour affaires, uniquement.

— Pourquoi avez-vous accepté de m'aider, d'ailleurs ?

Il réfléchit quelques instants.

— J'ai toujours aimé les défis. Quand je veux quelque chose…

La formulation la troubla de plus belle.

— … je fais tout mon possible pour l'obtenir.

— C'est… C'est une belle qualité.

Quelle impression cela pourrait-il faire d'être la femme qu'il poursuivrait ainsi de ses assiduités ?

Non, ce n'était pas une bonne idée de penser à cela, pas du tout.

— Bon… Allons voir comment ça se passe au service fabrication ! suggéra-t-elle en poussant la porte du palier, craignant que la conversation ne devienne trop personnelle.

Ils parcoururent ensemble tous les locaux de Hillstrand Solar. Tandis que Mac prenait des notes, elle s'arrêtait pour parler aux employés, dont elle connaissait la plupart depuis toujours. Elle se sentait parfaitement à l'aise avec ces gens, qui formaient en quelque sorte sa famille étendue. Elle prit soin de présenter Jeremy et Carla à Mac, persuadée qu'il serait moins enclin à vouloir les renvoyer s'il mettait un visage sur leurs noms.

— Je suis contente de te voir, Savannah, lui dit Betty Williams en la serrant brièvement dans ses bras.

Betty avait été l'une des premières employées de Willy Jay. Agée maintenant d'une soixantaine d'années, elle était la doyenne de l'entreprise, la première à apporter un gâteau lorsque quelqu'un fêtait son anniversaire et à faire circuler une carte à signer quand quelqu'un était malade.

— Tu es notre rayon de soleil ! Tu l'as toujours été.

— Merci, Betty… Comment va ta petite-fille ?

— Merveilleusement bien ! répondit l'intéressée en sortant son téléphone portable de sa poche. Elle est adorable. Je t'ai montré les photos d'elle dans son nouveau trotte-bébé ?

Elle fit défiler les photos d'une petite fille blonde aux yeux bleus sur l'écran de son téléphone et Savannah s'extasia.

— Excusez-moi, madame Williams, je voudrais parler à Mlle Hillstrand un moment, s'il vous plaît…

Mac la prit par le bras et l'entraîna un peu à l'écart.

— Que faites-vous ?

— Je regarde les photos de la petite-fille de Betty ! Elle vient juste d'apprendre à…

— On n'interrompt pas les employés quand ils travaillent. Vous ne devriez pas copiner avec eux. Laissez-les faire leur travail, et faites le vôtre.

Elle sentit la colère l'envahir.

— « Copiner avec eux » ? Je parle aux gens qui travaillaient pour mon père.

— Et qui travaillent maintenant pour vous. Chaque seconde que vous passez à discuter avec eux est une seconde de perdue pour l'entreprise. Cela vous coûte et coûte à cette entreprise des milliers de dollars. Quand je vous ai parlé de rentabiliser le temps de travail, cela s'appliquait aussi à vous.

Elle se hérissa.

— Prendre trente secondes pour regarder les photos de la petite-fille de Betty ne me coûte pas des milliers de dollars.

— Non, mais si vous prenez aussi le temps de demander à Joe comment s'est passée son opération du genou, de parler à Scott de sa voiture et à je-ne-sais-plus-qui de la cataracte de sa mère…

— C'est normal d'entretenir de bonnes relations avec les gens, protesta-t-elle, les poings sur les hanches. Vous n'avez pas l'air d'être expert en la matière.

— Que savez-vous des relations que j'entretiens avec les gens ?

Il fit un pas vers elle. De si près, elle voyait les éclats dorés de ses yeux.

— Je sais quelles relations vous avez avec moi. En dehors de ces quelques minutes à la plage, vous avez été…

— Quoi donc ?

— Difficile et têtu.

— Je préfère les qualificatifs de « déterminé » et « opiniâtre ». La détermination et l'opiniâtreté sont des qualités essentielles pour un dirigeant d'entreprise.

Sous-entendu : elle en aurait eu bien besoin. Peut-être avait-il raison, mais elle refusait de l'admettre.

— Mon père était partisan de nouer des liens avec les gens avec lesquels il travaillait.

— Et c'est ce que vous faites ?

— Exactement. Je connais la plupart de ces personnes depuis toujours, alors c'est bien normal que je…

— Je voulais dire « avec moi ».

— Est-ce que je noue des liens avec vous ?

L'idée la troublait profondément. Elle repensa malgré elle au baiser torride qu'ils avaient échangé la veille au soir, mais se hâta de le chasser de son esprit.

— Pourquoi… Pourquoi le ferais-je ?

— Parce que apparemment vous le faites avec tout le monde, ici, répondit-il en indiquant d'un geste vague les employés qui s'affairaient, un peu plus loin. J'avoue que je suis un peu déçu que vous ne le fassiez pas avec moi.

— J'ai essayé. Sur la plage. Vous n'étiez pas intéressé.

— Je n'ai jamais dit que je n'étais pas intéressé.

Il y eut un silence lourd de sens.

L'espace d'un instant, elle retint son souffle, troublée, puis elle se rendit compte qu'il ne pouvait pas être sérieux. Comment aurait-il pu l'être ? Il s'intéressait uniquement aux résultats financiers. Il ne pouvait pas être jaloux de l'attention qu'elle témoignait aux employés.

Elle secoua la tête et eut un petit rire nerveux.

— Enfin, bref ! Vous venez de me dire que je ne devais pas perdre mon temps à discuter avec les employés, alors je ne vais pas commettre cette erreur avec vous.

Elle tourna les talons et se dirigea vers la porte du palier pour remonter au cinquième étage d'un pas énergique, bien décidée à ignorer le fait que Mac la rendait folle.

Mac passa les trois heures qui suivirent à travailler sans relâche, plongé dans ses notes, pour éviter de se demander ce que Savannah Hillstrand faisait et pourquoi elle l'intriguait à ce point, elle qui transgressait toutes les règles auxquelles il croyait.

Soudain, son téléphone portable sonna. Il avait l'intention de laisser la personne qui l'appelait tomber sur son répondeur, mais un numéro inconnu s'affichait à l'écran. Peut-être s'agissait-il du propriétaire du garage qu'il comptait aller voir à la fin de la semaine ? Il hésita un instant, puis décrocha.

— Mac Barlow.

Il y eut un bref silence.

— Euh… Mac ? C'est Colton. Ton…

Il reconnut tout de suite le prénom et sentit son ventre se nouer. Secrètement, il avait espéré que son oncle Tank lui avait fait une très mauvaise plaisanterie, et qu'aucun frère dont il ignorait jusque-là l'existence n'allait maintenant bouleverser sa vie et celle de ses proches. Colton Barlow était pourtant au bout du fil.

— Je sais qui tu es.

Il y eut un autre silence.

— Je voudrais vous rencontrer, toi, Jack et Luke. J'envisage de venir à Stone Gap…

— Ce n'est pas une bonne idée.

Il devait absolument parler à son père avant que Colton ne fasse irruption dans leur vie à tous.

— J'ai le droit de connaître ma famille, répliqua Colton d'une voix plus dure.

— Tu as déjà une famille.

Il avait une mère, un beau-père et une sœur, d'après ce que Tank avait dit à Mac.

— Oui, et je me suis rapproché de la famille de notre oncle. Il a été là pour ma mère, au fil des ans. Je n'ai appris que récemment que c'était le frère de mon père.

« Notre oncle. » Mac se hérissa en entendant ces mots. Il ne connaissait pas Colton, pas du tout, et maintenant, voilà que celui-ci parlait de venir et de semer la pagaille dans sa vie. Sa seule existence remettait en cause tout ce qu'il croyait savoir sur son père.

Apparemment, Colton estimait avoir le droit de venir à Stone Gap, même s'il n'y avait pas été invité.

— Attends un peu… Tu es allé chez oncle Tank ? Tu as rencontré ses enfants ?

Colton rit.

— Premièrement, ses enfants sont adultes, comme toi et moi, et deuxièmement, oncle Tank est aussi mon oncle. Il a été le premier de la famille à m'accepter, et je le connais depuis des années. Jusque-là, je ne savais pas que nous étions parents, c'est tout.

— Tout le monde ignorait ton existence il y a encore deux semaines ! Tu dois nous laisser un peu de temps.

— Je comprends que c'est un choc pour ta famille et toi…

— Ça, c'est sûr, ça va être un choc !

— Je m'en rends bien compte, et je n'ai absolument pas envie de bouleverser votre vie, mais je n'ai jamais connu mon vrai père, Mac, et je ne savais même pas que j'avais des frères, trois frères même. Tu imagines ce que c'est que de découvrir une chose pareille à mon âge ? Que ferais-tu, à ma place ?

Mac avait envie de répondre qu'il agirait différemment, mais c'était un mensonge.

— Sans doute la même chose que toi.

— J'ai attendu plus de trente ans pour connaître mon père… Ça suffit, tu ne trouves pas ?

La détermination de Colton était évidente. Curieusement, Mac respectait davantage son demi-frère parce qu'il ne revenait pas sur sa position, parce qu'il ne laissait personne le dissuader de rencontrer sa famille.

En fait, il le comprenait : si les rôles avaient été inversés, il aurait sans doute fait irruption à Stone Gap. A n'en pas douter, ce serait ce que Colton ferait s'il ne trouvait pas un moyen de le tenir encore un peu à distance.

— Tu dois me laisser le temps de parler à la famille. Jack se marie à la fin de la semaine, je ne peux pas…

— Je te rappellerai demain en fin de journée, l'interrompit Colton. Je vais venir, Mac, que tu parles à tes proches ou non. Je ne veux pas être désagréable, mais c'est aussi mon père, ma famille. J'ai assez attendu pour les rencontrer.

Là-dessus, il raccrocha. Mac jura et reposa le téléphone. Il avait vingt-quatre heures devant lui pour bouleverser la vie de sa famille. Une fois qu'il aurait prévenu son père de la visite imminente de Colton, Bobby devrait en parler aux autres.

Ses frères étaient adultes, ils sauraient faire face à la situation.

Son père était responsable de tout, et Mac se moquait des conséquences que l'arrivée de Colton aurait sur sa vie à *lui*.

Mais sa mère…

Elle allait être anéantie. Toute sa vie, Della avait parlé de son mari comme de son grand amour. Bobby et elle étaient mariés depuis près de trente-cinq ans. Pour couronner le tout, elle allait apprendre la nouvelle juste avant le mariage de Jack.

Cela ne pouvait que mal se passer.

Soudain, on frappa à la porte, derrière lui. Il se retourna et vit Savannah dans l'embrasure, éclairée par le soleil qui filtrait à travers les fenêtres. Elle était superbe, même dans les vêtements stricts qu'elle portait au travail.

Son tailleur-pantalon bleu marine faisait ressortir ses cheveux blonds, relevés en un chignon souple et attachés avec une barrette. Quelques mèches s'en échappaient et caressaient son cou gracile. La coupe de son tailleur était sévère, mais elle ne parvenait pas à cacher les courbes sensuelles de Savannah. On aurait dit que sa véritable nature essayait de s'extraire de la tenue austère. Elle portait aussi une paire de chaussures à talons rouge vif, touche de couleur audacieuse et rebelle.

Il ne put s'empêcher de l'imaginer portant ces chaussures à talons en tout et pour tout.

— Je vais déjeuner, annonça-t-elle. Je voulais vous proposer de m'accompagner, mais vous m'avez dit que vous mangiez toujours en travaillant, alors je suis juste passée pour vous dire que je sortais.

Il regarda son téléphone portable, qui lui rappelait tout ce qu'il essayait d'éviter, et posa son bloc-notes dessus pour ne plus le voir.

Jetant un dernier coup d'œil aux chaussures rouges de Savannah, il leva de nouveau les yeux vers son visage.

— A vrai dire, je ferais bien une pause. Je peux venir avec vous ?

Elle haussa les sourcils, visiblement surprise.

— Oh… Oui, bien sûr. Pas de problème.

Bon sang ! Il avait supposé que cela ne la dérangerait pas qu'il se joigne à elle, mais peut-être s'était-il trompé.

— A moins que vous ne préfériez déjeuner seule…

— Non, non, je serais ravie d'avoir un peu de compagnie, du moment que vous me promettez une chose.

Elle leva l'index, avec un petit sourire espiègle. Une lueur malicieuse brillait dans ses beaux yeux verts. Il aimait la rapidité avec laquelle elle oubliait tout désaccord et redevenait amicale et taquine.

— Laquelle ?

— Interdiction de parler travail pendant le déjeuner !

Elle haussa les sourcils d'un air de défi.

— Mais c'est l'occasion idéale pour…

— Pour nouer des liens, strictement professionnels, bien sûr, précisa-t-elle. Vous n'aurez pas à craindre que je vous parle de la cataracte de votre mère ou du nouveau chiot de votre frère.

— Tant mieux ! répondit-il en prenant son blouson et ses clés, laissant volontairement son portable.

Pour la première fois depuis bien longtemps, il avait envie d'un moment de tranquillité. Il voulait connaître la sérénité qu'il avait lue sur le visage de Savannah la veille au soir, à la plage.

— Parce que je n'ai pas du tout envie de parler de ma famille en ce moment.

6

La remarque de Mac intrigua Savannah. Pourquoi ne voulait-il pas parler de sa famille ? D'après ce qu'elle savait d'eux, les Barlow étaient des gens bien. L'un des frères de Mac tenait le garage familial, l'autre avait une entreprise de menuiserie. Tous deux vivaient à Stone Gap. Elle n'avait jamais entendu personne dire du mal de cette famille, mais peut-être Mac était-il trop différent de ses proches pour les apprécier.

Cependant, tandis qu'elle s'asseyait en face de lui dans la salle ensoleillée du Good Eatin' Café, elle songea qu'il n'avait pas l'air d'un homme d'affaires impitoyable. On aurait plutôt dit un mauvais garçon essayant de se réformer. Il portait un jean noir et une chemise bleu pâle, mais il avait troqué ses bottes pour des chaussures de ville bien cirées et visiblement coûteuses. Ses cheveux légèrement ébouriffés lui donnaient un air canaille, et quand il affichait son sourire irrésistible, rare mais éclatant, elle se sentait fondre.

Des liens strictement professionnels... Bien sûr ! Il lui inspirait des pensées qui n'avaient rien de professionnel, depuis qu'ils avaient échangé ce baiser.

Vivian Hoffman, la propriétaire du Good Eatin' Café, une dame aux cheveux gris, s'approcha de leur table d'un air affairé. Elle se pencha pour l'embrasser chaleureusement.

— Je suis contente de te voir, ma chérie, et avec un homme, en plus ! Il était temps que tu te remettes à sortir...

— Vivian, je ne sors pas avec...

— Content de vous revoir, lança Mac. Cela faisait longtemps que je n'étais pas venu.

Vivian l'observa attentivement, et après quelques secondes, elle écarquilla les yeux et plaqua une main sur sa bouche dans un geste trahissant sa surprise.

— Eh bien, ça alors ! Si ce n'est pas Maxwell Barlow… Je croyais que tu avais disparu pour de bon ! Tu n'avais pas mis les pieds à Stone Gap depuis une éternité.

— Je n'avais pas disparu, répondit-il avec un sourire chaleureux, mais je travaille à Boston.

— Tu es ici pour le mariage de ton frère ?

Savannah assistait à l'échange avec curiosité. Vivian était plutôt bonne psychologue ; en général, les gens qu'elle aimait bien étaient de braves gens, comme disait sa mère, le genre de personnes avec lesquelles n'importe qui aurait aimé prendre un café. Si Mac avait l'approbation de Vivian, cela signifiait qu'il n'était pas aussi impitoyable qu'elle l'avait d'abord cru.

Bien sûr, Vivian ne le connaissait peut-être pas vraiment ; cela faisait bien longtemps qu'il avait quitté Stone Gap.

— Oui, m'dame ! Le mariage aura lieu le week-end prochain.

Vivian lui posa une main sur l'épaule.

— C'est merveilleux ! Les Barlow ont toujours fait la fierté de Stone Gap.

Une ombre passa sur le visage de Mac.

— Il paraît…

Vivian leur tendit à chacun un menu.

— Je reviens tout de suite pour prendre votre commande ! Je suis contente de t'avoir revu, Mac, et de te voir avec lui, Savannah… Les Barlow sont de beaux partis, ne le laisse pas filer ! Il y a beaucoup de femmes qui seraient ravies de l'avoir à Stone Gap.

— Je ne suis pas…

— Quant à toi, l'interrompit Vivian en reportant son attention sur Mac, estime-toi heureux que Savannah s'intéresse à toi. Elle est trop bien pour toi, mais avec un peu de chance elle aura pitié.

Là-dessus, elle eut un grand sourire, tourna les talons et se dirigea vers la cuisine.

Savannah était horriblement gênée.

— Je suis désolée. Je ne voulais pas lui laisser croire que nous étions ensemble, mais elle m'a interrompue avant que je n'aie pu la détromper.

Mac sourit.

— Eh bien, d'après Vivian, être avec un Barlow est une bonne chose.

— Mais qu'en est-il de ce Barlow en particulier ?

— Cela reste à voir.

Il consulta le menu. Son expression était devenue indéchiffrable.

Après quelques minutes de réflexion, ils passèrent leur commande. Les clients commençaient à affluer. Elle salua une ou deux personnes qu'elle connaissait, puis se tourna de nouveau vers Mac.

Il l'intriguait, mais elle devait s'en tenir à des sujets neutres, qui ne lui donneraient pas envie de l'embrasser.

Etant donné qu'elle avait déjà songé à l'embrasser un nombre incalculable de fois, peut-être était-ce peine perdue.

— J'ai cru comprendre que vous aviez choisi ce travail parce que vous aimiez les défis. Vous auriez pu faire bien d'autres choses. Qu'est-ce qui vous a poussé dans cette carrière, au juste ?

Il haussa les sourcils d'un air interrogateur.

— Je croyais que ce n'était pas un déjeuner d'affaires… ?

— Ce n'en est pas un. Vous vous êtes engagé à ne pas me parler de Hillstrand Solar pendant le repas, et je vous ai promis de ne pas parler de votre famille. Cela laisse le champ libre à toutes sortes de questions.

— Des questions personnelles.

— Les questions ne sont-elles pas toutes personnelles, d'une certaine façon ?

Il sembla réfléchir.

— Peut-être, mais les questions personnelles entraînent

des relations personnelles. Je croyais que vous vouliez que nos relations restent strictement professionnelles.

— C'était le cas, mais j'ai changé d'avis.

— Ah bon ? Pourquoi ?

Elle ne voulait pas admettre la vérité. Parce qu'elle aimait son sourire, parce que la façon dont il avait dit « m'dame » à Vivian l'avait émue, parce qu'elle avait envie de glisser les doigts dans ses cheveux et de déposer une ligne de baisers au creux de son cou, sur ses épaules.

— Parce que c'est comme ça que je travaille, Mac. Vous avez dû vous en rendre compte. Je ne peux pas travailler avec des gens que je ne connais pas, et je ne vous connais pas encore bien.

Il l'observa attentivement. Son regard mystérieux était troublant.

— Il n'y a pas grand-chose à savoir sur moi.

— Il y a beaucoup de choses à savoir sur tout le monde, au contraire. Pour moi, les gens sont comme de vieilles demeures : des couches et des couches de papier peint cachent des années de marques d'usure et de souvenirs. Parfois, il faut se donner beaucoup de mal pour accéder au meilleur, au cœur de la maison, pour ainsi dire.

— C'est comme cela que vous me voyez ? Comme un vieux mur couvert de peinture écaillée et de papier peint défraîchi ?

Elle s'esclaffa.

— Vous ? Vous êtes couvert de fil de fer barbelé et de vigne vierge !

— Je ne suis pas si terrible…

— Vous avez vos bons moments, concéda-t-elle avec un grand sourire, avant de joindre les mains devant elle. Alors, dites-moi… Pourquoi avoir choisi ce métier ?

Il attendit que la serveuse, qui leur apportait des verres d'eau fraîche, se fût éloignée pour répondre.

— Quand j'étais au lycée, je voulais à tout prix avoir ma propre entreprise. Je sais que cela peut sembler insensé, mais je n'ai jamais aimé l'idée de travailler pour quelqu'un… J'avais travaillé au garage de mon père, mais nous ne nous sommes pas vraiment bien entendus, lui et moi, alors j'ai quitté le garage pour travailler dans une concession automobile, à Stone Gap. L'entreprise courait au désastre. Le propriétaire était un bon vendeur, mais un très mauvais gérant et il ne savait pas tenir les comptes. Je me suis occupé de cet aspect des choses pour lui, et j'y ai pris goût.

— C'était la concession de Charlie Beecher ? Mon père m'a acheté une Taurus d'occasion chez lui pour mes seize ans. Je l'ai appelée Sylvia et je l'ai conduite pendant des années, jusqu'au jour où elle a rendu l'âme sur la route 404. Je l'adorais, cette voiture.

— Vous avez donné un prénom à votre voiture ? demanda-t-il, le sourire aux lèvres.

— Oui. Comme tout le monde, non ?

Il rit.

— Non, pas comme tout le monde !

— Vous devriez en faire autant. Votre moto, par exemple, je l'appellerais « La Bête », à cause de son rugissement.

— La Bête ? Ça me plaît.

— Ça plaira aussi à La Bête, j'en suis sûre.

— On verra ! s'esclaffa-t-il. Enfin, bref… Il s'agissait bien de la concession de Charlie. C'était un type génial, très sympathique avec ses clients. Il n'était pas doué pour gérer ses finances, c'est tout… Du coup, il se maintenait à peine à flot. Quand je lui ai acheté la concession, quelques années plus tard, il était à la limite de la faillite.

— Et dix ans plus tard, vous l'avez rachetée à l'entreprise à laquelle vous l'aviez vendue.

Cette découverte l'avait étonnée. C'était ce qui lui avait fait espérer un côté sentimental chez lui, et une aide pour sauver Hillstrand Solar.

Il acquiesça d'un hochement de tête.

— Oui.

— Pourquoi ?

La question, on ne peut plus directe, sembla le décontenancer.

Il prit une profonde inspiration, joua machinalement avec la paille posée à côté de son verre.

— C'est compliqué.

— Est-ce une façon de dire que vous n'avez pas envie d'en parler ?

— Oui.

Il retira la paille de son emballage en papier et la plongea dans son verre d'eau.

— Et vous ? Qu'est-ce qui vous a poussée à travailler dans les énergies renouvelables ? lui demanda-t-il, changeant brusquement de sujet.

Il inversait les rôles, mais ce n'était que justice, après tout.

— A l'origine, je n'avais pas du tout l'intention de travailler au sein de Hillstrand Solar. Quand j'étais plus jeune, j'y travaillais l'été, pour me faire un peu d'argent de poche et aider mon père. J'adorais passer du temps avec lui. Cela a fini par devenir un travail à temps partiel…

Elle haussa les épaules.

— Je n'avais jamais vraiment compris qu'il était sérieux quand il parlait de me laisser l'entreprise, un jour.

C'était ce qu'elle expliquait à ceux qui s'intéressaient à son parcours, notamment les employés qui avaient été surpris de la voir prendre la relève de son père juste après ses funérailles, mais ce n'était qu'une petite partie de la vérité.

— Alors qu'aviez-vous l'intention de faire ?

— Exactement ce que je fais maintenant.

Il émit un grognement railleur.

— Bien sûr ! ironisa-t-il.

— Qu'est-ce qui vous fait croire que je n'avais pas envie de diriger une entreprise ?

— Quand on veut quelque chose, on s'y consacre corps et âme. Quand j'étais plus jeune, j'ai passé tout mon temps à apprendre le fonctionnement des entreprises, à mettre de l'argent de côté, à faire des projets. Vous m'avez dit vous-même que vous n'aviez pas l'intention de travailler pour Hillstrand Solar.

— J'ai dit que je ne savais pas que mon père voulait vraiment que je lui succède à la tête de l'entreprise.

Elle s'était attendue à avoir des années devant elle pour consolider sa carrière dans la rénovation de vieilles maisons avant que son père ne cède sa place. Elle avait également cru qu'il trouverait quelqu'un ayant un sens aigu des affaires pour le remplacer, quelqu'un d'autre qu'elle.

La serveuse leur apporta leurs salades. La sienne, généreusement assaisonnée, était garnie de morceaux de poulet frit et de fromage. Celle de Mac était uniquement constituée de légumes, et il avait demandé l'assaisonnement à côté. Même dans ses choix culinaires, il était raisonnable.

Il coupa une feuille de laitue.

— Moi aussi, j'ai fait quelques recherches sur vous.

Elle rit.

— Je doute que vous trouviez grand-chose à mon sujet sur Internet, à part peut-être quelques photos embarrassantes datant de l'époque où j'étais au collège ! Je n'avais aucun style, mais pour ma défense, ajouta-t-elle en agitant sa fourchette, j'étais jeune...

— Vous étiez très mignonne, et quand vous étiez au lycée aussi. J'ai vu une photo de vous au bal de Noël.

Elle sentit le rouge lui monter aux joues. Que lui arrivait-il ? Pourquoi se laissait-elle troubler comme une adolescente parce qu'il lui faisait un compliment ?

— Ma mère m'avait cousu cette robe. J'étais horriblement gênée à l'idée de porter cette couleur.

— Le bleu vous va très bien.

Elle jeta un coup d'œil à son tailleur-pantalon bleu foncé et sentit ses joues s'empourprer davantage. Pourquoi était-elle si heureuse de lui plaire ?

— Merci.

— J'ai aussi lu quelque part que vous aviez rénové des maisons pendant quelques années. Il y avait un article dans le journal sur l'un de vos projets.

— La maison de Honeysuckle Lane.

Bon sang ! Elle avait oublié que cette information était sur Internet. Si elle lui avouait que sa vraie passion était de remettre à neuf de vieilles maisons, pourrait-il la voir un jour comme une bonne dirigeante ? Elle en doutait.

— C'était juste… un passe-temps.

Elle baissa les yeux sur sa salade pour qu'il ne s'aperçoive pas de son mensonge.

— Un passe-temps ?

— Oui.

Elle mangea un morceau de poulet.

— Vous avez rénové plus de dix maisons et passé des mois sur le projet de Honeysuckle Lane. C'est plus qu'un passe-temps, à mon avis.

— Le projet de Honeysuckle Lane était complexe, c'est tout.

— Alors, vous êtes totalement dévouée à Hillstrand Solar, maintenant ?

Pourquoi se sentait-elle oppressée ? C'était pourtant ce qu'elle voulait : sauver l'entreprise de son père et assurer sa pérennité.

— Oui, bien sûr.

Il la considéra pendant un moment qui lui sembla durer une éternité, puis se remit à manger.

— Tant mieux, parce que j'attends que vous vous donniez à cent pour cent, cette semaine. Il faudra au moins cela pour remettre cette entreprise sur pied.

— Vous pouvez compter sur moi. C'est la seule chose que j'aie envie de faire.

Elle pensa au perron affaissé de la maison au bord de la plage, à la tristesse qui semblait s'être abattue sur ses vieux murs. Ses parents avaient adoré cet endroit, mais maintenant sa mère disait qu'elle ne pourrait plus y retourner.

— La seule chose en effet, répéta-t-elle.

C'était un mensonge.

Mac était très déterminé. Il savait se concentrer sur un projet jusqu'à ce qu'il ait atteint son but, quelles que soient la difficulté et la durée de l'entreprise. C'était cette ténacité qui lui avait permis d'acheter et de revendre de nombreuses compagnies au fil des ans, généralement à profit mais sans avoir beaucoup de temps libre entre deux projets.

Cependant, pour une raison obscure, il n'arrivait pas à se concentrer sur Hillstrand Solar. Depuis qu'il avait embrassé Savannah au bord de l'océan, il ne pensait plus qu'à son sourire et à ses yeux verts. Il mourait d'envie de l'embrasser de plus belle.

Quand il ne pensait pas à Savannah, il songeait à sa famille, à la mauvaise nouvelle qu'il allait devoir annoncer à ses proches le soir même. Il détestait la position dans laquelle il se trouvait : il était pieds et poings liés, contraint de se soumettre aux décisions d'un autre. D'habitude, c'était lui qui était en position de force.

Il éteignit l'ordinateur un peu après 17 heures, et passa la tête derrière la cloison qui séparait son box de celui de Savannah. Il ne restait qu'eux dans les bureaux, les employés étant partis quelques minutes plus tôt. Fidèle à sa parole, Savannah s'était courageusement attelée aux tâches qu'il lui avait confiées.

Il avait étudié le profil de chaque commercial de Hillstrand Solar et avait réaffecté les clients en fonction des compétences de chacun.

Il la regarda travailler un moment et, pour la énième fois, se demanda pourquoi il s'était laissé persuader de l'aider, au lieu de lui faire une dernière offre de rachat ou de renoncer à faire l'acquisition de Hillstrand Solar.

Elle avait de nouveau un crayon dans les cheveux, et un autre dans les mains. Son regard se posa sur sa nuque, où tombaient quelques mèches fines, puis sur ses épaules, sur son dos, sur sa taille.

Savannah était une très belle femme. Il s'imagina dans un lit avec elle, l'enlaçant, l'embrassant, la caressant.

Pousserait-elle le même petit gémissement que la veille s'il tentait encore de l'embrasser ? Ou le repousserait-elle ?

Elle se retourna brusquement, comme si elle avait senti sa présence.

— Mac ! Vous m'avez fait peur…

— Je suis désolé.

Il s'éclaircit la gorge et fit un pas vers elle, s'efforçant de chasser de son esprit ces pensées coupables, mais sans succès. S'approcher d'elle ne fit qu'intensifier son envie de la toucher, de sentir son parfum.

— Je… Je pensais partir de bonne heure.

— De bonne heure ? Il est 17 heures passées ! Pour la plupart des gens, il est déjà tard.

— Pour moi, il est encore tôt, mais je dois… voir ma famille, ce soir.

Il n'avait pas du tout envie d'aborder le sujet avec Savannah, ou avec qui que ce soit d'autre, d'ailleurs.

— D'accord ! On se voit demain matin ?

— Bien sûr.

Pourquoi était-il déçu qu'elle ne cherche pas à le retenir ? Ce n'était pas comme s'il sortait avec elle, ou comme s'il s'attendait à passer un autre repas en sa compagnie.

Il fut tenté de lui dire qu'il avait envie de rester, de lui parler, mais il aurait dû lui faire part de ses problèmes de famille. Il avait envie de se confier à elle, de nouer des liens avec elle, mais cela n'aurait pas été une bonne idée. Il se ravisa donc.

— A demain, alors…

— D'accord, répondit-elle, reportant déjà son attention sur l'ordinateur.

Il sortit et se dirigea vers sa moto. La Harley ronronna, vibra en dessous de lui comme un tigre prêt à bondir.

Quelques instants plus tard, il était sur la grande route, s'éloignant de Hillstrand Solar et prenant la direction de la maison dans laquelle il avait grandi.

Il ne lui fallut pas longtemps pour arriver. Il aurait aimé passer plus de temps sur la route, mais plus il attendrait, pire ce serait, il le savait.

Les paroles de Colton résonnaient dans sa tête tandis qu'il s'engageait dans la rue où vivaient ses parents.

« Je vais venir, Mac, que tu parles à tes proches ou non. Je ne veux pas être désagréable, mais c'est aussi mon père, ma famille. J'ai assez attendu pour les rencontrer. »

Il ne pouvait donc repousser l'inévitable plus longtemps.

Un seul véhicule était garé dans l'allée : le vieux pick-up Ford F150 de son père, qui avait connu des jours meilleurs et avait près de deux cent mille miles au compteur, mais qui roulait encore très bien.

Soulagé de constater que sa mère et ses frères n'étaient pas là, il soupira, gara sa moto et se dirigea vers la maison. Il frappa une fois, puis ouvrit la porte et passa la tête dans l'entrebâillement.

— Papa ? Tu es là ?

— Je suis dans la cuisine.

Son père était assis à la table, devant les pièces d'une radio démontée étalées sur une feuille de papier journal.

— Ta mère m'a demandé de réparer la radio de la cuisine. Ce bazar est presque aussi vieux que moi. Je lui ai dit d'en acheter une nouvelle mais elle m'a répondu qu'elle aimait bien celle-là !

— C'est tout maman… Pourquoi acheter quelque chose de neuf quand on peut faire avec ce que l'on a déjà ?

Mac posa les mains sur le dossier de la chaise en face de celle de son père, puis il poussa un profond soupir et s'assit.

Son père leva les yeux, avant de reporter son attention sur la radio. Il dévissa un circuit imprimé du boîtier et le tint dans la lumière pour l'examiner. Mac resta silencieux, cherchant le meilleur moyen d'aborder le sujet dont il était venu parler. Plusieurs minutes s'écoulèrent.

— Tu es venu pour me regarder travailler ?

— J'ai à te parler.

A l'aide de son tournevis, Bobby sépara les éléments de la radio.

— Eh bien, vas-y.

Mac soupira bruyamment.

— J'ai eu une conversation intéressante avec l'oncle Tank, l'autre jour.

Son père émit un grognement railleur.

— Toutes les conversations avec mon frère ont toujours été intéressantes. Comment va-t-il ?

— Apparemment, c'est une habitude chez toi de ne pas parler aux gens qui ne sont pas d'accord avec toi.

Bobby soupira.

— C'est pour ça que tu es ici ? Ta mère ne va pas tarder à revenir de l'épicerie, et je n'ai pas le temps de ressasser ces idioties…

— Non, papa, je veux te parler d'autres idioties.

Son père s'arrêta net et leva le visage vers lui.

— Comment ça, d'autres idioties ?

C'est maintenant ou jamais. Il rassembla tout son courage et regarda son père droit dans les yeux.

— Quand avais-tu l'intention de parler de Colton à maman ?

Bobby blêmit. Ses mains se mirent à trembler, le tournevis racla l'armature métallique de la radio. L'espace d'un instant, Mac eut presque pitié de lui.

— Comment… Comment es-tu au courant ? Tank ! Je vais le tuer…

— A vrai dire, c'est Colton qui est allé trouver oncle Tank. Sa mère vient de lui avouer que celui qu'il prenait pour un vieil ami était en fait son oncle. Il a rencontré la famille de Tank.

Mac marqua un temps d'arrêt.

— Maintenant, il veut nous rencontrer. Le week-end prochain, avant le mariage de Jack. As-tu la moindre idée de ce que cela va faire à tout le monde ?

La pomme d'Adam de Bobby monta et redescendit tandis qu'il déglutissait péniblement.

— Il veut nous rencontrer ?

Mac dévisagea son père.

— Quand allais-tu l'annoncer à maman ? A nous tous ?

— Je… Je…

Bobby baissa la tête. Cette fois encore, Mac eut un élan de compassion pour lui, mais il réprima vivement ce sentiment. Son père était responsable de ce qui lui arrivait.

— Je… Je ne sais pas, bredouilla enfin Bobby.

— Eh bien, tu as intérêt à y réfléchir, papa, parce que Colton n'a pas l'intention d'attendre.

Mac se leva et repoussa la chaise sous la table dans un crissement aigu.

— Quant à moi, je n'ai pas l'intention d'annoncer à la femme à laquelle tu es marié depuis trente-cinq ans que tu l'as trompée, que tu la trompes peut-être encore. Comment as-tu pu faire une chose pareille ?

Les yeux de son père s'emplirent de larmes.

— C'est compliqué, Mac…

— Compliqué ? C'est le mot que tu utiliserais pour décrire la situation ?

Mac secoua la tête et laissa échapper un juron.

— Laisse-moi t'expliquer, le supplia son père. C'était il y a très longtemps, et…

— Et quoi ? Tu étais malheureux d'être marié à la femme de ta vie ? Parce que tu as toujours prétendu que maman était la femme de ta vie !

Les larmes se mirent à couler sur les joues de Bobby.

— C'est ce qu'elle était, c'est ce qu'elle est. C'est… compliqué.

— Non, papa, dit Mac. Ce n'est pas compliqué, c'est lamentable.

Là-dessus, il tourna les talons et sortit de la maison. Même le rugissement du vent dans ses oreilles alors qu'il passait en trombe dans les rues de Stone Gap ne suffit pas à étouffer le vacarme des pensées qui tournoyaient dans sa tête. Peut-être que *rien* ne pourrait jamais lui faire oublier ce moment où, dans la cuisine de la maison familiale, son père l'avait conforté dans l'idée que tout ce qu'il croyait savoir de ses parents et de son enfance était en fait un mensonge.

7

Savannah écarta sa frange de son front et recula un peu pour inspecter son travail. Il ne lui restait qu'une demi-heure environ avant le coucher du soleil, mais elle avait déjà accompli beaucoup plus que prévu. Elle avait démoli une bonne partie de la structure du porche et empilé les poutres et les bardeaux de bois à côté de la maison. Le bois de charpente qu'elle avait commandé attendait sur la pelouse.

Elle aurait dû s'atteler aux tâches que Mac lui avait confiées mais, à mesure que les heures avaient passé, elle s'était sentie de plus en plus anxieuse, et impuissante : Hillstrand Solar se maintenait à peine à flot, et remettre l'entreprise sur pied promettait d'être long et pénible.

Oppressée par l'impression d'être prise au piège entre les murs de son bureau, elle avait fini par monter dans sa voiture pour regagner la maison de ses parents, au bord de la plage.

A peine garée à côté de la maison, elle avait sorti sa boîte à outils du coffre. Son pick-up lui manquait mais, si elle était repassée chez elle, elle aurait perdu du temps et n'aurait pu profiter des dernières heures du jour.

Une fois à la maison, elle s'était changée, enfilant un short et un T-shirt, et s'était mise au travail. Après avoir démonté une bonne partie du porche, elle était un peu plus détendue.

Elle s'apprêtait à se remettre au travail quand elle entendit le grondement d'un moteur, suivi d'un crissement de pneus. Quelques instants plus tard, Mac apparaissait sur sa Harley.

Elle eut le souffle coupé, tant il était séduisant avec son blouson de cuir et ses bottes.

Depuis qu'ils avaient échangé un baiser, Mac, son sourire, ses yeux occupaient toutes ses pensées. Elle s'était répété qu'elle n'avait pas eu envie de ce baiser, des conséquences qu'il pourrait avoir, mais en réalité elle en avait eu terriblement envie. Le moment où ils s'étaient retournés en même temps avait eu quelque chose d'électrique qui avait éveillé son désir.

Depuis, elle avait peine à se concentrer, sachant qu'il n'était qu'à quelques mètres d'elle. Et maintenant, il était là, elle avait la volonté d'une souris dans un magasin de fromages.

Il descendit de moto et retira son casque. Son cœur fit un bond dans sa poitrine quand il plongea ses yeux bleus dans les siens.

— Que faites-vous ? lui demanda-t-il.

— Je réfléchis.

Il haussa les sourcils d'un air interrogateur.

— Vous réfléchissez ? Avec un pied-de-biche à la main ?

— C'est comme ça que je réfléchis le mieux.

Elle repoussa de nouveau sa frange et soupira. Elle avait beau être contente de le voir, elle se doutait bien qu'il ne s'agissait pas d'une visite de courtoisie. Il devait être là pour parler affaires.

Elle voulait à tout prix sauver Hillstrand Solar, mais pour le moment elle ne pouvait pas supporter l'idée de se pencher sur un autre tableau ou de lire un autre rapport. Elle avait besoin de l'air vivifiant de l'océan et de travail manuel pour s'éclaircir les idées et être plus concentrée.

— Quand j'ai vu que vous n'étiez plus au bureau, je me suis dit que vous deviez être ici.

— Ecoutez, je sais que je vous avais promis de travailler ce soir, mais je ne voyais plus les chiffres et les noms que j'avais sous les yeux. J'avais besoin d'air frais et de quelque chose à construire.

— Ou à déconstruire ! constata-t-il en indiquant le tas de débris d'un signe de tête.

— Oui… Parfois, c'est encore plus satisfaisant. Enfin, bref, je comptais travailler encore une petite demi-heure ici, mais ensuite j'allais retourner au bureau.

C'était un mensonge. Elle avait envie de travailler de ses mains pendant encore plusieurs heures, voir la maison reprendre vie grâce à ses efforts, admirer le résultat de son dur labeur.

Evidemment, elle ne réparerait pas tout le porche en une seule soirée, mais commencer les travaux suffirait peut-être à lui donner un sentiment de satisfaction. Ensuite, elle serait de nouveau en mesure de se concentrer sur Hillstrand Solar.

Après ces derniers mois, elle avait besoin de décompresser pour… se recentrer. Etre là, avec ses outils, travailler manuellement l'y aidait.

— Ces travaux de démolition soulagent vraiment le stress ? lui demanda Mac.

— Oui !

Elle l'observa attentivement et remarqua que ses traits étaient tendus, ses épaules crispées. De toute évidence, elle n'était pas la seule à avoir besoin d'un peu de temps loin du bureau. Elle lui tendit le pied-de-biche.

— Essayez, vous verrez ! Aidez-moi à arracher le reste des lattes.

Il la regarda d'un air dubitatif.

— Vous êtes sûre ? C'est votre maison de famille et…

— Si vous faites une bêtise, je vous le dirai. Commencez de ce côté-ci, je commencerai de l'autre et nous nous retrouverons au milieu.

Elle prit un autre pied-de-biche et se dirigea vers l'autre extrémité du porche.

— Essayez de ne pas casser les lattes, je voudrais m'en servir pour faire un coffre.

— C'est vrai ? Je suis impressionné…

Elle rit.

— Il n'y a pas de quoi ! Mes compétences en matière de menuiserie sont rudimentaires. Je suis capable de construire une boîte ou la charpente d'un mur, mais je suis obligée de faire appel à un professionnel si j'ai besoin de quoi que ce soit de plus compliqué. En revanche, je suis très douée pour tout démolir !

Elle plia le bras et fit mine de faire jouer ses muscles. Il rit.

— D'accord, c'est ce que nous allons voir !

Il accrocha son blouson à la poignée de la porte d'entrée, retroussa ses manches et alla à l'autre bout du porche. Troublée par la vue de ses avant-bras, elle se laissa aller à l'admirer. Il avait déjà retiré deux lattes du porche quand elle se ressaisit et s'obligea à arrêter de le regarder fixement.

Il était bien trop beau, cela l'empêchait de se concentrer. Elle était venue là pour mettre de l'ordre dans ses pensées, pas pour laisser son esprit vagabonder et imaginer Mac Barlow en train de l'emmener à l'étage et de passer ses mains sur son corps nu.

Elle se mit au travail et s'absorba dans les mouvements répétitifs qu'elle devait exécuter pour retirer les clous du plancher, soulever les lattes en faisant levier avec le pied-de-biche, et jeter le bois sur la pile. Elle en oublia presque la présence de Mac.

Presque. Car elle le voyait du coin de l'œil, et il demeurait donc dans ses pensées. De plus, chaque latte qu'elle arrachait le rapprochait de lui.

Un quart d'heure plus tard, ils retiraient les deux dernières. En équilibre sur les poutrelles qui soutenaient l'ancien plancher, ils se tapèrent dans la main pour se congratuler. Voir les vieilles planches abîmées entassées dans l'herbe et le porche prêt à être remis à neuf s'avérait très gratifiant.

— Je dois dire que c'était génial ! s'écria Mac. Que pouvons-nous démolir d'autre ?

Elle rit.

— Il va bientôt faire nuit, mais nous pourrions peut-être poser le nouveau plancher avant d'être obligés de nous arrêter… si vous êtes partant, bien sûr.

— Je le suis ! Vous aviez raison, c'est amusant de faire ça. C'est gratifiant.

Elle rit de nouveau.

— Je me disais exactement la même chose à l'instant !

— Je n'avais rien fait de ce genre depuis longtemps, admit-il en la suivant au bas des marches. C'est mon frère Jack qui aime construire des choses.

— Vous, vous aimez les détruire.

A peine eut-elle prononcé ces mots qu'elle les regretta.

— Je suis désolée, ajouta-t-elle, baissant la tête. Je n'aurais pas dû dire ça.

— Je ne détruis pas tout, répliqua-t-il avec douceur.

Avant qu'elle n'ait pu lui demander ce qu'il entendait par là, il indiqua le tas de bois d'un geste vague et lui demanda :

— Comment allons-nous couper les planches du nouveau plancher ?

— J'ai apporté ma scie.

Elle la sortit du coffre de la voiture et la posa sur l'établi qu'elle était allée chercher dans la remise un peu plus tôt, puis elle s'empara d'un mètre à ruban.

— Je vais prendre les mesures, et vous pourrez couper.

Il eut un grand sourire.

— Vous rendez-vous compte à quel point vous êtes sexy avec cet attirail ?

Elle rougit. Il la trouvait *sexy* ?

— Avec de la sciure dans les cheveux, des toiles d'araignées sur les épaules et…

— Vous êtes incroyablement sexy, l'interrompit-il en s'approchant d'elle.

— Merci.

Son regard se posa sur les lèvres de Mac, et une douce chaleur l'envahit aussitôt. Il avait défait deux boutons de sa chemise, et elle apercevait son torse. Elle aurait voulu en voir davantage. Elle aurait voulu tout voir, le toucher.

Il y eut un silence prolongé. On n'entendait que le chant de quelques oiseaux et le vrombissement lointain d'un bateau à moteur.

Tout lui sembla disparaître autour d'eux. Elle ne voyait plus que Mac. Troublée par son parfum viril, la gorge serrée, le cœur battant la chamade, elle dut faire un effort considérable pour ne pas se jeter à son cou.

Il lui posa un doigt sous le menton pour l'obliger à lever le visage, jusqu'à ce que ses lèvres soient juste sous les siennes. Le geste, doux et troublant, la fit fondre.

— Vous savez naviguer, vous servir d'une scie circulaire et rénover des maisons… Y a-t-il quoi que ce soit que vous ne sachiez pas faire, Savannah Hillstrand ?

— Je ne sais pas diriger une entreprise.

Les larmes lui montèrent aux yeux. C'était vrai. Elle était capable de réparer bien des choses, mais elle ne pouvait pas remettre Hillstrand Solar à flot.

— Cela s'apprend, répliqua Mac. Vous avez déjà une passion pour l'entreprise en question. C'est important.

Elle avait fait une promesse à son père. Ce n'était pas une passion, mais elle ne le corrigea pas, craignant qu'il profite de l'occasion pour la pousser à vendre. Loin des bureaux de l'entreprise, là où elle pouvait faire le travail qu'elle aimait vraiment, il n'aurait pas fallu grand-chose pour qu'elle capitule.

De plus, elle ne voulait pas parler affaires alors que Mac était si proche à cet instant. Elle n'avait pas non plus envie de se remettre au travail. Sa proximité la troublait au plus haut point ; elle craignait d'oublier qu'elle était censée le voir comme un ennemi, et de se laisser entraîner dans un rêve irréalisable.

A contrecœur, elle s'écarta de lui et indiqua le porche d'un signe de tête. L'air lui sembla immédiatement plus froid.

— Pour le moment, il y a une chose que je me sens capable de faire avec passion : poser le plancher avant le coucher du soleil. Vous savez vous servir de la scie ?

Il acquiesça d'un hochement de tête et s'approcha de l'établi.

— Je maîtrise la situation !

— Parfait.

Elle remonta sur le perron et s'attela à la tâche avant que Mac ait pu s'apercevoir de sa vulnérabilité ou de son désir.

Depuis combien de temps n'avait-elle pas partagé son lit avec un homme ? Bien trop longtemps, c'était indéniable.

Au cours des quatre derniers mois, elle avait eu l'impression d'être plongée dans un tourbillon, sans pouvoir en sortir, et personne ne l'y avait d'ailleurs invitée. Elle travaillait depuis longtemps dans des milieux masculins et savait qu'elle intimidait la plupart des hommes. Ceux avec lesquels elle était sortie avaient eu de belles paroles, mais leurs actes n'avaient pas été à la hauteur.

Cependant, Mac Barlow était différent. Il la traitait en égale et, par moments, comme une femme désirable. Cela lui procurait une sensation grisante.

Elle s'éclaircit la gorge et reporta son attention sur les mesures qu'elle devait effectuer. Bientôt, elle se trouva de nouveau absorbée par son travail, concentrée sur ce qui importait vraiment : rénover la maison et sauver l'entreprise de son père, remettre en état ce qui tombait en ruine avant qu'il ne soit trop tard, honorer sa promesse.

C'était cela qui comptait. L'attirance fugace qu'elle éprouvait pour l'homme qui voulait racheter Hillstrand Solar n'avait pas d'importance.

Elle transmit les mesures à Mac, qui coupa les planches, elle les positionna et les cloua, l'une après l'autre. Voir le porche reprendre forme lui procurait un vif sentiment de satisfaction : au moins l'une des choses que son père aimait retrouvait peu à peu de son ancienne splendeur.

Chaque chose en son temps.

Savannah posa la dernière latte du plancher alors que le soleil disparaissait derrière les arbres de la propriété. Elle alluma la lumière du porche, rentra dans la maison et ressortit quelques instants plus tard avec deux bières. Elle en donna une à Mac, puis ils s'assirent côte à côte sur les marches du perron pour regarder la nuit s'étendre sur la baie. Une bonne odeur de bois fraîchement coupé flottait dans l'air, se mêlant au parfum salé et piquant de l'océan.

Il posa les coudes sur ses genoux et prit une profonde inspiration. Il n'avait pas éprouvé un tel sentiment de satisfaction depuis longtemps. Il avait mal au dos et un début de coup de soleil sur le visage et les bras, mais il était heureux d'avoir accompli quelque chose.

— Merci.

Savannah le regarda, visiblement surprise.

— Pour quoi ?

— Pour la bière, mais aussi et surtout pour m'avoir laissé vous aider.

Il inspira une nouvelle fois. Pourquoi l'odeur de bois coupé était-elle pleine de promesses, évocatrice de nouveaux départs ? Les sensations qui l'envahissaient maintenant lui étaient restées étrangères pendant trop longtemps.

— J'avais besoin de ça, aujourd'hui.

— Mauvaise journée pour le roi des OPA ?

Elle se mordit la lèvre inférieure et secoua la tête.

— Je suis désolée. Je dis tout le temps des choses comme ça, et je ne devrais pas. Vous m'avez bien aidée, et je vous en suis très reconnaissante.

— Ce dont j'avais besoin aujourd'hui n'avait rien à voir avec le travail, c'était… personnel.

Alors même qu'il prononçait ce mot, il eut l'impression de refermer la porte qui le séparait des gens faisant partie de sa vie. En dehors de ses frères, il avait peu d'amis, et presque aucun qu'il considérât comme proche. Depuis qu'il était dirigeant, les hommes avec lesquels il lui arrivait autrefois de jouer au basket ou au golf ne le traitaient plus comme l'un des leurs. Le travail occupait toutes ses journées, il ne s'interrompait que pour un déjeuner d'affaires ou un footing au jardin public du centre-ville de Boston. Il n'avait pas assez de temps libre pour sortir avec ses amis et leur ouvrir son cœur sur les hauts et les bas de sa vie.

Il ne pouvait pas parler à ses frères de Colton, pas encore du moins, et il ne voulait pas qu'ils apprennent la nouvelle comme lui l'avait apprise. Il devait faire face à la situation tout seul.

— Vous voulez en parler ? lui demanda Savannah en l'arrachant à ses sombres pensées.

— Oui. Non.

Il soupira.

— Je ne sais pas… Je n'ai pas l'habitude de parler de mes problèmes personnels.

— D'accord.

Elle n'insista pas et se laissa aller en arrière, s'appuyant sur ses coudes, sa bière au bout des doigts. Apparemment, elle ne prenait pas ombrage de sa réaction.

Mais son attitude accommodante lui donnait justement envie de se confier à elle. Pourquoi l'attirait-elle autant, pourquoi se laissait-il entraîner sur les chemins qu'il avait toujours évité d'emprunter ?

Il hésita à abandonner le sujet, mais il n'avait plus de tâche manuelle à accomplir et l'idée de regagner sa chambre d'hôtel pour allumer son ordinateur et se remettre au travail ne lui apportait pas le même soulagement que d'habitude.

Ce qui le préoccupait était trop grave pour qu'il puisse l'oublier en se plongeant dans le travail ou en remettant à neuf une maison entière. Ses soucis envahissaient toutes ses pensées, pesaient sur ses épaules. Il devait en parler, trouver une solution.

Or ce n'était pas un problème professionnel dont il pouvait discuter avec son directeur administratif ou un ami avocat. Il s'agissait de sa vie, qui s'avérait fondée sur un mensonge.

— Regardez ! chuchota Savannah en montrant du doigt la cabane à oiseaux qu'elle avait construite avec son père.

Le passage du temps avait un peu abîmé la peinture, mais l'on voyait bien que la maisonnette en bois perchée sur son poteau était une réplique presque parfaite de la maison.

— La maman nourrit ses petits…

Un oiseau bleu à la gorge rousse se tenait devant l'ouverture du nichoir, dont sortait un petit bec tendu vers le ciel. Des pépiements sonores s'élevèrent soudain et deux autres oisillons passèrent leur tête pour avoir la becquée.

Quelques secondes plus tard, l'oiseau s'envola, sans doute afin d'aller chercher d'autres vers pour sa nichée affamée. Les petits continuèrent à gazouiller un moment, puis ils se laissèrent retomber dans le nid.

— J'adore voir ces oiseaux, chaque année, déclara Savannah. C'est comme s'ils faisaient partie de ma famille.

— Est-ce que ce sont les mêmes oiseaux tous les ans ?

— Parfois, oui… Parfois, c'est l'un des oisillons de l'année précédente qui revient avec son compagnon ou sa compagne. J'aime le fait que leur famille soit en évolution constante.

Une famille en évolution constante. Exactement comme la sienne. S'il y avait bien une chose sur laquelle il avait toujours compté, c'était la stabilité des Barlow. Il savait que, quand il reviendrait à Stone Gap, ses parents habiteraient la même maison, ses frères le taquineraient sur les mêmes sujets. Il avait beau prétendre que cela l'agaçait, cette certitude avait quelque chose de… rassurant.

Hélas, maintenant, il n'avait plus aucune certitude, et il ne savait pas quoi faire, ni à qui demander conseil.

Il jeta un coup d'œil à Savannah, elle qui aurait fait n'importe quoi pour son père et s'attendrissait sur une famille d'oiseaux. Comment aurait-elle réagi si elle s'était découvert un frère illégitime ? L'aurait-elle accueilli à bras ouverts, ou aurait-elle voulu étouffer la vérité et la nier ?

Il avait envie de le savoir. Il avait envie de tout savoir sur cette belle et fascinante jeune femme.

Il n'avait jamais fréquenté la propriétaire d'une entreprise qu'il espérait racheter. Et encore moins embrassé cette même propriétaire, ou imaginé faire l'amour avec elle.

Ce qu'il y avait entre Savannah et lui était différent de tout ce qu'il avait connu et ne se résumait pas à son attirance pour elle. C'était plus profond.

Il lui semblait qu'elle n'était plus seulement une collègue, mais aussi une amie.

Certes, il n'embrassait pas ses amies comme il avait embrassé Savannah, et il ne les imaginait pas nue à longueur de journée, mais une chose était sûre : il avait grand besoin d'une amie en ce moment.

Il but une gorgée de bière et soupira.

— J'ai récemment appris que j'avais un troisième frère.

Il avait prononcé ces mots sans trop de difficulté, lui qui n'avait pourtant pas l'habitude de parler de sa vie privée. Il venait de révéler à une jeune femme qu'il connaissait depuis quelques jours ce qu'il cachait à ses frères et à sa mère.

— Ce n'est pas vrai ! s'exclama-t-elle en tournant le visage vers lui. Eh bien, il y a de quoi être sidéré !

— C'est mon oncle qui me l'a annoncé, voilà deux semaines. Mon père et lui ne se parlent plus depuis des années. Il m'a dit que je devais révéler l'existence de mon demi-frère à mes proches.

Pour la énième fois, il regretta que l'oncle Tank n'ait pas fait cette requête à Bobby plutôt qu'à lui.

— Je n'en ai pas encore parlé à ma mère ou à mes frères, mais je suis allé voir mon père tout à l'heure, après le travail.

— Comment ça s'est passé ?

— Cela n'a pas été une partie de plaisir. Il ne s'est pas expliqué, mais il n'a pas non plus cherché à nier les faits.

Il but une autre gorgée de bière.

— Finalement, toute mon enfance s'est basée sur un mensonge.

Elle sembla réfléchir quelques instants.

— Je ne crois pas que toute votre enfance ait été un mensonge… Une partie, peut-être, mais le reste vous appartient, c'est votre histoire.

Il soupira.

— Mon père n'a jamais rien révélé à personne.

— Peut-être parce qu'il ne voulait pas que vous le voyiez comme vous le voyez probablement maintenant, répliqua-t-elle en haussant les épaules.

— C'est-à-dire ?

— Comme l'homme qui a détruit tout ce que vous pensiez savoir.

C'était en effet comme cela qu'il voyait son père. Il avait l'impression que le monde dans lequel il avait grandi, qu'il croyait si bien connaître, n'était en fait que le fruit de son imagination. Il n'était pas né dans un foyer uni par un amour profond. Il n'était même pas l'aîné ! Son père avait eu un autre fils avant lui, et une autre femme avait eu le cœur de Bobby.

Ses frères et lui avaient toujours considéré le mariage de leurs parents comme un exemple, alors qu'il était bâti sur des sables mouvants.

— C'est exactement ce qu'il a fait, répondit-il. Ma mère et mes frères vont être anéantis quand ils découvriront ce secret.

— Peut-être réagiront-ils mieux que vous ne le pensez.

Elle but une gorgée de bière, puis elle posa la bouteille sur la marche à côté d'elle.

— Les gens font des erreurs, Mac. Ils font du mal à ceux qu'ils aiment. Personne n'est parfait, et nous devons tous accepter que ceux que nous aimons soient imparfaits. C'est la vie.

— Mon père n'a pas fait une petite erreur, il a fondé une autre famille. Vous imaginez ma mère ? Cela va lui briser le cœur… Ils s'apprêtent à fêter leur trente-cinquième anniversaire de mariage le mois prochain. Comment suis-je censé lui dire la vérité ?

— Ce n'est pas à vous de le faire.

Il secoua la tête.

— Il faut bien que quelqu'un le fasse. Mon demi-frère a décrété qu'il allait venir à Stone Gap pour rencontrer la famille. Je ne peux pas attendre qu'il arrive les bras croisés, sans prévenir mes proches. Je dois trouver un moyen de leur annoncer la nouvelle avec le plus de tact possible.

— Non, répliqua-t-elle avec douceur, posant une main sur la sienne pour le réconforter. Il ne s'agit pas d'une entreprise que vous pouvez remettre sur pied, ce n'est pas un problème professionnel. C'est la vie, et la vie est compliquée et, parfois, douloureuse. Vous pouvez réparer le mal que vous avez fait, mais vous ne pouvez pas réparer le mal commis par d'autres personnes.

— Vous voulez dire que je devrais faire confiance à mon père pour dire la vérité à tout le monde ?

Il secoua la tête. Il ne pouvait même pas imaginer le désastre : Bobby, avec sa brusquerie coutumière, lâchant cette bombe sur la vie de Della, de Jack et de Luke.

— Impossible. Ce n'est pas l'homme le plus délicat du monde.

— Parce que vous, oui, vous l'êtes ? lui demanda-t-elle d'un ton lourd de sous-entendus.

Il ne put s'empêcher de rire.

— Touché ! Mais, quoi qu'il en soit, laisser mon père annoncer cette nouvelle au reste de la famille serait comme lancer une boule de bowling dans un magasin de porcelaine.

— Peut-être, mais c'est tout de même à lui de le faire, insista-t-elle avant de boire une autre gorgée de bière et de reposer sa bouteille. Cela signifie que vous allez devoir vous astreindre à quelque chose que vous n'aimez pas.

— Quoi donc ?

Elle eut un grand sourire.

— Accepter de ne pas tout contrôler et laisser quelqu'un d'autre gérer la situation.

— Je n'essaie pas de contrôler la situation.

— Vraiment ? demanda-t-elle, son sourire s'élargissant encore. J'entends pourtant un homme me dire qu'il doit se charger de révéler à sa mère et à ses frères le secret de son père, parce qu'il ne le croit pas capable de s'y coller lui-même. Je l'entends me dire que c'est à lui d'arranger les choses, plutôt qu'à celui qui a mal agi de subir les conséquences de ses actes… C'est une mauvaise nouvelle pour vos proches, je suis d'accord, et ce sera une mauvaise nouvelle quelle que soit la façon dont ils l'apprendront, mais ce n'est pas à vous de la leur annoncer.

Les paroles de Savannah l'apaisèrent un peu. Elle avait raison. Ce n'était pas lui qui avait trompé sa femme, ce n'était pas lui qui avait eu un enfant illégitime. Ce n'était pas à lui de réparer le mal qui avait été commis.

— Si je comprends bien, vous essayez de me dire que je dois jouer le rôle d'assistant plutôt que celui de P-DG ?

Elle rit.

— Tout à fait.

Il secoua la tête.

— Je ne sais pas. Je n'ai pas l'habitude de rester sur la touche. C'est quelque chose qui me met mal à l'aise.

— Je ne crois pas que l'on puisse être un bon dirigeant sans apprendre à déléguer.

Elle se leva et lui tendit la main. Il la prit dans la sienne, sentant une douce chaleur l'envahir aussitôt. Son sourire lui alla droit au cœur et acheva de dissiper la tension qui l'habitait.

— … et dans ce but, monsieur Barlow, j'ai le projet idéal pour vous !

8

Savannah aimait peut-être tout simplement voir Mac transpirer. Le lendemain matin, elle l'avait retrouvé de bonne heure devant la vieille maison sur la plage. Le soleil se levait à peine. Ils avaient au moins deux heures devant eux avant de devoir regagner les bureaux de Hillstrand Solar.

La veille au soir, ils s'étaient séparés sans échanger d'autre baiser torride, principalement parce qu'elle avait gardé ses distances, se répétant que c'était mieux ainsi. Elle avait pourtant passé une nuit agitée et rêvé d'un homme aux cheveux noirs et aux yeux bleus comme l'océan.

Elle s'était réveillée une heure plus tôt que prévu, parce qu'elle avait hâte de revoir Mac.

Oui, elle aimait le voir travailler manuellement. S'il transpirait assez, peut-être enlèverait-il son T-shirt et lui donnerait-il matière à fantasmer davantage.

Avoir de telles pensées n'était pas convenable, mais elle ne se priverait pas pour le regarder à la dérobée, même si elle se répétait qu'elle l'avait fait venir dans le seul but de lui apprendre à travailler comme une bonne petite abeille ouvrière.

Après s'être éclairci la gorge, elle lui annonça :

— Nous sommes ici ce matin parce que je veux que vous appreniez à être un simple exécutant.

— Vous êtes sûre que c'est nécessaire ?

— Rien ne vaut la pratique.

Elle était impatiente de lui donner des ordres. Inverser les rôles promettait d'être amusant.

— Allons-nous travailler à la toiture du porche, ce matin ?

— Non. J'ai un autre projet pour vous. Aujourd'hui, c'est moi l'experte et vous l'apprenti.

Il la regarda d'un air dubitatif, mais la suivit jusqu'à la cabane à outils, où quatre panneaux solaires attendaient depuis des mois la réparation du toit de la maison. Elle aurait pu faire appel à des employés de Hillstrand Solar pour les installer, bien sûr, mais cela n'aurait pas été aussi amusant que de mettre Mac au travail.

— Voilà ce que nous allons faire : nous allons poser les supports de fixation sur le toit.

Il leva les yeux vers le faîte de la maison.

— Ce toit-là ?

— Oui, répondit-elle, réprimant un sourire. Vous avez le vertige.

— Non. Et vous ?

— Bien sûr que non.

Elle prit une extrémité de l'échelle et Mac l'autre. Ils l'appuyèrent à la façade, la calant fermement dans l'herbe.

De nouveau, il lança au toit un coup d'œil sceptique. Elle lui tapota l'épaule.

— La vue vaut la peine, croyez-moi. Je vais aller chercher le matériel et les outils, et nous pourrons nous y mettre.

Elle revint quelques instants plus tard, puis sortit deux harnais de sécurité du coffre de sa voiture.

— J'ai vraiment besoin de ça ? s'enquit-il.

— On n'est jamais trop prudent, et puis comme j'ai besoin de votre cerveau pour sauver Hillstrand Solar, je le préfère dans votre tête que sur l'allée.

Il s'esclaffa et enfila le harnais, qu'elle l'aida à attacher, s'efforçant de ne pas songer à sa proximité troublante.

— Eh bien, on peut dire que vous savez insuffler du courage à votre équipe !

— Si vous n'avez pas peur, vous allez commettre des erreurs.

— C'est vrai, et cela s'applique à de nombreux domaines.

Chaque décision importante que je prends s'accompagne d'une certaine peur.

— Ah bon ? Vous avez l'air tellement sûr de vous, en affaires.

— Je ne sais pas si l'on peut dire que je suis sûr de moi, mais je suis prêt à prendre des risques, et dans ce cas, il y a toujours une possibilité d'échec.

— Vous n'avez pourtant commis aucune erreur… Votre entreprise est devenue prospère en un temps record.

— Si, j'ai commis des erreurs, répliqua-t-il posément.

Elle se demanda à quoi il faisait allusion, mais il s'était déjà détourné pour s'emparer des supports de fixation. Elle abandonna donc le sujet et grimpa à l'échelle avec agilité, puis elle accrocha une corde à la cheminée et la noua à son harnais.

A l'est de la maison, les arbres étaient rares et le soleil tombait sur la toiture. C'était l'endroit idéal pour poser des panneaux solaires.

Pendant quelques instants, elle resta immobile, incapable de bouger. La dernière fois qu'elle était montée à cet endroit, c'était six mois plus tôt. Il s'était passé tant de choses depuis, trop de choses.

Elle posa une main sur le toit chaud et ferma les yeux.

— Tout va bien ? lui demanda Mac dans son dos.

— Oui…

Elle se redressa et se frotta les mains pour en enlever la poussière.

— Je pensais à mon père. La dernière fois que je suis montée ici, c'était avec lui. Nous nous demandions où installer les panneaux. C'est l'une des dernières journées merveilleuses que nous avons passée en compagnie l'un de l'autre. Six semaines plus tard, il faisait sa crise cardiaque.

Mac lui posa une main sur l'épaule dans un geste réconfortant et plein de douceur. Dans un moment comme celui-là, elle était tentée de se confier à lui, de lui ouvrir son cœur, car il était là pour elle, avec un sourire et un geste qui montraient qu'il la comprenait et compatissait.

— Je suis désolé, murmura-t-il avec une sincérité évidente. Je vois que c'était un homme extraordinaire.

Elle eut un sourire tremblant.

— Oui. Il était unique en son genre.

— Alors, installons ces panneaux. Il les verra de là-haut et s'apercevra que vous faites perdurer son héritage.

Elle posa de nouveau les yeux sur la flaque de soleil. « Tu es une très bonne fille. J'ai toujours été fier de toi, fier d'être ton père. »

— Vraiment ? La compagnie est en train de couler, la maison tombe en ruine…

Mac lui posa un doigt sur les lèvres pour la faire taire.

— Vous vous en sortez très bien, Savannah. Votre père serait fier de vous, j'en suis sûr.

— Je l'espère.

Elle regarda encore la tache lumineuse sur le toit. Mac avait raison sur un point au moins : la meilleure chose à faire était d'aller de l'avant et de tenir ses promesses.

Elle lui tendit la deuxième corde. Il l'attacha à son mousqueton et la secoua un peu.

— Vous êtes sûre que je suis en sécurité ?

— Du moment que vous m'obéissez, oui.

Elle eut un grand sourire. Il était un peu pâle et jetait régulièrement des coups d'œil nerveux en direction du sol. Elle réprima un autre rire. La plupart des gens qui montaient sur un toit pour la première fois craignaient de tomber. De toute évidence, le grand et puissant Mac Barlow ne faisait pas exception.

— Vous êtes bien attaché, reprit-elle. Même si vous glissez, vous ne tomberez pas. Maintenant, commençons à disposer les supports de fixation, et n'oubliez pas que c'est moi qui commande !

— Je parie que cela vous plaît, s'exclama-t-il.

Elle sourit de plus belle.

— Plus que vous ne pouvez l'imaginer, monsieur Barlow.

Elle lui expliqua comment s'y prendre, comment visser les panneaux.

Ils travaillèrent ensemble pendant un long moment. Seul le vrombissement de la visseuse venait troubler le silence matinal. Une fois les supports de fixation et les panneaux posés, elle s'assit sur le toit et appuya les coudes sur ses genoux.

Mac s'assit à côté d'elle, se déplaçant avec plus de prudence. Il semblait néanmoins un petit peu plus à l'aise.

— C'est un travail assez dangereux. Je ne pense pas que votre père aurait été d'accord pour que vous vous en chargiez.

— En effet, il n'aurait pas voulu que je m'en charge. A vrai dire, il me l'avait même interdit.

— Vous êtes suicidaire ?

Elle rit.

— Non ! Je ne l'ai pas fait pour prendre des risques, je l'ai fait pour ça…

D'un ample geste du bras, elle indiqua la vue qui s'offrait à eux, l'océan, les arbres semblant former un tapis de verdure ondoyant en dessous d'eux. Des oiseaux planaient loin au-dessus de leur tête, zébrures sombres dans le ciel bleu.

— La vue est différente de chaque toit, mais toutes sont époustouflantes. Quand j'ai fini de travailler, je reste assise là-haut le plus longtemps possible, et j'admire le monde. Regarder tout cela me rappelle que mes problèmes sont relativement insignifiants.

Il suivit son regard et resta silencieux pendant un long moment.

— Cela fait réfléchir, en effet. Quand on voit un tel paysage, on se sent bel et bien tout petit.

— Oui, et on se rend compte que les problèmes en apparence insurmontables sont assez insignifiants. Prendre de la hauteur donne une autre vision des choses.

Elle agita la main en direction de la région boisée, des maisons de vacances qui se dressaient çà et là. Entre leurs murs, des familles prenaient le petit déjeuner tout en discutant, des veuves pleuraient leurs époux, des rêveurs imaginaient un avenir radieux, d'autres personnes traversaient une période difficile.

— Je pense à tous les gens qui vivent ici. Ils mènent leurs propres combats, remportent des victoires, ajouta-t-elle. Nous sommes tous dans le même bateau.

Elle haussa les épaules avec une désinvolture feinte et sentit le rouge lui monter aux joues. Il devait la trouver ridicule, lui qui était si peu sentimental.

— Enfin, je ne voudrais pas jouer les philosophes, mais c'est ce que je pense. Je dois manquer d'oxygène à cette altitude.

— Ne vous excusez pas, Savannah.

Il se tourna légèrement vers elle et lui posa une main sur la joue. Ce simple contact l'électrisa.

— Ce que vous dites est plein de bon sens. La plupart d'entre nous ne pensent pas assez souvent à ces choses-là.

Elle le regarda, hypnotisée par le bleu de ses yeux. Cette fois encore, il lui sembla que tout autour d'eux disparaissait. Pourquoi cet homme la fascinait-il à ce point ?

Elle était censée le considérer comme un ennemi, mais chaque fois qu'il la touchait elle se laissait décontenancer. Elle ne pouvait s'empêcher de s'imaginer avec lui dans un lit. Le simple fait de plonger ses yeux dans les siens lui faisait oublier tout le reste.

C'était très gênant et dangereux. Tomber sous le charme de Mac l'empêcherait de tenir la promesse faite à son père.

— Nous… Nous ferions mieux de redescendre. Nous devons aller au bureau. J'ai rendez-vous avec les commerciaux dans une heure.

— Oui, vous avez raison.

Il laissa retomber sa main. Elle en fut profondément déçue. C'était insensé : c'était ce qu'elle voulait et, pourtant, elle le déplorait.

Se détournant avant qu'il ait pu lire ses sentiments sur son visage, elle rassembla ses outils et descendit du toit.

Elle devait absolument se ressaisir.

Mac était à nouveau dans son élément ou, du moins, il aurait dû l'être. Une heure après avoir quitté la maison au bord de la plage, il se trouvait assis au bureau de l'un des box de Hillstrand Solar. Sur l'écran de son ordinateur, devant lui, plusieurs fenêtres étaient ouvertes.

Cependant, ses pensées étaient tournées vers Savannah. Elle était en salle de conférences, dont les portes vitrées lui permettaient de la voir, et chaque fois qu'il essayait de se concentrer sur son travail, son regard se posait sur elle.

Elle était repassée chez elle pour se changer. Il regrettait le short et le T-shirt qu'elle portait un peu plus tôt dans la matinée, la queue-de-cheval qu'elle s'était faite. Sur le toit de la vieille maison, elle lui avait semblé décontractée et heureuse.

Elle portait un énième tailleur-pantalon, et ses cheveux étaient de nouveau retenus par une barrette, dont ne s'échappait aucune mèche folle. Son expression détendue avait disparu. Elle se tenait droite comme un piquet. Elle s'était comme métamorphosée quand elle avait passé les portes de Hillstrand Solar.

Il se leva et se dirigea vers la salle de conférences. Elle tourna le visage vers lui, et un sourire se dessina sur ses lèvres.

Lui était-il destiné ? Il l'espérait, car ce sourire dissipait le stress qui l'accablait quelques instants plus tôt.

Il savait qu'il n'aurait pas dû nouer des liens avec elle, il savait que leurs relations auraient dû rester strictement professionnelles. Pourtant, il n'était déjà plus sûr d'avoir envie de la convaincre de vendre après l'avoir aidée pendant une semaine. Il n'avait pas d'autre projet, car il ne pouvait rester éternellement pour l'aider, mais il n'avait pas non plus envie de retourner à Boston.

La perspective d'aller au travail tous les matins sans voir Savannah dans l'un de ses tailleurs lui nouait le ventre. C'était ridicule. Il la connaissait à peine ! Cependant, il avait envie de la connaître davantage, surtout depuis cet incroyable baiser, même s'il avait conscience que c'était une erreur.

Se rapprocher d'elle ne ferait que compliquer une situation

déjà complexe, mais l'idée ne lui semblait pas si terrible quand il voyait son sourire radieux.

— Ça va ? lui demanda-t-il.

— Très bien. Le personnel approuve la nouvelle répartition de la clientèle. Je crois que ce changement enthousiasme tout le monde.

Elle regarda les trois commerciaux qui acquiescèrent.

— Je vous ai tout dit. Mac, vous vouliez ajouter quelque chose ?

— Non, c'est bon.

Elle congédia les commerciaux, qui sortirent de la salle en parlant des clients qu'on leur avait affectés. Ils avaient l'air contents, ce qui était bon signe. Manifestement, Savannah avait fait du bon travail. Elle savait s'y prendre avec les gens. Après tout, sa façon de tisser des liens avec ses employés avait peut-être du bon.

Elle rassembla les documents étalés devant elle et les empila soigneusement.

— Vous vouliez me parler ?

Le ton était professionnel, le maintien aussi sévère que le tailleur. Il ne reconnaissait pas la Savannah qui l'avait obligé à grimper sur un toit et lui avait appris à installer un panneau solaire.

Son regard s'attarda sur ses lèvres. Pourquoi ne l'avait-il pas embrassée à nouveau, ce matin ? Ils avaient été seuls dans le jardin, personne n'aurait pu les surprendre.

Sur le moment, il s'était efforcé de maintenir une certaine distance entre eux, mais maintenant l'idée lui paraissait stupide. Chaque fois qu'il la voyait, il avait envie d'être plus proche d'elle.

— Mac ?

Ah, oui ! Il était venu la voir pour une raison précise. Il ne pouvait pas se contenter de lui dire : « Je ne pouvais pas m'empêcher de vous regarder et je n'arrivais pas à me concentrer sur mon travail. »

— Je… J'ai entendu dire qu'il allait pleuvoir demain matin.

Je me demandais quand vous comptiez vous attaquer au toit du porche.

— J'espérais m'en occuper ce soir, après le travail. Je n'aurai que deux ou trois heures devant moi, mais cela devrait suffire pour une première fois. Je ne pourrai pas tout faire toute seule aujourd'hui, bien sûr, mais…

Elle marqua un temps d'arrêt, sans terminer sa phrase.

— Vous vouliez peut-être que je travaille sur quelque chose pour Hillstrand Solar ?

— Non, non, c'est bon. Même si j'ai de nouvelles idées à vous exposer.

Ce n'était pas vrai. Il n'avait quasiment rien fait pendant qu'elle animait la réunion, mais il ne voulait pas retourner s'asseoir à son bureau tout de suite, il voulait un prétexte pour continuer à lui parler.

— Bien sûr !

Elle lui fit signe de prendre place à l'extrémité de la table, puis elle-même s'assit. Son sérieux n'aurait pas dû le déranger mais, après leur baiser incroyable et le moment de complicité qu'ils avaient partagé sur le toit le matin même, le professionnalisme dont elle faisait preuve le décourageait. Il avait le sentiment d'être passé à côté de quelque chose de merveilleux et aurait donné n'importe quoi pour la voir de nouveau heureuse et détendue.

— Allons discuter ailleurs, suggéra-t-il.

— D'accord. Allons à la machine à café et…

— Quittons carrément le bureau, se surprit-il à suggérer. Occupons-nous de ce toit avant qu'il pleuve… Si nous nous y mettons tout de suite, nous aurons même fini aujourd'hui.

Elle haussa les sourcils, visiblement étonnée.

— Etes-vous en train de me dire que vous voulez prendre une journée de congé ? Vous êtes sûr que vous allez bien, vous n'êtes pas malade ?

Il rit.

Non, il n'était pas malade. Il avait seulement envie de s'asseoir à ses côtés sur le toit de la vieille maison, et de regarder avec elle les bateaux passer sur l'océan et les mouettes planer dans le ciel. Il avait envie de voir le soleil danser sur son beau visage, d'entendre encore son rire cristallin.

— J'en ai assez d'être enfermé, c'est tout, se contenta-t-il de répondre.

— Ce toit représente beaucoup de travail, même pour deux personnes. Nous pouvons toujours commencer, mais nous allons avoir besoin d'aide, et je ne crois pas pouvoir trouver quelqu'un pour nous aider à la dernière minute.

— Ne vous inquiétez pas pour ça. Je vais passer un coup de téléphone et trouver l'aide dont nous avons besoin.

Une heure plus tard, Mac était sur la plage avec ses frères et Savannah. Il avait cru avoir une bonne idée en appelant Luke et Jack. Cependant, maintenant qu'ils étaient là tous les deux, il se demandait quelle folie l'avait poussé à leur présenter la femme à laquelle il prétendait ne pas s'intéresser.

9

Les frères de Mac plurent tout de suite à Savannah. Jack était le plus sérieux des deux, avec son allure militaire et sa tendance à accorder de l'importance aux détails. Après l'avoir consultée, il planifia le travail pour qu'il soit réalisé dans le temps qui leur était imparti et s'attela à la tâche. Luke était le plus détendu des trois frères, le plus insouciant.

Leur affection pour Mac était évidente, même s'ils le taquinaient, ce qui semblait le mettre mal à l'aise. Le voir perturbé l'amusait beaucoup, elle devait l'admettre.

— Jack et moi avons fait des paris sur tes motivations pour être ici aujourd'hui, lança Luke. Jack pense que tu viens d'apprendre que tu n'avais plus que deux semaines à vivre... Moi, je crois que tu es amoureux.

Il la regarda et lui adressa un clin d'œil. Elle rougit et reporta son attention sur l'établi où elle coupait du bois de charpente, mais elle ne brancha pas tout de suite la scie, attendant la réponse de Mac.

Celui-ci se renfrogna.

— Pourquoi imaginez-vous des choses pareilles ?

— Parce que tu es dehors en pleine journée au lieu d'être enfermé dans un bureau. Soit tu es mourant, soit tu as perdu la tête, soit tu es éperdument...

— J'aide Savannah, c'est tout, l'interrompit Mac, avant d'indiquer d'un signe de tête les morceaux de bois déjà coupés à ses pieds. Maintenant, rends-toi utile et monte ça sur le toit, au lieu de raconter n'importe quoi.

Luke passa à côté d'elle en souriant.

— Ne vous laissez pas impressionner par les aboiements de Mac... Au fond, c'est un tendre !

Jack, qui se tenait sous le porche, émit un grognement railleur.

— Il est aussi tendre qu'une dalle de béton !

— Exactement, répliqua Mac, alors arrêtez vos bêtises. Je ne suis pas sur le point de mourir.

— Et tu n'es pas non plus amoureux, bien sûr... Allez, Mac, cela arrive même aux meilleurs, tu sais !

Elle mit la scie en marche et s'affaira à couper le bois au lieu d'en écouter davantage. Il ne pouvait pas être amoureux d'elle. Ils se connaissaient à peine. Ils travaillaient ensemble, et il était là pour l'aider à réparer le toit avant la pluie, rien de plus. Le baiser qu'ils avaient échangé avait été une aberration. La preuve en était qu'il ne pouvait même pas imaginer être amoureux d'elle.

Elle apporta le bois coupé aux trois hommes, armés chacun d'un marteau et de clous. Jack, qui était le plus expérimenté en la matière, montrait à ses frères où placer chaque madrier.

— Voilà une autre cargaison ! annonça-t-elle.

Luke, qui se tenait à côté de Mac, s'écarta pour la laisser passer.

— Et si vous travailliez avec cette andouille pendant un moment ? J'irais couper le bois, pendant ce temps-là ! Mac est très maladroit, quelqu'un doit veiller sur lui. Il est capable de se donner des coups de marteau sur les doigts.

Mac fronça les sourcils d'un air courroucé.

— Je ne suis pas maladroit, et je n'ai pas besoin de toi pour...

— Parfois, si, l'interrompit Luke en lui donnant une tape dans le dos, tu as bel et bien besoin de moi et de Jack pour savoir ce que tu as à faire.

Il la regarda avec un sourire diabolique.

— Bon courage ! Il est casse-pieds quand il veut...

— Oh ! je le sais déjà ! répondit-elle en regardant Mac avec un grand sourire.

— Eh bien, merci ! répliqua Mac.

Cependant, il avait envie de sourire, elle le voyait.

— Je vous en prie !

En fait, elle était ravie d'échanger sa place avec Luke. Elle avait passé l'après-midi à regarder Mac travailler. Il avait posé sa chemise sur la balustrade, ne gardant que son T-shirt blanc, qui mettait en valeur ses biceps et les muscles de son torse. C'était un miracle qu'elle parvienne à respirer normalement quand il était près d'elle.

Jack avait sorti une radio portable de son pick-up, et ils travaillaient maintenant tous les quatre avec de la musique pop en fond sonore. Luke coupait le bois tandis que Jack, Mac et elle assemblaient les poutres. Quand ils eurent monté la charpente, Mac et Jack grimpèrent sur le toit et disposèrent le contreplaqué qui allait servir de base aux nouveaux bardeaux.

Elle recula pour admirer le résultat. Ils avaient beaucoup avancé en un laps de temps très court.

— C'est parfait ! Vous m'avez vraiment facilité la tâche.

Jack jeta un coup d'œil à sa montre.

— Nous avons encore deux heures devant nous avant le coucher du soleil. Nous pouvons poser les bardeaux, si vous voulez.

— Avant toute chose, mangeons ! intervint Luke. Je meurs de faim… Mac, tu pourrais aller en ville avec Savannah pour acheter quelques pizzas ?

Mac lui lança un regard furibond.

— Je peux y aller tout seul, Savannah n'a pas besoin…

— Pour l'amour du ciel ! On te demande de passer une demi-heure dans une voiture avec une jolie femme, et tu argumentes ?

Luke agita la main en direction de son pick-up.

— Ouste, allez nous chercher à manger ! Pendant ce temps-là, les ouvriers vont se reposer un peu.

Mac grommela quelque chose au sujet de la tyrannie de son frère, mais il se dirigea vers le pick-up et monta côté passager. Elle s'installa au volant.

— Vous n'êtes pas obligé de venir, lâcha-t-elle en se tournant vers lui. Je peux y aller toute seule, si vous voulez.

— Non, cela me fera du bien d'échapper un moment à mes frères.

Elle remarqua qu'il n'avait pas dit : « Cela me fera du bien de passer un moment avec vous. » Elle s'efforça de ne pas en prendre ombrage.

— Leurs intentions sont bonnes, j'en suis sûre.

Il s'esclaffa.

— Oui, et c'est bien le problème !

Elle démarra. Dans le rétroviseur, Jack et Luke levèrent le pouce en signe d'approbation. Elle aimait beaucoup les frères de Mac.

— Je suis fille unique. J'aurais adoré avoir des frères bien intentionnés.

— Et moi, j'en ai un de trop.

Il faisait allusion au demi-frère dont il avait récemment découvert l'existence, bien sûr. Elle avait été surprise qu'il se confie à elle sur le sujet. L'avait-il fait parce qu'il lui était plus facile d'en parler avec une étrangère qu'avec ses proches, ou parce qu'ils nouaient bel et bien des liens ?

— On ne sait jamais. S'il est aussi sympa que Jack et Luke, son arrivée au sein de votre famille sera peut-être une bonne chose.

— Cela m'étonnerait beaucoup.

— On ne sait jamais, répéta-t-elle. Après tout, vos frères vous supportent bien, vous, ajouta-t-elle en souriant.

Il pivota sur son siège.

— Alors vous êtes d'accord avec eux pour dire que je suis casse-pieds ?

— Peut-être, répondit-elle sans cesser de sourire.

Elle s'engagea dans la rue de la pizzeria.

Il rit.

— On pourrait en dire autant de vous !

— En quoi suis-jc cassc-pieds, au juste ?

Elle se gara sur le parking de la pizzeria et coupa le contact, puis elle se tourna vers lui. Il souriait.

— Comme nous l'avons déjà établi, vous êtes têtue.

— Certains diraient « tenace ».

— Opiniâtre.

— Je dirais « déterminée ».

— Autoritaire.

Elle rit.

— C'est l'hôpital qui se moque de la charité !

— Je ne suis pas autoritaire.

Il sembla réfléchir un instant, puis eut un sourire conciliant.

— Bon, d'accord, j'ai l'habitude de dire aux gens ce qu'ils ont à faire et de veiller à ce qu'ils le fassent, mais ce n'est pas la même chose.

Elle haussa les sourcils.

Il se pencha légèrement vers elle. L'air sembla se figer dans l'habitacle.

— Vous êtes aussi… très belle.

Elle retint son souffle. Son cœur fit un bond dans sa poitrine.

— Ce… Ce n'est pas une critique.

— Je le sais bien…

Il lui posa une main sur la joue et lui passa le pouce sur les lèvres. Sans le vouloir, elle entrouvrit la bouche.

— … mais j'étais à court de critiques, ajouta-t-il.

— Vous essayez de me flatter.

De nouveau, il lui caressa les lèvres. Elle résista à l'envie de gémir, de se jeter à son cou.

— Peut-être… Peut-être pas.

La tension entre eux était encore plus intense que le soir où ils avaient échangé un baiser, sur la plage. Elle avait terriblement envie de l'embrasser de nouveau, mais cela n'aurait fait que compliquer les choses.

— Nous… Nous devrions aller chercher les pizzas.

Une ombre passa sur le visage de Mac. Il laissa retomber sa main et se redressa.

— Oui, vous avez raison.

Le charme était rompu. Elle essaya de se persuader que c'était une bonne chose mais, alors qu'ils se dirigeaient vers la pizzeria, elle se demanda si elle se mentait à elle-même.

Confortablement installés sous le porche pour profiter de la douceur de l'air de ce début de soirée, ils dévorèrent à eux quatre trois grandes pizzas.

Savannah était assise sur la marche la plus haute. Mac songea à aller s'asseoir à côté d'elle, mais il se ravisa : elle l'avait repoussé un peu plus tôt, dans le pick-up. Le message était clair. Il n'aurait jamais dû mélanger les affaires et la vie privée.

Cependant, tandis qu'il la regardait manger et l'écoutait discuter avec ses frères, une vague d'envie le submergea. Il aurait voulu qu'elle parle et rie avec lui plutôt qu'avec eux.

Que lui arrivait-il ? En dépit du bon sens, il pensait à elle tout le temps.

Elle était belle, mais ce n'était pas tout ; il aimait son intelligence, sa détermination et son entêtement. Il admirait son courage : même complètement dépassée, elle refusait d'abandonner.

Hélas, elle lui avait bien fait comprendre qu'elle ne s'intéressait pas à lui. Il ne pouvait pas le lui reprocher, d'ailleurs : après tout, elle devait le voir comme l'ennemi, comme l'homme qui voulait racheter l'entreprise de son père et la revendre au plus offrant.

Pourtant, il l'aidait à sauver cette même entreprise et risquait donc de ne plus pouvoir l'acheter. Il devait être masochiste.

Après avoir mangé, ils fixèrent les nouveaux bardeaux sur le toit. Luke et Jack prirent un malin plaisir à le taquiner, vraisemblablement pour l'arracher à ses pensées, mais ils finirent par abandonner et se concentrer sur Savannah.

Une heure plus tard, la toiture était posée et ils avaient rangé matériaux et outils. Tout en travaillant, ses frères et Savannah discutaient tranquillement. Elle semblait parfaitement à l'aise avec eux, comme si elle les connaissait depuis toujours. Chaque fois qu'elle riait à quelque plaisanterie de Jack ou souriait à Luke, un sentiment qui ressemblait fort à de la jalousie l'envahissait.

C'était insensé. Ils travaillaient ensemble, rien de plus. Il n'aurait pas dû se soucier de savoir qui la faisait rire ou avec qui elle parlait.

Son regard ne cessait pourtant de se poser sur ses longues jambes, sur son sourire éclatant. Il avait envie de la toucher, de l'embrasser. Il avait envie d'elle.

Tantôt il se rappelait qu'il devait faire preuve de prudence, tantôt il la voyait et toute pensée cohérente l'abandonnait.

Tandis qu'ils se dirigeaient tous les quatre vers le pick-up de Jack, celui-ci lui donna une tape amicale sur l'épaule.

— Une nouvelle toiture posée, trois grandes pizzas mangées… Une bonne journée, dans l'ensemble !

— Oui, répondit-il, c'était une bonne journée…

L'espace d'un instant, il hésita à parler de Colton à ses frères, puisque, de toute évidence, leur père ne l'avait pas encore fait, mais en fin de compte il décida de suivre les conseils de Savannah et de laisser Bobby se débrouiller. De plus, la journée avait été bonne, en effet, et il n'avait pas envie de tout gâcher.

— Merci beaucoup, dit Savannah. Je vous suis très reconnaissante de votre aide.

— Pas de problème, répondit Jack. Nous avons fini juste à temps. On dirait qu'un orage se prépare.

Le ciel s'était obscurci en l'espace de quelques minutes, les nuages blancs étaient devenus gris et menaçants, et l'air lourd.

— Il n'était pas censé pleuvoir avant demain, regretta Mac.

En temps ordinaire, il se moquait de la météo, mais ce soir il avait espéré s'asseoir sur le porche avec Savannah et admirer le coucher de soleil.

— Les météorologues ne sont pas censés se tromper, c'est bien connu, ironisa Luke. Même le grand et puissant Mac Barlow ne peut pas contrôler la météo !

Mac se renfrogna.

— Je déteste quand tu m'appelles comme ça.

— Dans ce cas, je vais t'appeler le petit et faible Mac Barlow, concéda Luke avec un grand sourire. D'ailleurs, ça t'irait mieux, puisque tu as deux frères qui sont beaucoup plus grands et plus forts que toi !

Il se tapa la poitrine et Jack fit mine de contracter ses biceps. Atterré, Mac leva les yeux au ciel.

— Il existe des traitements contre ce genre de délires, vous savez…

Jack donna un petit coup de coude à Luke.

— Viens, fauteur de troubles, allons-nous-en avant que Mac n'ait une attaque ! Il ne nous a pas vus pendant longtemps, il n'est plus habitué à ce que nous nous liguions contre lui…

— C'est vrai, admit Luke. Imaginez nos pauvres parents s'ils avaient un autre fils. Nous formerions un vrai gang. Tu n'aurais plus aucune chance contre nous, frangin !

Là-dessus, Jack et Luke prirent congé en riant. Mac les regarda partir, puis donna un coup de pied dans un caillou de l'allée. La plaisanterie de Luke avait fait mouche.

— Bon sang, j'aurais dû leur parler de Colton !

— Ils apprendront son existence bien assez tôt. Votre père va devoir agir rapidement.

— Il n'a pas bougé pendant plus de trente ans, pourquoi se remuerait-il maintenant ?

Savannah le regarda avec compassion.

— Les gens changent, Mac.

Vraiment ? Il ne l'avait encore jamais constaté. Son père avait toujours été obstiné, avec des opinions très arrêtées, et le fossé qui les séparait était le même depuis des années. Bien sûr, lui-même n'avait pas beaucoup changé non plus.

Ses frères avaient l'air plus heureux, plus détendus que par le passé. Jack avait perdu une partie de la rigueur qu'il avait acquise dans l'armée, et Luke était devenu plus responsable. Tous deux avaient évolué. Ils étaient plus épanouis, avec dans leur vie des femmes qui les aimaient. Un avenir radieux les attendait. Lui, en revanche, n'avait que cette semaine devant lui avant de retourner à Boston, de regagner ses bureaux et de retrouver son train-train quotidien.

Pendant des années, cela l'avait rendu heureux. Il s'était cru épanoui. Cependant, aujourd'hui, après avoir entendu ses frères parler à Savannah de leurs fiancées, il se demandait si sa vie était aussi satisfaisante que cela. Chaque fois qu'il pensait à son retour imminent à Boston, son cœur se serrait.

Les nuages s'amoncelaient dans le ciel, cachant complètement le soleil. Un grondement de tonnerre fit trembler l'air.

— Nous ferions bien d'y aller avant que l'orage n'éclate.

— Je crois que c'est trop tard.

Effectivement, un vent violent se leva soudain, faisant ployer les arbres, et une pluie torrentielle s'abattit sur eux. Ils se précipitèrent vers la maison, rassemblant au passage les boîtes de pizzas vides et les quelques outils qu'ils n'avaient pas encore rangés. Ils montèrent les marches du porche en courant et se ruèrent à l'intérieur, refermant aussitôt la porte derrière eux.

Les cheveux de Savannah ruisselaient, son T-shirt lui collait à la peau. Une vague de désir le submergea.

— Vous êtes trempée, dit-il. Je… Je vais aller vous chercher une serviette.

— Ce n'est pas la peine…

Il était déjà parti en direction de la salle de bains, où il était allé un peu plus tôt dans la journée. Il ouvrit l'armoire à linge, en sortit deux épaisses serviettes de toilette, retourna auprès de Savannah et lui en passa une autour des épaules. Elle était terriblement séduisante, comme cela, mais il ne voulait pas qu'elle prenne froid.

— Voilà ! Vous voulez la deuxième ?

Elle secoua la tête.

— Non, non, prenez-la !

— Ce n'est pas la peine. Tenez, vous frissonnez…

Il déplia l'autre serviette, ignorant ses protestations, et l'en enveloppa, puis il écarta la frange mouillée de son front. Sa peau était humide et fraîche.

— Vous devriez retirer ces vêtements trempés.

— Je…

Un éclair fendit le ciel, répandant sa lumière aveuglante dans l'entrée, et un craquement sinistre retentit au-dehors. Le vent fouettait les vitres, secouait les volets.

Elle s'approcha de la fenêtre de devant et regarda dans le jardin.

— Oh non ! s'écria-t-elle, plaquant une main contre sa bouche.

Il la rejoignit.

— Quoi ?

Elle montra le jardin du doigt.

— Le nichoir de mon père… Il est…

Elle ne termina pas sa phrase, mais il voyait par lui-même que le poteau du nichoir était cassé et que la petite maison de bois était tombée sur le sol et s'enfonçait dans la boue.

Il se rua dehors avant que Savannah ait pu le retenir, ignorant le vent violent et la pluie diluvienne. Il ramassa le nichoir avec précaution, prenant soin de ne pas le secouer.

Quelques secondes plus tard, Savannah le rejoignait. Elle avait enfilé un ciré et lui en tendit un autre, mais il secoua la tête. Il ne pouvait pas l'enfiler avec le nichoir dans les mains.

— Qu'est-ce que… Qu'est-ce que vous faites ? lui demanda-t-elle, en criant pour se faire entendre malgré les mugissements du vent.

— Je vais l'accrocher en hauteur, en attendant de pouvoir le replanter sur son poteau.

Il entendait les pépiements inquiets des oisillons à l'intérieur de la maisonnette. Il regarda autour de lui, sans se soucier de la pluie qui tombait à verse.

— Là-bas !

Il se dirigea vers la cabane à outils et posa le nichoir sous l'avancée du toit. D'autres gazouillis se firent entendre. Il jeta un coup d'œil à l'intérieur de la maisonnette et vit que les oisillons étaient sains et saufs.

— Ça va aller, ne vous inquiétez pas ! Nous devons juste le fixer pour qu'il ne tombe pas.

— Je vais chercher les outils dans mon pick-up.

Elle sortit les clés de sa poche.

— Restez ici, je m'en charge.

— Je peux…

— Non. Restez ici.

Un autre éclair fendit le ciel et il y eut un coup de tonnerre.

— Je vous dirais bien de rentrer vous mettre à l'abri dans la maison, mais je sais que vous n'en ferez rien…

— Parce que je suis têtue, répondit-elle avec un sourire.

— Exactement.

Il soutint son regard pendant quelques secondes, puis il s'empara des clés qu'elle lui tendait.

— Je reviens tout de suite !

— Prenez ça, ordonna-t-elle en lui tendant le ciré.

Il obéit en souriant, l'enfila et rabattit la capuche sur sa tête.

— Merci.

Quelques instants plus tard, il la rejoignit avec un marteau, des clous et deux morceaux de bois. Il les plaça de chaque côté du nichoir, pour le maintenir en place.

— Voilà ! Avec un peu de chance, ce déménagement ne dérangera pas leur mère… Maintenant, rentrons avant que vous n'attrapiez froid.

Ils se dirigeaient vers la maison quand Savannah s'arrêta net.

— Mac, attendez ! Vous avez entendu ?

Il s'arrêta et tendit l'oreille. Entre deux grondements de tonnerre, un faible pépiement leur parvint.

— Je crois que l'un des petits est tombé du nid.

Ils se mirent à la recherche de l'oisillon et le trouvèrent blotti dans l'herbe, tremblant, gazouillant de moins en moins fort. Ses grands yeux ronds et noirs se posèrent sur eux.

Savannah retira son ciré et le tendit au-dessus de Max tandis qu'il se baissait, glissait les mains dans l'herbe mouillée sous l'oisillon pour le soulever avec précaution. L'animal était mouillé et semblait effrayé, mais paraissait indemne de sa chute.

— Ça va aller, chuchota-t-il à l'oisillon. Nous allons te remettre avec tes frères et sœurs.

Savannah continua de les protéger de la pluie tandis qu'ils regagnaient la cabane à outils. Il tint le petit devant l'entrée du nichoir et ouvrit les mains. Entendant les gazouillis de la nichée, l'oisillon voleta à l'intérieur.

— Mission accomplie !

— En effet, lâcha Savannah d'une voix douce, un sourire dansant sur ses lèvres, alors que la tempête continuait de faire rage autour d'eux. Maintenant, rentrons, Mac. C'est à mon tour de prendre soin de toi.

10

C'était la façon dont il s'était occupé de l'oisillon qui avait achevé de séduire Savannah. Toutes les raisons pour lesquelles elle n'avait pas voulu se rapprocher davantage de Mac avaient disparu à l'instant où il avait pris le petit animal entre ses mains pour le remettre dans le nichoir. Il avait été incroyablement doux et avait agi sans hésiter une seule seconde.

Pour elle, cela en disait long sur l'homme qu'il était. Son instinct avait été de sauver les oisillons, sans se soucier de l'orage. La vision qu'elle avait de lui s'était modifiée. Peut-être n'était-il pas aussi concentré sur la réussite professionnelle qu'il le prétendait.

A plusieurs reprises, elle avait entraperçu l'homme derrière le costume, et elle avait été un peu plus séduite à chaque fois. Maintenant qu'il se tenait devant elle dans l'entrée, dans son T-shirt blanc détrempé qui laissait voir les muscles de son torse, elle se sentait séduite d'une tout autre manière.

— Dès que l'orage se sera calmé, dit-il, je réparerai le poteau et remettrai le nichoir là où il était.

— Je n'arrive pas à croire que tu sois sorti sous la pluie, comme ça…

Il haussa les épaules négligemment.

— Ce n'était rien. Il doit rester en moi quelque chose du boy-scout que j'ai été.

— Tu as été boy-scout ? Toi ?

Il rit.

— Pourquoi est-ce si difficile à croire ?

— Je ne sais pas. Tu es tellement… têtu.

Elle prit l'une des serviettes et la lui donna. Il s'en servit pour s'essuyer les cheveux.

— Certains diraient « tenace ».

Elle rit, amusée de l'entendre utiliser ses propres mots à ses dépens.

— Opiniâtre.

— Je dirais « déterminé », répliqua-t-il avec un petit sourire satisfait.

Elle commença à lui sécher les bras à l'aide de la deuxième serviette, mais il la lui prit des mains et la plaqua contre elle.

— Autoritaire.

— Ça, je le reconnais…

Il laissa sa propre serviette tomber par terre.

— … mais parfois les gens ont besoin qu'on leur dise ce qu'ils ont à faire.

— Je n'ai besoin de personne pour ça.

— Même quand tu es…

Il prit le coin de sa serviette et lui essuya le front, les joues, le cou.

— … trempée et que tu cours dehors sous la pluie ?

— Oui, même à ce moment-là.

Il lui sécha les bras. Elle fut parcourue d'un frisson de plaisir.

— Tu es ruisselante.

Il plongea ses yeux dans les siens. Avec la pénombre, son regard avait quelque chose de mystérieux.

— Toi aussi.

Il y eut un silence.

— Nous devrions peut-être… retirer ces vêtements avant d'attraper froid.

— Il y a…

Elle marqua un temps d'arrêt. Allait-elle vraiment prononcer les mots qui lui brûlaient les lèvres ? Elle savait ce qu'ils entraîneraient. Le voulait-elle réellement ?

— Il y a des vêtements là-haut… dans la chambre.

— Cela risque de compliquer les choses, chuchota-t-il, comme s'il lisait dans ses pensées.

— Je sais, murmura-t-elle.

Elle le savait, mais elle s'en moquait. Elle voulait cette complication, elle voulait Mac Barlow, elle voulait céder au désir qu'il éveillait en elle.

Elle lui tendit une main, et il la prit dans la sienne.

Elle avait pris une décision. Elle ne savait pas si c'était une bonne ou une mauvaise décision, mais elle s'en moquait. Elle s'en inquiéterait plus tard.

L'orage faisait rage. Le vent fouettait la maison, la pluie tambourinait sur les carreaux, les nuages obscurcissaient le ciel. Mac en avait à peine conscience. Debout dans la petite chambre, à l'étage, il ne voyait plus que Savannah, et le lit, derrière elle.

La tension était palpable. Elle se tenait devant lui, les yeux légèrement écarquillés, les lèvres entrouvertes, comme si elle attendait d'être embrassée. Il lui prit le visage dans ses mains et déposa un baiser sur sa bouche. Elle le lui rendit aussitôt, se hissant vers lui.

Le souffle court, il s'écarta un peu.

— Nous… Nous pouvons nous arrêter… si tu veux, si tu penses que…

Elle secoua la tête.

— Je ne veux pas arrêter.

Après un court moment d'hésitation, il saisit le bas de son T-shirt, le lui retira et le laissa tomber par terre. Savannah fit alors de même avec le sien.

Il passa les mains sur ses épaules, sur ses bras, sur sa taille. Il fit ensuite glisser les bretelles de son soutien-gorge de satin blanc, révélant la courbe de ses seins, et se pencha pour déposer une ligne de baisers sur sa joue, au creux de son cou, sur sa poitrine. Quand il referma les lèvres sur l'un de ses tétons, elle retint son souffle et se cambra contre lui, glissant une main dans ses cheveux, trahissant ainsi la fougue de son désir.

Puis il la prit dans ses bras et la déposa sur le lit, avant de retirer son jean et son boxer. Elle le dévora des yeux, avec un sourire irrésistible.

— Très joli, approuva-t-elle.

— Oh ! Je ne suis pas d'accord, c'est toi qui es très jolie, *très…*

Il se baissa, déboutonna son short et le lui enleva.

— … très…

Il passa un doigt sous l'élastique de sa petite culotte blanche, la fit glisser sur ses jambes.

— … très jolie !

La lueur de la lampe de chevet donnait à la peau de Savannah des reflets dorés. Un bras au-dessus de la tête, un sourire dansant sur ses lèvres, elle avait l'air d'une déesse. Il s'allongea à côté d'elle et lui caressa le ventre.

— Tu es la femme la plus incroyable que j'aie jamais rencontrée.

Ses joues rosirent légèrement. Il aimait qu'elle se laisse décontenancer par un simple compliment.

— Je suis une femme ordinaire.

— Loin de là. Tu sais naviguer, réparer une toiture, diriger une entreprise… et tu me tiens tête. Tu es unique en ton genre.

Elle rit, s'appuya sur un coude et l'embrassa.

— Je mérite une prime de risque, alors.

— Je ne suis pas dangereux.

Elle fit courir une main dans son dos, puis sur sa hanche, et la referma enfin sur son sexe. Il gémit.

— Tout en toi est dangereux, pour moi…

Elle lui inspirait le même sentiment.

Ce n'était pas seulement sa main qui le troublait, c'était la façon dont elle le regardait, le désir qui se lisait dans ses yeux, comme s'il était le seul homme sur terre avec qui elle avait envie d'être. Un lien s'était tissé entre eux le jour où elle avait retourné la situation en lui demandant son aide, et il s'était consolidé quand il s'était confié à elle.

Ses beaux yeux verts brillaient comme des émeraudes.

Il hésitait encore. Il ne s'agissait pas d'une simple aventure, mais il ignorait de quoi il s'agissait, au juste. Dans tous les cas, il ne voulait surtout pas qu'elle en souffre.

— Cela risque de changer les choses.

— Cela va changer les choses, confirma-t-elle avant de lui déposer un baiser dans le cou, et ça ne me dérange pas.

Elle l'embrassa de nouveau. Incapable de résister plus longtemps, il vint se placer au-dessus d'elle et lui rendit ses baisers. Elle se cambra contre lui et, quand il glissa une main entre ses cuisses, elle murmura son prénom dans un souffle avant de le caresser à son tour.

Il s'écarta d'elle juste assez longtemps pour chercher son jean à tâtons sur le sol et en sortir un préservatif, qu'il enfila le plus rapidement possible. Quand il retourna entre les bras de Savannah, elle l'attira fébrilement et l'embrassa avec fougue.

Quelques instants plus tard, ils ne formaient plus qu'un. Il se mit alors à bouger en elle, au rythme qu'elle avait instauré avec les mouvements de son bassin, et il embrassa frénétiquement ses lèvres, son cou, tous les endroits de son corps qu'il pouvait atteindre, insatiable.

Bientôt, ils accélérèrent la cadence. Elle se cramponna à lui, cria son prénom, et quelques instants plus tard, ils furent emportés ensemble dans un tourbillon de plaisir.

Ils restèrent enlacés un long moment. Quand il roula enfin sur le côté, serrant Savannah contre lui, il prit conscience de deux choses : premièrement, faire l'amour avec elle avait effectivement compliqué la situation, et deuxièmement, il ne serait plus jamais le même homme.

Il avait beau se répéter que ce n'était pas grave, il n'arrivait pas à s'en persuader.

Blottie contre Mac, Savannah se demandait si ce serait grossier de sa part de se lever tout de suite et de quitter la chambre.

Elle n'était pas insatisfaite, non ; au contraire, elle avait adoré faire l'amour avec lui. Le problème, c'était qu'elle venait de coucher avec le seul homme qu'elle aurait dû tenir à distance, l'homme qui voulait lui prendre ce qu'elle avait de plus précieux.

Elle s'était laissé attendrir par l'attitude de Mac avec les oisillons et avait agi sur un coup de tête.

Elle avait prétendu que faire l'amour changerait les choses mais que cela ne la dérangeait pas ; elle ne s'était pas rendu compte à quel point cela changerait les choses, ni à quel point elle aurait envie de faire de nouveau l'amour avec lui.

Le désir qu'il éveillait en elle était dangereux. Elle risquait de s'attacher à lui, de tomber amoureuse, ce qui ne ferait que semer la confusion dans son esprit et la pousser à prendre de mauvaises décisions.

Elle était censée sauver l'entreprise de son père, et non s'amouracher de l'homme d'affaires qui voulait la démanteler.

— Je... Je vais aller nous chercher quelque chose à grignoter.

Elle se leva sans lui laisser le temps de répondre, prit un T-shirt propre dans l'un des tiroirs de la commode et descendit.

Il n'y avait quasiment rien dans le réfrigérateur, et le garde-manger était presque vide. Elle trouva une boîte de crackers, un vieux bocal d'artichauts d'apparence suspecte, un pot de beurre de cacahuètes qui n'avait jamais été ouvert, et deux petites bouteilles d'eau.

Alors qu'elle sortait une assiette de l'un des placards, son regard se posa sur une photo de ses parents, accrochée sur le réfrigérateur. Son père, qui affichait son large sourire habituel, avait passé un bras autour des épaules de sa mère, laquelle riait de quelque chose qu'il lui avait dit.

La photographie avait été prise à la fin du mois d'avril, un mois à peine avant la mort de son père. Il avait un regard confiant qui semblait vouloir dire : « Je t'ai laissé mon entreprise parce que je savais que tu prendrais soin de ce que j'ai bâti, ma chérie. »

Elle n'aurait jamais dû coucher avec Mac Barlow. Elle n'aurait jamais dû le laisser entrer dans sa vie, dans son cœur.

Seigneur ! Qu'avait-elle fait ?

— Je commençais à me demander si tu étais en train de faire du pain toi-même pour nous préparer des sandwichs.

La voix de Mac la fit sursauter. Elle se retourna et le vit, dans l'embrasure de la porte, vêtu de son seul boxer bleu marine. On aurait dit un mannequin pour sous-vêtements.

Hélas ! Elle avait de nouveau envie de lui.

Ce n'était pas normal. Pourquoi éprouvait-elle un désir si violent ? Pourquoi ne parvenait-elle pas à le tenir à distance et à se concentrer sur son travail ?

— J'ai fouillé dans les placards, mais il n'y a pas grand-chose à manger, dit-elle en lui montrant les crackers et le beurre de cacahuètes. Je suis désolée…

— Ce n'est pas grave, je n'ai pas vraiment faim, de toute façon.

Il hocha la tête en direction de la fenêtre.

— On dirait que l'orage s'est calmé.

Le ciel dégagé lui fournit l'excuse qu'elle cherchait.

— Nous devrions en profiter pour retourner en ville. Que je me remette au travail.

— Moi aussi.

Il y eut un silence gêné. Elle lui tendit l'une des bouteilles d'eau, puis rangea les crackers et le beurre de cacahuètes dans le placard.

— Je… Je vais m'habiller en premier.

Elle connaissait les limites de sa volonté : s'ils remontaient ensemble dans la chambre, elle serait tentée de faire de nouveau l'amour avec lui, elle le savait. Le simple fait de le voir torse nu l'empêchait de se concentrer.

Elle remonta précipitamment et se rhabilla en hâte. Mac arrivait en haut de l'escalier quand elle sortit de la chambre.

— La place est libre ! lança-t-elle. Ne t'embête pas à refaire le lit, je m'en occuperai la prochaine fois que je viendrai.

Elle s'en occuperait surtout après avoir laissé passer suffisamment de temps pour pouvoir entrer dans cette chambre sans avoir envie de lui.

Il lui posa une main sur le bras.

— Tout va bien ?

— Oui, oui, très bien.

— On dirait vraiment le contraire.

— C'est un peu… bizarre, maintenant, c'est tout. Nous allons devoir faire preuve de professionnalisme et nous remettre au travail pour sauver Hillstrand Solar… ou trouver un accord.

— Tu crois que je veux encore racheter l'entreprise ?

— Ce n'est pas le cas ?

— Je t'aide, Savannah, comme promis. Ce qui vient de se passer n'a rien à voir avec le travail, ce n'était qu'une… parenthèse.

Une parenthèse ? La formulation la blessa profondément.

— Cela ne répond pas à la question, Mac.

Alors même qu'elle prononçait ces mots, elle songea qu'elle connaissait déjà la réponse.

— Si les méthodes que nous employons pour sauver l'entreprise ne fonctionnent pas, répondit-il avec sérieux, alors, oui, je te ferai une proposition équitable.

Le Mac Barlow dont elle avait fait la connaissance quelques jours plus tôt était de retour. L'homme qui avait sauvé le petit oisillon tombé de son nid avait disparu.

Elle sentit des larmes lui monter aux yeux, mais elle les refoula d'un battement de paupières.

— Bien sûr, balbutia-t-elle d'une voix légèrement tremblante. Je n'en attends pas moins de toi.

Là-dessus, elle passa à côté de lui et descendit l'escalier, avant qu'il ait pu lire dans ses yeux ce qu'elle ressentait.

Mac roula à toute allure sur les routes encore mouillées, sans se soucier du danger. Il avait besoin d'une chose : de la distance, de la distance entre lui et cette maison au bord de la plage, de la distance entre lui et Savannah, et surtout, de la distance entre lui et la vérité.

Même s'il prétendait vouloir l'aider, ce qu'il voulait vraiment, c'était racheter Hillstrand Solar, comme il avait eu l'intention de le faire en venant à Stone Gap.

Il pensa aux moments qu'il avait passés à l'aider à la rénovation de la maison. Il avait aimé construire quelque chose avec elle, mais cela ne remettait pas en cause ses choix de vie. Il n'allait pas tout abandonner pour rénover des maisons. En fin de compte, il était doué pour une chose : trouver des entreprises en difficulté, les racheter et les revendre à profit.

Un sentiment de culpabilité le rongeait. Il n'aurait jamais dû coucher avec Savannah. Encore maintenant, il la revoyait, un bras au-dessus de la tête, un sourire engageant sur les lèvres, et il avait envie de faire demi-tour.

Alors, accélérant de plus belle, il prit la direction de chez ses parents.

Il n'avait pas encore écouté le message que Colton lui avait laissé un peu plus tôt dans la journée, mais il en devinait aisément la teneur : les vingt-quatre heures étaient écoulées, et soit les Barlow avaient appris son existence, soit ils l'apprendraient quand il arriverait à Stone Gap.

Il n'avait pas l'intention de laisser ses proches découvrir la vérité de cette façon.

Une fois garé dans l'allée, il jura tout bas en voyant la voiture de sa mère à côté du pick-up de son père.

Dès qu'il entra dans la maison, Della passa la tête par la porte de la cuisine.

— Mac, je suis contente de te voir. Je suis en train de finir de préparer le dîner. Tu veux manger quelque chose ?

— Non merci, maman, j'ai déjà mangé.

Elle fit la moue. Sa mère adorait cuisiner pour ceux qu'elle aimait.

— D'accord, mais si jamais tu changes d'avis, il y a un rôti.

— Merci. J'en prendrai peut-être une tranche tout à l'heure.

Il n'en avait aucune intention. Il n'aurait pas pu passer tout un repas assis en face de son père sans rien dire.

— Où est papa ?

— Dans son atelier. Si tu vas le voir, dis-lui que le dîner sera prêt dans quelques minutes, s'il te plaît !

— D'accord.

Il déposa un baiser sur la joue de sa mère, puis se dirigea vers l'atelier. Depuis qu'il était à la retraite, Bobby s'était mis à la menuiserie. Il avait fabriqué plusieurs petites boîtes à bijoux et une nouvelle boîte aux lettres.

Assis sur un vieux tabouret, il était occupé à poncer le dessus d'une petite table quand Mac entra. Il leva les yeux vers lui.

— Mac… Je ne m'attendais pas à te voir, lança-t-il d'un air méfiant.

— Je suis venu pour te faire écouter un message.

Mac sortit son téléphone portable de sa poche et passa le message de Colton.

— Mac, c'est Colton… Je serai à Stone Gap dans quelques jours pour rencontrer enfin mon père. Je sais que tu ne veux pas que je m'immisce dans votre vie, mais j'ai le droit de le connaître. Nous nous rencontrerons peut-être… Je l'espère, à vrai dire. J'aimerais vraiment rencontrer mes frères.

Le silence se fit dans l'atelier. Il remit son portable dans sa poche et regarda son père d'un air insistant.

Bobby jura et se leva, visiblement affolé.

— Il veut vraiment venir ici ?

— Apparemment.

— Il a précisé quand ?

Mac soupira.

— Tu as écouté le même message que moi. Quelle importance, de toute façon ? Que Colton arrive mardi ou dimanche prochain, tu vas devoir le dire à maman, à Luke et à Jack.

— Me dire quoi ?

Bon sang ! Mac ferma brièvement les yeux et jura tout

bas. Il avait laissé la porte de l'atelier ouverte et n'avait pas entendu sa mère arriver.

Il se retourna. Della se tenait là. Un mélange de curiosité et de méfiance se lisait sur son visage.

— Te dire…

— Mac, non ! l'interrompit son père en lui posant une main sur le bras. Non.

— Tu ne peux pas continuer à vivre dans le mensonge, papa. Tu dois régler cette affaire maintenant, pas dans une semaine, pas dans trente ans de plus, maintenant.

— Me dire quoi ? répéta sa mère d'une voix plus faible, légèrement tremblante.

Il y eut un silence. Bobby regarda ses chaussures pendant un long moment. Mac passa d'un pied sur l'autre, nerveux. Il regrettait d'être venu à un moment où sa mère était là. Il n'avait pas du tout envie de la voir souffrir.

— Je… J'ai quelque chose à te dire, Della, lâcha enfin son père. Quelque chose que j'aurais dû te dire il y a des années.

— Quoi ? demanda-t-elle dans un souffle, d'une voix à peine audible.

— Tu te souviens de la période difficile que nous avons traversée, environ deux ans après nous être mariés ?

Elle les regarda tour à tour.

— Oui, répondit-elle enfin. C'était il y a longtemps.

— Il y a trente-trois ans, très exactement.

— Nous étions jeunes et inconséquents. Nous aurions dû attendre un peu plus longtemps pour nous marier, car nous n'étions pas vraiment prêts, ni l'un ni l'autre.

— Effectivement. Je me comportais d'ailleurs comme si nous n'étions pas mariés, et j'ai fait des choix stupides qui ont eu des répercussions imprévues.

Mac voyait que sa mère essayait de comprendre, puis l'angoisse et la peine se peignirent sur son visage.

— De quoi parles-tu, Robert ?

— Je… Je ferais mieux d'y aller, bafouilla Mac.

Il n'avait pas du tout envie de rester pour voir l'anéantissement de sa mère.

— Non, répliqua sa mère, d'une voix ferme cette fois. Reste ici. Apparemment, tout le monde est au courant de quelque chose que j'ignore.

Bobby resta silencieux, repoussant du bout du pied un petit tas de sciure sur le sol.

— Robert ? Dis-moi de quoi tu parles.

Il leva vers elle un regard plein de regret.

— Je t'avais parlé de Katherine, à l'époque…

A en juger par l'expression de Della, le prénom lui fit l'effet d'une gifle. Ses yeux s'emplirent de larmes, mais elle releva le menton d'un air déterminé.

— Oui.

Son père se tourna vers lui, visiblement très contrit.

— J'ai dit à ta mère il y a des années que j'avais… eu une aventure. J'étais jeune et stupide quand nous nous sommes mariés, et même si je croyais vouloir me ranger, l'idée me terrifiait. J'ai continué à me comporter comme un célibataire. Je travaillais à Atlanta, à l'époque, et j'y ai rencontré une femme appelée Katherine…

Della gardait un visage de marbre.

— Nous avons traversé une période très difficile quand je l'ai découvert, expliqua-t-elle. J'ai quitté ton père, et je suis retournée vivre chez mes parents pendant six mois.

— De mon côté, j'ai réfléchi à mon comportement… et je me suis rendu compte que j'étais marié à la femme la plus merveilleuse du monde.

Les paroles de Bobby n'adoucirent pas l'expression de Della. Les lèvres pincées, elle regarda son mari droit dans les yeux.

— Qu'as-tu à me dire que je ne sache pas déjà ?

Il y eut encore un silence. Au-dehors, un chien aboya, quelqu'un mit une tondeuse à gazon en marche.

Mac attendait, Della attendait. Bobby se passa une main dans les cheveux dans un geste trahissant sa nervosité. Enfin, il s'éclaircit la gorge et prit la parole.

— Katherine… a eu un fils. Mon fils.

En cet instant précis, Mac se sentit soudain aussi mal pour son père que pour sa mère. Ses parents s'aimaient, il n'en avait jamais douté. La peur et le sentiment de culpabilité de Bobby étaient évidents, ils se voyaient à ses épaules affaissées, s'entendaient au tremblement de sa voix.

Della resta parfaitement immobile.

— Un… Un fils ? répéta-t-elle dans un murmure.

Bobby hocha la tête, les yeux baissés.

— Il s'appelle Colton. Il veut me rencontrer, et rencontrer les garçons.

Le silence se fit de nouveau. Mac regrettait de ne pas être parti quand il en avait eu l'intention. Il aurait voulu échapper à cette scène déchirante.

Sa mère finit par se tourner vers lui.

— Tu étais au courant ?

— Je l'ai appris il y a quelques jours. Colton a contacté l'oncle Tank, qui m'a appelé. Je ne savais pas quoi faire, alors j'ai parlé à papa et…

Il laissa sa phrase en suspens et écarta les mains, paumes vers le haut, dans un geste exprimant son impuissance.

— Je vois, dit sa mère d'un ton glacial.

Elle les regarda tour à tour, finissant par reporter son attention sur Bobby.

— Tu dois rencontrer ton fils, Robert. Il mérite au moins cela.

Bobby prit une profonde inspiration.

— Tu… Tu seras là quand je le rencontrerai ?

Cette fois encore, les yeux de Della s'emplirent de larmes. Sans répondre, elle tourna les talons et quitta l'atelier.

Le lendemain, Savannah était assise à son bureau et faisait machinalement ce qu'elle avait à faire, l'esprit ailleurs. Elle essayait de remplacer son père depuis des mois maintenant, mais sans grand succès. Elle regarda la liste de tâches que Mac lui avait laissée et décida que le seul moyen de s'habituer à son nouveau travail était de s'y consacrer exclusivement. Elle ne pouvait plus se permettre de s'interrompre pour rénover la maison au bord de la plage, ni se laisser distraire par quoi que ce soit. Elle devait travailler sans relâche.

Elle finirait peut-être par être une bonne dirigeante si elle passait assez de temps dans les bureaux de Hillstrand Solar. Il le fallait : dans le cas contraire, elle serait obligée de vendre.

Elle descendit au premier étage et alla trouver Betty à son poste.

— Bonjour, Betty. Tu as une minute ?

— Bien sûr. Oh ! Attends, je vais te montrer une photo adorable de mon petit-fils.

Betty sortit son portable de sa poche et commença à parcourir ses photos.

« Chaque seconde que vous passez à discuter avec eux est une seconde qu'ils ne passent pas à gagner de l'argent pour l'entreprise. »

Savannah baissa les yeux sur la feuille qu'elle avait entre les mains. Elle ne s'en sortirait pas si elle ne mettait pas ses plans à exécution. Mac lui avait bien fait comprendre qu'elle devait se comporter en patronne, et non en amie.

— A vrai dire, Betty, je préférerais que tu me la montres à un moment où nous ferons une pause. Je dois te parler sérieusement. Je voudrais reconfigurer tout le service des expéditions pour préparer les colis et les envoyer le plus rapidement possible.

Betty semblait surprise.

— Bien sûr. Je vais demander à Jeremy de m'aider.

— Merci. Veille à ce que ce soit fait aujourd'hui, s'il te plaît… Nous devons agir vite.

Elle s'attendait plus ou moins à ce que Betty soit contrariée, mais celle-ci la jaugea du regard et un sourire se dessina sur ses lèvres.

— Ton père serait fier de toi, Savannah.

— Ah bon ? s'étonna-t-elle, prise au dépourvu. Pourquoi ?

— Tu prends les choses en main, comme une vraie dirigeante. Je trouve ça super !

— Merci.

Le compliment inattendu lui fit chaud au cœur. Elle regrettait que son père ne soit pas là pour voir les choses s'arranger peu à peu.

— Au fait, reprit Betty, cet expert-conseil auquel tu as fait appel, Mac Barlow, il réalise du bon travail, lui aussi. Nous parlions de lui, l'autre jour, avec les collègues… Rien ne lui échappe. Il n'est pas d'un abord facile mais, quand on le connaît un peu mieux, on s'aperçoit qu'il est charmant, en réalité… et puis, il est agréable à regarder, ce qui ne gâte rien !

Betty eut un grand sourire, puis elle esquissa un petit salut.

— Bon, au travail !

Tandis qu'elle s'éloignait, un vague sentiment d'espoir envahit Savannah ; peut-être réussirait-elle à remettre l'entreprise à flot et à la diriger comme il le fallait, après tout.

Soudain, la porte du palier s'ouvrit et Mac entra. Sa silhouette se découpait dans la lumière et, avec ses cheveux légèrement ébouriffés, son jean et ses bottes, il avait une allure encore plus ténébreuse.

Bon sang ! Pourquoi fallait-il qu'il soit aussi séduisant ? Et pourquoi son cœur s'emballait-il chaque fois qu'elle le voyait ? Il n'était pas du tout fait pour elle, même si elle avait envie de croire le contraire.

Au lieu de se diriger vers lui, elle tourna les talons et s'enfuit lâchement par l'autre escalier. Avec un peu de chance, il ne l'avait pas vue. Hélas, avant d'atteindre le deuxième étage, elle entendit des pas dans son dos.

C'était Mac. Il l'avait donc vue.

Il monta les marches quatre à quatre et la rattrapa en quelques secondes.

— Hé ! Tu as une minute ?

Elle s'arrêta et se tourna vers lui, une main sur la rampe métallique, dos au mur de béton.

Elle avait envie de répondre par la négative, de lui dire qu'elle n'avait pas de temps à consacrer à l'homme qui lui avait brisé le cœur la veille, mais elle avait également envie de savoir ce qu'il avait à lui dire, s'il allait s'excuser, lui proposer de recommencer à zéro.

— Bien sûr, répondit-elle.

— Je… Je crois avoir trouvé un fournisseur beaucoup moins cher auprès duquel nous pourrions commander les supports de fixation des panneaux solaires, mais ses délais de réalisation sont plus longs. Qu'en penses-tu ?

Il voulait parler travail. Pourquoi était-elle étonnée ? Tout ce qu'elle avait lu ou entendu à son sujet lui avait appris qu'il passait le plus clair de son temps à travailler et qu'il n'avait quasiment pas de vie privée. Les heures qu'ils avaient passées ensemble à la maison au bord de la plage et dans son lit avaient dû être pour lui des moments d'égarement.

Elle sentit son cœur se briser encore un peu plus.

— Tu sais, le moment est mal choisi, marmonna-t-elle, soulagée de réussir à ne pas fondre en larmes, je m'apprêtais justement à aller déjeuner.

— Parfait ! Je vais venir avec toi, nous pourrons…

— Non, Mac, c'est impossible, l'interrompit-elle. Tu arrives peut-être sans difficulté à séparer ton travail de ta vie privée, mais il s'avère que je n'en suis pas capable. Contentons-nous de travailler chacun de notre côté, aujourd'hui. J'ai besoin de temps et de solitude.

Là-dessus, elle tourna les talons et monta l'escalier précipitamment. Elle n'avait pas du tout l'intention d'aller déjeuner, elle voulait juste lui échapper.

Mais Mac la suivit jusque dans la salle de repos, où elle s'était réfugiée. Ils étaient seuls dans la pièce.

— Ecoute, Savannah, je sais que je n'ai pas géré les choses au mieux hier…

Elle fit volte-face et le regarda droit dans les yeux.

— Pas géré les choses au mieux ? C'est le moins que l'on puisse dire !

— Les affaires et la vie privée sont deux choses bien distinctes pour moi, c'est vrai, mais je n'aurais peut-être pas dû mentionner le rachat de l'entreprise au moment où je l'ai fait, et je m'en excuse.

— Tu ne penses qu'à travailler, Mac. Je m'étonne que tu n'aies pas cherché à prendre ton ordinateur portable pendant que nous faisions l'amour ! persifla-t-elle.

Elle voulait qu'il la laisse tranquille, qu'il arrête de lui faire de la peine.

— Tu me trouves vraiment aussi horrible ?

Elle fit un pas vers lui.

— Je trouve que tu es un as en affaires, que tu es très doué pour ce que tu fais, mais que les relations humaines ne sont pas ton fort, et que tu préfères te réfugier dans le travail plutôt qu'essayer de construire quelque chose avec quelqu'un.

Il secoua la tête.

— C'est faux.

— Vraiment ? Alors dis-moi, combien de temps notre relation a-t-elle duré ?

— C'est différent, Savannah. Nous travaillons ensemble pour sauver cette entreprise, cela n'a rien de personnel.

Elle sentit des larmes lui monter aux yeux.

— Cet homme estimait que l'on ne peut pas séparer le travail de la vie privée, répliqua-t-elle en lui montrant la photo de son père, celle sur laquelle il semblait la regarder avec espoir et confiance. Il avait beaucoup d'amis, des tas de gens l'aimaient et le pleurent encore. Même si je te vendais Hillstrand Solar et que tu effaçais toute trace de son existence, ces gens continueraient à le pleurer, parce qu'ils l'aimaient, lui, en tant que personne, pas seulement en tant que chef d'entreprise.

Mac sembla réfléchir quelques instants.

— Alors pourquoi veux-tu à tout prix sauver cet endroit ?

Elle inspira profondément.

— Parce que Hillstrand Solar était une partie de lui, et que la seule façon d'honorer sa mémoire, c'est de tenir la promesse que je lui ai faite.

— Je comprends l'importance que peut avoir une promesse, dit-il posément.

— Vraiment ? Parce qu'il me semble que l'argent est tout ce qui compte pour toi.

— Avant de me condamner, protesta-t-il en s'approchant d'elle, pose-toi cette question : est-ce que tu diriges cette entreprise parce que tu le désires vraiment, parce que c'est ce qu'il convient de faire, ou parce que tu as peur de te lancer, de tracer ton propre chemin ?

— De quoi parles-tu ?

— De ces maisons. Je suis passé devant deux ou trois de celles que tu as rénovées. Elles sont absolument magnifiques, tu as fait un travail incroyable. On voit que c'est une activité qui te passionne et dans laquelle tu te réalises pleinement.

Pourquoi était-il passé devant ces maisons ? Pourquoi la tourmentait-il ? Il n'avait pas l'intention de faire partie de sa vie, de son avenir, il le lui avait bien fait comprendre.

— Qu'est-ce que ça peut te faire ? lui demanda-t-elle. Et comment peux-tu juger de ce qui me convient, toi qui affirmes ne pas mélanger les sentiments personnels et les affaires ?

Là-dessus, elle sortit de la pièce avant que les larmes ne se mettent à couler sur ses joues et qu'il ne s'aperçoive de l'importance qu'il avait prise pour elle en l'espace de quelques jours.

Elle s'était attachée à lui, à cause de la façon dont il avait sauvé les oisillons, à cause du premier baiser qu'ils avaient échangé, des quelques instants de complicité qu'ils avaient passés sur le toit de la maison. Tous ces moments restés gravés dans sa mémoire et dans son cœur, et elle risquait fort de tomber amoureuse de lui.

Au lieu de retourner dans son bureau, elle monta dans sa voiture et prit la route pour se rendre chez sa mère.

Chaque fois qu'elle lui avait rendu visite, au cours des quatre derniers mois, elle avait trouvé la petite maison fermée, les rideaux tirés, et sa mère cloîtrée dans la pénombre. Cependant, par cette journée ensoleillée, en tournant à l'angle de la rue où elle avait grandi, elle fut étonnée de voir Grace Lee agenouillée dans le jardin, avec son chapeau de paille à larges bords, en train de planter des fleurs dans un parterre.

Sa mère se retourna en entendant la voiture s'engager dans l'allée et se leva pour venir l'accueillir.

— Savannah ! Quelle agréable surprise !

Elles s'embrassèrent chaleureusement. Cela faisait deux semaines que Savannah n'était pas venue, tant elle avait été prise par son travail. Elle remarquait maintenant que sa mère avait meilleure mine que lors de sa dernière visite et que ses yeux étaient plus vifs.

— Tu as l'air en forme, maman… Cela me fait plaisir de te voir dehors, à jardiner.

— Il était temps que je mette le nez dehors, répondit sa mère d'une voix douce. Tu ne trouves pas ?

Savannah la serra de nouveau dans ses bras et, cette fois, laissa les larmes qui lui brûlaient les paupières couler sur ses joues.

Depuis des mois, sa mère s'était retranchée dans sa douleur, coupée du monde, pleurant son mari qui était aussi son meilleur ami. Savannah avait eu l'impression d'avoir perdu ses deux parents. Rien de ce qu'elle avait pu dire ou faire n'avait convaincu sa mère de s'aventurer hors de la maison plongée dans l'obscurité. C'était l'une des raisons pour lesquelles elle avait commencé à rénover la maison au bord de la plage : elle espérait donner envie à sa mère d'y retourner.

Cependant, pour sa plus grande joie, celle-ci avait réussi à s'arracher à son chagrin.

— Si, je trouve…

Grace Lee s'écarta un peu et lui essuya les joues avec tendresse.

— Ma chérie, ne pleure pas. Allons à l'intérieur manger quelques cookies et boire un verre de lait.

Savannah leva les yeux au ciel.

— Je n'ai plus cinq ans, maman.

— Je sais, mais tu as l'air d'avoir eu une journée difficile, et rien n'est plus réconfortant que des cookies et du lait, quel que soit l'âge que l'on ait !

— C'est vrai, concéda-t-elle en riant.

Sa mère posa son chapeau sur un banc à côté de la porte. Dans la cuisine, accueillante et chaleureuse, une assiette de cookies aux pépites de chocolat, tout juste sortis du four, était posée sur la table. Une bonne odeur flottait dans l'air. Savannah prit le plus gros gâteau, sur le dessus de la pile, et mordit dedans. Manifestement, sa mère avait utilisé la recette secrète de sa grand-mère.

— Ils sont absolument délicieux, maman.

— Merci ! Je me suis bien occupée, ces jours-ci.

Sa mère remplit deux verres de lait et lui en tendit un, puis elle s'assit en face d'elle.

— Que s'est-il passé ? lui demanda Savannah.

Grace Lee haussa les épaules.

— Je me suis réveillée un matin en m'apercevant que ton père n'aurait pas aimé que je reste enfermée dans le noir jour après jour, à pleurer sa perte. J'ai commencé par faire de petites choses : j'ai nettoyé la maison, puis j'ai fait de la pâtisserie, et aujourd'hui, je suis allée acheter des fleurs pour les parterres. Ce n'est grand-chose, mais…

— C'est déjà beaucoup, répliqua Savannah en posant sa main sur celle de sa mère. Je suis si heureuse de te voir comme ça !

— Merci.

Sa mère avait les larmes aux yeux, mais son sourire était franc. Elles restèrent quelques instants silencieuses, main dans la main, partageant un même espoir.

— Alors, parle-moi de toi, maintenant. Comment ça se passe au travail ?

— Bien.

Sa mère inclina légèrement la tête sur le côté.

— Ta voix laisse à penser le contraire.

Savannah soupira.

— C'est dur, maman. Je fais de mon mieux, et Mac Barlow m'aide… plus ou moins.

Elle avait parlé de Mac à sa mère quand il lui avait fait sa première proposition de rachat, et l'avait tenue au courant de l'évolution de la situation. Sa mère lui avait dit que la décision finale de vendre ou ne pas vendre Hillstrand Solar lui revenait, mais Savannah avait bien vu que si elle choisissait de vendre cela peinerait sa mère.

Quand elle lui annonça que Mac s'employait depuis quelques jours à trouver des solutions pour remettre l'entreprise à flot, sa mère fit la grimace.

— Je croyais qu'il voulait l'acheter.

— Je l'ai convaincu de m'aider pendant une semaine. Il m'a fait quelques suggestions excellentes pour réduire les coûts et augmenter la productivité. Je constate déjà les bénéfices de son intervention… Bien sûr, ce n'est qu'un début, mais je pense que nous sommes sur la bonne voie.

— Alors les affaires reprennent ?

— Oui, je crois qu'on peut le dire, et j'envisage l'avenir avec plus de confiance.

— Et toi ? Comment vas-tu ?

— Bien, maman.

Elle se garda d'avouer qu'elle avait le cœur brisé et se demandait comment elle allait s'en remettre.

— Je sais que ton père t'a demandé de prendre la relève, ma chérie, mais c'était peut-être trop te demander. La tâche est lourde pour toi.

— Ça va. Je vais bien.

— Si tu le répètes, je vais peut-être finir par te croire.

Un sourire se dessina sur les lèvres de sa mère. C'était un petit sourire qui montrait son scepticisme.

— Tu n'es pas obligée de continuer à porter ce fardeau, nous pouvons très bien trouver quelqu'un pour te remplacer, afin que tu puisses faire ce qui te rend vraiment heureuse.

Savannah secoua la tête.

— J'ai fait une promesse à papa.

— Je le sais, mais il n'aurait pas dû te mettre dans cette situation.

Sa mère leva une main pour l'empêcher de protester.

— Ton père était un homme merveilleux et je l'aimais de tout mon cœur, mais il était très attaché à cette entreprise, presque trop, et il t'a demandé de prendre sa place en sachant pertinemment que ce n'était pas ce dont tu avais envie, mais que tu ne refuserais pas.

— Maman, nous avons déjà eu cette conversation.

— Oui, et nous l'aurons encore, parce que tu ne m'écoutes pas. Je crois que ton père pensait que tu finirais par aimer cette entreprise autant que lui, mais ce n'est pas le cas.

Savannah poussa un profond soupir.

— C'est vrai.

Prononcer ces mots à haute voix, admettre la vérité lui procura un vif sentiment de soulagement. Elle prétendait être quelqu'un qu'elle n'était pas depuis bien trop longtemps, mais sous le regard compréhensif et bienveillant de sa mère, elle pouvait enfin être honnête.

— Alors cesse de te sacrifier.

— Ce n'est pas aussi simple que cela, maman. Qui prendra la tête de l'entreprise si j'abandonne ? Et si je ne trouve personne pour me remplacer, je serai obligée de vendre à Mac Barlow. Il la démantèlera et la revendra tout de suite, et tous les employés perdront leur travail.

Grace Lee soupira, elle aussi, puis elle eut un sourire triste.

— Je voudrais que ton père soit là. Il saurait quoi faire.

— Oui.

L'ironie de la situation ne leur échappait pas : la seule personne qui aurait su quoi faire en pareilles circonstances n'était plus, et c'était précisément sa mort qui avait entraîné le dilemme face auquel elles se trouvaient.

A sa place, son père aurait tout fait pour sauver Hillstrand Solar et ses employés. Or, elle ne s'était pas dévouée à l'entreprise comme elle aurait pu le faire. Elle s'était laissé distraire par les travaux de la maison au bord de la plage, par ses propres envies et besoins. Elle avait perdu de vue ce qu'il y avait de plus important.

Elle se leva et serra sa mère dans ses bras.

— Merci, maman.

— Pour quoi ?

— Pour les cookies, répondit-elle en en prenant un autre, et pour tes conseils. Je sais ce que j'ai à faire, maintenant.

Sa mère lui posa une main sur le bras.

— Fais ce qui te rend heureuse. C'est ce que ton père aurait vraiment voulu.

Savannah se contenta de hocher la tête, sans dire la vérité. Si elle avait pu faire ce qui la rendait heureuse, elle aurait pris la direction de la maison au bord de la plage et se serait plongée dans les travaux de rénovation, mais ce n'était pas ce qui apporterait le bonheur à son entourage.

Son propre bonheur pouvait attendre.

11

Mac se débattit un moment avec son nœud papillon, puis il abandonna et le jeta sur le comptoir. Il n'avait jamais réussi à maîtriser ce genre d'accessoires.

Il se tenait dans une boutique de location de smokings avec ses frères. Le mariage de Jack aurait lieu deux jours plus tard.

— Pourquoi est-ce que je dois porter ce truc, déjà ? Je croyais que c'était un mariage tout simple.

Jack eut un grand sourire.

— C'en est un. Le costume de pingouin, c'est juste pour t'agacer.

Luke rit.

— Et ça a marché !

— Attendez un peu… Je ne suis pas obligé de mettre un smoking samedi ? demanda Mac, les foudroyant tous deux du regard.

— Non, tu devras seulement passer une chemise blanche et une cravate rose foncé. Luke et moi porterons un pantalon de lin, mais tu peux très bien mettre un jean, si ça te chante ! Meri et moi voulons simplement que les gens passent un bon moment.

Ses frères l'avaient traîné au centre commercial, poussé dans une cabine d'essayage et ils lui avaient fait essayer deux smokings, pour rien.

— On vous a déjà dit que vous étiez horribles ?

Luke eut un grand sourire.

— Oui ! C'est notre spécialité.

Mac retourna dans la cabine pour ôter le smoking et se rhabiller. Quelques minutes plus tard, il quittait la boutique avec ses frères.

Mes frères. Deux de mes frères.

Il les regarda tour à tour et décida qu'il ne pouvait pas leur cacher la vérité une seconde de plus. Etant donné la façon dont Bobby avait tout révélé à Della, il valait peut-être mieux que ce soit *lui* qui se charge d'annoncer la nouvelle à Jack et à Luke. Il n'imaginait pas sa mère le faire et, à vrai dire, il avait senti le lien qui l'unissait à ses frères se renforcer depuis son arrivée à Stone Gap. Il se devait donc d'être honnête.

— Et si nous allions boire une bière et manger quelque chose ? C'est moi qui invite !

— Dans ce cas, avec plaisir, répondit Luke avec un sourire.

— Pareil, renchérit Jack.

Ils montèrent dans le pick-up de Jack et traversèrent la ville pour se rendre dans une gargote au bord de la route où l'on servait de délicieux hamburgers et toutes sortes de bières. Parfois, Mac s'en rendait compte, peu importait l'argent que l'on avait, la nourriture la plus simple était la meilleure.

Une foule de souvenirs lui revinrent en mémoire quand il entra dans le petit restaurant. Sa famille et lui y mangeaient souvent quand il était enfant, et avec ses frères, ils commandaient toujours le même cheese-burger. Un agréable sentiment d'appartenance l'envahit dans cet endroit familier.

Ils s'assirent à une table et, quand ils en furent à leur deuxième bière, il décida de passer aux aveux.

— J'ai quelque chose à vous dire, les gars.

Luke donna un petit coup de coude à Jack.

— Holà, il a son air sérieux…

— Il va peut-être nous annoncer qu'il est follement amoureux de Savannah, suggéra Jack avec un grand sourire.

Comment la conversation avait-elle pu prendre cette tournure aussi rapidement ?

— Je ne suis pas…

— Il devrait l'être, l'interrompit Luke, en l'ignorant totalement. Elle sait se servir d'un marteau et d'une scie circulaire… C'est assez séduisant !

— Si en plus elle aime le foot, il faut absolument qu'il la garde, répondit Jack avant de reporter son attention sur lui. Alors, Mac, c'est une fan des Seahawks ou des Packers ?

— Je ne sais pas, répliqua-t-il en soupirant.

Ses frères avaient le don de l'agacer. Ils avaient réussi à l'énerver en parlant ainsi de Savannah. Il n'aurait pas dû se soucier de ce qu'ils pensaient d'elle, il s'en rendait bien compte, mais c'était pourtant le cas.

— Ce n'est pas de ça dont je voulais vous parler.

— D'accord. Prenons un air solennel.

Luke jeta un coup d'œil à Jack, et tous deux imitèrent son expression sérieuse.

— Vas-y, nous t'écoutons.

Maintenant que le moment était venu de leur annoncer la nouvelle, Mac ne savait pas comment s'y prendre. Peut-être valait-il mieux qu'il aille droit au but, comme il l'avait fait quand il s'était confié à Savannah.

Il prit une profonde inspiration et se lança.

— Papa a eu une aventure alors que maman et lui étaient mariés depuis deux ans, et il s'avère que nous avons un autre frère, un demi-frère.

Jack le regarda, bouche bée. Luke cligna plusieurs fois des yeux, visiblement stupéfait. Pendant un moment qui lui sembla durer une éternité, ni l'un ni l'autre ne parlèrent.

Enfin, Jack secoua la tête, comme pour s'arracher à son hébétude, et brisa le silence.

— Un… Un demi-frère ? Tu plaisantes ?

— Est-ce que je suis connu pour être le plaisantin de la famille ? Non, je ne plaisante pas.

— Ouah ! C'est incroyable, marmonna Luke, se frottant la mâchoire d'un air ébahi. Comment l'as-tu découvert ?

Il leur raconta toute l'histoire, commençant par sa conversation avec l'oncle Tank pour finir par le coup de téléphone de Colton.

— Papa a tout dit à maman hier soir.

— Comment est-ce que ça s'est passé ? demanda Luke.

Mac haussa les sourcils.

— A ton avis ?

Jack jura.

— Bon sang ! Elle doit être anéantie. Nous devrions aller à la maison pour voir comment elle va, et comment va papa.

— Comment va papa ? répéta Mac, incrédule. Qu'est-ce que ça peut te faire ? C'est lui qui a agi n'importe comment, c'est lui qui a tout gâché.

— Non, Mac... Il a fait une erreur, une grosse erreur, mais une erreur tout de même. Cela arrive à tout le monde. C'est le rôle de sa famille, des gens qui l'aiment, d'accepter ça, de le comprendre.

— Et de lui pardonner, dit Luke.

Mac se renfrogna. Comment ses frères pouvaient-ils être si prompts à excuser leur père ?

— Cela ne vous dérange pas ?

— Si, bien sûr, répondit Jack, mais qu'est-ce que ça change ? Ce qui est fait est fait. Colton va venir à Stone Gap pour nous rencontrer, que nous le voulions ou non. C'est notre demi-frère, nous nous devons de l'accepter au sein de la famille.

— Et de l'accueillir à bras ouverts, peut-être ?

— Eh bien, oui, répondit Jack avant de jeter un coup d'œil à Luke, qui acquiesça d'un hochement de tête. Colton est certes le fruit d'une aventure extraconjugale, mais ce n'est pas sa faute, et à moins qu'il te ressemble, ajouta-t-il avec un grand sourire, nous devrions le laisser entrer dans la famille.

Abasourdi, Mac regarda ses frères avec de grands yeux. Il s'était attendu à ce qu'ils soient ébranlés par cette nouvelle, et leur réaction le stupéfiait.

Il repensa à ce que Savannah lui avait dit quand ils étaient assis côte à côte sur le toit.

« Les gens mènent leurs propres combats, remportent leurs propres victoires. Nous sommes tous dans le même bateau. »

C'était la façon dont il déciderait de voir les choses qui ferait toute la différence. Il pouvait continuer à déplorer l'arrivée de Colton dans leur vie, ou prendre exemple sur ses frères et accepter le changement.

« Nous sommes tous dans le même bateau. »

— Eh bien, si vous voulez le rencontrer, je vous donnerai son numéro de téléphone. Je sais que lui a hâte de vous connaître.

— Merci, dit Jack. Je l'appellerai tout à l'heure… Il pourra peut-être passer avant le mariage, en profiter pour rencontrer tout le monde puisque toute la famille sera réunie.

— Il faut espérer qu'il ne sera pas aussi taquin que Jack et moi, déclara Luke avec un grand sourire, sinon, tu vas souffrir !

— J'en frémis d'avance !

Jack passa un bras autour des épaules de Mac et le serra contre lui.

Le vendredi matin, Savannah était déjà au travail avant le lever du soleil. Elle s'était attelée à la tâche avec courage, mais à mesure que le temps passait elle était de plus en plus découragée. Elle avait le cœur lourd et l'impression d'avancer dans le brouillard.

Les paroles de sa mère résonnaient encore dans sa tête. « Fais ce qui te rend heureuse. C'est ce que ton père aurait vraiment voulu. »

A plusieurs reprises, elle avait regardé la photo de son père sur son bureau, comme s'il allait soudain pouvoir lui venir en aide, puis les bureaux des employés dont la vie serait bouleversée si Hillstrand Solar était vendu, et elle s'était remise au travail.

Peu importait ce qui la rendait heureuse ; ces gens comptaient sur elle. Son père ne lui aurait tout de même pas demandé de prendre sa place à la tête de l'entreprise s'il ne l'en avait pas crue capable.

Mac arriva peu après 7 heures. Les yeux cernés, il tenait un grand gobelet de café.

— Bonjour.

Il avait l'air de n'avoir pas dormi de la nuit. Elle ne put

s'empêcher de s'inquiéter, alors même qu'elle se répétait qu'elle lui en voulait.

— Tu t'es couché tard ?

— Oui, je suis sorti avec mes frères. J'avais oublié qu'ils étaient plus jeunes que moi, et qu'ils avaient davantage l'habitude de boire !

Il fit la grimace. Elle rit et prit dans son sac à main un tube d'aspirine, dont elle sortit deux comprimés.

— Tiens, dit-elle en les lui tendant. Ça devrait t'aider un peu.

— Merci. Il n'y en avait pas à l'hôtel, et je n'ai pas pensé à passer à la pharmacie en chemin.

Il avala les deux cachets avec une gorgée de café et se laissa tomber sur une chaise. Il se frotta les tempes, but une autre gorgée de café et la regarda.

— Bon ! Alors, qu'y a-t-il à l'ordre du jour ?

Elle prit l'une de ses listes de tâches. Dans le coin de la feuille, elle avait griffonné une maison au bord de la plage sans même s'en rendre compte. Elle se hâta de la dissimuler au stylo pour ne plus voir le dessin, et se concentra sur ses notes.

Le simple fait de parcourir les différents points de cette liste l'accablait, la déprimait, même.

Elle remettait enfin l'entreprise sur la bonne voie, et cela lui donnait envie de pleurer. Qu'est-ce qui clochait chez elle ?

— Nous avons rendez-vous à la banque ce midi pour renégocier les termes de notre emprunt, et deux de nos fournisseurs vont passer dans la matinée. Nous avons aussi une réunion avec les employés en début d'après-midi, et…

— D'accord, ça suffit pour le moment, l'interrompit Mac avec un faible sourire. Je ne suis pas très en forme, ce matin.

— Je vois ça.

Elle comprenait ce qu'il ressentait : elle-même marchait au radar depuis la mort de son père.

— Ecoute, reprit-elle, si tu veux que je m'occupe de tout ça…

Il leva une main pour l'interrompre.

— Avant de me mettre au travail, je voudrais te demander quelque chose.

Elle inspira profondément et prit un air désinvolte.

— Je t'écoute.

— Mon frère se marie demain après-midi. Ce ne sera pas un mariage en grande pompe, mais je me demandais si tu accepterais de m'y accompagner.

Il eut un sourire penaud.

— Je dois préciser que mes frères m'ont menacé : si tu refuses, ils nous attacheront l'un à l'autre et nous traîneront de force à la cérémonie.

Il l'invitait à un mariage ? Après tout ce qui s'était passé entre eux ?

— Tu as vraiment envie que je t'accompagne ?

Il la regarda droit dans les yeux.

— Oui, c'est d'ailleurs pour ça que je t'invite.

Il lui demandait d'assister avec lui au mariage de son frère, mais n'attendait rien de plus. Mais elle voulait plus, beaucoup plus. Elle éprouvait ce sentiment depuis leur premier baiser, et ignorait comment s'en défaire.

— Je ne sais pas… Je veux dire, nous travaillons ensemble, nous n'avons pas une vraie relation, et c'est un mariage… Ce n'est probablement pas une bonne idée.

— Tu as sans doute raison, c'est sûrement une très mauvaise idée, mais je veux quand même y aller avec toi.

Il se leva et lui prit la main. Elle aimait sentir sa paume contre la sienne. Le contact lui semblait parfaitement naturel.

— A vrai dire, tu as sans doute raison sur beaucoup de choses, y compris moi. Les relations humaines ne sont pas mon fort. Je suis doué en affaires mais, quand il s'agit de sortir avec quelqu'un, de me consacrer à quelqu'un, je suis nul. J'étais à l'aise dans le monde des chiffres et des rapports, jusqu'à ce que je te rencontre.

— Qu'est-ce que cela a changé ?

— Tout. Tout ce que je croyais savoir.

Il lui caressa le dessus de la main avec le pouce et poussa un profond soupir.

— Ecoute, Savannah, je pars dimanche. Je dois retourner à Boston, mon entreprise est là-bas.

— Et Hillstrand Solar ?

« Et nous ? » avait-elle envie de demander.

— Tu as la situation bien en main et mon numéro de téléphone si tu as besoin d'aide ou de conseils, répondit-il avec un sourire.

— Attends… Tu ne veux plus racheter l'entreprise ?

Il secoua la tête.

— Je l'achèterais si elle était à vendre, mais tu m'as fait comprendre que ce n'était pas le cas. Alors, maintenant que nous avons mis les choses au clair et que le sujet est clos, veux-tu aller au mariage de mon frère avec moi, pour que nous passions une merveilleuse journée ensemble avant mon départ ?

Ce n'était qu'un rendez-vous, un dernier rendez-vous, une façon de se dire adieu. L'idée lui serra le cœur. Elle envisagea de refuser. Cela lui ferait trop de peine de le quitter après la dernière chanson. Cependant, elle pensa aux jours douloureux qui suivraient le départ de Mac, et décida qu'elle voulait une journée de plus avec sa famille et lui.

Cela devrait suffire. N'est-ce pas ?

— D'accord, Mac, répondit-elle, j'accepte l'invitation.

Il sourit.

— C'est la meilleure nouvelle que j'aie reçue aujourd'hui.

Elle rit.

— Il n'est que 7 heures du matin !

— Même à minuit, ce sera encore la meilleure nouvelle de la journée.

Il se pencha et lui déposa un baiser sur les lèvres, puis il se redressa et soutint son regard pendant quelques instants.

— Maintenant, mettons-nous au travail !

Ils s'attelèrent à la liste qu'elle avait sortie et accomplirent bien plus qu'elle n'avait espéré. Quand Mac se plongeait dans le travail, il était efficace, organisé et rapide. Il la laissa animer les réunions, n'intervenant que quand elle lui demandait son avis. Il veillait à ce qu'elle soit prête à diriger Hillstrand Solar toute seule, et lui montrait qu'il avait confiance en elle et l'en croyait capable. Pourquoi cela la décourageait-il à ce point ?

Après la dernière réunion de la journée, ils descendirent au premier étage. Plusieurs employés le saluèrent en l'appelant par son prénom et s'arrêtèrent pour échanger quelques mots avec lui. Il resta bref et parla surtout travail, mais quelques sujets personnels furent toutefois abordés.

— Tu as l'air de connaître plein de choses sur les employés, remarqua-t-elle tandis qu'ils remontaient au cinquième étage. Tu as demandé à Jeremy si son petit chiot allait bien et tu as même regardé les dernières photos des petits-enfants de Betty !

Il haussa les épaules.

— Qu'y puis-je ? Tu as déteint sur moi.

— Ah bon ? Tu m'as pourtant affirmé que discuter avec les employés était une perte de temps et d'argent.

Il s'arrêta sur le palier et la regarda.

— C'est vrai, mais je me suis rendu compte que j'étais un peu envieux.

— Envieux ? De quoi ?

— Eh bien, ces gens t'aiment et te donnent le sentiment de faire partie de leur famille. Je ne me rendais pas compte à quel point ce sentiment me manquait avant d'arriver ici.

— Tu éprouvais la même chose autrefois ? Au sein de ton entreprise ?

— Oui, répondit-il d'une voix douce. Quand je travaillais dans la concession automobile de Charlie, son fils et lui me traitaient comme l'un des leurs. J'avais un peu l'impression qu'ils étaient de ma famille.

— Mais tu as pourtant racheté et revendu cette concession !

— Charlie voulait partir à la retraite et son fils n'avait pas envie de prendre la relève. Il était aussi doué pour préparer son régime de retraite que pour tenir ses comptes… Quand je lui ai racheté la concession, je lui ai donné une belle somme. Je pensais qu'il serait heureux, et il l'a été pendant un certain temps, mais un jour il m'a appelé pour me dire que son travail lui manquait, que le contact avec les clients lui manquait. Il se savait trop âgé pour recommencer à travailler, mais il avait besoin d'un but dans la vie.

— Alors tu as racheté la concession !

Elle comprenait mieux ce qu'elle avait lu au sujet de Mac. Il avait racheté la concession automobile et ne l'avait pas revendue parce qu'elle avait une importance pour lui et pour des gens qu'il aimait. De la même façon, peut-être tenait-il plus à Hillstrand Solar qu'il ne voulait l'admettre.

— Oui, répondit-il, je l'ai rachetée, et j'ai engagé un vieil ami pour la diriger. Il laissait Charlie venir quand il en avait envie, bricoler un peu et se charger de quelques ventes. Charlie était content, cela l'occupait suffisamment, et la concession rapportait de l'argent à mon ami.

— Tu as fait quelque chose de bien, Mac.

— Cela n'arrive pas assez souvent, constata-t-il en secouant la tête.

— Eh bien, quand tu seras de retour à Boston, tu pourras peut-être faire les choses différemment.

Le seul fait de l'imaginer loin d'elle lui serrait le cœur. Chaque fois qu'elle croyait l'avoir cerné, il révélait une nouvelle facette de sa personnalité. Ce qu'il avait fait pour Charlie en disait long sur l'homme qu'il était : un être généreux, et tout à fait capable d'établir des relations solides. Il n'était pas l'homme d'affaires insensible qu'il prétendait être.

Elle lui posa une main sur le bras avec tendresse.

— C'était vraiment gentil de ta part, Mac, et je suis contente que tu te sois senti bien accueilli ici, au sein de Hillstrand Solar.

Il eut un sourire triste.

— Cet endroit va me manquer.

Cet endroit.

Elle en revanche n'allait pas lui manquer. Sa peine fut si grande qu'elle dut détourner les yeux quelques secondes.

— Je ferais mieux d'y aller, balbutia-t-elle, songeant qu'il serait plus facile de partir que de lui poser les questions qui se bousculaient dans sa tête. Il est tard, et j'ai encore du travail avant de pouvoir aller me coucher.

Quelques minutes plus tard, elle s'en allait avec une serviette pleine de documents à étudier. L'espace d'un instant, elle hésita à la laisser dans sa voiture et à prendre la direction de la maison au bord de la plage, mais finalement elle rentra directement chez elle pour travailler et prétendre qu'elle n'était pas amoureuse de Mac Barlow.

12

Luke, Jack et Mac se tenaient dans le salon de la maison familiale, tous trois vêtus d'un pantalon de lin, d'une chemise et d'une cravate, aussi nerveux et mal à l'aise que quand ils étaient enfants et que leur mère leur mettait leurs beaux habits du dimanche pour aller à la messe. Bobby était assis sur le canapé, pâle et raide comme un piquet. Della se tenait dans l'embrasure de la porte et tripotait nerveusement son tablier.

On sonna à la porte. Mac esquissa un mouvement pour aller ouvrir, mais son père lui fit signe de rester où il était.

— J'y vais, Mac.

Mac et ses frères restèrent avec leur mère pendant que Bobby se dirigeait vers l'entrée. Il réapparut quelques instants plus tard, accompagné de Colton. Celui-ci était grand et avait les yeux du même bleu que ses frères, mais ses cheveux étaient un peu plus clairs et plus longs.

Il avait l'air d'être le genre de personne sympathique avec laquelle Mac aurait pu être ami dans d'autres circonstances.

Il fit un pas vers lui.

— Bonjour, Colton. Je suis Mac... Content de te rencontrer.

Colton lui serra chaleureusement la main. Un sourire crispé dansait sur ses lèvres.

— Moi aussi.

Bobby les regardait d'un air inquiet. Il jeta un coup d'œil à Della, mais celle-ci resta silencieuse.

Jack s'approcha à son tour de Colton.

— Salut, Colton ! Moi, c'est Jack. Je suis le plus sympa.

Colton s'esclaffa.

— Content de faire ta connaissance !

Luke s'avança et tendit la main à son tour.

— Ne crois pas ce que ces deux-là te racontent. Je suis Luke, le plus charmant et le plus intelligent !

Colton eut un grand sourire.

— Je n'en suis pas sûr. Ma mère ne serait sûrement pas d'accord avec toi.

Ces mots furent suivis par un silence tendu. Colton secoua la tête.

— Bon sang, je suis désolé. Je n'aurais pas dû parler d'elle. Je sais que la situation est compliquée et difficile pour tout le monde, et je n'ai fait qu'aggraver les choses.

— Ce n'est pas grave, intervint Della en s'approchant de Colton.

Elle se plaça devant lui et l'observa attentivement, comme si elle cherchait sur ses traits une ressemblance avec les autres Barlow. Tout le monde retenait son souffle.

Enfin, elle hocha la tête et esquissa un sourire.

— Tu fais partie de la famille, maintenant, et dans cette famille, nous faisons des erreurs, nous nous pardonnons et nous allons de l'avant. Alors allons de l'avant, Colton, suggéra-t-elle en le serrant dans ses bras.

L'atmosphère se détendit aussitôt. Quelques minutes plus tard, Luke et Jack plaisantaient avec leur demi-frère. La conversation démarra tout de même difficilement, mais au bout d'un moment elle prit un tour plus naturel et tout le monde sembla un peu plus à l'aise.

Mac alla dans la cuisine, soi-disant pour prendre un verre d'eau, mais il avait besoin d'un moment de solitude pour réfléchir et se réjouir de ce que les choses n'aient pas plus mal tourné. Sa famille aurait pu être détruite par ces révélations, mais ce n'était pas le cas, surtout grâce à sa mère, qui avait si bien réagi.

Appuyé au plan de travail, il regardait les écureuils dans le jardin quand il entendit un bruit derrière lui. Son père entrait dans la cuisine.

— Il y a du soda au réfrigérateur ?

Pourquoi lui posait-il cette question alors qu'il était chez lui ? C'était sa façon à lui d'engager la conversation. Mac ouvrit le réfrigérateur et lui tendit une bouteille de soda.

— Quelle journée !

— Tu l'as dit…

Bobby dévissa le bouchon de la bouteille mais ne but pas. Poussant un profond soupir, il s'appuya au plan de travail.

— Je devrais te présenter des excuses.

— Ce n'est pas la peine, papa.

— Si… Je vous dois des excuses à tous, à ta mère, à toi et à tes frères. J'aurais dû vous parler de Colton il y a bien longtemps.

Mac fit rouler son verre entre ses paumes.

— Quand as-tu appris son existence ?

— Il y a environ dix ans. Katherine ne m'avait jamais rien dit auparavant, et puis un jour, elle m'a laissé un message au garage pour me dire qu'elle avait eu un fils de moi et qu'elle l'avait élevé avec l'homme qu'elle avait épousé un an plus tard. Elle me donnait les coordonnées de Colton, au cas où j'aurais envie de le contacter.

Son père secoua la tête.

— J'ai appelé Tank, je lui ai demandé de veiller à ce qu'elle puisse subvenir à ses besoins. Je lui ai envoyé de l'argent, et il le lui a remis. Il était furieux que je me décharge sur lui et que j'essaie d'oublier le coup de téléphone de Katherine, mais j'avais terriblement peur.

— De quoi ?

— De vous perdre tous, répondit Bobby, les yeux pleins de larmes. Que vous me détestiez, surtout toi, Mac.

Cet aveu le surprit. Ses relations avec son père n'avaient jamais été bonnes, et il avait toujours un peu envié la proximité de son père avec Luke et Jack.

— Pourquoi ?

— Tu étais mon aîné… J'ai toujours été très fier de toi, avoua son père avec un faible sourire, et j'ai le sentiment d'avoir été un mauvais père, pour toi, de t'avoir déçu.

Mac sentit son cœur se serrer. Il repensa à toutes les années pendant lesquelles ils avaient été en froid. Les raisons de leurs querelles lui semblaient soudain insignifiantes. Il allait revenir plus souvent à Stone Gap.

— Tu n'as pas été un mauvais père pour moi, papa.

La peine de Bobby se lisait sur son visage, de même que son affection et sa volonté de bien faire. Ses frères avaient raison : leur père avait commis une erreur, mais ses proches devaient le comprendre et lui pardonner.

— C'est moi qui t'ai déçu.

— Toi ? Je suis très fier de toi, Mac ! Tu as réussi au-delà de mes espérances.

Il était grand temps que son père et lui se parlent à cœur ouvert.

— Alors pourquoi m'en as-tu tellement voulu, pendant toutes ces années ?

— Parce que j'étais égoïste. Je voulais que tu restes ici, que tu travailles au garage… J'avais toujours imaginé que mes fils travailleraient avec moi, mais vous avez tous suivi votre voie, Jack dans l'armée, Luke en vivant au jour le jour, et toi en montant ta propre entreprise, à Boston.

— Je n'ai jamais aimé le garage autant que toi, papa.

Il détestait avoir les mains pleines de graisse, être imprégné de l'odeur de l'huile, remplacer des plaquettes de frein et changer des pneus. Rien de tout cela ne lui donnait envie de se lever le matin.

A vrai dire, maintenant qu'il y songeait, il n'y avait plus grand-chose qui le stimulait depuis environ deux ans. Il était tombé dans la routine assommante à laquelle il avait essayé d'échapper en quittant Stone Gap.

Il y avait longtemps qu'il n'avait pas fait quelque chose d'aussi enthousiasmant que ce qu'il avait entrepris pour Hillstrand Solar.

— Je sais, admit son père, et puis nous n'arrêtions pas de nous disputer quand nous travaillions ensemble.

Mac éclata de rire.

— C'est vrai !

Bobby but une gorgée de soda, et posa la bouteille sur le plan de travail.

— Nous nous ressemblons beaucoup, toi et moi. Nous aimons tous les deux mener notre propre barque. Je n'ai jamais eu envie de travailler pour quelqu'un d'autre. C'est pour ça que j'ai ouvert le garage, pour n'avoir de comptes à rendre à personne et gérer mon temps à ma façon.

— Je comprends.

Mac secoua la tête. Son père et lui se ressemblaient plus qu'il ne l'aurait cru. Rien d'étonnant à ce qu'ils soient tout le temps en conflit.

— J'ai eu tort de t'en faire voir de toutes les couleurs quand tu as revendu la concession de Charlie. J'ai toujours pensé que tu avais cherché à avoir assez d'argent pour quitter Stone Gap et nous quitter, nous.

Mac secoua la tête.

— Papa, je…

Son père leva une main pour l'interrompre.

— Mais j'ai discuté avec Charlie, l'autre jour. J'étais au garage avec Luke, quand il est entré. Cela faisait une éternité que je ne l'avais pas vu. Je savais qu'il travaillait à la concession, mais je croyais qu'il le faisait à contrecœur, juste parce qu'il regrettait de l'avoir vendue… mais il m'a appris qui en est le propriétaire actuel. Je n'aurais jamais imaginé un tel geste de ta part, conclut-il avec un petit rire gêné.

Mac haussa les épaules.

— J'ai juste essayé de l'aider.

— Tu ne l'as pas seulement aidé, tu lui as donné un but dans la vie.

Son père regarda par terre.

— Je t'en ai voulu pendant des années, tu sais. Après avoir pris sa retraite, Charlie errait comme une âme en peine. Il n'avait rien à faire de ses journées, et je croyais que c'était toi qui avais gâché sa vie.

Mac soupira et posa son verre à côté de la bouteille de son père.

— Je ne savais pas qu'il regretterait d'avoir vendu la concession. C'est lui qui me l'a proposée, papa. Son fils n'en voulait pas, et Charlie voulait passer plus de temps avec sa femme.

— Tu sais qu'elle est morte six mois après son départ à la retraite ?

Mac hocha la tête.

— Quelle tragédie !

— Charlie m'a dit qu'il était content de t'avoir vendu la concession, en fin de compte. Cela lui a permis de passer six mois avec elle avant sa mort. S'il avait continué à travailler à ce moment-là, il aurait dû la laisser seule toute la journée.

— Je suis content de l'entendre.

— Tu as fait quelque chose de bien, ajouta son père, en plongeant ses yeux dans les siens.

— J'ai essayé d'arranger les choses, papa, c'est tout. C'est toi qui m'as donné le sens de l'honneur. Tu as toujours été honnête en affaires et avec tes clients.

Il pensa à Savannah, qui considérait son entreprise comme une grande famille et lui avait fait promettre de ne licencier personne. Les gens qui travaillaient pour son père l'aimaient, la traitaient comme l'une des leurs, et il l'avait accueilli lui à bras ouverts uniquement parce qu'il était avec elle.

— Permets-moi de te dire quelque chose dont j'aurais aimé avoir conscience il y a bien longtemps, reprit Bobby, jetant un coup d'œil dans la direction du salon, d'où leur provenaient des bribes de conversation. Aucune somme d'argent ne peut remplacer une famille, et rien de ce que l'on accomplit professionnellement ne sera jamais aussi important que ce que l'on a chez soi. Si tu trouves un travail qui te satisfait et qui te permet de subvenir aux besoins de ceux que tu aimes, c'est suffisant.

— Oui, et je l'avais perdu de vue au fil des ans.

Mac poussa un profond soupir. Etait-il prêt à bouleverser sa vie ?

— Il est temps de rejoindre les autres, tu ne crois pas ?

— Si, répondit son père en lui passant un bras autour des épaules, tu as raison.

Ils retournèrent dans le salon. Mac alla s'asseoir à côté de ses frères, qui demandaient à Colton de leur parler de son travail de pompier. Du coin de l'œil, il vit sa mère s'approcher de son père et lui tendre la main. Bobby la regarda, les yeux pleins de larmes, et prit cette main dans la sienne.

Savannah avait essayé un si grand nombre de robes que sa chambre ressemblait à une cabine d'essayage pendant les soldes. Il y avait des vêtements sur le lit, sur la chaise, et même par terre. Elle finit par opter pour une robe en soie jaune pâle, dont l'ourlet était bordé de fleurs, et pour une paire de sandales à talons compensés. Elle fit boucler ses cheveux et les laissa tomber librement sur ses épaules.

A 13 heures précises, Mac sonna. Elle prit son sac à main, jeta un dernier coup d'œil à son reflet et alla lui ouvrir.

— Je suis prête !

L'était-elle vraiment ? Pour un dernier rendez-vous avec Mac avant de devoir lui dire adieu ?

— Tu es… très belle, murmura-t-il. Superbe !

Elle sentit le rouge lui monter aux joues.

— Merci.

Il était très beau, lui aussi, avec son pantalon de lin, sa chemise blanche et sa cravate rose foncé. Une vague de désir la submergea, mais elle s'empressa de la refouler. Ils allaient passer l'après-midi ensemble, rien de plus.

Mac la prit par la main, et ils se dirigèrent vers sa voiture. Elle mêla ses doigts aux siens avec un sentiment doux-amer.

Elle devait être masochiste pour accepter d'assister à ce mariage, de passer l'après-midi avec lui tout en sachant qu'il partirait le lendemain et qu'elle aurait le cœur brisé, seule à la tête de cette entreprise qu'elle n'avait même pas envie de diriger.

Oui, elle était masochiste.

Ils arrivèrent à la hauteur de sa voiture, une Thunderbird rouge, et il lui ouvrit la portière côté passager. La voiture rutilait à la lumière du soleil.

— J'ai pensé que ce serait mieux que ma moto.

— Elle est magnifique, approuva-t-elle en s'asseyant. Et en parfait état !

— C'est Luke qui l'a retapée… comme s'il n'avait pas assez à faire avec la petite et l'organisation du mariage de Jack ! répondit Mac en s'installant au volant.

Il secoua la tête, puis la regarda avec un grand sourire.

— Si tu veux bien, quand nous arriverons, dis-lui que je suis rentré dans un poteau en me garant !

Elle éclata de rire. Elle aimait la façon dont les trois frères se taquinaient. Elle qui n'avait jamais connu cela se demandait s'il mesurait sa chance d'avoir des frères aussi affectueux.

— Tu ne ferais pas une telle frayeur à l'un de tes frères, quand même ?

— Oh que si ! Ils me tourmentent constamment, il est grand temps que je leur rende un peu la pareille.

Il démarra. Le moteur ronronna comme un tigre satisfait.

— Laissons Luke transpirer un peu avant de le rassurer…

— D'accord !

Elle l'observa avec curiosité tandis qu'ils prenaient la route.

— Tu as quelque chose de différent, aujourd'hui. Tu as l'air plus… détendu.

— La matinée a été chargée, mais bonne.

Il lui parla de l'arrivée de son demi-frère chez ses parents, de leur gêne initiale à tous, d'une conversation qu'il avait eue avec son père. De vieilles blessures avaient été guéries, de nouvelles relations établies.

— Jack a invité Colton au mariage, et je crois qu'il va venir. L'oncle Tank et nos cousins seront là aussi, et comme ils le connaissent déjà, sa présence ne choquera pas tout le monde. Enfin… C'est ma mère qui m'a surpris le plus.

— Pourquoi ?

— Elle a pardonné à mon père, et elle a accueilli Colton à bras ouverts. Je ne dis pas que cela a été facile pour elle, j'ai bien vu qu'elle a dû prendre sur elle, mais son comportement a été irréprochable.

Il tourna dans une rue à droite et changea de file pour doubler une voiture qui roulait trop lentement.

— Je lui ai demandé pourquoi elle avait agi ainsi, et elle m'a répondu : « Quand on a quelque chose qui a fonctionné pendant trente-cinq ans, pourquoi le jeter à cause d'une seule pièce cassée ? On répare ce qui ne marche pas, et on va de l'avant. »

Il secoua la tête et sourit.

— Cela a toujours été la philosophie de ma mère : réparer ce qui ne marche pas et aller de l'avant.

C'était une bonne philosophie, mais plus facile à dire qu'à faire. Il y avait tant de choses qui ne marchaient pas en ce moment, dans sa vie, qu'elle ne savait par où commencer pour aller de l'avant.

— Ta mère a l'air d'être une femme extraordinaire.

— Oui.

Il posa une main sur la sienne. Devait-elle accorder de l'importance à ce geste ? Ou était-il simplement motivé par sa bonne humeur ?

— Ma mère va t'adorer. Prépare-toi : elle va sans doute t'inviter à dîner à la maison dimanche soir. Le repas dominical est sacré, chez les Barlow.

— Je serais ravie d'y participer, dit-elle, retirant sa main de la sienne, lasse de prétendre que tout allait bien alors qu'elle était blessée et que son cœur chavirait chaque fois qu'il la touchait. Mais dimanche, tu seras parti, alors cela n'aurait pas beaucoup de sens.

Mac reposa la main sur le volant. Il s'arrêta à un feu et attendit qu'il passe au vert pour briser le silence.

— Et si je ne partais pas dimanche ?

La suggestion lui coupa le souffle.

— Que veux-tu dire, Mac ?

— Je veux dire que j'aimerais peut-être venir travailler ici, passer un peu plus de temps avec ma famille, répondit-il avec un haussement d'épaules, apprendre à connaître Colton, renouer avec mon père.

Une fois de plus, il ne mentionnait pas ce qu'il y avait eu entre eux. La gorge serrée, elle se força à sourire.

— Ce serait une bonne chose, j'en suis sûre, pour ta famille et toi.

Ce ne serait certainement pas une bonne chose pour elle. S'il revenait vivre à Stone Gap, elle serait condamnée à le voir tout en sachant qu'il n'y avait plus rien entre eux que le souvenir de quelques moments de tendresse et d'une soirée merveilleuse, qui avait manifestement eu plus d'importance pour elle que pour lui.

Leur arrivée sur le parking de l'église mit fin à la conversation.

Ils descendirent de voiture et entrèrent dans le bâtiment. Les allées étaient ornées de rubans roses et deux grands vases remplis de fleurs blanches encadraient l'autel. Les invités semblaient heureux d'être là, et le murmure de leurs conversations générait un joyeux brouhaha.

Mac lui prit le bras et l'entraîna dans l'allée centrale, vers une dame aux cheveux bruns et au regard chaleureux.

— Savannah, je te présente ma mère, Della… Maman, voici Savannah.

— Vous êtes ravissante ! s'écria Della avec enthousiasme en la serrant dans ses bras. Je suis ravie de vous rencontrer !

Sa spontanéité plut tout de suite à Savannah.

— Moi aussi ! Mac m'a beaucoup parlé de vous.

Della caressa la joue de son fils et lui fit un clin d'œil.

— C'est un bon garçon.

— Je suis ton préféré, n'est-ce pas, maman ? demanda-t-il en riant. C'est un sujet de plaisanterie récurrent entre mes frères et moi, expliqua-t-il en reportant son attention sur elle.

Chacun essaie de lui faire dire qu'il est son préféré, mais elle prétend qu'elle nous aime autant tous les trois.

Sa mère lui sourit tendrement.

— Comme ça, vous êtes tous gentils avec moi. Allez, Mac, ouste ! Laisse-nous un peu entre femmes. Jack est dans tous ses états, va le voir et aide-le à se calmer.

Mac s'éloigna, et Savannah s'assit sur un banc à côté de Della. Elles discutèrent ainsi qu'avec quelques-uns des invités, en attendant le début de la cérémonie.

La mère de Mac lui plaisait beaucoup. A vrai dire, tous les proches de Mac lui plaisaient. Ils lui manqueraient quand il serait reparti pour Boston.

Comme Mac l'avait prédit, Della l'invita à dîner le dimanche soir. Savannah ne s'engagea pas. Elle n'avait pas le cœur de lui avouer que Mac sortirait de sa vie après cet après-midi.

A 14 heures précises, Jack se tenait devant l'autel, les mains jointes devant lui, l'air nerveux, entouré de ses frères.

L'organiste entonna la marche nuptiale, tout le monde se leva et les portes de l'église s'ouvrirent. Elle se retourna et vit Meri marquer un temps d'arrêt avant de remonter l'allée centrale, resplendissante dans le fourreau blanc qui mettait en valeur sa silhouette. Ses cheveux étaient relevés et couverts d'un voile qui lui tombait sur les épaules, elle tenait un bouquet de marguerites blanches nouées par un ruban rose.

Tandis qu'elle avançait, Savannah observa Jack. Il avait les yeux écarquillés et un immense sourire éclairait son visage. Son expression montrait tout l'amour qu'il éprouvait pour Meri.

Elle reporta ensuite son attention sur Mac, s'attendant à le voir stoïque aux côtés de son frère, mais il la regardait. Elle aurait aimé voir la même intensité amoureuse sur son visage, mais ne parvenait pas à déchiffrer son expression. Alors elle détourna les yeux et se concentra sur les futurs mariés.

La cérémonie fut brève mais très réussie. A la fin, Della se tamponnait les yeux, et Bobby faisait mine de ne pas avoir versé de larmes. Les invités sortirent de l'église, traversant la route pour regagner le parc où la réception devait avoir lieu.

Des guirlandes lumineuses et des photophores étaient accrochés dans les arbres, de petits vases contenant des fleurs blanches et rose vif étaient disposés sur de longues tables blanches, et les chaises en bois disposées autour de ces tables étaient ornées de gros nœuds roses. Une piste de danse avait été installée à côté du kiosque à musique, où jouait un trio de musiciens qu'elle appréciait beaucoup.

C'était un mariage simple et élégant. L'espace d'un instant, elle se surprit à regretter que ce ne fût pas le sien, mais elle n'était là que comme l'invitée de Mac, et non comme sa fiancée ou même sa petite amie. Elle n'avait aucune raison de se laisser aller à des pensées aussi sentimentales.

Cependant, quand le trio entonna *At Last* et qu'elle aperçut Mac, son cœur s'emballa malgré elle.

Bon sang ! Qu'il était séduisant ! Et quand il souriait, elle parvenait à peine à réfléchir de façon cohérente.

Il quitta ses frères pour la rejoindre. Le cœur battant la chamade, elle retint un instant son souffle.

— Je t'ai déjà dit que tu étais superbe ?

Elle rit.

— Oui, plusieurs fois !

— C'est parce que tu tellement belle que j'en oublie ce que je dis…

Il lui tendit la main.

— Tu danses ?

Elle acquiesça et glissa sa main dans la sienne. Il l'enlaça et l'entraîna dans une valse lente.

Ils évoluaient sans effort sur la musique, s'accordant parfaitement, comme s'ils avaient toujours dansé ensemble. Son parfum ambré la grisait, lui donnait envie d'enfouir le visage au creux de son cou. Elle sentait la chaleur qui émanait de son corps, éveillant son désir.

Elle aurait voulu que cet air dure éternellement, pour pouvoir rester dans les bras de Mac.

Ce n'était pourtant qu'une simple danse, qui ne présageait rien de particulier.

— Comment se fait-il que tu danses aussi bien ? lui demanda-t-elle, se forçant à faire la conversation pour ne pas céder à l'envie de l'embrasser. Il me semble que ce n'est pas chez les scouts que l'on apprend ça.

Il rit.

— Non, effectivement ! J'ai pris des cours quand j'étais étudiant. Je me disais que c'était un bon moyen de rencontrer des filles et de leur jeter de la poudre aux yeux.

— Et cela marchait ?

— Je ne sais pas, répondit-il en la faisant tournoyer avant de l'attirer de nouveau contre lui. A toi de me le dire !

Oh oui, cela marchait ! Tout ce qu'il faisait marchait. Elle était complètement sous le charme.

— Pourquoi ? Tu essaies de me jeter de la poudre aux yeux ?

— Oui.

Mac Barlow, le roi des messages contradictoires ! Pourquoi ne pouvait-il pas tout simplement lui dire ce qu'il ressentait ?

Elle s'arrêta tout à coup de danser et s'écarta un peu de lui.

— Où veux-tu en venir, Mac ? Pour autant que je sache, il n'y a rien entre nous. Nous avons fait une erreur, c'est tout.

— Tu trouves que ce qui s'est passé entre nous était une erreur ?

Avant qu'elle ait eu le temps de lui répondre, la chanson s'arrêta et les autres danseurs, autour d'eux, commencèrent à se disperser. Elle s'apprêtait à parler quand un homme solidement charpenté s'approcha de Mac et le serra dans ses bras.

— Comment va mon neveu préféré ?

— Oncle Tank ! Je suis content de te voir.

— Moi aussi.

Mac fit les présentations, mais elle écouta à peine, pensant encore à ce qui venait de se passer.

Elle ne pouvait pas avoir une relation avec lui : elle vivait et travaillait ici, alors que sa vie à lui était à Boston, à des centaines de kilomètres. Il lui avait dit qu'il envisageait de rester à Stone Gap, mais il n'avait pas encore pris sa décision, et elle avait besoin de certitudes. Elle en avait assez de ces messages confus.

Tank sourit à Mac.

— Alors, où est mon grincheux de frère ?

— Là-bas, avec Colton…

Mac pointa le doigt en direction de son père, qui se tenait à côté d'un jeune homme lui ressemblant beaucoup mais avec les cheveux plus clairs.

— Eh bien, ça alors ! C'est un miracle…

Tank donna une tape affectueuse dans le dos de son neveu.

— Je vais aller le voir. Je ne sais même plus pourquoi nous ne nous sommes pas parlé depuis des années, mais il est grand temps que nous recommencions ! Je ne rajeunis pas, et lui n'embellit pas…

Mac s'esclaffa, et son oncle se dirigea vers son frère. Il le regarda passer un bras autour des épaules de Bobby et lui ébouriffer les cheveux avec le poing. Apparemment, le geste suffit à les réconcilier.

— Des frères seront toujours des frères, constata Mac en riant, avant de reporter son attention sur elle. Désolé… Tu m'accordes une autre danse ? demanda-t-il en lui tendant la main.

Elle avait terriblement envie qu'il la prenne de nouveau dans ses bras et la fasse tournoyer, mais ce moment de bonheur ne durerait pas, et elle ne pouvait faire bonne figure plus longtemps, alors qu'elle avait le cœur brisé.

— Non, Mac, répondit-elle. Je ne peux pas.

Elle se détourna et se dirigea vers l'une des tables. Ce n'était pas encore l'heure de manger, et la plupart des invités étaient toujours debout. Les pensées se bousculaient dans sa tête. Bouleversée, elle aurait donné n'importe quoi pour ne pas avoir à parler à Mac à ce moment précis.

Il tira une chaise.

— Nous pouvons nous asseoir un moment, si tu es fatiguée…

— Je ne peux pas continuer à faire semblant qu'il y a quelque chose entre nous. Il n'y a rien entre nous. J'ai cru le contraire, et quand nous avons couché ensemble, j'ai cru que c'était quelque chose de très spécial, mais je me trompais.

Il soupira et se passa une main dans les cheveux.

— Qu'attends-tu de moi, Savannah ? Je fais de mon mieux.

— Je le sais, mais ce n'est pas suffisant. Je veux ça, expliqua-t-elle en désignant Jack et Meri.

Ils dansaient dans les bras l'un de l'autre, rayonnants de bonheur.

— Je veux quelqu'un dont le visage s'éclaire quand il me voit, quelqu'un qui n'a pas peur de prendre des risques pour trouver le bonheur. Je veux tout, Mac, et je ne me contenterai pas de moins.

— Savannah…

Elle leva une main pour l'interrompre.

— Ne dis rien, je t'en prie. Je vais y aller, j'ai du travail. Je suis désolée. Excuse-moi auprès de Meri et Jack, s'il te plaît.

Là-dessus, elle tourna les talons et quitta le bal comme Cendrillon, sauf qu'il n'y avait pas de prince pour s'élancer à sa poursuite, pas de bonne fée pour réaliser ses souhaits.

Mac resta à la réception pendant une heure encore, s'efforçant d'être sociable, alors même que toutes ses pensées étaient tournées vers Savannah.

Il regardait d'un œil jaloux ses frères en compagnie des femmes qu'ils aimaient. Eux avaient sauté le pas, pris le risque de mettre leur cœur à nu, de bouleverser leur vie, et ils étaient merveilleusement heureux.

Lui, en revanche, était seul avec le projet de retourner à Boston le lendemain, de reprendre le travail qu'il croyait aimer mais qui n'était rien de plus qu'un travail.

Il regarda autour de lui. Meri riait de quelque chose que Peyton venait de lui dire, et toutes deux observaient Jack et Luke du coin de l'œil. Colton était assis à table, en grande conversation avec quelques-uns de leurs cousins. Sa mère, son père et son oncle Tank se tenaient autour du bol à punch et discutaient en riant comme s'ils s'étaient vus la veille.

Il aimait ses proches, en dépit de toutes leurs imperfections, et il n'avait pas réellement envie de les quitter pour regagner Boston.

Il repensa à ce qu'il avait dit à Savannah, dans la voiture.

« Et si je ne partais pas dimanche ? »

Et s'il restait ? S'il venait travailler à Stone Gap, comme il l'avait suggéré ? Diriger son entreprise si loin des grands centres financiers serait certainement difficile, mais ce ne serait pas impossible.

Le cœur du problème était le sentiment d'insatisfaction grandissant qu'il éprouvait. Il n'avait pas envie de retourner à Boston parce qu'il ne voulait pas revenir au *statu quo*. Il pensa aux entreprises qu'il devait revendre, à celles qu'il avait gardées, soi-disant pour les faire fusionner avec Hillstrand Solar. Une autre solution, qui lui donnerait un regain d'énergie et représenterait un nouveau défi, s'offrait peut-être à lui. Une idée, inspirée par quelque chose que Savannah avait dit, lui trottait dans la tête depuis quelques jours.

Quoi qu'il en soit, il devait faire une chose, quelque chose de plus important que tout ce qui avait trait au travail.

Il se dirigea vers Jack, qui se tenait devant le gâteau avec Luke.

— Hé, frangin ! Je vais y aller…

— Quoi ? Mais la réception n'est pas encore terminée !

— Je sais, mais j'ai…

— Si tu dis « du travail », l'interrompit Jack en agitant le doigt dans sa direction d'un air menaçant, ça va mal aller !

Mac rit.

— Non, je ne vais pas travailler, je dois aller voir Savannah.

Jack jeta un coup d'œil autour de lui.

— Elle est partie ?

Le simple souvenir de son départ serrait le cœur de Mac. Il n'avait pas bien réagi. A vrai dire, il n'avait pas su s'y prendre de toute la semaine. Elle avait vu clair en lui : il était doué en affaires mais, en matière de relations, il était terriblement maladroit.

— Oui, répondit-il.

— Qu'est-ce que tu as encore fait ? lui demanda Luke.

— Qui te dit que j'ai fait quoi que ce soit ?

Luke haussa les sourcils d'un air entendu.

— D'accord, lâcha Mac avec un soupir. Elle voulait des promesses d'éternité, et je lui ai répondu que je voulais seulement quelque chose de provisoire.

Luke lui donna une tape sur la tête.

— Comment fais-tu pour vivre avec un cerveau aussi petit ?

Mac se frotta la tête à l'endroit où son frère avait tapé.

— Tu n'étais pas obligé de faire ça, si ?

— Luke a raison, intervint Jack. Savannah Hillstrand n'est pas une fille de passage, n'importe quel imbécile s'en apercevrait, et un homme qui la laisserait filer ne la mériterait pas.

— Tu sais, chuchota Luke en se tournant vers Jack, il y a encore un Barlow célibataire. Nous pourrions encourager Colton à…

— Ne t'avise surtout pas de faire ça, l'interrompit Mac en le foudroyant du regard.

Jack donna un petit coup de coude à Luke.

— Je t'avais bien dit qu'il était amoureux d'elle !

Amoureux d'elle ? Au bout de quelques jours seulement ? C'était impossible. Non, il s'inquiétait pour Savannah, voilà tout. Il voulait s'assurer qu'elle allait bien et qu'elle avait tout ce dont elle avait besoin pour diriger son entreprise. Rien de plus.

Pourtant, il ne parvenait pas à chasser le souvenir de leur étreinte tandis qu'ils évoluaient sur la piste de danse.

— Dommage qu'il ne sache pas ce que c'est que l'amour…

Luke lui posa une main sur l'épaule avec un grand sourire.

— Allez, vas-y ! Ne conduis pas trop vite, la voiture…

— Elle a déjà une bosse de la taille d'une balle de base-ball.

Luke blêmit et Mac éclata de rire.

— Je plaisante ! J'en ai pris soin, ne t'inquiète pas.

Il donna une tape amicale sur le bras de son frère, puis se dirigea vers le parking, monta dans la Thunderbird et prit la route.

13

Savannah était assise sur le porche de la maison au bord de la mer, dans la robe qu'elle portait au mariage de Jack et de Meri, et elle se répétait qu'elle avait tout pour être heureuse, alors même que des larmes coulaient sur ses joues.

Elle travaillerait une dernière fois à la rénovation de la maison, puis elle la fermerait pour le restant de la saison, voire même pour toujours, afin de se concentrer sur l'entreprise, même si cette perspective l'emplissait de tristesse.

Elle sortit un marteau et des clous du coffre de sa voiture, puis elle alla chercher du bois dans la cabane à outils. Elle glissa le marteau dans sa ceinture afin d'avoir les mains libres pour réinstaller le nichoir.

Cependant, tandis qu'elle le décrochait sous l'avancée du toit, elle s'aperçut qu'il n'en sortait aucun son, pas un pépiement, pas un bruissement d'ailes. Elle retint son souffle et jeta un coup d'œil à l'intérieur. Le nid de brindilles entrelacées était vide. Les oisillons s'étaient envolés.

Pour une raison obscure, cela lui serra le cœur et elle se remit à pleurer.

Mac la trouva ainsi, assise par terre à côté du poteau cassé, le nichoir vide entre les mains, des larmes coulant sur ses joues.

Il s'accroupit à côté d'elle, l'air inquiet. Elle était à la fois heureuse de le voir et furieuse contre lui, hésitant entre l'envie qu'il reste et celle de le voir partir. Qu'il arrête de lui donner de faux espoirs pour ensuite lui briser le cœur !

— Qu'est-ce qui ne va pas, Savannah ?

— Ils ne sont plus là… Ils sont partis, répondit-elle entre ses larmes.

Que lui arrivait-il ? Ce n'était qu'un nichoir vide !

Non, c'était bien plus que cela : c'était la prise de conscience que son père n'était plus là, qu'il ne reviendrait jamais. Il ne lui passerait plus jamais le bras autour des épaules, ne lui dirait plus jamais qu'elle réussirait tout ce qu'elle entreprendrait. Il ne lui offrirait plus jamais de cadeaux de Noël.

Il n'était plus là, les oisillons n'étaient plus là, et sa vie ne correspondait pas du tout à ce qu'elle souhaitait, mais elle ne pouvait absolument rien y faire.

— Ils sont partis, et je ne les reverrai plus jamais.

— Les oiseaux ? Mais c'est normal, et puis, ils reviendront l'été prochain ! C'est toi qui me l'as dit… Et si tu mets une mangeoire avec des graines, ils viendront tous les jours, et tu les verras chaque fois que tu viendras.

Elle secoua la tête et posa le nichoir par terre.

— Je ne serai pas là pour les voir, je serai au bureau. Je vais fermer la maison, et je ne sais pas quand je reviendrai.

— Mais je croyais que tu voulais finir de la rénover !

Elle se tourna vers lui.

Bon sang ! Ne comprenait-il donc rien ?

— Je ne peux pas tout faire, Mac. Je ne peux pas diriger l'entreprise, remettre la maison à neuf, sauver ces oiseaux, tout arranger ! Je ne peux faire qu'une seule chose : diriger Hillstrand Solar…

Sa voix se brisa.

— Je ne peux pas décevoir mon père, murmura-t-elle. Je ne peux pas.

« Promets-moi. »

Elle avait fait tout son possible pour honorer sa promesse, et ses efforts commençaient enfin à porter leurs fruits, mais elle était extrêmement malheureuse.

Sa ceinture à outils pesait sur sa taille, lui rappelant qu'elle ne pouvait avoir ce qui la rendait vraiment heureuse.

Elle devait faire un choix, et le seul qu'elle pouvait envisager, c'était celui qui correspondait à sa promesse.

Mac s'assit à côté d'elle dans l'herbe.

— Tu ne le déçois pas, Savannah.

— Si. Je ne fais pas ce que j'ai promis de faire ou, du moins, je ne le fais pas bien. La compagnie n'a pas fermé ses portes, et les choses s'améliorent un peu, c'est vrai, mais…

Elle ravala un sanglot et secoua la tête.

— … mais quelqu'un d'expérimenté devrait la diriger, quelqu'un qui aurait vraiment envie de le faire et que cela passionnerait.

— Cela ne te passionne pas, toi ?

Elle se mordit la lèvre inférieure et s'essuya les joues. Ses paupières étaient brûlantes.

Que se passerait-il si elle admettait la vérité ? Qu'arriverait-il à l'entreprise de son père ?

Mac essuya une larme qui coulait sur sa joue.

— De quoi as-tu peur, Savannah ?

— Je n'ai pas peur.

Ce n'était pas vrai. Elle était terrifiée à l'idée de faire le mauvais choix, mais elle ne voyait pas de solution.

— Alors pourquoi refuses-tu de lâcher prise ?

Lâcher prise ? Pour lui vendre l'entreprise et voir comment il allait la démanteler et la revendre ?

— Parce que j'ai promis à mon père de ne pas laisser couler l'entreprise.

— Cela ne veut pas dire que tu es obligée de la diriger toi-même.

Elle le regarda avec stupéfaction. Elle n'était pas obligée de diriger l'entreprise elle-même. Pendant tout ce temps, elle avait cru devoir endosser seule les responsabilités qui incombaient autrefois à son père.

— Mais si ce n'est pas moi qui la dirige, qui va le faire ?

— Moi.

Elle émit un grognement railleur et secoua la tête.

— Tu veux uniquement la vendre…

— Fais-moi confiance, Savannah, répliqua-t-il en prenant sa main entre les siennes. Fais-moi confiance.

Elle en avait envie. Elle aurait voulu le croire et le laisser résoudre tous ses problèmes.

— Que se passera-t-il si tu prends la direction de l'entreprise et que tu te lasses au bout de quelques semaines ?

— Je ne prendrai aucune décision sans t'en parler au préalable. Ce sera toujours ton entreprise et celle de ta mère, et je ne ferai rien sans votre accord. Je pourrais développer Hillstrand Solar, créer un véritable empire écologique… reprendre l'œuvre de ton père et lui donner des ailes.

L'enthousiasme de Mac était palpable.

— L'idée me plaît… Elle plairait aussi à mon père.

Il essuya ses joues couvertes de larmes.

— Laisse-moi faire, et consacre-toi à ce que tu aimes, rénove cette maison d'abord, puis une autre… Je t'ai vue au travail, et j'ai observé le résultat de tes efforts. Ta passion est là, Savannah, pas dans un bureau.

Il avait raison, mais le reconnaître la terrorisait.

— Je… Je ne sais pas.

Il la lâcha, posa les mains sur ses genoux et regarda l'océan qui clapotait contre la rive sablonneuse. Des mouettes planaient dans le ciel, une brise légère faisait bruire les feuilles des arbres et ondoyer l'herbe.

— Tu as peur. Je le comprends… C'est difficile de se défaire de la chaîne qui nous retient.

— Ce n'est pas une chaîne, c'est une promesse.

Il poussa un profond soupir.

— Non, tu te trompes. Tu ne t'es jamais consacrée à cent pour cent à ta passion. Tu as rénové une maison, tu es retournée travailler aux côtés de ton père pendant quelque temps, tu as rénové une autre maison, tu es retournée travailler à l'usine…

— J'avais beaucoup de responsabilités et…

Elle ne termina pas sa phrase.

La question de Mac résonnait dans sa tête. « De quoi as-tu peur ? »

Il avait raison, elle avait peur. Elle était terrifiée. Elle avait fait des allers-retours pendant des années, entre les maisons qu'elle avait remises à neuf et Hillstrand Solar, ne s'engageant réellement ni dans une voie, ni dans l'autre.

Elle comprenait maintenant pourquoi son père lui avait confié l'entreprise : non pas pour l'obliger à la diriger à sa place, mais pour qu'elle prenne une décision, qu'elle fasse un choix.

— Tu as raison. Quand j'étais plus jeune, j'ai vu mon père se démener, et il a failli tout perdre… J'ai eu peur de connaître le même sort si je me mettais à mon compte.

— C'est une possibilité, mais il faut savoir prendre des risques, dans la vie.

Il se leva et l'aida à se mettre debout.

— J'en ai toujours pris dans ma carrière mais, quand je t'ai rencontrée, je n'ai pas osé le faire.

Il caressa le dos de sa main avec son pouce. Elle fut parcourue d'un frisson.

— Je suis tombé amoureux de toi.

Abasourdie, elle ouvrit la bouche, la referma sans rien dire. Il y eut un silence.

— Tu… Tu… quoi ?

— Je suis tombé amoureux de toi quand je t'ai vue avec ta ceinture à outils, en train d'arracher les lattes du plancher comme une forcenée, répondit-il en effleurant la ceinture qui lui tombait sur les hanches. Je crois qu'aucune autre femme au monde ne peut rendre cet attirail aussi sexy !

Il était amoureux d'elle ?

— Mais tu as dit toi-même que ce qu'il y avait eu entre nous n'était qu'une parenthèse…

— Parce que je suis un imbécile, comme mes frères me l'ont très gentiment fait remarquer aujourd'hui, déclara-t-il en se frottant la tempe. Tu me donnes envie de m'améliorer, de donner le meilleur de moi-même, et j'ai peur de tout gâcher.

— Toi ? s'étonna-t-elle. Alors que tu es comme le roi Midas… Tout ce que tu touches se change en or.

— Tu sais ce qui est arrivé au roi Midas, n'est-ce pas ?

Il était maudit, et quand il touchait ceux qu'il aimait, ils se changeaient en or et il les perdait à jamais…

Il plongea ses yeux dans les siens. Sa résolution, sa sincérité se lisaient dans son regard.

— … parce qu'il accordait trop d'importance à l'argent, plutôt qu'à ce qui compte vraiment.

Elle avait envie de le croire, de toute son âme, mais elle avait peur.

— C'est-à-dire ?

— Les gens qui font partie de nos vies. Toi, Savannah, tu t'intéresses aux gens… Tu t'intéresses à tous ceux qui travaillent dans l'entreprise de ton père. Tu sais comment s'appellent leurs petits-enfants, tu connais leur date d'anniversaire, et ils t'aiment comme si tu faisais partie de leur famille.

Elle haussa les épaules.

— J'ai pris exemple sur mon père.

— Moi, je ne suis pas assez attentif aux autres.

Elle sourit.

— Si, Mac… Tu l'as été avec Charlie, et aussi avec les employés de Hillstrand Solar cette semaine.

— Oui, mais je ne l'ai pas été avec toi.

Il écarta la frange de son front et lui caressa la joue. Elle adorait sentir ses mains sur sa peau.

— Chaque fois que je me suis senti trop proche de toi, je me suis replié sur moi-même, je me suis retranché derrière mon travail.

Elle laissa échapper un petit rire.

— Pourquoi agissons-nous de cette façon ?

— Parce que se lancer fait peur. On risque de tomber, de se blesser.

Elle regarda le nichoir à ses pieds. Les fragiles oisillons s'y étaient blottis, mais ils avaient fini par prendre leur envol.

— Comme les oiseaux, constata-t-elle, mais ils se lancent quand même chaque année.

— Oui, et ils survivent pour revenir fonder leur propre famille.

— C'est effrayant.

— En effet, mais aujourd'hui j'ai regardé mon frère se marier avec la femme qu'il aime, et je me suis rendu compte de toutes les choses à côté desquelles je passais. Je pourrais accumuler les entreprises, l'argent et les motos, mais rien de tout cela n'importerait si je rentrais le soir pour trouver une maison vide. C'est pour ça que je travaille tant : quand je suis assis devant mon ordinateur, je ne remarque pas qu'il n'y a personne à côté de moi.

Il prit une profonde inspiration et serra encore ses mains dans les siennes.

— La seule personne que je veuille à mes côtés dorénavant, c'est toi.

Elle vit sur son visage l'expression qu'elle avait décelée un peu plus tôt sur le visage de Jack quand il regardait Meri : on aurait dit que son cœur débordait d'amour, et elle éprouvait la même chose quand elle le regardait.

— Je suis tombée amoureuse de toi quand tu es sorti sous la pluie pour sauver les oisillons. Tu étais tellement… inquiet, tellement doux et gentil ! Je t'ai couru après pour t'avouer ce que je ressentais, mais j'ai pris peur et je n'ai rien osé dire.

— Et ensuite, j'ai gâché le moment merveilleux que nous avions passé ensemble en parlant travail.

Il lui posa une main sur la joue avec une douceur infinie.

— Si tu penses pouvoir supporter un bourreau de travail repenti qui n'est pas doué pour les relations humaines, j'aimerais te faire une offre.

Elle rit.

— Une offre ?

— La plus importante que j'aie jamais faite…

Il mit un genou à terre et garda sa main dans la sienne.

— Savannah Hillstrand, veux-tu m'épouser ?

La peur menaçait une fois encore de la submerger.

— T'épouser ? Mais nous nous connaissons à peine, et…

— C'est une prise de risque, un bond dans l'inconnu, et je ne peux imaginer faire ce bond qu'avec toi.

Elle mêla ses doigts aux siens, savourant ce contact.

— Cela fait peur, n'est-ce pas ?

— Oui, alors veillons à poser des bases solides, dès maintenant.

Il ramassa le nichoir et le lui tendit.

— Ces oiseaux vont avoir besoin d'un endroit où faire leur nid l'année prochaine.

— Oui, répondit-elle avec un sourire, le cœur débordant de joie. C'est vrai.

Ensemble, ils fixèrent le nichoir au sommet du poteau, puis reculèrent de quelques pas pour examiner le résultat de leurs efforts.

— Cela devrait tenir un bon moment, remarqua-t-elle.

— J'espère bien !

Il lui prit la main et ensemble, ils se dirigèrent vers la plage balayée par les vagues.

Soudain, il y eut un bruit derrière eux. Ils se retournèrent en même temps, comme ils l'avaient fait le premier jour où ils étaient venus là ensemble. Cette fois, elle se pencha un peu pour laisser sa joue effleurer la sienne.

— Regarde le nichoir, murmura-t-elle.

Un passereau se tenait à l'entrée de la maisonnette et regardait à l'intérieur. Il sautilla sur le toit et s'y attarda, comme pour dire : « C'est chez moi, ici. »

— Il y aura une nouvelle famille l'année prochaine, constata Mac.

Elle regarda la maison de ses parents et imagina les changements qu'elle y apporterait au cours des mois à venir : nouvelle peinture, nouveaux planchers, nouveaux papiers peints… et nouvelle vie, avec Mac à ses côtés.

— Oui… J'ai hâte !

Il l'enlaça avec fougue.

— Moi aussi, murmura-t-il avant de l'embrasser, dans la lumière dorée du soleil couchant.